台商FDI集群中CEO能力與《鬼谷子》之區域整合

從「桂高雷ECFA區」與「海峽西岸」迎向「東協FTA」

麥瑞台 ◎ 編著

目　　錄

第3章　亞洲的儒商文化網絡與台商集群FDI推移

第5章　兩岸商業文化網絡與合縱連橫的區域經濟整合

圖目錄

表目錄

◇ 自 序 ◇

　　筆者于十五年前首度到大陸北方參訪二週，回來之後就以兩岸現代化為方向寫了幾篇文章，大約是一年二篇的有系統寫備，于1995年集冊出版名為「中山思想與兩岸現代化」；之後1997年師大博士畢業，論文亦以社會主義現代化的角度來析論大陸的政經發展，獲博士學位的學位論文構成兩岸現代化系列的第二本作品。五年後在國立武陵高中退休轉任醒吾學院教職，教授兩岸情勢分析、產業分析與兩岸經貿等課程，皆與兩岸現代化有關者，迄今將屆十八載。

　　溯及1973年筆者於南亞工專畢業與服役23期預官後，插班考入師大於1975年，三年後畢業返初高中的母校任三民主義、公民與電算概論教師，職間先以《高中三民主義電腦輔助教學之研究》獲師大碩士，再以八年在職進修獲師大博士後，先後於台中師大、中原大學、空中學院等校兼任副教席共二十年，任教除國父思想與近代史之外，另有國際關係與政治、生涯規劃、法律與人生等課程。筆者兼任義務張老師自大四的1976年開始，目前剛因酷愛「社區輔導」而暫轉入少年警察隊，輔導中輟生等青少年持續迄今共34年，所積累的訪談能力轉移至對台商的同理心、覺察力等於質性研究的訪談之中；近四年輒於寒暑假赴彼岸走訪台商，研究兩岸經貿與產業之現況，故不揣淺陋的試行分析所見，盼能對台灣與台商的競爭力皆有助益。

　　大陸近二十年的現代化政策頗具成效，依循《實業計劃》也漸多與漸見明顯而台商也越去越多，為能貼近台商認清他們的實況與需求，特于2002年赴廣州考上暨南大學產業經濟博士研究所，就讀於全中國前五名的「研究點」四年多，對台商集群的研究心得，將之與自師大博士畢業迄今十年所積累的素材結合，便匯整成冊尋一主題書寫，或可為台商發言爭得其應有之地位與支持，只圖本書之完成出版之而不擬獲學位。換言之，本書並非個人在廣州暨南大學產業經濟所的博士論文，是自1992年初履大陸迄今，有感于台商西進對兩岸現代化的貢獻頗鉅，分別的謹以2006.6《大陸台商的『蜂群分封』與『工業輪耕』》、2007.12《大陸台商的區域推移與海洋式儒商文化》、2008《大陸台商產業集群的

社會資本與企業家社會責任》為名，作為【台商產業集群】系列之三來出版。
這三本書也是依序說明：西進台商對大陸的經貿——文化，依序為此系列之擴
散（溢出）作用、極化作用、回流作用，在兩岸間循環促成大陸的經濟繁榮、
兩岸富強，即台商如今應該有能力與義務，對台灣的公民社會「回流」以「社
會責任」，然後將台灣再進行政治民主的極化作用，使能對大陸的溢出作用與更
高層次回流作用構成良循環。

　　2009.05.04大陸國務院通過《加快海西經濟區發展若干意見》，主旨在借之
更開放、擴大對台灣的經貿交流，推動兩岸優勢產業互補、經濟共同發展。故
曾主張以休閒農業與中醫藥產產業，台商向海西經濟區再西進就是鞏固華夏文
化，以圖在「文明衝突」中的勝出；受此肯定、支持故從事本研究，以產業集
群CEO能力在亞洲行合縱連橫的區域整合，來探索亞洲於西方文明的侵凌下，
兩岸共生共榮之坦途。

　　懇請不恪指正　　　　　　　　　　　　敬　　頌
　　鈞　安

　　　　　　　　　　　　　　　　　　　　　　　　　　醒吾技術學院
　　　　　　　　　　　　　　　　　　　　　　　麥瑞台 敬上
　　　　　　　　　　　　　　　　　　　　　　　　　98.08.12

第 *1* 章

◇ 緒　論 ◇

1.1 問題的提出

　　「制度是社會中強制性的文化，文化是社會中自覺性的制度」，兩岸分治於不同制度中已逾半世紀，所以雖同源於儒家文化卻也發展出海洋式儒商文化，因而具有獨特的個別優勢及其差異，特從《鬼谷子》中解析台商企業家能力、合縱連橫的應變能力，也是從社會資本與企業家能力來解析，以謀對區域整合、區域推移之認識，來求持續發展兩岸現代化之理想。

　　《孫子》一書解析戰爭中致勝之道，為中原華夏「兵書之祖」，二戰後更受西方戰爭學、營銷學之稱譽與運用，原因是孫子是立足於農耕民族之角度，為戰後回復生存正軌而申論的經典，也是宏觀的指導哲學；循此可知在兩千年歷史中華夏與蠻族戰爭中鮮有獲勝者，卻也「曾亡於元、清，卻以文治同化之」，而維持住我民族的生存、茁壯以迄今。及至近代的二戰後，《孫子》已被引用於「商戰」中倍受稱許，台商與之同理，皆依循《孫子》的「實效至上（effect-based）」作為企業經營原則，即「不戰而屈人之兵」最能保持有生資源的經濟實效，而受今世之企業家、兵學家的肯定。

　　本研究擬將《鬼谷子》中思想仿此而解析成台商企業家能力之圭臬，《鬼谷子》中有豐富又具彈性的思想，重視人際關係與溝通能力及人力資源管理的運用，也重視領導人「聖王」的權、謀、決的策略能力，與韓非子的「法（制度典章）、術（網絡人際）、勢（權謀地位）」思想亦有所吻合。因而在全球化的「知識經濟時代」中，優秀的企業CEO（Chief of Executive Officer）或可依循《孫子》與《鬼谷子》的思想，有利於未來的「商戰」中能獲得勝出。

1.1.1 台商產業集群的儒商文化

　　兩岸社會間不只存在著政治的落差，也有一些經濟文化跨度，以致須從制度的創新來整合，以求滿足其在危機處理與企業前瞻的需要，特別因台商產業集群的社會資本，較早的台商文化回流到儒商文化的閩粵地區，進而突顯企業家能力或CEO（Chief Executive Officer）五力的關鍵影響。亦即體察出：須有制度與技術的創新才會有持續的兩岸雙贏。

　　儒商文化自南宋以後漸漸萌芽，永嘉儒商思想即海洋式儒商文化的胚芽，仍是以儒家文化為主體而自然萌發；溯自漢武帝獨尊儒術以來的歷史長河中，經由生活中的「因、革、損、益」於大環境，如今中國大環境的社會文化早已融有法家、縱橫家、道家、佛家的思想，又與官方主導的儒家文化是小有差異的，於「因、革、損、益」的自我完善中，終能形成儒商文化以適應當時生活上的需求，迄今皆處於此「因、革、損、益」的循環之中；自儒商文化發展成浙商文化再衍生出閩商文化、台商文化等海洋式儒商文化，故今之儒商文化自會與漢朝至明朝的儒商文化有所不同，縱橫家的思想是本文的主要論述之所在，藉以映證華人企業家CEO的經營能力。

　　大陸民營企業的CEO其經營能力，因其長久薰沐於「正、反、合」的《唯物辯證法》、統戰「三大法寶」的生活洗禮之中，故除了傳統的儒家思想也和合縱連橫的《鬼谷子》思想充分吻合、結合，在全球化的「商戰」中進步快速甚於原已領先的台商，短期間在全球經貿層面「和平崛起」已飆至「齊頭並進」之局，甚而頗具「和平超越」之勢頭。因此大陸台商企業家能力，即其CEO能力的發展、在職訓練應將儒商文化中，須融入局部之「合縱連橫」的應變能力，更提倡、擴大其「全方位」的《鬼谷子》功能，以助台商企業與CEO能夠鴻展長才於全球的商戰之中。

　　大陸台商的企業家能力與合縱連橫的鬼谷子思想，如今在全球化的商戰中，其企業CEO經營、危機應變與處理能力已經是重中之重；皆因社會資本、資訊網絡的發達而帶動了世界巨大的變遷所致。所有經濟活動的全球布局就得調整思維，至少兩岸產業合作於全球布局的機遇中，必須把握住產業集群與資訊網絡的效力，大陸台商的產業集群更能塑造出其特有之企業家CEO能力。其中的應變力即危機處理能力，公式如下

CEO能力＝執行力＋適困力＋先見力＋辯溝力＋創構力＋應變力與人事掌控權

網絡（Network）的初始觀念來自社會學，用以描述人與人之間的互動關係，而且在社會學家立場看來，經濟行為本身就根植於社會交換關係中即網絡關係中（Granovetter, 1985）。隨後網絡概念被引入經濟學的分析架構中並用來分析產業內部企業間的組織關係，產業網絡及其對網絡內成員行為的影響，越來越成為經濟學者所關注的焦點。亦即將相關產業存有相互依賴、合作與競爭的企業在地理上的集中。亦即：

產業集群=企業群體+網路。

將《鬼谷子》的「合縱、連橫」策略融合在網絡觀裡，「合縱」後之企業群就是集團的「一條龍」，「連橫」後之企業群就是「加盟式」的服務業集團。

台商的「人脈經營」與社會網絡構成其集群推移的充分且必要之條件，讓企業內的「人力資源管理」能擴大基礎而成「兩岸共構」的「網絡」；這是發芽於台灣的歷史遭遇與文化淵源之內，茁壯於台商西進的歷史機遇與風險性創業投資之際，成就於對大陸的域外直接投資FDI與區域推移之上，期待於未來能助益兩岸雙贏於政經發展與文明衝突之中。

1.1.2　社會資本與人力資源

1988年美國社會學家柯爾曼（Coleman, 1988）指出：網絡關係的結構具有封閉性。即以這網絡結構為基礎所建立起來的社會資本是對內部成員才有效的，他認為網絡結構的封閉性促進了各種行為規範的出現，提高各個成員的可信度，也豐厚了社會資本的內涵。文化、知識與智慧等皆是以人及其組成的社會性單位，如家庭、社團等作為其承載體，具有積累性、新陳代謝與創新的載體。

柯爾曼將社會資本定義為：「人們在一個集體和組織中為了共同目的而在一起工作的能力，它在兩個方面具有共同特徵的實體，這些實體構成了社會結構的許多方面；在這種結構框架中，它們促進了行為主體（不論是個人或企業）的某些行動。」即人們互相聯繫取決於遵守規範與共享價值觀的程度之高或低，以及所產生之互信在各種合作與互動中創造出巨大的經濟價值，亦即個人追求各自利益最大化所進行的各種互助活動中，社會資本便出現與積累。至於狹義的定義社會資本為：即社會網絡，以及凡經由社會網絡所取得的資源。自舒爾茲提倡人力資本以來，至今知識資本與社會資本皆已成為學者重視之系統學說了。本研究採廣義的社會資本如下：

社會資本＝人智資本（含人力資本）＋環境資本（含物質資本、法制）
＋知識資本（含智財資本、客戶關係）+網絡及文化

此「文化」非指商業文化，而是東道地區的社會文化、大傳統；即台商在大陸就須適應、吸納含有《唯物辯證法》的「正、反、合」以及《聯合戰線》之統戰「三大法寶」等生活經驗，方可如魚得水的「和平超越」。網絡如自來水管路系統、文化如水壓或動力，人智、環境與知識則如水分子及所溶含之礦物質等，社會資本即營養素；目前社會資本在不同學科中其涵義多有岐義，政治學較多依賴其來分析社會網絡與組織；社會學與人類學則較多依賴其來分析社會規範；經濟學則傾向於藉之來說明契約和制度問題。本研究謹承前人之結論而將台商集群的社會網絡定義為：

台商網絡及其企業經營文化（含儒商文化與集群之社會價值、社會共識與規範）。

狹義「資本」是可計價計量的生產投入。當其為企業所專有便稱之為其內部社會資本，故台商集群之外的則稱為外部社會資本，集群內除了各企業的內部社會資本，也有因分享、外溢所交雜而成的集群文化。在台商集群中企業家CEO能力與社會資本，是以台商文化為基底、接合劑，三者是關鍵的要素，再結合成集群競爭力與極化作用的場域。本研究的社會資本則採廣義的觀點，有人力、社會、環境、知識等子系統各有學派以其廣義來包含餘者，本文則依知識經濟的角度來看，社會資本則扮演更重要的角色，因為：

　　智力資本（廣義）＝人智資本（含人力資本）+社會資源的創新運用，若從資源的角度來看，則社會資源=環境資源（含物質資源）＋知識資源（含智財、知識、客戶關係）＋社會網絡。「資源」是可計價計量的物質，也包括無法量化的生產投入。

人智資本（intelligence capital）與人力資本（human capital）的主要區別，是隱性/顯性、專業型/一般型之別，雖皆需以人（human being）作為其「載體」，人智資本是稀有的與專屬性的，專屬性是指知識經濟中多存在於企業內的經營者CEO與專業技術人員身上者，即傑出CEO的執行力、辯溝力、創構力、適困力、先見力等，即關於組織管理與資源分配的能力；人智資本則除此之外，更有專業技術人員的創新研發的技術能力於「載體」中；本文偏重於企業經營者的五種能力（簡稱CEO五力），故稱狹義的「智力資本」＝人智資本＋隱性知識。

　　1979年的經濟學諾貝爾兩位得主劉易士（Lewis W. Arthur）對發展中國家則創造性發現「二元結構」，也有資金、人才兩大缺口存在；另一位是舒爾茲（Schultz T. Willam）對農業經濟的人力資本作了重要研究，提供第三世界培訓人才的啟發。中國自古皆重視人才教育，不論法家、道家、儒家、墨家，皆同在今知識經濟時代中關鍵人才即傑出CEO，但迄今獨缺培訓方策即如何訓練CEO的方法，只有從《孫子》《鬼谷子》中轉注、假借來加以運用。

　　《孫子》《鬼谷子》屬於儒商的「**智力資本**」，亦即《孫子》的「道、天、地、將、法」兵法與《鬼谷子》的「合縱連橫、知彼知己百戰不殆」，這些能力皆蘊含於傳統社會的智力資本中，傑出CEO應能至少扮演「天、地、將」三種角色、具備其能力，更能善用《鬼谷子》中所倡之危機處理能力，運用 國父的「社會（創造）價值」觀點來享用、弘揚其所蘊含的社會資本，須先善盡其社會責任而回饋於社會。

　　始於1660年後台灣的漢化，即因大量涌入的閩商文化或儒家文化為主體，再輔以因歷史偶然與適應自然環境時，所融鑄而成的台商文化與企業經營經驗。此經驗特指台灣近百年「美日台混血」的企業文化，以及所建構的社會網絡與產業集聚之經驗。正如同香港科大的邊燕傑（2000）所說的「社會資本」，即他主張社會資本是行動主體與社會的聯繫，以及通過這種聯繫能攝取稀缺資源的作用之總和，主要表現是企業的縱向聯繫、橫向聯繫、社會聯繫所組成的社會網絡；因此台商產業鏈亦是「合縱連橫」的企業群體，在群體內則充滿著社會資本，也有部分學者更將社會資本簡單定義為一種能帶來利益收穫的社會網絡。

1.1.3 區域經濟與工業輪耕的區域推移

　　經濟全球化與跨國公司競爭日益激烈之際，地理區位、創新研發與比較利益已是公司營運和保持競爭力的關鍵，也因產業集聚顯然是世界產業組織的基本特徵與經貿發展的主流，成為各地區或國家的企業運用其區位與優勢，配合產業政策來致力發展經濟的重點政策，知名的經濟學者，2008年經濟諾貝爾獎的得主克魯格曼（Paul. Krugman）與波特（Michael Porter）等，皆關注於區域經濟的結構、績效，以及有關競爭力的研究。國父的「大亞洲主義」思維正好能弘補世人的缺失，因今人皆忽略對東道國的社會價值、社會責任，台商的儒商文化則可兼顧兩者，產生極大的回流效應使兩岸雙贏，進而完成亞洲或平等的區域整合。2008 年「高唱入雲」的「EFCA」（Economic Comprehensive

Framework Agreement,）），還須從外商直接投資FDI（Foreign Directive Investment）與區域經濟，更能了解「EFCA」可以是國際性經濟組織，以致：**區域整合是連續的區域推移之後的結局、目標。**

2008年諾貝爾經濟獎克魯格曼（Paul Krugman）以經濟地理學的思維，補充源自李嘉圖（David Ricardo, 1819）的國際貿易理論，克魯格曼認為西方FDI企業帶動的南美、亞洲地區的經濟成長，因其壟斷或寡佔的不完全競爭的市場結構，會陸續出現「金融危機」，他從1980年代對南美、1994年代的墨西哥而預測「1997亞洲金融風暴」，以及2008年的全球性「金融風暴」之「危機預識」皆準確。本系列之研究自始即以危機預識看待台商跨區域的西進大陸，台商FDI的「區域推移」、「蜂群分封」來進行著「工業輪耕」、「國土規劃」，力圖避免「不均衡發展」、「傾斜政策」所形成的不完全競爭市場之結構，本研究也因而擬藉《鬼谷子》的「蠟罅」思維來驗證儒商文化中的「危機預識」。

在研析西進的台商集群進行區域推移時，將以儒商文化為主的「台商經營文化」，再依「水、草」工業輪耕於大陸各省各區，其它外商的FDI域外直接投資者欠缺台商FDI的「游牧性」優勢，故主張台商的區域推移將可催生大陸之經濟，以及文化的復興將可：促成經濟二元化的差距之縮短與儒家文化的真復興；亦即中華文化與經濟的重建及其奠基工程，將依據《實業計劃》中的「利用外資外才三原則」，來看待外商的FDI域外直接投資；依 國父的「社會化分配」，再運用威廉（Dr. Maurice William）的「社會史觀」及其解說，來突顯「民生史觀」中已有社會資本的概念，溯及當年對社會網絡已感受到其潛在性。

台灣雖沒有自然資源優勢，但近1/4世紀卻享有絕佳的機遇——大陸的經濟改革開放與繁榮，真正的台灣「主體性」或自主且不受意識型態之操控，就須是基於「自利心」自動的與大陸合作利用其資源，方能進入波特（M. Porter）的國家經濟推展的最高階段「創新推導階段」而擁有經濟升級發展的力道，大陸也可蓄積能量以利其脫離「物質推導階段」進入「投資推導階段」，這是易明的兩岸雙贏與比較利益的運用，也是唯一的圖強致富之道。誠然兩岸間亦同，在似如離心力的政治對立下，經濟互惠的向心力與文明衝突的壓力之中，無優勢就無法贏得優先權。本研究期待台商或台灣當局有此認識，莫讓政治的對立與膠著成為經濟成長的剋星，畢竟民生問題的解決才是首要的關鍵問題。

台商比其他外商更具有同文化、先行者經驗與技能之優勢，加上台灣則具備地理區位及儒商式海洋文化的優勢而勝出；所以本研究的宗旨即：嘗試以質性論證來證實台商西進大陸，務須憑借社會資本而兩岸雙贏，即可直接吸取

《孫子兵法》的「道、天、地、將、法」與《鬼谷子》的「合縱連橫、知彼知己百戰不殆」，更藉以將之升華，實現CEO代表企業履行其社會價值與社會責任能兼顧的上策。進而驗證出、培訓出優質CEO，更因為傑出的華人企業CEO可推動兩岸公民社會，是兩岸共構的主要動力。

1.2　研究思路與方法

1.2.1　基本思路

　　大陸的民營企業其根植性或固著性是大於台商，「推移」是台商藉FDI的靈活性、機動性來對利潤「謀定而動」，因受較多的人為因素影響，故特從台商經營文化與企業家精神來闡釋之；「轉移」是有較多的「試探性」而隨著自然秉賦因素而定的，如「江水九折」一般的轉移，因有較多如區位等自然因素考量而採用區域轉移（Regional movement）。大陸若能以優惠政策吸引、照顧台商，即可藉著人為力來協助台商的「推移」乃可在有限資源的條件下集中資源，以利台商形成「局部」的優勢，積極推動各區各省「增長極」的建立，落後或開發中的大陸中西部，甚至如粵西高雷地區也極需有外資直接投資FDI。

　　台商的域外直接投資FDI又比其他外商企業「跨文化」阻力減少許多，而且人際網絡更強，只是信息不對稱與制度上的交易成本高過民企，至於國際性經貿保護與無重複課稅則不如其他外商般有國際經貿法之保障，故有賴於大陸的優惠讓台商獲利機會足夠而吸引台商西進。機動性高的台資挾其台商經營文化的優勢，尤其服務業及其行銷網絡是任何外商難匹敵之優勢，將助大陸地方政府實現經濟增長與文化重建而鞏固華夏經貿體系。

　　本研究的目的是：從區域經濟學與新制度經濟學的角度，來分析大陸台商產業集群的社會資本、企業文化的區域推移，以及從《鬼谷子》的思想來分析企業家CEO能力，主要是經由對其企業家能力與危機處理能力，分析台商CEO藉由集群的區域推移現象，針對台商經營文化與區域推移來擴張其投資與拓建通路、布建企業版圖，妥善運用來自《孫子兵法》的「道、天、地、將、法」與《鬼谷子》的「合縱連橫、知彼知己百戰不殆」之素養。他日台商也許會像美國的猶太商人般，擁有大陸的經貿之脈絡、要衝而有顯著的影響力。

　　台商CEO的經營能力與行為，本文循此「經濟－文化雙軸」架構，對台商進行研究與論證。以 國父「社會價值說」作主題，其它與儒家文化、《鬼谷子》等的社會大傳統相關者，即須有如下列四項假設：

一、 未來的全球化以經貿商戰為主體，便須能以儒商文化為依歸，將政治淡化與多元主權的角色及功能來重新定位，人類現代化歷程中台商以大陸為實驗區，將「合縱連橫」經由台灣的海洋式儒商文化，來將 國父的「大亞洲主義」理想加以發揚光大，以及提升至平等的全球化。台商運用其於企業競爭中的優異來謀取自身利益，也借此「先行者」的文化優勢來推動「兩岸現代化」。假設此一經創新的海洋式儒商文化能為將來的「文明衝突」增強抗體，就能為中國傳統文化增強體能與培養抵抗力。

二、 國父「社會（創造）價值說」所主張的「社會網絡」，是由全社會中有用的分子所聯結而成，故假設企業或CEO是「不知而行」運用社會資本的角色，能合理解釋企業應相對的負起「社會責任」。台商於大陸充分運用其文化、網絡與優惠政策等，台商未來企業的模式=中藥+新農村產業，台商善用網絡與文化即運用社會資本，便能創造兩岸的經濟成長，故需先強化華夏文明、以利兩岸雙贏，進而強固華夏經貿體的基礎，便於將來之「文明衝突」中，兩岸都能立於不敗之地。

三、 至於與台商集群的「內部社會資本」有相關之假設，本研究基於「社會資本促進技術創新能力」的觀點為其依據，以技術創新的知識管理角度來看待台商集群的社會資本，認為墾殖型聚落式集群的網絡文化，在知識經濟時代亦可發展成功的建立起台商集群文化；乃假設台商CEO扮演「運用企業一切資源來謀取最大效益」的角色功能，則企業在其個別的社會責任方面，應是兼顧企業的「內部經濟」與「外部經濟」的社會效益，故台商企業應倡導以戰國楚人鬼谷子的思想來培訓CEO五力，作為台商集群文化來轉化成合縱連橫術，方能全球佈局以維持永續繁榮的根本。

四、 最後的假設：社會資本在理論上的負面作用因台商的「如履薄冰」而可以忽略不計。集群內企業間的信任關係是早已受到討論、重視的問題；如現實的網絡作用並不如政策的影響大，另外也會出現「信息不對稱」狀況，以及政府、壓力團體等的「社會交互作用」等所形成的問題，這些都或大或小的存在著；雖然在理論上、法制上、實際的情境中可能是不存在的。進而假設台商如「過河卒子」再強化其社會資本的積極作用，故會戮力於建置兩岸共構的公民社會而以「海峽兩岸政治實驗特區」，使其發揚CEO能力與社會資本之積極作用得以更加擴大其效益。

　　因此在經濟全球化趨勢下的兩岸經濟，以及全球的區域整合正在進行中，全球性的政治或主權之對立將會淡化；台商以海洋式儒商文化優勢，能避開跨國大企業的鋒銳與正面衝撞，於大陸政策中因優惠政策、自然資源而今之產業引商，依序向中西部城市擇優進駐，來擴大企業版圖與建立產銷通路，以所獲得之較高利潤來投入研發創新厚植實力迎向「商戰」，再藉區域經濟合作共生來增強實力，在兩岸進階的現代化建設裡，以健全的華夏體系面對「文明衝突」來追求生存與發展，從「區域整合」到「全球（平等）化」。

　　本研究企圖經由上述四大假設所建構的模型來分析台商集群的社會資本，探討台商CEO的角色與經營能力，對其企業興衰與兩岸經貿愿景之影響，所嘗試的主軸是：經濟與文化的區域推移或統合，是促成台商扮演華夏體系內的「猶太商人」之拉力與推力。雖然歷史常常隨著時勢潮流演變而不盡如人意的變遷，仍有所期勉的是：兩岸政府與全體人民要善待台商，以利其企業之成長來完成台商「不知而行」的歷史使命，亦即盡人為力來彌補自然力在人類進化、華夏文明中所呈現的缺與限，實現「中國式和平演變」於兩岸。

1.2.2 研究方法

　　筆者自2002年終於盼到考入廣州暨大攻讀產業經濟博士班的良機，乃藉機進行自我充實與貫徹對長期關注的台商問題做深入研究；然本研究仍受限於海峽現實政治的阻隔，以及散布各地的台商因忙碌與業務保密拒絕以問卷調查，故嘗試進行「質的研究」、「文化的研究」而以文件分析法與個案訪問法，長期觀察特定台商對其投資行為進行研究，以達成對台商區域推移趨向之分析，俾可作為兩岸經貿發展之參考。

　　根據企業戰略學者波特（M. Porter）搜集英美日德與亞洲四小龍的資訊，所歸納出產業集聚的重大功能而論，故主張台商應以「台灣優勢」取代「台灣優先」：即不能依賴他人對自己的禮讓，必使台灣須具有領先的優勢才能支持台商在競爭中勝出，因為在WTO架構下台商在大陸：沒有優勢就沒有優先之權。台灣當局與台商皆須明白兩岸經貿中的優惠政策，於2010年以前會因「入世」而消弭，唯有接受挑戰強化企業家能力，才會增強自家企業與國家產業的競爭優勢。

　　現代的產業集群其經濟活動會在哪種空間進行？集聚區比集群分佈區更集中於面積較小的地域，但皆是區域經濟學和經濟地理學研究的核心內容之一；通常須有下列五類優勢之二：區位、資源、交通、基礎建設與體制創新等，優勢便可以形成。再從直觀而論，產業會在已具有區域優勢的地方形成集聚，即因

具有區域優勢：是由系列狀的許多因素所構成的函數，包括了自然因素、經濟因素、區位因素與人文因素的空間聯繫。至於人力資源因素、經濟優化能力、區域競爭力、政策因素等，也會被視為獨立因子來探討；本研究亦就此方向，對台商產業集群的區域推移現象，以及未來發展而從企業家能力來加以探討。

除了台商FDI可採行「大亞洲主義」的宏觀模式，依其異於大陸民營企業的根植性或山頭主義之優勢而建構，微觀上以《鬼谷子》思想轉折成「企業家能力」，以便於對經濟與文化的奠基、布局、拓建與鞏固均有特殊貢獻，對其企業本身更可因而避開與跨國大型企業的正面競爭，運用同文同種優勢來擴大版圖，以及贏取利潤來遂行自身的研發與創新。待兩岸合作進一步的茁壯後，華人企業方能於「商戰」與「文明衝突」中茁壯成長，台商更可借著中小企業為主體的靈活性，來捍衛華夏體系的經濟與文化的生存，進而獲得發展、茁壯與鞏固「大亞洲主義」的基礎。

1.3 論文分析框架與研究內容

1.3.1 論文分析框架

在世界經濟重心東移亞洲的趨勢中，世界三大區域經濟體「歐共體」「北美FTA」「東協+3」的確建，其原因是:首因跨國企業在FDI經營中為求其利益之極大化，次因各中心國與週邊國家也以區域經濟體FTA來捍衛自身利益，再因1992年聯合國提出「全球化」也是自經濟體WTO著手，卻因2005歐共體企圖進入財政一體化受挫，以至於偏重各區域經濟體之推展；故知兩者間是「唇亡齒寒」謹以下列四項說明之：

一、「經濟全球化」是區域經濟FTA的動力、起因；

二、經濟全球化與區域經濟FTA是「殊途同歸」，謀求全球資源的最佳配置與經濟效益之實現；

三、「經濟全球化」不能取代「區域經濟FTA」，如國家統一後仍須賴「省、縣」級組織之配合；

四、區域經濟FTA是經濟全球化的「熱身活動」，實現「主權淡化」的推演。

為能使經濟全球化與區域經濟FTA，融入台商經營的區域推移於大陸與東亞洲，故本文提出「桂高雷ECFA國際經貿區」可透過文化、經貿的台商網絡，助台灣與東協、越南、大陸能以多邊協商與經貿經主權互動之外，更能運用兩岸社會資本及其智力資本的台商CEO能力，以謀「兩岸雙贏」再圖共構的「公民社會」。

　　本文主要對台商集群的社會資本與其企業家經營能力來進行分析之外，也對台商企業轉型變革、面向東協進行研究。面對企業危機時企業負責人CEO因其經營理念與風格，在制度及管理方面調整而成功的危機管理；更為企業創新之定位、定向而再賦予新生命；若能歸納出條理來協助台灣藉由「大亞洲主義」的發揚，進行「區域推移」來完成企業擴張與全球化布局。其中特從企業文化與影響關鍵者的企業家CEO能力來切入、推展，因台商集群藉著集群中的企業家介入較多意志力或理性，以進行台商集群「推移」的決策，藉由產業集群的「利己善群」來完成兩岸的現代化。故本文特將之分隔為論文綜述、理論分析、應用分析與結論等四部，對台商再西進是否有利於兩岸全面的經濟增長與文化重建，加以探析論文的四大結構如下：

　　　　（1）〈論文綜述〉　　　（2）〈理論分析〉
　　　　（3）〈應用分析〉　　　（4）〈結論〉

1.3.2 待解決問題

　　本文以發展經濟學的宏觀角度來看台商產業集群的區域推移，以新制度經濟學的角度來看台商文化。對於台商集群的社會資本、海洋式儒商文化與企業的社會責任，分析在大陸「區域推移」及在亞洲的「區域整合」之功能。本文擬做探析而有如下之主要待解決問題：

一、　台商集群的海洋式儒商文化其內涵如何？及其社會資本與企業CEO五力的特質與優越性，來為台商於「全球化」商戰能在危機處理上做出貢獻，更對華夏文化體系與人類的經貿發展於「文明衝突」中做出創新，對社會資本、社會責任有何結構上關聯？

二、　台商集群所具有的文化特徵與知識經濟之優勢，藉「再西進」發揮產業集群的社會價值與社會責任，即能「和而不同」的於區域推移中，將先行者經驗在當地社會持續榮景、協和共進嗎？海峽西岸特區中「閩南政治實驗區」是否因能經濟成長而隨之推動、更加擴大範圍，台商終能與大陸民企「群而不黨」的促成更多元的兩岸現代化嗎？

三、　台商企業CEO即企業的執行長，他以企業家精神與CEO能力（如執行力、先見力、適困力、辯溝力、創構力），其內涵、重要性與對企業生存發展有何影響？台商網絡與企業家精神、能力對「台商產業的社會資本」會有何作用？能夠「利己善群」「捨我其誰」的將企業的社會責任，在東道國當地

奠基、佈展而回饋兩岸人民嗎？

四、 台商社會資本與人力資源的培養與內涵究竟如何？哪些政界或商界的CEO
會以其積極行為來鞏固、強化亞洲文明與華夏文化的欣榮？經由儒家文
化、台商文化的作用而形成華夏文化的極化效應，會對華夏文化體系與人
類的經貿發展將有何影響？

　　本文內容從現代化角度來看待大陸的經濟建設，它從過去到現在均以自己
的「中國特色」的「社會主義現代化」為傲，所以竭誠接納台商西進投資並尊重
其意願更協助之，因為台商的文化、經貿的雙軸回流是大陸的「心、身雙補」。台
灣史上三百多年的外向經貿、海洋文明，以及近百年融匯了美日經營管理文化之
精華，是大陸較缺互信、分享之「柔性專業化」的關鍵，此一「隱性知識」屬於
「畫虎畫皮難畫骨」的部分，非經百年的積累難竟其功者，也非台商口授與民企
模仿所能成就的，需經積漸、薰陶方可擁有「新產業區」的集群文化與其優勢。

1.3.3 研究內容

　　1890年馬歇爾提出聚集經濟的概念，對產業集群及其網絡的研究就開始進
行了，接著1990年波特提出產業集群的概念（Industrial cluster）和1991年進一步
提出創新網絡概念，對產業網絡的研究開始進入了一個新的高潮。台商以其社
會資本經由企業家經營能力之運用，在集群內彼此既競爭又合作的方式集中在
「某一地理區域內的現象」與上述產業網絡的定義相比，產業集群可以大致看
作是一個特定地理區域上的產業群之網絡。

　　這與本研究所指的特定區域空間形成的產業網絡是一致的，所以對具有域
外直接投資FDI靈活性的台商而言，本研究應是一個對產業集群的綜合性研究。
亦即除了產業經濟學之外，也融合了發展經濟學、新制度經濟學、區域經濟
學、知識經濟等的部分原理，再經儒商文化與縱橫家思想薰沐的企業家能力，
歷經歷史的遭遇所融貫結合而成的綜合性體系。台商以其社會資本凝結成產業
集群，依『蜂群分封』與『工業輪耕』行區域推移、拯合，當前應以「桂高雷
EFCA國際經貿區」來面對東協FTA的競合互動。

　　在2006.6的《大陸台商的『蜂群分封』與『工業輪耕』》拙作中，就假設
「主權終將淡化，兩岸合作面對文明衝突爭取雙贏」與2008.4馬蕭的「擱置爭
議，兩岸雙贏」相同，同時也主張觀光先行。因「文化是現代觀光的內質」而
須強調以教育來培養台商的危機處理能力與文化素養之重要，即企業CEO須以
其適困力、執行力來化解之。2008年之後台商與大陸民企皆承受環保稅與「兩

稅合一」的壓力，就得認真的以「危機處理」來面對它，今後與環境稅將對傳統產業佔多數的台商構成了沉重壓力；亦曾提醒台商在2008~2010年將是薄利時代，台商須以危機處理的態度來將休閒農業予以升級將是轉型為中醫藥生科、生技綠色產業，是重視環保與生態的「十一五計劃」中的最佳投資。

　　2008年三月底大陸「人大」換屆，即有代表之提案與本系列前述主張若合符節，提出、鼓吹應給台商更多優惠於「海峽西岸經濟區」。值此機遇兩岸更應合作於經貿－文化來厚植華夏文明之根基，以之對「文明衝突」進行預防才是真的兩岸雙贏。目前台商已有能力「候鳥回巢」來實現其社會責任，謹從　國父的「社會價值說」論證之，期待兩岸在經貿與文化上皆能「分進合擊」於「文明衝突」，力圖建設兩岸共構的「公民社會」！

1.4　研究流程

　　本論文中的流程如右圖，初始是確定界說，首先以彰顯因其社會資本與文化之優勢，於大陸內需市場的競爭日趨白熱化階段，台商將更能善揚其功能。其次，現代化對經濟落後地區或國家而言，其首要任務就是解決人民溫飽問題。至於現代化的意義是什麼？現代化是一個歷程，也是一個結果，是指一國或地區因科學技術的變遷，甚或是革命所產生的全面、深入、劇烈之影響，以致經濟、政治、社會、文化、法律、生活習慣與人們的思維方式、價值觀念，全都無法避免的產生重大變遷之過程。似同綠竹的「節節高升」般向上向前的發展。

　　現代化的內涵極其廣泛，各國雖各具特色但仍是社會進步與經濟增長的結果，也是其過程；故城市的形成在現代化歷史中扮演著樞紐幅奏的角色，即在人力與經濟、政治、文化上發揮著滙聚與分配的功能；城市欲能持續發展就須健全資源環境子系統、經濟子系統、社會子系統的分枝，人類在變遷中若不積極正向的作為則將自我沉淪或遭到歷史的淘汰，所以現代化是人類興衰存亡的求生活上的改善之一組活動。

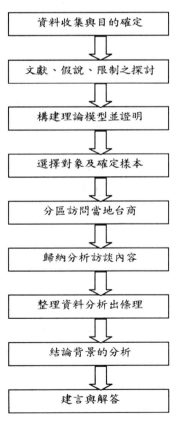

資料收集與目的確定

文獻、假說、限制之探討

構建理論模型並證明

選擇對象及確定樣本

分區訪問當地台商

歸納分析訪談內容

整理資料分析出條理

結論背景的分析

建言與解答

圖1-1　本論文研究流程示意圖

1.5 研究理論

1.5.1 研究動機、架構

　　關於台商我們須用心體會、觀察與分析，故以研究來協助兩岸的CEO盡力的做好「人為力進化為輔，自然力進化為主」。或須借著《孫子兵法》的「道、天、地、將、法」與《鬼谷子》的「合縱連橫、知彼知己百戰不殆」來增強CEO能力嗎？不論是在兩岸共構、競合雙贏或零合賽局的框架下，海洋式儒商文化都具有無上的價值與功能——人為力的進化。台灣的「經濟奇蹟」經過1997亞洲金融風暴之後似乎出現了暫停，也許休息是為了走更遠的路，但關鍵在於「到底是蓄勢待發抑或是逐漸冷卻下來呢？」

　　筆者曾於1992年，赴大陸黃河沿岸考察洛陽迄青島一線各城市，體會出台商於大陸經濟「區域推移」逾25年，協助其發展「中國式社會主義現代化」的精華，令人矚目；故而發展成為 2002年考入廣州暨南大學產經所，對台商集群之區域推移研究的動機；入學後再因受暨大的培養與師長的熏化而延伸成為動機與動力，而以研究台商的企業文化、區域推移與產業集群作為本論文的主題。謹基於「**區域整合是連續的區域推移之後的結局、目標**」，基本思維架構是： 區域整合是目的，以亞洲為範圍、以台商CEO為載體及海洋式儒商文化作為媒介，其中區域推移是過程則須以《鬼谷子》的主張來推行「合縱連橫」，即區域的極化作用、回流作用、溢出作用而實現亞洲的區域整合。

　　經由教育是「多快好省」的以「人為力」來改變，再經社會文化之傳遞來影響個人的行為，來積累、修正人類發展的世界潮流，通常會由社會中菁英們來決定、操控。人力資本理論經舒爾茲（Schulz, 1960）提出後，更肯定企業家能力之養成及其價值；亦即新資本主義偏重於「個人選擇」的人力資本理論已正式建立，隨後主張重視「結構位置」的文化資本理論也開始佈建，如今的「社會資本」即個人行動（文化）與結構（網絡）間互動的結果，深深崁入產業集群或產業鏈之中，台商亦如此更具有其生存發展的優勢。謹呈述如下：

　　　　企業文化 ＝ 企業家能力 ＋ 企業特質（宗旨、規範、價值觀）

　　　　企業家CEO能力 ＝ 企業家對人事之掌控權 ＋CEO五力+應變力

　　我們該如何區辨、來妥為因應？歷史是人類進化的軌跡；也是人類在文明

積累過程中對其活動之紀錄。人類的活動即歷史的內涵，至於人類進化則是其本質，即 國父 孫中山先生的「人為力的進化為輔，自然力的進化為主」，亦即說明人類只能以「小修」經長期積累而成為歷史潮流；每一世代的人面對它總是渺小的，故曰：「世界潮流浩浩湯湯，順之則昌逆之則亡。」

1.5.2 研究方法與前提

本論文則擬以原已投資於珠三角者為對象，現在將要或已經再西進的台商為對象，尤其原為傳統產業者，早期西來大陸經營者之本質是區域推移中的擴散效應；以往研究方法大量的採用量化的計量研究，但近之學者有共識：量的研究難有深入探析原因之效果，仍是較適合於事實的描述與現象的陳述，台商西進的動機與決策分析是深層的原因探析，更因涉及產業文化與台商經營文化是難以量化的變項，故以質性研究較能以推論性文字，以及參與者回饋而能揚其長，更可以兼顧內在與外在信度來避其短，加以曾對台商大會參與者提出問卷，皆因其顧慮多而未獲寄回，故放棄兼顧質與量，本研究則從事質性的研究。

至於文獻分析法是以昔之經驗而留下文字記錄者，從微觀角度來分析台商企業的經營管理；再就紀錄文字從宏觀角度分析其內容而依據時空背景，將所欲解答之主題從其中尋找Who、Why、What、Where、When、How，再兼顧其可靠性、系統性與有效性之下整理出答案，與訪談法相同皆需注意訪談員的素質技巧與專業倫理。因筆者在台兼任諮輔商談工作歷三十年之經驗技巧與專業倫理，再參酌與借助於大陸各地台商協會的會刊、《2005台商千大》與《投資中國月刊》等深度資料與文稿，故訪談的質性皆有一定之水平。

從台商企業內部以新制度經濟學為理論架構，並且用來分析其交易成本、制度成本、信息成本；再假設西進的台商其成敗之關鍵，則從企業家是否有CEO五力，以及危機處理能力將企業轉型或變革的能力，來進行分析；故綜合自企業制度、企業文化（價值）與競爭動力，再加上企業家精神與危機管理的角度，來探索台商成功西進的傳統企業之轉型範例。

1.6 本研究的限制、創新

1.6.1 本研究的創新

因本論文試圖兼顧兩岸的未來發展與台商西進的抉擇，以求華夏文明能勝

出於「文明衝突」中，故而有下列特殊的立場與期待，或稱創新者如下五點：

一、 本研究從產業經濟學、新制度經濟學立基，以及自發展經濟學的角度來析論者則較為罕見，故特從台商的社會資本及其海洋式儒商文化，來開拓台商的知識經濟角度來充實核心能力，更以風險管理的態度面對「再西進」的新視野與新機遇，嘗試將投資於西北地區與西南地區的台商，賦予更多的社會資本、社會責任與政策優惠，先從中醫藥產業生科化與社會主義新農村運動之結合，來發展出未來企業與亞洲特色產業，以利兩岸雙贏進而實現兩岸及亞洲的區域整合。

二、 從 國父 孫中山的「社會價值說」立論與「社會化分配」等民生主義的主張，來解析「兩岸的現代化」與台商集群文化所受之影響，以及對當地社會文化大傳統所產生的極化、溢出、回流效應之影響，更再輔以「協和共生」觀點來催化兩岸雙贏之局，則可促成台商CEO以資金支持非營利的基金會，再贊助非政府組織來推動兩岸共構的「公民社會」。

三、 綜合社會資本及網絡則從華夏文明、儒商文化與企業文化來評析大中華經濟圈的企業群體，以「區域文經雙軸推移」為研究架構而進行經貿交流，對東西方「文明衝突」之可能發展，先行強化體質以求勝出於未來的商戰之中。故以《孫子兵法》的「道、天、地、將、法」與《鬼谷子》的「合縱連橫、知彼知己、百戰不殆」為特色，藉著CEO先宏揚於大亞洲，進而可以奠定於「商戰」與「文明衝突」中勝出之基礎。

四、 強調知識管理與危機管理是企業家的基本能力，尤其兩岸的政治對立常生波瀾，身為台商CEO必須藉著執行力、危機處理能力與人力資源管控權，進而發展出先見力、創構力、辯溝力與適困力，努力於社會資本之運用，以及網絡的建構及善用方可「勇者致富」。依循《孫子兵法》的「道、天、地、將、法」與《鬼谷子》的「合縱連橫、知彼知己」，並以其內容為素材來發展、強調華人CEO能力，再依循「大亞洲主義」來拓建亞洲之區域整合。

五、 大陸學者研究台商西進者固不少，然而少見深析台商企業的經營文化與管理能力，特看待台商西進是屬於企業轉型或富有創新的企業家精神，以勵來者之效法；故從「社會資本」與「企業家能力」來看台商企業的經營行為，會有利於台商集群的「逐水草」或「尋花蜜」；台商的社會資本及其文化、網絡，處於面對內銷大陸市場的優勢中，以優惠政策吸引台商西進將更有利於大陸的「國土規劃」與兩岸的現代化之中。

　　入世迄今兩岸不僅是滯後於經貿交流，故而探析台商企業文化對兩岸經貿

的隱性功能冀圖借力來突破兩岸當前之困境，從經驗中深刻感受到優惠引商不如產業（集群）引商，產業引商必須發揮資源與優勢——文化與知識（人才），以知識經濟中的知識管理與社會資本等所融鑄成的企業核心能力，妥善運用機遇及掌控能力與人才較優等，來發揮自己的資源與人才的優勢。

1.6.2　本研究的嘗試

2007的《大陸台商的區域推移與海洋式儒商文化》拙作中，主張文化－經濟雙軸推移，指出北京對華僑、僑社用心即其極化與溢出效應之作為，以恢復、發揚傳統文化為己任，無非即圖能成為亞洲、全球的華夏文明的極、核心，再以其極化作用讓各地華僑、僑社對北京再產生回流作用，藉文化的統合來對台灣進行文化、經濟的輻射作用，台商2009年除以台灣作為研發智財與知識經濟的回流作用、匯集區域，其他則應以華夏文化涵蓋的東南亞作為資金或經濟溢出的區域，擴大進行台商FDI的投資區以拓建華夏經貿體之基業。

因兩岸尚未統一故於社會法制、思想與文化仍有小的歧異，而以政治的對立更有相剋的現象而需調整之。台商的處境更是如此，來面對兩岸的政治歧異與研究之限制，再定出目標與策略而能「開釋」心中疑惑，並據此而深刻的期待上述待解決問題整理出答案時，大中華經濟圈的戰略（競爭）目標及其定向與定位均可獲得釐清了。

至於當前台商於大陸的產業引商之下，應進行危機管理與知識管理方為上策。不論於長三角與珠三角的核心區域，如昆山、蕭山、上海與東莞、深圳等地，則以文獻法來析釋大量菁華論文以為替代，輔以對台商或其負執行責任的在職股東的訪談，再藉助於參考《東莞台商》、《佛山台協》、《順德台協》等期刊與相關材料，關於企業文化及創業精神等抽象的變項參數之內涵，力圖降低這些限制的負面影響而期待能夠趨近正常狀態，故知台商於大陸的產業引商之下，應與其有所差異化的進行「創新引商」與知識管理方為上策。

依台灣高度發展的文化現況，在彼岸的台商更應與大陸的東協政策搭配來發展對東亞的經貿，以域外直接投資（Foreign Directive Investment）模式對東協各國佈局網路，藉由台商文化助大陸儒家文化復興，「均無貧，和無寡，安無傾」的理念得以完成，兩岸協力合作經濟建設來實現《實業計畫》中的均富社會、共同富裕的「社會主義新農村」。

「趙孟能貴之亦能賤之」與經貿文化並舉，是本書與之前拙作所強調台商須有危機預識及其處理能力，即是台商CEO五力與重心所在的適困力、先見

力；果然2008年一月大陸國務院對台商「收網」查稅的危機。本書特從 國父的「社會價值說」為依據，主張台商之優秀者因享有「社會資本」而獲利，就應履行「社會責任」來盡應有之義務，藉由回流效應來建構綠色環保的永續經營，以及台灣「公民社會」之民主典範，先形成極化效應之後再以「桂高雷CEFA經濟區」或「海峽西岸經濟區」作為實驗區，對大陸進行「溢出效應」，而促成再進階的「政治學台北」與勝出於全球化潮流中！

1.7 論文章節介紹

本論文共分八章，分隔為論文綜述、理論分析、應用分析與結論等四部，對台商再西進的經濟增長與文化重建加以探析。其論文結構框架如下：

（1）〈論文綜述〉第一章 　　　　　（2）〈理論分析〉第二、三章
（3）〈應用分析〉第四、五、六、七章　　（4）〈結論〉 第八章

21世紀中華夏經貿體與文明衝突下的台商角色，提出克服之建言再依結果做出總結與建議，幷對台商企業與兩岸未來的發展理論、實務加以建言，期待能為華夏經貿體有所貢獻 。

台商產業集群對大陸至少須相較于對亞洲地區，是先有極化效應的形成，才會後續出現其溢出效應與回流效應，鑒于過去華僑的史實與台商現今之西進，而有：從傳統的再生、區域活化與現代化作為結論的背景與分析，以及從台商集群前景及相關問題來尋覓解答與建議。

技術是知識的運用，通常來自生活經驗的積累、仿效與轉化而建立的系統性技巧。至于科技，則是人類各種活動領域中為能達成目標之合理性與效率性的方法，它通常是「含金量」較高的技術。科技管理或技術管理即是知識管理，台商產業集群欲排除低利化的障礙，就得走知識管理的路即借著柔性專業化的基礎，來進行企業的升級或轉型，否則體質已弱化的台商企業如何面對下一波的競爭與淘汰？政府可曾「與時俱進」的扮演好自己的角色？台商企業文化中「勇者致富」同樣也可用于勉勵政府要勇于轉型、適度的改變自己的功能、突破舊思維的框架，來幫助台商建立知識管理的柔性專業化新產業區，也實現政府的轉型創新凡是成功的台商才能夠跨越全球化的挑戰，台灣全民才得享受其福祉。

政策的前瞻性造就了偉大政治家如 孫中山先生與鄧小平，「兩條路線」的「試誤（test ＆ error）」是歷史的常態，歸結成一句即「實驗是檢驗真理的唯一

標準」，找到「合用」的政策就是智慧。若站在更宏觀的角度看，就總結如 孫中山先生的「世界潮流浩浩湯湯，順之則昌逆之則亡」，常思兩岸的終局無非就是：以「歷史規律」為主，以「人為挽救」為輔走向後發外促的現代化。台灣政府目前對台商的政策缺乏彈性更缺乏大格局，未能多留「因、革、損、益」的空間，對台商企業所執行的是壓迫性防守。須知亞當·斯密主張：自利心讓人民富裕也就是國富所在。其意涵是通達于宋司馬光在《資治通鑑》中對「孟子見梁惠王，王曰：叟有以利吾國乎？孟子曰：何必曰利！」抒發心得時所書之內容如下：

> 「初，孟子師子思，嘗問牧民之道何先，子思曰：「先利之。」……（孟再問以求確認）子思曰：仁義固所以利之也，上不仁，則下不得其所；上不義，則下樂為詐也。臣光曰：子思、孟子之言，一也。」（李明輝，2005，P.60）

　　如果台灣的官方政策不能做到「因民之所欲而利導之」，那麼台商就只能為了生存發展就「上有政策以致下有對策」，圖謀人為的自力救濟，以「灰色」管道西進投資，政府也無法掌握信息與適度徵稅，政府爭取民心唯恐不及何必是違逆民意的「背道而馳」。值此機遇兩岸更應合作於經貿－文化來厚植華夏文明之根基，以之對「文明衝突」進行預防才是真的兩岸雙贏。本文嘗試從企業家能力與儒商文化來強化台商集群的社會資本的能量，來呼籲台商善盡其社會責任於兩岸共構的「公民社會」。目前台商已有能力「候鳥回巢」來實現其社會責任，謹從 國父的「社會價值說」論證之，期待兩岸在經貿與文化上皆能「分進合擊」於「文明衝突」，力圖建設兩岸共構的「公民社會」！

1.8　結語

　　自1992年初履大陸迄今，有感于台商西進對兩岸現代化的貢獻頗鉅，2002考進廣州暨南大學產業經濟所，以「大陸台商」作為研究專題，在等待最佳時機提出學位論文之四年期間，分別的謹以2006.6《大陸台商的『蜂群分封』與『工業輪耕』》、2007.12《大陸台商的區域推移與海洋式儒商文化》、2008《大陸台商產業集群的社會資本與企業家社會責任》為名，作為【台商產業集群】系列之三來出版。這三本書也是依序說明：西進台商對大陸的經貿——文化，依序為此系列之擴散（溢出）作用、極化作用、回流作用，在兩岸間循環促成大陸的經濟繁榮、兩岸富強，即台商如今應該有能力與義務，對台灣的公民社會

「回流」以「社會責任」，然後將台灣再進行政治民主的極化作用，使能對大陸的溢出作用與更高層次回流作用構成良循環。

在2006年、2007年拙著中，即提倡台商以休閒農業西進大陸，為兩岸的「另一部分人富起來」而努力；2008年的拙著及本書中皆提倡以台商的企業家能力，前瞻的與休閒農業之民宿合作西進，拓建中草藥園圃民宿網絡，進而兩岸合作中醫藥生物科技的制劑、單方，前進東南亞依海洋式儒商文化完成亞洲的區域整合。2009年5月25日國台辦王毅主任會見國民黨吳伯雄主席時，即指出：中草藥、綠色節能、交通運輸等產業是未來兩岸合作主導產業，而以中草藥為首要；即是突顯出社會資本與華夏文明共同智慧資產的影響及效益，特摘要與推論拙著中其明顯事證有：

①在2006年拙著即提倡：台商須注重「危機預識」與「再西進」，以「工業輪耕」來支持「西部大開發」；2008年大陸「兩稅合一」的危機如期出現，加上「金融海嘯」危機的衝擊，使台商鴻海全面將各產業執行「再西進」於「海峽經濟特區」，因具有文化、經濟的推動力與效益，尤以中醫藥生科製造業是更具「未來產業」優勢者，從休閒農業入手讓兩岸的「另一部分人富起來」，藉以消除M型社會之困厄。

②在2006年拙著即強調區域經濟的推移現象，尤以台商集群的「經貿－文化雙軸」的推移架構，是最有效益、兩岸雙贏的「蜂群分封」與「國土規劃」。2007年的10月大陸政協代表即有類此之建議案提出。

③在2007年拙著即指出大陸國務院「文化部」在「十七大」中「文化戰略」之提升；並分析「海洋式儒商文化」與 國父「大亞洲主義」思想，對亞洲區域整合潮流中給「華夏經貿圈」的助力，對抗西方「經金優勢」與「文明衝突」。果然兩岸直航於2008年底，以免台灣被東協邊緣化而開創新局。

④在2007年拙著中提出「兩岸共構的公民社會」，須以「文化的統合」來聯結「政治與經濟的統合」，以謀「兩岸的共生共榮」於「全球化」的知識時代。2009年胡錦濤的「元旦文告」即宣示「經濟與文化並行的交流思維」作為其政策取向。

⑤在2006年、2007年與2008年的拙著中皆提倡台商的企業家能力，並指出社會資本的影響及利潤，推論至 國父的「社會（創造）價值說」是CEO對國家的「社會責任」之根源，同年底「金融海嘯」中即印映出「西方金經遊戲規則」之偏差，進而要求CEO須承擔更大的「社會責任」，以對等「社會資本」之享用。

　　本書預定於2009年10月出版，即主張台商CEO的企業家能力將可大展長才，台商的蜂群分封藉著《鬼谷子》行「區域推移」，以「ECFA國際經濟區」的工業輪耕來「再西進」，協助大陸完成各省區的「區域整合」，然後憑藉「大亞洲主義」的海洋式儒商文化與《鬼谷子》的合縱連橫思維，在東部亞洲完成「區域整合」的推移，實現亞洲人的亞洲繁榮而非「依賴理論」的繁榮。

第2章

◇ 文獻綜述 ◇

台商CEO欲謀其企業之持續榮景須以儒商文化為基底，再借著現有的產業政策、企業文化、產銷經驗之優勢，更憑藉知識管理以創新研發為優勢來利己利群，力保鞏固兩岸華夏經貿體的主軸以求化解「文明衝突」于無形。其關鍵是于再西進中台商的作為是：須是依「蜂群分封」模型（swarm ramifying model）、尋覓「水草（advantages & privileges）」的「區域推移（regional movement）」，即其昔從東莞出發所進行「工業輪耕（industrial rotation）」與宏觀的「國土規劃（territory development）」。

台商企業文化（Taiwanese enterpriseur culture）所產生的動力與台商優勢（即政策利多與社會網絡的運用），將可以海洋式儒家文化來鞏固「華夏經貿圈（great Chinese economy & trade bloc）」于21世紀，以備「文明衝突（culture conflict）」之降臨。《孫子兵法》的「道、天、地、將、法」與《鬼谷子》的「合縱連橫、知彼知己百戰不殆」，這些能力皆蘊含於智力資本中，傑出CEO應能具備其能力，更能善用《鬼谷子》中所倡之危機處理能力，兩岸與東協各國行區域合作來化解「文明衝突」。

2.1 產業集群與區域理論

產業集群理論的發展與不斷完善，經歷了從產業聚集理論、新競爭經濟理論到新產業區理論的演進過程。19世紀末馬歇爾從新古典經濟學的角度第一個較系統研究了企業集群現象，提出了以外部經濟與規模經濟為集聚動因的企業集群理論。

2.1.1 產業集群與區域經濟

在新古典經濟學之後，產業集群理論卻有相當長的時間游離於主流經濟學之外，在游離期間似乎只有經濟地理學的文章在研究與產業集群有關的問題，這段時間大約是從1940年代迄1980年代；後來波特（Porter, 1990）到1990年代的產業論著才開始對學界發生根本性改變。

2.1.1.1 產業集群的意義

來自對國外相關文獻的翻譯與介紹，產業集群的定義目前尚無定論，學者們在使用這一概念時還是有很大的隨意性。如經濟學研究中則稱為產業集群（industrial cluster）、集聚或簇群（agglomeration or cluster）、區域集群（regional cluster）、產業群（cluster of enterprise）、區域產業集群（regional industrial cluster），在經濟地理學研究中稱為地方生產系統（local production system）、新產業區（new industrial districts）、產業區（industrial districts）、產業集聚（industrial agglomeration）、產業綜合體（industrial complex）、創新環境（innovative milieu）、區域創新系統（regional innovative system）等。雖然不同學科對集群現象的關注方面各有所側重，但集群的以上這些概念其涵義大同小異，都從不同的側面反映了產業集群的地理特徵、產業聯繫特徵、經濟外部性特徵、社會文化特徵。

波特（Michel Porter）於《國家的競爭優勢》中把產業集群理論推向了新的高峰，他從組織變革、價值鏈、經濟效率和柔性專業方面所創造的競爭優勢角度重新審視產業集群的形成機理和價值。此外，另有以「新產業區」、「加利福尼亞」和「北歐學習型經濟」這三個相似學派為代表，也強調非直接經濟因素之重要性的產業集群競爭理論。保羅‧克魯格曼是繼馬歇爾之後，首位主流經濟學家開始把區位問題和規模經濟、競爭、均衡結合在一起，他的《收益遞增與經濟地理》（1991）、《地理與貿易》（1991）對產業聚集現象給予極高的關注，在《發展、地理學與經濟地理》一書中建立了關於聚集經濟（可應用於產業集群）的新模型。反觀由弗理曼（C. Freeman）、倫德瓦爾（B. A. Lundvall）等人所宣導的國家創新體系理論，強調創新過程中的交互式學習作用，可以用來解釋為什麼集群化有利於創新與績效的提高。

2.1.1.2 產業聚集理論的演進

1890年,馬歇爾在《經濟學原理》中,對外部經濟性的描述和分析,被後來的許多研究集群的學者所引用。它對技術、勞動力等的外部性的研究是具有先創性的,產業區位理論、增長極理論都對產業集群的動因與效應進行了深入的分析,即傳統的產業聚集理論應該說重點主要放在產業內部的關聯與合作上。

產業是由在區域內成組產生的企業所促成的。1970年代以來,對新產業區的研究逐漸成了國際上區域經濟研究和集群研究的先導課題。新產業區與傳統的工業集聚區或工業區有很大的不同,僅為了節約空間成本(區位成本)或共同利用基礎設施,或被優惠政策吸引所產生的企業的集聚不一定是新產業區。

美國哈佛的邁克爾·波特則提出了基於集群的國家競爭優勢的「鑽石模型」,其架構主要由四個基本的因素(要素條件,需求條件,相關及支撐產業,企業戰略、結構與競爭)和兩個附加要素(機遇和政府)組成。國家競爭優勢即取決於該國的主要以生產要素條件、需求條件、相關支撐產業、廠商結構、戰略與競爭等而形成的「菱形構架」系統,集群的成長需要需求條件、相關與支持性產業、要素條件、企業競爭與戰略四大因素之間,密切配合構成的一個鑽石模型系統的結合力量。

新產業區是以本地結網、企業的本地化、企業之間的對稱關係,及以柔性專業化為其主要內容,其理論核心就是依靠內源力量來發展區域經濟,在區域內以各型企業為主體透過中介機構建立長期的穩定關係,結成一種合作網絡,促進企業不斷的研發創新,從而營造一種獨特的區域創新環境,使區域經濟、社會資本、知識技術三者協調並持續發展。

➤ (1) 馬歇爾的外部經濟理論*

英國經濟學家馬歇爾被公認為是產業群研究的先驅。早在19世紀末,阿爾弗雷德·馬歇爾於1890年代就第一個提出了以外部經濟與規模經濟為聚集動機的企業集群理論。在《經濟學原理》一書中,將相關部門的企業在特定地區形成的集群稱為「產業群」,並把這種「因許多性質相似的小型企業集中在特定的地方…而獲得」的經濟稱為「外部經濟」。這種「外部經濟」主要體現在四個方面:一是地方具有專業技能的勞動力市場;二是可以獲得中間產品;三是可以獲得技術和信息;四是其它在地理上分散布局的產業所不能獲得的利益:即馬歇爾的外部經濟與胡佛(E.M.Hoover《區域經濟導論》)所謂的「地方化經濟」在意義上是大體相同的,它們通常會被認為是台商產業集群發展的內在機制,

實則為傳統的農墾聚落文化→演化→台商集群文化。

　　馬歇爾所提「小企業集群」理論的核心就是企業集群是為了獲取外部經濟和規模經濟而成形。他曾經把經濟規模劃分為兩類：第一類是產業發展的規模，這和專業的地區性集中有很大關係；第二類則取決於從事工業的單個企業和資源、它們的組織以及管理的效率。也把第一類的經濟規模稱為外部規模經濟，另把第二類的經濟規模稱為內部規模經濟。因而發現了外部規模經濟與企業集群之間的密切關係，他認為企業集群是因為外部規模經濟所致。馬歇爾提到，企業內部的規模經濟一般比較容易被人們所認同，廠商也可能使生產規模進一步擴大而重視；然企業外部的規模經濟同樣十分重要，當產業持續增長，尤其是集中在特定的地區時，會出現熟練勞工的市場和先進的附屬產業，或產生專門化的服務性行業，以及改進鐵路交通和其它基礎設施。馬歇爾曾運用隨著產業規模擴大所引起知識量的增加，以及技術信息的傳播來說明企業集群這種現象。因此，以後的經濟學家（如克魯格曼）就把勞動市場共享、專業化附屬行業的創造和技術外溢解釋為馬歇爾關於企業集群理論的三個關鍵因素。

➤ (2) 馬歇爾之後的主要集群理論

　　馬歇爾的外部經濟理論對產業發展的影響十分深遠。他對外部經濟性的描述和分析，為後來的許多研究集群的學者所引用。他對技術、勞動力等的外部性的研究是具有先創性的。謹摘述馬氏之後主要集群經濟理論之摘要如下：

一、 區位理論：從杜能開始到韋伯、廖什以迄1940~60年的艾薩德之多篇論文，直到1960年艾氏的《區位分析方法》而告成學說體系。

二、 增長極理論：1950年佩魯（F. Perroux）在《經濟空間：理論和運用》及1955年《增長極概念解釋》所提出的，他的思想與上述的工業區位理論關於集群的觀點是存在較大差異的，他認為區域經濟發展是不均衡的故存在著極化現象（王起靜，2006，P.100）；工業區位理論認為工業聚集是從下而上自行發展形成的。

三、 波特集群理論：主張國家競爭優勢不是先天遺傳的---競爭優勢必須經人為力的創造；傳統的生產要素無論如何豐富，都不足以保證長期的成功，持續創新和提高生產力才是關鍵。

四、 新觀點的區域經濟學理論：它是近年出現於西方發達國家研究區域經濟的一種理論主張，是隨著「後福特主義」、產業群和跨國經濟區域的崛起而慢慢形成的。如E. M. 胡佛的《區域經濟學導論》與N. W. 里查遜的《區域經

濟學概論》，他們從微觀到宏觀理論以動態的綜合分析方法所建構的科際整合的學說，是經濟學的新分支——區域經濟學（高洪深，2002，P.16），與前面所有的集群理論相比，更強調學習創新和地方社會文化環境的重要性，文化情境透過地理鄰近和聚集以利各行為主體相互學習和技術創新、擴散、積累。

此一新產業區理論從企業與其所處的社會經濟環境之間的互動關係入手，來研究企業集群的空間結構，特別是一些組織理論學者及策略管理學專家經由組織關係之研究，已發展成為社會網絡與社會資本的理論，故特別循著組織要素的資金、人才、信息與知識來看待台商之經營模式，尤其集群內部互動與企業經營文化的內涵，以及社會資本對台商的區域推移與產業集群未來發展之影響。本研究採取「社會資本促進技術創新能力假說」為理論依據之一，即以技術創新管理的角度來看待社會資本：即社會資本反映了企業外部技術資源和相關知識、技術信息能力與機會等的正向效應（陳勁、張方華，2002一版，P.124）。另外更有普特南（Robert Putnam）與科爾曼（James S. Coleman）等人則同意之，更以為先從社會關係在發展成經濟行為及其網絡，專注於社會資本的研究來解釋柔性專業化的新產業區之優勢。

國外對新產業區的研究已有20餘年時間，至今它仍不算一個很完善的理論，需要進一步的發展，仍然是當前的一個新的區域經濟學領域。在產業集群的科技園區內，因其社會資本的網絡與知識的分享，以及在產業鏈、集群內的激盪與管理各企業的知識缺口，因其透明度與容忍跳槽而能有知識與技術的流通與彙整，然而每一企業或產業集群內皆會有隱性知識的存在，形成各企業間區隔與防護的功能於產業集群內；顯性知識則可充分交流於集群內形成其效益。因此在集群內會存在四種知識轉化如下：

表2-1　集群內知識轉化的模式

轉化過程	知識變化	特徵	說明（本文整理）
社會化	隱性知識→隱性知識	集群或企業內的交流	激盪→萃取→升華
外部化	隱性知識→顯性知識	創造性推論與區隔化	學習→改進→統整
聯合化	顯性知識→顯性知識	知識的溝通與連結	分享→歸納→模仿
內在化	顯性知識→隱性知識	個人與團體的幹中學	領悟→擴散→綜合

資料來源：陳勁 張方華，社會資本與技術創新，浙江大學出版，2002，一版，P.132。

綜上所述，現有文獻對產業集群的聚集原因、聚集效應的分析較多；即大陸的產業集群研究也過多地將焦點集中在產業集群的成因與經濟效應的分析上。新產業區突破了傳統產業集群的理論，更多地從網絡的角度、創新的角

度、根植性的角度對集群的成長進行分析，本文將在其理論的基礎上，提出集群網絡、集群創新的概念，本論文嘗試從自行設計之「群己網絡架構」，證實其價值、意義並研究其中的機理，為大陸與台商產業集群之成長提出新的功能。

2.1.1.3 波特的競爭優勢理念與克魯格曼經濟地理的產業集群

當前，國外關於產業集群的研究也主要集中在企業集群的機理、技術創新、組織創新、社會資本以及經濟增長與企業集群的關係，以及基於企業集群的產業政策和實證研究等方面。新產業區研究起源於發達國家，並逐步拓展到發展中國家。它是空間組織理論的發展和補充，它引入了制度分析和社會分析方法，它不僅強調在區域經濟發展中「制度最重要」，有效率的制度環境成為經濟發展的必要條件，而且還接受了社會學中關於所有的經濟活動必須根植於社會網絡中才能成功的觀點。

➤ (1) 波特的競爭優勢和產業集群理念**

關於波特的鑽石模型原為對國家競爭力所建立的分析架構，更被視為單一企業競爭力的分析架構的共識，故對規模是介於二者之間的產業集群也可適用此一分析架構，故其綜合的解釋如下：

傳統的產業聚集理論應該將重點主要放在產業內部的關聯與合作上，而邁克爾‧波特則用鑽石模型對產業聚集現象進行了新的理論分析。他與其同事利用5年的時間，在調查了10個國家和一些地區的基礎上，完成了其論著〈國家競爭優勢〉。波特提出了國家競爭優勢的「鑽石模型」，四個要素形成六條雙向互動的關係而構成了一個面，政府與機遇則分在此面之兩側對四個要素形成單向的關係，構成兩個四角錐的並聯的「鑽石」，其間共有十四條關係的關連的「連結鍵」。自1990年以來，國家競爭優勢的理論在一些國家區域和程序的戰略規劃中得到了大量運用，從中也得到了事實印證。

在1998年波特將其所忽略的衰退中產業如何轉型的問題，以區位理論與鑽石模型結合來彌補，即如台商般借著產業中的企業以區域推移遂行其轉型或創新升級，故知創新在企業的競爭優勢中發生關鍵作用，產品創新或工藝創新是企業創新市場或獲得及保持市場應得份額的核心。波特通過觀察發現，國家或區域內成群的企業在同樣業務中會做的更好，如德國的化學工業、瑞士的制藥業、美國及後來日本的半導體業、斯堪的那維亞的移動電話業等等都是這種產業聚集的例子。

波特認為第一組因素間的發展、配合、刺激、提升，在形成「國家鑽石」

結構中最為重要，必須輔以機運與政府的作為來維持長久的優勢，在競爭的歷程中他將國家的競爭發展劃分為四個階段。其中生產因素---包括人力資源、自然資源、知識資源、資本資源、基礎設施等，須考慮：市場需求與輔助的相關產業，甚至是企業的策略、結構與競爭對手。

對於第二組附加因素：機運與政府，波特認為產業群通過三種形式影響競爭：首先，經過提高其能立足該領域的公司生產力來施加影響；其次便是加快創新的步伐，為未來生產力的增長奠定堅實的基礎；再次便是通過鼓勵新企業的形成，擴大並增強產業群本身來影響競爭。即：

一、生產因素推導階段。

二、投資推導階段。

三、創新推導階段。

四、財富推導階段（高希均，2003）。

創新（Innovation）的廣義範圍：不只是發明而已，包括狹義的創新之外，也包括舊發明的新運用、新市場與新需求的發現、新的組織制度、舊組件新配置、創業精神等等；狹義的即指工藝創新、技術創新與知識創新等，如新方法、新產品、新原料等新發明。前者來自1912年熊彼特之主張只要有產品創新即可，後者只問技藝或知識的創新，日本所強調的「三I：Imitation, Improvement, Innovation」應系於二戰前對熊氏學說的研究；近來台灣提倡的「破壞性創新、突破性創新、基礎性創新」，即結合了「三I」的廣義性創新。在本研究中的「升級」專指狹義的創新所形成之企業變革。

波特認為產業集群可以說是外部經濟條件下企業區位選擇的具體表現，產業群通過以上三種方式影響競爭與馬歇爾的外部經濟及規模經濟觀念基本相似。例如產業集群的產生即為企業或供應商提供了更好的途徑，產業集群內的企業能夠獲得專業化信息的途徑，產業集群為創新也提供了許多容易捕捉的機會，由於產業集群內部企業能夠更瞭解顧客的消費需求，更接近於市場從而能夠更有效的進行創新，另外因為產業集群不僅包括相互競爭的同行業或產業之實體，而且還涉及到顧客與一些輔助性機構及政府提供的一些基礎性設施，這樣會導致產業群內企業可以進行較低成本的實驗。若對溢出效應能引起決定性作用的行業來說，例如西進台商企業的區位選擇應該會超越於地理上的集中，台商可以運用域外直接投資的優勢尋覓最大利潤，因此產業集群區域推移的現象就必然發生，所「溢出」的主體即大前研一之「台灣對大陸的無形影響」。

鑽石模型提出了四個相關的層面，每個層面代表了地區性優勢的決定因

素。一是企業戰略、結構和競爭對手（人智），二是需求條件（市場），三是要素條件（資源），四是相關的和支持性的產業（環境）。機會和政府兩個因素對上述四個層面產生影響，但他們不屬於決定性的因素。綜合上述6個因素形成了相互區分的地區性系統，從而能解釋為什麼在某些地區某些產業能成功，而掌管這種成功並不需要上述6個因素同時達到最優。

這6個因素的相互影響產生了關於產業的一個動態系統，而且有14種關係可以研究：機會和政府兩個因素對另四個要素產生了共8條單向關係，四個要素之間產生六條雙向關係。該動態系統不是均勻地作用於一個經濟體，而是集中於某個產業集群，使之達到最優的競爭力和最大的產量。波特看集群是：特定領域的相互聯繫的公司和機構在地理上的集中，它包括了一系列相關係的產業和其它對抗競爭的主體，與其它組織一樣，它有一個產生、演化和消失的過程。

鑽石模型解釋了每個層面是如何受到其它三個層面影響。例如，強硬的競爭對手、世界級的研究機構和強大的國內需求等三個層面必然產生良好的要素條件，從而產生強有力的集群。一個地區只依靠一個層面的因素，絕不能產生具有競爭力的簇群，舉例說，如果一個地區只依靠其便宜的勞動力，則必然導致勞動力的低效率運用，接著因惡性循環而失去競爭力。

區域和國家的競爭優勢主要是建立在其高等要素的基礎之上，而對於國家或區域來說，重要的是營建高等要素所需要的創新環境。波特對形成集群的生產要素進行了劃分，將其分為基本生產要素和高等生產要素。前者包括自然資源、地理位置、氣候條件、初級勞工等；後者包括狀況如石油儲存、人口與人力素質、土地與公共設施等，不是「遺傳」的或先天條件，故而可知高等要素的發展不但需要長期的投資，也因是「人造」的──憑藉後天努力而開發出來的。

由於交通、通訊和貿易的迅速發展及可替代性原料的增多等，企業的基本生產要素對於發展的重要性正在下降，同時高等生產要素重要性上升。這經濟的變遷不僅因為高等要素（知識或智財）是發展知識經濟的必要條件，而且因為其稀缺性---它雖可以在公開市場上獲得，也可以透過建立國外分公司的方法來獲得。然而高等要素的開發不但需要大量資金投入，而且需要相應的社會、經濟、政法環境，需要相應的機構體系，以促進科研和產業等部門及其人員的緊密結合，才能夠真正擁有它。

➤ (2) 克魯格曼經濟地理的產業集群

與波特的企業競爭優勢出發點不同，保羅‧克魯格曼主要從經濟地理的角

度探討了產業聚集的動因。他所運用的外部經濟概念表示的內涵並不等同於馬歇爾所用的外部經濟概念，克魯格曼更注重一般性的外部經濟，而不是特定於某產業的外部經濟，故知其外部經濟的概念是與需求供給關係相聯繫的，而不是純粹的技術溢出效應。以1991年《政治經濟學》期刊上發表的＜遞增收益與經濟地理＞為標志，克魯格曼自此將地理因素重新納入到經濟學的分析中，同時標志著新經濟地理理論的產生及區位理論的進一步發展。

台商集群的區域經濟是「低層次」的發展道路，通常因「獲利率」而複製於各區域，以產業集群之區域推移形成經濟發展的路徑模式，相異於「高位階」的國家經濟發展規劃但與大陸「兩個大局，分三步走」的政策是相得益彰的。

2.1.2 產業經濟與區域推移理論

區域（region）是一個地理空間，以自然與人文等多元化因素為其內涵而呈現不同的風貌，因而定義也稍有不同。楊龍在2004年的《中國區域經濟發展的政治分析》中，自從中共建政以來區域的區分沿革來談經濟區域的政治和經濟的互動、發展、整合而論，他指出大陸的東中西三大經濟帶與三大自然區有一定的關聯；他對於沿海與內陸的二分法加以簡述之外，另於七大經濟區塊的分類中指出：長江三角洲及沿江地區（上海、浙江、江蘇、江西、安徽與湖南和湖北等沿江地區），東南沿海地區（海南、廣東與福建）及環渤海地區（天津、河北、山東、遼寧與山西內蒙之一部分）。也陳述了七大經濟區不僅從地理與自然條件來分割區域，更多是以水陸交通聯繫與經濟內在聯繫及其中心城市對周邊地區所發揮的地域性影響。

2.1.2.1 區域經濟推進理論**

陳棟生1993年在《區域經濟學》中指出：區域經濟學是從宏觀角度研究國內不同區域經濟發展及其相互關係的決策科學。張金鎖與康凱於1998年的《區域經濟學》中指出：區域經濟學是以經濟地理區域為研究對象，亦認為各類區域經濟運行特點和發展變化之規律是研究的重點，較偏重區域間的互動－互賴或牽制關係，以及區域推移的相關研析。1999年李京文在《中國區域經濟學教程》中從區域發展經濟學的角度出發，將「區域經濟發展」視為包括單個區域的經濟增長與發展，以及區域之間的經濟聯繫與相互制約的關係。2001年朱傳耿等人於所著的《區域經濟學》中，將區域經濟學分為廣義與狹義兩種，狹義者是側重區內資源的配置與組合之優化，以及區內經濟的運行規律，至於廣義者則包含了狹義之

外，偏重於研究區際資源的配置與組合之優化，以及區際間經濟的運行規律。

　　1957年邁達爾（Myrdal）在《二元空間結構》提出「地理上的二元經濟」概念，經濟的不平衡發展產生了區域推進學說，亦是從區域發展經濟學的範疇出發的，張金鎖與康凱於1998年的《區域經濟學》中指出：區域經濟發展的模式有梯度發展模式、反梯度發展模式、增長極發展模式、點軸發展模式、網絡發展模式。在大區域之間與之內皆存在著經濟發展水平的落差，落差來自於區域的政治因素、社會人文、自然秉賦、經濟基礎、產業結構與城市空間結構（城鄉化）等六大差異；梯度發展模式又稱區域經濟的梯度推移或轉移，推移的動力來自於上述六大差異，會依循著等級、水平、順序而從高到低的發展，故梯度發展模式即循序的經濟推進，至於反梯度發展模式其主張則可用來說明「跳躍式」推移的不循序現象。台商的區域推移雖有跳躍卻非反梯度發展模式，而是「逐水草」的「蜂群分封」模式。

　　對於廣州外語外貿大學校長隋廣軍教授等，於2003年所提出群聚動態生成之初的固著階段，台商以域外直接投資的靈活方式先依循「跳躍式」尋覓大、中型區域，因官方優惠政策於產業區域的聚集階段進入較多獲利，待區域已進入更新期台商大多再以FDI優勢進行區域推移的投資，直接再以「梯度」的在區內循序推移進行自家企業經濟規模之發展與宏觀的「工業輪耕」。

2.1.2.2 區域經濟輻射理論

　　年大陸學者高洪深在其編著由人民大學出版的《區域經濟學》中說：我主張用輻射理論來解釋中國經濟發展和現代化，從進程中的地區差距來制定相應的發展戰略，主要在於輻射理論比梯度推進理論更具有說服力。他特別指出梯度推進理論的缺陷為：

一、　按照梯度推進理論將中國只分為高低兩種經濟開發程度是明顯不宜的。

二、　按照梯度推進理論的劃分方法，從發展的角度而論是忽略了地區之間經濟與文化交流的雙向性。

三、　梯度推進理論忽略了同一地區之內的經濟互補性與互動性。

四、　梯度推進理論在長期作用後會拉大貧富落差，對大陸東西部差距將會惡化，輻射理論有利於西部開發。

　　他指出梯度推進理論只是輻射理論的一部分非其全部，筆者同意此說因為：若因資訊、科技的發達與競爭壓力使產品生命周期極短之故，使回程效應與擴展效應的時間落差趨近於0（即$\Delta t \rightarrow 0$），也就等於是雙向作用的輻射效應，

故謂與極化效應是同時產生的而等同輻射理論。然因台商集群的遷移是FDI與
「逐水草的工業輪耕」之特色，而與大陸民企的「山頭式」的根植性或地方主
義大不同，因為輻射理論具有「『跳躍』推動」於不同地區的特點，然後再於周
邊小型區域內產生輻射式的影響，故特稱之為「台商集群的區域『推移』」，茲
再擷要述之如下：

一、 輻射是物理學概念，指能量高低不同的兩物體經由媒介互相傳送能量的過
　　　程。

二、 輻射是雙向過程，逐漸作用之後會拉平兩者之間所蘊含之能量。

三、 兩者距離愈近及能量落差愈大輻射作用愈強，即低能量者吸收愈多距離近
　　　則作用快。

四、 輻射的媒介其同質性高則效果高，輻射種類有點狀、線狀與面狀，然在地
　　　理空間上皆為「面」。

　　　綜上四點而知：台商是「先行者經驗」的載體，以文化為媒介透過台商企
業的經營管理與區域推移，將輻射理論與區域推移融合成「跳躍」的區域轉
移，藉FDI優勢跳躍至新的區域去「工業輪耕」，故以西進取代台商的南進是有
較多的比較利益與選擇機會。台商企業以經貿、文化是兩種不同能量及傳導係
數的媒介，透過對企業的經營管理進行雙軸向的區域推移與輻射作用。

　　　台商於尋覓大、中型區域與在區內循序推移發展的循環歷程中，呈現於外
的是台商產業集群的區域推移，內在的作用即駁雜多變的進行極化效應、擴展
效應、回程效應，直至優勢與利潤的比較利益低於投資風險則「跳躍」式的推
移更換區域。至於增長極發展模式、點軸發展模式、網絡發展模式等，較不適
合台商特質的部分則宜由大陸政府或具官方特色機構來推動與執行。

2.2 產業集群的國內相關研究

　　　1950年，法國學者佩魯（François Perroux）提出的「主導產業」作為集群
的「增長極」，以及1966年包達維爾（J. R. Boudeville）確認產業集群可為「快
速增長、產業轉化」的空間概念。自此以後在發展中國家，產業集群對小規模
生產的產業組織相當重要。產業集群在發展中國家尤其在亞洲和南美洲等地也
是較為普遍的現象，但這些產業區大多是在都市區域內成長起來的，而另一部
分則是農村工業化的產物：有的是自發形成的，有的則是在推動產業政策中形
成的。在1970年代到1980年代期間，由於具有發達國家較低的工資成本優勢，
發展中國家的部分勞動密集型部門的產品（例如服裝、鞋及玩具等）並由此在

這些國家出現了大量以出口為導向的產業集群。

北大王緝慈主張：產業集群最顯著的特點是空間的聚集性和產業的關聯性。一般而言產業集群具有如下的經濟特徵：

一、 從社會文化特徵看，集群內有共同的文化背景和制度環境即其根植性以及不可替代的社會資本。

二、 從產業聯繫看，集群具有同構型式和關聯性，集群內的企業從事相同、相似和輔助性的經濟活動。

三、 從地域分布看，集群內各企業地緣上是互相接近，但各企業是獨立的法人。

四、 從生產經營方式看，集群具有專業化的特徵。通過縱向專業化分工、橫向經濟協作實現彈性專精的生產及其經營活動。

五、 從內部關係看，表現在企業間通過專業化分工與協作來獲得外部經濟，企業集群內企業間呈現系統化和有序化。

六、 從演化特徵看，集群呈現從低級到高級、簡單到複雜的動態化和可塑 性，集群總是處於可持續創新之中，即會有不斷的發展、變遷。

七、 集群具有跨行政區域和跨產業的雙重特點，跨區域指自然發展的集群的地理範圍與信息、交易、激勵政策及所跨越的距離有關。

八、 從組織結構看，社會資本具有網絡化的組織結構包括貿易網絡和非貿 易的社會關係網絡。網絡中經濟活動主體和各種組織機構不斷的交互完善，易於形成累積效應和擴散效應（王緝慈2001）。

西方產業集群理論主要立足於發達國家（歐洲、北美洲和日本）的區域發展的成功實踐。在原有工業化基礎較好、技術先進和創新能力較強的背景下，研究者和決策者強調產業作為特定的地方社會、文化和經濟系統對於提升國家和區域競爭力有重要影響，顯然這對發展中國家的產業集群有較大的偏差而有待調整。

2.2.1 內地研究舉例

台商產業集群比其他外商仍有低價格的比價優勢，故質量較低而無法進入高價值市場，也即存有明顯之「下層道路」或「高架道路」的兩類產品，也會有高速的下層道路混合進行為其特徵。相比之下，發達國家的產業群則以質量、創新速度、設計能力和對市場變化的反應速度為競爭優勢，即沿著所謂的「高架道路」發展。發展中國家的產業群一般位於兩極之間，一極是大多數為

似撒哈拉的非洲產業群落，其發展歷史較短故而受到的衝擊較小，專業化和自助機構剛開始發展；另一極則是拉丁美洲和亞洲出現的大量產業集群，例如台灣的一般表現出持續的競爭力，包括一些以出口為主、沿著以「質量——破壞性創新」為成長路徑而不斷發展的企業，藉以提升產品的獲利能力。

外部聯繫的重要性在發展中國家的產業集群研究當中僅受到有限的關注，處在像是大陸為一般「兩頭向外」的發展中國家，出口產業集群如果不整合進入到全球客戶驅動的產品鏈中，就不可能取得真正的成功。這一方面是由於發展中國家在工業化過程中採取各種鼓勵加工出口政策，刺激了本國出口加工業的快速發展，以及與發達國家勞動密集型產業的空間轉移，也因此增加了本國生產對國外的依賴性。大陸地理學者王緝慈在分析對比台灣及墨西哥出口加工區的基礎上，認為：當前發展中國家和地區之間皆競相吸引發達國家或地區的域外直接投資，其能否成功最終則取決於前者的區域產業集群的性質及其創新的能力，而且唯有使外資在本地生根，才能避免脆弱的「分廠（無總部）經濟」，進而促成本體企業的創業和創新（王緝慈，2001），以免停滯於「代工經濟」。

廣州暨南大學經濟學院教授陳雪梅把產業集群分為外源型（外資帶動型）和內源型（本土發展型）兩大類。她認為這兩種類型的產業集群各有著不同的問題，謹從台商角度分述如下：

一、外源型產業集聚的複製問題：即「複製群居鏈」的區域推移，1987年第一家台商鞋廠在東莞投資生產，三年後已有400多家台商鞋廠在此落戶，其制鞋商、原材料供應商、包裝商、機器維修店以及下包廠商在此形成一個新的企業網路與產業鏈。台商企業愛選擇自己的企業舊識親友形成上下游交易合作關係，對相關產業的民企在前向、後向關聯效應差，互動也少。當龍頭企業選擇外遷，往往會帶走許多相關小企業。台資企業與當地民企間的關係還只是基於供應鏈的簡單勞動分工，大多數台資企業將高附加值的生產留在台灣，接收訂單、獲取資訊、產品開發、研製和試驗以及銷售等活動都主要集中在台灣，過去在大陸只是其較單純的生產加工地。

二、內源型集聚存在的主要問題：產業集聚競爭力主要集中在依靠低成本生產要素提供低價格商品的「低成本競爭優勢」上，而透過提供用戶獨特而優異的價值和服務的「差異型競爭優勢」則明顯缺乏。根據調查顯示廣東自主研發的企業比例不到40%，另外台商企業中且無核心技術的製造業集中留在珠三角，多停留在低產值往返式代工生產。專業化分工與合作已初步形成，企業間聯繫與縱向分工程度佳。當地民企在深圳，傢具、鐘錶、服

裝、機械、鞋業、工藝六個傳統產業都具有相當的經濟規模，但只是產業集聚而沒有形成產業集群，使企業陷入「小而全」者大量增多的困境，企業本身成本因之拉高而配套企業無利可圖（人民網，2004.6.10）。

2003年11月大陸學者魏江在其出版的《產業集群──創新系統與技術學習》一書中指出：馬歇爾於1920年在其《經濟學原理》中，認為「產業區」是由當地歷史和自然條件共同作用的區域，區域內的中小企業間產生積極的相互作用，產業集群與社會文化趨向融合。若證之以美國矽谷為例則總結產業區有六個特徵如下：(1)與當地社區同源的價值觀系統和協同的創新環境；(2)生產垂直聯繫的企業群體；(3)最優的人力資源配置；(4)產業區的理想市場是不完全競爭市場；(5)競爭與合作並存交纏(6)富有特色的本地金融系統。

馬歇爾（1890）先對產業集聚有專業分工與技術外溢的主張，接著斯考特（Scott, 1988）的柔性集聚論與克魯格曼（Krugman, 1991）提出除天然資源外的「偶然事件說」，皆為對產業集聚的靜態研究以分析其生成的條件與機理之學者，直到1999年魏舍（Wiser）才開始有些關於動態的分析；2004年廣州外語外貿大學校長隋廣軍與萬俊毅、蘇啟林的《區域產業生成的動態分析》，從動態角度將區域產業發展需先經歷一個產業生成階段，又在分為第一層面的新產業在某個地區的生成與固著，第二層面為該產業成為此地區的優勢產業形成極化效應，然後便是第二動態階段的產業區域的集聚擴大了範圍（隋廣軍，2004）。

台商企業是由社會網絡帶動以「插枝」或「蜂群分封」方式進入某地區，所以偏重於第二層面故而取決於資源、技術、區位、政策、企業家決策、行銷與經營之比較優勢等。台商產業集群從福建到珠三角而長三角的區域推移，即因只經歷了第二層面卻仍缺乏其固著性，更因具有FDI的機動性而如「蜂群分封」為求企業的生存發展，但是卻更仰賴當地政府政策面的支持，以基礎建設形成極化效應來替代台商所欠缺的「生成與固著」層面，也因此台商企業的分布便較為分散而稱為「集群」，甚至產業皆大不相同者頗多的「共生集群」。

2.2.2 台灣學界的研究

台灣學者注重於以運用社會關係網絡理論解釋集群的形成與發展，常見的探討概括起來大致有兩大途徑：其一是從社會學的觀點出發所做的探討，認為企業家的協作網絡關係是建立在網絡成員之間彼此的承諾與信任關係之上，而這種承諾與信任關係則是需要依靠企業主之間社會關係的建立，因此企業主之間的社會關係是維持網絡安定的主要力量；其二則是依據經濟學的觀點進行研

究，認為企業為降低交易費用、依賴稀缺資源、降低不確定性等原因，致力於形成以網絡關係為中心的社會資本之理論與架構。

學術界對產業集群的研究開始於1980年代初期，企業集群與台灣的專業化工業園區、產業網絡、協力廠商網絡以及產業生態等概念有相近的意義。陳介玄（1983）在所著的《協力網絡與生活結構---台灣中小企業的社會經濟分析》一書中，對台灣中小企業協力網絡所形成的機理、類型及其對社會經濟發展的影響等方面做了詳細論述。鄉村地區的血緣、宗親、好友和同好關係，促進了台灣鄉村中小企業之間建立起彈性與效率兼備的生產網絡組織模式，並成為鄉村不斷發展壯大的原因之一。1996年，楊丁元等運用產業生態的觀點論證了台灣高科技產業集群存在與發展的合理性，有比較新穎的視角。

又孫盈哲（1997）曾以成衣製造為例，對網絡生成機制、類型、績效以及發展趨向等問題進行過類似研究。柯志明（1993）以臺北五分埔成衣製造業為例，研究台灣都市小型製造業的創業、經營和生產組織。另有大陸工業地理學者徐進鈺近年來致力高新技術產業集群的研究。在其論文《流動的鑲嵌》中，從勞動力市場行為和知識流轉方面探討了新竹科學園區的集成電路企業集聚機制。

近年來，以傳統勞動密集型產業和電子資訊業為主的產業紛紛向大陸轉移，一些台灣經濟地理學者開始關注人際網絡與產業集群跨越區域空間（台灣海峽）拓展的互動關係（如羅家德，2001；康智凱，2001；陳永軒，2001）。從上述這些研究的結論來看，皆可證明：證實這種產業網絡與社會網絡的互助使得中小企業的跨區域投資成為可能，尤其強調文化與制度而使台商更適於西進大陸投資。

以上應是過去數十年來政府僑務工作的重點，成效素佳如今更該「移薪就火」而善用台商在東南亞的資源、人脈；即應以海洋式儒商文化為基底，兩岸合作來爭取華僑之核心能力，2006年拙作《大陸台商的經營策略：蜂群分封與工業輪耕》、2007年《大陸台商的區域推移與海洋式儒商文化》中，所提出的「儒商文化內質伴隨經貿形表」，「區域文經雙軸推移理論」之運用與宏揚；明代鄭和於1405~1437年間西航七次之後，沿海居民開始對亞洲各國移民，此即中國高尚的文化與人力資源之區域推移，已有千年極化效應的大陸向周邊進行溢出效應。

2.3 新產業區理論與新制度經濟學

2006年春大陸中央的社會科學研究院發布「兩岸四地城市競爭力排行榜」，目前台灣的優勢競爭力在于：人才競爭力與市民素質，大陸則是以硬設備見

長；故知台商人才的優勢即教育程度、專業能力、行政效率、公共道德等，大陸于此落後于港臺兩地，報告中直指是：社會主義「大鍋飯」思維弱化人的競爭力，以及文化大革命破壞了儒家倫理與思想有關。同時明言短期內大陸城市的人才與法治建設無法趕上的隱憂；然而台灣因生活舒適已使人才的斷層即將出現，更不足以供應兩岸企業CEO之需求，如何急救與挽回？正是兩岸現代化的燃眉之急，恐怕還得從儒家思想中尋找有效的教育方法與文化政策，由企業來出資又不主導的推動「社會責任（Social Company Responsiblity）」來治本了。

台灣經濟研究院的《台經》月刊，2006年3月號以「生物經濟：長程的前景及潛在影響」為主題社論，述及21世紀第一波是紅色生技，其次是綠色生技及農業生技產業，第三波是白色生技的生命科學與高科技產業。2005年11月聯合國OECD的「國際未來計劃（IFP）」與「2030生物經濟政策議程研討會」，便已在推動農業與生物經濟的規劃。也為因應生物經濟時代與科技發展戰略之來臨，特將「生物經濟」定義為：獲取生物處理和可再生資源的潛在價值致使健康改善、永續成長和發展，也就是以生物為基礎的經濟。更指出：2020年為臨界點，現應為人類根本上人口健康、糧食安全、生物安全、環境安全、能源安全與國家安全，皆可因此而建立全面發展之關聯，以提升國民生活品質。因此兩岸合作中草藥科技化研發生產，追求「共生共贏」更待戮力於「急起直追」的奮進了，2004年，中國國務院預估大陸人口「峰值」是16億，其生存問題相當嚴峻。

生物技術帶來的利益，正以影響先進國家生產者的方式在改變著落後國家的生產者，但發達國家的環境優於發展中國家，以致其附加利益、經濟效益、健康利益與社會利益，就大不相同。運用生物科技能夠減少環境給人類的限制，它們能給人們治病、延年益壽、防治疾病與增強體力。1999年秋西雅圖WTO部長級會議遭到農民抗議，是因反對轉基因（GMO genetically modified organism）農產品，而非反對生物科技；轉基因GMO農產品會干擾、影響生物的基因遺傳規律，中草藥的植栽與藥方制程的科技化，以及其療效、健體、養生的提升與創新，與轉基因GMO食品是完全不同的。

跨國企業以其實力積極投入研發轉基因GMO食品，行銷於OECD二十國以外的地區與國家，獲利率超高也拉大貧富差距，以至全球的國際社會M型化。中草藥的植栽與藥方制程的科技化，則大為不同；第一階段是收集傳統遺傳材料，並借此尋覓商機，有三大來源：行之有效正統傳衍者、非正統的祖傳秘方與偏方、西方科技創新的單方，以求治病、健體；加上第二階段的新創複方或單方來鞏固養命之功效，更為人類的養生時代開拓坦途；第三階段是厚植中草

藥科技根基以利進入「綠色→白色的生科時代」。上述三大階段皆須重視知識產權之保障、捍衛，知識產權最能支撐「新制度經濟學」，來突顯其優於傳統經濟學之所在，即如奈特（Knight）於1921年說：「各經濟學支派最基本的不同在於如何定義風險和不確定性」，所以兩岸能合作於中醫藥生科產業是最大優勢，也擁有最大的社會資本上的優勢，創造亞洲地區獲利的商機。

當今之前，現代工業社會是「非生態化」消費社會，因為它是「惡性成長」致形成資源、環境上的破壞、浪費，台商未來企業以中草藥為核心、主導產業，則綠色生產、生活結成綠色營銷、綠色消費的主軸。1992年聯合國主導了在巴西召開「環境與發展大會」，會中提倡綠色消費與通過了《21世紀議程》，核心思想主張一部分人消費不可傷害當代人與後代人的利益。即始自1987年的《綠色消費者指南》，將綠色消費定義為：「消費須避免使用：1.為害消費者或他人的產品；2.在生產、使用與丟棄時浪費大量資源的商品；3.過度包裝以致超過產品價值之本末倒置；4.使用出自稀有動物、自然資源的商品；5.含有對動物不必要、殘酷剝奪的產品；6.對其他國家會有不利影響的商品。」當然它是綠色營銷、綠色生產的動力，故如何教育消費者保護地球與企業永續經營是其關鍵點。

近三十年的亞洲經濟體，其GDP快速成長為世所共讚，即使1997年「亞洲金融風暴」後迄今之十年，每年平均成長皆在6%以上，然而總生產要素之成長僅是1.5%與歐美一樣，亦即亞洲投入廉價生產要素的原物料與大量勞力，以及高污染、生態毀損、低生活素質等回報之後，僅能「換取」相同的實質成長以致歐美仍然遙遙領先、難以超越，西方所佈建的經貿、金融的體系與規則必須檢討；2008的全球性「金融海嘯」更驗證出此一體系對歐美的「保護」，它並不反對儒家文化所指責的「以鄰為壑」，如克魯格曼等美國之「經濟國師」，更異口同聲皆指責亞洲的高儲蓄率與低消費也是禍首，以圖掩飾歐美的惡性消費與金主優勢，來延續其領先優勢而不公義的形成國際間的M型社會。今則唯賴兩岸依「協同學」共建「中草藥科技產業鏈」，自訂專有之體系與規則，依循「亞洲價值」或「亞洲精神」來和平超越西方的價值體系，來打破西各國的「聯合壟斷」。

2.3.1 新產業區與台灣的生物科技經濟

近代經濟地理學家對義大利新產業區的發展甚是關注，也發現了其它國家和地區很多類似的案例，如德國的巴登符騰堡、美國加利福尼亞的矽谷、韓國龜尾、洛杉磯郊區、新竹的工業園等高科技園區，這些園區有多種多樣的產業

包括技術先進部門與傳統的勞動密集型部門。義大利艾米利亞－羅馬涅區－羅馬格納區等從鄉村工業基礎上發展起來的發達區域與美國矽谷等高科技區域在經濟運作模式上具有很多相似性；這些地區企業規模以中小企業為主。故而台商當前在大陸投資的最佳途徑、路徑，即最能利己善群的應從休閒農莊、民宿來進入市場，因其進入門坎、技術、資金皆低，台灣尚未西進的另一部分人民，可於投入市場與觀察、深入分析後，再創新轉型進入「綠色、白色生技產業」的中醫藥生物科技產業的領域。

　　全球範圍內產業結構的調整和升級，促使地方性力量隨之也須進行調整與重組，並促使本地化、區域性地方經濟聯繫起來，以跨國界、全球性國際經濟聯繫的互相競爭和融合，形成所謂的全球化的「地方生產體系」，全球化突出了地方化能力的重要性。正如經濟地理學家Scott指出：全球化不會導致地理空間的同質化，而是突出了地區之間的差異。然而不具有主導權的亞洲則須警覺：凡是未能保有民族文化的差異性或代表性者，將易於被「同化」甚至會失去「地球籍」。

　　新產業區與傳統的工業集聚區或工業區有很大的不同，因為節約空間成本（區位成本）或共同利用基礎設施，甚或被優惠政策吸引所產生的企業的集聚也不算是新產業區。新產業區的形成與發展，和科技迅速發展推動的製造業生產方式的轉變有密切關係；即新產業區的趨勢是在經濟全球化與資訊網絡化的背景下形成和發展的；在國際貿易、國際投資、跨國公司全球擴張的推動下，以分包、轉包、全球採購為標誌的國際分工合作模式，以及與跨國生產和銷售網絡匹配的柔性生產體系，成為新產業區產生和演變的國際力量；同質的文化、互信、交關、功能互補與研發創新，則是其內部動力。

　　信息時代市場的激烈競爭和各種不確定性導致在製造業中出現柔性專業化及其空間組織形式，即以中小型企業為主導的、在專業劃分的基礎上既競爭又聯合的一種新型的產業區，這種新產業區以本地結網、企業的本地化、企業之對稱關係為主要內容，由文化環境來提供特殊的技術創新條件。台海兩岸皆為發展中地區的經濟體皆受制於人，故須努力以「破壞性創新」來突破西方的「維持型創新」，並與其進行競爭；在資訊發達的知識經濟時代中，依循「強者恒強　大者未必」的真理而努力成為強者。

　　休閒農業即第一產業的精緻化、服務業化，包括農林魚牧業其基本特質是各國多有相近似者，不論是日本、台灣、大陸或美國，其應有的功能與角色均大同小異，謹列述如下：

一、統一整合休閒農業建立新形象：此一策略可賦予農村環境新生命與農漁的

新型態需求及其生產，故而給農民新的就業機會以及給都市居民休閒去處，亟需建構官方專責單位來推動、整合、強固各種農林漁牧的休閒旅遊單位，搭配旅遊景點或各地文化特色建立網狀的休閒農莊或民宿，妥善運用此新契機再創農村繁榮，可消除城鄉差距與實現「三綠工程」。

二、農漁村人力資源的利用與調整：面對農漁村人口結構高齡化的趨勢與現實，除了增加就業與保健外，更宜善用老人對歷史文化的熟稔在文化休閒中完成其內在的情感傳承，留住部分農漁村青年也實現其文化與歷史的傳承，更對其在農村的工作與生活予以高度的自我肯定或自我實現的機會，使農漁村得以保有青春活力。

三、創造多元化與彈性的角色：提供居民的居住與活動之場所，也提供農業與非農業的就業機會，隨著人、時、地之差異而調整或扮演不同的角色，來滿足當前情勢中的生活需求或就業結構來提升農漁村的機能，以農村多元化的角色配合其任務而調整成不同型態，來發揮其資源與秉賦優勢來開拓綠色產業的未來前景。

四、打造偏遠地區的新風貌與新契機：可喚醒當地居民的愛鄉愛土的感情，針對文化、資源、產物經營出具有其特色與媚力的產業結構，進而加強其基礎建設以對落後地區的經濟繁榮也提供機會，改善其不利久居而處劣勢的生活與生產的環境，實現社會正義與社會化的福利來縮短城鄉差距，確保社會的均衡發展及整體繁榮（王俊雄，2003.12）。

台灣經濟研究院著手研發「生物經濟：長程的前景及潛在影響」的主題，引述Stan.David與Christopher.Meyer在2000年時對生技經濟（Bio-economy）的主張：21世紀先是紅色生技，其次是綠色生技，第三波是白色生技的生命科技與高科技產業。遵循聯合國OECD（Organization for Economic Co-operation and Development）的「國際未來計劃（IFP）」與「2030生物經濟政策議程研討會」，便已在推動農業與生物經濟的規劃，政府應以政策提升2007年已完成屏東生物科技園區硬體建設，再積極的運行、拓建其軟體來超越現狀。

台灣學者孫智麗於2006年3月《台經月刊》發表的「因應生物經濟時代來臨之科技發展戰略」，為「生物經濟」定義：獲取生物處理和可再生資源的潛在價值致使健康改善、永續成長和發展，也就是以生物為基礎的經濟。也指出：2020年為臨界點，並說「為人類根本上人口健康、糧食安全、生物安全、環境安全、能源安全與國家安全，皆可因此而建立全面發展之關聯，以提升國民生活品質。」

2.3.2　產業集群的結構與新制度經濟學

　　1970年代以來，對新產業區的研究逐漸成了企業集群研究的一個重要的學說，然而早期的集聚經濟卻沒有涉入地方制度更深層的方面，最先研究「第三義大利」的經濟學者巴格納斯科（Bagnasco）強調社會文化結構對該地區企業間互動的支持。自此產業集群的研究開始側重於社會文化因素，例如企業間密切的合作、較強的產業共同目標意識、社會輿論、地方商業制度支持、鼓勵創新等，既能形成和思想流通的制度結構等，進而強調社會資本的重要性。

　　從下表可看出產業集群的結構關係與新制度經濟學中所強調的產權觀念及社會規範等之文化層面，社會資本及其網絡人脈在台商西進中對集群的結構更顯重要，台商的交易成本偏高是因兩岸的分歧使「不可控的支持因素」轉為負所致。亦即在政治制度的差異與意識型態上之對立，所積累所形成、增添的制度成本，是台商在大陸的弱勢所在。

表2-2　集群系統要素分析表

構成主體	構成因素（企業視角）		參與變素（產業集群與經濟區域之視角）
核心價值鏈要素（例如：台商企業經營文化）	供應商企業（SCM 為主）		生產要素的內部提供者
	競爭企業（以 PLM 為主）		產品競爭或互補企業
	用戶企業（CRM 為主）		產品（中間產品）需求者
	相關企業（以 ERP 為主）		資源、生產要素、基礎設施等有關企業
可控制的支持要素（如：教育.人力素質等資源）	硬件技術基礎設施		道路、港口、管道通路、水電、通信等
	集群代理機構		行業協會、企業家協會等
	公共服務機構		人力資源培訓、研究開發和服務機構、實驗室和大學、金融機構
不可控支持要素（例如：兩岸政治變化與國際暗潮等外生變項）	政府		政府體系中有關部門
	制度規制	正式制度	稅收制度、國家財經制度、金融政策、技術交易、其它法律等
		非正式制度	社會：經營和就業環境、生活質量等，文化：倫理道德、價值觀、人際關係與社會規範等規制
	外部市場關係		外部資源供應者與外部產品需求者

資料來源：筆者綜合整理自：齊建珍，資源城市轉型學，人民出版社，2004.3。

　　其中交易費用的降低會增加專業化分工的程度，更降低生產成本；市場、企業、集群或集聚的問世皆以此為初始目的。集群內部，由於交易費用較低，企業通過專業化分工和市場交易可以花費比垂直一體化或水平一體化生產更低的成本，大量專業化企業集聚在一地不僅通過專業化分工提高勞動生產率，而

且創造了一個較大的市場需求空間，對分工更細、專業化更強的產品和服務的潛在需求量也相應增加，也就是斯密——楊氏定理所反映的：市場容量決定了分工的程度。企業家除了是執行者大多兼扮演協調者、創新者、套利者、風險承擔的角色，藉由他們形成的正、反饋機制，使分工強化與提高生產率，以致生產成本也降低。

新制度經濟學所主張的交易成本理論中，科斯（Coase）將企業和市場看作是兩種執行相同職能而又相互替代的機制，也認為：企業的出現是對市場機制的替代，即因為市場「這只看不見的手」失靈之後才出現的增強物。在新產業區的觀點下，包括企業網絡與知識資本等，其廣義的社會資本更是上表所列內容之總合體。產業集群有利於克服交易中的機會主義和提高信息的對稱性。產業集群不僅使企業的經濟活動根植於地方社會網絡，而且有助於形成共同的價值觀念和產業文化，他們有利於企業間合作和信任，促使交易雙方很快達成並履行合約，另還會節省企業搜尋市場信息的時間和成本，而這些都與社會資本及其網絡有關。

2.3.3 社會網絡與新制度經濟學*

2.3.3.1 社會網絡的意義*

網絡是一群企業基於專業分工、資源互補的理念所形成長期共存共榮的某一特定的事業共同體，例如產業網絡是泛指產業中交錯複雜的關係。本研究則將台商集群網絡定義為：一組各自擁有獨特資源，也相互依賴對方資源的企業組織以及學術機構、中介機構、政府組織等，經由血緣、人緣與地緣的人際互信關係以及社會資本，借著專業分工與資源互補的合作，在投資要素上、生產製造與營銷管理方面經過長期互動後，所形成的正式或非正式的互惠性往來關係。本文採用上述定義是泛指產業中交錯複雜的關係，唯因台商集群不以產業為範圍，即由許多不同產業的台商企業組成集群，而不僅以同一產品的企業為對象所組成；以致將企業網絡視為產業網絡的定義，以符台商產業集群之需要而謹作為參考。

台商企業參與到產業集群的網絡（台商協會）中，可以對於技術問題有一個相同的理解以及參與主體的繁榮來共同學習成長之過程。故對西進台商而言，不論是企業網絡或產業網絡，兩者皆為台商必然參加且難以區隔者，若依Mies & Snow所提出的網絡分類：企業內部型網絡、部門動態型網絡、核心穩定型網絡、球形網絡來看；四者中「球形」是依前三者之一的基本網絡再自行多

向聯結的發展而成，在其結構內運用資源的不斷運轉，借著網絡內資源解決所遭遇到的問題。

　　追隨龍頭企業的台商網絡是以核心穩定型網絡為基礎而發展的球形網絡，欲能瞭解台商產業網絡仍然可從其(1)密度的凝聚性，(2)強度的發生頻率，(3)互賴程度的互惠性，(4)對象的多元性與異質性等四者來定其性質。通常產業網絡是一利大於弊的「雙刃劍」，即對網絡內成員與外部環境均會產生利與弊的雙重效果如下：

一、網絡內成員可互相學習增進產品素質，以利其率先占有市場之優勢。

二、成員廠商藉其專業化優勢而占據某產品的區隔市場。

三、借著網絡信息優勢與資源的ERP效益而節省各項成本，也形成其經濟規模。

四、聯合建立較高的市場進入門檻，以達保護網內成員獲利率與降低競爭程度。

五、網絡內結構無法均質或對稱，故成員獲利難以均衡而易釀紛爭。

六、為行網內利益之分配而將成員的成本與利潤公開，致使其邊際獲利率降低。

七、網內成員合作拉高自身獲利並非「完全競爭」，會壓低消費者公共性與福利。

　　美國普林斯頓大學波特教授指出各類型的資本，包括社會資本都有對社會產生危害之可能性，至少常見到排斥圈外人、對成員規範過多、限制其個人自由、壓抑秀異分子等消極的作用。更甚者若其宗旨是反社會則將危害社會，如歷史上之唐朝「牛李黨爭」、美國「三K黨」，更印證了「君子群而不黨，和而不同」，以免形成隔閡、封閉的組織而自縮其信任範圍，致使外部經濟的功效也「劃地自限」了。大陸台商的制度成本是其交易成本之主體，另仍有一部分是信息（獲取）成本、人事成本，後者則是台商低於其他外商的優勢所在，卻須借著善用其社會資本、社會責任，以求其企業能持續成長的關鍵或風險所在。

2.3.3.2　新制度經濟學與交易成本理論

　　在當前信息時代，追求的是「及時生產」、「及時消費」，實行「顧客驅動」或「市場導向」型生產，通過分工與協作、授權下的扁平化管理模式更能提高效率；在2008年「全球金融風暴」後「及時消費」亦將退燒，同時面對知識經濟時代的特色之際，則知「專精」與創新是新經濟時代的關鍵，平等合作下的網絡管理模式是使企業集中資源專攻價值鏈中某些環節，提高專業化水平、改善產品質量和服務，以促進產品不斷更新來增強企業競爭力。因為諸多制度的規範所形成的交易成本，茲將產業集群內最基本的構成角色及其功能表列如上：

表2-3 集群網絡之構成角色及其功能

集群組成者	集群的生產要素之提供	具體資源示例
供應商企業	生產過程中投入要素的提供者	生產要素如技術與粘著性信息的提供者
競爭企業	其企業結構、戰略與競爭策略	技術訣竅交易或知識溢出等
用戶企業	當地市場、外部市場的可接近性	市場信息與需求者特質等
公共服務機構	基礎結構設施、自然與人力資源	科學性實驗室、大學、基礎性設施：交通.水電等
本企業內部	資源、企業結構、戰略與競爭策略	資金與熟練工人、研究開發、知識與信息等

資料來源：自行整理歸納　　　說明：粘著性=固著性+依賴性

　　企業為求適應新形勢而形成網絡化結構與交易費用的降低，可以提高組織管理效率；在工業時代追求的高產量，則實行福特製標準化的生產模式是符合的，因為可以完全按照領導行政指示或作業程序生產，垂直分工的管理模式是最有效與可行的；新制度經濟學主張中間經濟組織的存在，是組織本身從效率的角度或稱「生存能力」立場所內化而生的。具體解釋台商的交易成本與信息成本等制度成本，較高於大陸民企與其它外商，故存在於台商間的社會網絡等，這種中間性組織的出現可從兩方面予以解釋如下：

一、 從企業生存環境的角度看，產業集群的形成是源於中小企業，為謀求改變自身的生存環境所構築的區域「結盟」，而生存環境可簡單的表達為「交易成本（TC）、」「外部化價格（OP）」和「內部化成本（IC）」三方面，其中交易成本是指交易行為發生時，伴隨產生的信息搜尋、交易條件談判與交易實施成本等；內部化成本是指將企業所有加工工序與交換環節（包括原本外包或外購的中間產品生產）全部置於企業內部時所需的成本；而外部化價格是指企業外包或外購加工工序與中間產品的價格。

二、 交易成本因市場經濟的的不完善而存在：故須中介組織如企業與行商於市場或產銷體系的各環節設置，以維市場體系運作，致使資產專用性與不確定性增多，產業集群即因企業組織間信任互賴高而降低成本。資產專用性使單一市場、廠商的沉沒成本大增，集群可共用而降低；交易成本的多寡則來自市場上信息不對稱與不確定性，以及交易頻率、有限理性與投機行為等。

2.3.3.3 新產業區組織與柔性專業化

　　新制度經濟學者斯諾（Snorth）研究「柔性專業化」的觀點，並運用交易成本理論來解釋產業群（區）的形成，在勞動社會分工合意深化的前提下，企業間的交易頻率增加而導致交易費用上升。因為交易成本的高低與地理距離成正

相關，企業通常在本地尋找交易對象，從而促成地方企業集群的形成。他在理論和實踐的基礎上所作結論是：最具有發展動力的產業集群通常需要以現有的社會文化推導為基礎的集體制度安排，以此來克服市場失敗。

　　總之，成功的新產業區的一般共性是：(1)部門專業化與彈性專業化；(2)地理空間的相鄰近性；(3)基於技術創新的企業間密切合作；(4)以中小企業為主也不排除以個別大企業為核心；(5)在創新而非壓低工資等成本為基礎上的競爭；(6)在可建立技術工人間、雇員間、企業間相互信賴關係的有利的社會文化環境中；(7)積極性自助組織；(8)支持型的地方民主政府（周維穎，2004，P.44）。所呈現的就是柔性生產方式的產業區。一般的區域經濟會存在著區域推移現象，台商集群因其勞力密集產業、域外直接投資FDI與同文同種的特質，採游牧性的跨區域的「工業輪耕」，其區域推移為降低成本但也服膺了於區域經濟的三大效應：極化效應、回程效應與擴展效應。

　　當前大陸台商集群與其週邊地區，其中回程效應與擴散效應的時間落差極短，也就是雙向作用的輻射效應，因台商集群的遷移具FDI與「逐水草的工業輪耕」之特色，而與大陸民企的「山頭式」的根植性或地方主義大不同，因為輻射理論具有「『跳躍』推動」于不同地區的特點，然後再于周邊小型區域內產生擴效應及輻射式的影響，故特稱之為「台商集群的區域『推移』」。

　　台商于尋覓大、中型區域與在區內循序推移發展的循環歷程中，呈現于外的是台商產業集群的區域推移，內在的作用即駁雜多變的進行極化效應、擴散（溢出）效應、回流（程）效應，直至優勢與利潤的比較利益低於投資風險則「跳躍」式的推移更換區域。至于增長極發展模式、點軸發展模式、網絡發展模式等，較不適合台商特質的部分則宜由大陸政府或具官方特色機構來推動與執行，其中以休閒農業與中醫藥生技產業較適合於「新產業區」。

　　柔性生產方式能提高企業生產率、改善產品質量、降低生產成本、縮短產品交貨期，有助於企業在激烈的國際競爭中保持和獲得優勢。柔性製造企業的核心是強調企業間的動態集成和進行各種形式合作，柔性生產方式強調的是專業化分工的靈敏企業的動態集成，這又與企業規模的小型化、企業之間的分工與協作、企業之間的密切的結網有關係，這就要求企業之間必須建立密切而穩定的聯繫，也就是企業之間的結網。台商企業之間是競爭又聯合、既分工又合作的關係特別強烈，這就是社會網絡或社會資本的主要內涵有利於制度成本、信息成本與交易成本的降低，再加上台商FDI的游牧性而呈現台商文化特色的「蜂群分封」或「工業輪耕」。

2.4 儒商文化與社會資本

2.4.1 儒商文化的形成

區位經濟學者佩魯認為：經濟現象和經濟制度的存在依賴于文化價值，並且企圖把它們的文化環境與共同的經濟目標分開並獨立出來。他更指出：如果脫離了它的文化基礎任何一個經濟概念都不可能得到徹底的深入思考，從社會制度的安排如財產所有權、契約關係、企業組織、法律道德與宗教制度，以至經濟活動都很大程度取決于文化的價值，故可從區域文化的角度探討影響區域經濟與政治發展有關之民眾心理和社會價值（楊龍，2004，P.218）。

新加坡學者劉國強在〈儒家思想能否抵禦西方歪風〉中指出儒家倫理于1986年元月全面以英文版課本于中學實施教學後，筆者選修率稍微提升」，1990年代李光耀退休後于多次訪談中肯定儒家倫理對新加坡繁榮的無可替代的貢獻（李明輝，2005）。

台灣學者郭齊勇在《熊十力與中國傳統文化》中，提到熊十力評價宋代儒家挽救儒學于唐代鼎盛的佛老浪潮中，卻有兩缺失與兩可責：缺失是絕欲與主靜而「弄得人無生氣」，可責的是一無民族思想二無民治思想（郭齊勇，1990，P.64）。宋室南遷健康後，再遷到浙'江紹興，倒是能因「禮失求諸野」，反而恢復不少儒家文化的生機與原貌。

台灣學者林安梧在《現代儒學論衡》中闡述梁漱溟的觀點：他主張以德化與民本思想為基礎的社會主義，唯賴透過「鄉治運動」才能復興中國原有的倫理結構與矯治政治及經濟的落後（林安梧，1987，P.11）。只要情境適合的「有水有陽光」儒家思想就如種子般的發芽茁壯，所以儒家不堅持否認「反對知識，反對科學，反對民主，反對商業及經濟發展」之誣賴，宋室南遷的時空與情境就激發了儒商文化潛在的根芽，如種子的生機因條件充分後茁壯成永嘉儒學之產生。

2.4.1.1 儒家永嘉學派與儒商文化

大陸學者魏江在《產業集群——創新系統與技術學習》中述及：浙江在改革開放的二十多年裏開創不少民企及其產業集聚，其經濟的蓬勃發展都離不開當地歷史文化、社會背景；明亡後1661年鄭成功率軍入台，使儒商文化得以立足與發展造就了台商文化。鴉片戰爭之後中英于1842年簽定南京條約後，香港

在英式殖民政策培育下，依托于粵商文化發展成更優于新加坡的「東方明珠」；故謂台商文化與粵商文化皆是隨西船東航而漸見崛起的海洋文化之儒商文化。

德國經濟學者勒許在《經濟空間秩序－經濟財貨與地理間的關係》中，將「區位」定義為：一個合適的區位是最經濟的資源配置空間，有良好的經濟秩序與經濟運行機制，以及不斷改進的區域發展目標而能保證事情更妥善的發展；所以區位的構成要素是⑴區域的地理空間，⑵區域經濟活動的要素組合，⑶區域政治組織與⑷區域發展管理（楊龍，P.228）。西進台商須循此而考量在各省各區的區域推移進行FDI的投資，以利企業在自行選定的區域以區位優勢能夠持續的領先。

2.4.1.2 台商文化與海洋式儒商文化

台商在大陸經營十餘年經驗累積出「本人、本金、本業」必遵守的「三本主義」之後，即指出唯有稅收的優惠是台商的實質利益，這三項只是還原為台灣原有生態，使制度成本或無「貿易保護協定」的台商能與外商平等，如1991年「人大」通過的《外商投資企業和外國企業所得稅法》及稍後國務院頒行的《外商投資企業和外國企業所得稅法實施細則》。台商相對于外商的優勢則為同文同語的融入社會、距離小與接近市場，卻因政治的對立而折損不少優惠。

魏江于論及「核心能力」時亦提到：事實上「核心能力」的形成與當地長期以來的重商文化有關。溫州在明朝初期時，已歷經二百餘年的商貿致富而成為永嘉文化的發祥地，該文化是「以利和義」「功利與仁義並存」的理念，是「重義輕利」的儒家思想體系中少見的重商主義代表，雖然一直是非主流且居下風的儒家學派，但在溫州地區則深具影響力，熏陶了溫州人數百年而營造出經商致富與敢為天下先的精神；深厚的儒家文化積澱後與浙東儒家的永嘉文化融合成儒商文化，于明清兩朝再影響閩商、粵商、台商等沿海地區傳播了儒商文化，浙東餘姚的大儒王陽明的「致良知」與「知行合一」也大有「創新」于傳統儒家思想者即其另一明證，形成了敢為天下先、義利之辨、重然諾講信用、吃苦耐勞、經世致用與榮歸故里顯父母等等為核心的儒家文化與思想。

2.4.1.3 美日台混血企業文化與跨文化的融合

台灣島因其海洋的區位與歷史遭遇而飽經外力占領，又因台灣深受大航海時代的經貿影響生活的作用而使重商文化更能茁壯，近百年受到日美兩國影響更使台商企業具有明顯優勢的核心競爭力──台商文化與美日台混血企業文化，出類拔萃于大陸；其成效更優秀而異于受到官方「經貿協定」保護的新加

坡華裔商人，故知應非只因閩商文化之影響，而是中西方企業經營文化的融合，亦即部分歸功于台灣地區適應發展出來的「美日台混血企業文化」。台商行為模式與經營風格與美日企業比較，其「美日台混血」的企業文化有下列相異的企業經營特徵有：

一、 日本的：(1)產品精緻化與終身學習，(2)熱誠服務客戶與市場導向，(3)團隊作戰與終身聘雇；

二、 美式的：(1)彈性應變與業績掛帥，(2)輕鬆愉悅與自由開放，(3)論功行賞與物質獎勵；

三、 台灣的：(1)誠信守諾與尊重員工，(2)地瓜精神與台灣牛的拼勁，(3)刻苦耐勞與人定勝天（麥立心，2004.6.1，P.94）。

關於儒家文化在《跨文化管理》中胡校長指出：

> 一、強調儒家思想與儒家倫理。
> 二、內聖外王的循序漸進的政治哲學。
> 三、以民本思想為主體的社會文化。
> 四、推崇聖君賢相的人治思想。
> 五、重視教育與義務責任。
> 六、以和平為中心的理性（胡軍，1995）。

儒家文化迥異于西方文化者至少上述六點，另有「時中」的與時俱進精神及協和共榮則對比西方的競爭與制衡之制度機理，也是優于西方文化之處，至于不重數字、不重時間、不肯奮勉改進、不重科學、不重法治、不求甚解與消極頹唐等則為封建專制助長下的缺點更需改善者。

2.4.2 社會資本與網絡的沿革、定義

「社會資本」首現于1916年Lyda Judson Hanifan 對鄉村學校附設社區中心的敘述，中斷45年之後1961年Jane Jacobs在《美國大城市的生與死》中經典性詮釋，先後于1970~80年代有社會學家（如Ivan Light）與經濟學家（如Glen Loury）加以闡釋，于1980年代有政治學家Robert Putnam與社會學家James Coleman及法國的Pierre Bourdieu，使「社會資本」一詞廣受使用（吳瓊恩，2002，P.15）。如上所述即本研究將台商集群的社會資本定義為：台商網絡及其企業經營文化。更精確說主要包括了儒商文化、人際關係、社會責任與社會能力等為內涵。

1988年美國社會學家柯爾曼（Coleman）指出：網絡關係的結構具有封閉

性，這社會資本的來源便是從所討論出的基礎（網絡結構）建立起來。他認為網絡結構的封閉性促進了各種行為規範的出現，提高各個成員的可信度，也提高了社會資本。另外如普特南（Putnam）也同意網絡關係結構具有封閉性之功能，他更指出會有利於發揮民主制度的作用。網絡先是以社會學內涵為主的，社會資本初始亦同但是如今已「轉型」進入經濟學領域，網絡是社會資本的基礎，所以形成了與其它種資本的差異之處如下表，至於其特色則有如下四項：

一、 宗教與文化的重要──美籍日裔學者福山于2001年《信任：社會美德與創造經濟繁榮》中指出：最成功的國家靠宗教與文化支撐，也強調社會秩序的生物學基礎與社會資本皆以人類本性為其根基。

二、 依循人民需求與社會準則──普特南（Putnam）于1993年的《繁榮的社群》與1996年《公民美國奇怪的消失》中指出：為了改善生活，黑人區居民或第三世界的農民，所有的父母皆需要大量的社會資本。

三、 以經濟學文獻的假設為基礎──為使人們的個體作用的最大化，必先運用人類分工合作的本性來求取社會資本與資源的極大值：實現群體作用的最大化。如政治學中「功利主義」：謀最大多數人的最大幸福。

四、 政治及其機構與社會準則決定人類行為──聯合國的世界銀行的研究證實：社會資本在減輕貧困與促進可持續發展中的作用，特別是機構、社會、安排、信任、網絡的作用（陳勁，2002，P.80），呈現的特別明顯。

社會資本是形成人與人之間頻繁交錯的關係網絡，及所建立的信任、合作及採取集體行動奠定基石，是國家社會經濟繁榮的要素。1985年替社會資本下定義的是法國社會學家Pierre Bourdieu，他說：實際或潛在的資源的集合體，這些資源同對大家共同熟悉或認可的制度化的關係的持久性網絡的占有聯繫在一起。社會資本其發展初期皆係社會學領域的學者，到了1990年才進入經濟學領域，謹以表列之如上表2-4陳述他們的定義。

狹義的社會資本即社會網絡，廣義的則包括知識資本、環境資本與人際資本；而且知識資本包括智力資本、創新資本、關係資本、流程資本，環境資本包括商品市場交易價值、多元目標使用價值、健康與生態保育價值、地緣關係價值，人際資本包括社群網絡、信息管道、信任關係、社會規範與社會責任（吳瓊恩，2002，P.19）。

大陸學者張其子將社會資本看作是人與人之間在信任與合作基礎上所形成的社會網絡，它是一種人與人之間的關係，在社會結構裏更視為資源配置的重要方式。2001年美籍日裔學者福山指出中國人的「三緣關係」使人的社會信任

表2-4　社會資本的定義表

學　者	社會資本的定義
1985 Pierre Bourdieu	實際或潛在的資源的集合體，這些資源同對大家共同熟悉或認可的制度化的關係的持久網絡的占有聯繫在一起。
Glen Loury 1987	促進或幫助獲得市場中有價值的技能或特點的人之間自然產生的社會關係。
Coleman 1988	人們在一個集體或組織中為了共同的目的在一起工作的能力，它在兩個方面具有共同特徵的實體：這些實體中構成了社會結構的許多方面；在這種結構框架中，他們促進了行為主體（個人或公司）的某些行動。
W.E.Baker 1990	行為主體從特定的社會結構中獲得的資源，並利用這些資源來追求他們各自的利益，它是通過行為主體間關係的變化而產生
.Schiff 1992	社會結構中一組影響人與人之間關係的要素，並且，這些要素是生產功能或效用功能的要素輸入或其變量。
Burt　1992	你可通過夥伴、朋友和一些更廣泛的社會接觸以獲得機會來使用你的金融或人力資源。
Robert D.Putnam 1993	一種組織特點，如信任、規範和網絡。社會資本具有生產性如同其它資本一樣，它使得無它便不可能實現的目的成為可能，社會資本須通過合作來促進而提高社會的效率。
Foutain 1997	社會資本一個最關鍵的特徵就是信任的可傳遞性，即若 A 信任 B，B 又信任 C，則 A 會信任 C。故而在一個比較大的社會網絡中行為主體無需個人間的直接接觸也會彼此互信。
Terkison 2000	社會資本表示的是一個組織網絡、共通準則與信任所具有的那些能降低協調與合作成本，進而有增加集體生產能力的特徵之體系。

資料來源：陳勁，張方華《社會資本與技術創新》，浙江大學出版社，2002，P.6~8。

度較低，所以企業難以擺脫家族制度而規模受限也不具優勢；台商集群的社會網絡正可打破此一限制，其所產生的高度信任可以降低台商的交易成本，亦即來自台商集群的社會資本的優惠、優勢；因信任而不論買方或賣方的談判與簽約的成本皆可降低而提高企業獲利率。

1998年斯蒂格列茲（Steaglech）則說：除了物質資本、人力資本與知識以外，另一種是社會和組織資本，變革的速度和模式取決於這種資本的形成，國力的增長也取決於這種社會、組織的資本（陳勁，張方華，2002，P.7）。大陸的台商協會之組織雖由當地官方設置，卻因功效卓著而益形壯大、普遍獲得各台商企業的接納與支持。

2.5　台商（協會）網絡與社會文化

2.5.1　台商協會的社會網絡與核心競爭力

台商產業集群分布較為鬆散，其能生存于大陸的主要原因之一即社會網絡

的人脈較健全，更有各省籍的移民隨國府遷台也是優于港商與新加坡的原因；台灣于三百多年前移民式的初始社會中，便依賴群體合作聯防而生存的墾殖聚落文化經茁壯發展成今之台商文化，台商文化有明顯的儒商本質與日、美兩國的經營管理特色，混合成「美日台混血企業的文化」並轉移入近數十年的台灣工業組合中。例如新竹科學園區與北台走廊所組構成的IT產業社會網絡，現今則由于龍頭企業的牽引而跨海西進長江三角洲，便是充分運用社會資本的網絡效益。

　　大陸的「對台辦」約束各地台商須于縣市轄區內，當台商登記家數每超過50家者必須成立台商協會，由台商自發組成之民間組織而由大陸當地人士任職秘書綜理日常行政與聯繫；在台商產業集群中可發現存在著：企業內部之社會資本的網絡包含著部門間與高信任度的縱向合作夥伴，以及企業外部之社會資本網絡是指多個企業間中等信任度的橫向、既合作又競爭的夥伴；當然會有同行業或異行業的夥伴關係同時存在著，台商協會則扮演媒合者的角色同時位居與當地政府間溝通橋梁的地位，此即大陸台商的社會資本之輻軸與核心。特參考《2005東莞台商（12周年特刊)》《2004佛山台協（八周年特刊)》《2004順德台協（三周年特刊)》等特刊文獻，得知台商投資企業協會成立條件充足之前可先成立台商聯誼會，台商協會由會員選出理、監事若干人，與會員總數成等比率，含會長與副會長通常至少總數在30人以上。

　　台商與任一產業集群相同都須具備核心能力，其生存與發展全看它是否具有核心能力，其基本尺度包括五個方面：價值性、難以模仿、延展性、動態性以及不可分離性。若此能力符合市場需求而獲利領先同業則可稱為核心競爭力，謹摘述相關之論述說明如下：

一、　價值性。從產出角度看，產業集群核心能力是集群獨特的競爭能力，它須擁有可實現其企業利益或相關機構所重視的價值。一家企業進入到某一集群經營是因其核心能力所產生的競爭力，能為集群內企業提供有效價值或提高效率和其它重要的服務；亦即能使集群內企業在創造價值和降低成本方面，須比競爭對手更優秀，比集群外企業能帶來更大的價值和更多利益。

二、　獨特性。產業集群的核心能力具有不可模仿和難以取代的特性而可長期獨占市場，這一特性反映出產業集群核心能力是集群在長期的演進過程中積累形成的。集群核心能力難以被模仿的原因解釋是：

(1)在產業集群的核心能力中不僅包含了集群內企業獨特的技術技能、操作技巧、管理模式和集群商業特徵等特性，還包納了集群的區域文化特徵、社會資本和網絡資源等因素，這些因素很難被競爭對手完全瞭解和

複製，因而具有不易模仿性。

(2)集群獲取資源的能力依賴于獨特的歷史條件。集群不僅是一個歷史的和社會的實體，連它們獲取和利用資源的能力也依賴于它們在時間和空間上所處的位置；一朝某一獨特的歷史機遇消逝或未能掌握時，企業或集群就不可能再擁有資源了。

(3)集群內的知識具有「方法」的特徵。信息具有公共產品性質，故具有信息特徵的知識易于編碼化而被模仿，暗默性知識具有「方法性」特徵的知識則難于仿製，因為它屬于不公開的知識。而集群核心能力就可以被認為是關于如何協調群內各種資源用途的知識形式，屬于方法性知識。

(4)集群之間的互相模仿至少還會受到這樣一些因素的阻礙：群內企業可能因為遠見或者偶然擁有某種資源或優勢，但其價值在先前或當時並不受人重視而無人去模仿，尤其許多隱性知識只能以「自然人」作其唯一「載體」，這訣竅即閩南話的「眉角」，是故人才在知識經濟時代便是重中之重了。

　　每當時過境遷其它集群再也不可能獲得那種資源或優勢，自然會失去模仿的興趣而仍可持續獨占之，台商集群內的成員可以無其核心能力，但須以其社會網絡、發揮其價值與功能造就出此一台商集群的領先優勢，故而每一企業就結成「生命共同體」而獲得利益，于此集群的核心競爭力的生命周期之內，尋覓「水與草」不停的以區域推移複製于大陸各地。

三、異質性。集群的模仿行為還存在模仿成本（包括時間成本和資金成本）問題，如果集群的模仿行為需要花費較長的時間則可能因為環境的變化而使優勢資源喪失價值，使企業的模仿行為毫無意義。這種威儷令很多企業選擇放棄模仿，因為即使模仿時間較短而不會喪失價值，但若模仿後產品不具有市場區隔效果則所帶來的收益不足以補償成本，企業也不會選擇模仿行為。故產業集群核心能力具有難以模仿的異質性，因為這種能力生產出來的產品（包括服務）在市場上不會輕易被其它產品所替代。

　　核心能力的異質性決定了產業集群之間的產品異質性和效率差異性，所以台灣企業出現以破壞性創新的商品爭取中階市場，就是以核心研發能力為其競爭優勢的戰略性資源之運用；就似如凡經過高僧或喇嘛祈福或加持的佛珠與天珠，因其「隱性價值」而在信徒心中便難以替代，亦即在區隔市場中才會增生的效用及其附加價值。

四、延展性。核心能力具有強大的輻射作用，集群內某一企業核心能力的形成

可以在相關領域衍生出許多有競爭力的技術或產品，從橫向發展而為集群帶來規模優勢。一個集群如果有更多的企業都擁有某一方面的核心能力，就能夠衍生出一系列的新技術、新產品和新服務以滿足客戶的需求。從縱向看核心能力能夠沿著集群活動價值鏈將其能量持續擴展到各個節點直至最終環節上，美國矽谷是具有縱橫交錯的核心能力之集群，大陸台商產業集群則是以縱向核心能力為主，再以橫向為輔來擴張人脈網絡組成集群。

　　如果集群內一個企業具有核心能力，由于技術、知識和信息的的外溢性，該企業的某一種核心能力，會因互信與包容慢慢地在集群內傳遞和擴散出去，集群內其它企業和機構由此從中受益，根據樹狀模型而論，核心能力有分枝衍生能力：從單個企業核心能力→部分企業核心能力→整個集群核心能力來擴散發展，在其間因集群內也充滿競爭與合作的互動，使每一企業須能自保其優勢不致被他人取代而能維持集群的成長。

五、　不可分離性。產業集群核心能力是由眾多企業、相關機構的組織結構、管理模式、市場資源、社會資源等因素高度融合的結果，它是由制度因素、技術因素、管理因素、文化因素、自然因素等等來決定的；產業集群核心能力因其載體之故而呈現于人力資源、組織資源和地理空間等方面。核心能力是集群在實踐過程中逐漸培育的，所以在它形成的過程中集群內企業主體的體質也在不斷變化，因此與企業擁有的實體物質資產不同，核心能力難以從集群中分離而與競爭對手之間形成了質的差別。亦即與此同時集群內的網絡關係更加以強化與發展，再隨著「半徑」的擴大便出現「蜂群分封」與版圖之拓建。

六、　生命周期性。即產業集群是動態發展中的，其核心能力的延展性能夠增強集群的市場幅射半徑和影響力，擴大集群的發展規模與促進集群的成長的作用，然而每一個核心能力會因市場、需求變化、技術進步、政策干預等原因，自然而有其生命周期的限制存在著（朱春國，2003，P.8）。

2.5.2　集群產業區社會文化與企業家能力

　　在針對許多新產業區，如第三意大利與矽谷地區的研究中，可歸納出：導致這些地區成功的原因基本分為「經濟」的和「社會文化」的兩類，他們將矽谷文化總結為：對失敗的耐受力，對叛逆行為的寬容，敢于冒險的精神等。集群內的文化屬于當地文化中的一個子系統，會受到其很深的影響，如台商文化中源自墾殖聚落文化者，今則構建其集群與社會資本；可見廣東地區的「敢為天下先」

的求新求變精神等粵商文化，亦是促成改革開放後特區經濟能夠成功的關鍵。

　　集群產業區擁有稠密的機構、完備的上中下游企業一起共享某種技術和資源的企業廠商，這些機構和廠商之間通過正式的經濟聯繫和非正式的非經濟聯繫建立了密切關係的地方網絡，形成了當地相互交流、共享資源、共享學習的地方文化氛圍。緊密的地方網絡和健康的地方文化一起將新產業區營造成一個具有創新活力的區域。企業文化與地方化文化環境的融合，形成具有地方特色的生產和交易環境，促進了創新的傳播，提高區內產業的分工水平和專業化的程度，長期的積累就形成了集群產業區的特色文化制度環境。

　　新產業區理論認為，集群產業區是在高度專業化分工基礎上企業群的集聚，所形成的區域經濟特性可與當地社會共同體的功能特性相結合的區域經濟共同體。這種區域經濟共同體是在分享價值和相同行為規範基礎上的一種文化共同體，也就是說在集群產業區裏，人們雖然在不同的企業裏工作，但由于區域的一種氣氛，人們都具有相同的價值觀和行為規範。集群產業區具有很強的區域一致性、集體企業家、柔性專業化、競爭與合作的共存、信息的迅速擴散、經濟和社會的融合、很強的集團一致性等特徵。

　　大陸民企的負責人亦因文化與民情也與台商同性質，即皆承擔風險（股東）與從事經營（專業經理人）兩大職能合一，也稱企業CEO如聯想的楊元慶與海爾的張瑞敏等人，他們的基本特質與台商CEO同為：（一）中國民營企業家要有風險意識與識別機會的能力，（二）中國民營企業家要有創新精神與才能而且能憑此獲利，（三）中國民營企業家要有政治遠見與判別力，（四）中國民營企業家要有戰略頭腦將長期與短期利益結合，（五）中國民營企業家要有適應外部環境變化的應變力與決策能力，（六）中國民營企業家要有轉軌建制（升級轉型）中做出創造性業績（史耀疆，2005，P.53~60）。

2.6　人力資源管理與企業家經營能力

2.6.1　人力資源管理與企業家經營能力

　　工業革命之後，自然資源、資本、技術、人力是國家經濟成長所依賴的生產四大要素，後資訊革命的知識經濟時代的當前，人力成為最關鍵的資源；人力資源管理就格外的受到重視了。所謂人力資源即是把人的智力、勞力視為高價值的資產，可以投入生產、創造價值的原料，來加以管理；即將組織內所有的人力資源做最適當的確保、開發、維持與活用，為此所規劃、執行與管制的

過程；通常以科學方法使企業內之人與事進行最佳配置，發揮最有效益的人力運用，凡此一系列活動與過程之總稱。其管理的基本原則一般有：民主原則、重視個人發展、共同參與、人才優先、彈性處理、人性化、激勵原則等。因此CEO所能發展其企業的主要積極作為有五項如下：

　　一、建立人才嚮往、企業成長與成功用人的平台；

　　二、利用組織內互信的人際網絡來建立用人不疑、信任信仰的體系；

　　三、推展知人善用、適才適所的民主公正人事制度；

　　四、執行陟罰臧否、賞罰分明的公平保密督察體制；

　　五、設置暢通有效的建議、創意的管道，以網路及面談等方式來兼籌之。

　　員工是企業礎石，一切組織都必須依賴員工的認真負責，才得以健全發展；CEO身為管理者、經營人，更須了解員工在企業文化、工作環境上的需求，使人才穩定工作、全心投入。國父 孫中山先生將員工、國民視如國家主人而主張著：政府須滿足人民「維持生存的需求」與「追求幸福的需求」兩項需求；員工對企業文化上的需求是後者即「社會性需要」之一部分。若就馬斯洛（Maslow）的《需求層次論》而言，是指歸屬感、成就感與自我實現等高層次的人類需求、欲望；即經由「社會互助論」與「分配社會化」來達成利潤共享。員工在工作環境上的需求是前者乃生理性需要，從《需求層次論》而言，是指維持生產活動之物質基礎、安全感的充分供應，屬於低層次的人類需欲；亦即需「以人為本」的柔性管理，再經由自我規劃、自我完善、自我超越而能自我實現，需要CEO透過其LQ、RQ與EQ的「自我管理」，綜合之而呈現勞資融洽、共享共榮的理想，此則屬於高層次的需求。

　　在企業（組織）文化的建設中勞資融洽、互信分享的組織氣氛是業績成長的動力，更攸關著CEO的威望與經營的成敗，即勞資關係、組織績效與企業文化，是以CEO五力與企業家精神為其核心。因而CEO即人力資源管理的總樞紐，是依循「人的關係」，以及因重視「人力資源」所建立的網絡，來實現他的「知識地圖」以開發企業的潛能、釋出全員的能量，達到企業成長與持續繁榮。對人力資源管理的掌握是CEO的成功基礎，「守司之門戶」之後方可憑藉CEO五力使企業興榮，以及危機處理能力才會有備無患或能有施展之機會。

　　每一企業的CEO處於權力核心，須懂得汲取組織與員工的智慧、文化，轉化為CEO的影響力，並要維持屬下對他有信心，保持高度影響力才能有強力的執行力，對企業經營及其文化的改變、影響也積漸而呈現出，所塑造的企業文化之改變以及衍生出的產品、技術上創新，成為企業變革、組織再造的動力。

威爾許（Welch）在奇異公司的組織變革中，即從企業文化改造來切入，先形成支持組織變革的氣候，給員工改善工作態度與學習成長的機會，1985年他開始推動由熊彼特（Shumpeter）所倡的「創意解構」，實現扁平化管理組織：由29個層級減至6個層級，裁減由2萬5千多位經理所管理的四十多萬員工的官僚體系，裁減逾半經理的人事支出後，每年為奇異公司省下逾四千萬美元薪資（麥可‧尤辛，2005，P335）。

威爾許從奇異公司的變革中建立員工共識，從員工溝通與推動願景中先找出企業之優勢、強項，於施展其創構力的決策中確定以製造、科技、服務為主的領域上，集中資金、人才與技術等優勢，於數百個事業單位中裁撤、賣出348個事業單位與生產線，換得一百億美元的收入，於持續生產的事業單位上面之年度投入為18億美元的資金，擴大其規模而獲得同年17億美元的營收獲利。1981時的奇異公司總資產二百五十億、年獲利十五億美元，奇異轉型成功皆賴他能以人力資源管理的掌握來奠定基礎，之後CEO成功的憑著危機處理能力之發揮，方可藉由CEO五力使企業興榮而能組織再造、變革成功。

奇異公司於「車諾普核電廠事件」後，面對「非核化」的世局即是1980年代之晚期的「奇異困境」，董事會的危機處理是慧眼獨具的委派威爾許擔任首席執行長CEO，他首先宣佈不會在美國設立新核電廠、核能工廠；以他經驗所累積的先見力，讓威爾許堅毅、果斷的做了決策，此政策也消除企業內權力惡鬥而大大提升奇異公司的企業競爭力。於企業文化中關於變革、建構與共同願景的規劃、執行，是極重要且為CEO無法推卸的責任，威爾許使奇異的變革、再造是築基於率同全員共赴的「自我超越」之上，這個基礎包括全員的個人願景、創造性動力，與勇於面對事實真相的決斷。但仍有賴於一支穩定的、高素質，對企業目標、企業文化有強烈認同感和歸屬感的員工隊伍，即是人力資源管理的管控是具有其根本性，以及不容漠視的重要性。故員工隊伍須維持其多元性、彈性或異質性，方可活化其素質的成長，唯從刺激創意、產生創新才可活化企業文化，能夠建立有強烈認同感和歸屬感的員工隊伍，CEO需能「對症下藥」的引進人才，產生「用對一個，帶動一片」的「人才效益」、「活化作用」。因此，企業文化的建設就是人造物的本質，有所傳承也會因傑出的CEO而出現轉型、創新；若失去傑出CEO在企業文化的貢獻，如同細胞失去細胞核就是沒有生命，此時的文化只是表面的裝飾，企業文化應該是內在、活化可成長的組織文化與經營文化，由CEO引領員工全力以赴的文化建設，才是企業的核心競爭力。

企業文化還有一個對外的區塊，即面對社會、群眾的部分，主要是面對消

費市場、客戶群，是所產生的商品口碑、企業形象等，即所謂的品牌；品牌的市場意義，在於它所附著的特定文化，亦可稱之為「品牌文化」，它務須是企業文化中最優先注意的區塊，來爭取客戶及鞏固對品牌的忠誠度；然「品牌文化」仍是依附於當地社會的大環境中的文化。如麥當勞的品牌文化，在印度不能立足於牛肉漢堡，而是以豬肉漢堡為焦點；於埃及則須反之以求企業的品牌文化能融入當地文化。故知品牌文化是企業最「外化」的特徵形式，更是企業資訊、傳播系統所精心建構的綜合表現；在全球化「商戰」的知識經濟中，跨國企業不僅重視企業文化、更聚焦於品牌文化，方可適者生存、持續興榮。

2.6.2　儒商 CEO 五力與相關的《孫子》章節

　　全球化時代中跨國企業類如外國兵團之入侵，故兵法亦可用於「商戰」；自從　國父於1921年的《實業計劃：結論》中即已斷言過「商戰」的出現，筆者察覺《孫子》中「齊才吳用」的孫武所著兵法之章句，亦有可供台商CEO參考而大展才能於「商戰」中者。特謹節錄部分章節以彰顯之：

一、　《孫子・虛實篇》所說：「以吾度之，越人之兵雖多，亦奚益於勝哉？故曰：勝可為也。敵雖眾，可使無鬥。故策之而知得失之計，作之而知動靜之理，形之而知死生之地，角之而知有餘不足之處。」企業也是：「勝可為也：勝利是可以創造的。」憑藉著CEO的執行力，策即規劃、作即演習、形是履勘地形（市場、區位）、角是競賽戰鬥，得以循序推動；凡企業皆是可以運用企業文化創造出勝局之單位。而且企業規模有大有小，再大者也吃不下整個市場，小者則可憑藉其優勢而創造出勝局。

二、　《孫子・軍爭篇》說：「故不知諸侯之謀者，不能豫交；不知山林、險阻、沼澤之形者，不能行軍，不能鄉導者，不能得地利。」即是：不了解對方的謀略，不能與之結交。企業交易、往來也需要詳實正確的信息，不清礎主客觀形勢與區位條件者；商業是以利害為前提的一種互動，即使為了利益而被對方出賣，也不宜懷恨或硬爭一口氣。所以不清礎對方的計謀或不了解營業區的市況與消費傾向時，或者不明白對手動機時，則不應輕舉妄動而要小心行事。

三、　《孫子・虛實篇》所說：「凡先處戰地而待敵者佚，後處戰地而趨戰者勞。故善戰者，致人而不致於人。能使敵人自至者，利之也；能使敵人不得至者，害之也。故敵佚能勞之，飽能饑之，安能動之。出其所必趨，趨其所不意；行千里而不勞者，行於無人之地也。」如此便可「制命而不制於

人」，更突顯了《鬼谷子》之「受制者制命也」之意義，促成了「制人者」的將領、CEO之領袖責任。

四、 《孫子・始計篇》說：「兵者，國之大事，死生之地，存亡之道，不可不察也。故經之以五事，校之以計，而索其情；一曰道，二曰天，三曰地，四曰將，五曰法。道者，令民與上同意，可與之死，可與之生，而不畏危也。天者，陰陽、寒暑、時制也。地者，遠近、險易，廣狹，死生也。將者，智、信、仁、勇、嚴也。法者，曲制、官道、主用也。凡此五者，將莫不聞，知之者勝，不知者不勝。」故身為領導者的將領、CEO應具備「道、天、地、將、法」便是成功的保證。

五、 《孫子・謀攻篇》所說：「故知勝者有五，知可以戰與不可以戰者勝，識眾寡之用者勝；上下同欲者勝；以虞待不虞者勝；將能而君不御者勝。此五者，知勝之道。故曰：知彼知己，百戰不殆；不知彼而知己，一勝一負；不知彼，不知己，每戰必敗。」其中「知可以戰」「識眾寡」「上下同欲」「以虞待不虞」「將能而君不御」是知勝之「道」，積極的面向是孫武所強調的核心；至於消極的「道」則是「將在外君命有所不受」。

六、 《孫子兵法》中說：「夫將者，國之輔也，輔周則國必強，輔隙則國必弱⋯⋯。不知三軍之權，而同三軍之任，則軍士疑矣。三軍既惑且疑，則諸侯之難至矣，是謂亂軍引勝。」政府對於政策之制定應該也如《孫子兵法》中說：「凡先處戰地而待敵者佚。」其中「輔周則國必強」是因為「將相和則君無憂」，依先見力來備妥諸多方案，以備不時之需。

七、 《孫子兵法》所說：「故不知諸侯（市場）之謀者，不能豫交，不知山林、險阻、沼澤之形者，不能行軍，不用嚮導者，不能得地利。」即言：成功的嚮導是掌握好「天、地將法」的人可以幫助大軍獲勝；此時CEO似嚮導，董事會是君王、大軍。

八、 《孫子・軍形篇》說：「善用兵者，修道保法，故能為勝敗之政。兵法：『一曰度，二曰量，三曰數，四曰稱，五曰勝，地生度，度生量，量生數，數生稱，稱生勝。』故勝兵若以鎰稱銖，敗兵若以銖稱鎰。勝者之戰，若決積水於千仞之谿者，形也。」「以銖稱鎰」即不分輕重緩急易致失敗；勝軍握有所創造出的優勢，將有「水到渠成」般的成功；即CEO必須先有計劃，才可能獲利、贏得部屬及客戶的支持。

九、 《孫子・九變篇》說：「是故智者之慮；必雜於利害；雜於利必可信也，雜於害而患可解也。是故屈諸侯以害，役諸侯以業，驅諸侯以利。故用兵之

法，無恃其不來，恃吾有以待之；無恃其不攻，恃吾有所不可攻也。」此即欲操控市場就須強調預防、思患而先見之功，妥慎的先完成規劃是兵家爭勝之關鍵。如同《鬼谷子‧飛箝》針對人性所採行之操控。

十、　《孫子‧軍爭篇》說：「故兵以詐立，以利動，以分合為變者也。故其疾如風，其徐如林，侵略如火，不動如山，難知如陰，動如雷霆。掠鄉分眾，廓地分利，懸權而動，先知迂直之計者勝，此軍爭之法也。」此即強調：若無利益、軍功則軍隊不易調動，若不知分合與機巧之運用，也難以獲勝，CEO若不善用其能力將使企業虧損，就會失去企業經營權。

2.6.3　《孫子》軍事思想與馬基維利的《君王論》

　　16世紀義大利佛羅倫斯國的馬基維利，因其著作《君王論》被後代歐洲學者譽為「政治學之父」，此處尚包括《政略論》與《戰略論》是廣義的《君王論》。其思想有許多類似春秋戰國時代的《孫子》思想與《鬼谷子》思想。如馬基維利《政略論》中說：「有時候使人屈服，與其使用殘酷的、暴力的行為，不如用充滿溫情的、人道的辦法更有效。」此即似同《孫子》的「上兵伐謀」「攻心為上」「不戰而屈人之兵」等主張。

　　另外，馬基維利於《君王論》中說：「世襲的君主國比新興的君主國更容易維持，因為他們只須繼承先人事業與制定、處理緊急事態的對策就行了。」則是與《鬼谷子：觸巇篇》的思想相同，但更為注重危機預識與處理，提出許多方法、理論，正適合1997、2008金融風暴之後，當作台商西進與南進的「CEO培訓典籍」；特借16世紀馬基維利的《君王論》，驗證《孫子》思想與《鬼谷子》思想，適合發弘於「商戰」與「文明衝突」中，以利「大亞洲主義」的區域整合，促成亞洲的和平崛起、發展。

　　企業家CEO精神就是企業精神的主體，企業精神又是企業文化的核心價值，故是企業永續繁榮的根本；通常企業家是企業的首席執行長的CEO，亦即傑出的CEO可以塑造企業文化的特徵、轉變與傳承的方向，並以之作為企業的經營定位、轉型與變革之決策條件，更構成於當今全球化之商戰趨勢中，致令專業的CEO對企業存亡榮衰扮演舉足輕重的角色。企業家經營能力於競爭趨烈、危機四伏的知識經濟時代中，其中的CEO五力及危機處理能力就格外重要了；企業家經營能力主要是指；CEO五力的執行力、適困力、先見力、辯溝力、創構力，再輔以人力資源管理權與處理危機能力。

企業家CEO經營能力=管控人力資源（基礎）+CEO五力+危機處理能力

兵聖孫武在《孫子》中力主後勤供補之重要，而倡補給戰略，馬基維利《戰略論》說：「人、武器、金錢、麵包是戰爭的『神經』」；他也說：「戰爭中欺騙敵人，不但不應該指責，而且應該獎勵。」，即如《孫子》的「兵不厭詐」；差別在孫武重複強調、專業於、自成系統的戰略思想，馬基維利則簡單、後發、零散的呈現於他多元的思想中，其戰略理論不如於18個世紀前的孫武那麼深入、精湛。特殊處是馬基維利於《戰略論》中說：「即使是軍隊的指揮官，只要善於演說，便能成為出色的領導者。」此即是與《鬼谷子：飛箝篇》思想有些相近，可用於「商戰」中台商CEO之培訓其辯（理）溝（通）力，以及驗證其重要性。綜合古今中外觀點，印證出《孫子》思想不論在「商戰」或「兵戰」中，皆能佔居最高指導原則之地位。

2.7 台商面向東協 FTA 的「桂高雷 EFCA 國際經貿區」
（錄自《高雷會館 35 週年特刊：茂名湛江高雷情》 高州 麥瑞台）

2.7.1 前言：江澤民與天下第一鎮——高州根子鎮（1/17 記于茂名迎賓館）

1976年高雷會館告成旅台鄉親精神歸向得有定所，每于春秋二祭凝聚鄉親的身與心，迄今又三十年；瑞台不才臨時受命于2006.01.15~18與會館董事劉光華奉諸鄉長的囑命，結伴返鄉收集資料為團結鄉親之第二代者而三度高雷行；藉「三十周年特刊」之付梓以高雷的建設現況與未來願景作為報導主題，採訪與編輯30th特刊做為承先啟後之契機。

返鄉期間走訪各地，搭乘江漢君會長的座車是最舒暢的享受。當車行向信宜尚未達昨（1/16）日訪問的高州，在珠湛高速公路下到與其連結的「一級公路」上，過高州後當見到「金塘」路牌不久，便右轉去拜訪「雙第一」的高州根子鎮，也是老母親口中的「根子坑」，更因2002年江澤民先生的親臨發表「三個代表」，而加添我參訪「天下第一鎮」時的豐彩與盛況！

2.7.1.1 成立高雷台商研究發展中心之動機

在高州城內拜訪了市委的鐘聲部長後，走到左近的中山堂巡禮一番；欣喜的見到門前花崗石塊鏤刻鬥大的字「建于中華民國34年」，大門左邊牆上以金屬板塊銘刻著「江澤民于2000年2月20日」。他的二度拜訪茂名主要來參訪根子鎮的「反季節蔬菜」做調研與學習的，特于中山堂的「三講（講學習 講政治 講

正氣1995.9.27）」幹部教育會議之致詞中提出「三個代表」：代表中國先進生產力的發展要求、中國先進文化的前進方向、中國最廣大人民的根本利益；這多少是受到高州根子鎮之「反季節蔬果」的高科技，來和遠自漢朝的高涼國之文化傳承所激盪與融鑄出的「古今菁華」，也印證了情境對人所發生的作用是極大；因此我臨走前還遙望了先父投筆從戎地的高州中學片刻希望能有所啟發而受惠，四天的返鄉之旅果然讓我因高雷地區古文化與高新科技的「中國雙絕」，產生對高雷的新願景而有如下之規劃，懇請長官與先進的支持與指正。

2.7.1.2 建議

　　成立「高明台商基金會」附屬于台商協會，共同支持「台商研究發展中心」，推動對高雷地區台商的服務與經濟文化發展之相關研究。分述各項要點如下：

（一）**宗旨**　以產、官、學之力于經貿交流的基礎上，強化兩岸的學術與（儒商）文化上之研究與發展，促成文化統合與政治交流的願景，依章程贊助相關活動。

（二）**資源**　台商企業的贊助捐款、高雷官方政府與有關機構的支持與熱心人士或學術研究組織的付出，以非政府組織型態來運作一切可用之資源。

（三）**活動**　先與台商協會為支柱以靜態服務來呈現，初與湛江海洋大學出版社合作成立台商研究出版中心，贊助台商研究著作之發行。

（四）**其他**　成立委員會與有關人士，如官方代表、出資台商等依比率，定期出席及參與會議，討論決議之各項活動，議定組織章程與執行中心工作，以及其他應盡或未盡事宜。

2.7.1.3 初期計劃與活動

（一）與湛江海大出版《大陸台商集群的區域推移》等一系列之著作，著者麥瑞台捐助印書費予本中心，委請海大與高雷地方台辦協助發行，所獲之利全數捐入「高明台商基金」，與其他台商捐款共同經委員會委請公益律師與會計師共管。

（二）由廣州暨南大學產業經濟研究所博士候選人麥瑞台，主持與推動「高雷地區台商集群的產官學合作開發之研究」，敦請陳明哲董事長以放雞島休旅產業為研究案例，進行個案研析以建立茂名市台商工業區與高科技園區之開發模式。

（三）「東亞自由經貿體EAFTA」與湛江台商工業區前景之研究，委請昆慶集團即億兆毛絨廠董事長黃月美女士主持，由湛江海大學術班隊研究成立高科

技園區以區位之利，規劃高雷台商未來之戰略布局，發展2012年啟動的「東協10+3」之經貿走勢。

(四)全權委請茂名市與湛江市台辦協助推動會務，以及廣征博議、收搜集建議與聯絡有關單位，妥善掌握與發展高雷的戰略優勢與台商先行者優勢，以「桂高雷東京灣（即北部灣）經貿區」來面對東協EFTA，來利於推動兩岸文化、經貿之統合。

2.7.1.4 說明

大陸是在開發中國家與台商文化的母體，回流與擴散作用的功能與效益有助于區域的經濟增長，更依賴著地區資源與稟賦，尤其政府支持與政策優惠來形成產業與經濟的極化作用，才可生生不息的滋長繁榮。因此發展經濟學及新制度經濟學就更多有利于落後地區之增長，除了高雷地區經濟性產權之所有者即是高雷兩市政府之外，也須「桂」的廣西或西南地區的地方政府，善盡其職責以極化作用形成增長極，以其極化作用帶動區域經濟的回流作用與擴散作用。一般而言學者主張其理論中政府選擇產權的制約因素為：

一、意識型態與憲政秩序

二、路徑依賴與產權治理

三、國內競爭與合作的雙重目標

四、產權結構與財稅約束之互動

五、不同利益團體與政府的角力（盧現祥，新制度經濟學，武漢大學出版社，2004，P.87）。

故知非自利性的本中心須尋求高雷、廣西等東道地官方的支持，形成極化作用而帶動回流作用與擴散作用。入世迄今兩岸不僅是滯後于經貿交流，故而探析台商企業文化對兩岸經貿的隱性功能冀圖借力來突破兩岸當前之困境，從經驗中深刻感受到優惠引商不如產業（集群）引商，產業引商必須發揮資源與優勢，以及積極的扶助台商與妥善運用機遇的掌控；也就歸結到知識經濟中的知識管理與社會資本等所融鑄成的核心競爭力，所以近幾年長三角的發揮資源與優勢，以及妥善運用機遇及掌控能力與人才較優等方面，就讓它的產業（集群）引商能够勝出于珠三角了；如今高雷地區的產業引商就必須調整舊方法，來發揮自己的資源、區位優勢與台商人才的優勢，將可帶動高雷地區經濟發展與富裕社會的願景。

2.7.2 天下第一鎮與中華紅

　　我于一月中旬訪根子鎮見堆積如山的四季豆于農業合作社門前，心情一如當年春初訪根子鎮的江主席般驚訝，更可遙想他于北寒的晚餐中品嘗來自高州的新鮮蔬果之欣喜，故而特意來到根子坑「講學習」，又于根子坑盆地內約為圓心的兩座小土丘的最高點上，手植了一株荔枝樹名曰「中華紅」來與「增城綠帶」唱和；如今四年的樹齡已結果數百枚美味的果實，想必已讓江先生品嘗過多汁核小肉厚甘甜的滋味，代表著高州斯土斯民的淳樸厚實之特質，不知他何時將三訪茂名，屆時可否到家母老家的桂山江家祠堂上香一祭，為他一向發揚傳統文化的偉業更添一功。

　　登上斯丘環觀四境周圍果如其名的「坑」，四周山巒環繞獨留缺口面向湛江，使北風進不入坑內而來自湛江的南風，暖化根子坑的區位優勢經專家利用經多次培育與嫁接，新品種的荔枝與蔬菜乃成為「雙第一」的典故，才有了「天下第一鎮」造就出家家「年入萬元戶」的根子鎮，再加上「北有大慶，南有茂名」的名號，指出：黃河以南唯一油城——油葉岩礦，古文化與高新科技的「中國雙絕」的高雷，自然吸引了最重視文化與科技的江主席兩度莅臨。

　　古云「書中自有黃金屋」良有以也，我從《茂名風物》閱讀中獲知：嗜品荔枝的楊貴妃，全因侍宦高力士的推薦；高力士原名馮元一為高凉古貴族仕宦之後，因父祖遭誣罪而受宮刑再入侍後宮，因飽讀詩書、聰穎善謀而歷經武則天竊祚與賜縊楊貴妃的馬嵬坡兵變，而愈受知于唐皇賜官至三司兼內侍監上柱國幷封齊國公，後曾受誣發配再平反且官復原職，又是中國古今來「第一宦仕」；「其生母麥氏」也印證我家先祖遠自隋唐即為高凉國大族，曾追隨洗太夫人治理高凉地區。

　　「任重而道遠」的使命感便穿越時空及歷史文化的通路，加諸于我輩肩膀之上，曾苦思如何可永續經營高雷會館，更于返鄉行程中與光華共商大事，深深期待設高雷網頁為必要的第一步，則許以光華之重責也欣見他旺盛的心志更甚于我。謹以此文回報高雷會館諸位鄉長所托，望能稍稍呈現我內心的成長與感激之忱。

　　兩岸分隔已逾半世紀，台商穿梭兩岸二十多年，對兩岸的當前與未來皆功不唐捐，然迄今仍處于名實不符、權責不相當的情境，為謀族國興衰與經貿發展而為本研究，試圖為台商定位、定向。

　　從三百餘年之歷史遭遇來探析台商企業文化的儒商特質，以及近百年受美

日兩國與過去海洋文化的影響,形成在企業經營上的「美日台混血」企業文化,其對台商深耕大陸所具有的優勢,特從台商社會資本與企業文化對其產業集群、區域推移進行研究,驗證其「蜂群分封」與「工業輪耕」可實現台商企業的升級轉型與研發創新,是台商企業的競爭優勢與獲利基礎,也可以協助大陸的「國土規劃」及「兩個大局」之實現。

2.7.3 後紀

本會將以個案進行研究試行探析台商經營模式,所以于四年的寒暑假拜訪各地台商訪談四十餘位,謹以廣州為中心點:(1)西向從西安經洛陽、合肥、上海、南京,瞭解中西部與長三角台商;(2)南向四度走訪湛江與茂名周邊縣市台商,深入訪談二十位中小型台商企業主。(3)更抵海南三亞拜訪從事休閑、農業台商;西南地區曾赴雲南、四川瞭解台商在下一波段的發展驅勢。(4)亦曾全程參與2004年7月6~8日的「粵台經濟技術貿易交流會」,充分與二十餘位大中型台商企業主交談。(5)文獻研究則于兩岸分別參與十餘次兩岸經貿為主題之學術研討會與中外的學術期刊,也借助于《投資中國》與《2005台商千大》等媒體刊物。(於後補述6~11)

另有十餘位的長期觀察的台商老友他們的經歷成為我研究的基本動力,而非內容;這些使本研究從儒商特質與「美日台混血」企業文化切入,對台商的區域布局與產業集群的現象進行研究,將所得到的觀點與兩岸的學界與政界的友人于會議內外多有研討。

台商以FDI域外投資的游牧性優于大陸民企,以同文同種而進入門坎低也優于其他外商的FDI,更以中小企業深入鄉鎮可協助完成「西部大開發」與「建設新農村」,故值得兩岸官方持續給予優惠鼓勵他們「覓水與草」來利己利人,對台商大型企業則藉以鼓勵其研發創新來升級轉型或帶動集群發展。不論從長遠計議或近程規劃來看,本研究對兩岸的政治與經貿的發展之建議,皆須從加強教育與文化的功能來入手,將可鞏固民族文化與國家發展之餘,會有足夠的人才在知識經濟中能勝出于未來。

因曾四度返鄉對家鄉進步與對台商之照顧,銘感不已謹借本文表達個人感受與淺見、愛鄉心情以及對各級領導恭敬謹致的深謝。

麥瑞台敬錄于2006.6.16

2009.9補述　(6)　2006.2「電白台商春節團拜聯歡」；(7)　2007.8「南昌贛台經貿交流會」；(8)　2007.10「汕頭粵台經貿交流會」與《汕頭大學南澳論壇》：台商休閒農業進入「海峽西岸」；(9)　2007.11「廣州旅遊文化節」與「世界華僑聯合會年會」；(10)　2008.7率「高雷旅台鄉親團」返鄉參訪與赴北京接受CRI國際廣播台之「台灣觀光與美食」專訪、全球播出；(11)　2009.9　《湛江大學閩南論壇》：台商以中醫藥產業進入「桂高雷EFCA國際經貿區」。

2.8 台商西進的籌供 SCM 管理與 FDI 域外直接投資

目前大陸至少存在四種類型的產業集群或潛在產業集群，即各種類型的開發區包括沿海外向型出口加工區（如東莞出口加工產業集群）、鄉鎮企業集群區（如浙江產業群）、智力密集地區（如上海張江科技園區、依托于民營科技企業發展起來的高科技產業集群）以及以國有大中型企業為核心的工業基地。

大陸各區域都有不同發展階段的產業集群，由于各地域之間存在著歷史文化、資源稟賦等之差異，更因地方制度、經濟發展水平等方面的不同，導致產業集群不同的發展路徑。台商進入投資須對不同地域的產業集群進行對比研究，從地區發展軌跡中發掘產業集群的演變規律及其內在機理。

2.8.1 籌供的概念

籌供（Sourcing）是指企業獲取生產投入物的各種業務活動，尤其與跨國公司的國際生產供應鏈具有相同內涵。跨國公司的籌供是指通過採購、轉包生產和國外子公司生產等方式，取得物質供應的活動。所以台商企業的西進生產活動可以視為籌供活動，台商企業集群內的社會網絡與各台商協會間的通路更具關鍵作用，是無價的社會資本；換言之，籌供一般是指服務于特定市場的生產單位為了怎樣補充供給而生產。

供應物質資源管理計劃（Material Resource Plan, MRP）對企業建立戰略關係對于企業籌供和效益具有關鍵的意義，如今人們重視供應鏈管理的趨勢正在持續加強中，選擇供應商的方法得到了新的發展。許多企業把供應鏈看成是供應者和用戶之間產品和資訊有組織的網路；企業的競爭力來自于整個供應鏈；供應鏈的中斷會引起成本的提高；新興電子商務為供應鏈管理注入了新的內容和形式。電子商務藉網路將物流管理（Supply Chain Management, SCM）提升其功能而發展成為ERP套裝軟體，故隨著即時（Just In Time, JIT）的市場需求，如今企業資源規劃（Enterprise Resource Planning, ERP）已成為跨國企業必備的工

具與利器，企業的人力資源與財力物力全部「入網」，依最佳利潤而配置資源（含人力資源）、執行產銷與監核收支（中央大學ERP中心，2003）。

世界各地的企業都把SCM作為基本的功夫和成功經驗用來應對日益激烈的競爭。在亞洲企業中把供應鏈看成是供應者和用戶之間，以產品和資訊的本質做有組織的網路流動，已經有許多任務廠、研究室和學術團體研究亞洲地區供應鏈管理更加標準化、共同的和綜合的案例。把供應鏈管理作為分析經濟成本的模式顯然並沒有多少創新，但這也給ERP提供了一個解決問題的機會，使得今天亞洲企業紛紛重視供應鏈並需要運用SCM的原則，或以企業ERP系統軟體來將企業管理好以滿足市場的需求。

這些對台商的跨海供籌就更有需要了，以較低成本與技術領先的西進台商為能「貼近」市場，以及時供籌JIT來與跨國企業競爭，發揮FDI域外直接投資與其它優勢之助力，在尋覓低成本與具供籌方便的區位而進行區域推移，能維持商品之利潤與競爭力及延長其生命周期，對台商層次來講是十分重要的關鍵。

受俄林O–H國際貿易理論影響的有：一國應出口密集使用該國相對豐富要素的產品，進口密集使用該國相對稀少要素的產品，以及要素價格均等化定理，即瑞畢辛斯基定理：一要素成長導致密集使用該要素產品的絕對產量增加，非密集使用該要素產品的絕對產量則會減少。若兩國或地區在要素均等化之時，才可能會因產品價格一樣且技術與規模一致下，才會出現價格均等化之現象（陳宏易譯，Dennis R. Appleyard原著，2001）；海峽兩岸之間的經貿皆為兩頭外向的經濟體，必須依兩岸的資源稟賦差異與互補性來提升社會與國家之經濟產值、產能與命脈。

2.8.2 關于 FDI 研究的現狀和發展趨勢

域外直接投資（FDI）理論是研究分析域外直接投資區域決定因素的基礎，起源于1960年代，對域外直接投資形成的動因、行為和作用的研究提出了一系列的理論觀點，根據各種域外直接投資理論產生和發展的過程，將它們劃分成兩大分支：

一、針對外商直接投資形成的原因及其決策、決定機理，又細分為依產業組織行為學說的域外直接投資理論或國際貿易學說為基礎的域外直接投資理論，傳統的國際貿易理論中的比較利益學說是其研究域外直接投資理論研究的基礎理論。

二、考察外商直接投資對東道國經濟影響及作用方面。1950年代發展經濟學開
　　始興起，經濟學家以發展經濟學為經濟基礎。這些是針對發展中國家如何
　　有效利用域外直接投資的早期理論，後來形成了發展主義（May, 1970）、經
　　濟民族主義（Vaitso, 1974）及依附論（Baran, 1973）三大流派。錢納利
　　（Chenery）「雙缺口」理論屬發展主義是其中最具影響力的理論。本研究
　　採取此一觀點並與下述之新增長理論，綜合運用來論證對台商FDI現象的解
　　釋。

　　本論文則依上述兩大理論來說明台商的域外直接投資的區域推移模式。其
它之理論為：

　　1980年代中期，隨著經濟增長理論的第三次興起，學者們淡化了經濟增長
與經濟發展理論之間的嚴格劃分，其界限則越來越模糊（Vernon, Latan, 1998）。
以Romer和Locas等為代表的經濟學家提出了新增長理論，並取代了發展經濟學
為理論基礎的域外直接投資理論。新增長理論為基礎的外商直接投資理論強
調：在經濟對外開放、國際資本流動、國際貿易的展開，其外溢效應加速了世
界先進技術、知識和人力資本在全世界範圍內的傳遞（Crossman & Helpman,
1991）。

　　新增長理論以技術因素為核心內生變數，通過知識溢出（Spillover）、研究
與發展（R&D）、人力資本（Human Capital）、技術轉移與擴散、創新與模仿等
過程而內生出不可忽視的技術進步，從而將FDI與經濟增長理論有機地結合起
來，二戰後的美國即能發揮此一優勢渡過其產業瓶頸。

　　美國企業為降低成本首先區分出非核心技術部分的制程，外包到日本企業
接著給台商進行代工生產，日本企業經由「三I：Imitation, Improvement,
Innovation」的過程，先有了「工藝創新」再有「產品創新」如今則有知識與技
術的創新，早期如錄音帶的世界專利，近期則有TFT-LCD超薄液晶螢幕的專利
技術，台商西進則因走過日本已經歷的過程而為求突破「產業空洞化」的困
境，藉大陸與台灣的優勢之結合與互補來走「三I（模仿、改進、創新）」的圖
強之路。長遠的思慮則須將文化的融合與進化借著經濟的推力來躍升，以利民
族文化與人民生存皆可勝出於未來可能的「文明衝突」之中。

　　對發展中國家而言，大量FDI的流入對其經濟帳的影響不只是局限于增加資
本積累，彌補「儲蓄缺口」。發展中的東道國通過學習和吸收發達國家的先進技
術、管理經驗，利用東道國經濟的後發優勢，有可能在發展中東道國形成超效

應和跳躍式發展，而不必循序的發展。

2.8.2.1 外商直接投資理論概述—產生與派系

1960年代以前，有一些關于跨國界企業活動的研究和觀點，即1960年海默（Stephen. Hymer）首次在其博士論文《國際經營：FDI研究》將FDI作為研究對象，論證了FDI不同于一般意義上的外國金融資產投資，從理論上開創了一個新的研究領域，這篇論文代表著FDI理論的產生。以此為開端，FDI理論在1960年代有了很大的發展，可以說這個時期是以「FDI的古典工業組織理論」為主，理論基礎是國際貿易理論中的H-O理論與工業組織理論的融合體，大部分FDI古典理論是建立在因素配置比較或所有權配置比較的基礎上，與闡述國際證卷投資的資本成本理論有著本質上區別。

西進的台商多是深度私有化的中小企業，基于微觀分析的FDI五大主流理論較適合解釋台商企業對大陸之域外直接投資的區域推移現象，基于宏觀分析的FDI理論對中小企業的台商是力有未逮，故僅將其名稱列述分三大類如下：

➤ **(1) 宏觀分析的 FDI 理論**

①邊際產業擴張理論

②通貨區域優勢理論

➤ **(2) 關于 FDI 的其它理論**

主要是針對跨國公司的經營戰略聯盟的理論

①技術協調理論

②市場權力理論

③交易成本理論

④技術創新理論

⑤投資誘發要素組合理論

⑥匯率與對外直接投資相互關係論

⑦戰略管理理論

➤ **(3) 基于微觀分析的 FDI 六大主流理論學派**

①壟斷優勢理論

②市場內部化理論

③國際生產折衷理論

④產品生命周期理論

⑤交易費用理論

⑥小規模技術理論

2.8.2.2 微觀分析的 FDI 六大學派**

1960年美國經濟學家海默（Stephen Hymer）率先提出了域外直接投資的一般理論，即壟斷優勢理論。海默指出：廠商之所以對外直接投資，除了企業自身擁有足以抵銷與當地企業競爭中不利因素的各地優勢外，另有外在的市場的不完全競爭性，使得廠商能夠保持特定優勢的獨占性，即具有壟斷優勢。謹將適合台商企業之個體經濟或微觀分析的FDI五大主流理論，分述如下：

➤ (1) 壟斷優勢理論

域外直接投資不僅是一個簡單的資產交易過程，它還包括非金融和無形資產的轉移，是跨國公司使用和發揮其內在組織優勢的過程。海氏導師金德爾伯格（Charles P. Kinderberger）在他早逝後，致力于將其理論予以系統化。茲舉其主要論述為：

一、域外直接投資是結構性市場不完善性，尤其是技術和知識市場不完善性的產物，因「純粹」經濟學和傳統貿易理論對域外直接投資是無法解釋的。

二、企業在不完全競爭條件下獲得的各種壟斷資源，是該企業從事域外直接投資的決定因素和主要推動力。

三、跨國公司傾向于以海外直接投資方式來利用其壟斷優勢，因為存在著生產結構的不完善性事實，企業並不能透過出口許可證交易方式，來獲得壟斷優勢特別是知識資產的價值。

四、企業組織的經營管理優勢，「先行者」的跨國公司的型式比東道主區域內企業更具備競爭優勢的另一強項，尤以跨國公司擁有優越的組織和管理技能的經驗，這優勢大大地提高了公司的運作效率來降低成本。

海默－金德爾伯格的海外直接投資理論提出後，不少西方學者對該理論進行了發展和補充。分別從貨幣政策、利率、匯率等宏觀變量角度研究它們對FDI的影響，對壟斷優勢理論作有利的補充和發展。如阿利伯等指出：FDI反映了跨國企業投資于預期收益相當的部門能夠獲得比東道國企業更高的收益率。幣值堅硬的資本輸出國的跨國公司可透過通貨議價而獲得東道國企業所不能獲得的利益，匯率上的獲利是跨國公司進行域外投資的主動力之一。台商以集群為單位在對外，即向其他團體或企業的互動時有較多依此理論的操作，以獲得更大利益。

➤ (2) 市場內部化理論

市場內部化理論（The Theory of Internalization of Market）是當代解釋FDI及決定因素的較為被人接受的理論。美國經濟學家科斯（R. H. Coase）在研究公司國際化問題時，首先提出了「內部化」概念。另外亦持此理論的代表人物有英國學者卡森（M. Casson）、巴克萊（P. J. Buckley）以及加拿大經濟學家魯格曼（A. M. Rugman）。科斯認為，任何合作生產都需要一定的社會機制來指揮和協調，因為有些交易則利用市場的交易成本（Transaction cost）的過高來引導市場失靈（Market Failure）的發生使交易成本增高，亦即企業要能夠降低交易成本就得考慮內部化實現生產一體化。

西進的台商多是深度私有化的中小企業，為了保障自己利益，由龍頭企業號召衛星工場形成「準內部化」，通常中間產品的真正價值也不願意按照所有者希望的價格交易，而對于半成品、零部件類的中間產品唯賴台商的社會網絡才可降低成本取得優勢。當外部市場難以保障中間產品按照市場交易有效成交情況下，交易費用和市場失效「迫使」台商企業通過「準內部化方式」，即台商的緊密夥伴網絡與「三緣關係」強化其間的供應鏈，唯賴其間之信任關係與制程之改進才可降低成本，並以此形成準內部化市場來代替外部市場。

➤ (3) 國際生產折衷理論

英國經濟學家鄧寧試圖綜合結構性不完善理論和自然性市場非完善理論的基本觀點建立一個有關國際生產的統一的一般理論，在1976年提出了國際生產折衷理論（The Eclectic Theory of Internalization Production），用該理論解釋跨國公司海外投資所具備的各種決定因素。其核心內容是OIL模式，即企業域外直接投資必須具備企業本身所具有的所有權優勢（Ownership Advantage），充分運用內部化優勢（Internalization Advantage）和區位優勢（Location Advantage）。

大陸入世後的台商因貿易壁壘退除而大舉西進，充分發揮其接近市場與融入市場的區位優勢，除了「政策導向」項目如高科技工業者，因兩岸政治層面的「角力」而有部分的負向影響，台商企業仍能充分享有域外直接投資的優勢。

➤ (4) 產品生命周期理論

美國哈佛大學教授弗農（R.Venon）通過研究美國企業對外投資的動態特徵時，發現FDI與產品生命周期有密切關係，而以此項研究為基礎提出了產品生命周期理論。弗農的核心觀點是：隨著產品從創新階段到成熟階段、進而達到標準化階段，出口逐步被域外直接投資所取代。

　　產品生命周期理論將技術和產品生命周期緊密聯繫起來，依循動態分析法將對外直接投資的動因歸于產品的比較優勢和競爭條件，合理的解釋資金投資流向和動機。該理論對FDI理論的主要貢獻在于為跨國公司行為提供了一個動態分析的視野，展示了跨國公司在直接投資過程中，供給與需求間的相互作用、市場與企業間的相互影響。

　　其結論是：在國際市場範圍內，一產品所屬的生命周期不同，決定了其生產地區的不同。跨國公司對外直接投資是生產過程或產地轉移的必然結果，這種轉移的目的在于延長該產品的最後階段的壽命。台商的區域推移即其社會網絡的複製于另一具比較利益的地區，藉FDI的優勢以延長其產品與企業的競爭力與生命周期，即是從另一角度發展了壟斷優勢理論。

➤ (5) 交易費用理論***

　　科斯1937年在其論文《企業的性質》中首先提出了交易費用，並用交易費用解釋企業邊界確定的問題。繼之者如威廉姆森在1975年發表的《市場與等級結構》和1985年發表的《資本主義的經濟制度》中，提出了交易費用的三個假設前提，並分析了其與交易費用之間的關係。為能降低這些費用，往往通過企業內部化而部分替代了市場交易。其重點如下：

一、交易費用的節約程度的差異取決于交易頻率、不確定性和資源專用性。

二、資源的專用性，是指資源在用于特定用途之外，在其它時地則別無用處的性質，包括場地、物質資產、人力資源、專項資產以及商標等。資產專用性越強，在交易過程中的費用越大（段毅才譯，[美]奧利佛‧威廉史東著，2002）。

　　台商運用大陸市場所耗交易成本較大時，便可利用企業組織的內部化（即一條龍）或準內部化（台商集群）之形式進行部分替代。此種替代雖會增加企業的組織成本，台商交易成本偏高有因「跨文化」者，也有因無「關稅區v.s.關稅區」的合法經貿保障所致；但企業的活動將因此而更需要擴展到企業外部的組織中，更突顯社會網絡與信息的對稱性對台商的重要，如何可以降低一筆額外交易的成本直至與公開市場上完成相同交易的成本相等，或直至另一企業中其組織亦是付出同樣交易的成本為止。

➤ (6) 小規模技術理論

　　美國經濟學家威爾士（L. T. Wells）試圖對發展中國家的域外直接投資作出解釋，提出了「小規模技術理論」來補救內部化理論之不足，其解釋發展中國

家跨國公司的競爭優勢主要表現在三個方面：

①擁有微小市場需要服務性勞動密集型小規模生產技術；

②國內生產民族產品；

③產品低價銷售戰略。

西進台商多為「湊資、獨營」的中小企業若想經營大陸內銷市場，今後就需發揮同文化同語言的優勢致力于有民族特質的商品方為最佳經營策略，其影響所及是發展中國家跨國公司，在國際分工生產中的位置則永遠處于邊緣地帶和產品生命周期的後半段，追隨龍頭企業西進的中小型台商之投產行為，便可獲得合理解釋之模式。

台灣近幾年出現一批創新研發的小型企業，運用小規模技術與人力素質的優勢而掌握關鍵能力或技術，以「破壞性創新」所生產的產品緊隨大企業的新產品進入市場，攻占較低層次的消費市場而鞏固與拓建其企業版圖，因搶食「大餅」會遭致大企業之反擊而常有侵權官司纏身。「根留」台灣即需借著台商之破壞性創新于大陸生產獲利後投入研發，以待有突破性與基礎性創新之出現而占居產業鏈之上游，主導產業規範而獲享「賺機會的錢」。便是植基于此一理論，不久後台商在大陸人力素質超越台灣時，仍然會「複製」此模式運用優勢在全球化中自建品牌與行銷通路。

發展中國家某些跨國公司也擁有世界上頂尖的技術，其域外直接生產的產品同樣具有相當的技術含量和競爭力。此理論將發展中國家跨國公司競爭優勢的產品呈現出來，並與這些國家自身的市場特徵結合起來，於是對發展中國家跨國公司進入已開發國家競爭之研究的早期代表。威爾士的理論為其它學者提供了一個充分的分析空間，對于分析發展中國家企業在國際化的初期階段在國際競爭中取得一席之地頗有貢獻。

2.8.3 域外直接投資 FDI

經濟學者錢納利在發展經濟學的領域裏提出「兩缺口理論」，主張發展中或落後國家宜以「外資」彌補之，外資有域外直接投資（Foreign Directive Investment FDI）與域外間接投資（Foreign Indirective Investment FII）兩種，皆可促進缺乏資金與儲蓄的落後地區的經濟開發程度大幅提升，當然也會呈現其弊害的部分。

2.8.3.1 大陸的外資政策

　　大陸學者郭秀君于2002年的《WTO入世與中國利用外資新戰略》陳述了「大陸利用外資政策的發展歷程」如下：

一、在第一個時期的十多年裏，先後頒布了《中外合資經營企業法》、《中外合作經營企業法》、《外資企業法》等一系列法律，並與60多國簽署了投資保護協定，其中有20多國簽定避免雙重徵稅協定。從1994年起是利用外資以質取勝期，依宏觀管理擴大開放外資以求積極、有效、合理的利用外資、資源與技術，推動經濟建設與國家現代化。

二、國務院1995年推出《指導外商投資方向暫行規定》、《外商投資產業指導目錄》，正式公布所禁所勵的外商投資範圍，與1994年元旦實施的外匯體制及稅制改革相輔相成，完成外資的政策穩定與質量之提高的初步建制。

　　郭秀君于2002年的《WTO入世與中國利用外資新戰略》也指出：在完善投資環境的同時又採取稅收、信貸、外匯政策與經營管理的優惠政策，另依當前產業發展序列將優惠政策分類為：對投向大陸高科技產業和「瓶頸」產業的外資給以最高優惠，對投向大陸主導產業部門的外資給以次高優惠，對投向大陸勞動密集產業或傳統產業的外資給以一般優惠，對投向大陸第三產業的外資一般是不施予優惠。

2.8.3.2 台商對大陸 FDI 之現況***

　　域外直接投資的外商也會有害于東道地主國，主要是不利于地主國的幼稚產業及優惠政策扭曲資源的配置，易拉大貧富差距與地區開發與落後離差；其優點是：完善市場體系及價格體系，其次可加速創新與技術進步，再者可改善東道國的國際收支和就業狀況，增長地主國的經濟實力，並促進其現代化程度。

　　台商于1987年開始較多西進投資大陸，1996～1998年的飛彈危機到亞洲金融風暴則是台商中挫期，也在戒急用忍政策下台商西進勢頭稍緩。1999年始「入世」熱流融化台商西進投資的冰牆，台灣貿易部門之官方資料的2000及2001兩年的對大陸投資金額比較其前一年增加了1.2倍或三成；2000年的件數與金額皆倍增特別顯著，請參閱表2-5。

　　另外，2000年的兩岸貿易較1999年增加兩成，即2001年年底大陸入世前後各一年，當年兩岸貿易金額從11537.7→10504.8百萬美元入世後再從10504.8→12019.8百萬美元，2004年1~6月達兩岸貿易金額為7896.6百萬美元預估全年近16000百萬美元（兩岸經濟統計月報，陸委會，2004.06）。

表2-5　台商西進投資額件兩岸對照表（1999~2004）

台灣經濟部或國務院	核準資料（單位：百萬美）			大陸官方對外公布資料（單位：百萬美元）			
	件數	金額	平均額	項目	協議金額	實際金額	到位率平均額
1999	488	1252.78	2.57	2499	3374.44	2598.7	77.01%1.35
2000	840	2607.14	3.10	3108	4041.89	2296.28	56.81%1.30
2001	1186	2784.15	2.35	4214	6914.19	2979.94	43.10%1.64
2002 補申辦核可	3950	3858.76 2864.30	2.59 0.73	4853	6740.84	3970.64	58.90%1.39
2003 補申辦核可	1837 8268	4594.99 3103.80	2.50 0.38	4495	8557.87	3377.24	39.46%1.90
1991~2003 之累計	31151	34308.6	1.10	60186	70028.90	36487.82	52.10%1.16
2004. 1~6	1074	3390.02	3.16	---	---	---	---

資料來源：兩岸經濟統計月報 陸委會 2004.06。

　　台商西進的FDI是以自身的特定優勢來充分發揮而進行區域推移，賺取努力的辛勞錢如投資于勞動密集產業或傳統產業者之一般優惠，其它少數台商如台積電等IT高級代工者則賺取技術上智慧或經驗的錢，如今于大陸入世後有進入第三產業的行銷或服務業的台商則試圖賺機會或眼光精準之風險投資的錢，「美日台混血」的企業文化的特色即在于「這三種錢能賺就多賺」———勇者致富。

2.8.4 FDI 的進入行為與台商西進

　　大陸學者唐宜紅于2003年的《外資進入行為研究》一書說：對外直接投資最根本的動機是追求利潤最大化。有的企業試圖通過FDI充分發揮自身的特定優勢，有的企業則把FDI當做寡頭壟斷市場競爭的工具。尼克爾博格（Knickerbocker, 1973）的寡占反應論和格雷厄姆（Gramharm, 1975）的交換威脅論分析了FDI的這一進入行為之本質。

　　其它國籍的跨國企業如世界前500大者，進入大陸將會形成實質上的寡頭壟斷市場競爭工具。按照唐宜紅陳述而將跨國企業可能之三種模式分述如下：

第一：在雙邊壟斷的條件下，企業可以達成協定分配世界市場，並且各自在他們指定的市場範圍進行FDI。

第二：于存在少數領先企業的行業，人們可以觀察到寡占反應，即企業在外國市場互相跟上對方的投資。

第三：當存在很多競爭者時，所有企業獨立的對外投資，不關心其它競爭 者對外投資決策對自己的影響。

　　絕大多數台商是勞動密集產業或傳統產業者隸屬于第三種的FDI，少數台商

如台積電、鴻海等IT高級代工廠屬第二種的FDI為追隨下單廠商者，其它國籍的跨國企業屬第一種的FDI，相對于大陸民企是寡頭獨占。寡頭獨占將他們相互競爭視為影響FDI的決策因素，例如2003年聯想入主IBM計算機部門及海爾並購日本家電企業，兩者皆屬防禦性交換威脅的競爭行為，即大陸經濟崛起後服膺于寡占反應論和交換威脅論所採取的反制行為，歐美方面因具備絕對優勢而採取攻擊性寡頭壟斷的競爭行為。目前大陸對台商或台灣則只見鼓勵及支持，無經濟上之競爭僅有政治上的競爭，2006年3月6日溫家寶總理于「十屆人大第四次會議」中報告提及：繼續對台商密集區域經濟持續政策優惠。即基于此一立場。

2.9 台商企業與大陸民企之 CEO

在現代企業理論中，企業是一系列（不完全）合約的有機組合（nexus of incomplete contracts）。在新古典經濟學的廠商理論中，企業是一個生產函數以追求利潤最大化的組織。在現代企業理論主要關心三個問題，企業的本質是什麼？為什麼存在企業？企業與市場的邊界如何確定？總合歸納起來，本研究以為企業因此亟需建立制度來解決兩大問題：一是激勵機制的問題，二經營者選擇機制問題。亦是說企業通過剩餘選擇權和控制權來解決這兩個問題，故曰企業可以補充市場功能之不足。企業CEO在一個競爭的市場中至少需有三個要素：經營才能、個人財富與個人風險態度識別，依此三者劃分企業內擁有經營權與決策權的基本因素，再將企業內之工作者區分為四種人。

其中有才能有財產的為企業家（entrepreneurs），有才能無財產者為專業經理人（professional managers），無才能有財產的是股東或投資人（pure capital-ists），以及既無才能又無財產的職工（workers）受薪者，由這四種人組成企業（張維迎，1999，P.30~63）。台商多為中小企業其經營者與投資人結合為一，且無健全的董事會的運作以制衡企業家之經營，即這些台商是「有才能有財產的企業家」且更被充分授權，其特殊性故本研究多以企業CEO稱之，甚至規模夠大的鴻海郭台銘、台塑王永慶、東莞台協會長郭山輝或廣達林百里等人，因其股權比例高及掌握經營大權視同家族企業之經營，仍稱之為企業CEO。

身為大陸社會地位極特殊階層的CEO，不論是民企或台商CEO皆為社會建設的優秀人才與高貢獻者，其文化素質與企業資金風險性呈現其上述之六大特質的相關，特將比對表陳列如下（表2-6）。

表2-6　大陸民企與台商 CEO 文化素質與企業資金風險性　　　　　　　　　　單位：%

企業註冊分類/項目	高利貸（1/4以上，中間者，5%以下者）	大專以上，高初中，初中以下	高層管理人員	技術人員
私營獨資企業	0.74/1.48/1.48	11.33/59.79/28.88	3.04	9.27
私營合夥企業	1.04/1.04/00.00	16.81/59.86/23.33	3.63	11.74
私營有限責任公司	1.16/1.91/1.16	18.33/60.22/21.45	3.18	13.82
私營股分有限公司	0.55/2.49/0.55	19.23/58.86/22.63	2.47	12.89
台港澳資企業	0.00/0.60/0.30	18.48/58.09/23.43	1.81	9.97
其它私有控股企業	1.74/1.74/0.00	16.00/63.13/20.87	1.96	22.09
全部企業	0.90/1.73/0.86	17.86/59.82/22.32	2.66	13.78

資料來源：2003年10月國家統計局企業調查隊專題資料。
說明：轉引自 史耀疆，《制度變遷中的中國私營企業家成長研究》，中國財政經濟出版
　　　社，2005，P.198，P.226。

　　前任東莞台商會會長郭山輝是亞洲最大木制傢具廠商「台升傢具」的負責
人，久候返台以「國際版」股票上市籌資的機會，迄今期待「衣錦榮歸」的失
落與需要擴廠資金的急迫，而於2005年10月24日已通過香港上市聆訊（IPO），
將於2005年11月15日正式上市籌資19億港元；台升傢具與徐福記等皆為台灣中
小企業於1989年轉進東莞，兩家比肩奮鬥的老友皆創業不易，深知商機不容一
再蹉跎，對於企業家傑出特質的體會深入。因曾直接接觸過徐福記的股東官俊
卿，以及其公子對此過程的相關敘述，徐福記當初創業的艱辛：徐氏四位兄弟分
工合作胼手抵足一如「康師父方便麵」的頂新魏氏四兄弟；似此，台商大多循不
拘形式的彈性處理來「尋水、草」之區域推移，來複製其社會網絡與經驗投資
生產，借著開枝散葉過程傳播其企業文化與經營心得做為大陸的企業典範。

2.10 質性研究及其方法

　　王文科在《質的研究方法》中指出：質的與量的研究方法皆重視其信度與
效度然而其傾斜度不同，質的較擅長于內在效度，至于其信度則有賴于研究者要
有虛擬的對照組來襯托；普遍性全面的研究以量的研究為佳，實驗、探索或特殊
性的研究則以質的研究為先探再輔以量化研究，則可內在信度與外在信度兼顧
且效度在輔以專家意見就可臻完善；質的研究並不反對價值介入，研究者素質
夠佳則遠勝于價值中立的不落實之量的研究，雖交叉重複而有相符合的結果。
　　即是質性研究更需有完密的研究倫理否則將失之主觀、武斷、扭曲，其主
要者如下述五項：
　　一、首先考慮受訪者利益、感受與合法權利，並予以保護。
　　二、讓受訪者暸解研究目的，進而樂意參與。

三、受訪者的隱私權需充分的尊重。

四、不可利用或剝奪受訪者的權益。

五、受訪者所提供資料需對研究有關或有助益者（王文科，1990）。

其它如研究者的訓練與素質，以及受訪者的多元化與回饋都是關鍵；本研究採取無結構的訪談法，以深度訪談及一般訪談依對象而異，訪談員僅筆者一人對象則有長期規劃安排觀察者，也有隨機參與者受訪問，無論何者問題之提出是有規劃但常常因人而異的提問（文崇一，1989）。此一模式之優點有：

一、訪問依大綱提問不會流彈四射

二、任何訪問皆無法窮舉有關問題而獲得答案

三、受訪者的答案與提問者的問題皆有很大彈性

四、可深入答案獲得較高的信度與效度（王文科，2000）

其主旨在「實際什麼就是什麼」的實證研究法是計量的方法，因本論文主軸從台商的經營理念、企業文化、社會網絡、時代背景切入，故適合做質性研究，因此常面對拒絕問卷的台商，以及須深入瞭解與難量化的企業家精神或企業文化，故以質性研究法的深入訪談法進行研究是較佳的選擇；以文件分析法來研究台商文化與儒商文化之關聯，另可輔佐產業集群與區域經濟的分析。

2.11　結語

台商「蜂群分封」的區域推移與「工業輪耕」的國土規劃，借著「以農業、工業之共生、提攜」來實現兩岸三大產業的合作與共榮。兩岸之間的障礙在於互信不足，雙方皆須長期的對教育投入來改變大家的思想使之趨同，互信才能建立，合作、分享、共榮方可循序呈顯，台商須較多用於自由放任的教育以利創新思維的形成。所以建議由汕頭大學成立海洋經濟與教育學院，連絡台灣的東石高中，建立與南澳高中的姐妹校的結盟，藉「北回歸線」來牽動、映證兩岸在文化上的千絲萬縷關聯，以休閒農業推行長期的合作，藉文化之助力，漸進的方式完成統合進化，也能專注的實踐海洋相關教育，成就海峽兩岸的榮景，文章激勵台商應致力于企業的轉型與升級，期待兩岸皆能努力創新。

至於生技農業應依質性研究，更有利於整理我國當前對於農業政策，以及瞻望中醫草藥生科產業而致力創新研發，所以關於種苗、專利、地理標示、生產履歷等推動政策，藉由檢討過去之處理方式，來瞭解目前面臨之困境，規劃正確之對策。再者，應對產業部門、智慧財產權法律部門、政府部門、學術及研究機構訪談之初級資料搜集，對相關知識加以隱性化；已成為公共財的文獻資料

等次級資料，則分享於產業集群內。因此目前政府對於農業智慧財產權之推動政策、管理法規等採取質性分析，並適時導入案例比較，並使用智慧財產權領域之經濟分析研究，尤其是現有已受農業智慧財產權相關法規、政策保護，即以質性研究來將農產品、農業科技的投入與產出，加以經濟效益的研究分析。

西元前367年柏拉圖（Plato, 427-347B.C.）60歲時，亞里斯多德（Aristotle, 384-322B.C.）到柏拉圖學院，20年學習期間他對以七藝為主的博雅教育多有心得與建樹，加入了亞里斯多德的邏輯、自然哲學、倫理學、形上學等教學內容。所以針對當時雅典「自由人」的教育，即只有公民才能享受的機會、權利，公民人數是不會超過1/4的城邦總人口；其內容有人文（哲學、倫理學等）與科學（邏輯、數學、天文等）兩部門，是學生共同修息的科目、教材，故博雅教育又稱通識教育。在人才與資金之間來推展中國式現代化的均衡與共同致富，各國各時代的現代化活動中最需要、最短缺的資源即受過專業教育或訓練的人才。

在17世紀的「牛頓變革」之後，西方科學突飛猛進的成長，歐洲知識體系進入「理性體系」，至19世紀衍分為人文科學、自然科學與社會科學等知識的三大子系統，通識教育被歸屬於人文科學教育，其中平行的另有公民教育。20世紀後段電腦網際網路的影響，深深改變改變了教育的內涵、樣貌、途徑，1996年聯合國宣佈「知識經濟時代」之展開，意謂「正式課程」、「非正式課程」與國家間的界限之消弭，以人為載體的「隱性知識」是創造價值的關鍵，博雅教育、通識教育更是重要，因為:現代化亟需人才，人才亟需教育；人才須是博雅的專家，能實現「科技總來自人性」。兩岸現代化最急之務即是培訓CEO人才，教育制度、課程、教材的規劃與實施，都須兼顧:通用的知識與專業的知識、顯性知識與隱性知識的傳授、再及於理論與經驗的傳承。

通用的知識是可以降低生涯成本、提升生活品質，專業的知識是可以降低生產成本、提升產出品質；通識依各人的領悟而於身心靈分出層級，專識依各人的學習、經驗分成低中高的技師，兩類皆須以智慧與專注而達於更高的「自我實現」之境界。政治的「自我實現」與經濟的不盡相同，兩者重疊處即「公民社會」是「小康社會」，介於現今社會與願景的「大同社會」之間。社會中菁英分子應謀利己善群的盡到社會責任，藉「自我實現」來兼善天下，「自然體系」是儒家文化的主軸，其當是追求「人對社會、自然合諧」社會菁英的自然呈現，其中兩岸成功CEO的社會責任，最需是「兩岸共構的公民社會」。

第3章

◇ 亞洲的儒商文化網絡 ◇
與台商集群FDI推移

3.1 台商集群的企業家能力及亞洲社會的儒商文化

　　文化常被視為代表個人或族群的象徵，實則為：它包括了外顯的行為模式與內隱的思想、價值，藉由符號之使用習得或傳授，經積累、創新、傳承而構成人類、人群之顯著成就，是包括物質與精神兩大領域之綜合體。人類到二十世紀中才有產業文化或企業文化之出現，「產業文化」是產業或企業為追求利益作有效率的永續性經營歷程中，每一產業或企業從其發生孕育至今，不論是演進或退化之認知、價值觀或行為上的社會化內涵。即1662年鄭成功建台南府城為明朝東都，以「東寧」為年號以來，台灣的海洋式儒商文化成形與主導東亞洲海運迄今已近350年。

3.1.1 台灣海洋式儒商文化與社會資本

　　德國經濟學者勒許在《經濟空間秩序－經濟財貨與地理間的關係》中，將「區位」定義為：一個合適的區位是最經濟的資源配置空間，有良好的經濟秩序與經濟運行機制，以及不斷改進的區域發展目標而能保證事情更妥善的發展；所以區位的構成要素是⑴區域的地理空間，⑵區域經濟活動的要素組合，⑶區域政治組織與⑷區域發展管理（楊龍，P.228）。西進台商須循此而考量在各省各區的區域推移進行FDI的投資，以利企業在自行選定的區域以區位優勢能夠持續的領先。

　　台商企業文化與台灣地區產業特質之「文化創意」，已是大陸台商的競爭優

勢，故本文認為「美日台混血企業文化」是台商集群區域推移的拉力，台商企業的核心競爭力是台商集群區域推移的推力。故知台商集群的社會文化是其產業鏈經營成功的重要因素，主要通過企業內部及企業與區域社會之間，形成動態的柔性學習型組織來提高企業內部門間的合作。產業集群是內部機制複雜的集聚現象，是經濟與社會文化的複合體，故地方經濟集群的形成及隨後的發展，是以可貿易性的相互依賴、不可貿易性的相互依賴，這兩種力量為基礎。

　　台商產業集群之區域推移與工業輪耕之溯源，其蘊釀始自1407年開始，明成祖派鄭和共計七次下南洋，則更發達了沿海對外商貿的基礎及其海洋文化，雖於1433年之後因政策轉變，明朝中止海洋拓展然已厚植閩商文化；明朝滅亡後的1661年鄭成功率軍入台，使儒商文化得以在台灣地區立足與發展。明代以前徽商與晉商分別活躍于中國的南北兩大地區，其中晉商出現較早而徽商則結合宗親鄉黨組成社會網絡，所以能開枝散葉于東南各省，甚至形成海洋式儒商文化助其勢力得以東渡日本。

　　清初大思想家之一「皖派」宗師，父親是布商的戴震，在其論著中更突顯與強化朱熹的「人欲」與「實用」觀點，他是代表了儒商文化發出最強烈與深刻論證的儒學大師。永嘉學派可溯源於徽商，僅及于將其產業集群內的規範規則與制度網絡加以完善，而自建其價值體系或理論架構；故有系統的儒商文化斯時也尚未形成，直到儒家永嘉學派之出現才漸進的發展出儒商文化。造就了16世紀鼎盛的徽商，進而帶動了浙商之活絡與永嘉儒學的「義利並重、農商並行」基礎，進而儒士與商賈也結合為一體正式形成了儒商。

　　築基于永嘉學派的儒商文化，「義利並重、農商並行」基礎使其體系與理論更加通透、統整，儒商文化正式成為浙閩粵對外商貿時所秉持的價值體系，曾暢行于亞洲、太平洋海域之週邊地區，成為今之華夏經貿圈奠定宏基。提倡「亞洲價值」的李光耀曾反對西方式民主，東道地的風俗習慣、人群思想與價值觀等，皆為其文化、制度之內涵亦都影響到企業的制度成本，以至於交易成本皆有增、減，因此更肯定儒家文化傳統對四小龍的積極、正向之功效。

　　儒家思想落實到生活即儒家文化，再從菁英文化進入大眾文化層面，就轉型為儒教思想及其文化，台灣對之更因能適應而創新發展出「墾植聚落或集群」的社會網絡，在特殊歷史遭遇下成為台商企業文化借著大陸改革開放的體制而「回流」儒家文化的根源地。關于馬克思韋伯（Max Weber）對于解釋儒家文化對東亞經濟發展之影響，其真相究竟早已經過學術界的論證，本文限于篇幅與主旨僅摘述如下文字：「韋伯並非文化決定論者。他的意思毋寧是：在近代

西方獨特的政治、經濟及社會條件下，基督新教倫理對資本主義之產生起了關鍵性催化作用，退一步來說，假定在中國也曾存在著可與基督新教倫理觀相對應的倫理觀，但在當時中國異于西方的政治、經濟及社會條件下，是否能催生資本主義也是大有疑問的。」另外韋伯在《世界諸宗教的經濟倫理學》寫到：

> 極其可能的是中國人同樣能夠——或許比日本能夠——學會在近代文化領域裏，于技術和經濟方面已達到完全發展的資本主義，我們顯然完全毋須考慮：中國人或許出于本性，「並無才能」應付資本主義之要求。

從韋伯的說法可以看出：即此顧慮是多餘的；因儒家價值觀不一定是抑制資本主義，它在中國也可能自發性形成，但却有助于非自發的接受資本主義，亦即儒家思想的本質可以接受資本主義却是漸進後發的。儒家思想確實對東亞經濟發展有顯著影響，但却受到各地的政治、經濟及社會條件之制約，所以中國在西舶東來後才具體出現資本主義，並非全因儒家文化的壓抑而是政治與社會傳統思想與習慣所造成的。

台灣的歷史遭遇與自然環境，在近百餘年的歷史就深受歐日美文化的洗禮。儒家文化幸運的能穩定的保存于台灣省，更能于1990年以後因歷史機遇能大展身手于大陸，「禮失求諸野」其實是極難能可貴的機遇才會發生，或許在將來它更印證：儒家文化也可有利于知識經濟與全球化的資本主義。故可合理推論：韋伯或許沒能考慮到或注意到微小的永嘉儒學之創新——舊事物的新組合、新功能與新市場的發現，竟能在新的時空下讓新的需求能因此而得到滿足；即因潛藏在種子內的基因遇到了「水、陽光」，也是因環境的適合而發芽。

浙東餘姚的大儒王陽明的「致良知」與「知行合一」也大有「創新」于傳統儒家思想者，即為出現於溫州的海洋式儒商文化的另一明證，形成了敢為天下先、義利之辨、重然諾講信用、吃苦耐勞、經世致用與榮歸故里榮顯父母等等，為儒家的核心文化與思想。大陸民企與台商CEO他們有事業心、能奮鬥敢冒險、圖進取等形成了開放創新、講實用和敢為天下先的精神內核。故而「美日台混血企業文化」，即台商行為模式、經營風格是會與美日企業文化混融，因而或多或少的具有下表中綜合性特徵。

關於台商企業的經營文化中，各CEO依其特質與企業原有之表層、裏層文化，適當混融了上述三類內涵與儒商文化，組成各企業的經營文化，即「美日台混血企業文化」，更有農業墾植集群、原住民狩獵聚落兼容並蓄的拼搏精神，皆已涵蘊於其中，謹表述如下：

表3-1　企業文化類型

型式/項目	(1)本質	(2)市場行為	(3)外顯特徵
日本模式	產品精緻化,終身學習	熱誠服務客戶,市場導向	團隊作戰終身聘雇
美國模式	彈性應變與業績掛帥	輕鬆愉悅與自由開放	論功行賞,物質獎勵
台灣模式	誠信守諾與尊重員工	地瓜式與台灣牛的精神	刻苦耐勞,人定勝天

　　大陸學者楊龍在《中國區域經濟發展的政治分析》中論及各地有不同的區域文化時說：如分析長江流域與黃河流域的自然環境、物質條件與歷史基礎的差異，進而分析這兩區域的文化特徵與群眾心理結構，論及大寨公社或大慶油田會出現在黃河流域，而家庭聯產承包責任制、溫州模式、寧波模式、蘇南模式、義烏模式、紹興模式等城鄉經濟體制改革會出現在長江流域的原因，解釋之一是因為長期商品經濟形成競爭、變革、靈活、精明等群體精神和性格；另在分析廣東文化時則借用林語堂的敘述：他們有事業心、無憂無慮、揮霍浪費、好鬥敢冒險、圖進取等形成了開放創新、講實用和敢為天下先的精神內核。改革開放以來廣東強勁發展更突出廣東文化可成楷模典範，它激活了民眾心理與精神，成就了廣東的區域經濟、區域文化與政治發展，這最強大的區域文化形成當代中國工商文化與市民文化的泉源，其所積累的社會資本也就呈現出來。

3.1.2 儒家永嘉學派與台商文化

　　大陸學者魏江在《產業集群——創新系統與技術學習》中述及：浙江在改革開放的二十多年裏開創不少民企及其產業集聚，其經濟的蓬勃發展都離不開當地歷史文化、社會背景；如寧波因「奉幫裁縫」傳統技藝而大力發展服裝產業，紹興藉其「日出華舍萬丈綢」的傳統而建成舉世聞名的輕紡城，永康利用「百工之鄉」的傳統優勢發展成小五金專業集群，溫州則因「其貨纖縻，其人善賈」的特質而達到全國是「無溫不成市」。2005年夏浙江省委書記習近平的「永嘉三嘆」便可印證其確實吻合史實，儒商文化與大陸改革開放成功的共源即永嘉儒學，即南宋永康葉亮與永嘉的陳適共同成就了「義利並舉」「農商並行」而奠基。

　　這些集聚皆屬浙東產業集群的經濟區域，其中以寧波為中心而最具代表性，早在宋室南遷時寧波即是對外商貿的主要口岸，再經明朝的南遷與鴉片戰爭後皆以寧波為對外通商口岸，浙商文化帶動了閩商文化與粵商文化；溯自明成祖派鄭和下南洋後更發達了沿海對外商貿的基礎，雖因政策轉變明朝中止海

洋拓展然已厚植閩商文化，明亡後1661年鄭成功率軍入台，使儒商文化得以立足與發展造就了台商文化。

　　近代人類的海洋文化多為海洋經濟的文化，人類社會內陸活動多過海上活動甚多，即使小島上人民在生活上各類互動所生出之文化，其本質仍是內陸型文化。至於海洋式儒商文化當然較歐洲各海洋文化更多內陸文化之含量，即指各海洋文化是因生活環境接近海洋，或須乘船在海上謀生活，以致經濟、社會、宗教、信仰、藝術、文學等多與海洋有關者。海洋式儒商文化興起、繁榮於大陸沿海地區，先於浙、閩兩省滋長，清初再擴及於粵、台兩省，太平天國時期從粵入滬而大盛於長江三角洲；今日台商西進是以最濃厚的海洋式儒商文化，藉著經貿的區域推移進行沿海各省區間的「文化回流」，更茁壯後的「再西進」，將進入內陸農業的儒家文化的省區，更偏遠地區的台商已融入內陸牧業的儒家文化，如稍淡的西北地區，則有如台商曾炘設於漠河的乳牛牧場嘉惠農村、農民，正在西北宏揚著海洋式儒商文化。

　　地球上各地的海洋文化總是較弱於其陸地文化，不論是開發程度先進的或遲緩的地區，通常其科技、經濟較落後，德國哲學家黑格爾主張海洋是人類交通的樞紐，生活與文化提升至相當程度就會面向海洋，重視海洋交通與商業等功能的海洋文化因而產生；一國有海洋文化的成分由弱轉濃的過程中，常伴隨其文明的進化同步成長，當人類能力可以操控的越多、越深時，征服海洋之契機便更濃的出現，此即海洋文化成形的分水嶺。儒家文化轉入社會、大眾化以後，生活化的思想與農業社會的生活習慣，就組合成儒家大傳統的華夏文化；當宋朝科學與工藝興盛之際，因外族南侵之故，讓晉商、徽商於成長中向南、向海洋求生存，因而發展、催發出儒商文化；其主體仍是儒家文化卻適應地理上的近海性，進而快速的融入海洋文化轉型為海洋式儒商文化，於清初大盛於台灣的延平郡王治理之下，以台南府城為「東都」、「東寧」為年號，明朝的儒教政體體制也就成為最具台灣特色的海洋儒商文化奠下基石。

　　鴉片戰爭之後中英於1842年簽定南京條約後，香港在英式殖民政策培育下，依托於粵商文化發展成更優於新加坡的「東方明珠」；故謂台商文化與粵商文化皆是隨西船東航而更見崛起的海洋式儒商文化。當時執對外貿易之牛耳的「廣州十三洋行」，皆為來自閩省泉州的商人，泉州於宋室南遷之後承續溫州海洋式儒商文化，1661年後，此閩商文化先隨鄭成功傳衍來台；又經歷清治下「廣州十三洋行」而成就出粵商文化，更因1853年太平天國進入長三角使原浙商文化增添對西洋商場的經營因素，造就出時代產物的滬商文化，再衍播至今

而成為傲視全國的「海派文化」。

2007年10月「中共十七大」更強調了「城鄉一體化」，即民生主義的「城市鄉村化，鄉村城市化」，都是需要強調對社會文化與社會資本的運用，藉以破除城市與其週邊區域的文化跨度，以城、鄉文化的接觸、調和、吸收、融化將會「一體化」成區域文化，此現象、過程有下述特性：

一、是「城鄉一體化」的必經的過程與最高形式；

二、是城、鄉文化的交融與整合，更是文化的進化與生活現代化的過程；

三、區域間、城鄉文化的交融與整合，是以區域、城市間的相互作用為基礎。

大陸台商CEO是「先行者經驗」的載體，以文化為媒介透過台商企業的經營管理與區域推移，將區域推移與輻射理論融合成「跳躍」的區域轉移，藉FDI優勢跳躍至新的區域去「工業輪耕」，故以西進取代台商的南進是有較多的比較利益與選擇機會。台商企業以經貿與文化為兩種不同能量及傳導係數的媒介，透過對企業的經營管理進行雙軸向的區域推移與輻射作用。兩岸文化的整合一如城、鄉文化的交融與整合，兩岸間區域推移的作用是台商文化與大陸企業文化的互動，預期將會如城、鄉文化間因互動所產生的效應、作用如下：

一、城鄉互動關聯，促進文化整合；

二、歷史上對外的與現代對內的文化動態整合，實現協合共生；

三、文化的平等交流可預先化除M型社會的懸殊落差及其所潛伏的社會危機；

四、發展落後地區文化教育，發揮城市優勢可加速區域間文化交融、整合。

台商於大陸投資當地生存發展，所憑藉的除了「先行者經驗」之外，尚有的隱性資本即台商文化與網絡，綜合起來即台商的社會資本；下一階段台商須擴大其信任範圍、構築網絡推及大陸之民企，共同的溢出、分享即集群資源於其網絡之內。形成更多更好的外部、內部經濟效應，在區域內、城市間借著網絡持續循環，以增其經濟效應如下圖。

台商在大陸經營廿餘年經驗所累積出「本人、本金、本業」，在必遵守的「三本主義」之後，即指出唯有稅收的優惠是台商的實質利益，這三項只是還原成台商企業於台灣原有生態，使制度成本或無「貿易保護協定」的台商能與外商平等，如1991年「人大」通過的《外商投資企業和外國企業所得稅法》及稍後國務院頒行的《外商投資企業和外國企業所得稅法實施細則》。台商相對於外商的優勢則為同文同語的融入社會、距離小與接近市場，卻因政治的對立而折損不少優惠。

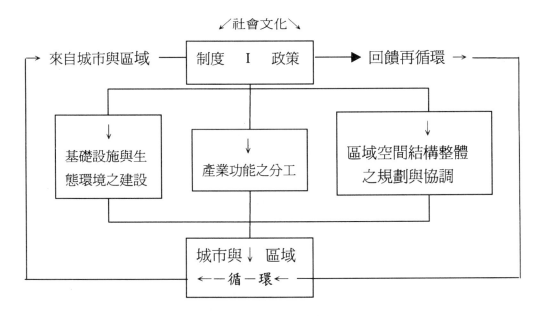

圖3-1　城市與區域相互作用調控之循環關係

　　大陸學者魏江於論及「核心能力」時亦提到：事實上「核心能力」的形成與當地長期以來的重商文化有關。永嘉文化是「以利和義」「功利與仁義並存」的理念，是「重義輕利」的儒家思想體系中少見的重商主義代表；深厚的儒家文化積澱後與浙東儒家的永嘉文化融合成儒商文化，於明清兩朝再影響閩商、粵商、台商等沿海地區傳播了儒商文化，浙東餘姚的大儒王陽明的「致良知」與「知行合一」也大有「創新」於傳統儒家思想者即其另一明證，漸進形成了敢為天下先為核心的儒商文化與思想。

3.1.3 台灣海洋環境與儒商文化

　　文化與經濟的「雙軸式推移」，在台海間區域推移已非首度。自17至19世紀末多為從海峽西岸對台的「溢出效應」，直到日治時期（1895~1945）的前段與後段，有較多的回流（唐山）效應，前有丘逢甲的文化回流；同時板橋的台灣墾撫兼團防大臣林維源亦奉旨內渡，定居於廈門後其子林爾嘉創設的廈門電話公司等實業曾捐五百萬兩銀充海軍軍費，卻遭慈禧濫用而辭官隱於鼓浪嶼，林爾嘉即是如今台灣華南銀行（金控）董事長林熊徵的伯父。2007年已再交棒於林明成迄今。

　　板橋林爾嘉1909年奉父命入籍廈門成立廈門電話公司，以台灣尖端科技與社會資本以「回流效應」經營企業，成功之餘在1918年成立了廈門商政局，後更奉皇命去經辦福州至泉州間馬路，沿路附有電話、電燈；甚至木材、製糖廠、煤礦等產業皆大力投資，其中發電廠的效益、規模與投資較大、較多，使泉州成為華南地區全中市有電燈之首座城市，板橋林家的股權曾高達85%，其他大多為獨資者。早年此一台商產業上實行區域推移的三大效應之互動，進而擴展到潮汕一帶直到日本戰敗為止，例如汕頭市的台灣銀行與台商東、西街已逾百年即可為證（段昌國等著，1997，P.292）。

　　台商文化，一如台灣記者麥立心所稱台灣各企業的文化雖大同小異，基本上皆是「美日台混血企業文化」，它們間的「共同持分」即儒家文化，此外台商文化更是強烈呈現出下列的儒家的社會大文化之特徵：

一、儒家「時中」精神：即江澤民最常說的「與時俱進」，承先啟後的創新，依「逝者如斯」的理念來推陳出新，亦需以因革損益為篩選方法來推動進化。

二、重視教育：是禮法兼顧與六藝並重的教育，期待能發展成自發理性的搖籃——禮即自律，再加上規範理性的「法」，社會就憑藉兩者的融會與升華，更于盛唐時代已成「萬邦協和」的榮景。

三、以人為本與崇尚和平：發揮「适才適所」與「疑人不用、用人不疑」，成就出能弛能張、分享互信的企業網絡，對外部環境則「結網」形成產業集群而有利于其企業之生存發展，對企業內則形成用人唯才與和氣生財的儒商文化。

四、人治與法治兼顧：似矽谷的優勢文化使得人治又重新回到與法治兼顧的地位，高科技產業必須以人為中心、以知識為資本、以科技為動力的管理模式，進而形成企業文化以達企業的穩定成長。

五、地緣血緣的關係網絡：降低外購時的交易成本，憑藉網絡使經營決策上信息暢通，快速反應的決策能力可降低風險與掌握商機，平時可減少因賽局競爭所增加的交易成本，大難來時更能同舟共濟的化險為夷。

六、誠信與情義的支撐：其共同「核心」乃「義利之辨」，亦其所共同捍衛的目標，這方面是儒家文化精華之所在，有利于更精細分工體系來完成儒商產業集群之拓建與發達，經永嘉學派成功的進化成為儒商文化的根基。

七、歷史的承傳：歷史的偶然與必然讓東南沿海早早受到西潮之衝擊，始自林則徐至康梁而 孫中山的變革思想，塑造成「敢為天下先」的歷史傳統，已經能承先啟後的發揚「雖千萬人，吾往矣」與「朝聞道夕死可」之儒家殉道精神。

　　宋代于「靖康之難」後南北分治，然而南北貨的交流是民生必需品經由「第三地」的韓國進行貿易；直到清朝西舶東來後，港、澳才成為對西方經貿的重鎮，形成粵商文化來與閩商平分秋色之局，清朝于1683由施琅征服台省後放任台民于洪荒中，自由發展其儒商文化。這200年中閩商與台商之合作，對東南亞商貿的網絡早于鄭芝龍時却已占有了，已承襲完整的閩商文化而與台灣地區已經成形的商貿文化融合，到近代才再融入日美兩國企業文化而創新，成為今之「美日台混血」企業文化，即「青出于閩商而更勇于拼搏」的特徵。謹將閩商與台商文化中所共有，且有與商業文化特徵有關者特述之如下：

一、儒學浸濡：閩商與台商皆重公義、天下為己任、全球布局、開放與包容、整合與創新的胸襟，勇敢奮進舍我其誰的魄力。

二、征服海洋的精神：閩商與台商皆志存高遠、堅毅敏銳、勇於自我超越、孜孜不息尋商機、奮鬥冒險求發展等精神，都是閩商文化的精髓。

三、回饋鄉里：閩商與台商皆有「吃果子拜樹頭」、心系社稷、分工合作、「國事、家事、天下事皆關心」的風範。

四、正向思考：閩商與台商皆有「吃苦當吃補」、敬業樂群、冒險創業、積極進取的思維慣性，以及在惡劣環境中也不屈服的精神。

五、敢與命運挑戰：閩商與台商皆不服輸、越挫越勇、「三分天注定、七分靠奮鬥」。

　　清代的台灣地區是一個墾殖的移民社會，始自于1661年入台的鄭成功以迄國民政府的遷台，都是離鄉背井、渡海來台的心態與儒家思想為主體的，加上勇于拼搏與榮歸故里的移民文化，就成為台灣地區文化或企業家精神的基礎，面對惡劣的環境與自然災害的威脅，皆不退縮者方能夠「勇者致富──拼才會贏」，出現強烈的海洋特色。

　　1600年之前，明末閩粵沿海漁民發現雲林到高屏一帶漁場，便經常與嘉南平原的西拉雅平埔族交易，進而搭草寮從事季節性農耕，即三至九月的「春耕－秋收」之後返回唐山的季節性移民；到1630年即確於雲林縣誌中有北港的漢人農墾聚落存在，澎湖縣馬公鎮即是因媽祖宮而形成的農漁聚落，而得名已七百年。北港與馬公皆是最早期成立於台灣漢人墾拓聚落的農業文化，是來自閩南的以媽祖信仰為中心的聚落文化，再複製於台灣全島各地近千的媽祖宮。其間所形成之海洋式儒商文化是「溫、恭、讓」稍淡薄的「愛拼才會贏」模式。回流作用則在1990年代的台商西進中，傳遞與催化了大陸的企業經營及外貿經濟，謹將台省早期移民社會的文化特色介紹如下：

一、神多廟多，有拜就敢拼：先是渡海來台防船難，登陸後防番自衛保身家，為免瘴癘疾病祈求心安，甚至衝突械鬥與結社拜盟皆仗神明，因為大家皆深信「有拜有保庇」。

二、依祖籍地緣形成聚落：台灣地區的血緣聚落確立于晚清，早期都以同鄉地緣組成聚落，社區中心常常是具有家鄉地區特色的廟宇，地域觀念促成農墾聚落文化之形成，曾引發台省歷史上數十次閩客或漳泉的械鬥及屠殺。

三、好勇鬥狠的男性社會：墾殖的移民社會更因滿清的「海禁」，性別比例極其懸殊而結盟鬥狠，也因此競相與原住民平埔族女性做「牽手」，文化融合成「有唐山公無唐山媽」也成為台灣地區文化的潛在特質（廖風德，2002）。

四、社會信任與血緣的混融：移民開荒的農業初民社會所伴隨的儒家文化與荷蘭西班牙的海洋商貿文化相激盪，地緣親屬與商貿的社會信任融合成異於「東方家族企業是因儒家文化只局限於家族主義而欠缺社會信任」的主張，造就出大陸台商集群的自然形成，因台商人際網絡來降低交易成本的關鍵即借助于社會信任與網絡，與上述三者合成為台商成功的無體資產或社會資本。

五、眼光精准務實求生：台灣地區在清治之前多蠻荒之地，鄭成功以屯兵開墾影響以後「務實求生」的價值信念甚深，如見證於台省之地名如前鎮、新營、西屯等，皆是先民屯墾所開發的根據地；全面的來看台灣地區的自然環境是：多山少隰、多颱風多旱澇、山高水短、常有地震海嘯之險，故能培養出反應敏捷、隨機應變、眼光精准、務實求生的文化特色。

故知在三百七十多年前遭荷蘭人霸占時期的台灣社會，就因其地理區位與歷史遭遇而開始出現了出口導向的商品經濟雛形，1652年更驅走占據淡水的西班牙軍隊而鞏固下來。更因台省先民所來自的唐山故鄉，即其生活文化與自給自足之小農經濟是大不相同的，借著海洋式儒商文化效益的多元、深宏，綜合兩岸互利的部分則從儒家文化與家族企業，來評析大中華經濟圈企業體未來可能之發展，就應該是定位于品牌與技術之創新，再服務業網絡行銷於東亞洲方為上策。

基於上述綜合後可知華夏文明的儒家大傳統，所具有之優勢將可繁興於東亞洲的季風氣候區與東北亞，台灣華南銀行（金控）董事長林熊徵以己為例說明台灣企業文化基本、核心即是「義利合一」，亦即源自溫州的永嘉儒學的基礎。當代中國的兩岸傳統文化是以儒家文化為首要的內容，是最值得用來對今之世局來撥亂反正的利器，因為它有四個方面的圓融：

一、人與自然的關係方面：儒家的「天人合一」「知天知命」「順天應人」與

「民之所欲天必從之」，及老子的「人法地，地法天，天法道，道法自然」，這是傳統五倫關係之外，最受華人重視的「第六倫」。

二、人與社會的關係方面：既不忽視個體的價值觀也重視集體價值的國家觀，將傳統的集體價值和西方的個體價值重新調整與融合。東西方文化最大的差異在近百餘年之間，已由中國傳統文化的「兼容並蓄」中蘊育出一條新的融合模式，其中以台商的混有美日企業管理特色的企業文化最具優勢。

三、在人際與國際、文化與文化之間的群己關係方面：傳統的「和而不同」與西方文化的競爭對立是截然不同的，「兼容並蓄」可消除國與國之間的對立與衝突，再以「協同共生」來增進人際與國際的包容和同化的發展力（葉啟績，2005，P.135~137），追求人類永續的繁榮。

四、人與大地、與空間的關係方面：傳統文化是「和而不同」與「民胞物與」，也重視孔子所談「牛山濯濯」與《桃花源記》的「耕讀、自然、自足」之「順天應人」觀點，或許不利于「大而全」的工業時代，卻可擅揚于柔性專業化與獨立又合作的知識經濟時代。

文化衝突來自不同文化因接觸而呈顯出歧異，唯賴于接觸才會有比較借鑒與融會吸收的機會，所以強調「與時俱進」和「因、革、損、益」的儒家文化又成為當前現代化的圭臬。因此台商產業、企業的CEO們能將台商企業家的管理與應變能力似乎又有可以發揮所長的機會，亦即再受刺激之下應該再奮發或出現了，唯有能充分瞭解企業而進行其企業轉型，運用新知識與舊知識來創新或升級才是成功的企業家，也能為華夏經濟圈的未來而努力貢獻！

3.2 台商集群文化與儒商社會資本

3.2.1 儒商文化的本質

法國區位經濟學者佩魯認為：經濟現象和經濟制度的存在依賴於文化價值，並且企圖把它們的文化環境與共同的經濟目標分開，並且獨立出來以突顯出文化的重要。他更指出：如果脫離了它的文化基礎任何一個經濟概念都不可能得到徹底的深入思考，從社會制度的安排如財產所有權、契約關係、企業組織、法律道德與宗教制度，以至經濟活動都很大程度取決於文化的價值，故可從區域文化的角度，來探討其影響區域經濟與政治之發展，以及有關於民眾心理和社會價值之整體表現（楊龍，2004，P.218）。

從儒商文化的形成而論，中國早自西周即已歧視商人，晉時山西官府規定

商人須頭纏白巾上書明所販商品與姓名，社會早有「無商不奸」的評定；而使商人中有志之士「以儒術飾商事」保護自己及扭轉商人形象，更自我要求商人要做到「賈而儒行」，而以孔子門生子貢與漢武帝的宰相桑弘羊為個人典範；集體經營的儒商模式始自元宋之際的晉商，待宋室南遷後儒家思想的調適於偏安政治下的權宜之計，儒商文化的「義利並重」原則的思想體系終告形成。此即中原氏族落腳黃山周邊的徽州，基於生計棄書從商乃有徽商集團的崛起，建立了「儒商合一」集體模式的儒商文化；進而鼓勵與帶動了浙江永嘉文化的儒學支派的興盛，以「義利並重」建立了儒家的思想學派及其體系，繼承與發揚自宋室南遷到明末東南沿海及安徽或運河沿線的商貿的軸帶，浙商、閩商、粵商、台商等文化乃大同小異的「複製」與發展著（崔華前，2004.7，P.59）。

新加坡學者劉國強在〈儒家思想能否抵禦西方歪風〉中說：「儒家思想並不反對知識，並不反對科學，並不反對民主，也不是要反對商業及經濟發展，以前重視不夠，並不礙於現在加強重視，加強發展」（牟宗三、唐君毅等，1992，P.156）。他在同書的〈從新加坡推行儒家倫理產生的一點感想〉中說：「因為華文能力的原因，儒家倫理於1986年元月全面以英文版課本於中學實施教學後，筆者選修率稍微提升」（同前註，P.201）1990年代李光耀退休後於多次訪談中肯定儒家倫理對新加坡繁榮的無可替代的貢獻（李明輝，2005）。

台灣學者郭齊勇在《熊十力與中國傳統文化》中，提到熊十力評價宋代儒家挽救儒學於唐代鼎盛的佛老浪潮中，卻有兩缺失與兩可責：缺失是絕欲與主靜而「弄得人無生氣」，可責的是一無民族思想二無民治思想（郭齊勇，1990，P.64）。故知唐代以前的儒家是兼注民族、民治與民生的，證之《論語》而知孔子就很重視大商人的學生子貢，只是唐代講清靜無為或四大皆空的狂潮後，淹蓋了儒家思想的部分真相以求適應現況與發展生存；宋室南遷倒是因「禮失求諸野」的恢復不少生氣與原貌。

廣州暨南大學胡軍教授指出：「三資」企業是一種特殊形式的企業，它是來自不同文化背景的人結合在一起工作的企業，尤以合資企業的交叉文化呈現最明顯，因為不同文化所出現的價值觀念、工作態度、管理方法與生活習慣的差異而生之文化磨擦，是「三資」企業失敗的主要原因。這些管理的磨擦衝突實為文化衝突，文化衝突與文明衝突不同，它是不同形態的文化間之對立與相互排斥的過程；至於與相反或不同形態的文化間之相互吸引、相互結合的過程則是文化融合（胡軍，1995）；文明衝突或融合則是除了文化之外至少更包括了政治、社會與經濟領域為其範圍，兩者間相互吸引、結合或相互對抗、排斥的過程，即杭廷

頓（Huntington）的東方與西方間的「文明衝突」而非三資企業內的文化衝突。

　　廣州暨南大學校長胡軍教授主張三資企業的文化衝突最終都會走向文化融合而獲解決的，文化衝突與文化融合始終伴隨三資企業存在著，即謂三資企業就是各種文化的衝突與融合之產物，故三資企業的管理等於是跨文化的管理，其CEO需建立能鑒識文化差別、夠敏感度的、能建立共同價值觀與尊重包容的特別能力。西進的台商企業多為獨資企業且具同文同種優勢，只是在生活上價值觀有著較大差異；故待西進西北地區才有「小跨度」的跨文化問題出現，是未來台商於再西進時須更注意及學習之處。

　　關於儒家文化在《跨文化管理》中胡軍博士指出：東亞四小龍與日本皆深受儒家文化影響又各有當地色彩的融合，一如台灣記者麥立心所稱台灣各企業的文化雖大同小異，基本上皆是「美日台混血企業文化」，它們間的「共同持分」即社會菁英分子的儒家核心思想，台商更是強烈呈現出下列特徵：

　　一、強調儒家思想與儒家倫理。

　　二、內聖外王的循序漸進的政治哲學。

　　三、以民本思想為主體的社會文化。

　　四、推崇聖君賢相的人治思想。

　　五、重視教育與義務責任。

　　六、以和平為中心的理性（胡軍，1995）。

　　儒家文化迴異於西方文化者至少上述六點，另有「時中」的與時俱進精神及協和共榮則對比西方的競爭與制衡之制度機理，也是優於西方文化之處，至於不重數字、不重時間、不肯奮勉改進、不重科學、不重法治、不求甚解與消極頹唐等則為封建專制助長下的缺點更需改善者。長江、珠江三角的台商與當地的民營企業如今已充分呈現出儒商的特色，例如粵省現行的「科教興粵」，與台商「美日台混血」的企業文化即在儒家特色的「反躬自省」，以及「因革損益」之傳統中，藉著儒商文化中揉合著部分外來文化萃煉而成。

3.2.2 台商產業區文化與 國父社會價值說

　　理想的集群產業區會擁有稠密的機構、完備的上中下游企業一起共享某種技術和資源的企業廠商，這些機構和廠商之間通過正式的經濟聯繫，以及非正式的非經濟聯繫建立了密切關係的地方網絡，形成了當地相互交流、共享資源、共享學習的地方文化氛圍。緊密的地方網絡和健康的地方文化一起將新產業區營造成一個具有創新活力的區域。企業文化與地方化文化環境的融合，形成具有地

方特色的生產和交易環境，促進了創新產品與技術的傳播，提高區內產業的分工水平和專業化的程度，長期的積累就形成了集群產業區的特色文化制度環境。

新產業區理論認為，集群產業區是在高度專業化分工基礎上企業群的集聚，所形成的區域經濟特性可與當地社會共同體的功能特性相結合的區域經濟共同體。這種區域經濟共同體是在分享價值和相同行為規範基礎上的一種文化共同體，也就是說在集群產業區裏，人們雖然在不同的企業裏工作，但由於區域的一種氣氛，人們都具有相同的價值觀和行為規範。集群產業區具有很強的區域一致性、集群的企業家以柔性專業化、競爭與合作的共存的互動，來推展信息的迅速擴散、經濟和社會的融合，構成很強的集團一致性等特徵來辨識、凝聚成專屬的產業集群。

針對許多新產業區，如第三意大利與矽谷地區的研究中，則可歸納出：導致這些地區成功的原因基本分為「經濟」的和「社會文化」的兩類，前者經常被提及，而後者則常常因為難於量化和度量而被人們所忽略。國外有些研究者認為矽谷的真正成功在於其文化，他們將矽谷文化總結為：對失敗的耐受力，對叛逆行為的寬容，敢於冒險的精神等。集群內的文化屬於當地文化中的一個子系統，會受到其很深的影響，如台商文化是源自儒商文化、墾殖聚落文化，今則構建其集群與社會資本於兩岸的同文同種之中；可見廣東地區的「敢為天下先」的求新求變精神等粵商文化，也形成其社會資本，以利於各企業體降低其生產成本，亦是促成「改革開放」後之特區經濟能夠成功的關鍵力量。

顯然鄧小平的「兩個大局」也是符合儒家哲學的，只要情境適合的「有水有陽光」儒家思想就如種子般的發芽茁壯，所以儒家外顯上是不否認「反對知識，反對科學，反對民主，反對商業及經濟發展」之誣賴，如同種子尚沒遇到水、土壤與日照時，它沒任何反應，但也不代表它就反對那些於思想中不曾鼓吹的事物；宋室南遷的時空與情境就激發了儒商文化潛在的根芽，如同種子的生機因條件充分後茁壯成永嘉儒學之產生。成就了儒商文化的發芽與開枝散葉後，日照如同在東南沿海各省蓄積數百年的韌性鬥志，加上 國父的「社會價值說」與社會資本為依據，似如水、土發揮其作用，終能萌壯了以浙商、閩商等體系為根基的台商文化，成功的西進大陸促成兩岸雙贏。

國父 孫中山先生曾以威廉（DR. Maurice William）的《社會史觀》（*The Social Interpretation of History*）的「若合符節」來印證其民生史觀之進化，再及以「社會互助論」與「社會價值（貢獻）說」為依據，來主張其社會化分配、工業之改良（即創新或三I）；進而說明社會中所有有用分子皆有貢獻於產品所

增加的價值，不只是工廠中的工人；即運用社會資本與網絡來進行改良社會以駁斥剩餘價值說、階級鬥爭。此即 國父未及申述而有待後人闡揚之論點。

　　由大陸學者張磊翻譯的《社會資本》（*Social Capital—A Theory of Social Structure and Action*, Nan Lin,1971），其中提出：舒爾茲（Schulz）的人力資本理論大大偏離古典馬克思理論。亦即共產主義的勞動價值說是有四特質且被忽略者，特就此申述如下：

一、馬克思理論關注商品的生產與交換過程，而人力資本理論則關注與勞動者相關的過程。包括教育、知識等非唯物論的部分，凡會提升人力資本與社會資本者皆在其內，所以勞動不是唯一能為商品增加價值的要素，故推知：勞動是心物合一的本質。

二、勞動者可以被看作是投資者，或至少是投資活動的一方。資方——勞方的對抗之生產關係，不是社會中唯一關係，因而不利於階級仇恨與鬥爭的存在、鼓吹，凡是盈餘或剩餘價值就屬大家所貢獻的產出，是人人皆有得到、分享之機會，資本家只因「地利」之便享受較多的社會資本之惠，故應承擔較多的社會責任來回饋社會全體。

三、勞動者獲取技能和知識的動機被激發，是因為存在著提高工資和其他形式報酬的可能性，若資方與勞方皆能理性的選擇，避開了被剝削與去剝削的迷思或對立鬥爭，亦即是：綜合一、二就應依循「社會互助論」更能促進社會的永續繁榮、成長。

四、資本是與投資或成本相關的剩餘價值或利潤，亦即生產與交換過程的結果，在人力資本理論之分析策略中被確認為：人力資本是對勞動者的生產效益之回饋（張磊譯，林南著，2005），「分配社會化」是社會主義之主張應可弘揚現今的知識經濟時代中。

　　台商若將注意力轉至對勞動者的技能與知識生產之作為，可在市場上獲得比生產及生活所需更多的盈餘或剩餘價值；此一觀點與 國父 孫中山先生1924便提出「社會價值說」，相同者即「盈餘是整個社會中凡有貢獻的人所分享」，乃進一步的主張工業之改良、社會化分配的政策，加上交通與國防工業國營、直接徵稅等政策，使他的民生主義具有充分的社會主義色彩。台商集群中的分配即具有此特色，例如2007年訪問中山縣某台商集群，其中化妝品代工ODM廠的會計盧小姐，指出其包裝配件的進價高過周圍民企售價之200%，只為能區隔化與產業鏈之凝聚，再由龍頭企業依循分享、互信原則對產業鏈中進行社會化分配。

　　1932年哥倫比亞大學蕭特維（James T. Shotwell）在研究院的《政治學季

刊》發表題為「孫逸仙與摩理斯‧威廉」一文，文云：「1924年8月，孫博士講三民主義的第三部分，即是關於社會改革的部分。他是根據威廉博士的理論即『社會歷史進化不是因物質而是社會問題』。」（王雲五等，1965再版，P.230。）國父更深入的融合國情與歷史遭遇而提出：心物合一的「民生史觀」，進而建立了「社會價值說」與「社會互助論」，再酌採西方社會政策，使民生主義就隱含著社會資本及其網絡的理念而更完善。因此，兩岸既是分屬社會主義的左右兩派，今逢大陸的持續「改革開放」的機遇，應可借力促成兩岸更深、更優的合作來建構「兩岸共構的公民社會」。

因為社會資本當是以隱性知識、智財與文化為主體，在當年 國父亦無法詳知其內容，但卻以為不該僅歸私人資本家獨享，故以「發達國家資本，節制私人資本」來運用潛在的社會資本，而以社會價值說與社會化分配來分享利潤給所有出過貢獻的人。因此即是肯定了社會資本及其網絡的功效與存在，更依循 國父的「社會互助論」，今人就該將之升華、轉化成為「立基於公民社會與社會責任，實現全民共享、人人有責」。依台灣高度發展的文化現況，政府在台可採取「高層次戰略」與文化發展、外銷策略，籌設文化部統籌有關文化奠基與鞏固工作，以抵抗西方文化的侵凌，以及推展華夏文化之成長作為任務；來和大陸之有關作為來進行文化的「市場區隔」與分工合作，再以「文化與專利中心」鼓勵文化創意進行創新而佔有市場尖端、鞏固根基。

在彼岸的台商更應與大陸的東協政策搭配來發展對東亞的經貿，以域外直接投資（Foreign Directive Investment）FDI模式對東協各國佈局網路，台商工商產業積極進行「佈局全球」的第二步的同時，台商以休閒農業對大陸西進來將其中西部實行「國土規劃」，亦可藉由台商文化助大陸儒家文化復興，「均無貧，和無寡，安無傾」的理念得以完成，使台灣版的「另一部分人也富起來」得以實現，消除兩岸社會的「M型社會」之危，兩岸協力合作經濟建設來實現《實業計畫》中的均富社會、「社會主義新農村」中的共同富裕。

3.3 台商集群的特質與兩岸社會資本

3.3.1 台商產業集群的海洋式儒商文化及其社會網絡

3.3.1.1 大陸台商產業網絡與人力資本

文化即成員互動時，所共有的思想、價值、態度與行為之模式的總表現。

人員是這一文化的載體，人與人之間的溝通互動是此一文化呈顯的路徑，則是文化的具體表現。儒商文化是整體社會文化的子體系之文化，是具有充分的生活化經濟功能者，僅因其依附於其市場的聚落之週邊及其週邊空間，能緊密與來自各層面的消費者有頻繁互動，同時可將當地文化特色之高突顯性作為其特徵者。經濟與文化的雙向互動式溝通，溝通的發訊者與收訊者皆以文化為「媒介」藉著文化情境的因素，更肯定人與人互動亦是「文化的溝通」。

　　台灣自二次大戰後迄今近六十餘年，對歐美文化的「不設限」開放和汲取其菁華，各省各區頗具特色的儒商文化，在近幾年的經濟繁榮趨緩中，仍然帶動了餐飲業與旅遊業的蓬勃發展，加上台灣的海洋文明激盪出新版的「台商文化」。往昔忽略文化創意與包裝，以致無其市場區隔、差異化產品與附加價值的產生；如今應走向「和平的島、綠色的島、美食的島」包裝，建立兩岸網絡致力觀光旅遊產業，再走向休閒民宿與中醫藥養生旅遊產業的協和共生，將會是台灣「布局全球、借力神洲」的最佳策略。

　　包括交通、住宿、餐飲、購物、娛樂、知性與規劃等相關企業或單位，亦即以滿足各項活動中上述之需求所形成的產業鏈；而且是具多目標的，在水平、垂直上兼而有之的互動網絡，是一球體的產業網絡。台商集群的政治與文化之週邊效應，其效益是廣博與宏大，不是狹隘但卻精深的而是全面滲入社會、教化群眾、活化生命及充實生活的產業；如似向日葵其花蕊經成功授粉會結實累累，使社會人群共同受益、熏沐其芳的情境教化及其所形成的社會資本之中。

　　社會資本是形成人與人之間頻繁交錯的關係網絡，及所建立的信任、合作與分享，也是藉此而採取集體行動所需的基石，更是國家社會經濟繁榮的要素。1985年替社會資本下定義的是法國社會學家Pierre Bourdieu，他說：即是實際或潛在的資源之集合體，這些資源與一些被大家所熟悉或認可的制度化的資源，也因其關係的持久性網絡之占有而聯繫在一起。故可明確指出台商的社會資本，應是以台商集群文化與網絡為根基。

　　狹義的社會資本即社會網絡，廣義的則包括知識資本、環境資本與人智資本；知識資本包括人力資本、創新資本、關係資本、流程資本，環境資本包括商品市場交易價值、多元目標使用價值、健康與生態保育價值、地緣關係價值，人智資本包括社群網絡、信息管道、信任關係、社會規範與社會責任。本研究採取廣義的社會資本及其網絡，除非有特別說明者。

　　在大陸實行域外投資的FDI台商，若仍受困於對「器物層次」的學習或融入

者，皆為不足以競爭勝出之CEO或企業家，即因其對華夏文化的陌生而失去商機，亦失去對市場與產品的創新與覺察之能力，亦即台商於此則較具優勢，而能發揮文化創意以獲利。至於IT軟體台商產業的經營者其文化則應以設計、創新等為企業文化之主軸者，則有賴人才培訓方可結合軟體與硬體，必能發揮其最大效益，企業的各種人才都是關鍵環節所在，皆影響到服務品質與顧客滿意度；換言之，即人才是台商西進海峽西岸與西南地區的優勢與前提，台商因同文同種優勢而易於勝出。

服務業即所謂第三產業，是以人的經驗、技術、知識或專業能力來增加產出之效益作為主體活動的企業群體。每一台商不只因能使社會人群共同受益、熏沐其芳的情境教化，以及其所形成的社會資本之中，及其相關的企業群體依自然景觀與文化資源組成「聚落」或集群，進而擴大與增強了社會、人群的活力與效益，此亦即社會資本的形成與增長因而產生了良性循環。只因為文化與經濟是人群的必需活動，更是建設性生產活動而非消耗性奢侈。而對週邊地區與人群的正向外部經濟，是最有利於社會與大眾滿足其需求的經濟活動。

服務是可將其價值「物化」於原有物品上的活動，轉化成為具體需求的過程中；卻有相當多的服務無法「物化」於物體之中，只能「體化」於活動中即以人作為其「載體」，這些「人智資本」加上環境（含景觀、物質、網絡等）資本、知識（含科技、流程、技能等）資本就稱為「社會資本」。是可以滿足旅遊者卻無法「數量化」其價值者，或可稱之為「隱性資本」而難以定價。這就更突顯了人力素質與人力資源管理的重要，「知才、用才、適才」可使職得其人、人盡其才、才盡其用，將人力資源經開發利用就可以不同程度的轉化成「人力資本」，再藉著社會網絡與生活經驗的擴展而粹取、聯結成「人智資本」。總之，知識經濟是以服務業領軍的時代，服務業比第二產業的製造業更需要人才，人才唯賴知識技能、人脈網絡，否則不易彰顯其效益。

「人力資源」需以人作為唯一載體、媒介，即將知識、技術、能力、經驗凝聚在工作者身上的能量總和。通常文化則充斥於制度中、情境裏，作為其「溝通媒介」通常是吸引旅遊者的「魅力」或「隱性資本」的核心；例如旅遊產業是以知識為基礎、以服務為形式的產業經濟，以文化作為本質或媒介，故知：文化與旅遊是切割不開的，亦即台商旅遊業的最大優勢，可憑藉多年的精緻文化隨之西進，已印證「台灣風」產品在大陸內銷頗具優勢，但也更憂台商的「恃寵」因循而不思創新，故終身學習的人才培訓是台商集群尤須強化的工作。

知識資本與社會資本的形成與發達，對二元經濟結構的大陸是可遇不可求

的機遇，故應給予台商休閒農業與旅遊產業更多優惠，開創不同於世界上其他發展中國家農民之機運，故須更多依賴政府的投入或政策優惠等方式來帶動當地經濟，台商進入西南地區從事休閒農業等服務業則可扮演催化者的角色來利己利人，協助實現大陸官方的「國土規劃」，台商也可順勢轉型升級進入中醫藥生科產業。

台灣有其特殊的地理區位與歷史遭遇，首因於348年前鄭成功收復台灣，以及1661年之前荷蘭人佔據30多年與自1895年起的50年日治時期，更因二戰後近60年的「不設限」開放歐美文化而汲取其菁華，形成美日台混血的企業文化；加上1945~1951年大量各省籍人士隨國府播遷來台，所引進的各省各區頗具特色的飲食文化而形成「台灣美食」的契機。中外古今不勝枚舉皆具有當地文化代表性與休閒娛樂性，更是各國各城之形象、信譽、品牌最佳之「載體」，能爭取其最大生存利益。

3.3.1.2 台灣精神與儒商式海洋文明

2004年11月20日台灣地區官方與荷蘭駐台代表共同揭幕「沈有容諭退紅毛番韋麻郎碑」，該碑出土重新立於馬公媽祖宮前，借著「四百年風華重現」說明1604年8月7日至同年12月15日總計131天，荷蘭戰艦曾盤據澎湖求市被拒（中時晚報 2004.11.23 9版），事平之後激發清廷於澎湖建築厚城高壘、派水師駐守馬公，更映證台省在海洋文明的經貿地理區位，也是台灣地區今日與過去在面對全球化的歷史機遇中必須領悟的契機或轉機，應掌握歷史的偶然為西進致力與創造商機，重振華夏文明於1407~1433年由鄭和率領的七次西航的特質，以雄心壯志與平等包容的胸懷等，來區隔於西方之征服者之行徑，再轉化為全球布局的動力來建立華夏經貿體系。

1970年代台灣地區便出現全球第一的產業集聚，即新竹的聖誕燈串飾產業與桃園縣的雨傘陽傘產業，皆以「家庭即工廠」的外包方式進行手工業加工創出一段榮景，它們與1960年代三重－新莊縱貫路沿線之民生產業集群帶不同；他們是燈串或洋傘上、下游的集聚，後因工資上漲，於1980年代中期西進大陸，如新竹王姓台商仍在故鄉臺山經營高質量的聖誕燈串飾工廠。於1960年代筆者與李姓老友高中同校時，其家族企業的桃園僑美制傘廠曾盛極一時，至1986年遷往深圳由其姐夫經營迄今仍能有利可圖，卻已盛況不如同時期西進的彰化寶成鞋業。即其差別在相關的知識與信息之不足，以致所代工之產品因非「個人化消費品」，無法刺激消費與創新所致而退出社會的流行趨勢。

　　新儒家自1950年代以來漸漸積累三十年而有所成，與台灣經濟同步成長後形成了台商企業的經營文化（或簡稱台商文化），於1980之後與台商一並西進，首以閩商文化的廈門、漳州、泉州，即閩南濱海作為首選的投資地區，其後因企業文化能柔性適應與時機恰當，更能進行區域推移至珠三角再推及今之長三角。驗之於台灣的中國信託金控董事長辜仲諒，在他處理危機失敗之後指出原因為：2004年下半年到2005年上半年間，我引進花旗銀行團隊來經營，所引起企業文化磨合造成的危機是嚴重的，我低估（花旗銀文化與中信金文化之間）文化衝擊而造成了中信金今日的管理危機（經濟日報，A2版，2005.10.1）。

　　故知在三百七十多年前遭荷蘭人霸占時期的台灣社會，就因其地理區位與歷史遭遇就形成了出口導向的商品經濟雛形，荷蘭1652年更驅走佔據淡水的西班牙軍隊而鞏固下來，更是大量種植來自爪哇的甘蔗，制糖後再販售全球。與台省先民所來自的唐山故鄉自給自足之小農經濟是大不相同的，直到1979年的改革開放才使大陸轉型為出口導向的「兩頭向外」的經濟，台商西進不只繁榮大陸的經濟也給台商發展事業、振興台灣地區經濟與肯定自我的機會，故知在台灣自然環境與歷史遭遇所形成的海洋文明其效益是多元與深宏的。即在台灣如屏東海濱有奉祀「荷蘭公主祠」，亦是大陸儒家文化所未曾出現與未能包容的部分；另外的優點，凡有「三山國王廟」就知此處為潮汕移民的聚落、市集，只須見到有媽祖廟便知有大量的漳、泉、廈移民在週圍農墾。

　　2005年雲林北港鎮瀾宮媽祖神轎出巡至彰化再經嘉義與台南而折返，沿途信眾狂熱路拜在彰化險遭搶轎而以類似團練的地方組織來「護轎」成功（聯合報，2005.4.12，11版），就大異於湄州原鄉對媽祖的禮拜而突顯了台民的「拼搏精神」；當年所形成的「非正式地方權力核心」讓滿清政府擔憂而頒發「海禁令」來阻絕之，即使日治總督也難扼殺之而延續至今；近年也與臺式民主的「黑金政治」多有關聯，故可就此亦可窺知「地方團練」的聯防組織，如同二三百年前的「西螺七崁」即是來自墾殖聚落文化之結盟；更如1895年甲午戰敗成立於台南的「台民主國」，帶有些許「官逼民」的古版「非政府組織」NGOs（Non-Governmental Organizations）特徵，其社會網絡造就了台商集群網絡與台灣地區的企業文化；如今竟發展成為知識經濟中最倚重的社會資本或網絡，更能期待現待版NGOs能夠促成兩岸共構的「公民社會」或「市民社會」。

　　近六十年儒家思想都經孫中山思想在台灣地區過去的學校教育中，透過正式課程再輔以非正式課程的台商網絡關係，轉化於台商行為之中，如今會更有利於台商的西進投資於大陸，進而宏揚於對華夏文明的「破」與「立」之中。

面對多天災的海島生態，先民開荒的聚落文化漸進發展成今之台商文化，其中最能挑戰風險、勇者致富，謹述其淵源如下：

華夏文化>儒家文化>儒商文化>＞＞美日台企業文化>企業家（創新）精神

海洋式儒商文化↑↑台商海洋文化

知識經濟時代於21世紀與20世紀之交問世，首由美國領受滋味與享受豐厚利益，因其目前之經濟產值中逾半是來自於知識產業，美國關於知識產業的教育政策與人才政策是領先於全球各國的。亞洲華夏文明中諸多的隱性知識與文化資產宜趁早妥加保護，以免受到歐美國家的侵奪而不自知；大陸今後的「局與勢」加上台灣地區今猶尚存的「氣與數」，若能分工合作則最能促成創新機運與組織再造而重振華夏文明。台商文化中因「生於憂患」而培養出較強的應變能力，以及刻苦耐勞、精准溝通的能力使儒商的特質在大陸廣受注目，當然也突顯出其弊病：忽略創新研發。

故台灣產業、企業的CEO該如何作為呢？「藍海政策」實在是我們應深思熟慮的方向，故台灣企業家的管理與應變能力似乎又可以發揮所長，亦即以「藍海」而互補分工來轉型升級之台商，不必南進印度尋找低工資卻因文化跨距與週邊配套產業差距皆大，因而付出更高的管理成本；再者也因受到制度成本、交易成本、信息成本上的損耗而支出過多，而應於2010年後借力台灣的拼搏精神來面對「東協FTA」的挑戰，則應建設「高雷地區」成為「CEFA國際經貿區」，協助台商產業南進「東協」的基地。

「東協加三」中如韓國、越南、日本、新加坡等國在大陸周邊深受儒家文化影響，儒商文化在長期發展中多有傳播，經由外鑠而內化自然發展為：注重仁愛、忠孝、禮儀、勤儉、吃苦耐勞、服從家長、拼搏等是「亞洲四小龍」與日本一起受儒家文化之影響而具有的特質；另外如講誠信、和諧謙虛、勇於創新、嚴於律己、重教育及親情、以和為貴、自強不息與義利之辨等，也是儒家文化培養出來的人格特質，因此「海洋式」的「拼搏精神」及「與時俱進」才該是台灣精神的核心所在。

今日知識經濟的發展則已印證出：世局正從「兵戰」轉進到「商戰」；知識的積累轉化成技術是快速的，即知識經濟呈現出「速度經濟」的樣貌，再從範圍的變遷來解析則經濟必須走向全球化，才能實現充分利用資源、滿足人類多元化的欲求、達成最佳的經濟效益的境界，儒商式海洋文明就能成為應對商戰與文明衝突的利器。越來越多的跨國企業進入大陸，以之作為全球布局之主戰

場，台商以台灣精來西進是「時代考驗台灣，台灣創造時代」的契機，唯台商能成為大陸的「猶太商人」則會使台灣地區能持續繁榮，形成華夏文明之興盛而構成世界多元文化共榮架構，或可消弭文明衝突於無形之中。

3.3.1.3 台商文化及社會文化之大傳統

台商文化「青出」於閩商文化而更「藍」。「藍」是面向海洋戰勝自然的韌性，即台商未來是台灣的最大優勢——企業家中的創業型人才去「拼經濟」，有豐富經驗、眼光、判斷力與危機處理能力的企業家；加上「愛拼才會贏」的台商特質，所以即便守成型台商也適合前進「社會主義市場經濟」的新型規准的區域，因為台灣地區比大陸提早400年進入海洋經貿體系的華人經濟體，近百年又型鑄成為「美日台混血」的企業文化，台商西進的資金、技術與經驗以「回流效應」模式影響大陸促成兩岸雙贏；近程目標應可贏得經濟增長與中程的政治發展，遠程功能則可贏得華夏文化的可久可大。

台商文化的彈性與韌性也吻合新近的《藍海戰略》，即以差異化的產品或服務來占有市場，而不與無把握征服之競爭者正面衝突；「美日台混血」的台商文化於1980年代，就充分展現其韌性與拼搏精神西進大陸，早於西方的「跨國」大陸，那時台商是「不知而行」；如今面對強大西方跨國公司競爭壓力的台商，更應以「知而後行」的角度，選擇再西進因為這是台商最佳優勢的充分發揮，台商在中西部可以區隔出市場擺脫其它外商，獨享優勢而不必陷入弱肉強食的「紅海」，更可推己及人的來建設西部農村，進而奠立其於農業、農民間的社會資本與網絡。除了自己經營獲利以外，他的附加價值是：贏得中西部地區的經濟增長、政治發展，遠程功能則贏得華夏文化之「久與大」。

兩岸雙贏經貿互利是必然的，自1980年代晚期是中小企業西進、1992~1999年是大型企業、2000年迄今則為技術與資金密集中大型企業；如今技術與資金密集的企業西進不應設限，但須以利潤回流台灣投資於創新研發，方可於全球化的競爭下持續保有台灣地區產業經濟的優勢。在市場與利潤誘因下企業是難以接受政策的總體性制約，除非它不是自由經濟體制，故1998年的「戒急用忍」與今之「積極管理 有效開放」宿命皆同：束手縛腳難施展。因為「積極定位、自信開放」是以企業作為中心、尊重專業者的思考立場，當然會有「眾志成城」匯成發展助力的模式，反觀「積極管理 有效開放」是官方的權威心態為出發點、不信任人民的處理模式當然會有阻力出現。

1990年代台商因為大陸的低物價、低工資與低地價，又因其淩厲的招商攻

勢與低姿勢，加以台灣地區官員欠缺服務精神致地方的工業園區乏人問津；這兩年大陸的「四低」不再夠低，宏觀調控使限水限電危機浮現，台灣記取教訓又因選票壓力使官員調整身段，以優惠政策針對台商需求留住企業。顯見大陸的招商引資工作形成新官場文化回流台省，構成相得益彰、互相激勵而增長的兩岸雙贏之效果。

　　如今台灣官方的組織文化已經構築「蜂巢」吸引台商蜂群回台「分封」；已因承受著大陸所溢出的台商資源而產生質變，此過程就是新的身段柔軟的官員文化的誕生。藉此亦可明白企業文化也是「文化」之一種，是存在於每一企業的各部門卻有大同小異之處。官方機構亦有同樣的情形，故企業文化是每一成員共有或遵循的思想、價值、態度、行為，會呈現於或引發出企業特有的器物層次、制度層次、思想層次的專有文化之總體。公務機關行使公權力者，也同樣有其企業文化──正式組織文化，但卻常因層級的官僚體系而延宕其反應，反而是企業更能前瞻市場趨勢，故應經常向政府提出建議並督促更新官方的組織文化，這也是CEO之社會責任。

　　除了組織內的正式文化之外，另有非正式文化是隱性而不易觀測者，其中關於企業精神的意義是：企業全體員工共同一致、彼此共鳴的內心態度，是大家的意志狀況與思想境界，也是落實生命共同體的全員基本共識；實乃源自於企業的正式文化與非正式文化的相互激蕩而影響全員之行為者。亦即唯有正向和諧的企業精神與企業文化，才可讓知識與技術對企業體產生乘數效應，進而成為獲利的要素。

　　企業家精神是企業家於長期經營管理活動中所形成的思想、品格、作風、價值觀、文化修養等個人素質的綜合結晶，體現了企業家對企業發展的理想與抱負；它是企業精神的人格化與具體化，也是企業精神賴以發展的支柱與依托。企業家精神、企業精神與企業文化三者重迭處頗多，更是企業建設的重點方向，但是不論是何者，正式的或非正式的企業（組織）文化，以及企業家文化及其氣質人格，皆與大環境的文化熏陶息息相關，也牽動了企業績效者如下：

企業家精神→領導團隊特色→企業精神+社會資本→企業文化.管理→企業績效

　　台省儒家文化中較具特色者，也印證台灣地區自然災難與環境所影響是相當深遠的，以致造就出拼搏的企業家精神。「康師傅的故鄉」彰化縣永靖鄉，魏氏四兄弟以二億新臺幣修建祖厝，於921地震後修復並兼顧力求原貌重現百年風華；2009年7月宣佈購入台北101大樓19.3%持股，並設立其企業總部於台北101

大樓，8月更購入該大樓股份，使其持股逾三成，這是繼五年前承接台灣味全食品企業的回饋家鄉，即儒商文化的「飲水思源」之再度展現出台商文化及其企業之核心價值。

東南沿海居民抵抗北朝的「硬頸精神」加上渡海來台先民的「拼搏精神」，之後在海島上瘴癘天災的磨練下而能冒險犯難於經商與創業，是故具有儒商文化與拼搏鬥狠的「文武雙全」之「美日台混血企業文化」於焉形成。再如遷台後的湄州媽祖每年三月下旬，就得以七夜八天「巡狩」四、五個縣市宣示其神威，沿途輒有暴力「搶神轎」之風俗，以求保庇當地風調雨順與蔬穀豐收人畜興旺，是「神旨」與「拼搏」混融的在地文化之特色。

台省的經營商業的文化因其歷史發展，與各省之民情風俗稍異而各具特色，然不論是粵商、台商、閩商、浙商或徽商都充滿儒商本質，尤其沿海省分多山、多天災（如颱風等），海岸線長且多港灣，故自宋代起泉州便聚集萬國商賈與船舶。南宋最終因廣南之雷州失守，小皇帝趙昺設朝廷於珠江邊之新會，1279年在元軍圍攻下不支潰敗，於崖山跳海殉國之後當地人民避走海外，形成了第一次大規模的海外移民潮，台山新會地區正式成為華僑之原鄉。儒商文化乃跨越海洋，完整、深度的傳播於東南亞地區，也是海洋式儒商文化的萌芽，待1407年鄭和下西洋時則正式成形。

浙、閩、粵三省是歷朝歷代於遭受北敵入侵時，偏安江左的政府藉長江天險來與北朝對峙的國土，每當局勢持續惡化則閩粵兩省輒為「負隅頑抗」的基地，終戰敗亡後人民不能也不願入仕途乃經商討生活；故閩粵兩省素來被視為「移民社會」，姑不論閩南話又稱為「河洛話」，粵語、客家話皆被認為是最接近中原古韻，因而推知受儒家教化又最深厚，重迭交錯之下故而最具備「儒商」本質。移民社會的「硬頸精神」與勇者致富的「愛拼才會贏」就融鑄於台民與西進台商的行為模式中。

台商不例外尤在吃苦耐勞、服從家長、奮發拼搏等這些方面更突出，唯因早年渡海墾荒者須適應環境生態有以致之；台灣地區三百五十年之前被荷、西、英局部霸占過，近百年受日本殖民後近數十年因美日兩國的直接投資，使台灣地區企業產生「美日台混血」的企業文化，不只是資金無外資成分者，然其企業文化與管理風格皆系美日台混血者為多，「美日台」中的「台」的部分仍以儒商文化為主要部分，但與閩商文化則有較深淵源而占有較高的「含金量」。就成為台灣地區文化或企業家精神的基礎，面對惡劣的環境與自然災害的威脅，皆不退縮者方能夠「勇者致富——拼才會贏」。

3.3.2　台商產業集群的社會資本與制度成本

3.3.2.1　台商創業精神與產業智財

　　凡欲落實「面向世界、面向現代化、面向未來」，我人就得接受全球化與知識經濟的挑戰，不論是它們的利與弊，人類的秀異者必須具備危機預識來面對可能的挑戰；西進的台商是原本有危機感與企業家的創新精神者，故最能經營未來及創新研發的經濟型態，即是以其適困力能迎戰風險性投資而開創非常之局的人，便是一種有眼光能賺機會的錢的CEO，相信當如熊彼特於1912年的判斷一般迎著挑戰而「再西進」——終能勝出者才享「勇者致富」。

　　台商西進的成功者是勇於創新、勇於面對企業危機與勇於面對未來，唯有「與時俱進」者方能夠去挑戰未來的不確定與眼前的危機毅然轉型，充分利用優惠政策來「工業輪耕」，故若更能創新組合成為大陸的新產品、新市場、新資源等，以及有其它管理經驗之台商就應是梭羅眼中的勇者。

　　1776年《國富論》中已述及：新的專家階層為生產而對經濟提出有用的知識而做出貢獻。但卻遲至亞瑟夫‧熊彼特於1912年的《經濟發展理論》與1921年蘭克‧奈特於《風險、不確定性與利潤》的年代，才將「創新」的觀念更清楚的解說出來而不只是「有用的知識」，更把今人重視的「知識經濟」也播下種子。創業是廣義的創新，創新是人的內在需求的結果、行動；人類經濟活動的發展是這種來自內部的、對經濟生活所自發的一種改變；故謂創新就是建立一種新的生產函數，運用函數中任一變量的改變都會使生產力或產品效用發生變化。

　　制度成本乃克服法律、文化、思想之差異及其障礙所付出的成本；加上信息不對稱、互信網絡所增加的信息成本，另外關於交易頻率、專用性與人事成本等包涵其中，這些即是廣義「交易成本」。台商因優惠與社會資本之利，進而抵銷掉廣義的「交易成本」。凡新產品的產生、使用新技術、開拓新市場、尋找新原料及其供應方式和途徑或新的控制方法、建構出新的產業組織形式（即制度組織的創新）等五種皆是熊彼特的創新。因此台商享有社會資本及優惠而降低成本至與外商平等，故其所具有之優勢是對外商的文化創意與貼近性，對大陸民企則是「蜂群分封」與「工業輪耕」，這些都是源自創新的力量所支持的，故而台商企業的創新具有四個特點如下：

一、規模可大可小，創新活動是以「只要能推動經濟發展」為其重點，中小企業的創新活動常常是「量多質佳」，大企業常會畫地自限而少見創意，企業規模小者則背水一戰易獲得厚利。

二、創新活動與科學技術的發明創造無必然的關聯，沒有新科技也會有創新的
　　組合，也可以產生創新及其所衍生的利益。

三、制度創新與技術創新是兩個不相上下的主要創新活動，成功的企業必須是
　　兩者兼顧。

四、創新活動常被模仿者廣泛仿效形成創新的擴散，當創新的擴散已完成則會
　　推動經濟的新發展、新趨勢。

　　總之，創新活動構成了經濟發展的本質與特徵，或者說兩者互為因果，也
是台商利潤主體之所在，但是仍須以創新活動來構成經濟制度，而且是出自內
部的自發動力。凡是成功的台商所賺的，至少是努力的錢、智慧的錢與機會的
錢等三者之一，賺第三種錢就比前兩種需要更多的創新才能成功，這三者是因
創新程度的多寡而排序，再依等比而增多其獲利的多少。但在現實生產過程中
一個國家或地區的經濟成長，以至於一個企業的成長與發展，並非只依靠技術
或制度的創新就能成功；擺在企業家前面的是大量的可保風險，與不確定性以
及其風險，企業家真正的職責就是承擔這類風險，更預見其所帶來的經濟後
果，仍憑恃其眼光與智慧毅然投資以獲利的人；換言之企業的盈或虧端視企業
家的經營管理能力與危機處理能力而定，目前台商企業仍少見有技術之創新，
多為靠經驗賺錢與努力辛苦的錢。

　　始於歐美的「創投公司」即針對高風險或不確定性很大的企業進行投資，
如在美國加州的矽谷創投公司便是大行其道，許多新技術或其它創新的企業因
市場尚未開發，又因創業者多是科技研專業者初次投入產業之故，缺資金及市
場感度使風險更高而需要創投專家進行研判、評估：台商西進所需要的資金或
許不這麼大但不確定性與風險卻是頗大的，也需有賴於專業評估否則易於失敗
而歸的。通常，成功的創新活動須依賴有：能創新的環境、足夠資金、創新人
才等三大基本條件；若從西進台商CEO的功能角度來看，則將創新人才分類如
下：(1)初始者的創新；(2)發展者的創新；(3)提升者的創新；(4)終端加強者的創
新等四類人才；此外再依新技術程度而將創新分成了(1)破壞性創新；(2)突破性
創新；(3)基礎性創新等三類。

　　華人家族企業的CEO常是所有權與經營權集於一人的企業主，西進的台商
大多為此類的企業家；台商在台灣因掌握人脈與環境，所面對企業的經營是可
保的風險多些；這些較有利於大而強的老牌企業。對於西進赴大陸投資則是不可保
的風險多些，故須要有強烈的創業精神與危機預識者才會西進，成功的獲利台商
更具有好的經營管理能力與經驗，以及持久的危機處理能力與經驗，故台商既是

風險投資者又身兼實業經營者的角色。「跨區FDI西進」則是較有利於小而強的台商企業，生存、茁壯、發展皆須自創新轉型為佳，最應從新制度經濟學的觀點來剖析。

　　總之，從制度經濟學立場會認為：新古典經濟學是孤立的經濟學，它粗略的假設市場是完全競爭的、消費者是理性的、信息與交易都無需任何成本；綜合之即指稱：制度或資本主義制度是理想的無摩擦、無損耗狀態的假設，至少交易成本、信息成本及風險成本是存在的。事實豈可忽略不計呢？在新制度經濟學中法學、政治學、社會學、歷史學、管理學、組織行為學與人類文化學有著重要關聯，較能對經濟增長、創新與發展、比較經濟體制深入分析研究，它融入各門社會科學而賦予經濟學以新生命，因此生產要素就要素就增加了人力素質、信息成本等而組成了「制度成本」。

3.3.2.2 台商的社會資本與交易（含制度）成本

　　任一型態社會的法律是其「制度」中最具體與基本的規範，若違反其制度或法律則是其企業致命的傷害，亦即所付出的制度成本將難以估算。自亞當‧斯密以迄新古典主義的凱恩斯的經濟學中，生產的要素有資本、勞力、土地等三項；到1899年美國學者托爾斯坦‧B‧凡勃倫出版了《有閒階級論》，之後發展到20世紀中葉「新制度經濟學」便正式成形。從其半世紀的形成歷程中，將生產要素增加下述四項要素，即：自然資源、技術、培訓、結構變量。因「土地」轉換成、併入「自然資源」中，故「新制度經濟學」主張有六大生產要素。

　　在新制度經濟學中，廣義的「制度」是包括技術、培訓、結構變量等三項參數，狹義者則專指「結構變量」一項而已；在廣義「制度」中的三個子變項均深受人力素質的影響，因「徒法不足以自行」故培訓成為提升人力素質的關鍵，卻仍需要以知識與技術作為其內容或對象才能奏效的。新制度經濟學是較適合於知識經濟時代中，也較能解釋跨區域、跨制度、跨文化的FDI台商西進投資於大陸的西部地區的。

　　中國諺語云「朝中有人好辦事」，可見「人脈」對交易成本等的重要影響，人脈關鍵是獲利的「知識地圖」，即在取得正確信息與關鍵性的商機，相對於外商，台商是具有較佳優勢；現在大陸自由市場的制度正在形成中，所以其市場對台商來說，不確定性偏高而可保證風險也比民企大，即大陸當地的競爭者所受之威脅較台商為弱。故在大陸經營失敗的台商之首要原因應是信息的不對稱所致，今後台商更該重視專業知識與技術，以求降低其企業經營的交易成本、信息成本之比重，以及發揮「文化創新」與「工業輪耕」優勢，例如中醫孳生技產業，才是台商圖強之本。

　　法律與政治過程都是狹義的「制度」的主體──制度變量△STR，在經濟發達的民主國家中國會立法過程與行政的政治過程，都有抵制、適應新條件或新環境之調整結構的現象出現，以及因此所產生的「制度成本」偏高現象，常在經濟不發達（含落後與發展中）的地區、國家見到。在「人治色彩」與僵固化的政治過程中，政經不分的統治階層及已形成既得利益者的壟斷集團，更會是抗拒結構的調整或變革的「黑手」，致使制度成本竟成為交易成本內的最大部分，甚至因此誤陷或被構陷法網者得付出身家性命亦不罕見，最是值得台商視之為警惕、戒慎者。

　　過去台灣當局的教育政策所存有的「誤區」，衍生出對大陸現狀的不瞭解或誤解，然而即便是大型企業的台塑亦曾分別受挫於台灣與大陸兩方經濟政策下，甚而付出高額的制度成本。所以台商如今仍需謹慎佈局「再西進」，皆因企業在兩岸皆須發揚「拼搏精神」才可獲利，何況一般台商豈可不對大陸的信息與制度多下些苦工以降低成本，例如現今大陸唯有幼稚園的教育是開放予民間投資、經營者，因而是完全競爭市場且進入門檻不高，因已蓬勃發展故目前也非台商適合投入者。

　　筆者有一粵西高雷同鄉回故里辦中小學即因對制度與交易模式的不明瞭而只能「唯論耕耘不問收穫」的回饋故里；台商能獨占訊息或取得主導權的行業才易獲得利潤：如昔日的IT產業與有濃厚台省風味的服務業。這是大陸台商企業的「舒適區」，若CEO不用好的眼光、智慧來創新、突破則無緣在此獲利，亦將淪為「淘汰區」。處於「安全區」的企業是能保持長期領先者，須以技術與資金方面能領先者，但若無優秀的守成型CEO時，也恐將淪入「淘汰區」；「挑戰區」的企業需要創業型CEO，其適困力、創構力較強者方可勝任。故知優秀的各型態的CEO培訓是當急之務，特別是全方位人才型的CEO。

　　通常大型企業習於滯留於「安全區」內，無後顧之憂的企業都不願輕易進入「挑戰區」，反而是以中小企業為主體的台商，較多不具競爭力者為能求生存，以「拼搏精神」進入「挑戰區」力求創新、突破，難免有部分台商甘願滯留安全區以「賴、要、等」來圖存，致國務院對優惠政策之出檯頗多顧忌，長此下去將大損台灣的競爭力。所以成功的台商大企業或小規模經營的台商相對於當地的競爭者，仍然具有相當程度的信息空白或信息不對稱之弊，卻因為能妥當發揮台商優勢，來彌補訊息成本的差異而獲勝。一般而論海耶特（Hayet）對信息經濟學的影響有三，也是台商在大陸經營該注重的要訣述之如下：
一、率先重視信息不完全現象且分析研究其相關法律制度。

二、提出並討論了市場價格體系的信息功能。

三、初步涉及市場秩序與計劃體制的信息結構問題並重視之（謝康，P.23）。

　　1997年以後台商在大陸經營成功者多為大型企業或資訊科技產業，如高清愿的統一食品、陳盛沺的聲寶家電、嚴凱泰的東南汽車及王文洋的宏仁半導體等；另如紡織、機械等等之傳統產業、企業在大陸已接近完全開放的市場，因信息不對稱而有利於當地企業，若台商握有專利技術或有特殊經驗等無體智財者，可因大陸廠商對技術尚缺乏或其普及化的程度極低而有利於台商競爭；又高科技的IT產業的大陸市場規則與產品規格，若多能由台商主導則其信息成本更低，將可助台商易於勝出當地企業。

　　故筆者認為台商之失敗者多為「人留台灣」較長時間，以致虛耗過大的制度成本、交易成本、信息成本有關；尤其信息成本就算是企業主「人留大陸」，若非能專心本業、建立網絡與人脈者，則其所經營事業仍需耗費相當的交易成本與信息成本。在信息不對稱之情況下很難與當地企業競爭，特別絕大部分知名的大陸民營企業皆有官股成分，故而台商須戒慎於「人脈再好也好不過民企」，只能在完全自由競爭的行業中才有公平競爭之可能，若是台商能獨占訊息或取得主導權的行業才易獲得利潤：如昔日的IT產業與有濃厚台省風味的服務業。

　　因此現存的大陸市場狀態使得外資企業進入「卡位」也難求得獲利，除非大型跨國企業憑恃其優勢，才有機會勝過台商的獲利，幸好大陸市場正走向信息開放、交易自由之際，相關法規也漸趨完備，市場經濟的文化層次從器物層次已進入制度層次，相信將可快速進入最高層次之思想層次的現代化。台商傳統產業與資訊產業中較有勝算者，掌握先機、運用文化優勢進入大陸市場，再等待機遇而向其它產業擴張，一則壯大台灣經貿實力二則可鞏固大中華經濟圈，以待來日與其它國籍的跨國企業的「商戰」而能勝出。

3.3.2.3 台商的創新與知識產權

　　大陸近20年不斷拓寬知識產權的審判領域以行其實際保護產權，即始自2001年10月1日開始實施「積體電路布圖設計保護條例」，入世後2003~2007年的四年，大陸已核准了第二個100萬專利申請案，使總數達成的成果逾越前15（1989~2003）年的首個100萬專利申請案。成長速率代表其受官方政策之重視，成長量代表的是民間重視之程度，如今各國外商均十分重視大陸此一新興產權市場，台商似乎陷入OEM/ODM的迷思與依賴之中，政府預算忽略去投入資金於研發，竟不知借著OPM（Original Property Manufacture）原始產權來鼓勵

製造與創新競爭，故今後更須加強在知識與技術的研發創新，而不是以「發明」多來自我陶醉，應使「發明」能轉化為生活用品的量產制程，即是以創新來帶動、來實現台灣經濟可持續的繁榮。

西南地區與西北地區則應依據發展經濟學的理論，若與東部沿海之經濟加以比較時，須以「二元結構」的觀點來對待之，是以認同西部地區皆為「低開發中」的經濟型態，又一個機遇提供台商運用其企業家精神、創新精神與社會責任心來西部投資與開發，進而推動大中華經濟圈的經濟起飛，也可維持其企業之永續經營。故云：知識是信息的系統性組合；人類借著對自然、社會、對人類自身的認識而累積知識。自從聯合國OECD於1996年宣布人類進入知識經濟以來，現代知識的發展則更明確的具有下列基本特徵：

一、知識爆炸與信息密集

二、知識的高度分化與高度綜合

三、知識的產業化與社會化

四、創新已成知識發展的基本特徵

其首要表現是：「科技新知」已成為人類的創造、發明與技術之源頭；其次新的社會理論可為創新提供智力支持與精神動力，因保護智慧產權能更激發人的智慧與潛力，使知識與產品的生命周期益形縮短而使得競爭更驅於激烈。因此可知社會資本足以催化知識發揮其最大效益，故而成為知識經濟的關鍵因素。

知識經濟時代的社會須是學習型社會，即是一個能鼓勵創新、終身學習、保護知識產權的社會，企業家就成為轉化知識成為技術再投入生產而改善社會與人類生活的關鍵者。西進大陸的台商對台灣而言也扮演著此一角色，將台灣產學合作的研究成果轉化為生產技術，再將非核心部分的技術引導到較低成本產制中心的大陸，所以成功的西進台商必須具有創新精神與危機預識而努力經營未來與克服風險；因此台商如今西進時必須具備與時俱進的終身學習精神或充分的專業能力，不是只憑拼搏精神而已，台商企業家不只是經營者、廠長，更須是創業投資者。

台商西進較其它國籍商人多出同文同種之優勢，然而與當地民企相較就缺乏人際網絡且又信息不對稱，因而相對處於劣勢；其所依恃者乃政策優惠與先行者優勢，可藉FDI之利「逐水草」而尋覓區域來投資，以「工業輪耕」來完成「區域推移」與大陸的「國土規劃」。對於現階段的知識經濟即以知識為關鍵要素而進行生產者，若其經濟活動主要是從事資料、資訊、知識與智慧的生產與消費，和以往農業或工業時代以有形要素為主的經濟活動，是大有不同者，即

土地、金錢、物料、機器等已被無形資產的創新能力、創業精神、企業文化、創意與經營理念等，即有關於 to know when、to know if 的知識，以及無體智財所取代其在生產中的關鍵地位。

為數不少的傑出大陸台商發揮其知識，運用其隱性知識（tacit knowledge），專注於know how的風險投資、購併、創投方面，早已發揮自己的優勢來「利己善群」，也不時提醒、支持業界要儘快付之實際行動，讓華人企業走向自創品牌與創新研發的坦途，凡此台商皆足為大陸民企之表率。台商在大陸面對民企力求爭奪其內銷市場時，總是處於信息不對稱的劣勢一方，正如消費者在信息不對稱的市場中時，其消費行為的準則便以低價作為其抉擇之依據；在生產廠商角度的台商，易形成優質產品難免被淘汰或隨波逐流之下場，最終導致市場因信息不對稱而使競爭走向惡質化的終局。

台商必須積極投入於創新研發與商品差異化，至少可以運用文化創意來避開此一困境，否則台商於WTO國民待遇普及後，依賴大陸優惠政策也僅能停滯於代工之薄利，將如何與當地的民營企業與跨國企業來進行競爭以求持續經營榮景呢？一個沒有競爭對手的品牌雖可鞏固其利潤，卻須能保證產品的持續優質才可生存，台商的生存亦同，但也會有形成壟斷市場損傷消費者福利之弊；台商在商言商必須全力維護其「先行者」優勢的形象，故應致力於研發創新，來形成市場區隔或具有更高附加價值的商品，以求在「逐鹿中原」的賽局中維持獲利的最佳抉擇及其優勢。

全球化的商貿競爭格局是瞬息萬變的，成功的CEO不能停滯而要敏銳的研判市場趨勢，已西進的台商也需有充分的危機預識來應付各種可能之變局，更須活用「藍海戰略」與積極主動的創新，才能持續的發展與繁榮。其企業尤須在研發創新須加大投資，努力爭取知識產權更是企業發展的必然選項，台商於信息不對稱的市場中，須借力於它的擴張效應是最佳示範，例如借助於山東海爾般的品牌形象及人脈來結盟；故台商企業應如聲寶家電般與海爾合作而不是與之競爭，應致力於產品內銷通路的布建，以及努力於抓緊消費市場的文化脈動，即已居FDI的優勢中，更須用心於企業文化與當地文化的融合；尤其交易次數的重複會不斷得到內部的或外部的、正或負的效應之增強、優化，進而形成「日新又新」的市場評價來決定企業的存亡興衰。這也是台商企業該隨時自我惕勵的重點，若不發揮「藍海戰略」以區隔市場與差異化商品，來提高產品之附加價值以持續榮景，否則便無法保有優勢而企業也終將出局。

台商的交易成本為求能控制品質或提升競爭力，其交易對象就必須限於自

身網絡中能充分互信者才有利可圖，雖易引發大陸人民與民企間的不諒解卻也是無奈的選擇；更因信息之不對稱的影響，在目前兩岸在互信的環境或制度上沒有更佳的改善以前，除非像宏碁、華碩、統一等極大型台商，以及耕耘多年早期進入市場已然融入當地如頂新「康師父」、深圳「徐福記」糖果廠等，其餘台商企業與其進入內銷大陸，還不如留在台商網絡的產業集群中，從事「鴻海模式」的外銷爭匯的經營型態較能適應也較為安全。因而台商CEO對其企業本質必須能做好「認識自我」，以妥善運用企業的優勢、核心能力來決定自身未來的走向，至於政府則多方支持以增強其對台灣的「認同感」。

台灣近幾年在網際網路與資訊科技的快速發展，突顯了兩岸的台商企業必須面對創新的加速化，以及提高知識的附加價值等，皆已成為政府服務台商的首要課題；大陸台商西進後雖可延續商品與企業的生命，但是各國企業進入後經台商的催趕，以及大陸民營企業的迎頭趕上壓力，都讓台商必須快速地學習創新、變革，以利其建立企業的長期競爭優勢。於大陸全面實施「國民待遇」之前，否則代工生產模式的薄利趨勢，終將促使台商「跨文化」赴印度、越南、俄羅斯等地經營，屆時反因利潤更低而蹉跎時機，進而後悔今日未能及時創新、升級。

3.4 《大亞洲主義》FDI 的時代意義

近兩千年的中國歷史由儒家思想所主導，形成「施文德以來之」「既來之則安之」的包容性社會文化，以及作為政治、經濟雙核心的「仁民愛物」與「四海之內皆兄弟」價值體系，加以「德被四海」與「華夏則華夏之」的行動綱領，富庶的中國即長期成為東部亞洲的政治與經濟之極化效應源頭，濟弱扶傾的史實使東南亞、東北亞對中國有歷史性「協合共生」的期待，形成區域間的文化、經濟之極化效應，以及擴散效應與回流效應也隨之蓬勃發展，使儒家文化能借著明、清兩代儒商之手，構成今之EAFTA「東協+3」比「APEC的FTA」更受到亞洲人民的期待，即因華夏文明所涵化的區域較能「各民族一律平等」的區域整合之故。

3.4.1 「亞洲崛起」的障礙與前景

3.4.1.1 亞洲金融風暴與大亞洲主義之困

1924年為了「和平、奮鬥、救中國」，國父 孫中山先生中止已攻克九江的北伐，也為了參與「聯合政府」實現將各省軍閥割據後已分裂的各區域加以整

合，力圖中國的統一、擺脫列強的操弄，從上海特繞道日本抵達天津，卻能在1924年11月船經神戶時，登岸以「大亞洲主義」為題給人類留下他在世的最後一場講演，之後更歷經百餘日與病魔纏鬥而不幸病逝于北京。他高瞻遠矚的在這場演講中，呼籲日本以亞洲的「王道文化」精神，協助各國擺脫列強，莫做「西方霸道的鷹犬」，然而世人迄今似乎仍未領悟其真理！

反觀「九七亞洲金融風暴」之前，1996年全年流入東南亞的外資有九百三十億美元，1997年流出的一千零五十億美元，西方于幣值暴跌中仍匆忙帶走15%的增益、獲利，如索羅斯的量子基金會等國際炒匯者均無視所留下的滿目瘡痍；歐美的先進國家反而強加其遊戲規則，透過「國際貨幣基金會IMF」（International Monetary Foundation）而介入韓國、泰國與印度尼西亞等國，影響其財金政策後卻以遜于馬來西亞的績效，當然除了馬國自力更生之外，週邊各國的努力，如新加坡的力挺與人民幣不貶值的「義舉」，協和共榮、濟弱扶傾的儒家文化也功不可沒，再度引起世人對IMF的角色與功能的質疑，至少西方霸道的形象是很清晰的（姚梅鎮，2000，P.627）。

1895年的美西戰爭中，美國得英國之助以眾擊寡在古巴海域打敗西班牙而取得菲律賓的殖民權，也偽善的于1900年發表對中國的「門戶開放政策」以分享其最大的國家利益，當時有位參議員蘇仁（Sulzer）在國會發言說：杜威將軍的軍艦在馬尼拉灣對太平洋兩岸發出新訊號，它將震動全世界，那就是我們已屹立在太平洋上（李偉成，1986），將永遠留在那兒保護與增進我們的利益，分享我們在富裕的遠東之商務與貿易。美國的兩位布什總統分別于1991年與2003年出兵伊拉克，百年內從消極閉關轉為積極主動的行動來爭取其國家利益，為實現其「世界警察」的地位，也不惜破壞他國主權的霸道行為，其實是要捍衛其國家利益；然而1947年杜魯門總統在國會說：美國外交政策主要目標之一就是要造成一種局勢，讓我們與其它國家都能夠過一種免于威脅的生活。如今與「杜魯門主義」相左的作為，更落實其「世界警察」的自詡，即如1827年的「門羅主義」一般，只是其「用後即丟」的策謀而已。

1996年杭廷頓延續美國一貫的思維發表「文明的衝突與世界秩序的重建」，著作中強力捍衛其「核心文化」與憂心亞洲文明的威脅，也因2001年賓拉丹挾持聯合航空93班機，發動911攻擊世貿大樓而名噪歐美，除了使杭氏的文明衝突論因而洛陽紙貴，也使杭廷頓「西亞威脅論」聲勢就壓過了「中國威脅論」；然而杭廷頓2003年的著作「我們是誰？」更直接針對美籍拉丁裔的國民，責其正在破壞美國以基督（宗）教及其倫理、歐洲藝術、英文、自由平等理念、制衡

的代議政治與私有財產權等之核心文化，認為多元文化主義實際上是反西方思想與反歐洲文明，因為會有害于美國利益故于著作中「勇敢的」以代表者自居，尖銳的申述其論點對歐美國家提出警示（林博文，中國時報，2004.1.13，A10版）。

美式的文化入侵迥異於「大亞洲主義」，然其實際的干擾他國也存在已久，加拿大早已警覺而自救；事實上「文化霸權」是人類進化的攔水壩，當水位拉高後逾越壩頂流出的水因位能高，使其動能更高而隱含的破壞力也就更大了，除了會阻礙鮭魚逆游產卵繁殖等自然進化，也會改變區域生態與下游人群的生活。所以仍應提倡儒家的「萬邦協和」及「逝者如斯」的自然演化和與時俱進的思想、價值觀，再以疏導代替圍堵，實行平等溝通是尊重多元的王道文化；「大亞洲主義」更提醒亞洲各國要「莊敬自強」，並願與週邊各國進行區域合作、整合，絕非「定于一尊」的西方霸權文化。

中國二千年的外交政策即「經貿－文化」的溢出效應，皆由儒家的道德觀主導之，在大唐盛世萬邦來朝之後形成了濟弱扶傾與協和萬邦的思想體系，就以道德文化為支撐力量維持其天朝體制至1840年的鴉片戰爭就一敗塗地了；然而中華民族立國五千年因文化之力，渡過不少險阻且能屹立不倒，正如美國學者克魯伯所說：例如羅馬曾經興起而後滅亡卻未能再起，相反的中國顯現擴張與退縮的交互循環（李偉成，1986）。中國能夠自助助人的「續絕存亡」即有賴于特有的道德文化，當弱小受欺凌之際，即提倡「有道德始成國家」；當國家富強而外溢的濟弱扶傾時，則自勉以「有道德始成國家」。即誠如 國父 孫中山先生所說：中國有一個道統——堯、舜、禹、湯、文、武、周公、孔子相繼不絕。這句話便呈現出儒家思想與文化的核心，雖曾亡于蒙古與滿清的武力卻因文化而復興，更藉此而茁壯成長與傳承下來以迄于今。

儒家文化與西方文化的首度衝突是發生于鴉片戰爭之前與之後，清廷十分徹底的敗于西方的霸道，甚至其最自傲的文化與精神文明皆棄而不用，也失去了自信與自尊。唯有清廷統治時期台省因受其「冷凍」政策之對待與處理，得因閒置而未受波及；即至少從鴉片戰爭起至甲午戰敗止，待1895年割讓台灣予日本時，反而因「黃河百害唯富一套」的僥倖，能保有對傳統文化的自信與自傲，更借著日本也重視儒家思想與教育而保有一分清新之氣。從1945年發展到如今，能「禮失求諸野」的將儒家文化弘揚于台商西進的歷程；亦即在殖民政策中較好的保存著台灣的儒家文化與儒商文化，也承接部分日本吸收的歐美文明之菁華。至少在台灣島上前有鄭成功趕走荷蘭人，後有劉銘傳1885年擊退進攻基

隆的法國艦隊，成就了自西艦東航後中國對外戰爭中罕見的勝利，進而培養出台灣人民些許的志氣與拼勁；台商因此更多些儒家文化與所附生的自尊自信，才會勇于西進賺錢與推動大陸的「工業輪耕」，進而能夠傳播儒商文化于全球。

　　鄧小平先生曾對世局以「東、西、南、北」賅要而論之，南北關係是剝削關係，是資源的巧取豪奪；我國也只能以 國父 孫中山先生所說的「商戰」來反敗為勝，目前西方主導的遊戲規則中明顯看到企業家治國，甚至破壞主權如IMF操控債務累累的南方窮國；而依據世界銀行公布資料顯示：1990至1997年貧窮的南方一共支付七百七十億美元的債務本息給北方的富國們，而且其中有兩年曾特予緩付否則總數更高（王柏鴻，2002）。

　　當前「2009金融海嘯」使世界之財富銳減，然而國際間國之貧富不均則更為惡化，因此今日的急務是：須先解決國與國間過大的貧富落差，拉平世人中的貧富懸殊的問題。全球化、資訊化、知識化是影響企業未來發展的三大驅勢，其變遷快速、衝擊力強、無所不在皆是我們需妥為因應的，西方掌控規範、制度、科技等優勢，在競爭中是居于生存法則的有利方，將會不斷擠壓亞洲地區或華夏文明體系，只因為亞洲是其競爭、比賽中的威脅者。當然危機中也會有轉機蘊含其中的，特謹說明也有利於亞洲各國之發展權益者有三點如下：

一、資訊化打破訊息封建主義：傳統的企業倫理、核心能力、企業組織、產銷型態等皆有被顛覆、重新改寫的可能；因社會是完全開放社會。

二、全球化打破傳統國界的絕對主權觀：以全球分工、資源配置、比較利益等來進行供籌規劃，區域整合將會盛行而國家的功能將有所調整；主權將淡化。

三、知識化打破三大生產要素的價值觀：知識取代傳統經濟生產的土地、資金、機器占居關鍵地位，多元優勢、策略聯盟、核心利基、專業掛帥、快速變遷與區隔產銷的趨向，也將因知識與信息網絡而成企業管理與公司經營的主流。

　　21世紀與20世紀之交問世的知識經濟時代，是指一國因其經濟產值中逾半是來自于知識產業，故其須對知識產業與人才政策採取領先的策略。亞洲華夏文明中諸多的隱性知識與文化資產，已受到歐美國家的侵奪，兩岸若能分工合作于知識經濟時代中，則最能創新機運與組織再造而重振華夏文明。台商文化中因「生于憂患」而培養出較強的應變能力，以及刻苦耐勞與精準溝通的能力使儒商的特質在大陸廣受注目，須能強化危機意識及「與時俱進」的精神方可轉危為安。今日唯有善用文化創意與技術創新，以免陷于OEM/ODM代工陷阱中失去創新能力，台商須先建立企業的核心競爭力來求生存，進而以差異化產

品建立企業形象與市場口碑，才是圖強與可久可大之道。

儒家思想也有強調危機意識捍衛文化的言論，正如孔夫子所言：「微管仲，吾其披髮左衽矣！」、「亂邦不入，危邦不居」、「多難興邦」，以及孟子的「內無法家柛士者國恒亡」、「孤臣孽子之心」（《四書》，國立編譯館，1969）等。這些都經 國父 孫中山思想在台灣過去的學校教育中，透過課程轉化于台商行為之中，如今會更有利于台商的西進投資于大陸，儒商回流于大陸進而宏揚于亞洲，在華夏文明的「破」與「立」之中，成就現代版「大亞洲主義」的繁榮。

3.4.1.2 國際金融組織及其行為對亞洲的啟示

在第二次世界大戰之後，西方國家飽受稍早的「經濟大恐慌與戰爭的摧殘」，在1944年7月由英美法等國主導下，四十四國代表來到美國東岸新英格蘭的森林小鎮Breton為國際貨幣制度而開會，企圖為全球建立穩定發展的經濟體系，會議中通過了國際貨幣基金會IMF與世界銀行IBRD成立文件，所謂「布雷頓森林體系」（Breton forest System）于焉誕生展開各國匯率固定的年代。原在二戰結束前各同盟國就醞釀成立三個國際經濟組織：國際貨幣基金會、世界銀行與國際關稅及貿易組織GATT，延至1947年10月成立的GATT與世界銀行屬于聯合國體系，為聯合國憲章第57條和第63條所規定的聯合國專門性國際組織，GATT是一多邊貿易協定，1947年成立于日內瓦的GATT于2000年轉型為世界貿易組織WTO（周健，1980，P.38）。

國家疆界在經濟上構成貿易和生產要素流動的障礙，去除或減弱此一障礙便成區域或全球性國際經濟組織的起因；國際經濟組織主要又可分成兩類，一是以合作為基礎的，另一類以一體化為基礎。合作類的組織各國皆有參與例如西歐各國為主體的聯合國「經濟合作與發展組織」（OECD），東歐華沙公約國的「經濟互助委員會（EEC）」，與同屬于第三世界的東南亞國家聯盟（EANU）及石油輸出國家組織（OPEC）等等。一體化的國際組織如歐洲經濟共同體（UEC）、西非國家經濟共同體（AEC）等，係以自由貿易區、關稅聯盟與共同市場的形式而組成的單一體。其區別在于是否須轉移忠誠給新的政府、組織，而放棄舊的效忠對象，而以不再忠誠于原國家為認同對象、終點，即以新的單位、政治體為其終極統一時的效忠對象。

像IMF乃合作式的國際經濟組織絕對是建立于「一國一票」的主權平等的原則上，然IMF首開先例採取加權票制度，入會時各國就依該國在世界經濟中的相對地位分到配額，例如美國依IMF的會計單位的「特別提款權」（Special

Drawing Rights SDRs），可配到二百七十億單位而擁有最大的影響力，在表決時擁有同樣投票權及可動用同樣外匯應付金融危機等。（姚梅鎮，2000，P.625）因此IMF的決策機制也打破了國際經濟組織以2/3以上會員國通過的決策原則，進而IMF的組織規範所產生對會員的約束力也名存實亡了，因為大國可以「造反有理」。美國自以為是造成諸多「自肥」自利的決策，如今「2008金融海嘯」即來自其「延伸性金融商品」、「二次房貸」等過度擴張之妄為，卻以「拯救全球金融」來稀釋其「自食惡果」之程度，「97金融危機」卻由亞洲各國承受而由IMF高姿態的伸出援手；西方國家在2009「金融危機」之後，仍然不公平的把持在IMF中絕對性的表決權，強烈的捍衛其既得利益。

　　以「就業、貨幣、利息與一般原理」為代表作的凱恩斯（James M. Keynes），極力主張成立「國際清算同盟」（International Clearing Union ICU）于1950年代，它可自動無條件貸款給碰到收支赤字的會員國來維持全球經濟的穩定成長及平衡世界貿易，美國代表基於私利反對；甚至要求各國嚴控資金跨國流動以免經貿的不穩定與不平等的建議也遭美國財政部長的提案所取代，ICU消失令第三世界各國的債務如滾雪球般成長（王柏鴻，2002，P.36）。工業大國乃脅之以債務而迫南方諸國掏空資源而成就歐美主導世局的霸業，2008的「金融海嘯」是在西方擅用延生性金融商品的惡性膨脹中爆發，更以鄰為壑的歸咎於開發中國家，反以自利自保行為陷落後地區於經濟衰退之困。

　　在1950年代，一個第三世界國家如果需要外來的信用貸款，它只能接受IMF的條件，因為若無IMF默許其它私營銀行是不敢接觸的；「坐在天然資源上」的土著得忍受經濟萎縮等待外資任意的開發。1946年3月多國簽署的關於建立國際貿易組織的「哈瓦那憲章」（Havana Charter），在美國國會中未經辯論便遭拒絕批准，從歷史觀點來看此國際貿易組織ITO（International Trade Organization）會胎死腹中並不奇怪；兩大集團的首腦美蘇兩國從戰爭中所產獲利益，豈願受制于此類小國合作所制定的「憲章」（鈕先鍾，1981，P.130）。因此調整「布雷頓森林會議」的協議而且更名之，於是1947年在日內瓦成立了GATT，顯出了「大國說的才算數」的心態。

　　1960與1970年代之交，政治與經濟環境使美國對國際經濟關係所設的規律受到腐蝕；多年的越戰惡化了美國的經濟與財政，在1968年爆發全球黃金危機的影響下，美國尼克松總統宣布實行新經濟政策；自1971年8月暫停各國以美元依官價兌領黃金，即美國不再承擔1944年簽署的「基金協定」，即片面拒絕維持美金同黃金固定比價的國際義務。此一國際貨幣金融領域內的「尼克松地震」，

震垮了布雷頓森林體系，迫之重訂「基金協定」于1976年1月所召開的臨時委員會，協議修訂完成自1978年4月生效的「牙買加制度」，其主要內容有：⑴確認各國不再承擔維持本國貨幣與美元間固定匯率的義務。⑵確定黃金非貨幣而廢除了「黃金官價條款」。⑶確定了「特別提款權」的地位，它可取代黃金或美元用于成員國與IMF基金組織間的某些支付（姚梅鎮，P.626）。

1985年的廣場協定，使日元、台幣等幣值升值又一陣震盪，減緩亞洲的經濟成長速度，台商因而大量西進尋求企業的生機。IMF的「基金協定」歷經四次修訂均朝著有利于工業大國的方向調整，遭受不利影響的開發中國家或低開發國家乃陷于債臺高築的困境；其中開發中國家積欠的外債已逾二兆美元，持續增加中的外債大多來自利息負擔，平均每人負債四百美元，其中每位成人每天收入低于一美元者，如塞內加爾等非洲國家的（聯合報，2003.6，12版）民生狀況就顯得十分艱苦了。

國父 孫中山先生曾說中國在亞洲強大了數千年都不曾建立殖民地去滅人國家，西方霸道東來數十年卻發動醜陋的鴉片戰爭等侵略戰爭，「以鄰為壑」更非儒家「厚往薄來」傳統的行為。西方在行為上如今則厚顏的以科技優勢大行其全球化以圖其永續獨占；王道的中國在落後的亞洲不走獨強行徑卻在濟弱扶傾，仍堅持採取國際的經濟合作，頂多是半強制半懷柔的「朝貢」式經貿交流。依循傳統儒家思想的「遠人不服則修文德以來之，既來之則安之」與「華夏則華夏之，夷狄則夷狄之」觀點，皆以文化融合觀對待周邊國家，如明朝鄭和下西洋不以武力強制與掠奪即其明證。

3.4.2 當代的全球化與國際經金合作

3.4.2.1 國際貨幣基金會 IMF 與區域經濟合作

非洲國家塞內加爾接受IMF（International Money Foundation）的金經計劃二十年後，仍在「生產死亡率、失業率與童工皆增加」之中，「教育品質與健保品質」低落，居住狀況惡化、糧食安全保障降低；窮人或窮國為求生存而出賣或破壞天然資源，令備受尊崇的國際環保團體「地球之友」發布了「IMF出賣環境」的研究報告。哈佛大學經濟學家傑佛瑞·薩克斯曾任IMF顧問並主持在俄羅斯經濟復蘇的「震撼療法」，于1998年見識到亞洲、南美、俄羅斯的金融混戰後，他開始質疑自由市場超越一切的信念，尤其質疑IMF的角色而批評為「診斷差勁、處方差勁、計劃失敗」。（王柏鴻，2002）

　　「哈瓦那憲章」的ITO含有對國際反托辣斯行動的溫和建議,但因全球迄今仍彌漫著放任主義與自由市場至上的思想而不被重視,因指責性建議會得罪西方各國而隱忍不發,以致忽略了亞當・斯密所強調的兩方間貿易必須在買賣雙方獲利受益的基礎之上。所以更惡化了貧國與富國間的財富差距,其實1776年亞氏于「國富論」中曾述及:「美洲的發現及經由好望角到東印度群島航線的開闢,是人類歷史紀錄中的兩件大事。它們的後果非常巨大,但其後的短短兩三百年內還是看不到其全部,這些偉大事件對人類究竟是福是禍,似乎不是人類的智慧可以預知的。」繼踵資本主義之父,且極力提倡總體經濟的凱恩斯曾說:「如果放任不管,自由市場實際上反而會創造失業……利潤來自壓抑工資及以科技取代人力所節省的成本……即使政府必須舉債去重新推動經濟,必可提振需求刺激經濟而扭轉其衰退。」(鈕先鍾,1978,P.91~93)

　　然而有利于窮國的無條件貸款之「國際清算同盟」卻無緣形成,大國鞏固既得利益的心態十分明顯,置窮國人民于饑餓與死亡實難避其嫌。現任聯合國貿易發展會議秘書長魯木・李古博羅就坦率批評WTO這多邊貿易制度說:「全球貿易規則極不平等,而且對開發中國家極為不利……為什麼已開發國家可以得到幾十年時間「調整」本國經濟,因應從第三世界進口的農產品和紡織品,窮國卻受到壓力必須立刻開放市場?」(王柏鴻,2002,P.40)

　　「什麼是經濟全球化?」IMF在1997年5月的一篇報告中說:全球化是指跨國商品或服務、交易,以及其國際資本流動規模和形式的增加,致使技術的廣泛迅速傳播使世界各國經濟合作與相互依賴性增強。亦即「一體化」,其上游乃因為知識經濟的資訊社會、網絡正在成形,下游的結果就是各國加入WTO後首先完成經濟的全球化,中間過程便是「一體化」。2005年大陸要求在世界銀行與IMF中的表決權或發言權須調整,以符合各國經濟實況及其對世界經濟的貢獻程度(經濟日報,2005.4.18,5版),因此IT科技與網絡信息革命而成為經濟競爭、文明衝突的平臺,在人類尚未能實現真平等之前,還是要依自然力為主的進化來演進為佳,不要以人為力去主導、來推動人類的演化,當然是為了避免一些自以為是的凡人扮演上帝的常見錯誤,這才是全人類的福祉。近半世紀美國意圖扮演全球金經的龍頭,卻惹出「金融海嘯拖人下海」,更即證明來自儒家文的「大亞洲主義」更值得我人珍惜,也該思考「清平致富」來取代「自由放任」的經濟生活。

　　根據聯合國的經濟合作與發展組織(Organization of Economic Co-operation and Development, OECD),1996年發表的「以知識為基礎的經濟」中報告:知

識經濟，是指建立在知識與信息的生產、分配和使用之上的經濟活動。知識是科學知識、管理和行為科學的知識，知識經濟與農業經濟、工業經濟是相對應的概念（李京文，2000，P.60），故又被稱為「新經濟」。華夏經貿圈的東亞洲宜藉此契機在2010年中「扭轉乾坤」，藉由亞洲文明的區域整合，使21世紀成為「亞洲的世紀」。

即使2000年4月美國總統克林頓在「提振新經濟」的白宮內閣會議中，要求解決美國的「數字鴻溝」時，許多人給他負面訊息如「當我們解決鴻溝問題時，必須先想到全球60億人口中，有30億每天生活在2美元以下，有12億人每天生活在1美元以下……這個世界的許多部分仍沒有計算機，也肯定不及1%的教師把計算機用于教學目的。」（鄭繁元譯，2001，P.284），窮國與富國之間的鴻溝即便是克林頓也難以真正理解，美國100%知識工人的時代，即人人皆有機會可讀大學的時代「鴻溝」還是這麼深與寬？一國之內與國際之間「M型社會」的貧富懸殊正在深化中。

當前人類正處于一個以西方為主導又忽視平等的經濟全球化之中，雖然西方國家因此而不當獲利，它的特質是：(1)基礎──以科技為先導的，(2)目的──以跨國公司獲利為驅動力的，(3)手段──以金融國際化為中心的資本流通，(4)原則──以市場機制為競爭的基礎。所以在許多受害者的窮國與小國反對聲浪下，西方大國仍一意孤行只為符合其國家利益與獨占全球經貿，在既有優勢下努力維持其獨占性的全球化，儒家的「萬邦協和」以文化-經濟先行是值得嘗試的。

1992年《馬斯垂克條約》促成歐元于2002年統一了歐洲，歐洲經濟的整合成功鼓舞了全球化的進程，雖然2005年歐洲政治的整合遭到阻礙而稍挫，然而經濟的全球化仍在西方大國的遊戲規則下推動，其特徵是：(1)國際貿易是「第三只手」推動經濟全球化，(2)跨國公司將恃其優勢與資金來兼並各國經濟命脈，實行新版的帝國主義行徑，(3)新科技影響更加增強並以此發展為控制人群生活與思想的手段，(4)新的價值觀與思維方式，以文化一元方式進行全球化（葉啟績，2005，P.52~62）已正在形成中。

現實世界是雜亂無章的經濟全球化之下的資本主義經濟體系，它獲得大銀行家與跨國企業的熱心支持，他們鼓勵解除限制加速民營化和市場自由化。蘇聯解體、非洲陷入窮困、亞洲和南美的自由市場空前繁榮，資本主義似乎已勝券在握了，債務壓在這些國家與人民身上，顯然致使這些政府更無力照顧人民，但投資的金主仍然無聲無息的正在巧取豪奪，窮國政府根本別想從他們身

上抽一分的稅。國與國間和人與人間的貧富差距日益擴大，然而工業大國明白「托賓稅」是很容易徵收的，因為知識經濟的資訊網路每筆資金進出均難逃法眼，西方各國的放縱，使「亞、非、拉」地區各國的「稅收缺口」與「資金缺口」日形擴大，但是行俠仗義的大國何時扮演羅賓漢來劫富濟貧呢？然而歷史是會重演，等人民忍無可忍起來革命如同殖民地的民族革命，人類就那麼的虛耗與空轉而不願去兼善天下嗎？

西方的現代化理論與發展中國家的需求是不一致且有衝突的，如今的全球化強國與弱國小國有著極大的落差與不公平，即國際間M型化的社會。因此民族文化仍須靠民族思想來自救，故先要做好民族文化的薪傳與教育，在全球平等化實現以前，要努力以建立主權意識、國家安全意識、開放（不排他及唯我獨尊）意識、人類關懷意識等，作為現階段教育任務之重心，唯有如此尊重多元文化與認同的全球化才易成功；即須辦好教育先求自救才可能已立立人與己達達人，須先實現各國際性區域之整合，漸進的實現平等的全球化。東莞與上海的台商子弟學校其艱辛成立是為了傳承台商文化，在近程中台商文化就凝聚成一面鏡子以利於大陸台商的自省與改進，並借力使力的提升自身足以「宏揚」民族文化的能力，注入新血輪應是兩岸每位中國人，在生活氛圍中成為「扭轉乾坤」所能貢獻的力量。

3.4.2.2 亞洲 FDI 區域整合與王道互助

1978年的諾貝爾經濟學獎得主James Tobin建議：所有主要國家對外匯交易開徵一種世界性的稅，稅率很低（不到0.5%），以便「稍微延滯」投機炒作外匯。亦即從事外匯投機交易時「匯率差」必須大于0.5%才有利可圖，因而可以協助穩定匯率，減少投機炒作而又不會妨礙商品和服務貿易或長期投資（王柏鴻，2002）。西方各國為其既得利益而杯葛之，迄今仍然如是：如巴菲特、索羅斯等以其炒匯基金，利用此制度性特權來為歐美各國聚斂財富，也更惡化了國家間貧富懸殊的全球性M型社會。

再以「泰銖風暴」為例，自1997年7月迄1998年3月的「亞洲金融風暴」，亞洲的「小龍與小虎」受到經濟上強烈且直接的傷害，韓、新兩國皆難幸免；而新加坡因金融體系健全與產業層級較高之故損失較少；兩岸因為金融開放度稍微嚴格而受損較輕微，港幣則因人民幣的支持才倖免。東亞國家許多企業紛紛關門，隨著破產的增加千萬的工人遭到裁員，最窮的印度尼西亞有20%人口，即四千萬人被打入貧民，甚者經濟衰退後還引發了一連串社會動亂，以及馬來

亞、印尼、泰國的政潮。

亞洲金融風暴對于經濟全球化的「美景」是一個嚴重的打擊,在俄羅斯與巴西的經濟也受到波及而衰退後,1999年12月西雅圖及2000年在布拉格之春初,兩者均為人民自發的、出現大規模的「反全球化經濟」的示威游行,更別忘了另有30億人每天生活在2美元以下的人們根本無力抗議呢!東歐瓦解後「第二世界」消失了,所以第三世界沒有存在的空間,因此便擴大門面稱之為「南方」了,相對的「既得利益者」便稱為北方了。鄧小平為突顯東、西方意識型態之對峙,曾以「東、西、南、北」來描述世界局勢便是據此架構而論,相信在未來更能充分驗證世局,我人必須深思與正視它以求及早的預防,以免更多後續的「金融海嘯」接踵而至。

兩岸借助外資而經濟快速成長,也因受「亞洲金融風暴」牽連較輕,除因對外資的管制仍保留外,又因外匯存底1997排名全球二、三名,合計約四千億美元也是主因之一(大陸2009年已逾兩兆居首位);「金融風暴」在1998的下半年更跨洋到南美洲,骨牌效應幾乎令巴西陷入經濟衰退,俄羅斯的經濟也從成長轉為衰退;刺激各國菁英開始思考全球的金融制度與全球化的健全度到底如何了。中國特色社會主義制度維繫住大陸的安定,不致在「蘇東波效應」中,于1990之前崩潰,大陸是先因受惠于毛澤東所倡導的「人民民主專政」,它是因中國特色而有彈性的優于蘇聯體制:僵化的「一黨參政–共黨專政」。而渡過天安門事件與東歐崩解危局之後,再則因鄧小平富有彈性的「改革開放」之中國式社會主義,藉著「菜籃子經濟」的現代化建設,來維持經濟成長社會穩定,若中國人民得以在兩岸合作團結下,能於未來渡過「文明的衝突」,這都是受惠于中國傳統文化;以儒家為主的傳統文化所塑造的中國特色社會主義制度,及儒家文化的「因革損益」彈性務實所形成之柔性與包容性,將會有利于未來柔性專業化的新產業區于東亞洲之運作與發展。

1998年馬來西亞拒絕IMF援助的主因是條件太苛、受制于人,馬國不只因為強調「亞洲價值」走自己的路,而且它是五大重災國中唯一不接受IMF條件的國家,相對于毗鄰的泰國與印度尼西亞聽命于美國主導的IMF,採取許多異于IMF的措施曾引起部分人的懷疑。尤其1998年美國借著馬哈迪拘押其副總理的「安瓦爾事件」,從政治與經濟兩個角度夾擊馬國;所幸稍早提倡「亞洲精神」的新加坡資政李光耀等人及時化敵為友的支持;不久後的1999年大選中,馬哈迪更獲華裔公民的力挺而連任執政,馬國經濟復甦的成果不僅具有經濟意義,更具有政治意義與外交意義,因為它沒有接受IMF的條件而沒像另四國般被迫打開市

場與賤價出售產業；致使IMF在泰印等國的整套措施引起廣泛質疑，馬國的經濟措施與擴張政策引發金融風暴中一些重災國的仿效，迫使IMF的干涉內政須有分寸且務必全力以赴做出成績，因馬國就像實驗中的「對照組」，令IMF無法如往昔一般將責任歸咎他人，即指責被援助國的社會或文化以及官僚制度貪污案等導致失敗，卻仍可圖利于G7等西方先進國。

　　1989年亞太經合組織建立後，美國企圖藉此控制亞太國家，東南亞國協的成員國中以馬國與新加坡的反抗姿態較高，亞洲金融風暴讓東協的主要成員國成為重災國，各國貨幣急速貶值60%~80%，美國乃借其主導的IMF成功介入；若能扳倒馬哈迪則可將政治課題引入亞太經合機制，更可主導亞太經合組織會員國的政治與安全；馬國副總理安瓦爾則是堅持執行IMF經濟復蘇政策的人，故而遭到了罷黜因而引發了美國「款待」馬哈迪總理的動作。（廖小健，2002，P.224）新加坡吳作棟總理也呼籲如期在吉隆坡舉行亞太經合會而幫助馬國渡過難關，儒家王道文化的熏陶在此亦可見到蜘絲螞跡。倒是美國總統克林頓藉故改派副總統高爾赴會，高爾更放言批評馬哈迪而被譏為「不懂作客之道」的評價，更引起「亞洲價值」或「亞洲精神」的升華，也突顯了「王霸之辨」與「大亞洲主義」之價值。再加上會議中日本承諾的330億美元貸款及大陸承諾人民幣不貶值，更印證了儒家王道文化的「濟弱扶傾」政策的真諦。

　　孫中山先生曾說中國在亞洲強大了數千年都不曾建立殖民地去滅人國家，西方霸道東來數十年卻發動醜陋的鴉片戰爭等侵略行徑；王道的中國在被壓制的亞洲文明中只有國際的經濟合作，仍淪落為「次殖民地」或「邊陲國家」的危境。真正的國際經濟合作並非如西方國家與跨國企業之作法，應是針對國家在生產領域所進行的經濟協作活動，即發生在生產領域內的，以生產要素的國際移動為本質內容的經濟合作關係之特點與規律；故台商需明白此中關鍵並藉力于儒家文化來布局以求亞洲的穩定發展，經由大陸來進入東南亞與經營東協十國的市場，嘗試以農耕技術支援模式教導技術，在以「工業輪耕」來實現區域整合，來佈建全球化的國際性網絡。其所形成跨國企業的網絡本質其主要特徵述之如下列五項：

一、國際經濟合作的主體或對象是國家（地區），包括政府、國際經濟組織和各國的企業與個人。

二、開展國際經濟合作的基本原則是互利與平等。

三、國際經濟合作的範圍主要是生產領域。

四、國際經濟合作的主要內容是不同國家生產要素的最佳組合與配置。

五、國際經濟合作是較長期的經濟協作活動（周健，1980）。

所以迄今為止西方主導的國際經濟活動只見弱肉強食的精緻化而已，世界仍未成熟似有待于公民社會的出現，如今唯有持續的宏揚王道精神與濟弱扶傾，才有實現「托賓稅」的可能，再消除所有的弱肉強食之後才會建立真正平等互利的「全球化」與WTO。因此「東協+3」FTA深受亞洲各國支持而勝過APEC，在亞洲區域整合成功之前，我人均須有充分的心理準備來預防「文明衝突」爆發之可能，盡速完成對我民族傳統文化之重建與發揚，才可有利于多元文化的協和共榮提升現今社會成為民主化、公益化、人性化的公民社會。

3.4.3 兩岸互動整合與亞洲 FTA 區域經貿

3.4.3.1 兩岸的區域整合與文經雙軸之合作

九二南巡時鄧小平先生對大陸「姓資姓社？」的問題，在《南方講話》宣示的是：社會主義市場經濟是其經濟改革的目標。此後外商直接投資FDI進入大陸的外資便顯著增加；中國大陸于2001年11月加入WTO後，引領外資進入的第二次高峰則投向大陸的服務業。大陸目前不僅需要外資投入，更依賴三資企業來獲得科技及管理上的訣竅與尋找全球行銷網路的資訊；此外也因製造能力尚未成熟，故其產品的價值仍屬于低層部分，現在全力發展交通與教育，在《實業計劃》中 國父 孫中山先生也有同樣主張，用之來提升產品的經濟價值，以及生產技術升級拉高經濟進入高層路徑。

大陸為吸引更多外資進入，正大量投資于基礎建設尤其通訊與交通上；其次則致力發展教育，期待能大量培育「物美價廉」的勞工，2009年7月仍力求大陸經濟能持續的「保8%」快速成長。因此大陸仍被預測能繼續吸引全球各地資金涌入，僅2002年便達524億美元、2003年更逾600億美元，但最顯著的外資則來自東南亞區域，且大多數是經由香港進入的僑資，迄今2007年不衰而形成對當地的威脅。所以馬來西亞總理馬哈迪與新加坡資政李光耀皆異口同聲的警示：中國的崛起將對自己國家形成挑戰。因而大陸國務院便自「和平崛起」轉型成為「和平發展」，其一貫的策略仍以面向「東協FTA」來應對之。

大陸為求快速「脫貧」迄今已20年，顯見大陸已是出口導向的工商社會，即採取「兩頭向外」的經濟發展策略，第一頭「外」乃廣納外資企業，以及第二頭的「外」乃外銷，所以大陸的外資企業占據其出口總額的一半，而且比例仍持續攀升。再從投資、貿易的分析來看，發現東亞區域經濟的整合正在形成，

中國大陸首次成為其最大出口市場；另外大陸又于2002年取代了美國成為台灣、南韓的最大出口市場；在SARS之後，2006年日本也以大陸為最大輸入國。

　　區域整合是全球性且又多元目的之國際組織活動，是因經濟上、財政上、政治上目的所進行的與週邊國家間之整合。區域和地區有些不同的，至於領域（territory）則因具有主權性旳領域（territory）更是不同；「地區」（area）與「區域」（region）是泛稱，乃指氣候上、地理上、文化上或歷史上性質相近的空間之聯合。區域則偏多于前兩項特質，故區域主義乃主張地理上同一區域而建基于共同利害關係的國家組織。如東南亞經濟組織EAEO乃區域主義的國際組織，從成員國的區域轉化成國際組織的部分區域，這是其前段過程因為尚未整合為單一的政治體，今之「東協」僅是「亞洲共同體」經濟整合之初始。只是經濟的整合並非是「政治整合」，Ernst Hoes將整合定義之為：「係一種過程，循此許多不同國家，政治成員被說服轉移其忠誠、期望和政治活動至一個新的核心，而該核心之機構擁有或要求獲得先前存在的國家之管轄權。」（吳新興，2001，P.25）故知整合即是「一體化」的過程與活動，統合則多元並舉不必突顯「效忠」作為核析指標，較多的文化與經濟的思維與體制而淡化政治的比重。即「區域整合」至少分成初階的區域經貿整合，以及高階的區域的政治體整合兩類。

　　區域整合不一定是國際整合，但國際整合可以是跨區域或跨洲的國家整合；經過整合後的產物分為兩類，首先是18世紀經政治整合成為一體化的單一體如美國；另一為多元的國際組織，各自擁有合法的獨立地位如大英國協。目前WTO是經濟的一體化卻是有違初衷的國際組織，因為各國政府均不願放棄主權而效率、進度皆不佳者，皆因是政治性妥協產物；不論何者均是透過外交政策與權力運作來捍衛其自身的最大利益，故凡三個以上國家共同締結多邊條約或加入一個國際機制，共同協力維護和平與最大利益或國際秩序，凡符合此制度與目標者，便可稱之為集體安全。所以集體安全是區域整合或任何國際組織的主要目標之一，它既不是過程，也不是國際組織體的本身，例如北大西洋公約或聯合國的宗旨必然包含著集體安全，幾乎所有外交條約與結盟或國際組織，如亞洲的「東協+3」亦是一樣的具有集體安全的功能或宗旨。

　　1996年實施「南進政策」以來，所圖者即與東協各國的政經關係的改善，雖事與願違然依恃台商文化仍有相當的收穫。但于1997年「亞洲金融風暴」中損失不小而台灣的經濟不見起色，故繼七大工業國家G7高峰會議之後，IMF于2003年4月再對台灣發生通貨緊縮高風險的警告，並且指出三大主因是：(1)中國

大陸及東歐國家以較低的生產要素製造低價商品，加入市場經濟所造成的物價下跌。(2)全球科技經濟的發展造成技術進步；(3)生產成本降低而使物價也隨之下跌。然迄2007年初IMF預測仍未如願，即因其與G7峰會兩機構皆忽略台商在大陸的經濟效益與潛在「回饋臺北」的總效益，據台灣當局外匯主管指出2005全年外資匯入減弱較前年少45.51億美金，臺胞匯出投資海外達358.07億美金，這雙重流失就靠對外貿易出口暢旺來弭平，台灣出口貿易主要對大陸輸出故年出超逾400億，單單2005年第4季出口額即達519.75億。

台灣自1990年代以來在金融自由化與國際化的政策下，卻因銀行業的開放而形成家數過多，引發惡性競爭且多數銀行缺國際化經驗，爭奪國內市場便出現邊際資本報酬率及資產報酬率快速遞減現象。另一方面當局不斷以貨幣金融政策刺激股市、房市，也造成銀行信用擴張而資產有泡沫化之危；亞洲金融風暴後，1998年下半年發生本土性金融危機，股市、房市、票券市場及銀行放款市場遭受重大損失。強行「南進」所造成資金過度外流之危機，過後台商仍然投資西進大陸，忽略了2000年第三季的國際收支出現逆差現象，基礎貨幣因而減少乃形成貨幣供給面的金融緊縮，造成物價的緊縮壓力之上升（楊宗勛，中國時報，2003.5.24，15版）。2004年即台灣金融與銀行的整併年，當局曾為其體質與競爭力而大聲疾呼多次，然而「寧為雞頭」的心態使整併的路途並不順暢，目前「亞洲金融中心」仍只是理想，從2009年對陳水扁前總統之貪瀆偵訊中，可察知2000~2008年間的「金融改革」是收效不彰，迄目前其理想尚無法付之實現。

一般經濟學者定義通貨緊縮是指一國消費者物價指數連續兩年以上呈現下跌現象。任一經濟體系長期處于通貨緊縮時，廠商必求降低生產成本、減少生產與延後投資，這些因應措施可以減緩投資報酬率的下滑，也會引發失業、工資降低與節制消費等現象，更加速國內消費萎縮令物價持續下跌，民眾更愛持有現金而形成減產、裁員和停止投資與消費的惡性循環。2003-2004年台海兩岸正遭SARS肆虐後的經濟頓挫，台灣資金進退不得之際，通貨緊縮的危機必須妥為因應，總之台商早習于風險預識與應變，危機處理多能宜慎與妥適的布署，絕不可再蹈SARS防疫之覆轍。

1992~2009年大陸「經改」期間，遭逢兩次全球性金融風暴，以一個「二元經濟結構」的13億人口的大國而言，大陸的經濟表現是難能可貴的，其次在基礎建設與政府效能的績效仍能令人滿意，只是企業效能則明顯退步拉低了總排名，筆者分析部分是因政企分離與產權經營權分離、企業體制改革等「陣痛效應」所致。倒是台灣在企業效能方面相當優異而拉高總排名，尚無太大之衰

退。故更肯定本研究從企業經營文化探討台商的知識管理能力與運用經濟文化雙軸向互動之效能，以及對大陸台商來分析其「區域推移」與「工業輪耕」，確是可以鞏固華人經貿體的重心了。

3.4.3.2 CEPA區域整合與台商對策

　　大陸於2004年成立的CEPA是主權區內的區域經濟之整合組織，台商在大陸沿海地區的優勢已因當地民營企業的崛起而趨弱，2001年3月大陸第九屆「人大」在換屆前通過「十五計劃」，從此「西部大開發」便成為其未來十年的經濟建設的主軸，尤其台灣傳統產業，尖端科技亦可順勢「再西進」將有利于台灣產業升級轉型。2005年9月13日國務院副總理吳儀，在「第三屆贛台經貿研討會」中宣示：全力協助與鼓勵台商在A股上市籌資、擴大產業空間、建立完整產業鏈、積極參加中國區域經濟發展與參股大陸國營企業等（中央日報，2005.9.14，6版）。亦即大陸官方優惠政策引導下考量環境因素，台商傳統產業轉型者、農業經營、生科中醫與觀光休旅產業，投入西部地區則將是最有利之抉擇，更可與已布建于東南亞之台商網絡結合形成「氛圍效應」。

　　2004年12月25日大陸國家主席胡錦濤在釣魚臺賓館設宴，高規格召見各省台商協會會長並強調「三個只要」：只要是對臺胞來大陸投資經商、興辦實業有利的事情，只要是對兩岸經濟、科技和文化等領域的交流與合作有利的事情，只要是對兩岸關係發展有利的事情，都會盡最大努力加以推動。2005年11月中旬國務院統計，大陸對外直接投資金額已逾40億美元來進一步健全經貿實力；2005年一年之內，國家主席胡錦濤出國訪問進行經貿訪問與外交結盟共十餘次，其中特別重視「東亞峰會」的工作，形成周邊區域的經貿外交結盟來鞏固亞洲國家的利益（中央日報，2005.11.17，6版）。

　　如今台商與台灣的最佳選擇，便是隨著大陸的經貿共同成長促成兩岸的和平發展。換言之，台灣經濟的未來須賴台商的績效才能擺脫被「東協自由貿易區」邊緣化的陰影，既使是2005年台灣就業率的小幅提升，據立法委員之質詢稿指出：也是拜台商之賜。預計大陸與東協原始簽約的六國將于2015年達成「零關稅」的待遇，屆時兩岸關係應會有重大轉折以為因應的。兩岸於2010年若能簽署ECFA就應首先於中、越共管的東京灣（即北部灣）沿海岸，成立「桂高雷ECFA國際經貿FTA區」以湛江港連結台灣與東南亞，追求東亞洲的共榮。

　　針對2003年12月17日國務院對台辦公室發表的「推動兩岸三通白皮書」，2004年新任立委前政大企管所教授賴士葆指出，我們不得不正視三個現象：(1)

是2005年大陸與台灣貿易量已達912.3億美元，大陸對台灣的貿易逆差已581.3億美元，反觀大陸對外貿易順差卻達1019億美元，到2009年中大陸的外匯存底已二兆美元；(2)是2003年大陸與台灣貿易量預估已經要超過500億美元，台灣對大陸的貿易順差已超過250億美元；(3)是大陸的GDP經濟實力已經變成世界第六大，在兩年間其成長幅度是驚人的（聯合報，2006.01.26，A13版）。因此美國方面要求人民幣升值的壓力升高，大陸也從資金的輸入國轉變成輸出國，開始布局包括台灣在內的全球區域投資。

2004年6月3日「泛珠三角9+2」各省區政府共同簽署《泛珠三角區域合作框架協議》，廣東省委書記張德江繼續推動的跨區域經濟合作的方案，可以實現下述目標：

一、擴大「對接」工作為多元跨區合作：「泛珠三角」的協議是橫跨東中西部的合作。

二、擴大珠三角的腹地提供資源實現互通有無：僅就珠三角所需勞動者便逾二千萬農民工，至於其它資源的最佳配置須統籌規劃以求共同富裕。

三、擴大外銷市場的多渠道功能：對東協十國的經貿關係與交流互動是珠三角異于或優于長三角之處，經由滇、桂、黔的通道可以更緊密結合南亞印巴兩國，地球上逾四成人口就是泛珠三角的最佳市場。

四、增強「更緊密經貿關係安排」CEPA對港澳的支持強度與力度：香港與澳門在亞洲金融風暴之後，在大陸經濟一路長紅之際，仍然擔心港澳各行各業皆盛況不再，雖對內地仍然具有無可替代之作用，故國務院仍持續支持與增強其功能。

從主權國之內的區域經濟整合而論，即實際的進出口貿易成長來看，加上CEPA自2004年已經開跑而令台灣正面對著被邊緣化的危機，目前就因對東協FTA之競合，更須積極努力來因應這個危機，至少可以嘗試下列作法：第一是方向之擇定，台灣服務業在CEPA之下很難與香港競爭，為爭取優勢可以考慮與大陸簽定新加坡與紐西蘭所簽的CEP，或如紐、澳間的CER；第二是可以考慮吸收大陸資金進入台灣，目前陸資大量進入越南，台商在安全保障充分下（賴士葆，2004.4），依循已于2005.12.22經修正通過的「兩岸人民關係條例」，應可合法的在未來吸入大陸民企資金；第三是積極與安全的推動兩岸直航，以利大陸人民來台觀光振興台灣觀光事業，進而借ECFA進行更高層次的經貿合作。

目前台資企業的新商機在于「泛珠三角」的區域經濟合作，在兩岸的政治與經濟關係尚無重大變動之前，台商應傾全力專注經營其本業而可前瞻的布局

西南地區，以利在「泛珠三角」內進行網絡布建與擴大版圖；於ECFA中與大陸民企合作於中醫藥生科產業，佔有其東協市場。故台商無論對兩岸政府皆須做好協調或對港澳的市場協調，都須把經濟利益調整做為極優先與重要的工作。企業循其最大之商業利益而經營產銷業務，台商資金游牧性的優勢比大陸的民企更具有「推移性」，應給更多優惠構築「蜂巢」引導台商集群來「蜂群分封」，加速泛珠三角區域的發展，進而擴及整個西部地區。

整體而言，大陸經濟在實力方面，尤其是投資、儲蓄、進出口貿易、外國直接投資、經濟增長值等表現較優，但是在金融體系中的金融效率和銀行部門效率，則相對落後是其罩門。此外在生活質量、態度與價值觀、教育結構、健全的基礎設施、商務基礎設施、企業管理效率、智慧財產權等都是大陸較弱的項目。（魏艾，2003-1）因此台商應充分發揮自身優勢來與大陸民企形成互補，走差異化或區隔化商品之產銷，以競合互助力求獲利才是上策。

台灣自2000年對台商政策以「積極開放，有效管理」為方向，2006年更改為「積極管理，有效開放」，因制肘更多致令各企業抱怨叢生。亦即是說2006~2010年大型企業還可利用台商優勢快速「補進」大陸，以維京群島等「第三管道」西進投資，再藉兩岸直航與融資的變通模式，將可弭補兩者因入世後各國外商逐漸回歸「國民待遇」之後，以補償台商因經營困境雪上加霜所招致的獲利之減損。咸信2010的「東協+3」便會因大亞洲主義的庇蔭，更有力道的推動亞洲各國自主的進行區域整合，以大陸的「局與勢」與台灣之「氣與數」將可合作奠定真平等的全球化之基石。

3.4.3.3 知識經濟與亞洲的區域整合

亞當‧斯密在「國富論」中強調：貿易導致分工，分工導致社會進步與社會結構複雜化。他在書中也指出各國發展過程，亦即發展的道路應是：農業→工業→貿易。這應該深刻啟發了20世紀中葉，由羅斯陶等人所建立的「現代化理論」，過去曾有人對羅氏理論多所批評，但在經濟現代化領域內仍存有甚高的地位與價值，他曾說：共產主義是過渡階段，「革命」是起飛困難的表現，蘇聯計劃經濟是一種起飛的模式，是用國家資本主義來替代資本主義，最終會走向資本主義（尹保雲，2001，P.190）。羅氏所說的「起飛」即現代化的表現，人類歷史中最常見的進化真理是：成功的變革總會是溫和漸進的革命。正式的革命，它的過程內涵及手段比改革要更深些、廣些與激烈，當國家的問題積累成危機時，必須經由暴烈的革命而非變革，就得付出較高的社會成本故較易失敗

的；至于企業的問題或危機則其解決辦法是變革而非革命，只能借著變革或轉型來宣泄積累的問題。

2004年大陸的年生產總值尚不及日本的1/3，2005年大陸已是全球第四大經濟體，2006年第二大經濟體的大陸經濟成長率將超過去年的16.8%，如今已威脅到日本至少就已正式的「超英趕法」了。首屆的「東亞峰會」于2005年12月15日在吉隆坡召開，如預定的與「東協會議」接力完成亞洲共同體的規劃與共識，參與盛會的十餘個國家皆殷切企盼2010年的「東亞自由市場」，以及2020年的「東亞共同體」能準時正式運作，即亞洲人在21世紀將會借著「知識經濟之翼」而高飛。兩岸的華人占居歷史機遇的優越區位，台商則如同「嵌入」的「栔」或「卡榫」，是結合雙翼「共振」高翔的關鍵機制；是故當前台灣唯賴台商來吸納大陸能量，發揮經貿與文化的回流效應和擴散效應，以形成海峽兩岸經濟上的「極化軸帶」，實現真正的「世界重心東移亞洲」的新時代。

產業結構演進之趨勢，剛進入知識經濟時代的人類在20世紀之前，經歷過農業經濟時代、工業經濟時代與服務經濟時代等階段；未來人類將以知識與智力資源取代自然資源來投入生產過程，大大的提高了生產總值。以教育、通訊、計算機軟體設計為代表的知識密集服務業在產業結構中成為核心產業，其中自然資源是「難再生」資源，其消耗量的遞減會有利于整體經濟的可持續發展，1995年世界銀行在《監督環境發展》的報告中提出了一套新的計算國民財富的指標體系，重點在說明一個國家的總財富新公式，即是由人力資源或人才所創造的財富與自然資源的總和，許多生產活動將被視為掠奪自然資源會被扣除大量的國家財富。

本研究則將產業網絡定義為：一組各自擁有獨特資源，也相互依賴對方資源的企業組織以及學術機構、中介機構、政府組織等，經由血緣、人緣與地緣的人際互信關係以及社會資本，借著專業分工與資源互補的合作，在投資要素上、生產製造與營銷管理方面經長期互動後，所形成的正式或非正式的互惠性往來關係，知識經濟與網絡將如魚得水般，相得益彰的迴旋上升推動全球之現代化。

網絡是柔性專業化的基礎，是新產業區的充要條件，它有利于企業與產業區的扁平化而能降低其生產成本。雖然如此，但與市場要素相比，網絡可以更好的處理夥伴之間的關係，以確保較少的知識與信息的被遺漏。其它資源如資金周轉或技術外溢等等亦可優先分享，台商將原在台灣的社會網絡「複製」于大陸，以同文同種優勢加上特有的企業文化更是無可替代的優勢，故知台商的區域推移即產業網絡的複製與台商文化的擴散。

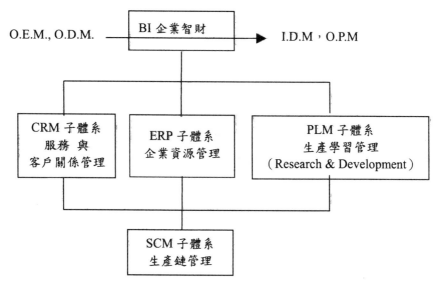

圖3-2　企業內之社會網絡簡圖

　　故而針對泛珠三角區域的現況，關于台商對策的分析是：2005年重慶與湖北已申請加入泛珠三角區域合作，若能成真將更加強化對港澳的支持以求相輔相成，以助港澳的金融與服務業可以較西方的金融服務業稍早進入「卡位」；「東協十國+3」或除韓日之外再加澳紐，皆對泛珠三角具有正面功能，因此台灣邊緣化的危機日漸增強，目前唯有依賴台商作為其「臍帶」以保生命力，努力發展再靜待消解的機遇降臨。關於東協與泛珠三角、CEPA（Closer Economic Partnership Arrangement）的關連性皆是有利于大中華經濟體與華夏經貿圈的形成與發展，台灣理應是主角之一卻僅能透過台商「代理」間接經營，政府及其政策的脫節與落伍實難辭其咎。

　　西方發達國家目前以其它地區的自然資源來滿足自身所消耗物質資源之需，以其智力機巧來積累本身財富是其經濟活動之主體，「四大金磚」即是故技重施。2004年美國高盛投資顧問公司提出了對「金磚四國BRIC」的報告書，巴西與俄羅斯因其體制、文化因素而對其有較多疑慮，其他兩國即亞洲的中國與印度是可能性極高的未來經濟大國，台灣將夾在「2030年四大經濟體」的美、日、中、印之間，尤其三個亞洲國近距離的壓力是極為強烈的。

3.5　ECFA區域整合與台商區域推移

　　大陸學者楊龍在2004年的《中國區域經濟發展的政治分析》中，自從中共

建政以來的區域區分沿革來談，經濟區域的政治和經濟的互動、發展、整合而論，他指出大陸的東中西三大經濟帶與三大自然區有一定的關聯；他對於沿海與內陸的二分法加以簡述之外，另於七大經濟區塊的分類中指出：長江三角洲及沿江地區（上海、浙江、江蘇、江西、安徽與湖南和湖北等沿江地區），東南沿海地區（海南、廣東與福建）及環渤海地區（天津、河北、山東、遼寧與山西內蒙之一部分）。也陳述了七大經濟區不僅從地理與自然條件來分割區域，更多是以水陸交通聯繫與經濟內在聯繫及其中心城市對周邊地區所發揮的地域性影響。

3.5.1 區域經濟推進理論與工業輪耕

區域（region）是一個地理空間，以自然與人文等多元化因素為其內涵而呈現不同的風貌，因而定義也稍有差異。地區（area）是以地質、地理位為主的地理空間。古中國史上的戰國七雄即是區域現象，以政治形態而呈現著；歷史上「大一統」之前分裂的中國率皆為區域地理的割據。面對「全球化」及「區域整合」就須參酌《鬼谷子》及《孫子》的「合縱連橫」思想來推動整合，以「大亞洲主義」來求在「文明衝突」中勝出。

陳棟生1993年在《區域經濟學》中指出：區域經濟學是從宏觀角度研究國內不同區域經濟發展及其相互關係的決策科學。張金鎖與康凱於1998年的《區域經濟學》中指出：區域經濟學是以經濟地理區域為研究對象，亦認為各類區域經濟運行特點和發展變化之規律是研究的重點，較偏重區域間的互動－互賴或牽制關係，以及區域推移的相關研析。1999年李京文在《中國區域經濟學教程》中從區域發展經濟學的角度出發，將「區域經濟發展」視為包括單個區域的經濟增長與發展，以及區域之間的經濟聯繫與相互制約的關係。2001年朱傳耿等人於所著的《區域經濟學》中，將區域經濟學分為廣義與狹義兩種，狹義者是側重區內資源的配置與組合之優化，以及區內經濟的運行規律，至於廣義者則包含了狹義之外，偏重於研究區際資源的配置與組合之優化，以及區際間經濟的運行規律。

區域經濟與區域產業布局的核心問題在于如何達成生產力或產業競爭力的優化，為此需致力解決的焦點如下：

一、分析區域資源的分布特徵和優勢；

二、研究區域產業發展的方向和結構；

三、處理好資源的有效配置與區域均衡發展和發揮區域優勢關係。

「區域整合」有主權、跨主權的整合，兩類皆從經濟整合開始，因此台商投資大陸資訊產業必須充分掌握產業空間布局的訊息與情報，根據德國經濟地理學家A.韋伯及大陸對蘇聯工業布局六大原則之實施經驗，大陸學者予以彙整之，其可供台商西進投資的依據如下五項：

一、自然因素，

二、技術經濟因素，

三、社會政治因素，

四、運輸流通因素，

五、地理位置因素（康凱，2002）。

台商在目前此一波段的西進投資多已落點于蘇州-昆山經濟群落為主的IT資訊產業，早期則因改革開放程度、產品特色與運輸通路之故而集中于珠三角與東莞地區，不論何者或集聚、群落也好，各企業群組都具有積極的企業驅動力與緊密的協同作用，繼之以加速技術的擴散與改良（即日本的「克理奧爾」）而取得競爭優勢，這均有賴于合理的產業結構及反應靈敏的經濟基礎之支持。台商群落或集聚都相較于同地區內的其它城鎮，1957年邁達爾（Myrdal）在《二元空間結構》提出「地理上的二元經濟」概念，經濟的不平衡發展產生了區域推進學說，皆從區域發展經濟學的範疇出發的，張金鎖與康凱於1998年的《區域經濟學》中指出：區域經濟發展的模式有梯度發展模式、反梯度發展模式、增長極發展模式、點軸發展模式、網絡發展模式。

在大區域之間與之內皆存在著經濟發展水平的落差，落差來自於區域的政治因素、社會人文、自然秉賦、經濟基礎、產業結構與城市空間結構（城鄉化）等六大差異；梯度發展模式又稱區域經濟的梯度推移或轉移，推移的動力來自於上述六大差異，會依循著等級、水平、順序而從高到低的發展，故梯度發展模式即循序的經濟推進，至於反梯度發展模式其主張則可用來說明「跳躍式」推移的不循序現象。台商的區域推移雖有跳躍卻非反梯度發展模式，而是「逐水草」的「蜂群分封」模式。

保羅‧克魯格曼（P.Krugman）與波特的企業競爭優勢出發點不同，他主要從經濟地理學的角度探討了產業聚集的動因。他所運用的外部經濟概念表示的內涵並不等同於馬歇爾所用的外部經濟概念，克魯格曼更注重一般性的外部經濟，而不是特定于某產業的外部經濟，故知其外部經濟的概念是與需求供給關係相聯繫的，而不是純粹的技術溢出效應而已。以他於1991年《政治經濟學》期刊上發表的〈遞增收益與經濟地理〉作為代表，克魯格曼自此將地理因素重

新納入到經濟學的分析中，同時標誌著新經濟地理理論的產生及區位理論的進一步發展。他於2008年獲諾貝爾經濟獎，也正確的預測了「2009金融海嘯」。

　　台商集群的區域經濟之現象大多是「低層次」的發展道路，通常因「獲利率」而複製于各區域，以產業集群之區域推移形成其經濟發展的路徑模式，相異于「高位階」的國家經濟ECFA之發展規劃，將會更與大陸「兩個大局，分三步走」的政策是相得益彰的。對於廣州暨南大學隋廣軍教授等所提出群聚動態生成之初的固著階段，台商以域外直接投資的靈活方式先依循「跳躍式」尋覓大、中型比較利益的區域，即因官方優惠政策於產業區域的聚集階段進入較多獲利者，待區域已進入更新期台商大多再以FDI優勢進行區域推移的投資，直接再以「梯度」的在區內循序推移進行自家企業經濟規模之發展與宏觀的「工業輪耕」。

　　台商集群的遷移是FDI、「逐水草的工業輪耕」之特色，而與大陸民企的「山頭式」的根植性或地方主義大不同，台商是「先行者經驗」的載體，以文化為媒介透過台商企業的經營管理與區域推移，是有利於大陸民企的快速學習，將溢出與回流同步出現的輻射效應，再將輻射理論與區域推移融合成「跳躍」的區域轉移，藉著FDI優勢跳躍至新的區域去「工業輪耕」，台商企業以經貿與文化為兩種不同能量及傳導係數的媒介，透過對企業的經營管理進行雙軸向的區域推移與輻射作用。

　　台商於尋覓大、中型區域與在其區內循序推移發展的循環歷程中，呈現於外的是台商產業集群的區域推移，內在的作用即駁雜多變的進行極化效應、擴展效應、回程效應，直至優勢與利潤的比較利益低於投資風險時，則再「跳躍」式的推移更換區域。至於增長極發展模式、點軸發展模式、網絡發展模式等，較不適合台商特質的部分則宜由大陸政府或具官方特色機構來推動與執行，來與台商分工合作實現其國土規劃。

3.5.2 台商集群內的創新轉化與「桂高雷 ECFA 國際經貿區」之展望

　　國外對新產業區的研究已有20餘年時間，至今它仍不算一個很完善的理論，還需要進一步的發展，卻算是當前的一個新的區域經濟學領域。在產業集群的科技園區內，因其社會資本的網絡與知識的分享，以及在產業鏈或集群內的激盪與管理各企業的知識缺口，因其透明度與容忍跳槽而能有知識與技術的流通與彙整，然而每一企業或產業集群內皆會有隱性知識的存在，形成各企業間區隔與防護的功能於產業集群內；顯性知識則可充分交流於集群內形成其效

益。因此在集群內會存在著專業性、經驗性、隱性、顯性等四種知識,四種知識的轉化、循環,形成台商集群內發展、創新推動力。

　　創新是將發明加以運用的結合,成功的創新是市場化、高附加價值的產品,從台商的實用立場而論,創新分成:經營模式創新、科技創新、市場創新、行銷創新、服務創新、原料創新、流程創新等為主,即因其可降低成本、增加利潤與效用。其中的任一類創新依然是以人才、資金、環境為基礎要素,然而貫穿其中的介質是知識與文化,則是以人為載體、以學習為途徑來成長或激發出創新。基礎要素中以「人才」是可重複使用、高再生率的資源,學習是穫取知識、融合創新的途徑,謹將集群內企業間的學習、知識與創新軌跡,謹列表3-2說明。

　　綜觀現有文獻對產業集群的聚集原因、聚集效應的分析較多,即大陸的產業集群研究也過多地將焦點集中在產業集群的成因與經濟效應的分析上。新產業區突破了傳統產業集群的理論,今嘗試從自行設計之「群己網絡架構」,證實其價值、意義並研究其中的機理,如今台商與台灣的最佳選擇,便是隨著大陸的經貿共同成長促成兩岸的和平發展。換言之,台灣經濟的未來須賴台商在生產技術、產業結構、組織文化的創新績效,才能擺脫被「東協自由貿易區」邊緣化的陰影。

表3-2　集群內學習、知識與創新相關性

學習種類	知識種類	學習軌跡	創新之焦點
做中學	經驗性知識	從部門內部到企業組織層面	生產、流程的活動
領悟學習	隱性知識	從主要部門內部到組織層面	行銷中對市場、研發
循序學習	專業性知識	從部門內、外部到組織層面	學新科技,材料新組合
外溢學習	顯性知識	從外部學習活動到組織層面	吸收外部知識與模仿

資料來源:陳勁 張方華,社會資本與技術創新,浙江大學出版,2002,一版,P.132。

　　既使於2005年台灣就業率的小幅提升,據立法委員之質詢稿指出:也是拜台商之賜。預計大陸與東協原始簽約的六國將于2010年達成「零關稅」的待遇,屆時兩岸關係應會有重大轉折以為因應的,藉著主權式ECFA來製造緩衝期等待「兩岸公民社會」出現,達成「中國式和平演變」的完整實現與華夏文化能勝出於「金融海嘯」、「文明衝突」之中。故與其受「東協」的排擠還不如慎重考慮CEPA的調整模式,台商區域推移可助兩岸折中妥協於兩岸的「聖域」。

　　2004年成立的CEPA是主權區內的區域經濟之整合組織,期待台商能積極參與、充分配合;同年大陸國家主席胡錦濤12月25日在釣魚臺賓館設宴,高規格召

見各省台商協會會長並強調「三個只要」：只要是對臺胞來大陸投資經商、興辦實業有利的事情，只要是對兩岸經濟、科技和文化等領域的交流與合作有利的事情，只要是對兩岸關係發展有利的事情，都會盡最大努力加以推動。2005年11月中旬國務院統計，大陸對外直接投資金額已逾40億美元，這代表大陸積極對外推動區域整合，尤其物質資源如煤鐵石油等原料性資源地區，特予青睞以謀進一步健全中國的經貿實力；2005年一年之內，大陸國家主席胡錦濤出國訪問進行經貿訪問與外交結盟共十餘次，其中特別重視「東亞峰會」的工作，形成周邊區域的經貿外交結盟，來鞏固亞洲國家基本利益（中央日報，2005.11.17，6版）。

2005年重慶與湖北已申請加入「泛珠三角區域」合作，故而針對泛珠三角區域的現況，來關切台商對策及其利益分析；應更將加強對港澳的支持以求相輔相成，協助港澳的金融與服務業較早於西方金融服務業進入「卡位」；「東協十國」在韓、日之外，再加美、澳、紐，皆須對「泛珠三角」有正面功能，ECFA之延後將使台灣邊緣化的危機日漸增強，目前唯有依賴台商作為其「臍帶」以保其生命力，努力發展再靜待消解的機遇降臨。目前全球區域整合正濃其進化程度如下表依序為自由貿易區（Free Trade Area）、關稅同盟（Customs Union）、共同市場（Common Market）、經濟共同體（Economic Union）等，以及總體經濟共同體（Total Economic Union）則是歐洲經濟共同體下一努力整合的目標、方向。

關于東協與CEPA（Comprehensive Economic Framework Agreement）、泛珠三角的關連性皆有利于大中華經濟體與華夏經貿圈的形成與發展，台灣應為主角之一，却僅能透過台商「代理」來間接經營，政府與其2000~2008的政策脫節與落伍實難辭其咎。謹就大陸境內依區域整合性質分成三種區域經濟組織加以區隔、說明如下列兩表：

表3-3　融合程度不同的國際性經濟組織

組織內成員國 所執行的政策		互相不設 關稅及配額	對外實施 共同關稅	生產要素 自由流動	協調性的 經濟政策	統一性的 經濟政策
自由貿易區	FTA	V	X	X	X	X
關稅同盟	CU	V	V	X	X	X
共同市場	CM	V	V	V	X	X
經濟同盟	EU	V	V	V	V	X
總體經濟同盟	TEU	V	V	V	V	V

說明：X 沒有執行的政策　V 執行的政策（V 愈多則代表整合程度愈高）
資料來源：莫偉光，《CEPA與「泛珠三角」發展戰略》，香港與珠三角的經濟融合，經濟科學出版社，2005年8月，P.134，初版。

表3-4　CEPA、ECFA 泛珠三角與東協的區域經濟合作對比表（東協部分筆者彙整）

CEPA / ECFA ↘		a. CEPA	b. 泛珠三角區域合作	c.東協十國自貿區
(1)性質	c	國內三關稅區合作	地方政府間的合作	國際間的合作
(2)目的	c	共建自由貿易市場	建立共同市場	建自貿區共同市場
(3)範圍	c	內地與香港	九省與港澳兩特區	東亞各國與紐、澳
(4)法律地位	b	法律性文本	協議性文本	主權性外交條約
(5)政府與市場關係 a		企業是主角，推動市場	地方政府是推動主角	各國政府的互動
(6)特點	c	具體詳實，可操作性強	主體是原則性規範	平等、互惠、獨立
(7)監督機制	b	法律強制監督	利益協調機制	定期大會外交協商

說明：a,b,c是用於↑ECFA之確定選項。
資料來源：賴文鳳，《CEPA 與「泛珠三角」發展戰略》，泛珠三角區域合作的困境與前
　　　　　景，經濟科學出版社，2005年8月，P.64，初版。

　　兩岸可合作於新型態的「綜合經濟合作架構」（Economic Comprehensive Framework Agreement, ECFA）的規格之下，致力以謀兩岸最大利益，台商的「再西進」與「再南進」是兩岸政府於經濟、文化上的實惠與政治上的利基。從上表而論可將ECFA自表3-4 CECA/ ECFA借用之，而定位為：(1)選c，(2)選c，(3)選c，(4)選b，(5)選c，(6)選c，(7)選b；上述乃「一廂情願」的模式，大陸最重視者應是關於一、四的選定，故兩岸必有議價爭執，台灣則有「時間壓力」，須於「東協FTA」實現「邊緣化」危機將現之際完成，是最適合兩岸現況與未來發展的操作模式。

　　「桂高雷ECFA國際經貿區」以湛江、高州為中心，再加上以廣西、或大西南為其腹地，幫助台商優先進入並予以優惠，與大陸民企協力互助來提升經貿、文化與精神文明的層次以求兩岸共榮，不斷的循環與積累方能協助全人類循序實現「全球平等化」，而能更趨近於大同理想！如今大陸現代化路程已經從「和平崛起」進入到「和平發展」，其半世紀以來的「現代化」具體內容，以助台商瞭解「亞洲成長火車頭」的大陸之未來走向。

　　大陸於1978.11中共「十一大三中全會」正式轉向經濟的現代化，放棄了傳統的以政治性路線來落實現代化目的，這是何等重大的轉變。1992.2鄧小平於南巡珠三角時，見到經改的勢頭勁猛，進而提出「社會主義市場經濟」，市場經濟因而成為大陸經濟體的主流；至於2005的「十六大五中全會」正式提出「建設社會主義新農村」，則經由胡錦濤以身作則的行動宣示，來實現自我完善，更落實了2002.10江澤民提出的「三個代表」；較積極的作為是以進階的更具體實踐「西部大開發」，以圖《實業計劃》的成功一個始自2000年的之政見，其前瞻企圖為完成東亞洲的整合而奠基，積極實現 國父的「大亞洲主義」之主張。前述這三

大經濟政策上的轉折，促成快速變革都帶來大陸新的榮景；大陸當前M型社會中最需要「讓另一部分人也富起來」之作為，未來兩岸合作於中草藥產業較易實現「共同富裕──均富」，進而再以建構兩岸共生的公民社會為其充要條件。

再從主權國之內的區域經濟整合而論，即實際的進出口貿易成長來看，加上CEPA自2004年已經開跑而令台商正面對著被大陸民企取代的危機，目前就須積極努力來因應這個危機，至少可以嘗試下列作法：第一個方向是要與對岸區隔，台灣服務業在CEPA之下很難與香港競爭，為爭取優勢可以考慮與大陸簽定新加坡與紐西蘭所簽的CEP，或如紐、澳間的CER；第二是可以考慮吸收大陸資金，目前陸資大量進入越南，台商在安全保障充分下，依循已于2005.12.22經修正通過的「兩岸人民關係條例」，應可合法的在未來吸入大陸民企資金；第三是積極與安全的推動兩岸直航，以利大陸人民來台觀光振興台灣觀光事業。因此，兩岸ECFA就成為最佳選擇了。

另外，由上述兩表可析論出：目前台資企業的商機在于「泛珠三角CEPA」的區域經濟合作，因其「內部經濟」之效益頗佳，另於2010從「外部經濟」之效益來推動ECFA，來爭取東協FTA的商機。在兩岸的政治與經濟關係尚無重大變動之前，台商應傾全力專注經營其本業而可前瞻的布局西南，以利在「泛珠三角」內進行網絡布建與擴大版圖，從區位角度面對「東協FTA」。故台商無論對兩岸政府皆須做好協調或對港、澳的市場協調，都須把企業經濟利益之調整，做為極優先與最重要的工作。企業依循其最大之商業利益而經營產銷業務，台商資金游牧性的優勢比大陸的民企更具有「推移性」，應給更多優惠構築「蜂巢」引導台商集群來「蜂群分封」，加速泛珠三角區域的發展，進而擴及整個西部地區。

3.5.3 兩岸的現代化與休閒農業

1921年10月10日 國父 孫中山先生于廣州出版《實業計劃》，作為「建設之首要在民生，其次民權，再其次為民族。」的實踐藍圖；大陸改革開放近三十年中逐步完成《實業計劃》的規劃，其過去與現在的「三農問題」，以及未來的「城鄉一體化」皆為追求國家現代化。國父 孫中山先生于《實業計劃》中亦以「城市鄉村化，鄉村城市化」與「交通為實業之母」為支柱軸來貫穿其中的「六大計劃」，來實現以「養民」為目的民生經濟，大陸則總括稱之為「國民經濟」。

人類在歷史中累積文明所發展出來的三套經濟制度，實系源自三種財產制

度，由于這三種制度的驅動力或動機各有差別，形成人類近百年來的現代化，其模式可以分成下述三種：

一、資本主義式現代化 ———

　　私有財產＋自由經濟＋多元制衡、代議民主政制

二、共產主義式現代化 ———

　　公有財產＋計劃經濟＋一黨專政、行議合一的三院一會政制

三、民生主義式現代化 ———

　　公私有財產並存制＋計劃性自由經濟＋權能區分五權分立的全民政治

綜觀中國這一百七十年的現代化過程，由鴉片戰爭起至今日台灣的全面現代化，一直是由上而下的運動；包括中華民國在台灣的現代化的努力，都是知識份子發動的改革運動。今天凡我國人更應該全力以赴來戮力于政治現代化，俾在「經濟現代化」的示範後，對大陸進行「中國式和平演變」，繼續提示其應走的下一步———政治現代化。

台海兩岸的台灣以民生主義式現代化創造了經濟奇跡與政治奇蹟，對岸大陸先是推行共產主義式政治的現代化。直到鄧小平實施「改革開放」後，對政治的轉折使大陸的經濟才出現了轉機。毛澤東掌權二十七年、華國鋒三年，兩人依循經濟附屬於政治來推動其「社會主義現代化」；鄧小平十五年期中，讓經濟獨立於政治之外、更先行其「四個現代化」，以經濟為動力來推動政治的現代化，再行其社會主義民主。

台商作為兩岸間「臍帶」應可為對岸提供台灣民主經驗，特以「中國式和平演變」來協助大陸實現其社會主義民主，至少在1979年以來改革開放則扭轉其經濟政策，逐步實現了 國父 孫中山先生《實業計劃》，自第一計劃至第五計劃的交通建設大致完成，而今現階段則將用全力于「城鄉一體化」的建設，也實現了《實業計劃》第六計劃的民生工業計劃，即以「城市鄉村化，鄉村城市化」作為他經世濟民的具體目標——共同富裕的「均富」。

人類為滿足追求更佳生活的欲望，進而不斷的嘗試與創新，每當較低層次的技術進入生命周期之成熟階段以後，人性就會驅動創新來從老舊技術水平之上發展新的技術，來滿足人類的欲望與無止境的追求，人類不斷向更高級的技術演進創造出歷史的演化與進步。技術突破是企業升級與轉型的最大動力，追求更佳生存是企業成長的動機，台商亦不例外，台灣官員更須從商戰與文明衝突的角度去思考兩岸互動；改變思維框架去突破「認知與觀念的障礙」，就能夠努力創新來突破經濟困境為人民追求更好的生活，更能兼顧到文化的永續發展。

　　人類社會是由經濟、政治、文化、人口、環境等五大子系統構成的有機體，必須是動態均衡的發展方可成長；人與自然應是和諧的整體，科技文化與人文文化必須能平衡，東方文化與西方文化應該要融和。在儒家的包容性與不排他的基本思想之下，消除對抗以互助合作來致力于現代化工程。故而兩岸的現代化似同綠竹的「節節高升」般向上向前的發展，亦即是：

現代化＝農業化（粗耕＋精耕）→工業化→城市化→民主化→人文化→知識化

　　兩岸政府官員應仿效之善待台商，台商經貿也渴望「水與草」來滋養企業，若無優惠政策獎勵來彌平交易成本等等，台商是難與外商較量，其經營輒居劣勢，甚至動搖台灣的「生存國本」。如今台商因過去積累的經驗與資金，適當運用大陸工資、地價、原料的相對優勢與國民待遇，恰如游牧民族般「尋覓水、草」藉最大之比較利益而獲利，對大陸的企業可降低外商控制之比例而實現經濟的獨立自主與「工業輪耕」後的現代化。

　　大陸的改革開放即是「社會主義市場經濟」具有中國特色的現代化，若從「一個中心，兩個基本點」的架構來看，「四個堅持」是四組煞車系統，與「四個現代化」是八輪工程車的四組車輪，開闢出的道路就是社會進步與經濟增長的結果，「共同富裕」是社會主義最大特徵即其嚮往的目標；「兩個大局」則是計劃項目，上馬的先後秩序則依效益之擴大程度而定，因此「分三步走」就是「中國特色」，即因應國情的戰略——仿佛就是工程車行經路綫的規劃，為求民族生存與文化發展而兩岸競合、互激互勵，來漸進完成「中國式和平演變」應是上策。

　　「鄉村城市化」是針對當地城鄉間的文化、資源、產物，經營出具有其特色與媚力的產業結構，進而加強其基礎建設以對落後地區的經濟繁榮也提供機會，改善其不利人民久居、處劣勢生活情境與生產環境的一組活動，亦即要努力實現社會正義與社會化的福利來縮短城鄉差距，確保社會的均衡發展及整體繁榮。根據2003年台灣的《農業發展條例》，凡利用農村自然、實質環境，以及景觀資源等相結合之農、漁、牧的生產，並經由農業經營、農村文化及農民生活，而以提供國民休閒、度假與體驗農村生活為目的之產業活動，即是休閒農業（謝長潤，威仕曼，2007）。這也是大陸「三綠工程」堅持迄今的目標，及其當前「十一五計劃」所帶動的「三入村」「陽光工程」，進而戮力「建設社會主義新農村」任務。前述兩者的合體化，致使休閒農業更受重視與關注，規劃中就須預先評估其正面與負面衝擊如下表：

表3-5　休閒農業對環境之影響

	環境面向	經濟面向	社會文化面向	健康面向
正向	永續綠色、生態多元、景觀維護	改善就業與收入、人口結構	提供農業文化與技術的生活、傳承	有機生活、身心均衡、安全食品
負向	錯用土地、農村機能喪失、破壞生物景觀生態	生活商業化、物價上揚、依賴觀光缺乏競爭力	改變價值觀、鄉土文化與歷史易流失、生活道德沉淪	噪音、污染、意外受傷之增加，城鄉差距消失

資料來源：邱玉婷　郭乃文，休閒農業之政策環境影響評估，《休閒文化與綠色資源論壇》，台灣大學農業推廣系，2005.4.14。

　　目前日本已進入綠色旅遊與農住民宿、農民市場與市民農園的階段，以及歐美高所得國家人民在實質生活上的城鄉差距已然縮小現象，均可作為大陸的「農家樂」與台灣發展民宿、休閒農業的準則，台商則以台灣過去模仿的經驗、技術的優勢與資金，運用域外直接投資FDI（Foreign Directive Investment）的靈活性，可從傳統產業的休閒農業來經營，先致力于活化本身企業與當地經濟，再待時機成熟而轉型到生物科技產業，再進階的來推動海峽西岸與西南地區的經濟走向高科技的產業。休閒農業使生活、生產、生態完整的結合于人類的活動之中，是將科技、生命、娛樂合而為一的產業與現代化的生活形態。

　　休閒農業使生活、生產、生態完整結合于休閒活動中，是將科技、生命、娛樂合而為一的中醫藥生技產業能再生活化，以現代化的生活形態來呈現。休閒農業在發展初期須由政府對土地進行開發與再規劃，以及依循環境影響評估來進行交通、電訊等現代化建設作大量的基礎建設，這些沉沒成本勢必由政府支出。大陸官方于「海峽西岸經濟區」與未來的「桂高雷EFCA國際經貿區」之推展中，其所扮演的是行政性角色，正好由台商以產業群的角色參與，又如可再由廣州暨南大學與福建的廈門大學的產業經濟系、所等機構扮演學術推手的角色，以「產、官、學合作」的模式全力開發西南地區或海峽西岸地區的休閒農業；台商最佳切入與發展是休閒農業──→生醫科技，故以新產業經濟區形成產業集群，透過東協、大陸、越南、台灣的「四方參與」來落實「EFCA國際經貿區」。

　　在2006年即提倡台商以休閒農業西進大陸，為兩岸的「另一部分人富起來」而努力，故提倡以台商的企業家能力，前瞻的與休閒農業之民宿合作西進，拓建中草藥園圃民宿網絡，進而兩岸合作中醫藥生物科技的制劑、單方，前進東南亞依海洋式儒商文化完成亞洲的區域整合。2009年5月25日國台辦王毅主任會見國民黨吳伯雄主席時，即指出：中草藥、綠色節能、交通運輸等產業是未來兩岸合作主導產業，而以中草藥為首要；即是突顯出社會資本與華夏文明共同智慧資產的影響及效益。

產業集聚區的生成期對FDI的台商而言是可以忽略的，以FDI的機動性於集聚成熟期之初，就必須進入共享穩定期之繁榮與發展，以待衰退期與更新期之間行區域推移時可否的判斷，因台商較難如大陸民企的固著性來自棄其FDI之優勢，為能兼顧顯著的經濟效益與潛在的文化影響，須以宏觀的「工業輪耕」協助台商於中西部來布局，當地政府以政策來引導台商區域推移先實現「兩個大局」的國土規劃；此皆符合《實業計劃》的利用外資與民生經濟優先之原則，台商集群的經營文化與社會資本，推動「工業輪耕」於各區域經濟中，接續再進入文化高效益的華夏經貿體之建構與強化，以迎向將來可能出現的「文明衝突」。

3.6 結語

農業是培育動植物以取得產品的社會生產部門，最早的「粗耕」是「自然力–人的需求」，所以進化後的農業是「自然環境–生物–人類社會」的休閒農業循環體系，進化至今則是「自然環境–＜生態 / 景觀＞–人類社會」的循環體系，中草藥為農產品深受地理區位、新鮮度與季節性的限制，休閒農業則運用自然景觀的固著性吸引消費者「移樽就教」，農業品與自然景觀因季節轉變而有不同風貌可吸引消費者對海峽西岸及西南地區作二度或多次的「深度之旅」。

台商西進以中小企業為主，追隨少數之龍頭企業形成了「蜂群分封」現象，再從福建西進到珠三角而長三角與環渤海灣區，歷經多次「覓水草」的區域經濟之推移現象，皆是台商「不知而行」或「行而後知」的結果，以「自然力為主、人為力量為輔」之演進或區域轉移；「西部大開發」政策是以「自然力為輔、人為力量為主」之改進或區域推移，引導台港企業再西進完成大陸的「國土規劃」，台商的「工業輪耕」即力圖于知識經濟中，以「商戰」來扭轉于工業經濟中「兵戰」之華人劣敗，此皆不脫離 孫中山先生在《實業計劃》的規劃，及他的《大亞洲主義》之王道文化主旨，益彰顯「儒商式海洋文化」在兩岸互動中之功能，將可探索出可能化解人類未來「文明衝突」危機，並找出全球各民族協合共生之坦途。

大陸當局為了「兩個大局」的戰略與實施「三綠工程」的政策，以及「陽光工程」、「三入村」等政策，也為了「建設社會主義新農村」，亦即農業的未來發展就須兼顧其經濟效益、環境效益、生態效益、景觀效益與社會效益，更需鼓勵台商依恃台灣成功的農改經驗，以及憑藉台商獨步全球的農、漁業的經驗來與科技結合，于「再西進」時以休閒農業來帶動西南地區的經濟——區域活化，也為台灣經濟及自家企業再創榮景。

第4章

◈ 以台商 CEO 能力 ◈
藉中醫藥產業前瞻東協

4.1 台商當前的限制與大陸金融法規

　　台商獲得合法保障時，將可充分發揮FDI與社會資本的優勢，依靠社會網絡與文化的貼近，更可於大陸成為世界市場之同時提升兩岸雙贏的合作層次與位階。大陸民企CEO得自「唯物鬥爭」的縱橫術，其效果與《鬼谷子：忤合》的主張相近，台商西進後因是「同文同種」而能快速適應，故可於商學院教育中加以培訓，以利於台商「再西進」中能培元固本。亦即台商產業鏈的內聚力是「條狀經濟」的關鍵力量。

　　大陸台商是以儒商文化為媒介、工具扮演「塊狀經濟」的台商企業經營者，追逐「水（區位優勢與文化優勢）」與「草（政策優惠與比較利益）」而處在遷居狀態中的「區域推移」，台商集群內的企業則以社會網絡聯結如同「蜂群分封」的模式，尋覓「水與草」來複製著台商網絡於各省各區，擴大企業版圖及其經濟規模以獲取企業盈利與永續發展。

4.1.1 適應大陸經金制度的台商現況

　　2008年大陸實施新稅制台商經營壓力與風險皆大增，主要是因新的法律規範有企業所得稅法、個人所得稅法、勞動合同法、電子資訊產品污染防治管理辦法與外商投資產業指導目錄等，前三者主要造成台商「兩稅合一」的壓力，特別是較早赴大陸的及從事「三角貿易」的台商，更加難以將利潤留在海外子公司致獲利大損；後兩者是對電子產業、資訊產業的台商與大陸民企構成環保

稅的壓力，總之，即對大陸的FDI外商特別是台商構成其「反避稅機制」，即便赴香港上市的企業也難遁稅。接著又對資源稅也加強課徵，以「從量計徵」「從價計徵」兩面下手，台商所從事多為「減重制造」耗費資源產業，目前重度的「環保稅」雖然暫緩征收，但欲謀永續經營的企業，就得認真的以「危機處理」來面對之，將與環境稅對傳統產業的多數台商構成沉重壓力，台商企業CEO須以其適困力、執行力來化解之。

4.1.1.1 兩岸金融體系在大陸的現況

大陸的人民銀行與其它各專業銀行都按行政區劃設置其分支銀行，意味著金融業務完全服從相應機構或政府的領導，而且過去的中國銀行與中國農業銀行皆由國務院指定歸中國人民銀行代管，另有中國人民建設銀行則由財政部代管而成為執行財政投資職能的一個分枝的行政部門。近年為配合向市場經濟轉軌則先讓國有專業銀行獨立出來，卻仍然同時執行商業性與政策性的職能，也因此形成虧損以及政企不分的管理體制；自1994以來便擬去除政企不分與政商不分的混亂現象，至今雖已大有改善似乎仍有待加強以竟其全功，這些對台商仍是需要消耗制度成本的障礙。

除了1980年代末批准成立的交通、中信實業等全國性商業銀行，以及招商銀行、廣東發展銀行等地方性商業銀行。1995年成立以民營經濟為服務對象的中國民生銀行和為海南島建省準備的海南發展銀行，1997年中國光大銀行轉型成為面對國外金融機構的商業銀行，故云大陸對銀行的批准原則為：採取功能區隔之取向，已漸明確了。自1979年批准第一家外資銀行----日本東京銀行在北京成立辦事處，以迄2000年之前已有22個國家和地區的87家外資金融機構，在大陸設立192家營業性金融機構，另有38個國家和地區的166家外資銀行在大陸設立了248個代表處。（蔡昉 林毅夫，2001）

根據大陸現行規定：外資銀行設立代表處兩年後方可設立營業機構。台灣金融機構至2009年9月止均未進入大陸市場設立分行，十分不利於台商在大陸經營的需求，2004年台商富邦銀行將之前併購的港基銀行，藉「中港澳CEPA」之便「錢進」大陸服務台商獲得商機與市場。因為富邦金控已獲大陸光大（專業於海外金融領域）金控轉售其對港基控股之二成持股，獲得大陸光大銀行「灌頂」後的富邦已成為港基銀行唯一大股東（占總額75%的持股），富邦入主的港基是個全業務與企金業務兼顧的唯一非港資銀行，且依舊是上市公司與全域經營的銀行，這就成為富邦港基的優勢中的優勢；富邦的利多將因其對台商做

「全業務」的服務而大為增加，亦即它將會是藉市場的發現與結構變遷而創新獲利的典型企業，十分吻合彼得‧杜拉克的企業家之創新的標準。

　　金融市場通常又分為貨幣市場與資本市場，大陸對國有企業改革尚未全面完成，容易出現政府因保護而形成對銀行貸放的干涉，已有許多大陸的銀行因為政策性決策而出現大量的壞帳、呆帳、死帳之牽連，雖說是國營企業之間的債務居多不會去相互催討、查封與擠兌等立刻而明顯的危險，但僵化資金調度及降低資源配置的優化總會造成潛在的金融負擔。為今之計乃趁國有企業民營化的推展，貫澈下列兩類作為來予以補救：

一、加強所有銀行管理機制，徹底改革戒除政府對金融機構的干涉，必要時得分階段完成之。

二、加強商業銀行的自主權和自我約束機制，政府放棄對其信貸規模限制的控制權，持續完成銀行經營的真正商業化。

　　除了上述兩類屬於大陸國務院行之多年的作為之外，地方政府另宜為台商利益謀劃就應扮演資金募集與導引的角色，特別是在可預見的未來，第三項應是：增加「對台灣銀行給予特別准入」之許可；此即降低對台灣銀行的門檻來活絡台商資金，若是仍不能有助於讓台商返台，全無限制的登上股市募集資金，則圖能及時滿足台商融資的需求將會是「政經雙贏」之局。

　　1999年大陸開放其企業特別是國營企業，得引進戰略投資者並定義為「與發行公司業務聯繫緊密且欲長期持有發行公司股票的法人，稱為戰略投資者。」戰略投資者雖非該公司發起人，但其投資行為必須公開大宗買賣且必須及時公告之。近年國務院商務部與證監會為持續推動股權分置的股改方案，於2005年10月底通知並立即生效：允許戰略投資者購買A股，股分雙方根據協商持股比率，於期間屆滿後得拋售或分置A股、B股與H股，若買賣後仍持有比率25%以上者仍享有外商優惠，但介於25%~10%者無優惠，仍可保有外商投資企業批准證書；因此外商銀行將可循此入主大陸銀行，因而2005年10月26日引起正反雙方猛烈的論戰，目前新加坡淡馬錫入股中國銀行暫時受阻（經濟時報，2005.11.7，A7版）。

4.1.1.2 兩岸金融與新加坡的淡馬錫

　　新加坡的淡馬錫（Temasek Holding）是國營投資公司，成立於1974年主旨在管理該國的重要工業與公共設施，目前它擁有：世界第二大的航空公司57%星航股票，以及亞洲績效最佳的星展銀行28%的股權，以及其它著名飯店等國營企業；近年以其16%資金購入歐亞多國的近十家銀行之股權，為能運用新加

坡金融銀行人才的優勢，擬將更擴充至占其總資本額的1/3來從事跨國銀行持股之投資經營，於2003年7月至2004年7月間的獲利已是33%，如今更看好大陸的銀行與金融業也不止熄其對大陸銀行的興趣。2006年春淡馬錫宣布由其駐台總監陳聖德主導，與台灣的玉山銀行交換股權15~20%（工商時報，2006.3.16，A9版），雙方皆「樂觀合作」應可策略結合其大陸的民生銀行股分，合作於大陸台商的資金進出以求得「三贏」，如同許多台商於新加坡上市籌資，除了「利多」考量更可強化華夏經貿圈的密合度，也可提高「文明衝突」中華夏文明的勝算，藉以成就出由亞洲人主導的東亞自貿體。

大陸「股權分置的股改方案」允許戰略投資者雙方「進出」其股市，也引發美國矽谷創投公司的注意，但於美國也出現正反雙方的論戰，悲觀者擔心失去本金與利潤，也憂慮會因而提升中國的科技供應鏈；樂觀者則為此一龐大市場與賺錢的商機而興奮。然而美國多數創投公司是充滿信心欲前進中國，但也會警戒於中美兩國在IT產業上是供應商、競爭者、夥伴與客戶的複雜關係（工商時報，2005.11.7，A7版），如何才可適當的「知所進退」，似乎也還頗能未雨綢繆於做好對美國科技優勢的捍衛，以免損及西方於「文明衝突」中的勝算。

1990年代初期大陸剛開放不久，就發生幾件公司債倒債事件，所以過去十年間國家計委會及其改制後的「發改會」皆採取「高門檻」發行標準，以嚴密監管著長期公司債的發行，故等於扼殺了企業籌資的另一管道；2005年11月大陸中國人民銀行已經默默進行短期公司債的發行，它是以一年內為期與利率低於3%作為發行企業短期融資的工具，試圖以短期公司債的發行，漸進的打開企業籌資的第二管道。

台灣壽險業已於2005年三月進軍大陸，同年11月中旬在臺北開幕的「第11屆兩岸金融學術研討會」，伴隨大陸代表團來台的大陸銀監會監管三部主任徐風指出：大陸已成功的開放外資金融而獲益，更願台資銀行以合乎WTO的互惠原則來簽署「兩岸金融監理備忘錄」。台灣目前亟須通過修正「兩岸關係條例」中相關的限制，便可使得「兩岸貨幣清算機制」能夠不違法的建立與運作（工商時報，2005.11.10，A8版），亦即台資銀行便可合法登陸設立各地分行，為「久旱待甘霖」的台商提供金融方面的服務。兩岸貨幣清算機制正式運作後，台灣法人或銀行也得以戰略投資者身分進入大陸銀行的股權結構，可長期的固定交換持股推動兩岸銀行與其它的金融業務，也能提高兩岸台商彙存提款之便捷，進而拉高兩岸各行業的競爭力，增強對外籍銀行操控力的免疫程度。

金融環境的改善對於珠三角與長三角的台商而言，絕對是「利多」的因

素，台商們更在乎當地政府加快發展多元的基礎設施與投融資管道，以及注意不同渠道之間的競爭合作，必須先有其它高標準的基礎設施，如生產性與消費性服務業、大學質量與交通的發達、服務型政府及更具競爭力產業環境等，尤其金融業、服務業與兩岸直航的開放，更是台商心中最期待能獲解決的問題。

　　大陸改革開放與優惠台商的「窗口」是千載難逢的機遇，而且台商的創業精神與風險投資的智慧與眼光對大陸企業是最佳的示範，其「開枝散葉」的過程是充滿艱辛又乏人關心更需自食其力；如於十多年前西進大陸台商蔡長才，之前因家徒四壁由親友濟助完成父親葬禮，然後率兩位弟弟赴外地打工因機運好，於台灣電玩業初期大賺其「第一桶金」後，在桃園奮鬥有成後精准的轉赴廈門投資首批KTV，獲利後三度轉型於房地產於閩南→廣洲→上海，如今再以精准眼光於上海浦東未開發時多次推出物業，累積成現今華敏集團的40億人民幣資產，歷經多次企業的轉型與升級如今投資生物科技、影視文化、物業管理與觀光飯店等事業（中國時報　2005.11.25　A17版）。雖蔡家兄弟僅有小學學歷卻有優異的企業經營文化，更以台民的「地瓜精神」與惡劣環境奮鬥來作大陸民企的表率，然迄今台商們的融資與籌資仍然困難重重，僅憑藉著數百年歷史的台商經營文化，像似只有遠親的孤兒般艱苦的奮鬥卻又卓然有成。以致形成房地產與服務業，甚至是製造業的台商，如華敏集團與部分台商知名企業如徐福記糖果、昆慶毯紡集團等，皆以「明哲保身」原則淡出於《台商千大》的2005~2007年版本中，台灣可仿「淡馬錫」的主權基金專門對海外台商企業推展企業貸款。

4.1.2 大陸經濟與民企的經營現況

　　2004年大陸經濟過熱發展，使宏觀調控嚴屬推動；唯據大陸國家統計局2008年元月公布經濟數據，其GDP之增速為9.5%，是1996年以來最高增速，固定資產投資達8,540億美元，增長25.8%，亦遠高於長期的平均增長速度15%甚多，各項綜合指標多超出所預期的水平，尤以第四季增速9.5%，大大高於原先所預測的8.6%。以目前情勢而言，受全球性「金融海嘯」影響，2008年大陸第四季GDP則已降至最低點6.9%，將觸發下一波更嚴峻的宏觀調控；2009的前二季之GDP已然回升，預估今年「保8%」尚可達成，然仍較往年之經濟成長低迷許多，因此也值得台商與相關各界密切關注的焦點。

　　宏觀調控是產業結構與產業資源配置合理化的官方政策，即使西方先進國家也會積極關注於此，而大陸於1978年開始公布相關資料，故與英美德日四國並列如下表：

表4-1　日、美、德、英四國職業結構統計表

產業別	1870年			1913年			1950年			1992年		
國別	農業	工業	服務	農業	工業	服務	農業	工業	服務	農業	工業	服務
日本	70%	30%	0	60%	19%	21%	45%	25%	30%	10%	30%	60%
美國	43%	34%	24%	25%	33%	42%	10%	32%	58%	0.5%	25%	70%
德國	41%	38%	21%	38%	47%	25%	25%	37%	38%	0.5%	35.5%	60%
英國	25%	37%	38%	10%	45%	45%	0.5%	45%	50%	0.5%	25.5%	70%

（大陸1978年：70.5/17.3/12.2；1989年：60.1/21.6/18.3；1997年：49.9/23.7/26.4；2003年：49.1/21.6/29.3。）

　　2004年大陸國務院公布對2,882個企業調查，宏觀調控後達57.3%企業面臨資金緊張，並認為企業的征地、運輸、營運難度也隨之加大。大陸經濟歷經嚴厲宏觀調控衝擊，情勢已發生重大變化，中共中央經濟工作會議決議宏調觀控仍將持續進行，大陸的國家統計局公布2003年國民經濟和社會發展統計局公報，公報指出：「大陸2003年國內生產總值116694億人民幣比去年增長9.1%，外貿進出口總額達8512億美元比前一年增長37.1%，其中出口額4384億美元增長34.6%，進口額4128億美元增長39.9%。」大陸在1989年前後共有十餘年GDP年成長率皆逾10%，迄2007年止僅2002一年因SARS之故，降至僅9.2%；一年後恢復正常，2003年末大陸外匯儲備達4033億美元，再以三年的衝刺於2007年已達1.2億美元。

　　大陸目前國民經濟和社會發展中存在的主要問題是：農民收入增長緩慢，就業和社會保障任務較重；能源、交通供需關係緊張；固定資產投資規模偏大，部分行業盲目投資、低水平重複建設比較嚴重；部分社會成員收入差距過大，不少低收入居民生活較困難，資源環境壓力增大等。」（2004.2.27臺北《聯合報》大陸新聞中心綜合報導，A13）2005年國內生產總值2.2億美金比去年增長9.9%，貿易順差總額達1019億美元比去年年增加699億美元，年末外匯儲備達8189億美元幾乎是2003年的2.3倍。另外，農村因近年農業稅的逐年調降，部分省縣依財政狀況自行吸收而已達零稅率，使得農民生活也漸有改善，未來將成為探討大陸中間階層發展變化對社會影響的研究主題。

　　隨著大陸經濟繁榮與技術水準相對提高後，許多跨國企業已將研發中心設置於大陸更提升其研發能力，因此台商也須追隨之以求能接近市場。所以就須能夠入境隨俗，以建立人脈來降低交易成本，同時，台商企業必然逐步的當地化，將會是兩岸未來發展態勢。台商產業集群之產業分工將發生的轉變可能如下：

一、市場潛力取代低廉成本：大陸低廉成本已非唯一考量，對大陸內銷市場的布局已成首要。

二、對台採購需求下降：上下游台商協力工廠形成聚落，因為在大陸就地取材的零組件可壓低成本，逐漸減少從台灣購買零組件。

三、優勢互補轉競爭：大陸民營企業崛起與產業升級可憑其低成本而與台商削價競爭。

四、台商逐步「在地化」：大陸技術日漸精進兩岸水平分工漸增，迫使台商走向「在地化」。

五、轉移資金調度窗口：大陸銀行加大對台商放款已使其資金調度中心漸漸移往大陸。

六、建立品牌擠身國際：大陸技術日漸精進而兩岸ODM，OEM的代工生產，以品牌轉型為國際性企業。

七、回輸低價產品衝擊市場：加劇台灣產業結構失衡，引發削價競爭、破壞市場秩序。

八、兩岸產業我消彼長：產業西進有技術層級攀高趨勢，有使產業斷層之可能。（李世聰　2004）。

九、台商集群的再西進與創新經營：國務院積極的以「西部大開發」引導產業西進，台商則宜投入休閒農業與中醫藥產業最佳，留在東岸的台商則應走產業、文化或技術創新的經營。

　　杜拉克曾指出一國政府只需創造好條件如投資環境與人才培育，就無須限制企業外移，因為企業家會為自己選擇最有利的經營方式，唯有外移才能培養出健全的企業體質與研發創新的能力。其實台商西進政府是無須設限的，因為牽掛與感恩於文化，他們一定會「根留台灣的」，台灣財政部門負責人林全在宣示為求社會公義，而對企業與財團徵稅不得低於20%時說：「沒有人會為了繳稅而放棄國籍的」（中國時報　2005.11.25　B7版）。台商當前除了需要得到台灣當局的信任與尊重之外，也需要對大陸經濟更深入的瞭解，尤其是大陸的地下經濟對台商的潛在危機；台商如開路機亟須返台「加油」，除非政府不再供應濃郁的社會資本及台商文化等「油源」，甚至若在威權中切斷了「臍帶」，則將陷於「親痛仇快」的窘局。

　　目前大陸地下經濟規模已影響其正式的經濟甚深，近年來的發展並不亞於台灣過去的嚴重情形，而它不只是非法或游離於法律邊緣而已，肯定會帶來的問題如下：

一、對大陸經濟金融秩序帶來嚴重衝擊：大量地下金融資本游離於國家監管之外，如倒會等在失控時也會對大陸金融安全造成傷害，甚至危及社會穩

定。

二、導致經濟參數失真而誤導經濟決策，以及稅收的流失：如1996~~1999年賴星昌走私集團令廈門海關稅收只剩正常時之半，官方為打擊逃稅又須耗費大量人力物力，使正常的經濟統計出現缺口。

三、導致社會資源配置效率低下形成巨大浪費：仿冒產品逃稅又以極低成本打擊合法商品致使資源重複投入，不利於資源優化配置與市場的公平競爭。

四、毒化社會風氣，危害社會穩定：地下經濟常藉黑金謀私，與腐敗官員形成「另類權力」，敗壞社會助長歪風構成社會的不穩定（劉旭 2004）。

五、經濟過熱或衰退之際須有危機預防：國務院在入世以後皆以8~9%規劃之成長率，多年的宏觀調控卻年年以超過10%成長，加上2008奧運退熱與2007美國二次房貸，可使其出口與外匯產生衰退之危，加上「兩稅合一」致台商生產成本大增，競爭加劇與利潤降低的危機預防是台商的當急之務。

這些都是極需解決的重大問題，會深刻影響大陸的國際競爭力者，也會阻礙經濟成長發展的動力；IMD瑞士洛桑國際管理學院公布2003年的國際競爭力排名，大陸經濟在總排名中下降一位，再度引起學界和輿論界對大陸經濟情勢和投資環境的討論。除了全球總排（36）名之外，大陸在八大要素中世界排名分別是：國家經濟實力（12）、國際化（31）、政府管理（22）、金融體系（45）、基礎設施（35）、企業管理（42）、科學與技術（34）、國民素質（39）。

目前已經顯現會影響兩岸的國際競爭力之問題有：金融風險、國企改革、三農問題、脆弱的社會安全網、教育和人才培育、地區發展失衡、生態環境保育和能源短缺問題等，若能運用台商的邊際效應以利突破其對上述問題解決之瓶頸，則大陸經濟成長才可長期持續的奠定良好基礎。2003、2004與2005年大陸的IMD全球總排（36/24/31）名、經濟實力（12/2/3）名、企業管理（42/35/50）名、政府管理 （22/21/21）名與基礎設施（35/41/42）名，目前大陸正在穩定成長中唯一明顯落後欠缺者為企業管理的「人才缺口」，台灣的資金與人才若滯留於島內原地，致令企業獲利率或投資報酬率極低，則不如開放西進則兩岸雙贏更可鞏固華夏文明，其利益則遠遠大於政治上的成敗得失。

4.1.3 大陸民企與台商之經營策略

台商在大陸充分運用當地的「水、草」優勢來投資，區域推移、工業輪耕的為大陸實行「國土規劃」，完成兩岸雙贏。至2005年止台灣出口大陸積累的貿易順差總額已逾1500億美元，此即西進台商之成就及其對經濟的貢獻，所以台

商在兩岸跨區域經營企業並于各省各區域推移，其衍生的經濟實質效益約5000億美元於兩岸三地；因而使得區域經濟就成為台灣經濟發展的重要課題，兩岸就須先進入「藍海」，全心的消除四大阻礙力之首——認知與觀念的障礙，再循著「破壞性創新」走向企業的獨立創新、升級轉型。

　　台灣沒資格也不能留在「弱肉強食」的紅海，必須進入以價值創新與差別化商品來取勝的「藍海戰略」，甚至IT行業OEM的全球霸主地位也將成為負擔或經濟的陷阱，故今須積極培養人才與企業CEO替產業與企業規劃未來十年的方向與做法，謹將對台商困境有所助益者摘要如下：

一、重建市場邊界，提高模仿障礙以求自保等。

二、聚焦願景將數字擺一邊運用企業文化凝聚群力塑造願景並使之實現。

三、依「買方效益優先」重置策略秩序，求能掌握、超越買方需求得到市場。

四、克服制度障礙，再去挑戰政治阻力與傳統守舊思維，隨時傾聽客戶抱怨，選定正確的與先見的領先策略。

五、將CEO執行力融入策略、消除內部阻力與障礙，激發全員士氣。

六、生生不息的循環推力以社會網絡的外部性阻斷模仿、消除權力爭鬥改變營運與文化的對內作為（黃秀媛譯，莫伯尼，W. Chan. Kim著，2005.11）。

　　如何跳脫內鬥的紅海來走向藍海？要創造沒有競爭的自然獨占，台商的同文同種即是，最能掌握大陸員工與市場需求更能創新市場或產品，又能以文化創意帶動商品的價值創新，台商只要獲得當局者的「利多」支持，以政策引導來致力于差異化產品與區隔化市場的研發創新，就可居于競爭優勢「藍海」中。其關鍵在于人的思維或認知上能否突破舊的框架，重新界定邊界以及跳脫、避開競爭凄慘的紅海，下列六個途徑可供參考：

一、聚焦于產業內部嘗試另類產品或創新。

二、決策與研發小組探討區隔市場與差異化的商品。

三、顧客關係小組重新定義本行內之客群。

四、產品與服務領域以附加價值與創新之顧客效益為最佳。

五、功能聚焦于改善本行產品功能與感情或忠誠度，。

六、塑造此類的未來趨勢，進而更新與鞏固企業與產業之願景（同前注，P.124）。

　　因此台灣產業、企業的執行長CEO（Chief of Executive Officer）該如何作為呢？「藍海政策」實在是我們應深思熟慮的方向台灣企業家的管理與應變能力似乎又可以發揮所長，將可成為「勇者致富」而獲利。即以「藍海」而互補分

工來轉型升級之台商，不必南進印度尋找低工資的工業區，却須首因文化跨距與周邊配套產業的水準差距皆大而受損，再因而受到制度成本、交易成本、信息成本上的損耗與支出而受困。受此激勵的大陸台商中小企業者應該再奮發，或許能激發出企業的轉型，運用新知識與舊知識來創新或升級才能在競爭中求生存，台灣旅遊產業進入海峽西岸發揮優勢，在農業與民宿經營出新的產業區，一如25年前西進台商首選閩省般進行經濟與文化的雙軸交流與融合。

　　變遷在所難免，只是2008年已達全面西進的緊迫關頭，速度太快讓人應接不暇，然而企業本該有轉型能力與危機管理的計劃，若不妥為規劃與創新將被「空洞化」進而遭受淘汰，複因美、日兩國以FDI域外投資的產業外移的應對，故能依然屹立迄今即在1980、1990年代成功的渡過其「產業空洞化」的危機。如今台灣的人民則要努力培訓人才，使台灣在2030年之前完成預防遭大陸取代之準備，就應早日成為大陸沿海城市區帶的人才、技術、資金的供應中心，為兩岸生產鏈創造最高價值。

　　至於台商西進對台灣的風險與利益，樂觀的看到利益而西進，否則便主張戒急用忍。最好的政策當然是兼利益而預防風險，然兩全其美實是難能可貴，看來在探索與嘗試中仍要「摸著石頭過河」做些挑戰與自我超越才會成功的。首要之務是做好兩岸間「知彼知己」的功課，消除雙方的「誤讀與誤判」藉由安全互信的交流三通方可兩岸雙贏。故而政府對于「組織內四大阻力」的作為，宜從「藍海策略」思維方向著手處如下：

一、調整政府之功能與角色；

二、改變政府對企業、人民的關係；

三、制頒合宜的、先見的產業政策；

四、辦好教育，獎勵創新、創業育成；

五、銷彌政黨間、機構間權力與利益之爭；

六、察納雅言、隨時調整以吻合民意，即柔性專業化的政府。

　　政府的決策者如同企業的CEO執行長，需具備先見力、創構力、溝辯力、適困力與執行力，才易于執政中「轉念」成功；即能夠：看清現今優勢及未來趨勢、嘗試跨出新的一步、組成策略小組、不守成的尋覓新客戶，傾聽前端客戶並為其服務、理性看現況功能，再感性定位愿景。故能預見未來與風險，于規劃策略之中控制、超越過其問題或危險，以社會資本推動知識管理工作，來管理風險又兼顧企業穩定成長與前瞻性發展。

　　威爾許在GE公司CEO任內所說的「組織內四大阻力」，是員工士氣難振、

觀念因循守舊、內部利益衝突、高層權鬥衝突,四種阻力;在優質企業文化的GE中,他是靠充分溝通來化解;在大陸民企與台商企業中須更多出「轉念」的過程,使得成長標桿與其企業文化能搭配、合作,最具有代表性者當推海爾家電。最核心的關鍵,即是大陸海爾的企業家CEO張瑞敏,謹將他所引導成功的企業文化與產品形象主要內涵如下所述:

一、以人為本的觀念:張瑞敏的名言「高質量的產品是高質量的員工創造的」,多年前他曾以鐵錘砸爛總價數十萬人民幣的一批「未達標」冰箱,激勵了每一位職工的人格力量,樹立起海爾人「重質量,創名牌」的新觀念,將產品送到歐美銷售來考驗產品及樹立品牌,「爭第一否則不幹」和王永慶等的台商精神是完全一致。

二、全員自主管理的觀念:「日清工作法」徹底實踐了「人人的業績與任務公開,個個知情平等」,堅持「日清」的挑剔換來「月績」的成長,這也不輸給郭台銘,是首創聘日籍駐廠經理推動品管工程的大陸民企CEO。

三、企業文化價值大:企業價值觀是核心,需蘊釀於由人所營造出的氛圍之中,「海爾的氛圍,給每一職工實現其個人價值目標的機會」,可自主申請加入人才庫的公開考試爭取適才適所機會,讓許多職工脫穎而出實現其抱負與公司的理想,統一高清願重視部下品德與專業而採取內升制便是同理。

四、藝術的對待傳統中國文化:「絕對不要把傳統文化當垃圾扔掉,中國的傳統文化對企業文化有非常直接的影響」,當張瑞敏推行「日清工作法」仍以能不造成兩極化為原則,以免造成新的矛盾與不公平,必須適應文化傳統;「否則誰成功,他就是眾矢之的」的習慣勢力要革除,與張忠謀強調的「知識管理」即相同的做到「對事不對人」。

五、「打倒自己,創造進步」:「挑戰自我」是現今海爾人的標竿,要做好、做踏實確也不易所以就轉化之或升華之,「企業存在的目的是和社會融為一體,推動社會的進步」,藉此樹立為海爾追求企業利益最大化的長期目標(羅長海,2003),與施振榮相同最強調願景的價值,所以堅持品牌政策與組織再造終能成功。

六、優質服務與創造顧客的觀念:「產品零缺點,使用零抱怨,服務零煩惱:三零服務目標」,將海爾文化「創新-創造新的生活」轉化成企業發展的「創造市場與顧客」,在海爾「創造市場」與「創造顧客」是互為因果,可以相輔相成的交叉運用,他所依恃的就是海爾人「優質服務」。與台灣嚴長慶的

「麗致經驗」要求員工對顧客的貼心與關心一樣，也是服務業的共同標準。

張瑞敏對海爾是無可替代的資產，他與海爾文化息息相關更是拓建者、宏揚者，他是企業危機處理的高手，也是平時當戰時的奉行「日清工作法」的CEO。他在企業危機之中與處理過後，運用了企業領導人最易凝聚全員向心力的時機，再加上強烈的憂患意識，只要有計劃又能有適當管理，那麼其組織改造或企業變革便可高度成功。台商企業家處今日之境猶不能稍有懈怠，更應致力於再西進對大陸布局行銷與擴建企業版圖，也有專意於研發創新與自建品牌而不懈者，其原始動力與海爾文化來自同源——皆是儒商文化，再加以台民精神結合所形成的拼搏精神。

台商企業進軍大陸內銷市場是「入世」後的特徵，台商的經營文化因此也就處於漸進改變中，但基本上仍受移民式商貿特質與海洋式儒商文化的影響，筆者茲根據對大陸台商的訪談而分析所整理出下列特點：

一、奉行「本人、本金、本分」才易成功：企業不論大小均需經營者本人須常駐大陸管理，另外大陸銀行對台商融資功能有限故自有資金更需充足，尤其要奉公守法與瞭解當地法制的特徵與民情風俗才可獲利。本分＝本業＋守法。

二、台商的單兵戰鬥或各自為戰者多：勇於拼搏與冒險犯難也是失敗的主因，缺乏上中下游的整合與合作，既無外商的規模與經驗又無本地企業的市場通路與人脈關係，更因不團結、惡性競標、互挖墻角等而導致失敗。

三、溺於臺式思維昧於市場需求：目前台商大企業多已進入並已能調整、適應大陸市場，稍早之前西進的中小型或夕陽產業者，其中不少失敗者輸在經營時，慣用台灣模式處理職工關係而忽略「大鍋飯遺風」等之影響，尤其將來用力於大陸的內銷市場就更須用功用心，否則會因認知差距而挫敗。

四、須以次級戰場的省級區域來著手來布建行銷通路：即勿過的「放眼神州布局全球」，跨國企業的外資已進入東岸沿海地區，台商的多數企業在資金、技術、經驗與規模均不如甚多，台商因運用同文同種的優勢進入中西部的省會都市，至於製造業則更可進入具有產業之發展優勢的縣級市，如休閒農業者則可在西南地區，先行組成網狀鄉鎮的產業集聚網絡。

五、經營理念必須與時俱進：大陸數十年來的教育將台省包裝成十分美好的「寶島」，事實上此一形象現仍深植於大陸人心中，故在當前仍具有領先優勢，所以「台灣風」的包裝行銷與經營模式仍是台商企業不錯的賣點，但

是在東部大城市的台商優勢已明顯下滑，此一**趨勢**便是部分台商再西進西部或北進東北地區的動機，改變經營型態的轉型或進入產業更上游，以及技術創新與研發新產品的升級就成為未來台商的「重中之重」。

六、市場創新與行銷設計之組合：台商在大陸遍布各區域只因台灣官方政策曖昧，難以組織而團結分散各地的中小企業，放牛吃草或各求生路使台商的信息成本與制度成本極大，而使每一台商重複付費或繳交高額「學費」，若無大陸的優惠政策是難以為繼的，「生於憂患」的法則使台商須在行銷與產品差異化上努力來走出生路──台商集群借著溢出效應與腦力激盪才會產生三I與創新之可能。

七、瞻望未來及預防危機：須持續發揚戒慎履薄的危機預識，特別是入世後實現國民待遇可能帶來的危機，如強大競爭者之增多與商品生命周期的變化，以及知識經濟的多變而須另創台商的優勢，政治的對立使政策多變而台商乃有「一季數驚」之患。

大陸經濟學者茅于軾在《民營企業家都有「原罪」嗎？》多有申述CEO的困境，然企業家享用「社會資本」卻未履行其「資本責任」，致使社會M型惡化，應即是他們「原罪」之所在；CEO會成為被口誅筆伐的「肥貓」，則應從國父的「社會價值說」與「社會互助論」來詮釋，並藉此來解除此經濟社會的困局來建構「公民社會」願景。

4.2　台商集群的競爭優勢及其創新角色

4.2.1　企業核心能力與競爭優勢

企業核心能力理論是戰略管理流派之一，也是戰略管理理論的發展先導。與企業核心能力理論有繼承關係的是以下三大學派：

一、早期（1960年代）的環境學派，即設計學派（Design School）和計劃學派（Planning School）兩種說法。

二、中期（1980年代）的以波特（Michael E. Porter）為代表的競爭戰略定位學派。

三、晚期是企業的資源基礎理論為核心能力理論，自普拉哈拉德（C. K. Prahalad）在《哈佛商業評論》和哈默（Gary Hamel, 1990）發表《企業核心能力》一文以來，企業核心能力（core competence）概念在1996年之後成為另一個比較完整的理論體系。

　　1992年聯合國（Organization of Economic Cooperation and Development, OECD）宣布：世局已走進了全球化的時代，1996年更宣示：人類社會已開始進入知識經濟時代。之後跨國企業的核心競爭力成為其持續生存的關鍵因素，通常企業核心能力有兩種代表性觀點：一是以普拉哈拉德、哈默為代表的核心能力的個體觀。二是以斯多克、伊萬斯、舒爾曼、提斯為代表的整體能力觀（李品媛，2003）。台商大多循此理論而行，大多屬「不知而行」，更不知波特「創新推導」的重要，以致忽略研發創新對核心能力之關鍵影響。

　　企業成長學說也是以核心競爭力為中心的，通常分為外生論、內生論與折中論的三大類，哈佛大學的波特以1980年代前半期的《競爭戰略》與《競爭優勢》，以及1990年代中期的《國家競爭優勢》為代表，成為企業成長外生論之超重級核心人物，他深受美國梅森（Mason）與貝恩（Bain）的產業結構學派的影響，將企業經營的競爭環境與分析範式「結構（S）－行為（C）－績效（P）」結合。

　　在此競爭戰略思想下企業競爭優勢取決於兩個核心：一是否能長期獲利的產業選擇問題，針對所屬產業該企業的內在獲利能力是其關鍵；二是與營利能力同樣重要的競爭地位問題，即如何在選定的產業內取得競爭優勢地位。

　　總之，波特一再強調企業的外部因素：市場結構或市場機會並與企業所在地的產業狀況高度相關。企業的內部因素首須集中資源來構成局部優勢，取得市場的高占有率與遊戲規則的主導權，進而爭取與鞏固全面的優勢；更不論是內部或外部，企業的CEO位居核心關鍵即「司守其門戶」，特別是《鬼谷子》所倡導的合縱連橫術是CEO所必備的能力，更是影響企業核心競爭力的關鍵。

　　大陸學者通常將核心能力的不同觀點，如下表所列者予以歸納後，分為整合觀、網絡觀、協調觀、組合觀、知識載體觀、組件--構架觀、平臺觀、技術能力觀等八類觀點（王毅等，2000）。另外魯開垠、王大海的《核心競爭力》（2001）的專著則是比較早來探析企業核心競爭力，進而對其理論和實際方面補充了在資源觀與系統觀之不足。謹摘要列表如後（見表4-2）。

　　本論文根據產業集群的特點，結合核心能力理論的內涵及其可發展性，通過台商文化、社會資本的轉換研究，試圖從核心能力理論來解釋台商產業集群的區域推移現象，建立起台商產業集群核心能力的理論框架。西進台商的內銷多以文化觀為主要賣點而輔以通路體系，至於其外銷多以其網絡體系為主、文化觀為輔；故曰：「企業的核心能力為裡，企業競爭力則為其外顯形式。」進而以企業核心競爭力理論，解釋台商產業集群的「工業輪耕」行為模式是合理的，特謹說明核心能力理論特徵有四點如下：

表4-2　核心能力的不同觀點

觀　點	含　義
整合觀（Prahalada and Hamel, 1990）	不同技能與技術流的整合
網絡觀（Kesler, Jones, 1998）	各種技能及其相互關係所構成的網絡
協調觀（Coombs, 1996）	各種資產與技能的協調配置
知識（載體）觀（Barton, 1992）	企業獨具特色並能帶來競爭優勢的知識體系
文化觀（Barton,1986;Durand, 1997）	企業獨特的難以仿效的有價值的企業文化
組合觀（Prahalada,1993;Coombs, 1996）	企業各種能力的組合
組件構架觀（Henderson & Cockburn, 1994）	通過企業構架將若干能力元組合起來的能力
平臺觀（Meyer and Utterback, 1993）	通過產品平臺來連接市場的能力
專利技術能力觀（Pateland Pavit, 1997）	獲取專利和顯現於技術優勢的企業能力
資源觀（Christine Oliver）	企業在獲取擁有異質性資源方面的獨特能力
組織系統觀（Coombs）	企業技術能力以及將其有機結合的組織能力

資料來源：王毅、陳勁、許慶瑞：企業核心能力：理論溯源與羅輯結構剖析《管理科學學報》，2000年第9期。

一、核心能力理論是一種成熟的理論。產業集群核心能力的研究和解釋主要應用美國學者普拉哈拉德和哈默等人提出的有關核心能力的理論，在企業理論和戰略管理領域一直占據主流地位，同時被國際企業界廣泛接受並加以實踐。台商企業跨海西進是為了延長其生命周期，台商集群也一樣是以核心能力作為解釋之依據，使企業持續其競爭優勢得到充分肯定。

二、核心能力理論可以解釋產業集群，並作為研究產業集群的一種理論工具。從企業與產業集群的相關性來看，企業是集群的組織單元之一，如產業集群與企業是「見樹又見林」的相互依存、相互影響、同生共長的關係，產業集群的核心能力是由企業以及其它的組織核心能力構成，或是集群內所有企業和相關組織之核心能力的整合。即根據源自台商文化的社會資本與企業家能力，以及企業核心能力理論而建立起台商產業集群的核心競爭力之理論。

三、應用核心能力理論研究產業集群的偏重點。應用核心能力理論來分析台商產業集群，各台商企業依循「蜂群分封」模式隨產業集群而推移是一嶄新的研究領域，大陸官方則借重之再以台商企業的核心能力來施展其「工業輪耕」的宏觀「國土規劃」，在經貿與文化上皆能區域推移將可大利於兩岸雙贏，其結果是頗值得關心者去從事華夏經貿圈之相關研究。

四、產業集群核心能力的理論基礎是多種理論有機整合的結果。產業集群核心能力的理論基礎是集群理論、核心能力理論、企業知識理論、經濟演化理論，產業集群核心能力的本質基礎是集群的學習能力和知識積累，集群的現實基礎是集群的社會資本，集群的空間基礎是地緣上的相同產業的有效集

聚,即產業集群核心能力是知識資本借助社會資本將一切資源做有機整合的結果。

本文以產業集群的核心能力與台商企業文化為研究對象,著重探討以中小企業為主的產業集群核心能力的內涵、本質和源泉,分析台商產業集群能強大的不斷區域推移發展,台商以「蜂群分封」、「工業輪耕」避免產業集群陷入發展困境,或萎縮和衰落的現象出現。目的在尋找形成產業集群成長的企業文化與核心能力為其內在核心機制,藉以強調台商社會資本在產業集群成長演化過程中的發生、作用及其影響。台商集群的龍頭企業如同蜂群的蜂王,引領蜂群依其核心能力、技術優勢或資源等「花、蜜」,為族群更好的生存與繁衍而「分封」以行「區域推移」。

企業與企業CEO的核心能力皆具有價值性、獨特性、延展性、可交易性、異質性,以及須以人為載體,故企業的區域推移、整合,甚至興衰皆繫於企業CEO及其核心能力;美國學者吉姆‧柯林斯(Jim Collins)於《從優秀到卓越》中提倡累進的五層級CEO:能力突出的優秀個體、樂於貢獻的團隊成員、富有實力的經理人、堅強智慧的執行人、卓識謙遜的領導人等五層級。與《孫子》中所析論的將領層次、境界時所需之條件,特將其轉化為CEO的核心能力如下:「**道(加上對願景的達成,能謙遜、負責於永續成長)← 天(加上身心投入、深謀遠慮)← 地(加上外部網絡練達)← 將(加上內部領導純熟)←法(有專業能力精熟)。**」相似,最高層級CEO即是「道」如《孫子》者。

目前台商的「工業輪耕」多停滯於勞力密集型製造業,依循台商的需求追逐低成本與區位優勢而行區域推移,除了借著扶持政策的優惠以其游牧性或非根植性而獲利,也快速實現各該區域的基本工業之奠基。台商因為與大陸是同文化同語言,且接近市場的特性更優於日韓港新的商人,所以大前研一才會說:台灣給大陸帶來珍貴的無形資產。若從台商文化於數百年的海洋殖民所帶來的挑戰之中,將所淬煉出來的「美日台混血企業文化」,以「回流效應」帶動大陸經濟起飛走獨立自主的路,以「工業輪耕」來擴散台商文化則是華夏經貿體系之組成關鍵,也是值得珍貴的轉機──文明衝突後,能強勁的與西方文明競爭的力量,而使台灣能持續保有「地球籍」參與全人類共有、共治、共享的全球(平等)化。

4.2.2 台商集群的競爭力與破壞性創新

1973年的石油危機結束了日本長達二十年的經濟榮景,後來更因日元被迫貶值而陷進「泡沫化」困境,迄今又十餘年竟而令日本致力改變其產業結構;

雖逢1997年7月2日東南亞金融風暴仍能挺住，進入21世紀後已見經濟成長而頗令人讚嘆，其原因實受惠於大陸的崛起。韓國亦同但因其受惠於大陸更多而表現更令人激賞，處於這場東亞風暴的核心而能夠化危機為轉機，不只是重新振作而且打破令人垢病的財閥制度，除了完成其金融改革，更帶領人民進入良性的經濟環境中，也大幅提升民主政治的層次，這些都是台商期待發自政府的作為卻又處於久旱盼甘霖般的苦候中。

若將台灣與在金融風暴中受傷沉重的韓國比較，則只見韓國成長速度高於在金融風暴中受傷輕微的台灣，不論是在亞洲或全球範疇上，台灣現今幾乎都在與韓國競爭或比較，所依恃而能不致落後太多的原因，並不是因我們金融制度或經濟成長，而是台商在大陸的優勢。其成果足可彌補韓國金融改革與全國拼經濟所獲之利；台灣不僅仍須努力改革金融，也須加強教育來改革思想與充實知識，方可拼經濟面對全球化的風險而立足亞洲，否則不久的將來大陸台商會因受限於政策而落後於南韓。2007、2008兩年WEF公佈全球競爭力台灣皆為「四小龍」之末，2008下跌至第17名，如今再不拉回，將因經濟優勢已消退，致使政治進化的力道恐怕也更難以民主進化，來實現兩岸共構的公民社會了。

1994年南韓產品在大陸的進口市場占有率為6.3%，2005年元月以11.74%首度超越台灣的11.46%，其主要因素是：過去南韓不計利潤的力求兼顧品牌發展與技術創新，台灣則循短期獲利的代工路線則與南韓是走著有所不同方向的道路。目前大陸台商多已能就地取材生產原料對台採購漸減，以及政府對兩岸經貿之消極作為等皆是成因；南韓對大陸依存度已是20%而台灣則是25.8%，2009年大陸「傾斜」的大量向台灣採購半成品與零組件，迫使南韓轉向歐共體積極簽定FTA，8月與印度簽CEPA以求產業生存，使得台灣對大陸依存度已逾30%。

大陸國民所得速增已帶動消費需求升高，大陸入世後於2004年底開放貿易權，並將內地銷售權授予各國而成為世界市場，是繼南韓後，日美等國在大陸的市占率將漸次的超過台灣，因而台商產品就須加強研發創新與文化創新，運用特殊享有的社會資本來自建品牌才是根本之計（工商時報，2005.3.9，A4版）。

產業集群已成為各國之經濟重心，若從產業的區分來看，1998年Peter. Knoriga和Meyer.Stamer在對發展中國家的產業集群研究中，借鑒Markusen（1996）對產業區的分類方法，把產業集群分為三類（見表4-3）。

一體兩面的企業心臟對內是企業核心能力，對外則是競爭力。波特主張企業獲利的核心競爭力是「差異化」商品與低成本生產，台商應放棄低成本的代工生產，更多的投資於競爭優勢策略，再轉型為創新研發方可持久，如果欲求

有更多的華人企業效法則依賴「貿易條件」之激勵，才會改善台灣於表4-4的C值的貿易條件，而能藉著波特的企業獲利於競爭優勢策略而急起直追。

美國藉著對創新研發或知識財的重視而獲利豐厚，其政府轄下的「專利創新調查研究中心」，每年累計之專利申請案數與「美國與新興國家競爭力比較報告」，藉著分析美國與亞太國家之競爭力相對比較，謹節如表4-5。

表4-3　Peter Knorriga 和 Jorg Meyer Stamer 的產業集群分類法

	意大利式產業集群	衛星式產業集群	輪軸式產業集群
主要特徵	以中小企業居多；專業化性強；地方競爭激烈，合作網絡；基於信任的關係	以中小企業居多；依賴外部企業；基於低廉的勞動成本	大規模地方企業和中小企業；明顯的等級制度
主要優點	柔性專業化；產品質量高；創新潛力大	成本優勢；技能/隱性知識	成本優勢；柔性；大企業作用重要
主要弱點	路徑依賴；面臨經濟環境和技術突變適應緩慢	銷售和投入依賴外部參與者；有限的訣竅影響了競爭優勢	整個集群依賴少數大企業的績效
典型發展軌跡	停滯/衰退；內部勞動分工的變遷；部分活動外包給其它區域；輪軸式結構的出現	升級；前向和後向工序的整合，提供客戶全套產品或服務	停滯/衰退（如果大企業衰退/停滯）；升級，內部分工變化
政策干預	集體行動形成區域優勢；公共部門和私營部門合營	中小企業升級的典型工具（培訓和技術擴散）	大企業/協會和中小企業技術持有機構的合作，從而增強了中小企業的實力

資料來源：Peter Knorriga, Jorg Meyer Stamer. New Dimensionsin Enterprise Cooperation and Development: From Clusters to Industrial Districts, 1998 (10)。（林平凡，2003）。

表4-4　亞洲四小龍貿易條件

↓A 進口物價　　↓B 出口物價　　↓C 貿易條件　　↓（2002 /2003/ 2004之%）

台灣	0.4 / 5.1 / 8.6	-1.5 / -1.5 / 1.6	-1.9/ -6.6/ -7.0	C=B-A 以正值為佳雖與匯率有些關聯，然與產業政策、競爭力及優勢更多相關
南韓	-3.1/ 1.8/ 10.2	-4.7/ -2.2/ 6.2	-1.6/ -4.0/ -4.0	
新加坡	-0.6/ 3.9/ 5.0	-2.2/ 3.7/ 3.8	-1.6/ -0.2/ -1.2	
香港	-3.9/ -0.1/ 2.9	-2.7/-1.1/ 1.2	1.2/ -1.0/ -1.7	

資料來源：整理自 工商時報，2005.4.10，4版。

表4-5　2003年美國與新興國家或地區競爭力比較表

國家/地區	在美專利申請案數	R&D 經費 GNP 占%	理工科畢業生/年
美國	88000	2.7	40萬人
印度	354	1.0	31.6
大陸	366	1.2	33.7
俄羅斯	268	1.2	21.6
以色列	1188	4.7	1.4
新加坡	438	2.2	0.56
台灣	5300	2.3	4.9
南韓	3592	2.9	9.7（2003年數據）

資料來源：工商時報，2004.12.26，A12版。

　　台灣是一個開放型的經濟體，故其發展深受外來因素的制約與影響，尤其自1980年代後期開始，經濟決策的自主權受到內、外部的挑戰與日俱增；全球化與知識經濟的脈動加快社會變遷而不斷去修正或瓦解政治、經濟與文化的現有模式，外在環境變遷的壓力致使政經制度、生活模式與文化型態不斷的調整。西進台商就須預識到亞洲的區域整合，在變局發生前就必須站穩大陸這市場才會具有優勢，特別是加入WTO之後兩岸的政經關係將影響未來的發展趨勢甚大，「絕對本土」主義以及「戒急用忍」類型的政策將成絕響，兩岸台商必須早做變局準備，面對入世後亞洲區域整合的新局。

4.2.3 亞洲金融風暴與儒家文化的創新藍海：大亞洲主義之區域整合

　　不論是處於區域（Area）或地區（Region），或者是territory的領域之中，對產業而言，集群即是一種產業內部企業之間在空間意義上的壟斷和競爭關係，一般不涉及單個企業內部的管理問題和委托——代理問題。從最根本意義上說，要想從經濟學上解釋清楚產業集群現象，就離不開產業組織學的理論、方法和分析框架；另外，國外的產業不同於我們的行業，它是一種提供同類產品或服務的眾多企業的集合，基本上是一個「市場」概念，所以產業集群也可以定義為一種提供同類（產品差異化程度小，可以用交叉彈性衡量）產品或服務的眾多企業，集中在相對狹小地域（可以用半徑或面積衡量）的集合，可以屬於產業組織學的一個分支學科。故而本系列之研究將產業集群與區域推移作為首發之主題。

　　廣州暨南大學經濟學院教授陳雪梅把產業集群分為外源型（外資帶動型）和內源型（本土發展型）兩大類。她認為這兩種類型的產業集群各有著不同的問題，謹借用之再從台商角度分述如下：

4.2.3.1 外源型產業集聚的複製問題（沿海高投資科技集群、內陸優惠開發區）

　　即「複製群居鏈」的區域推移，1987年第一家台商鞋廠在東莞投資生產，三年後已有400多家台商鞋廠在此落戶，其所形成一個新的企業網路與產業鏈。台商企業愛與舊識親友形成上下游交易合作關係，對相關產業的民企在前向、後向關聯效應差。龍頭企業接收訂單、獲取資訊、產品開發、研製和試驗以及銷售等活動都主要集中在台灣，過去大陸只是其較單純的生產加工地的「兩頭向外」的企業。中山市大湧鎮的台商化裝品ODM廠，產品於加工後貼牌外銷，其產業鏈中提供塑膠包裝盒的成員，以兩倍於當地民企的單價供應給他，如今產業鏈仍分工合作如舊，現集群已派遣心腹職員赴北京外圍，近山西之交通樞鈕地的石家莊

佈署新網絡。故外源型集聚形成之關鍵在於台商FDI集群內社會資本，及其網絡的健全度、安全度而決定其獲利與發展。

4.2.3.2 內源型集聚存在的主要問題（鄉鎮民企集聚、大陸國有企業集聚）

根據調查顯示廣東自主研發的企業比例不到40%，目前台商在粵產業集聚之競爭力，主要集中在依靠低成本生產要素提供低價格商品的「低成本競爭優勢」上，而透過提供用戶獨特而優異的價值和服務的「差異型競爭優勢」明顯缺乏。傳統產業都具有相當的經濟規模，但只是產業集聚而沒有形成產業集群，企業本身成本因之拉高而配套企業則無利可圖（人民網，2004.6.10）。尤以東莞虎門某間生產液晶電視螢幕的陳姓台商，是從監視器OEM代工20年起家，轉型逾八年也已充分「在地化」，全廠只有三位最高層幹部是台商，是充分的內源型集聚形成。台灣的優勢在人力資源上，仿如台中后里的手工薩克斯風的樂器產業集聚，從上游到行銷的下游，整個產業鏈皆未外移即因品牌與智財專利，都關鍵性的掌握在優勢人力資源之故。故內源型集聚形成之關鍵在於當地的社會資本人才的豐足度，台商進進入時亦須配合大陸的「人才、資金、技術三入村」政策。

台商面對各種壓力與競爭不能稍有錯失，所以台灣沒資格也不能留在「弱肉強食」的紅海，必須進入以價值創新與差別化商品來取勝的「藍海戰略」，須積極培養人才、企業CEO替產業及企業規劃未來十年的方向與做法，希望日後台商西進投資的企業家，需能有危機預識隨機調整其思維與對策，CEO發揮管理的優勢帶有新科技且富有創新精神者，將可成為「勇者致富」而獲利。台灣企業家的管理與應變能力在受刺激之下應該再奮發或該出現創新了，唯有充分瞭解企業而進行企業轉型，運用新知識與舊知識來創新或升級才能在競爭中，引領企業向前挺進來爭取「兩岸共生、雙贏」。

歷史上富庶的中國即長期成為東部亞洲極核，是政治與經濟之極化效應的源頭，濟弱扶傾的史實使東南亞、東北亞對中國有「協合共生」的期待，所以仍應提倡儒家的「萬邦協和」及「逝者如斯」的自然演化和「與時俱進」，以疏導代替圍堵的平等溝通是尊重多元的王道文化，絕非「定于一尊」的西方霸權而是「近悅遠來」的區域推移作用。儒家文化與西方文化的衝突是發生于鴉片戰爭，清廷徹底的敗于西方的霸道，甚至其最自傲的文化與精神文明皆棄而不用，也失去了自信與自尊。

中國能夠自助助人的「續絕存亡」即有賴于特有的道德文化，誠如 國父

孫中山先生所說：中國有一個道統——堯、舜、禹、湯、文、武、周公、孔子相繼不絕。這句話便呈現出儒家思想與文化的核心，雖曾亡于蒙古與滿清的武力卻因文化而復興，更藉此而茁壯成長與傳承下來以迄于今。清廷1895年割讓台灣予日本時，反而僥幸的能保有對傳統文化的自信與自傲，更借著日本也重視儒家思想與教育而保有一分清新之氣，從1945年發展到如今，能「禮失求諸野」的將儒家文化弘揚于台商西進的歷程，進而培養出台灣人民些許的志氣與拼勁，推動大陸的「工業輪耕」，進而能夠傳播儒商文化于全球。

　　針對全球化、資訊化、知識化是影響企業未來發展的三大驅勢，台商在變遷的知識經濟中，應妥善利用資訊化打破訊息封建主義，以及全球化打破傳統國界的絕對主權觀、知識化打破三大生產要素的價值觀，也將因知識與信息網絡而成企業管理與公司經營的主流。如今會更有利于台商的西進投資于大陸，儒商回流于大陸進而宏揚于亞洲，在華夏文明的「破」與「立」之中，成就現代版「大亞洲主義」的繁榮。

　　台商文化中因「生于憂患」而培養出較強的應變能力，以及刻苦耐勞與精準溝通的能力使儒商的特質在大陸廣受注目，當然也突顯出其弊病，唯有強化危機意識及「與時俱進」的精神方可轉危為安；今日唯有善用文化創意與技術創新，以免陷于OEM/ODM代工陷阱中失去創新能力，台商須以企業變革推動創新研發，建立企業的核心競爭力來求生存，進而以差異化產品建立企業形象與市場口碑，才是圖強與可久可大之道。

　　台商企業多為家族企業除了主要資金來自家族成員之外，企業經營管理任用家族分子，企業傳承係以子承父業為特徵，通常創業初期的幹部皆「用人唯親」。新進之台商在東岸沿海競爭的「紅海」中，倒不如進駐氣候適合的西南或東南的旅遊資源豐沛地區，運用台商的優勢從休閒農業做起，先卡位經營再觀察當地生態來擇優進行轉型或升級，當台商轉進入其所擇定的產業後，如中醫藥生技產業；因規模與文化上的考量仍會以家族企業「獨營」的模式為最優先選項，來從事經營再漸次進展到更深廣多元的企業領域內。

4.3 台商的前瞻東協與產業發展前景

4.3.1 台商前進西南及其歷史性角色

　　台商的兩岸經營模式在未來不僅要將「核心技術」的研發中心留在台灣，更應該以社會責任來建立兩岸共構的公民社會；因為凡熏沐於儒家文化的華人

至少可以賺取努力的辛苦錢。若因生活在多元或多艱的環境中能多獲歷練者，如移民他國者就更增其賺取經驗的智慧錢之機率；現今因教育與企業文化的培訓而擁有少數秀異者，他們能賺取眼光精准的創投或風險投資的錢；這三種人在21世紀的「商戰」中，他們所依恃的根基是華夏文化的薪傳，所賺取的「三種錢」是依等比級數而遞增，故可實現「服千萬人之務造千萬人之福」之公民社會的境界。在「中國崛起」之後這三種人才是量多且又源源不絕的，因為它是吻合儒商文化的，正如 孫中山先生的「不知不覺、後知後覺、先知先覺」三種人是缺一不行的，台商會西進投資者至少是後知後覺或先知先覺層次，即能夠賺取經驗的智慧錢與眼光精准的創投或風險投資的錢。也具有危機預識與專業知識能力的台商CEO，發揮其企業家精神方可抓住機遇，便能賺到上述這三種錢，此即是「愛拼才會贏」的真諦。

西南地區於1992年時，其國有企業在工業總產值占七成以上是偏高的比例，高於整體西部的66.7%及東部地區的40.4%，這與大陸在1960年代的「一五計劃」時期，以西南為「三線建設」的重點地區曾有高額的投資，形成國有的軍工工業與地區資源工業比例偏高，因而對吸引外資方面則較難有開放的情境；放眼國際與評估外在環境之變遷所帶來的威脅，我們亟需妥為規劃、積極推動產業政策、慎選技術與開發人力資源於生物科技與光電產業，執行之前宜斟酌於台灣的優劣點與經驗之借鑒。

如今西南緊接東協的「大眉公河區」，以及廣西的北部灣區、雷州半島與越南所圍峙的東京灣（即北部灣），將形成東亞的「南三角」工商興繁區帶，相對於由日、韓與渤海灣所構成東亞的「北三角」工商繁華區帶，希望能由台商領頭將ECFA桂高雷、泰星馬三角、珠三角組成東亞的「南三角」，北上長三角、台灣、海西經濟區所組成東亞的「中三角」，以及由日、韓、環渤海灣區的東亞洲「北三角」，再構成東亞洲的經金貿核心區帶。更需台商所憑藉的海洋式儒商文化、人脈網絡來連結三者，再思及台灣的區位、CEO能力與創新智財的優勢，將更會突顯經由台商文化而漸趨穩固的亞洲經濟，以利於完成「文明衝突」前之佈局。

西南地區三資企業的台商或當地人民在認知上的不夠，例如大陸雖尚未開放旅行社民辦民營，但「休閒農園」是餐飲兼及旅館的產業，是台資與外資可以投資經營的企業，具有中醫藥文化底蘊的台商更可轉型為中藥材或其方劑之產業。2008年改選前台灣政府仍主張「積極管理，有效開放」，相信即抱持「資金外流助長產業空洞化」的理由，這種力量卻會使整個產業結構與經濟生機停滯而令經濟泡沫化。故台灣政府若不以日本為鑒來改變思想或轉念，只為提高

就業率即為預防「空洞化」而強留傳統產業，雖以日本之強尚能及時修正而致力研發來挽救，即使如此僅憑其雄厚底子猶尚未能正式擺脫「泡沫化」之危機，台灣政府就須謹慎而不應一再蹉跎良機，否則處境將比日本更危殆。

　　經濟區域內的集聚其規模發展到經濟群落或更大規模時，甚至於當其規模過大者或不足者所產生的影響都是一樣的，亦即都會致使其中一些產業的部門無法達於最優經濟規模，進而會拖累整體形成成本提高而出現內部與外部的不經濟，此時企業或產業為求生存與利潤就會向集聚或地區之外分散。台商的西進及再西進是具體的區域轉移或梯度推移，其所投資大陸的IT產業從珠三角的東莞遷移至長三角的昆山都是相同現象，像似昆蟲中的蜜蜂之「分封」與螞蟻之「分巢」，其原因皆同──為謀求個體的生存與群體發展的最優化，也類似游牧民族的逐水草而居則是對環境的尊重與愛護之表現。

　　筆者有位老同學2002以家族資金，經美籍的生技博士妹妹投資雲南白藥，知悉後便極力鼓勵擴大對西南中草藥多元投資，因為台灣的生物科技正蓄勢待發，兩岸合作更可與IT產業之優勢結合，再模仿其運作及發展的模式，將產制中心移往「植物王國、動物王國、稀有礦王國」的西南進行投資，捍衛華人祖先的智慧財產。台灣的傳統產業與服務業亦可一並前往，形成西南經濟區的休閒產業集聚或民宿群落，這些原都具有不錯優勢的台商傳統產業到西南深耕後，先從休閒農業來儲備中醫藥生技產業的知識與能力，當可與後至的外商進行全球化的經貿競爭而立於不敗之地。

　　殷鑒不遠，台灣政府須及早懸崖勒馬否則是無助於經濟的升級與轉型，以免錯失再西進大陸，藉以研發創新與自立品牌行銷的良機。如大陸的西南地區者為明顯之經濟不發達地區，通常會有下列令投資人惑於「環境不佳」而退縮之特徵，較適合前瞻型台商先行進入的投資者來克服的缺點：

一、發展中地區收入水平低不易累積資本、人力素質難以提升。

二、發展中地區因觀念陳腐而忽視科技研發，也因保守畏難而缺少肯冒險投資的企業家。

三、發展中地區低收入水平，使新技術產品之市場需求過小，若無政策支持將難以生存茁壯。

四、發展中地區的專利制度與科技市場不夠健全，政府不易保護創新者或發明家之權益而傷害創新研發之推動力。

五、發展中地區的科技市場與科研機構因信息封閉，與技術與操作人員素質不佳，無法形成「科學─技術─生產力」的轉化，進而難於形成「經濟起飛」

之條件。

國家因其各地區自然的、社會的與政治的基礎、經濟結構的因素與城市空間結構等因素差異而存在著經濟的梯度,故粗略的分大陸沿海地區與西部地區是存在著明顯區別,最具體的是人均收入的大落差,其它如教育與科技水平、生活條件與基礎建設、政策導向與價值思維等政策傾斜,也會因區域間的極化效應所產生的「磁吸效應」而拉大區域間的經濟梯度。通常區域發展政策有區域產業政策、區域組織政策與區域宏觀調控政策(依序是區域經濟發展的基礎、保證、手段),亦即台商在兩岸應儘量扮演「先知先覺」角色,致力研發創新而謀求「賺取眼光的錢」或「賺取機會的錢」。

大陸市場的經濟規模大到足以助台商自創品牌而不必受制於人,又因其相對低價的勞力與原料呈現誘人的比較利益,近年來尤其重視人才培育而充實其研發能力與程度,台灣一向引以為傲的快速生產即將被大陸所超越,台商隨著全世界的生產製造工場遷往大陸都是明智的抉擇。如今若不想遭到產業空洞化或經貿邊緣化,台灣就須有創新研發的強大動能,才能跳脫低價代工的命運,以同文同種與地理區位的優勢,從品牌與通路的獲利為動力來進入大陸市場,才能顯現創新的技術與市場而再獲得勝出的機會。

大陸當前對其國內產業正進行跨區域的整合,台商更該配合此一政策運用這一機遇,共謀兩岸的經濟利益而增進自身的生存與發展。例如正式簽約運作於2004年5月的「9+2泛珠三角」,其區域經濟的整合功能已激發、引導台商西進到江西南昌與湖南長沙,「台贛經貿交流會議」於2004年9月於南昌成功閉幕發揮其結合長三角與珠三角的區域整合功能,相信待長三角飽和與2008奧運商機之後,西南地區將成開發熱區時台商已布局完妥,可以在跨國企業競爭下仍然能夠立於不敗之地。台商亦可藉著在通路服務業與金融服務業的優勢,以先行者角色進入西南與中部地區擴張版圖,待機會藉大陸入世時承諾之開放所有服務業,包含旅行社與國際性飯店旅館的經營,屆時台商將藉先入為主與文化優勢而成功轉型。

4.3.2 台商前景與「再西進」的產業發展

西南地區對於在「兩頭向外」之經濟群落的沿海台商而言,距離近與氣候佳雖是優勢,但本身吸引力雖大還不如其對即將成熟的東南亞與南亞市場潛在的影響,更令人注意而吸引台商的是:因在西南地區的投資可搭配台灣「南向」布局時所設置的企業網絡,以及培訓的人才皆將大利於台商企業發展。若

更務實而論，基於大陸的戰略布局與外交思考，西南的重要性在接鄰邦交國數而論，最近與未來皆會勝於西北者更多，則就其經貿實利而言，對東南亞各國的進出口總額亦遠大於西北、東北之對於俄羅斯、外蒙；若更思及台港澳與「東協加三」將等同於華夏經貿體的「放大版本」，就應予以更多優惠港澳與台商進入西南地區投資建設，讓兩岸企業因此合作發展東南亞此一被國際共同看好的未來市場，即發展中國家的地區產業集群及其競爭力，過去出現在G7等發達國家和地區大量存在的產業集群現象，近年也在發展中國家大量的出現，例如亞洲的大陸、印度、日本、韓國、巴基斯坦、印度尼西亞，皆有發達程度不同的專業化的集群。

在東歐的一些國家，例如，波蘭、匈牙利、斯洛文尼亞等原共產國家也發展了經貿集群；另如在拉丁美洲的集群發展則有秘魯、巴西、墨西哥、委內瑞拉、洪都拉斯、尼加拉瓜、牙買加等國家。又如非洲的地區產業集群，如南非、肯尼亞、津巴布韋和坦桑尼亞等國也都有小規模的集群存在著。亦即不論是第一世界、第二世界或第三世界在全球化的當前，產業集群經濟已是普世價值了。

在全球GDP成長第二高的國家，金磚四國之一的印度近十年來經濟成長平均值是6.4%，其成長率僅次於大陸，應都歸功於印度也是非常普遍的產業集群現象。其特色產業集群主要有旁遮普邦的路德海阿那的金屬加工和紡織工業集群、泰米爾納德邦的提若普爾的棉針織業集群、古吉拉特邦的蘇拉特的鑽石加工業集群、卡納達卡邦的班加羅爾的電子軟件業集群、北方邦的阿格拉的鞋業集群等。大約350個集群創造了印度製造業出口額的60%，例如小城鎮卡尼巴德（Qanibad）的一個紡織集群所織地毯占3/4全國產量，魯第海那（Ludihina）的紡織集群生產80%的毛織服裝。在印度農村地區還有大約2000個手工業集群，從事黃銅製品、紡織印染、皮革、陶器、有機製品、手工紙等產品的生產（林平凡，2003，P.31~34）。

印巴邊界的海得拉巴市以高科技聞名，同時在班加羅爾（Ban galore）則是以高技術產業而開發區中成功的代表，班加羅爾是全球知名的印度「矽谷」。近年來，印度在軟件業和服務業的出口已得到飛速發展，這與班加羅爾的成功是分不開的。而班加羅爾主要是集中研究和生產計算器軟件，成為世界上一個最重要的計算器軟件生產、加工和出口基地，很多跨國公司已經前往投資，發展其研究中心和生產部門之業務（聯合報新聞眼，華英惠，2006.1.26，A13版）。台灣政府基於風險分散之考量正積極鼓勵台商前進印度，班加羅爾已是台灣IT

產業目前最關注的金磚四國（BRICs）之焦點城市。

明基BenQ亞太行銷總經理張安佐說：「印度是全世界最好的手機市場！」更坦言台商產品在印度難以開拓，是因韓國早於30年前便進軍印度迄今，已誇言「在印度，日本不如韓國」，2002年底韓國高科技商品展在曾為世博展場的Pragati Maiden展出，三星、現代、LG等百餘家韓國企業仍全力搶攻市場。台商產品2002年以前進入印度市場之總額微不足道，迄今2003年明基與宏基努力了一年也僅達6億美元（天下雜誌，2004.1）。

各方看好的「BRIC」即巴西、俄羅斯、印度、中國，將會是21世紀興起的經濟熱區，台商豈能自外呢？西進大陸台商於前進西南地區時，「借道南進」仍是值得推動的策略。台商企業多從事外銷的產業，「再西進」是對缺資金與技術地區進行FDI，茲依現況舉例來說明四大類產業集聚如下：

一、勞動密集型：產業集群的企業之間的信息流動、知識基礎比較簡單，創新努力也是有限的，企業之間的合作只是偶然的，這些集群信任度低，企業之間惡性競爭。如廣東陽江的刀具業集群。

二、資本密集型產業集群是主要從事汽車製造、汽車零配件、電氣機械製造、家電等以大量資本為基礎的產業集群。這類產業集群主要是以生產專業化為特徵，以一個或幾個大企業為中心，形成縱向聯繫為主的產業鏈，合作關係較穩定。如順德的家電製造業集群，德國的圖特林根的外科器械業集群、斯圖加特的機床業集群、巴登–符騰堡的機械業集群等。

三、技術密集型是介於資本密集型與知識密集型之間的一種產業集群。如德國的韋熱拉的光學儀器業集群等等高成本的機器與設備。

四、知識密集型產業集群是主要以R&D的高投入、風險資本的巨大收益和精緻的技術密集型產品為主要特徵的，並以知識為基礎的高科技產業集群，亦可稱為高端道路和創新型集群（high-road and innovation-based）（林平凡，2003）。

根據生產要素分類，可將2000年以前西進的台商產業集群分為勞動密集型，資本密集型、技術密集型與知識密集型等三種類型則較少見。其中占多數的是勞動密集型產業集群，是「依附論」學者阿敏（Amin）根據產業集群的產業特徵所劃分的主要從事制鞋業、制衣、傢具和金屬等以手工藝為基礎的傳統產業，這類產業集群主要是以生產專業化及非正式的社會關係為特徵，可以看作是一個多中心的網絡，參與者通過橫向或縱向聯繫進行合作或競爭。於1989年前後便已西進大陸的閩粵兩省，投資於「兩頭向外」與「三來一補」的企

業，1992~2000年則以資本密集型為主的大企業，入世後以技術密集型與服務業為西進的台商主力。

產業集群核心能力的理論基礎是產業集群理論、核心能力理論、系統論、博弈論等；產業集群核心能力的本質基礎是集群的知識資本，集群的現實基礎是集群的社會資本，集群的空間基礎是地緣上的相同產業之有效集聚。由此，也可以說產業集群核心能力是知識資本，借助社會資本對其它內外資源有機整合的結果。因而，產業集群在發展過程中，不僅要善於整合內部資源，還要善於整合外部資源，更要善於整合集群內外部資源。這裏的「資源」包括有形資產資源、人力資源、技術資源、知識資源、組織資源、關係資源、人文資源和商譽資源等，經過開發投入生產則稱之為社會資本，期待「產官學」皆能善用台商的社會資本助產業主體能發展到上述之（三），即介於資本密集型產業集群與知識密集型產業集群之間。

成功的產業集群，關鍵在於它能否有效地整合內外資源為己所用，不僅僅在於它內部單個企業和組織自身擁有多少資源，企業的社會資本及網絡也就成為其經營的重心。近28年來台灣地區的IT產業發展迅猛，在2000年前以新竹科學園區為核心的「臺北–新竹」高速公路沿線形成世界最大的個人電腦生產基地，在方圓不足100公里的範圍內形成PC機95%（CPU除外）的生產配套能力。2001年台灣一躍成為世界第三大電腦供應地，如今更已工業輪耕、區域推移到珠三角與長三角了。

若單看IT工業，則更能看出其明顯的群聚情形：晶圓廠除南亞科技外，其餘全位於新竹科學園區中（北部），IT設計業則分布在新竹、臺北內湖科技園區二地，封裝業者則以新竹與台中科技園區（中部以奈米科技為主）、高雄路竹科技園區（南部以晶圓代工為主）為根據地發展。至於其它周邊企業或下游廠商，如製版、導線架、化學品、設備代理商等外圍相關支持產業，目前大多據點設立在新竹科學園區或附近，現已擴散、趨向北、中、南科技園區形成產業群聚的效果。群聚像個大磁鐵把高級人才、資金、技術和其它種種關鍵要素吸引進來，這裏幾乎就是IT工業的聚集處，IT產業的上、中、下游體系幾乎全部聚集在相鄰的地理區域裏，它已發展成為全世界最大的半導體硬件加工基地，IT產業的OEM已趨薄利期，權衡輕重與優劣，台商轉型及產業引導似應以走向中草藥生技產業為最佳方向了。

在新古典經濟學之後，產業集群理論卻有相當長的時間游離於主流經濟學之外，有段期間似乎只有經濟地理學的文章在研究與產業集群有關的問題，這

段時間大約是從1940年代到1980年代。這種情形直到1990年代初才開始發生根本性改變。波特在1980與1985分別出版了《競爭戰略》與《競爭優勢》，更於1990年在《國家的競爭優勢》中把產業集群理論推向了新的高峰，他從組織變革、價值鏈、經濟效率和柔性方面所創造的競爭優勢角度重新審視產業集群的形成機理和價值。他並將之分類為「新產業區」、「加利福尼亞的矽谷」和「北歐學習型經濟」這三個相似學派為代表，特別強調非直接經濟因素如文化、制度等，即強調其重要性與產業集群競爭之理論；給台商及台灣的啟示即：轉型方向應以波特的「創新導向」來看待中草藥生科產業。

在波特1990年的《國家競爭優勢》的初始產業集群定義中，雖無明確區分「地方」、「區域」的含義，後來的著作又談到地理範圍更寬泛的集群，然產業集群和產業部門的概念確有不同，產業部門一般指一組製造類似產品或替代產品的企業群，例如國際標準產業分類所定義的那樣。而產業集群內的相關企業可能共存於某種特定產業（部門）內，又可能不僅如此，而且相鄰於相關的支撐產業。地方產業集群（local cluster of enterprises），側重於觀察、分析集群中的企業地理集聚特徵，其供貨商、製造商、客商之間的企業聯繫和規模結構，以及對競爭力的影響。

面對世局中綠色產業的崛起，兩岸應可努力於休閒農業、中草藥生科產業與養生醫療旅遊，兩岸結成白色生技產業鏈，取代台灣因最後一條生產線也西遷長三角的IT產業，所以台商必須走向創新研發與服務行銷的兩端，以兩岸的互補分工來爭取未來民族生存與社會經濟之發展。

4.3.3 台商的目前處境與未來走向

不同國家或地區在不同的歷史情境中都會有差異的經濟型態，其落差來自經濟結構而在著在發展水準上有明顯的不同，各區域間存在著相當明顯的差異，亦即存在著「經濟的梯度」，而形成這些差異的重要原因如下：

一、自然資源秉賦的影響。

二、經濟基礎差異的影響。

三、社會基礎的影響。

四、政治因素的影響。

五、城鎮化差異的影響。

六、產業結構差異的影響（康凱，2002，P.81~82）。

台商因為上述之差異而跨海西進，再經珠江三角走向長江三角，「輪耕」的

進行著區域經濟的梯度推移，如今也因為上述差異而進入黃河三角的渤海灣區，西部大開發的優惠應可更吸引台商進入地理氣候和台省相似，即在下一次產業轉移波段中推移較適合台商的西南七省區。目前西南地區仍缺乏資金及企業經營管理人才，依據發展經濟學的觀點而論，資金的積累與人力資源的企業家，兩者皆是經濟增長及經濟發展的關鍵因素，西南地區仍是發展落後即工商不夠發達的地區。故頗需台商的企業家或專業人才進入西南地區而與大陸的其它地區進行「相互轉化」，要實現「適者生存」則有賴於具有創業精神的企業家，故台商仍有施展所長的「機遇」來追求最大效益才得以竟其功。

以目前ODM或OEM的台商結構，西進大陸算是不錯的際遇，尤其以中草藥生技產業進入西南地區；因為現在台商企業仍有機會藉西進來自創品牌，至少可有較優的獲利作為研發經費來創新與占有市場。目前唯有以官方政策積極鼓勵台商西進，將會是台灣之經濟存活與提升產業競爭力的「續命金丹」，關於政治立場與美國態度的排序，何者優先？似乎亦可以藉今之國際大環境來加以調整，畢竟天助者還須保持危機處理能力，尤其是能自助的突破困境、提高適困力才易成為成功的CEO。

成功的企業家是能隨時做好危機管理者，亦即在《鬼谷子》中〈抵巇篇〉與〈飛箝篇〉中，對機遇有高度敏感的先見力，以及《孫子・虛實篇》準備好自己的適困力，並利用它們來作為增進企業效益的決策；而且也總在尋找新知識與創新的機會，更願意在尚未獲利之前為它投入巨大沉沒成本，承擔風險的人。好的制度會協助企業家事半功倍的成功，近代史的實驗更證出：物質的價值或功能並未超越人類對自由、安全、和平、正義的偏好，亦即精神與物質兩者均具有同樣的基本價值。恰當的制度是經濟增長的必要前提，自由、安全、和平、正義的制度則係人類最嚮往的價值與理想，從凡勃倫（1899）到科斯（1937）以及其後繼者如諾思等，所建立的制度經濟學來解析台商西進的企業行為，「再西進」是台商文化的切入與兼顧到異質或同質的獲利優勢，所以前進到西南地區則是傳遞理想價值與謀求自利的最佳選擇了。

台商企業的管理者與經營者即稱之為企業的CEO，若更又是出資金的股東則稱為企業負責人，台商大多為中小企業故多是企業負責人。為了符合杜拉克的「七個創新機會」而立論，西進轉型是企業的創新決策，至少它是：基於程序需要的創新，因產業結構或市場結構的改變與人口結構的變動所出現，三種創新機會來源之外也至少有四個創業型策略的其中之一（彭天華譯，1999）；另外最常見的台商創業策略是：占據一個生存利基或技術優勢再加以孤注一擲爭

取領先。2008年12月鴻海CEO郭台銘面對「金融海嘯」，即因其優勢與劣勢皆為「低成本的快速OEM」而決定企業「再西進」，爭取更多優惠來降低生產成本，也需轉型投資以預防OEM週期之終結危機。

再回過頭來看日本過去的產業策略，在面對產業空洞化時，在其政府的初期保守性政策下，國內傳統產業只好轉型為有高附加價值產品的生產，另一對策則採走向研究開發路線，先將製造部門移往海外而突破成本困境；否則自1985年G7在紐約的「廣場會議」決定美元貶值以來，即從250：1日元於十年後被迫升值到80：1，如今稍有好轉仍升值過半而嚴重挫傷日本的島國外銷型經濟。令其經濟仍能維持健全形式且無崩潰之虞者，實賴於日本轉型升級成功與產業外移之功效；所以不論從正面或反面來借鏡於日本，台灣均需要面對產業外移的現實，台商更需要把握機遇外移降低成本，順可促成研發創新而升級轉型，能及早成功便可防止整體經濟的惡化。

過去西進台商的企業家運用制度的變遷機會以開創斐然成就，未來更應靈活掌握台商企業的優勢調適於大陸的制度環境中，就該對隨時可能出現的危機能「戒慎履薄」：時時注意市場及企業本身的動態，進而做不同的決策來進行轉型或創新。例如1990年前後台商優勢僅依恃訂單與資金的優勢便可生存於大陸，然而1993~1995年則需有專業的技術，才可視為台商之優勢，1996年以迄入世則更須有管理能力者才能無後顧之憂而在大陸生存，今後則須有創新與品牌通路者才能興業。

看來台商需要有量多質佳的創新人才隊伍，亦即成功的教育與終身學習制度，才可創造出先進或有差異化的商品，而無懼於如大陸商品或其磁吸作用，甚至是產業空洞化之威脅。故知需有傑出的企業CEO來發揮其宏觀的管理能力與前瞻的眼光慧見，帶領台灣能持續繁榮；眼下就須台商能創造榮景來承先啟後，故需以不斷的刺激與反應來調整政府對台商扶助政策；產業政策不應只是政府的產業政策，而是全民的。如今需要產官學三者的全力合作與腦力激蕩，務實又真確的體察台商需求與台灣經濟的瓶頸，才可推估未來與預為鋪路而把脈來發展台灣的核心能力。

新的核心能力與現有的核心能力，皆為政府與企業所需，更要不斷的省察與改進，因此核心能力之所在處才會有永續的繁榮，茲列其戰略規劃如下：

一、十年後要達到哪些目標

　　(1)應該要形成哪些核心專長？

　　(2)應占有哪些現有市場？

　　⑶為能擴大現有市場需創新哪些核心能力？

　　⑷該如何提升這些能力？

二、確立努力的目標：填補現在的企業空白地帶

　　⑴現有核心能力是甚麼？

　　⑵現有的市場機會是哪些？

　　⑶如何利用現有能力達到提升競爭能力與取得地位之目的？

三、未來的商機該如何抉擇

　　⑴未來市場的前景與機會是什麼？

　　⑵為能參與未來的市場競爭需先培訓哪些核心能力？

　　⑶發展這些能力的措施與作為有些什麼？

四、現有市場之空白

　　⑴這種市場空白是什麼？

　　⑵以現有核心能力可以占有哪些空白？

　　⑶憑藉現有能力的調整與重組可拓展哪些新服務或新產品？

　　（史東明，2002初版一刷，P94）

　　從長遠來看人類的制度與基本價值就相互制約著，因此推動經濟增長的主體是在不斷深化的分工合作中發展，人類為求生存而建立各種制度，企業家則是最能活用知識、運用經濟制度來實現經濟增長的人，經濟增長可說是人類追求更美好生存的保障。因此新制度經濟學便發展出來，與傳統經濟學區隔的關鍵即在：補足傳統經濟學與現實的落差或過度「理想化」的缺口。

　　台灣是一個沒有工業原料的海島，2300萬人口每年得進口能源的下限為：一億八千萬桶原油、四億五千萬噸的煤、六十二億立方公尺的天然氣，而這些都需用寶貴的外匯來購入，萬一外匯不足或跟不上物價，經濟必將陷入快速衰退之中。故唯有西進大陸在其廉價的「世界工廠」之壓力下，各行各業的西進台商都須有創業精神與經營管理的能力，故能致力於激發員工鬥志和CEO領導企業的升級與轉型，藉永續的生產力在增長中生存與壯大，再回饋台灣維持優勢的競爭力。

　　台灣於2007以後，十大貿易伙伴中除了中、美、日三國，其餘全在東南亞，同時在東南亞的投資總額逾511億美元，這成果更該保持來進行創新研發的回饋，政府與企業合作以持續的研發，鞏固企業的「核心競爭力」才是真正的「根留台灣」。故台商西進與研發創新必須雙管齊下，不論升級或轉型兩者均須依靠政府的引導，尤其後者更可以預防自利心的作祟所產生的負面效應如惡性

競爭或資源的分散及錯誤配置等，從上述觀點更確認「桂高雷ECFA國際經貿區」，是兩岸合作的最佳選擇。

4.4 台商優勢 SWOT 與企業的升級、創新

4.4.1 台商的面向「東協」及其優勢 SWOT

台灣因地理位置以及歷史性遭遇較早接受歐洲、日本與美國的外來文化，更因中國人長期的文化融合與同化之經驗，造就出日本引以為傲的「克裏奧爾キリオル」，實是源自唐代中國的「大化革新」。二次大戰之後的日本，於美軍駐日期間便開始運用「吸汲精華」的文化經驗，在1950年6月19日邀請美國戴明（Demin）博士到日本傳授「品質管理（Quality Control）」，將品質形成哲學落實於企業中，發揮其精華進入公司各部門各階層凝聚成其企業文化，從此結合自家文化特色推動經濟快速復興，再度憑藉文化的融合而於1960年代制定產業政策，1970年代日本產品因靈活的創新與品管優勢而暢銷全球。

台商做為文化傳遞者西進只是在大中華經濟區域中，各區域間經濟發展模式歷史性的梯度推移理論的具體表現，台灣得天獨厚的在空間結構上、政治與社會基礎上擁有優勢，如今又逢此大陸改革開放引進外資僑資的「機遇」、「窗口」。彼得杜拉克指出這種「窗口」不知會開在何處或何時、隔多久會再開，對台灣而言大陸政策的優惠正逢上產業轉型的機會更是不宜錯過的，「兄弟不合」是暫時的錯「兄弟鬩牆」則是人神共憤的錯；台商可以運用大陸的優勢來彌補台灣在自然資源上、產業結構上、經濟基礎上的不足，兩岸相輔相成的「贏策略」，又可強化競爭力與華夏經貿體系，進而維持亞洲可久可大的生存與發展。

大陸「經改」28年之後、跨海西進的台商已歷經1/4世紀，「再西進」不只是台商集群向西部行「區域推移」，亦是向東部的低工資、低地價、低水電的「短綫」推移，甚至是第三產業的行銷布點、網絡布建，皆是台商的「再西進」。首先，兩岸可藉由海峽西岸經濟區最具優勢的休閒農業，形成一個旅遊的新產業區來推展兩岸養生醫療旅遊產業，並以旅遊產業作為台灣的主導產業，再發展中醫藥草生技產業為兩岸的支柱產業，進而帶動海峽兩岸經濟的全面性繁榮。換言之，台商的優勢已非資金上，而是社會資本及人才上的優勢，人才優勢是相對於大陸的，不努力培訓則將被超越；社會資本優勢乃相對於外商之儒商文化及網絡，源自於華夏文明及祖先智慧財產而被兩岸所共有、共治、共享者。

入世迄今深刻感受到優惠引商不如產業（集群）引商，產業引商必須發揮

資源與優勢，以及妥善運用機遇的分辨與對其之掌控；也就歸結到知識經濟中的知識管理與社會資本等所融鑄成的核心競爭力，所以近幾年長三角的發揮資源與優勢，也更積極的扶助台商與全面引商，如以陝西電視臺主辦於2006年1月15~16日在西安市舉行的「走進西部投資論壇」為例，說明大陸體制特色所在之市縣黨委的立場為：如何營銷自己的市與縣來引進外資；如今各省的產業引商就必須調整舊方法，來發揮自己的資源與人才的優勢，首需先建立開放的有效率之政府。期望未來大陸能如國務院國家發展局王力副局長與西安交大聞海校長的共識：開放不只是開放（引資金進入），而要有以當地的優勢與資源來吸引全球投資者的眼光。

台灣經濟的未來緊繫於亞洲地區的發展機遇，卻因1995~2008近十年來政治操作方向與趨勢相左，以致台灣的景況每下愈況；如今可操之在我的是：人才之培育更顯得重要。放眼亞洲看到珠港澳的CEPA與東協十國對大陸的「自由貿易協定」，在在都是台灣的經濟威脅，如今也都轉念成為台商西進投資大陸的邊際效益或附加利益，若政治CEO也能看的更長遠、更廣闊來西進投資，就能兼顧近期經濟利益與長期的文化優勢而成功。解套脫困大概只有開放西進或官方採行「有限管理」原則，也須能深入的體會《鬼谷子》內容才能對症下藥，故此時似乎是可以利用時機，以休閒農業先完成進入西南地區布局，再借著大陸的網絡西進印度與南進東協。

2004年6月溫家寶總理在中南海紫光閣接待到訪的李光耀時，特推崇「蘇州工業園區」是中、新合作的典範，並期待兩國能進一步將之推展到西北的老工業區去更深入的合作，因為不論在「東協加三」或「東協加一」的區域合作架構下新加坡是最具關鍵地位的。即便是珠三角對港澳的CEPA（特別緊密經濟關係）的合作組織，也是指向東南亞與南亞地區的雙向經貿交流，須以新加坡作為布局亞洲之區域發展、自求多福的重點，故台商須能利用台灣優勢——台灣的地理區位，如「三國鼎立」歷史中荊州的「九州樞紐」地位，以預防劣汰局勢的突發。

台商於2010年以後的波段中，須藉助如今台灣IT產業的優勢，與大陸民企合作發展及主導21世紀的中藥醫學與生物科技產業，以固有文化資產與智慧訂定產業的遊戲規則，為下一世代留下可貴資產，謹先為台灣的產業剖析其優劣勢如下：

一、台灣的優勢：已擁有高素質的教育體系，培養出具學理基礎與實驗技術之生化研究員及製造工程師，配合台灣半導體產業成熟之技術，以及兩岸同文同種與積累的豐富之制程經驗和能力。除了人才優勢也另有地理區位優勢，

即位居東北亞與東南亞之間，又扼守太平洋與東海、黃海與南海之樞鈕，即須以CECA來爭取「進可前進『東協』，退可固守『珠長渤』」的契機。

二、台灣的劣勢：僅空有高素質的工程師卻長期從事代工而非研發，以致形成依賴性而無力創新；又如產品行銷上較缺乏國際行銷能力及其通路網絡，缺乏機械、電子與材料微小化技術經驗與能力的研發工程師與管理人才，因而無力超越美日的先進技術。近年台灣物質生活的充裕使人消磨掉上進動力，其關鍵在於社會中的價值觀亟需調整，然而教育未受重視難以發揮治本之功能，以致一再蹉跎經濟再度飛騰之良機。

三、台灣面臨的威脅：在生物科技上僅處於剛萌芽階段，技術層次仍落後先進國家三~五年，且因前瞻技術絕難取得以及技術的專利地圖已被他國占領的處境下，加上傳統檢驗方法的精進將減緩生物科技市場的需求。2005年9月因所有NB組裝廠均已西遷，「NB熄燈號」已經吹奏，TFT－LCD年產值逾新臺幣兆元也初現警訊；ODM代工的薄利及大陸的取代性角色，使競爭力唯有西進尚可撐持，然而明日之星的生物科技產業又面臨更大的「缺水、草」與高進入門檻的威脅。

四、台灣具有的機會：近二十年的低出生率又擁有高素質的教育體系，使台灣的人口品質大為提高，人力資源優異是在知識經濟時代的致勝關鍵，更對大陸具有文化資源與社會資本上優勢。大陸是全球矚目的市場與台商的經驗能力故有絕佳之機遇，生物科技領域之內中國醫術與藥學範疇中，將是同為華人體系內完整保留下的中醫優勢，台商及時布局後將能大展身手的機會，尤其台灣的資訊科技及生物中醫的優勢，加以IT化融彙於生物芯片上現已初立根基而多所著墨。

台灣的「兩兆雙星」僅通信器產業與顯相器產業，分別於2005與2006年突破兆元產值，半導體產業與生技產業因大陸、韓國與印度的競爭，已經調降指標向下修正，《經濟學人》智庫的年度報告分析：2017年大陸將超越美國成為世界第一經濟強權（中國時報，2005.11.21，A7版）。同時分析2006年可望兩岸直航，因此台灣經濟成長率將升為4.3%，由「四小龍」之末而超越韓國與香港。總之台灣的優勢即與大陸能分工合作，其劣勢也是不願與大陸分工合作而錯失商機。

4.4.2 產業空洞化與企業的升級、創新

大陸如今已因生活素質之提升又合符台商需求（如交通等基礎建設之投入），故對台商中欲升級或轉型的傳統產業產生了極大的吸引力。當然傳統產業

的台商欲再西進就須對具有「西部大開發」政策優惠，投資於海峽西岸與西南地區的觀光、生物科技、資訊產業形成經濟群落則更為有利。一如東北地區對日本與韓國企業而言是較具優勢----東北地區日本語的流通率高、韓僑比率及生活習俗的融合等，「北進」台商並未占有明顯優勢，故仍以進入北回歸線也經過的西南地區較能發揮台商的優勢。

2005年11月中旬國務院統計，大陸對外直接投資金額已逾40億美元來進一步健全經貿實力；2005一年之內，國家主席胡錦濤出國訪問進行經貿訪問與外交結盟共十餘次，其中特別重視「東亞峰會」的工作，形成周邊區域的經貿外交結盟來鞏固亞洲國家的利益（中央日報，2005.11.17，6版）。如今台商與台灣的最佳選擇，便是隨著大陸的經貿共同成長促成兩岸的和平發展。

日本於二次世界大戰之後，因政府產業政策的扶植而經濟快速發達，與美國經濟的自然發展、民間推動者大異其趣；連美國在1970年代後都有產業外移之憂，所以特別擔憂「產業空洞化」現象。故日本自1980年代以來產業的過度外移，致令其大藏省也擔心會步上美國後塵而致力研究預防產業空洞化，其中慶應大學產業經濟研究部為之定義為：一國因貨幣升值、成本或海外市場的誘因等等因素，使國內企業、產業失去競爭力而將生產據點移至海外，以致對國內雇用環境帶來不利之影響，如失業率增高、物價上漲等。

日本產業空洞化遠因是1971.8.16的「尼克松震撼」使日幣對美元大幅升值，日本製造業開始外移海外生產以降低成本，一如美國當年。1985年的「廣場協議」更為了美國的利益要求日元與台幣等出超地區，急速升值進而促成日本的「泡沫經濟」與台商的西進投資降低勞力成本，台灣因台商的機遇而未似日本的經濟衰退，卻也出現了「產業空洞化」的跡象。此一現象可能是經濟成長發展過程中快速變遷的反應，即成長必須付出代價一樣故須借鑒日美以求淡化危機。至於美日企業的經驗所塑造出來的處理模式，其主要作為如下：

一、裁員：赴低工資低成本的海外設廠生產與延長產品生命周期，即使強調「終身聘雇」的日本企業也適度裁員。

二、開發新產品：以高附加價值入主區隔出的高消費市場，創造出新的消費群。

三、研發高新科技：投入大量研發（R&D）經費研發新的產品與新的需求，盡力去滿足之。

四、在企業內建立信息網絡：應付日新月異的技術變化與產品生命周期的縮短，發展成為今之「知識管理」與社會資本兩種相輔相成的企業經營系統

學說。

產業外移使製造業比率下降，若非先進國家地區且仍具有競爭力者，猶可循ODM、OEM的生產方式引進先進國家的技術，尚可短期維持繁榮而不致空洞化；唯長期依賴上游廠之技術的話，每遇經濟衰退或不景氣，位居生產鏈或產業鏈中下游代工者必將被犧牲。即使全球長期景氣佳持續代工，也會導致國家與人民的創新能力及環境適應力的弱化，甚而對先進國家形成依賴關係，如此受制於人絕非國家長久之策，尤其在快速變遷的知識經濟中將易於喪失「地球籍」。

經濟隨著社會變遷而變，常常是應接不暇的，企業能生存與繁榮就在於是否有競爭力，當然就該洞悉先機的有轉型的計畫與變革管理的能力，否則若無創新與妥當規劃時，恐將遭遇「空洞化」而慘被淘汰。美日兩國分別在1980與1990年代渡過其「產業空洞化」的變局，不只因其注意變革管理之研究，也不斷創新、研發來推動產業升級之故。只是想長期維持代工生產：OEM（Original Equipment Manufacture）ODM（Original Design Manufacture）的話，台灣若不致力於研發創新遲早會因產業空洞化而被淘汰。唯有研發創新才有競爭力才能適者生存，從香港到台大讀書與創業成功的廣達電腦CEO林百里，2005年宣示將進一步擴大投資蘇州，原在臺北縣林口的總部之生產單位改建為研發中心，即為了擺脫過去OEM/ODM的代工而力求能轉型成為IDM（Innovation Design Manufacture）創新設計生產或OPM（Original Propreitary Manufacture）原始產權生產的積極布局、作為。

在九十多年前的1912，熊彼特（Schumpeter）所倡導的「創新」非僅指「發明」而已，還包括對舊事物的重組、排列與新的設置。杜拉克則主張有七個創新機會的來源：意外事件巧合、不一致的狀況、基於程序需要而改變、認知與情緒上的改變、產業結構與市場結構的改變、人口結構的改變、新知識的出現，前四項乃企業或產業內的因素，其餘則為外部的機會來源。台商西進至少符合上述七項中之過半數者，應屬於廣義創新，目前最有助於消除台灣產業與企業的「空洞化」變局。

狹義的創新是技術的推陳出新，廣義即是對研發出新技術後之運用。當企業要建制出新的系統時其成本皆很高，並且在適應磨合時期效益比舊系統更低，因為是新置的故較不穩定、甚至完全中斷，是因新系統的功能尚未發揮或脫節之故。轉型是漸進的改變換新，是在舊系統之上加以改良者；升級是在舊系統中改版換新，有新增技術但不致有完全中斷之危；轉型則舊系統仍在繼續

使用中故成本較低，僅針對缺點加以改進故影響幅度有限；若產制流程或方向策略的大調整也屬於升級，轉型者幾乎沒有新技術大多是調整；升級和創新相同兩者皆有新技術出現，只是創新通常專注在新技術的運用方面，且其程度與範圍均大於轉型與升級，而且創新所產生的效益其後續成長是持續看好的，但也難免有局部的在初期難見績效，甚至易遭決策者腰斬。但企業若不創新、升級或轉型就難以落實企業的成長與發展。

　　1996~2005年台省產業外移再創數次新高後，失業人口攀高且是結構性失業，除非政府培訓其第二專長職訓否則不易再就業，因此就漸漸出現產業空洞化的實況了。台灣在1990年代中期面臨此一困境，西進的台商是有變革預識者採取正確的處理手段而成功，因1985年的廣場會議迫使各國政府必須開放外匯投資海外，1987年日本的產業外移使其國內製造業比率下降，像台灣等非先進國家或地區但仍具有競爭力者，則可循ODM、OEM的生產方式引入先進國家的技術，尚可短期維持繁榮而不致空洞化；唯長期依賴上游的跨國企業，每遇經濟衰退或不景氣，位居生產鏈或產業鏈中下游代工者，如此受制於人必將被犧牲。

　　本論文認為台商「西進」，是企業處於空洞化的變局、危局中的決策，以企業家的眼光與精神，則是判斷、執行其變革處理、危機處理；從企業再造或創新的角度，則可追求持續的繁榮與盈利。台商文化是最能支持台商企業負責人，這種創新或創業精神的無形力量，它出自儒商文化與閩商文化，卻因台灣省的自然環境及歷史遭遇而有所創新或混融，在西進過程中更彰顯出它的價值與功能：企業的轉型與技術的創新。

4.5 企業家能力與《孫子》之商戰策略

　　人力資源管理對企業家經營能力，即以CEO五力為主體，來發揮其選才培訓、適才適所；須既能充分運用我方優勢資源，也吻合知識經濟時代趨勢的需求，政府與研究機構所合資的產業育才、育成中心，就須接續自科技大學的研發、養成，再針對科技替代役男等適當受訓人選，經由制度、管道來培育CEO的人才庫，為企業育成更多「不教胡馬渡陰山」之CEO將才、創新人才。

　　在公元五世紀的孫子時代之中國，組織、管理的觀念與責任意識還很幼稚，孫子之觀念是當時的「大躍進」，例如《孫子》中的「約束不明，申令不熟，將之罪也；既已明而不如法者，吏士之罪也。」中的「約束」，即是「組織管理」的觀念；企業CEO五力像似將領的五種綜合修養「智、信、仁、勇、嚴」一般，故企業CEO與將領也具有「五危」，即如《孫子》中的「將有五危：

必死，可殺也；必生，可虜也；忿速，可侮也；廉潔，可辱也；愛民，可煩也。凡此五者，將之過也，用兵之災也。」此一消極條件即可避免大軍的領導中心「自發」危機，以免禍出蕭牆、肘腋而全軍覆滅。

4.5.1 大陸民企 CEO 的企業家能力

1984年張瑞敏接管已虧147萬的小廠青島紅星電器，紅星因管理不善而由盛轉衰，張瑞敏反敗為勝則是從扭轉其企業文化開始，並建立一套中日混融的管理思想，成功塑造海爾文化並產生絕佳的效益，2005年產值逾800億人民幣，皆因「大軍未動，糧草（企業文化）先行」的經營理念；其企業文化以儒商文化為基底，而以「敬業報國，追求卓越」的企業精神作為關鍵，再以「迅速反應，馬上行動」作為其企業文化、個人之作風，這兩核心重點即來自張瑞敏的企業家精神與CEO五力中的執行力的主軸。

企業家更須具備創構力，尤其是創業型、創新型的企業CEO；更需要具備有適困力等能力，是企業已經身處危機、逆境與困惑中，運用來反敗為勝、逆流而上的能力，其重點是：保持鎮定、以退為進的讓步、分析性思索、尋覓優勢及資源、自信的執行規劃；企業最常見到的困境是與顧客相關的較多，企業與顧客之間除了利害對抗關係，至少還有學習型信任關係、合作關係也是企業的重心工作。

美國學者愛得格‧沙因在《企業文化與領導》中指出：「優秀的企業家與優秀的企業文化是高度統一的」，企業與CEO之間的相關聯如下：
一、卓越的企業家會因其企業家精神、個人風範與特質而引領企業文化的方向；
二、卓越的企業家以其新的思維、價值取向，來倡導、培植出新企業文化；
三、卓越的企業家以其經營管理風格，來發展或完善其企業文化、提升效益。

因此企業家於競爭趨烈、危機四伏的知識經濟時代中，益形重要；企業經營於傳承、轉型與變革的定位下，以及科技日新與跨文化競爭的壓力下，所造成危機四伏之趨勢中，企業家經營能力是CEO五力、人力資源管理的能力，以及危機處理能力為其主體所構成，在全球化的商戰時代這就成為國力的象徵。

從企業的角度，爭取顧客或市場的佔有率就是經營的主要目標，在符號消費型社會中易讓企業轉型頻繁、市場區隔化，從注重產品差別化來爭取佔有率，再轉向商品附加價值，或注重顧客服務的市場行銷策略。因此優先於適困力中須建立客戶關係管理（Customer Relation Management），企業經營的瓶頸與

困境都直接、間接關聯到CRM；因此參考GE奇異電器的CEO威爾許之經驗，對於客戶關係管理應有之基本認知有：

一、認識到「客戶差別化」大體來自客戶的有差異之價值水準，以及客戶在不同需求下至少有兩種差異是會出現的。

二、須以能識別出客戶間之差異，並仿奇異模式做為其重要功課，即是能適當區分顧客的需求以及其內容；

三、確認、區分出最具有價值、仍具增長空間、負值型等三種顧客，安排不同之策略使其皆能忠於品牌；

四、是要與顧客互動，即與顧客溝通，在溝通中還有學習型信任關係之建立，是十分重要的任務。

五、是以「定制」為最終目標、階段，即確認客戶對企業建立業務關係之價值所在，企業則須致力於如何使大多數客戶在消費後滿意的方面上。

　　企業若欲實施「客戶定制化」，應可聚焦於銷售、配置、包裝、後勤、輔助服務、服務方式、支付方式、預先授權、簡化服務等程序，亦即是「客戶定制化」的內容。市場快速變遷使產品生命週期變短，企業就須轉向彈性、靈捷的經營，因此「客戶定制化」的創新階段會是升級前的瓶頸，在「客制化」中危機也就存在著，唯賴服務的「差別化」方可消弭之。CEO適困力與執行力是知識經濟時代中必須具有的能力，它可增進企業下列優勢：

一、強化產品的附加價值，從「豐富客戶價值」的核心能力之增進做起；

二、要發揮員工與資訊間的槓桿作用，養成有技能、有創意的人才；

三、培養積極進取的企業文化，建構出企業內分權、民主的運作模式。

四、能塑造企業精鍊形象、忠誠的消費群文化，完成企業內部與外部之良性循環、再生動能。

　　另外與危機處理有關者是CEO五力中的先見力，1984年張瑞敏接手青島市紅星電器廠廠長職，他以先見力看出企業所處大環境將有重大改變，過去物質短缺的消費需求所驅動的生產、銷售模式已不符市場前景，他立刻以新的人力資源管理模式投入海爾的生產線，他的先見力使「笨鳥先飛」終能成功的「先馳得點」；如《孫子・虛實篇》所說：「凡先處戰地而待敵者佚，後處戰地而趨戰者勞。故善戰者，致人而不致於人。能使敵人自至者，利之也；能使敵人不得至者，害之也。故敵佚能勞之，飽能饑之，安能動之。出其所必趨，趨其所不意；行千里而不勞者，行於無人之地也。」CEO的先見力一如善戰者，亦即是先見力、藍海策略、轉念而能「出其不意」的勝出，幫助企業能悠游於「無人之地」，就

是做好了「先處戰地而待敵者佚」，這與「藍海戰略」是一致的先見之明。

　　張瑞敏以其CEO先見力來預見到當時市場將脫離「稀缺經濟」，先行改造了海爾的企業文化，如《孫子·軍爭篇》所說：「故不知諸侯（市場）之謀者，不能豫交，不知山林、險阻、沼澤之形者，不能行軍，不用嚮導者，不能得地利。」信息成本、交易成本的支出雖可降低風險與危機，傑出CEO卻仍須具備危機處理能力來與他的先見力或適困力結合，引導其企業領先差距與獲利率皆優於同業，即協助企業充實其能力以能滿足市場未來之需求。

　　因此，CEO的角色所展現的重點是他的執行力。驗之孫武為吳王征越獻策時所說的《孫子·虛實篇》：「以吾度之，越人之兵雖多，亦奚益於勝哉？故曰：勝可為也。敵雖眾，可使無鬥。故策之而知得失之計，作之而知動靜之理，形之而知死生之地，角之而知有餘不足之處。」企業也是「勝可為也：勝利是可以創造的。」，憑藉著CEO的執行力，企業是可以運用企業文化創造出勝局；企業規模有大有小，再大者也吃不下整個市場，小者則可憑藉其優勢而存活或創造勝局。因此，從《孫子·虛實篇》的隱喻而可演繹出CEO能力具有五大功能：

一、「可使無鬥」功能：即「上兵伐謀」、「攻城次之」的鬥志戰，引領員工心理建設來行「不戰而屈人之兵，善之善也」。

二、「策之而知得失」功能：即從危機預識、沙盤推演等規劃中，可得知其得失而改進，以求能「料敵如神」。

三、「作之而知動靜」功能：以實驗、演習來察覺自己、對方之反應，再演繹出後續的步驟來及早預防。

四、「形之而知死生」功能：須先考查地形、市場形勢或SWOT分析，掌握其樞紐則知勝敗死生的關鍵，能活用區位優勢以求勝出。

五、「角之而知有餘不足」功能：執行戰鬥、競爭之後，便知對過去經驗與未來所做規劃所具有的「過與不及」之處再求精進。

　　CEO能力經由張瑞敏持續的發揮其加分作用，終使海爾自1985年轉敗為勝。先見力的基礎是知識、經驗所積累的智慧；又如在《孫子·謀攻篇》中所說：「故知勝者有五，知可以戰與不可以戰者勝，識眾寡之用者勝；上下同欲者勝；以虞待不虞者勝；將能而君不御者勝。此五者，知勝之道。故曰：知彼知己，百戰不殆；不知彼而知己，一勝一負；不知彼，不知己，每戰必敗。」CEO所積累的智慧、知識、經驗是其智財，亦可稱為企業之社會資本的核心；CEO能力中以先見力的智慧最是關鍵，與其最似同者即上述的「以虞待不虞」。

　　再其次，《孫子‧始計篇》說：「兵者，國之大事，死生之地，存亡之道，不可不察也。故經之以五事，校之以計，而索其情；一曰道，二曰天，三曰地，四曰將，五曰法。道者，令民與上同意，可與之死，可與之生，而不畏危也。天者，陰陽、寒暑、時制也。地者，遠近、險易，廣狹，死生也。將者，智、信、仁、勇、嚴也。法者，曲制、官道、主用也。凡此五者，將莫不聞，知之者勝，不知者不勝。」近三十年以來是「商戰時代」開端，CEO是今日國之將軍，「兵者」即「商戰」，所以「道、天、地、將、法」就是企業家的能力上之層次、位階，故企業家特須注重此CEO五力之運用，可有其揮灑的場域有五大層級，「道、天、地、將、法」五層兼優者乃「企業上將」，如威爾許、張瑞敏、王永慶等等傑出CEO之表現。

　　另外，《孫子‧軍形篇》說：「善用兵者，修道保法，故能為勝敗之政。兵法：『一曰度，二曰量，三曰數，四曰稱，五曰勝，地生度，度生量，量生數，數生稱，稱生勝。』故勝兵若以鎰稱銖，敗兵若以銖稱鎰。勝者之戰，若決積水於千仞之谿者，形也。」CEO須兼顧「修道保法」，即是要「道、天、地、將、法」兼顧並重；對CEO「轉移」於商戰中之內涵，應解釋為「道」，如產業政策所欲引導的趨向，而被決策者所體察到的市場、技術的前景等；天者，潮流、季節、消費者心理等。地者，指區域空間、交通與產銷網絡等；「將」是產銷的現場管控能力、領導統御才華等；法者，產或銷於實際執行上的技巧手法等，故從基層做起的CEO會較有勝算。

　　歷史上中華民族自西周即歧視商人，晉時山西官府規定商人須頭纏白巾上書明所販商品與姓名，宋室南遷後在儒家偏安政治下的權宜之計，壯大了儒商文化的「義利並重」原則、子體系。此即中原氏族落腳黃山周邊的徽州，基於生計棄書從商乃有徽商集團的崛起，建立了「儒商合一」集體模式的儒商文化；進而鼓勵與帶動了浙江永嘉文化的儒學支派的興盛，以「義利並重」建立了儒家的思想學派及其體系，繼承與發揚自宋室南遷到明末東南沿海及安徽或運河沿線的商貿的軸帶，浙商、閩商、粵商、台商等文化乃大同小異的「複製」與發展著（崔華前，2004.7，P.59）。

　　大陸學者的共識指出：浙江在改革開放的二十多年裏開創不少民企及產業集聚，但經濟蓬勃發展都離不開當地歷史文化、社會背景即「義利並重」原則；2005年夏浙江省委書記習近平的「永嘉三嘆」便可印證其確實吻合史實，儒商文化與大陸改革開放成功的共源即永嘉儒學，即南宋永康葉亮與永嘉的陳適所共同成就的「義利並舉」「農商並行」而奠下基礎。在宋室南遷時寧波即是對外商貿

的主要口岸,再經明朝的南遷與鴉片戰爭後皆以寧波為對外通商口岸,浙商文化帶動了閩商文化與粵商文化;溯自明成祖派鄭和下南洋後更發達了沿海對外商貿的基礎,雖因政策轉變明朝中止海洋拓展然已厚植閩商文化於民間社會,明亡後1661年儒商文化得以立足台灣,發展造就了台商文化。台商文化與粵商文化皆是隨西船東航而漸見崛起的海洋文化之儒商文化,傳承自晉商、徽商、浙商、閩商,如今台商文化與粵商文化借機運而於兩岸發揚光大。

外在大環境文化,依序如儒家文化(即小傳統及其外圍者)是較狹義的,江澤民所倡的中國傳統文化(即大傳統及其外圍者)是本文中最大的文化觀念;其次層級文化是儒商文化與再衍生的台商文化與內部的企業文化,企業文化的核心是組織典範、宗旨與制度,外層則是領導人的特質、經驗、價值與認知體系和成員間的互動。若以日本的儒家文化更適合工業化,大概他所指的優勢乃後兩項在日本較受強調所致,而且又優於中國之原因即:中國人較日本忽視群體故而如同一盤散沙。正統的儒家文化也許拙於商業與貿易,但歷經海洋文化與自然環境淬煉的台灣省儒商文化就擅長於經貿,因它是以「美日台混血」企業文化為雙核心之一。

台商產業集群的社會資本內包著許多台商企業集群所共有的企業文化,台灣產業各企業的CEO經營者或各部門的負責人,其對企業文化的認同與投入,若能將個人風範、特質與價值觀融入,在執行職務時經常是「將在外君命有所不受」或「危機處理」的服務顧客,都必須於平時充分培訓以足夠的知識、能力與文化素養。故主張CEO精神與企業的知識資本,不論高低階主管都須讓其歷經充分的培訓,協助其終能成為「獨當一面」,成為一位具備合格的企業家精神及其能力的幹部。

2004年迄今,大陸「電子百大」的前兩名海爾與聯想,其成功的部分即加入許多傳統文化的特質,恰如海爾的企業領導人張瑞敏所說「糧草未動,文化先行」;又如聯想的首任CEO柳傳志的領導哲學與行銷策略,都有著厚重的文化特色與「捨我其誰」將民族大旗扛在肩的精神。其企業文化與外部的大環境文化似乎有著較多的儒家文化成份,台灣的社會學者如李亦園、陳其南等多人較傾向於從「經濟文化」或「企業文化(包括組織與管理層面)的觀點」,來探討東亞地區的文化與經濟行為,並藉之解析「台灣經驗」更能弘揚於兩岸。

企業文化則包涵著企業的宗旨、規範、組織、法制、產銷體系與企業家文化等無形資產;這些無形資產是以企業精神為支撐,再由企業家去推動與執行,因此企業家精神就是執行的方向與力量,企業家是企業的掌控者與宏揚

者，通常也是社會資本的利用者與萃取者，決定其企業的企業文化與企業精神。凡此只能以人作為載體而特別重視「培才、識才、用才、適才」的企業文化，所以旅遊產業的企業家就更須有先見力、辯溝力、適困力、執行力與創構力，亦即企業家CEO五力。

4.5.2 危機處理與人力資源管理的能力

今之儒家文化已歷經多次「因、革、損、益」，溯至南宋而轉型為「義利並行」「農商兼重」，這歷程中多次轉型必取材於傳統社會文化，而有佛、道、《孫子兵法》與《鬼谷子縱橫術》的思想之滲入，不單只是儒家文化為素材，成就出今天的台商文化及其社會資本的主體，本節謹從《孫子兵法》與《鬼谷子縱橫術》進行分析。

《孫子‧九變篇》說：「是故，智者之慮，必雜於利害；雜於利必可信也，雜於害而患可解也。是故屈諸侯以害，役諸侯以業，驅諸侯以利。故用兵之法，無恃其不來，恃吾有以待之；無恃其不攻，恃吾有所不可攻也。」即強調預防、思患而生出「先見」之功，以利危機處理能力來增強企業體質。所以CEO五力是與危機處理能力緊密結合、相輔相成的，張瑞敏、威爾許都能靈活的結合，不會因為「必雜於利害」而猷豫不決、錯失良機，以致於弱化企業核心能力與產品營銷能力而導致失敗。

危機處理能力是強調危機預識，不同於適困力的適用於危機出現後的下半段，即其重點在於如何預防企業危機的出現、爆發，管理者或是CEO於處理危機的規劃階段，最須以「思患預防」為重心，故謹列出此階段之實際步驟：

一、預先制定出在形勢最險惡時可以採行的各種方案；

二、估計前述方案採行後會分別各帶來什麼結果；

三、把各方案的步驟及其可能結果記錄下來。

傑出CEO及其危機小組在此一規劃階段之基本任務，即是能容易找出各類危機的最佳解決方案，也估計其可能之後果；於方案管理中逐漸、循序的進行試演、沙盤推演、實兵演習，再分別為下列問題尋出答案，來促成危機處理的成功：

一、假如危機無法壓抑而逐步升級，可能會惡化到何種程度？

二、媒體與政府相關部門對企業的審查或指責會達到何種程度？

三、危機會在多大程度影響企業正常業務之進行？

四、企業在社會中的公眾形象會受到多大程度的影響？

五、企業淨利會受到多大損失？能否持續經營？

六、若可持續經營下去，則該如何調整企業形象及經營策略？

綜合上述而知，危機預警制度務須建立於企業成立之初，續以長期堅持才是上策，即須藉由企業內的終身學習來建立正確的危機預識，使之成為日常工作與心口如一的「居安思危」。危機預備的準備工作如下：

一、資源的準備：先選定了風險管控的方法，再依據各企業的情況，對於企業各部門的資源分別予以正面、負面的表列，進行危機準備方案中的資源配置，再加以妥善之規劃與利用。

二、機構的設置：企業高層的參與危機處理小組以及風險業務的制定、決策，再賦予各部門經理於其職責範圍內的風險責任，並責成其屬下以及全員皆能知曉企業有何風險與相關的管理方案。

三、系統的改進與人員的培訓：企業的硬體設備與作業流程的精進，皆賴人員的培訓與再教育，方可協同互助於任務及執行危機處理於困境中，再圖激勵出創新的產品與制度（麥可‧尤辛，2005）。

危機出現後，為危機處理小組實際運作階段，危機發作之初須先確認以利相對之動員、準備，並試圖控制之，採行如《鬼谷子：抵巇》的「塞、息、卻、匿、得」方案，直至不得已時才公開承認，一待正式承認後危機處理小組就轉移為任務執行。在媒體公關的應對方面，則應引導媒體公正、客觀的報導與評價事件。即有如下述的兩類作法：

一、對企業內部應該儘快制定「告以正確真象來穩定軍心」，解釋清楚方可號召員工共體時艱重振雄風，接續則對傷亡損失加以搶救與撫慰。

二、對企業外部，應該對社區、消費大眾、社會機構、政府部門、相關企業與上下游企業，通報危機事件及處理狀況，並制定相應政策與保證消除負面影響，在處理過程中尊重當地的文化與風俗，盡力尊重相關的重要他人之觀感、週全其權益，力求脫困而能精進於轉型。

成功的企業於危機處理中，它常常是獲益者，即於危機處理的最後階段中，企業是學習者、企業文化轉型成功者、員工危機預識增長者、企業組織再造的發動者，企業形象藉以提升與改善、鏟除潛伏的危機。此外，使企業全體員工對危機的誘因、徵兆皆能主動監測，面對企業所存在的各種風險，整理蒐集對危機的跡象行其監測、評等、預報等，能認真建立一個民主、以人為主的組織文化；為使「換位思考」與轉念成為企業文化的本質，唯有進行全程管理而達全心投入層次，這般素質的員工有利於促成企業的成長、創新。

　　英文「溝通」的拉丁字源來自「分享」，唯因溝通與分享而能互信互利、共存共榮，基於「溝通與分享」則有賴CEO的辯（理）溝（通）力、創（新）構（思）力，交互運用後，大多是有關於「轉念」與「換位思考」等，在態度、傾向或行為之活用。CEO的個人特質具有彈性的處事態度時，可依其「轉念」與「換位思考」的態度，再經執行力的推動方可做好企業與員工的「互信互利、共存共榮」，這是CEO的責任；當一位CEO能力不足時，多因其所能掌握的人力資源不足，此時則可藉助於群策群力來「動員」，亦能助其達成之。威爾許與張瑞敏都能以其對人力資源的管理權責，借著辯溝力說服屬下共同創新、構思尋找企業生機「解決問題」，而實現「互信互利、共存共榮」。

　　威爾許在入主奇異公司之初，借其辯溝力改變了「唯唯諾諾」的企業文化，因充分溝通而帶動員工組成「眾志成城」之組織，因為他能先找出多數員工不滿的現象、問題，加以多次的公開辯論，或者當場的一次辯溝就立刻解決；不久就在各層級各部門間建立信任感、充分授權下屬、除去冗員，進而聚焦於製程精簡進化、研發創新之企業文化，為奇異公司拓建一個無組織界限的新典範，徹底剷除龐大、疊構雜架的官僚體制。張瑞敏與威爾許相同的運用其辯溝力、創構力，使海爾與奇異都能成功渡過此歷程或危機，完成組織再造。

　　先見力與危機處理能力是前腳與後腳間伴隨發揮其功能，辯溝力與創構力如同左手與右手的合作分工一樣，都是位居第二、三線的支持者，支援第一線的最清晰、外顯、搶眼的執行力與適困力（如圖5-1之底層），而令人對CEO之作為印象深刻，然其成功是因六者的綜合運用、發揮所產生的結果。這需要將重要的核心流程目標與企業經營目標結合，以使CEO能適當的與經由其所責成之部屬共同負責，來注意於增加顧客之滿意度，得以加快對顧客做出回應來有效降低企業內之營運成本，之後關注於創新研發與核心的競爭能力之提升。奇異與海爾藉著傑出CEO很快有了更佳的營運流程、扁平化的組織結構、人力資源管理模式的創新、有競爭力的新企業文化，進而有優質化的產品與營收的增長。

　　戴爾電腦的總裁Michael Dell常說：「與公司員工成為並肩作戰的伙伴，即建立最具競爭力的企業文化，統一全體員工的目標與策略是其最佳最易的方法。」強烈的互信就是組織團結的關鍵，信任能使組織結構與企業文化得以凝聚、健全與進化，主要是因為會有下列四個成效：

一、能讓組織成功的優化：即能為實現更廣闊戰略目標的企業部門，於範圍內凝聚出實現願景的共識，使個人、團隊皆樂於共同行動、實現目標。

二、提升團隊的效率：為能實現共同的目標，互信的成員更高的相互協調，以

致本益比或效益的增高，激發「全員共赴」的使命感。

三、鞏固成員間的合作：在互信的基礎上，實現資源、信息的共享，在共同目標下與他人直接合作，全力以赴的處理、解決問題與危機。

四、增強個人信譽：在追求目標的互動中，更須互信的付出換取所需資源與自主權，努力後就獲得更多的信任，尤其是行動的領導人增加更多。

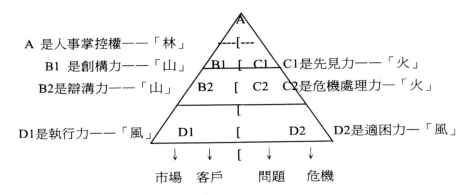

A 是人事掌控權——「林」

B1 是創構力——「山」　　B1 C1是先見力——「火」

B2是辯溝力——「山」　　B2 C2 C2是危機處理力—「火」

D1是執行力——「風」　　D1 D2 D2是適困力—「風」

市場　客戶　　問題　危機

圖4-1　CEO 能力與《孫子》思維結構圖

　　戴爾電腦讓全體員工成為股東，除了權力也給員工知識、能力與信任聯盟，即堅固的企業組織；1984年戴爾電腦創設，1991年銷售總額逾八億美元，1992年更突破了二十億，進入《財富》全球五百強之列。針對在戰場上執行戰鬥任務時，軍隊或將領其執行力都是無與倫比的，企業在執行其政策時，常常不及上述軍隊執行力的一半；因為在軍隊中「『沒有理由』只能全力以赴」就是執行力最佳的保障，用在企業中就是「堅持的執行政策」，但其強度就不及軍隊的執行力。扁平化的組織是為了提高執行力、降低成本，直接面對顧客就是高執行力、最低成本的組織結構；CEO依經驗、知識、技術等融合成他的智慧財產權，就能依據企業全員一致的目標與策略，由CEO堅持到底的執行就可大部分的執行成功、完成指標。

　　在社會變遷迅猛、科技創新快捷的雙層壓擠下，會有危機隨時浮現的氛圍，讓執行力也須在危機四伏中呈現出，或是轉型為企業變革、組織再造的應變力。如今的時代巨大變遷中，許多企業皆面臨著企業變革、組織再造的變局、危機，執行力在常態經營中並未能突顯其存在與價值，唯有在企業變革、組織再造時更有其影響企業生存發展的功能與價值，因此執行力不只是成立

「精簡辦公室」或降低成本的裁員而已，它必須是「企業文化再造」的變革：

一、建立再造理論，引導再造之實踐：1993年韓默（M. Haammer）教授《再造企業》中提出，企業依照其特質遵循其理論而調整以求適應市場變遷來改造成現代企業組織，以求在知識經濟中求生存、興榮，如王永慶的「餓鵝理論」、施振榮依「微笑曲線」力行組織再造。

二、組建再造小組，充分授權：國內海外市場競爭日益惡化，由CEO主導，成員來自各部門、各層級的菁英，針對企業核心目標與產銷流程尋覓再造關鍵，徵詢尖端客戶對企業、產品的意見，隨時備妥組織再造的能量。

三、兼備危機管理功能，建立預警制度：再造小組是常態組織可以兼顧危機預警，在警示確立後移交給危機處理小組，由它所發動之系列活動；再造小組將流程再造與組織再造予以常規化之後，亦可促成創新研發能力與降低成本之目的，亦即「脫胎換骨」的出現業務成長。

　　企業變革或組織再造主要有生產流程、企業文化、人力資源管理與組織模式等四大領域的再造。企業再造或變革之原因，不外企業內生弊端、爭權內鬥及利益分配等內因所引起的第一類原因；至於外來的刺激、牽動，如全球化商戰的市場競爭、技術的創新、突破等則為第二類原因。所引發的這些效應都會改變信息的蒐集、處理，將資訊與技術組裝用於產銷流程、產品規格與效能、市場的研判與發貨模式等，都是需要時時警惕的環結。所以韓默認為：企業再造是一戰略性的企業重新組構之系統工程；它影響企業的可持續發展、降低生產成本、縮短生產週期、調整投入與產出的比例，最終以滿足客戶之需求為目的，並達成企業再造的功效。台灣奇美前CEO許文龍的「樹下老人哲學」即言CEO掌握最新動態而隨時的變革再造。

　　再看《孫子・軍爭篇》說：「故不知諸侯之謀者，不能豫交；不知山林、險阻、沼澤之形者，不能行軍，不能嚮導者，不能得地利。」即是：不了解對方的謀略，不能與之結交。企業交易、往來也需要詳實正確的信息，CEO若不清礎主客觀形勢與區位條件者，將會不利於營銷；商業是以利害為前提的一種互動，即使為了利益而被對方出賣，CEO也不宜懷恨或硬爭一口氣，為求損失的最小化或利益的最大化。所以不清礎對方的計謀或不了解營業區的市況與消費傾向時，則不應輕舉妄動而要小心行事。（李昌，2007）

4.5.3 大陸民企及其企業文化之社會資本

　　1981年傑克威爾許出任美國奇異公司的CEO，立刻打破奇異公司的等級制

與管理制度,致力企業組織的扁平化,將原先處在層層相疊的官僚體制下的四十多萬員工,改隸於他所認定的五大核心業務;龐大、僵化的舊組織怎堪簡化為上中下三個管理層共六級的企業體系,因而所產生的重大危機迫使他以人力資源管理、危機處理的能力與CEO五力。努力動員組織與員工的心理力量與創新精神,從改變企業文化與調整物質環境入手,再成功的扭轉、提升全體員工之觀念、態度、行為而能「中興奇異」;他最擅長CEO五力的運用,其中最具特色的利器即是以辯溝力對各層級管理人的「雙向溝通」,例如他所創新倡導的對中層管理人的期許:要做導師、啦啦隊長、解放者三種角色,而不只是控制者。如此歷經兩年就「轉念」成全體員工的共同信念,進而融入奇異公司的企業文化。

人群、民族是生活存在於共有的大環境中的歷史性區域裡之群體,致各族群因而在學習上和思維之方法上也存在著明顯差異,這差異經積漸後即是文化及文化之間所存在的跨距,跨距大者則在其所發展出來的企業體內也會形成溝通、管理上的障礙;例如於大陸沿海投資的台商其跨文化的程度,不足以形成制度成本、交易成本的消耗,但若在西部回、藏族的生活區域便有著較大文化落差,則所形成的制度成本、交易成本,甚至信息成本皆成為經營企業之負擔、或經費上的支出。

人的頭腦內所承載的思想、價值觀等,皆是人們在生活中從過去以迄今所內化了的文化。昔日學習所得到的資料、資訊、知識,於大腦中融合成處理的模式也各不相同,跨國CEO於東道國皆因當地文化再予以強化或弱化,是有所不同於正常狀態下,其所增、減的成本,或可稱之為在「社會資本」上的支出、耗費。故知社會資本的重要,即可推知台商赴印度「南進」投資時,所付出的制度成本、交易成本與訊息成本,將會因跨文化而致無形成本大增,以致中小企業較不宜前往,台商進入大陸則文化上的無跨距,則可應付全球化的跨國企業在大陸的競爭而具有優勢。

以人作為載體的文化是呈現於生活中的,在精神上與物質上成果之總和即文化。文化的分類可因人種、民族的生涯活動之差異而區分成各種各類:

首先,是歐美文化屬「單線活動型」,即採直線方式製訂計劃、安排流程、組織工作、進行活動,即一個時間一個活動的進行,而以法治、個人主義為其特徵的西方文化。

其次,是「多線活動型」以亞、非、歐為素材的混融文化,因其混合程度不同而有拉丁文化、阿拉伯文化及南美洲文化等,皆屬於同一段時間內可同時進行多個活動的類型,即可不按照計劃、流程,而依事情重要性隨機的進行活

動、工作，故多為活潑好動生活形態的文化。

　　其三，是兼顧前述的「反應型」，如中國與日本文化、芬蘭等的北歐文化，都會優先考慮禮節、傾聽對方、適度反應的兼顧兩者而不偏頗的生活形態。

　　另外的「其他型」，則是尚未登上世界歷史舞台的各洲、各族，尚未呈顯其特色、優勢的文化，凡此故共有四大類型，至於同類型的各民族文化間的文化跨度，通常隨著生活空間距離而顯現正比關係。

　　跨國企業內兩種文化間發生的文化衝突，若是因各有其利益主體則會損及企業的利益與經營運作，則將「各為其國」的付出更多制度成本，如兩岸隔閡所構成台商阻礙；故須從企業文化的再造、重整與利益共同體之建立，才是上策。台商集群中的CEO被視為企業所育成的人才庫，需以更多「不教胡馬渡陰山」之「CEO將才」來創造族群的最高利益。《孫子兵法》中說：「夫將者，國之輔也，輔周則國必強，輔隙則國必弱……。不知三軍之權，而同三軍之任，則軍士疑矣。三軍既惑且疑，則諸侯之難至矣，是謂亂軍引勝。」期待政府策略制定應該也如《孫子‧虛實篇》中說：「凡先處戰地而待敵者佚。」，否則名實不符、權責不明將有害於商機，即同於「不知三軍之權，而同三軍之任，則軍士疑矣。」，當前政治CEO決策兩岸政策時，不能讓商戰中的CEO產生「軍士疑矣」，就須先行規劃而謀得「制敵機先」之利。因為政治是一時的反應，經濟是長期積累之成果，文化是可久可大的生活上菁華；不論是政治、經濟的CEO其能兼具文化功能者，將易於達成使命，必須能善用滿載於生活中的文化與社會資本者，方是成功CEO，就該受到官方的重視。

　　1984年海爾CEO張瑞敏初履執行長職務時的「錘砸76個電冰箱」，徹底改變海爾的企業文化而成功改造了海爾的體質、形象，成為全球首大的家電企業。張瑞敏特別重視企業文化而設置「首席文化官」，他將企業文化定義為：「企業文化是企業發展的靈魂，而企業文化最核心的內容應是價值觀。」他以危機處理的規格打開了重塑海爾企業文化的突破口，進而以完成了海爾企業文化重塑與拓建，大陸官方政策或明或暗的扶持，也能協助海爾的業務擴張，一如台商般的充分運用其「社會資本」，以及對官方友善視為是CEO的職責之一。

　　CEO經營能力包括對企業人力資源管控、危機處理能力，以及「CEO五力」的執行力、適困力、先見力、辯溝力、創構力。《孫子兵法》的「出其所必趨，趨其所不意；行千里而不勞者，行於無人之地也。」即指CEO的先見力一如善戰者，其原則同而場域因「全球化的商戰」則不同，亦即是能做到「致人而不致於人」的初始經營能力；即不分將軍或者是CEO，須有先見力、藍海策略、轉念

等、來幫助企業能悠游於「無人之地」，而能一戰成功。《孫子‧軍爭篇》說：「故兵以詐立，以利動，以分合為變者也。故其疾如風，其徐如林，侵略如火，不動如山，難知如陰，動如雷霆。掠鄉分眾，廓地分利，懸權而動，先知迂直之計者勝，此軍爭之法也。」即如圖4-1中分成「三層次」來與「司守其門戶」實現分工合作。

其中CEO的執行力、適困力是顯性的力量，是位居第一線的能力像是「風」或「表象」，都是無時無刻、佈散各處臨場隨機的反應著；再者適困力、先見力與危機處理能力三者常結合運用，來預防與處理危機的能力像是「火」或「滅火」，都是快速、靈捷的反應；CEO的辯溝力與創構力是隱性的力量，是CEO能力於結構中位居第二線或第三線的像是「山」或「基座」，都是深沉、穩定的反應；CEO對人力資源的管控力是企業之經營本質、內涵，暫稱之為「林」，都是百年樹人、細水長流的反應，故而位居扇形之巔頂；七種CEO經營能力分成「風、林、火、山」四類，所扮演的角色、功能謹借用《孫子兵法》來陳現之，如圖4-1中的A是CEO的人事權，亦即「守司其門戶」之權，應位居於神經中樞的尖峰。

社會資本即社會網絡，廣義的則包括知識資本、環境資本與人際資本；而且知識資本包括人力資本、創新資本、關係資本、流程資本，環境資本包括商品市場交易價值、多元目標使用價值、健康與生態保育價值、地緣關係價值，人際資本包括社群網絡、信息管道、信任關係、社會規範與社會責任。社會資本是實際與潛在的資源集合體，並且共同對某種持續存在的網絡之佔有是密不可分的。從行為者而言可分成集體、個體的社會資本兩類，台商集群的文化是集群的社會資本，經由台商企業CEO群的經營能力，凝萃出的集體運行模式及其規範等即是。至於個人社會資本則是CEO個人經驗、網絡，以助他明智的投資、經營做出決策者，亦是使其穩固、可靠與產生效益的智財、氛圍；集體社會資本則再加上關於集群的文化、規範，以及能利於溢出分享與互信分工的大環境。

4.6 中醫藥產業的結構與兩岸互補

4.6.1 台灣的海洋環境、文化與企業家能力

台灣因地緣關係使國家發展與海洋息息相關，欲能發揚先民渡海的拼搏精神，必須善用海洋文化與區位優勢來爭取永續繁榮；台灣週邊與離島海岸線（不含金、馬與南沙）長達1820公里，有關內水、領水之面積約13萬2459平方公里，即約為台灣本島面積的四倍，優先使用的經濟海域面積約54.9萬平方公里。

地狹人綢的制約使台灣必須依循亞佛列‧馬漢（Affred　T.Mahan）《海權對歷史的影響》主張，須先充分利用及控制海洋，才有可能成為一個海上強權國家。

　　凡是政府管轄的海洋面積比陸地的更大者，其開發海洋是國家發展的必然選項，就必須努力成為一海洋國家。從歷史文化、生態環境或地理區位的角度，在在皆顯示著海洋對台灣的重要性，尤其從西太平洋戰略地位而論，即有著下列優勢：

　　一、位居島鍊中心，對亞洲重要城市皆於120分鐘飛行航程內；

　　二、向西憑藉台灣海峽面對太平洋，北接東海南倚巴士海峽為海運樞紐。

　　若將區位優勢充分運用，將可以有力的捍衛、爭取國家在海洋上的海權與人民在經濟上權益，位居長三角與珠三角之間，構成亞洲東三角，再分別與日韓、星馬形成亞洲的北、南三角，若能以居中策應的角度與大陸於西進後共進東協市場，將可更鞏固「世界經濟中心東移亞洲」之局勢。總之，台灣絕不能忽視海洋，更須善用海洋式儒商文化，來提升台灣的經貿實力，來掌握「亞洲崛起」的未來契機。

　　歷經宋元明清四個朝代長達千餘年的對外經貿史，承襲完整的閩商文化而已融入台灣社會，已經融合成形的商貿文化，至近代才再新融入日美兩國企業文化而創新，成為今之「美日台混血」企業文化。閩商文化自會對台商文化產生深刻影響，如今則推動台商投資大陸的回流效應，台資西進的影響首先繁榮了閩粵兩省；也因昔日受美日兩國的FDI投資模式影響，令台商更能敏銳的感受到強烈商機，故于1970年代末已有「愛拼才會贏」的台商，甘冒違法治罪之風險而赴大陸投資，即「青出于閩商而更勇于拼搏」的特徵。

　　清代的台灣地區是一個墾殖的移民社會，始自于1661年入台的鄭成功以迄國民政府的遷台，都是離鄉背井、渡海匡復的心態與儒家思想為主體的，勇于拼搏與榮歸故里的移民文化，就成為台灣地區文化或企業家精神的基礎，面對惡劣的環境與自然災害的威脅，皆不退縮者方能夠「勇者致富──拼才會贏」，出現強烈的海洋特色。在台灣大環境中生活方式，以及自然力的影響使台商文化中積累的台灣所特有的「社會資本」。

　　1990年代後的台商西進中傳遞與催化了大陸的企業經營及外貿經濟，早期也揉和、融入平埔族文化與原住民文化以精准眼光來務實求生；台灣地區在清治之前多為蠻荒之地，鄭成功的屯兵開墾影響以後「務實求生」的價值信念甚深，如見證于台省之地名如前鎮、左鎮、左營、新營、西屯、南屯、頭城、七堆、八堵等等，皆是先民屯墾所開發的根據地；全面的來看台灣地區的自然環境多颱風多

旱澇，常有地震海嘯之險，培養出反應敏捷、隨機應變、眼光精准、務實求生的文化特色。

　　台商產業集群的社會資本內包著許多台商企業的企業文化，企業文化則包涵著企業的宗旨、規範、組織、法制、產銷體系與企業家文化等無形資產；這些無形資產是以企業精神為支撐，再由企業家去推動與執行，因此企業家精神就是執行的方向與力量，企業家是企業的掌控者與宏揚者，通常也是社會資本的利用者與萃取者，決定其企業的企業文化與企業精神。

　　表層文化是表露在外部的企業文化，如企業文化的內容有上述六類而分為四層次，而以企業家文化為軸心謹述之如下：

一、表層文化是表露在外部的企業文化，如產品外觀造形、品牌形象、員工形象、廠區廠貌、組織架構與客戶關係等，可應市場而變是外顯性較強者。

二、中層文化是介於表、裏之間的企業文化，又稱組織內部文化外顯度弱是可以調整的部分，如經營哲學、企業組織形式、規章制度、生產方式、道德規範等企業群體行為與企業法制。

三、內核文化是企業全體員工共同的價值觀、理想、信念、企業精神與宗旨等，它制約著表、中兩層文化，是較不易改變的部分，如使命與任務、典範與宗旨，後者更是難以改變的企業文化。

四、企業家文化是其企業文化的軸心，如企業家的經營哲學、價值觀、企業經營精神等是企業優勢或觀念的源頭，它與企業核心競爭力合稱企業營運的「兩個基本點」，更貫穿了上述三層文化將之結合起來。

　　企業家文化雖然可以決定企業文化，卻須經由CEO的個人特質及其企業家精神而主導出或呈現出其特徵，首先企業家精神是隱性的知識或智慧財，包括了企業家的膽略、胸懷、品質、歷練、知識與能力等方面的特質，也作為企業家文化的原生酵素，來決定企業家的特質與企業精神；企業家精神的內容有：

圖4-2　各層企業文化相關位置示意圖

敬業精神、創新精神、冒險精神、守則精神，形成企業的特有經營風格、管理模式、士氣形象的重要內涵，另外企業所授予企業家的領導地位與權勢也深刻的回饋與影響著企業精神與企業文化，亦即它會提升或改變企業家的意志、精神、道德、風格等，CEO與企業文化之互動經長期掌理企業後也會漸進的改變其內涵。

　　企業家文化與企業文化有時又呈現著互為表裏的關係，企業家文化分為：領袖風範、經營哲學與企業家精神等，如上圖般企業家文化與企業文化的組合結構，企業文化有三層由外而內的層次；它會互動的影響著企業家文化中的領袖風範也即決定企業家的「形表」，經營哲學是企業家的「態度」決定其思想與行為，即以企業家精神則決定企業家的「魂魄」；西進台商以其台商（混血企業）文化與企業家（創新冒險）精神跨海投資及再西進的區域轉移，在無形中也是效法鄧小平的「領導中國CEO」的企業家精神。

　　基於海洋式儒商文化的勇於冒險與創新，早期台商西進大陸即以得優惠為主因，採取機器與原廠搬遷進入「匯區」，即依賴「代工貼牌」的ODM/OEM生產模式；2002年以來更創新的區域推移的「複製經驗」。但現今無法長期複製經營而能持續「低成本、高績效」者，已難以繼續ODM/OEM經營，故須創新經營來推動企業的升級、成長；即企業的CEO創新經營以其先見力與創構力為主，輔以適困力、辯溝力、執行力來支持Knowledge E.O.知識長，由深至淺的進行下述四種創新途徑：

一、防患未然型：挑戰既有權威與規則，針對其合理或不合理之處來「瞻在人前」的求變求新。

二、初現即學型：發現正在改變的趨勢而競爭對手顧慮不及與忽略之處，全力改變、轉折來迎頭趕上。

三、苦心追隨型：學習從顧客的角度以求瞭解與解決其問題，諮詢尖端客戶轉化為提前滿足多數的顧客需求。

四、隨機應變型：視公司為各類資源綜合體與資源庫，且能將其特質而行多元多樣的組合，增添產品或服務的附加價值。

　　大陸民企因其經營的自由度較低，却有極優的學習能力對台商形成競爭壓力，台商唯有致力創新才能繼續擁有「先行者優勢」；如果CEO皆能超越自我（偏見）不陷于「劃地自限」就是極大成就與自我肯定，因為突破及創新即賴有自信、有創意的CEO才可成功；對國家與民族而言，CEO的貢獻在物質金錢上的成果常常不能取代精神上的成就，未來其無形的影響是大于經濟的效益。

　　未來20年于台商的各行業中，皆以各地行銷網路之占有及形成其優勢為首要急務；因從事台商內地運銷之經營，將是更積極的求生存之未來布局、規劃。CEO消極的便是退隱江湖，這類生涯規劃屆時是CEO必須慎謀能斷的抉擇，2006年韓國最優CEO的三星公司具本茂與LG李健熙，皆要求自己能為企業規劃未來十年的核心競爭力及願景，這才是台商生存發展的重中之重了。

4.6.2　中醫藥生科產業的過去與前景

　　中醫草藥（herbal medicine）產業與休閒農業相同，關鍵在其不確定的源頭呈多樣性、行銷網路複雜性與動能機制的不規律性，雖其過程與活動標的是大不相同，但皆橫跨農業、工（製造）業與服務（流通）業三大次產業，即其中的農業部分乃中醫藥產業與化學製藥不同處。因它與一般涉農產業比較則多出「醫院/醫生」的產業鏈環結，使目前其產業結構甚是脆弱，主因為：

一、各關聯產業子系統紛雜與組織結構上的殊異，使交易成本與信息成本較高，生技制程待開發；

二、中藥材人工種植、野生者，皆受限於自然生態與氣候土質，故產業升級、倉儲運輸與經濟規模等皆存在著障礙；

三、分銷層面廣泛、多元而在時間空間的面向上呈現著較鬆散，不易集約的特性，使集聚無法形成而效益不佳；

四、生態受到人為破壞，生質中藥材的繁殖生長、取得，皆違反生態而漸陷枯竭。

　　論及中醫藥方劑的形成、中醫與科研人才的培育與中藥產業核心競爭力，三者之間更是環環相扣，也緊密關聯到各區域的稟賦資源（即中藥材、中醫師、中醫藥方劑）；兩岸的文化積澱與產業合作則更具有「領先全球」的優勢。筆者於《大陸台商的經營策略（2006）》《大陸台商的區域推移與海洋式儒商文化（2007）》中提及休閒農業的西進，即為兼顧及此，以圖台商產業能升級、中轉為生技農業，來邁向白色生技產業。

　　今後政策應鼓勵台商以資訊網路結合農會（花卉、果蔬產銷班）、生技制藥廠，加上民宿農莊聯誼會與中醫師公會，藉著休閒農業進入各區域及主要藥材產地來駐點，進行生態植栽的經營型態。國父於民生主義中倡導「解決農業（吃飯）問題」有七個方策：機械問題、肥料問題、換種問題、除害問題、制造問題、運輸問題、防天災問題等，可以作為規範而循之調整以利台商經營，來提升中醫藥生技農業的產量與品質。目前大陸的中醫藥材產業在發展上的主

要困境如下：

一、品種、品質保護、配種與基因研究等問題，缺乏現代管理與技術的「含金量」，至於人才則已落後德、法、日、美等國，人才的培訓更是急迫，因為現代中國更急需恢復對傳統文化的信心；

二、生態維護與防災除害問題，人為環境破壞已躍居「除三害」的首位，工業化的「先破壞再還原」是雪上加霜的惡性循環，在低人口品質的當地更具破壞力；

三、中藥材再生產的不可操控性，氣候與水質土質與「道地」的關鍵度、關聯性極高，如何維持標準生態仍存在著「黑箱」，如「祖傳秘方」與科學化的標準是相抵觸；

四、中藥產業集聚型式較具經濟規模，包括種植農莊、科研機構、中藥制造企業、中醫師與漢方藥帖的結合，須由各地政府建設成中藥基地，以形成具極化效應的增長中心，呈星散狀而非科技園區的聚集形狀。（周飛躍，2006）

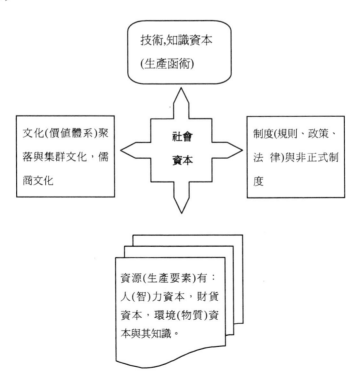

圖4-3　集群中社會資本.網絡鏈組配置

　　現代的知識經濟社會中，重視養生、養身令中藥材與制劑的市場需求量大增，消費者尋找能自我實現的「客制化產品」，延續生命、提升生活品味的市場需求，特別是養生的中藥須具綠色的生質能量與藥效，更是能夠因人配劑的個別化、差別化的「客制化產品」。文化素養高的台商具有絕對優勢，適合於此時西進進入休閒農業或生質農業（bio-medicine herbal industry），就須於農業生科園區成立產、官、學合作的科研中心，累積成「生科草藥學知識（bio-medicine herbal knowledge）」。綜合文化、技術、知識、網絡後，中草藥產業體系、集群的配置圖如下：

　　2007.12.7台灣大仁科技大學劉崇喜教授於農委會生物技術園區的「科技中藥草行銷策略研討會」中，指出兩岸合作的重點如下：中國大陸擁有具潛力的廣大國內市場，以及豐富的中草藥品種與栽種技術，其缺失在對智慧財產權的認知與保護不足，以致經濟效益偏低。偏巧是台灣與大陸的優勢互補，有紮實的中草藥基礎研究，加上制程的品管技術優、行銷經驗與網絡領先；近年養生觀受重視而以自然物研發的「替代醫學」也隨之崛起，中醫藥漸受歐美各國所重視，將成「重視東方」的市場主流。目前大陸中草藥產業之組成結構有四大區塊如下：

一、中草藥農業（從事中草藥生產）：大陸中藥材品種繁多，品類中有八成來自野生，資源分佈於山區、林間與邊遠地區，佔草藥市場需求總量約30%；其中的七成供應量則依賴三十萬專業農戶，種植草藥約一千五百萬畝，其中以2001年為最高點：45萬公頃產植面積年產量逾40噸。（服務性農業）

二、中草藥工業（主要是中藥飲片炮製、中成藥製劑、中藥保健品與藥用植物提取物）：在1990年代年成長率約20%，入世後總值已逾八百億人民幣，佔大陸醫藥工業總產值二成以上。在四千多中藥製藥廠中，有七成是生產中藥成藥供內銷市場，其他的則約佔三成，大陸將努力發展為出口主力。（服務性制造業）

三、中草藥商業（從事中草藥經營）：1997年大陸出口總值，34億美元僅次於德國的38億美元，多以傳統複方為主，將致力於發展單味劑，如美國（第三大32億美元）以利於爭取歐美市場。（服務業）

四、中草藥知識經濟產業（以中草藥產品研究開發為主）：應用現代科技驗證療效，更鼓勵中草藥的研發與人才培育，積極設置中醫藥研究機構與教育設施；入世後開始邁向國際化及重視知識產權，也建立相關軟硬體設施與法律、規範等（工商時報，2007.12.7，A24版），方可防護研發的複方科劑之

智產權。

以上所述存在有新形成的產業缺口，即是中醫養生健體醫療旅遊產業，其屬性是服務性制造業與服務性農業之綜合，可借用大陸各地「農家樂」與台商民宿，結合中醫藥研發機構來加盟組成。因為農業為主體的第一產業，是以對自然界存在的物質為對象進行收集與初步加工的部門，故又稱為初級產業，通常指不須深加工即可消費的生產品或產制生產原料，也包括一些零組件的工業部門。既是多元綜合產業的缺口，兩岸政府與台商就應利己善群的補上「缺口」，構成健全的產業鏈與產業結構，除了利潤與商機的思考之外，這也是政府對代代人民與台商回饋社會的責任。

人類為求得代內與代際間的使用或消耗自然資源的公平，生態農業與休閒農業必須兼顧的「五大效益」是：經濟效益、生態效益、環境效益、景觀效益與社會效益；豐富的自然資源是海西地區所具有的優勢，不應只是關懷生態效益與環境效益的發展生態農業，還應加上景觀效益等其它三種效益而構成網狀分布的休閒農業，分布於區域中具有「山邊、水邊、林邊」的景點，所以「休閒旅遊＋生態農業＝休閒農業」。它具有新產業區之「柔性專業化」特質，台商借其網絡可構成「文化觀光」的產業集群，推動海峽西岸與西南地區的休閒農業及未來的中藥生科產業，宏揚15世紀中明朝洛陽人蘭茂（1397~1476）所編《滇南本草》與稍晚的李時珍（1518~1593）《本草綱目》之菁華：千餘帖草藥方。

4.6.3 中草藥域外直接投資與綠色生技產業

台灣於2002年加入WTO，農產品市場開放使國內與國際競爭趨烈而生產過剩，乃出現了休耕補貼，使休閒農業因此高度發展； 2003年衛生署提出「建構中草藥用藥安全環境計劃（2004~2009）」，致力來建構全球競爭力的活力環境及全球行銷通路，全力培訓執行人才以進行研發創新、方劑科技化等任務。其他如深耕核心技術、建立cGPM規範、持續改善品、產銷通路質等政策，皆須以社會資本作為輔助資源來執行之。

如今在資訊網路發達的知識經濟之人群生活中，這種早已存在的人際網絡或人脈，就發展成為生產過程中三大要素之外，最能決定剩餘（或盈餘）價值之所由出的關鍵；因為社會資本是一種有助於兩個個體或更多個體間相互合作、可循用先前事例的非正式規範與相關資源。即以台灣的「術與數」、大陸的「勢與局」合作於中藥生技化方面，尤其中草藥生科化兼容科技創新與文化創新，更能完全落實於全民的生活層面，因此「建設之首要在民生」而成為首要之務。

　　2006年春大陸中央的社會科學研究院發布「兩岸四地城市競爭力排行榜」，也指出：目前台灣的優勢競爭力在人才競爭力與市民素質，大陸則是以硬設備見長；故知台商人才的優勢即教育程度、專業能力、行政效率、公共道德、文化素養等，大陸于此落後于港臺兩地，主因是文化大革命破壞了儒家倫理與思想有關，同時明言短期內大陸城市的人才與法治建設無法趕上的隱憂。然而台灣因生活舒適已使人才的斷層即將出現，更不足以供應兩岸企業CEO之需求量，還得從儒家思想中尋找有效的教育方法與文化政策，由企業來出資又不主導的推動「社會責任觀」作為治本之良方。

　　台灣經濟研究院的《台經》月刊，2006年3月號以「生物經濟：長程的前景及潛在影響」為主題社論，述及Stan.David與Christopher.Meyer在2000年時主張Bio-economy，21世紀第一波是紅色生技，其次是綠色生技及農業生技產業，第三波是白色生技的生命科技與高科技產業。2005年11月聯合國OECD的「國際未來計劃（IFP）」與「2030生物經濟政策議程研討會」，便已在推動農業與生物經濟的規劃。也為因應生物經濟時代與科技發展戰略之來臨，特將「生物經濟」定義為：獲取生物處理和可再生資源的潛在價值致使健康改善、永續成長和發展，也就是以生物為基礎的經濟。更指出：2020年為臨界點，現應為人類根本上人口健康、糧食安全、生物安全、環境安全、能源安全與國家安全，皆可因此而建立全面發展之關聯，以提升國民生活品質。因此兩岸合作中草藥科技化研發生產，目前追求「共生共贏」須先「急起直追」的奮進白色生技產業。

　　1970年代德國的赫爾曼‧哈肯創建了綜合性的「協同學」，將系統內各子系統在社會、經濟、文化等各學科所擇取的原理、方法中，經相互協調、合作、同步的以聯合功能、集體行動來促成之；兩岸在競爭中發展合作關係、協同有序的有機聯繫，使得整體的效益大于各子系統之總和者，此即源自「共生」之效（卞顯紅，2006，P.116）。台商在大陸各省各區的區域推移，於台商產業集群內依據企業間的社會網絡來運轉其社會資本，即是借著台灣傳衍承襲的「聚落文化」中的充分互信、分享；另如在集群之外，與大陸民企合作時，再充分發揮「協同學」的理論而達成的經營優勢。更進一步發展時，則兩個以上的經濟區域亦能依循「協同學」與信任網絡，海峽西岸地區與台灣若以同質度極高之文化為催化劑，必將因此而獲得豐碩的兩岸雙贏。

　　第三世界對於全球化，目前「亞非拉」各國也都委曲求全，全力配合已成為世界各國的趨勢。縱使在第二、三產業其所面臨的問題各不相同，然而第一次產業包括農林魚牧業其基本特質是各國多有相近似者，乃可兩岸協合共生；即不論

是日本、台灣、大陸或美國，其應有的功能與角色均大同小異，謹列述如下：

一、統一整合休閒農業建立新形象；

二、創造多元化與彈性的角色；

三、農、漁村人力資源的利用與調整；

四、打造偏遠地區的新風貌與新契機（王俊雄，2003）。

今後台商應以休閒農業與中藥生技產業，投資於「桂高雷ECFA國際經貿區」、西南地區與海峽西岸經濟特區，致力於休閒農業與中醫藥生科產業之發展；休閒是身心兼可得到發展、成長與恢復的活動，將身心上的疲憊、耗損與缺乏、不足等都能恢復，進而有所增長、發展的活動。不同於休息只求恢復、運動偏重身體能力，娛樂則追尋鬆懈身心之緊繃。所以能與農業結合成產業者唯有休閒兩字，才是建設性的產業活動，更是升級後兩岸產業發展中，結合了文化、觀光與科技，更結合民生福祉之優勢的產業。

1960年代以前，有一些關于跨國界企業活動的研究和觀點，即1960年海默（Stephen Hymer）首次在其博士論文《國際經營：FDI研究》將FDI作為研究對象，論證了FDI不同于一般意義上的外國金融資產投資，從理論上開創了一個新的研究領域，他的這篇論文代表著FDI理論的產生。以此為開端，FDI理論在1960年代有了很大的發展，可以說這個時期是以「FDI的古典工業組織理論」為主，理論基礎是國際貿易理論中的H-O理論與工業組織理論的融合體，大部分FDI古典理論是建立在因素配置比較或所有權配置比較的基礎上，與闡述國際證卷投資的資本成本理論有著本質上區別。

台商西進的籌供與FDI域外直接投資（Foreign Directive Innovest）理論，域外直接投資理論適合用於台商西進，台商多是深度私有化的中小企業，基於微觀分析的FDI或宏觀分析的FDI理論，企業自身擁有足以抵銷與當地企業競爭中不利因素的各地優勢外，另有外在的市場的不完全競爭性，使得廠商能夠保持特定優勢的獨占性，即具有壟斷優勢。台商進入投資須對不同地域的產業集群進行對比研究，從地區發展軌跡中發掘產業集群的演變規律及其內在機理。

台商在兩岸運用相對優勢的資源，在政策引導下的「不均衡發展」經濟，較易獲利而重視此一理論；台商面對他國外商企業則在社會文化及網絡上，擁有絕對的優勢。目前大陸至少存在四種類型的產業集群或潛在產業集群，即各種類型的開發區包括沿海外向型出口加工區（如東莞出口加工產業集群）、鄉鎮企業集群區（如浙江產業群）、智力密集地區（如上海張江科技園區、依托于民營科技企業發展起來的高科技產業集群）以及以國有大中型企業為核心的工業基地。

域外直接投資（FDI）理論是研究分析域外直接投資區域決定因素的基礎，起源于1960年代，對域外直接投資形成的動因、行為和作用的研究提出一系列的理論之觀點。大陸各區域都有不同發展階段的產業集群，由于各地域之間存在著歷史文化、資源稟賦等之差異，更因地方制度、經濟發展水平等方面的不同，導致產業集群不同的發展路徑。

日本企業經由「三I：Imitation, Improvement, Innovation」的過程，先有了「工藝創新」再有「產品創新」、「破壞性創新」，如今則有知識與技術的創新，早期如錄音帶的世界專利，近期則有TFT-LCD超薄液晶螢幕的專利技術，台商西進則因走過日本已經歷的過程而為求突破「產業空洞化」的困境，藉大陸與台灣的優勢之結合與互補，在中醫藥生技產業，首先來走「三I（模仿、改進、創新）」的圖強之路，如「四小龍」與大陸近20年的經濟增長現象，創新發展的途徑可逕自進入基本創新階段，實現OPM的智財生產。

1980年代中期，隨著經濟增長理論的第三次興起，學者們淡化了經濟增長與經濟發展理論之間的嚴格劃分，其界限則越來越模糊而忽略不計。美國學者維農（Vernon, Latan, 1998），以及Romer和Locas等為代表的經濟學家提出了新增長理論，並取代了發展經濟學為理論基礎的域外直接投資理論。新增長理論為基礎的外商直接投資理論強調：在經濟對外開放、國際資本流動、國際貿易的展開，其外溢效應加速了世界先進技術、知識和人力資本在全世界範圍內的傳遞，最能帶動經濟增長。

新增長理論以技術因素為核心內生變數，通過知識溢出（Spill over）、研究與發展（R&D）、人力資本（HR Human Capital）、技術轉移與擴散、創新與模仿等過程而內生出不可忽視的技術進步，從而將FDI與經濟增長理論有機地結合起來。對發展中國家而言，即日韓及亞洲大量FDI的流入對其經濟帳的影響不只是局限于增加資本積累，彌補「儲蓄缺口」與「資金缺口」。發展中的東道國通過學習和吸收發達國家的先進技術、管理經驗，利用東道國經濟的後發優勢，有可能在發展中東道國形成超效應和跳躍式發展。

4.6.4 中醫藥產業與台商生技農業之規劃

2008年之後台商與大陸民企相同承受環保稅與「兩稅合一」的壓力，總之即對外商，特別是台商構成其「反避稅機制」，因台商所從事多為「減重制造」的產業，就得認真的以「危機處理」來面對此情勢，「兩稅」將對傳統產業的多數台商構成沉重壓力，台商企業CEO須以其適困力、執行力來化解之。因此台

商轉型生技、休閒農業與中醫藥生科將是最佳投資，更因台商企業是依據於「社會價值說」以及「公民社會」之建構，大陸台商CEO既享「社會資本」額外之益，當盡「社會責任」的義務來回饋台灣社會與未享足夠權益的台灣「另一部分人」。

　　1982英劍橋大學教授布瑞（F.Bray）於《中國農業史》中說：「中國之有農業已有數千年歷史，約自西元前五千年新石器時代的渭河流域已植粟；長江下游已植稻。故中國之農業技術及傳統習俗自也因地而異，代有興革。」特就此來論證之，則文中也曾引用騷爾（Sauer）的「中國乃人類農業起源三大中心之一」（李學勇譯，1994），藉以來肯定中國自古以農立國已是彰彰史實。春秋諸子百家皆有其經濟思想卻無專著，自漢武帝獨尊儒家以來，更彰顯出孔子經濟思想的以「仁」為中心的靈魂。儒家與孔子的經濟思想四大主軸如下：

一、農商並重論：子曰「足食，足兵，民信之矣。」「禹，卑宮室，而盡力乎溝洫。」

二、富民惠民論：子曰「庶矣哉，……富矣哉……，教之。」「有君之道四焉：其行己也恭，其事上也敬，其養民也惠，其使民也義。」

三、廉政節財論：子曰「禮，與其奢也，寧儉。」「道千乘之國，敬事而信，節用而愛人，使民以時。」「政在節財。」「奢則不孫，儉則固，與其不孫寧固。」

四、輕徭薄稅論：子曰：「君子之行也，度之以禮，施從其厚，斂從其薄。」「使民以時。」及「為政以德。」等。

　　上述四項早已是中國文化的內涵，因以農立國的歷史與安土重遷的社會傳統，農業社會加上中國地貌多樣，地勢西高東低呈三大階段下降，地處北半球溫帶與亞熱帶，各地區複雜多樣的氣候，如：日照、水分、氧分的差別大，致使動物、植物、礦物的多樣而藥材品類多、儲量大；所以大陸於1983~1994年完成中國藥材資源普查，證明中國仍是中藥材資源最豐國家。

　　經大陸官方統計，中藥材資源達12807種，藥用植物有11146種，佔總數87%；藥用動物有15811種，佔2.3%；藥用礦物有80種約佔1%，野生藥材852萬噸/年。近年「以糧為綱」與糧農優惠多、農業收入免稅等政策，使人工植栽中藥產量銳減，致使2007下半年全球中藥材全面漲價（周飛躍，2006）。

　　因地理氣候所致中國農業一直物種繁茂，更因中醫藥必須以生物學性的植物研究為主要對象，中醫藥學在漢朝末年集大成；其源流來自黃河、江南、長江三個文化圈。其中，形成黃河文化圈的是陸地性游牧民族，以針灸為主的

《黃帝內經》是中國醫學理論基礎。另外，江南文化圈因氣候溫和、土壤肥沃、草木豐富，以後漢太守張仲景的《傷寒論》為中醫藥學聖典。至於長江（上游）文化圈是以其上游的西南地區為主，《神農本草經》《本草綱目》說明藥草之藥性，約分為養生（保健）上藥、養命（養力）中藥與佐使（治病）下藥等三類（難波恆雄著，1986）。

中醫藥以日本漢方藥草最具競爭的威脅性，其產制科技化、產業國際化都領先於中、德、美三國，日本制藥企業在進行其產業市場目標設定時，將之定位為「生產天然藥草」的新藥、方劑與生藥等三類，以合符美國標準來產制新藥進入市場；對亞洲的華夏文化涵化區域則以方劑為其行銷標的所在，主要的擴張模式為併購、參股大陸方劑藥廠，收購生藥材進行初級加工，再運返日本對之深加工與科技萃取。對以德國為主的歐洲此一成熟市場則以生藥醫學的觀念進入，以單味生藥（如銀杏）來訂立科學標準規範。

筆者2007年暑筆者於粵西信宜市的懷鄉參訪，得知日本商社於懷鄉山頭廣種松樹，與鄉民簽約並加工初級松香產品，收購後返日以科技加工成多元的、高效能的高價精品而獲利數百倍。心中乃回顧日本自從大化革新中引進中國的漢方藥理論與經驗以來，如唐天寶十二年（753）鑑真和尚東渡日本，對聖武天皇以後之醫藥、建築、雕刻等產生深遠之影響。二戰後日本更致力於國際化產銷的營造，故其中醫藥的發展戰略雖受限於大陸卻於國際間獨佔鰲頭，台商以

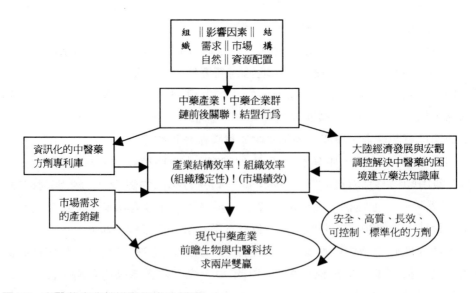

圖4-5　中醫藥產業結構與組織分析圖

同文同種之利可於大陸「後發而先至」，以圖在將來之生技世紀中運用傳統中醫藥知識，不必再受制於美、德、日而能佔有重要地位。

　　台商藉著集群的社會資本，再憑依同文同種之優勢，先以休閒農業的FDI經營者進入適當地區尋覓商機；由生科企業、中醫師公會、民宿聯誼會、中醫科技大學、農會與花果蔬產銷組合建立成「生質農莊產業集群」，其中的專家群再以資訊網路來規劃、探訪與實行，以利益分享機制來形成一水平狀網絡的、新的產業集群。更可從中醫師的能力來活化傳統方劑、創新中藥的複方與單味藥材，兩岸合作於「海峽西岸經濟特區」與「桂高雷ECFA國際經貿區」將是最佳的選擇。

　　如上圖的產、官、學分工對政府而言，在通過法規與技術標準強制企業遵守，並以鼓勵政策來形成極化作用，組成集群西進或如設於台灣屏東所規劃出中醫藥生技園區；台商集群則以其利益分享機制誘導、鞏固企業互利分工進而執行集群的獲利合作。至於大陸台商是否能精確投資於生質農莊產業集群，若其競爭力能與日本爭奪主導權，則實施過程須經歷有下述三大階段：

一、集群競爭力的內部開發階段：以休閒農莊西進於生技園區運用先進技術，開發傳統中藥方劑與建立品質標準化，及其生產規範；

二、集群競爭力的外部開發階段：獲取獨特藥材、配方等資源與研發能力，中藥材飲片的現代化開發，再由政府協助下開發國際市場；

三、集群競爭力的轉擴升級階段：強化產業競爭力與企業核心能力，明瞭市場結構及變遷，中藥單複方之開發創新，由企業主導其持續之跨國經營，力圖經由綠色生技「升級」進入白色生技的領域。

　　上述三點皆與社會資本高度相關，故曰社會資本是實際與潛在的資源集合體，並且共同對某種持續存在的網絡之佔有是密不可分的。從行為者而言，分成個人社會資本之投資策略是：要使其穩固、可靠與產生效益；至於集體的社會資本則再增添、充實集群的文化、規範等。社會資本與知識資本是一種資源，常藉著社會關係而存在，潛隱深刻的影響著社會成員的商業投資，當然也可以是政治權力的要素與基礎；台商的社會資本西進大陸會對民主的政治文化發揮作用，形成以儒家文化為基底的中國式民主。亦可催化對大陸下述問題的分析與解釋，以利其從正向面對未來發展：

一、有利於解釋中國傳統社會的「超穩定結構」，更支持與肯定了「地方自治」之政制及其重要性；

二、有助於解釋中國高度極權模式之形成，「六四民運」時「大社會小政府」的夭折皆獲得解釋；

三、吻合傳統的人脈網絡與「情→理→法」的價值體系，有利於突破窠臼完成
　　思想層次的政治民主文化。（燕繼榮， 2006）

　　從上述三點歸納後，首先是呈現出民權主義合乎中國國情、歷史需求之結
論，其次是政府治權行使的「權能區分」、「萬能政府」為最適合之模式，第三
是「主權在民」須藉由知識、人際、環境等三網絡，從「民以食為天」開始落
實、貫徹才能成功。另外，美國麻省理工大學教授克魯格曼（Paul Kyugman）
分析亞洲的區域經濟之崛起時，其主因經歸納為文化方面，即東亞各國與中國
的共同看法是築基於儒商文化，其所共有之之特色如下述：

一、具有共同文化背景。東亞國家同屬於儒家文化圈，深受儒家傳統影響，重
　　視人際關係，在現代化過程中，實現了「企業精神」與「儒家傳統」的契
　　合。

二、具有穩定合諧的人際關係結構。由於歷史文化淵源的關係，東亞各國重視
　　「人脈」的和協、合和、中庸等，將矛盾加以均衡來避免沖突對立。

三、具有穩固的家庭網絡。東亞各國深受儒家倫理觀念的影響，以家庭為核
　　心，從家庭內的孝悌和睦、人際友愛、社會和協與國家穩定，皆為個體與
　　群體的理想、目標。

四、具有強烈的國家認同。東亞各國通常採取中央集權的管理模式，人民對政
　　府有較高的認同與服從，強調個人與國家的一致性，更願為整體犧牲私人
　　利益。（燕繼榮，P.52）

　　社會資本從網絡而論，是一種社會結構；台商協會沿襲了台灣聚落文化的
網絡也算是「合縱連橫」的宏揚，台商的社會資本就寄存、流通、滋長於《孫
子》與《鬼谷子》的思想中。台商擁有「美日台混血」的企業文化，最有利於
將中草藥傳統方劑，或以新藥方制造，產銷於東亞洲或前瞻的投資於東協地
區，又如國營事業皆享有優厚的社會資本故其贏利應全民共享，至少須逾半上
繳國庫；例如故宮歷史博物院之文化創意產品獲利豐厚，更該回饋全民經濟國
庫而共享，不應視為員工福利全額分紅於院內。

　　我國醫藥的產業結構與他國稍異者，即除化學製藥、生物製藥之外加上中
醫藥，其優勢所在即中醫藥，21世紀中葉以後將是生質科技的知識經濟時代，
當前急務在提高製藥業，尤其是中醫藥產業的競爭力，以我現有之優質中醫藥
人才與技術，以及大陸的「量大」之優勢相結合，發揮我民族珍貴的中醫藥傳
統知識與人才優勢，建立共享的知識產權則須從休閒農業西進佈署，將是最佳
的兩岸雙贏戰略。

　　網狀的社會資本結構是「水平」的結構，如統一超商的加盟聯鎖的「扁平化」組織；柱狀的社會資本結構是「垂直」的結構，後者具有層級、有隸屬關係者如台商石化產業鏈。再從規範、價值與社會信任、分享的角度來看，社會資本是以文化為底蘊，其影響所及的有成員的態度、認知與價值觀，因此台商集群內的文化是一種珍貴的社會資本，也兼具有水平與垂直的功能。兩岸合作發展中草藥生技產業，須妥善運用華夏文明與社會資本，來先從健全其水平、垂直的產業結構入手，更可運用海洋式儒商文化結合「南進」的人脈網絡，在「東協」建構「華夏經貿圈」的球狀網絡來鞏固「大亞洲主義」理想願景。

4.7　結語

　　2007年10月杪受邀參加汕頭大學的《南澳論談》，登上南澳島心祭宋王台緬懷自臨安皇宮出亡而來的端宗趙昰、廣王趙昺兩位小兄弟，十歲的端宗於福州即帝位改元景炎，卻於離南澳後的1277年4月去世於南走之途，趙昺即位於端州改元祥興再遷至雷州，力圖鞏閩南與兩廣的抗元基地；惜忽必烈率師強渡怒江迂迴攻粵至雷州失守，再遷珠三角新會，元軍於1279年6月破張世傑水師大軍在零丁洋面，王船上陸秀夫盡驅家人入海後，身背八歲幼帝共投厓山海面殉國，引發台山新會集體移民潮到東南亞。南宋末年崛起的儒商文化不僅傳衍於東南沿海，更隨著集體移民潮散播東南亞。如今東協FTA各國是泛儒商文化的涵化區域，攸關兩岸經濟成長與亞洲發展應是至關重要的非物質因素，故為本研究以為初探，來對中醫草藥生科產業進行FDI台商之區域推移。

　　南澳島是鄭成功抗清募兵的大本營，1662年移師台灣後清廷設有統轄閩粵水師總督府，台灣漢化初期移民來自閩粵帶著儒商文化，和閩粵移民東南亞者因反清復明而結合海運網絡，獨佔新、馬至日、韓的海運枉導致清初頒佈「海禁令」。1892劉永福從南澳總兵調升台南府城，1895再任「台灣民主國」元帥督師抗日為止，儒商文化仍在民間主導，清廷中央仍然無力介入民間社會；「禮失求諸野」在台灣內部繁滋的儒商文化，歷經清朝270年與民國初年共三百餘年，1960年代美日為主的FDI（Foreign Directive Investment）外商直接投資，設廠於台灣北、中、南三個「加工出口區」，立刻激發出台商文化並融入美日的企業經營文化，在經數十年的極化作用於1990年代起，隨著台商西進使台商文化藉著回流作用於閩粵兩省，如今沿海各省的儒商文化已因台商與大陸民企而傳衍到內地各省。

　　台灣島的區位優勢，地理區位是不因時而移轉、挪位，故台商應能揚長避

短的借著ECFA與「汎珠三角」行兩岸對等的「區域整合」，更以「海峽西岸經貿區」作為台商「雙噴口溢出」的新經濟區。「桂、高、雷ECFA國際經貿區」的優勢，除了台商的經驗、網絡、文化上對東協具備著較大陸及其他跨國公司更優之外，理想的集群產業區會擁有稠密的機構、完備的上中下游企業一起共享某種技術和資源的企業廠商，這些機構和廠商之間通過正式的經濟聯繫，以及非正式的非經濟聯繫建立了密切關係的地方網絡，形成了當地相互交流、共享資源、共享學習的地方文化氛圍。緊密的地方網絡和健康的地方文化一起將新產業區營造成一個具有創新活力的區域。

　　《易經：需卦》象曰：「需，須也；險在前也，剛健而不陷，其義不固窮矣。」象曰：「自我致寇，敬慎不敗也。」《易經：震卦》象曰：「洊雷，震；君子以恐懼修省。」即言不論外來、內發的危機都須有危機預防，更不能固執、懦弱與退縮。危機的處理也可從《老子》的「夫輕諾必寡信，多易必多難。是以聖人猶難之，故終無難。」而能看出危機預識、心理建設的重要，關鍵是:對「相由心生」與「誠於中而形於外」的體察。即唯有心理建設能妥善推行，及早警覺、處置恰當、自我完善，「多易必多難」才是最佳的危機預防，可用來化解歷史任務：「文明衝突之危機」。

第5章

◇ 兩岸商業文化網絡 ◇
與合縱連橫的區域經濟整合

5.1 兩岸經貿互動的現況與未來動向

5.1.1 大陸經濟走向與台商經營現況

面對2008年大陸外商「兩稅合一」與《勞動合同法》之實施所形成的衝擊，台商應藉其社會資本與CEO能力，以休閒農業、中醫藥生科產業「再西進」的應變處理，先求生存亦可謀產業升級、轉型的創新之路，戮力於知識經濟可謀兩岸雙贏，也化除「文明衝突」於無形。

台商面對當前困境的危機處理，依《鬼谷子》所述的應變力特申述於此；關於拓展網絡、爭取商機，則以《鬼谷子》所述的「合縱連橫」之能力最能適用，然春秋戰國時代之科學未盛，其說所不足者乃未能以創新能力來求變脫困，特於本章鼓舞台商企業創新轉型，即CEO從「做中學」來積累經驗形成其專業知識，再轉化為個人內化過的隱性知識。

5.1.1.1 台商經營現況及其動向

2008以前，台灣官方政策傾斜於「積極管理」這面向，其不少作為已限制台商的發展而錯失商機，以致有台灣的聯電晶圓廠「偷跑」設蘇州和艦廠，鬧得官方與資方「雙輸」敗局；自2000年以來台灣當局的台商政策以「積極開放，有效管理」為方向，致令各企業抱怨叢生，多年來則因「積極管理」企業已失去信心而不願上達心聲、困境。大局勢發展至今，欲藉大陸經濟起飛之勢而振翅高飛者仍「時猶可追」，亦即是說2006~2010年大型企業還可利用台商優

勢快速補進大陸，以維京群島等的「第三管道」來西進投資；若台灣官方能落實「積極開放」，則對已經西進的中小企業便可為其獲利率加分，再藉兩岸直航與融資的變通模式，將可弭補兩者因入世後各國外商逐漸回歸「國民待遇」之後，補償台商經營困境雪上加霜所招致的獲利之減損。

　　2002年4月台商彰化商業銀行已於台商密度最高的江蘇昆山設立辦事處，迄2004年4月滿兩年而合符大陸官方規定可設分行營業，其對台商尤其中小企業的貿易融資與資金業務的運作習慣更為熟悉，如清償貸款的方式、融資的時間限制等，更因全球資金調度的海外單位多而更貼切服務來滿足台商外銷業務之需求，故能抓住台商的「胃口」而充滿信心的蓄勢待發，迄今（2007）年仍受困於前述之法規無法獲得台灣當局之批准於昆山設分行來服務台商。如今已逾2006「開放服務業」的WTO協議兩年，各國皆趁2006的WTO開放時程進入布局，台資銀行是服務業再拖後進入則所有優勢已失大半。

　　台商到大陸投資必然要接觸到借貸融資與種類繁多的稅務問題，而且是枯燥難懂的頭痛問題，主要有出口退稅遭積壓、被認定為關聯企業、被核定課稅等。大陸現行稅收可分為流轉稅類、所得稅類、資源稅類、財產稅類、行為稅類等五大類。台商一般最常遇到的稅務糾紛大致有：

一、台商赴大陸投資的方式：分間接投資FII與直接投資FDI兩種而有不同的課稅方式。

二、關聯企業交易與轉讓議價問題。

三、台幹員工之個人所得稅問題。

四、外商企業與外國企業所得租稅優惠存廢問題。

五、各企業的增值稅問題。

　　台港澳資金在過去三十年中大量進入大陸，無非是基於文化、地緣、血統與經貿互利等因素，2001年7月22日大陸國務院為了入世（WTO）而對《中外合資經營企業法實施條例》進行修正並公布實施，但是在當地含量、出口實績、貿易平衡、利潤匯出、技術轉讓與許可等之制約下，跨國企業的投資仍採取審慎的態度（王文杰，2001，P.64）。2001年入世後在國務院連番政策之引導下，域外直接投資FDI於2002年逾520億美金進入大陸，大陸已超越美國成為全球首名FDI投資東道國；美國國會曾對進入大陸的資金公布其統計數字：2003與2004年FDI進入大陸增勢頗強，2004年FDI已逾610億美元，2005年增勢稍退仍達600億美元，全球對中國投資總額已逾5600億美元。

　　2004、2008年起大陸推動了兩輪的稅制改革，包括增值稅、企業所得稅、

個人所得稅與農村稅費制度改革。改革的原則是為：減稅制、寬稅基、低稅率、徵收與管理的嚴格化。華信企管顧問公司總經理袁明仁在「投資中國」月刊舉辦的2003年第4季研討會中，指出台商若欲轉進大陸內銷市場，就必須注意下列問題：

一、從事內銷台商務必守法，行事更須合法，甚至如產品所用零件不可有貿易保稅原料，否則被控走私而判刑，常是台商很難預防與官司勝敗的問題。

二、做內銷一定將17%的增值稅的發票成本考慮進去，雖可依實際的消費發票抵銷，卻須經漫長的核銷作業，若因資金周轉而無競爭力者則不可進入。

三、做內銷一定要收現款決不賒欠，否則三角債會讓人血本無歸的。

四、用人務必謹慎而薪資與獎金之調整不可沿襲台灣舊制度，業務員管理更須加強制衡。

五、獨資經營掌財務權，重要職位用台灣籍親信幹部。（投資中國，120期，2004）

2008年1月開始大陸實施「兩稅合一」，台商的增值稅、企業所得稅在實質上因退稅制度與員工福利制度的改變而增加負擔，加上工資因物價而調高以致利潤大損。制度的變換或創新是因現有制度中出現潛在獲利機會時，如技術創新與市場擴大等帶動的制度變遷，其動力則來自人類基於追求個人利益的最大化。關於制度創新理論的基本要點綜合而有如下四點：

一、偏重於因制度需求所帶來的制度創新，若能兼顧制度供給的分析將可更趨向健全的組織與功能；

二、認為在經濟增長過程中制度是決定性的因素；

三、只有在預期收益大於預期成本時制度創新活動才可能發生；

四、制度創新來自技術創新及其密切影響而有因果關係之連鎖反應的出現。

創新須有充分的知識為條件故不是冒險或「暴虎憑河」，而是創造貼近市場需求與顧客心意、或滿足顧客需求的新產品，甚至走在社會需求的前端引導顧客消費，即生產出因創造性需求而研發的產品，只有持續創新的企業能追上社會變遷與抓住人群的需求。至於成功的台商在西進大陸時，也須適應其社會的狀態與人群心理，「入境問俗」的適應當地社會的物質層次並不太難。凡「人留大陸」的台商若能用心經營，將可融入其社會的制度層次與思想層次，則可預見市場需求而先發制勝的賺機會錢，至少遵守法律去經營也就無需付超額的制度成本。

2008年大陸開始實施《勞動合同法》即增加台商經營的制度成本；增加勞工權益如工作地點、職業病、危害防護、工時與公休的執行、終止合同之保障

等，以及台商企業常見的養老、失業、工商保險金與疾病、生育保險金，皆不足額以挪做資金週轉；以上制度成本的落實已大增二成左右之經營成本，若將「兩稅合一」後獲利率又降3%（經濟日報，2008.2.15，A4版），此時將有賴台灣政府開放三通、直航來降低成本，在於台灣從事研發創新與以優惠政策吸引台商科技產業回流，形成極化效應的增長中心如此產業的最佳模式應似如設於屏東的生質與中醫藥科技園區，更再造台灣綠色產業的區域經濟的活化，形成東亞與大陸的「活水源」來供籌科技含金度較高的制程與產品、零組件等，以創新技術帶動亞洲的知識經濟。

5.1.1.2 台商新產業區與新制度經濟學

台商集群內部形成的反饋機制，充分的合作、分工來與龍頭企業增強集群的極化作用，使生產率提高與生產成本又降低，吸納了更多成員與訂單而構成一增長極；憑著台灣歷史上的墾植群聚農業文化為基礎，所發展出來的今之社會網絡與商業文化，已使台商集群具備了柔性生產體系之特色，可以依循實際需求來「合縱連橫」的彈性化，依聚斂、發散途徑來排列組合成新的團隊進行而區域推移，除非已無優惠與低成本優勢而失去利潤，否則台灣政策賞以高額的經費補助來吸引回台的效益甚低。只有研發型廠商會因高技術人才的薪資兩岸差異有限，又因無需廉價的大面積土地與原材料，才會有少數返台投資於柔性專業化的新產業區。

經由產業集群的經濟結構與新制度經濟學的分析，可以加強產業集群因技術的外溢、分享而更加透明化與流轉化，加上通訊的順暢有利於克服交易中的機會主義和提高信息的對稱性。因此產業集群的效益不僅使企業的經濟活動根植於地方社會網絡，而且有助於形成共同的價值觀念和產業文化，因為他們有利於企業間合作和信任，促使交易雙方很快達成並履行合約，另還節省企業搜尋與收集市場信息的時間和成本，隨著交易費用的降低而可增強集群的專業化分工，再次又更降低其生產成本。

以往的困境僅僅是不能夠也不願意將利潤投入研發創新，知識經濟將迫使企業改變而致力於創新。由於代工的交易費用較低，企業通過專業化分工和市場交易，可以花費比垂直一體化或水平一體化生產更低的成本，ODM乃易獲利而投入者多。大量專業化企業集聚在一地區，不僅通過專業化分工提高勞動生產率，而且創造了一個較大的市場需求空間，對分工更細、專業化更強的產品和服務的潛在需求量也相應增加，也就是斯密—楊氏定理所反映的：市場容量

決定了分工的程度。目前因為台商仍沉迷於代工的利潤，故而依產業集群模式「尋水、草」的「蜂群分封」而進行區域推移，也應力圖降低成本以其獲利來投入創新研發方為上策。

　　台商忽略創新研發而政策不該忽略，台灣政府應警惕於2005年底胡、溫兩位大陸的領導人提倡「自創品牌 自行研發」，台灣若不停止內鬥來集中資源形成在研發創新的局部優勢，台灣的經濟必將被完全取代，因為：沒有優勢即無「台灣優先」。2001年以後西進長三角的台商IC產業集群，不論在上海松江區或蘇州與昆山週邊者，尤其上海張江科技園區，皆已匯集如新產業區而有別於珠三角的台商，故政府應持續「極化」新竹科學園區等，鞏固在IT產業中的核心地位，再強化其創新功能成為真正「高科技園區」。

　　政策即制度的「硬體」，影響產業區的形成與發展，通常是產、官、學合作的結果；故從亞洲「四龍」與「四虎」的成果，甚至日本的成功皆賴政策之力所致，便可證明發展經濟學派學者蘇爾茲，所指出制度的內涵尚待台商努力活用者為下列四點：

一、用於降低交易費用的制度如貨幣、期貨市場等；

二、用於影響生產要素之所有者間有關配置風險的制度，如合約、分成制合作社、公司、保險、公共安全等；

三、用於公共設施與福利措施的生產與享用的制度，如學校與公園、交通與水電、農業與科技之研發等；

四、用於職能與收入間有所關聯的財產及其相關的法律，以及對勞動者有關之權利等（周天勇，2001）。

　　制度是大家均須遵守的公共財，緊密的與人類之動機及行為有著內在關聯，其組織是社會成員在體系內遵循規範時所扮演的角色之聯結體，是以促進成員合作及法律的變遷方向作為目標的，包含文化、價值觀等為其核心。成功的台商不論身處何地均須入境隨俗的融入當地，也須瞭解每一制度內在的構成要素有三大類，皆會影響信息成本與交易成本者如下述：

一、正式約束：包括政治規則、法律、度量衡規則、契約與經濟規則等。

二、非正式約束：人類除了「關於生活的世界的一套信念」的意識形態之外，風俗與習慣均屬之，亦可稱之為價值取向，會影響人的決策慣性，即人的隱性思維與私領域行為等大多受到其非正式文化的制約或主導。

三、實施的中介機制：若無這第三層機制作媒介則前兩層便形同虛設，現代國家中實施機制是政府，包括國會、司法機關、行政機構與准司法執行機關等。

　　上述三項是隱性制度或組織文化，即當地機構如政府機關的首長，或企業制度及其文化在深刻的互動著，企業執行者CEO則是推動單位組織的治理機制之首席執行長均是。新制度經濟學所主張的交易成本理論中，強調制度與文化等因素也決定了生產與交易之產品的價值，更適合跨國企業之經營與全球化、FTA之分析。

　　科斯（Coase）將企業和市場看作是兩種執行相同職能而又相互替代的機制，也認為：企業的出現是對市場機制的替代，即是因為市場「這隻看不見的手」失靈之後才出現的增強物。在知識經濟時代的當前，信息的不對稱普遍迷漫在交易雙方或市場中，威廉姆遜（Williamson, 1979）進而強化且推動了科斯定理，他認為由於在交易過程中，行為主體的有限理性、不完全競爭市場中機會主義的出現以及資產的專用性等原因，使交易成本的高低受到主要有三個方面的決定因素：所交換的特殊商品交易產生的頻率、交易過程中所出現的不確定性、交易雙方再投資與交易特殊方面被支持的程度。

　　威廉姆遜認為，企業和市場是分離的兩種制度，在交易過程中的買賣二方，首先要注意能共同協調出合理的交易成本。其次須能形成一體化的層級組織，來減少市場交易行為發生的次數，降低機會主義的發生和不確定性，從而降低交易成本。另外，波特（Porter）認為：企業是社會的支柱，為了維持「自由」與「市場」而存在，企業與產業集聚都亟需「管理」的力量，使之發揮鑽石體系的功能。台商與台灣政府應記取波特等人精華的是：「價值創新才是政府、社會、企業運行不墜的驅動力。」亦即：人類所有的研發創新及推動文明進化的活動，均為了要價值創新。

　　本研究則將產業網絡定義為：一組各自擁有獨特資源，也相互依賴對方資源的企業組織以及學術機構、中介機構、政府組織等，經由二緣（血緣、人緣與地緣）的人際互信關係以及社會資本，借著專業分工與資源互補的合作，在投資要素上、生產製造與營銷管理方面經長期互動後，所形成的正式或非正式的互惠性往來關係。主要呈現於三大形式：

一、知識網絡：包括從to know who到to know if等，即對人力素質、人際關係、知識管理流程與技術創新之管理；關於產品信息與製造生產信息的網絡。

二、環境網絡：是多元目標兼顧的網絡，包括有市場通路、行銷管道、零組件供籌SCM，以及對內的ERP、對外的CRM與外圍生態環保與居民健康有關者。

三、人際網絡：是以社會責任、社會規範、社會信任與社會信賴為基礎，以社群關聯與信息流通、融資管道為表徵功能的網絡。

　　上述三項網絡都分別組成了知識資本、環境資本與智力資本；網絡通暢就能結合三者形成社會資本，助企業家一臂之力而產銷皆能成長。既包括企業之間、產業之間、政府和大學之間的網絡，也包括了社會中介者之關係網絡，以及市場與消費家庭網絡等，還包括區域和全球等不同層面上的網絡。

　　網絡是柔性專業化的基礎，是新產業區的充要條件，它有利於企業與產業區的扁平化而能降低其生產成本。雖然如此，但與市場要素相比，網絡可以更好的處理夥伴之間的關係與互動，以確保較少的知識與信息的被遺漏。其它資源如資金周轉或技術外溢等等亦可優先分享，台商將原在台灣的社會網絡「複製」於大陸，以同文同種優勢加上特有的企業文化更是無可替代的優勢，故知台商的區域推移即產業網絡的複製與台商文化的擴散。

　　網絡化包含相互信任和具有長期遠景的合作以及得到遵守行為規範之報酬；網絡可以保證合作夥伴的可靠性和不斷提高的知識、能力的實質效益以及所交換資產的質量。網絡是一群企業基於專業分工、資源互補的理念所形成長期共存共榮的某一特定的事業共同體，例如鴻海等大型台商企業猶可自建網絡，小型者則無能為力，各地台商會是官方「安置式」產業網絡，是泛指產業中交錯複雜的關係（陳勁　張方華，2002），台商間的非正式組織才是網絡的重心。

　　新制度經濟學主張中間經濟組織的存在，是組織本身從效率的角度或「生存本能」立場所內化而生出來的。台商的交易可以用其具體結構來解釋，即台商的交易成本與信息成本等，雖在制度成本上較高於大陸民企與其它外商，卻仍有利可圖者主因在於：台商產業的社會網絡與集群文化。故介於台商集群與網絡之間的社會網絡等就頗具聯結功效，成為台商盈或虧的關鍵，若將企業之等級制度的適應性來與市場的有效激勵，兩者結合起來，則集群組織能使經濟交易成為有效的形式，就唯有企業網絡可實現此功能。故知：網絡的存在讓新產業區的組織通常具有柔性專業化的特色。

　　以台商鴻海為例，內部化過程多經由擴張與併購而規模龐大，卻能效益大增；須輔以策略聯盟等外部化手段取得中間產品的零組件，故其交易成本仍可管控而成為「薄利時代」中有高獲利的「代工恐龍」，成為大陸創匯與繳稅「2005雙第一」的外商與企業。它本身就是以文化與網絡見長的柔性專業化的台商產業集群，長安鎮亦即為一新產業區。台商在大陸經營二十餘年經驗累積出「本人、本金、本業」必遵守的「三本主義」之後，這三項只是還原為台灣原有生態，使制度成本或無「貿易保護協定」的台商能與外商平等競爭。

　　台商於奧運期之前的推移目標區，將前進山東半島建立南中北沿海陣地，

來滿足代工企業「兩頭向外」時，接近市場與運輸便捷的區位抉擇之標準，如1991年「人大」通過的《外商投資企業和外國企業所得稅法》及稍後國務院頒行的《外商投資企業和外國企業所得稅法實施細則》。即指出唯有稅收的優惠是台商的實質利益之所在，台商相對於外商的優勢則為同文同語的融入社會、距離小接近市場，亦即原本是「利多」因素卻因政治的對立而折損不少優惠。

新制度經濟學者斯諾（Snorth）研究「柔性專業化」的觀點，並運用交易成本理論來解釋產業群的形成：即在勞動力社會分工的合意深化之前提下，企業間的交易頻率增加會導致交易費用上升。因為交易成本的高低與地理距離成正相關，所以企業通常在本地尋找交易對象，從而促成地方企業集群的形成；柔性專業化的新產業區，因分享、互信而結合，故無交易成本與信息成本之支出，以致收益較多、成本低。

斯諾的觀點當然不只是如此簡單，在他看來：現代產業系統中的競爭都不可能是純粹市場化的，還是要受到制度框架的影響。這些制度框架把買賣雙方企業按照她們所熟悉的和互惠的慣例聯繫起來，反過來這又促進多種合作形式，因此加強了特定產業區位的比較經濟優勢。所以在理論和實踐之基礎上他的綜合結論是：最具有發展動力的產業集群，通常需要以現有的社會文化與其推衍為基礎的集體制度安排，以此來克服市場失靈來實現其目的。

5.1.2 從「十一五計劃」分析台商再西進

5.1.2.1 兩岸的現代化與 國父 中山先生之遠見

兩岸的現代化各有其本也各具特色，其交集合即 國父 孫中山先生的《實業計畫》，農業現代化能讓民生問題澈底解決才是根本的現代化；休閒農業的發達則是其最高階段之表徵。現代化是社會進步與經濟增長的結果，同時也是其過程；故城市的形成就在社會的現代化歷史中扮演著樞紐幅奏的角色，即在人力與經濟、政治、文化上發揮著集聚與分配的功能。

大陸官方於2006年入夏以來，在兩岸經貿上多次宣示優惠台灣農產品，以迄十月于海南舉行之「兩岸農業論壇」率皆大力著墨於農業，而農業與旅遊業皆為台灣之強項；故台商宜「強強結合」為休閒農業以台灣國際化、網路化的旅遊產業優勢，形成上中下游一體化生態旅遊產業鏈。方可不受制於人的跳脫ODM/OEM的代工窠臼，兩岸同心齊力來珍惜先人故土與文化做永續經營。大陸「經改」28年之後、跨海西進的台商已歷經1/4世紀，「再西進」不只是台商集

群向西部行「區域推移」，亦是向東部的低工資、低地價、低水電的「短線」推移，甚至是第三產業的行銷布點、網路布建，皆是台商的「再西進」。

農村現代化，大陸當前國民經濟和社會發展中存在的主要問題，衍生出如農民收入增長緩慢等「三農問題」，以及就業和社會保障任務較重，甚至能源、交通等的供需失調；另如固定資產投資規模偏大，部分行業盲目投資、低水準重複建設比較嚴重等高複雜度的問題，致使資源環境壓力增大等已是大家的共見共視。台商早已協助大陸廠商企業與農民百姓解決上述問題，對當地政府也在謀求企業利益中「推己及人」的合作，其成果之一即：正也引發中共正視問題而努力於「十一五計畫」中做調整。

2007年中共黨章第五次修改，據大陸媒體指出有十五處條文，對台灣而言值得注意的是：「和平協商」文字的出現。台商西進是儒家文化的回流，更進而將兩岸人民的文化生活施以升級與創新，大可無懼於政治評論「軟的更軟、硬的更硬」，因為再西進的是台商產業集群之區塊，能適應於他在手段上、身段的更軟反而台商因之會獲利更多；硬的是主權、一個中國等是無害於經貿的，尤其充滿華夏文化與台灣優勢的休閒農業台商，以及中醫藥生科產業等。其西進於海峽西岸經濟區與西南地區，更是充滿希望、生態綠意與永續發展的文化復興與融合創新。

三百年前的台灣就開始出現出口導向的商品經濟雛形，故若論及中國的西風東漸則應自台省開始，它同時也啟發人民的經貿思想至少比大陸更早了兩百年。2004年11月20日台灣官方與荷蘭駐台代表共同于澎湖馬公揭幕有四百年歷史的「沈有容諭退紅毛番韋麻郎碑」，是台灣今日與過去在面對全球化的歷史機遇中必須領悟的契機或轉機，應掌握歷史的偶然為西進致力與創造商機，重振華夏文明再轉化為全球佈局的動力來建立華夏經貿體系。

從長遠來看人類的制度與基本價值就相互制約著，因此推動經濟增長的主體是在不斷深化的分工合作中發展，人類為求生存而建立各種制度，企業家則是最能活用知識、運用經濟制度來實現經濟增長的人，經濟增長可說是人類追求更美好生存的保障。台灣唯有西進大陸在其廉價的「世界工廠」之壓力下，各行各業的西進台商都須有創業精神與經營管理的能力，故能致力於激發員工鬥志而由CEO領導企業的升級與轉型，藉永續的生產力在增長中生存與壯大，再回饋台灣維持優勢的競爭力。所以持續的鞏固與研發企業的「核心競爭力」才是真正的「根留台灣」，故台商西進與研發創新必須雙管齊下，不論升級或轉型兩者均須依靠政府的引導，尤其政策的引導更可以預防自利心的作祟，避免

所產生的負面效應如惡性競爭或資源的分散及錯誤配置等。

大陸台商集群分佈於數量眾多的工業社區，有緊密網路相接使分散各地的台商企業可稱之為新產業區。新產業區作為「孕育創新過程的區域組織」，是本地化的一種網路結構；在經濟全球化條件下，這些具有競爭優勢的區域的活動比國家更多些經濟意義，產業結構的調整和升級促使地方性力量隨之進行調整與重組，並促使本地化、區域性地方經濟聯繫與跨國界、全球性的國際經濟聯繫互相競爭和融合。

現代化是社會進步與經濟增長的結果，也是其過程；故城市的形成就在社會的現代化歷史中扮演著樞紐幅奏的角色，即在人力與經濟、政治、文化上發揮著集聚與分配的功能；人類在變遷中若不積極正向的作為則將自我沉淪或遭到歷史的淘汰，所以現代化是人類興衰存亡的求生活實質上改善之一組活動。

人類社會是經濟、政治、文化子系統構成的有機體，必須是動態均衡的發展方可成長；人與自然應是和諧的整體，科技文化與人文文化必須能平衡，東方文化與西方文化應該要融和。所以人類社會的系統運作必須是：

一、要注意經濟發展過程中自然資源的動態配置。

二、發展經濟須同時兼顧社會均衡，即精神文明與物質文明兼顧。

三、各子系統對內要求其成長發展與內涵結構的動態均衡（黃建忠，2006，P.9）。

在儒家的包容性與不排他的基本思想之下，消除對抗以互助合作來致力于現代化的建設工程。兩岸政府官員應仿效之善待台商，此外台商經貿也渴望「水與草」來滋養企業，若無優惠政策獎勵來彌平交易成本等等，台商是難與外商較量，其經營輒居劣勢。如今台商因過去積累的經驗與資金，適當的運用大陸工資、地價、原料的相對優勢與國民待遇，恰如游牧民族般「尋覓水、草」藉最大之比較利益而獲利，對大陸的企業也可降低外商控制之比例而實現經濟的獨立自主與「工業輪耕」後的現代化。

人群社會是由經濟、政治、文化、人口、環境等五大系統所構成的，必須是動態均衡的發展方可成長；大陸官方於「海峽西岸經濟區」之推展中扮演的是行政性角色，正好由台商以產業群的角色參與，又由廣州暨南大學、汕頭大學、廈門大學的產業經濟系、所等，研究機構扮演學術推手的角色，以「產、官、學合作」的模式全力開發西南地區的休閒農業。

經濟的整合應以文化的一致性來作基礎，經文化與政治的配合而生出助力，會有利于大陸之發展者較多，因此：台商是政治與文化整合的尖兵與實踐

者應多予官方的優惠與照顧。台商如「蜂群分封」般區域推移，也可消除掉兩岸間的歧見與隔閡，區域整合因此以文化的統合居中為催化劑，將政治與經濟深度結合的過程稱為統合，可彌補政經間的落差以利兩岸間的發展。

　　整合是將數個單位（如政治體）或一群人的價值、思想、行為、忠誠與效忠對象重新調整于一個新的中心之過程或系列的活動。目前歐共體的整合是成功的經濟整合又最具代表性者，兩岸的整合須先借助于文化的統合發揮多元的全社會的交流，以及互動後所產生之涵化作用，將可超越歐共體2005年財政一體化中所遭遇之阻力，它受阻于未經文化統合而逕自進入政治統合。故兩岸宜發揚文化優勢以循序進入兩岸的政治整合，因兩岸的文化一致性稍高于歐洲各國，加上以儒家與傳統文化之「夷狄則夷狄之，華夏則華夏之」的傳承，紮根深且堅固將可稍益于兩岸的漸進式形成「亞洲共同體」FTA的極核中心。

　　「統一」易有政治的強弱與脅迫之感受，中國歷史上曾亡國于「外族」兩次，國父孫中山先生強調「亡于元、清兩朝」是政治的武力的，最後仍是漢民族的文化以漸進式「統合」扭轉劣勢而成功。故曰統合即統整與融合，是尊重現狀、寄希望于未來的過程，它可以用「超國家」于未來而現在也不排除以「傳統的」國家，或以多元認同與效忠來組成平等又合作的新政治實體的漸進

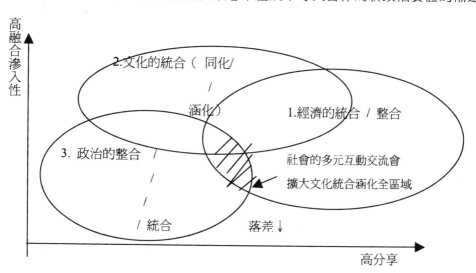

說明：斜線區代表台商的當前，仍可發揮文化功能「推移」到其它重迭區。
來源：麥瑞台，《大陸台商的區域推移與海洋式儒商文化》，科技圖書出版，2008.1。

圖5-1　政治、經濟與文化的區域整合示意圖

過程，藉著回溯歷史來前瞻未來，政治上爭一時勝敗倒不如重視文化，因為可確固住千秋萬世的褒貶。

筆者以為2005年1月北京紀念江澤民發表「發展兩岸關係八項主張」十周年時，全國政協賈慶林主席的「一個中國新三段論」便是站在「現狀、漸進」這個基礎上，抓緊了中國歷史上從分裂走向統合的時代脈動之主軸，只須再強化「以大事小」的功夫，以及台商的經貿文化雙軸交流的功能之實現，多予台商協助將可從其身上「名利雙收」，歷史功過將證諸青史而再經檢驗，再回過頭來肯定「歷史規律」果然是真理！

5.1.2.2 海峽西岸經濟區與台商休閒農業之西進

經濟與文化在特定空間內會相偕產生極化、溢出、回流這三大效應，只是經濟常是正面、顯性的活動，文化雖是潛藏的、隱性的活動，却主導了人類的精神層面，兩者相輔相成皆不可忽略；更是人類生存與社會生活的內容及核心，而以政治為其工具來獲得保護及發展。人類為萬物之靈當能未雨籌繆于危機未發或意外發生之際，西進的台商為自利與利群而發揮其文化特質，經營與掌握已有之優勢並將其發揮盡致，努力于將來「世界市場與工廠」之內的區域推移、整合。大陸官方若欲台商能兼顧發揚傳統文化之功能，就需以經濟繁榮作為物質基礎，多予台商中小企業照顧才能推動其「精神文明建設」，文化與經濟就是人類社會的前後兩脚，必須互為前導與後衛才可向前邁進而成就一番偉業。

政治是須經文化與經濟統合的過程才能進入的後段整合，整合即一體化；統合是較柔性以消除疑慮的互動與交流之過程，漸行整合；通常為非暴力、非強制性的過程，以文化相似度高的單位或群體較易于統合、整合，因為若經過多元的認同、尊重與包容，則是多層次並舉的過程。就必然不是單一的而是多元，是平等而非排他的，是包容的而非絕對化的歷程，就符合中國傳統文化中，始自儒家思想的「以大事小」「濟弱扶傾」「協和萬邦」的文化菁華。這可以有力的引導兩岸借著文化的優勢，進入未來的政治統合，最後再經全民的人人自主、民族平等的擇定政治認同的對象，進而完成政治整合；凡是漸進或慢速的整合過程是有利于族與國的發展，因為它是從內到外均勻諧合、可久可大的統一。

「海峽西岸經濟區」除閩省地域內的九個地級市之外，另有粵東的梅州、潮州、揭陽、汕頭、汕尾等五個地級市，向北又包括浙江的溫州與麗水兩地市，以及江西的上饒、鷹潭、撫州、吉安、贛州，甚至湖南的株州、彬、衡陽等共24個地級市（黃建忠、盧榮忠，2006，P.12）。即長江以南的旅遊資源近半在此

區與其周邊輻圓之內，自古以來閩西贛東山區自然與人文景觀蔚然豐沛，山區、丘陵適宜小農的經營農、牧、漁等第一產業，與旅遊業結合可以服務業化的精緻經營，台商引進臺式民宿再結合當地的「農家樂」助其升級，接待由台灣旅行業「接單」的國際團，將可「永續經營」以獲得綠色環保的兩岸雙贏。

從《海峽西岸經濟區建設綱要》而論，海峽西岸經濟區是要建設一個兼顧兩岸的全方位之協調發展，加強對台灣、對國際的經濟之聯繫與合作，對西岸則要優化其產業結構與強化產業集群，進而發展各區間的整體協調、實現資源最佳配置與城鄉一體化。因為旅遊業的人力資本與旅遊文化，台商具有優勢可以將海峽西岸經濟區視為旅遊業的新產業區：是柔性專業化與社會文化為特徵的產業區。就現階段而論台灣休閒農業，它是成熟發展的旅遊產業，極適宜進入海峽西岸經濟區，是推動經貿－文化的「承先啟後」的奠基工程，更是台灣「強強結合」的產業且能惠及生活亟需政府協助的農民。

科技與文化有著太豐富的隱性資本的「知識」，只能以人作為載體，故須致力於人力資源開發；西部地區的「城市鄉村化，鄉村城市化」，顯然 孫中山與鄧小平一先一後、一說一行與一弱一強的進行農村改革的佈局。台商旅遊產業的人力資源，以自己的優勢進入藍海，「不知而行」使早期台商西進跳脫紅海，如今再西進亦復如此也可謀西部的區域活化。台灣海峽的兩岸經濟與政治的雙贏，至少在經濟上是符合黑川紀章的《共生理論》。除了整個旅遊產業或依附此景點所構成的的旅遊集聚，其所形成的「聚落文化」雖深受當地文化的制約，也須受整體企業的管理體系之監控與管理。例如某連鎖性旅店或餐館，在各大觀光景點所設的單元，其各部門因任務與各景區當地文化與條件各異，以致發展出其特有的規範與文化，以及各成員的專業素養與訓練成的職業專長也就大同小異。

台灣小型企業以家族經營型態進入卡位，取得他日與西方跨國企業競爭之優勢。其中須依據各區域的資源與條件，來合理選出主導產業或支柱型產業是制定區域產業政策的核心與關鍵；區域推移是台商跨海及依其優勢再西進之現象。謹以佔海西特區與珠三角間聯結的紐帶、「臍帶」區位優勢的汕頭為例，它又能兼顧三大次產業更適合休閒農業，更與台灣、東協有千絲萬縷「網絡」的潮汕地區，位居台北—廣州的中點優越區位，也享有「海西特區」的台商優惠。特進行文化與經貿並行的參訪及其分析如下。

2007年在汕頭的「粵台經濟貿易交流會」的合同金額估計達15億美元。台商海霸王集團新增投資八億美元累積共14億美元，僅速凍食品年產值逾六億美元（汕頭特區晚報，2007.10.28，一版）。在2007年10月26~10月30日於廣東省汕

頭市，汕頭大學學術交流廳中舉行，自2001年汕頭大學舉辦第一屆「南澳論壇」開始，今（2007）年與「粵台經濟貿易交流會」聯合擴大辦理，論壇中與會學者七十多位，綜析後之得以突顯潮汕地區對兩岸經貿之現況為：

一、台大許振明教授：從產業合作的角度出發，結合當前全球經濟一體化下產品的加工、銷售，積極推展台灣中小企業創新、融資與實現兩岸經濟資源的優化配置，以及兩岸的雙贏（汕頭特區晚報，2007.10.28，一版）。

二、香港大學陳文鴻教授：台商市占率的獨大如TFT-LCD皆因兩岸優勢互補所致，現應致力升級、轉型來自ODM成為自有品牌與行銷網，方能提高獲利率而非僅是市占率，目前全球電腦前四大依序為聯想、戴爾、康柏、宏碁皆由大陸的台商廠所代工生產。

三、澳門理工學院邵宗海教授：澳門的人均所得于2007超越香港，即因其博彩產業優勢與資源配置的充分運用；汕台產業合作應多思考兩地有何優勢互補之處（汕頭都市報，2007.10.29,2版），借助于海洋式儒商文化促成兩岸雙贏、整合共榮。

四、汕頭大學校長特助林丹明博士：「兩岸聯手一家親，試看天下歸我家」，台商跨國投資仿自日本，因多為中小企業無法仿美國版本，台商在大陸獲利豐皆再投資以避免返台後的重複課稅，經第三地如威爾京群島來大陸投資應都是來自台商，兩岸官方所統計的台資金額皆已不准。

五、高雄義守大學葉兆輝教授：台商投資大陸最在意當地的治安、交通等投資環境，至於誠信也涉及制度成本，又因服務視窗等皆與投資引商緊密相關，當地政府應掌握機遇、整合資源走上品牌引商的大道。

六、北京聯合大學孫兆慧講師：台灣農業創新成果斐然如廈大趙玉榕教授所言，休閒農業更是集群研發、政府推動、行銷全球化，汕頭等大陸上具區域優勢者皆須借鑒台灣。

台商「蜂群分封」的區域推移與「工業輪耕」的國土規劃，借著「以農業、工業之共生、提攜」來實現兩岸三大產業的合作與共榮。兩岸之間的障礙在於互信不足，雙方皆須長期的對教育投入來改變大家的思想使之趨同，互信才能建立，合作、分享、共榮方可循序呈顯，台商須將較多資源用於自由放任的教育以利創新思維的形成。所以建議由汕頭大學成立海洋經濟與教育學院，連絡台灣的東石高中，建立與南澳高中的姐妹校的結盟，藉「北回歸線」來牽動、映證兩岸在文化上的千絲萬縷關聯，以長期、漸進的方式完成統合進化，也能專注的實踐海洋相關教育，成就海峽兩岸的榮景。

5.1.2.3 台商運用經貿區位優勢從「海西特區」轉進東協的願景

　　「2007年第五屆贛台經濟貿易合作研討會」8月29日晨09：30於江西省南昌市國際展覽中心開幕，由江西省委書記孟建柱、省長吳新雄、國務院台辦副主任鄭立中蒞臨共同主持，台灣立法院鐘榮吉副院長與新黨主席郁幕明致辭，以及黃茂雄、張平沼、徐旭東、馬志玲、楊世緘、宋恭源等千餘台商與會；1989年國務院頒行對台商的優惠辦法以來，就積極佈署分銷與物流系統的全國佈局，目前各級政府「優惠台商」的政策似將走進尾聲之際，特提醒以「子曰：爾愛其羊，我愛其禮」的文化面效益，故須持續給予台商優惠以能「利己善群」。

　　吳新雄省長指出：迄2007年全省累計批准合同台資項目2102個，累計合同金額67億美元，實際利用台資有26億美元；贛台應從教育、文化、經貿、科技之交流，實現優勢互補、兩岸雙贏。隨後為全贛13個「贛台農業合作實驗區」揭牌，午後分組為國有企業改革與發展、旅遊、農業與工業，舉行分區專題研討會，迄2007年大會結束前已逾11億美元投資金額。另於2007年8月29日14：00~15：30于南昌市江西賓館瑞香廳，由主持人農業廳張忠平副廳長及與談人陳麗玲、周威成、沈達、張意將等台灣專業人士參與。

　　江西農業資源豐富，生態優勢明顯，全省面積16.69萬平方公里，其森林覆蓋率達60.07%（全國第二高），可耕地有228萬公頃、淡水面積167萬公頃，素來是首名的漁米之鄉，即使于文革期間輸出米糧到各省仍不中斷的居首位。約一半區域劃入「海峽西岸經濟特區」享有國務院批准的26條之特殊優惠與保護，其中有花卉、蔬果、水稻、茶棉、漁牧、中藥、生態、休旅等類別與相關專案；現場以圖文說明全贛13個「贛台農業合作實驗區」之優勢與特色，其中書面介紹如台商獨資逾105萬美元，占地1.2萬畝預期606萬美元的台大農業科技園，將是漁牧、蔬果、生態、休旅、加工業之農業科技園。

　　其中上饒市委書記姚亞平講話說：當前是「西部大開發、東部更開發、東北快振興、中部大崛起」，上饒市則可居中策應；以鄱陽縣為例，全縣面積4215平方公里，其中丘陵45%、盆地20%、湖河面占35%，水質佳土肥沃無污染，總人口180萬，每年義務教育（9年）畢業生約十萬人僅六萬餘升入高中職，其餘赴長三角淪為民工，每年約外流民工共40萬人。企盼台商投資於優惠極佳的本地之工業園區，目前配套已趨完善是產業引資與優惠引資並舉的最佳時機，歸納而言，西進的台商是因下列因素的助力才能有今之成就，分享其心得如下：

一、低成本（土地、工資、水電）及在珠三角投入大量的公共設施，加上交通便捷的優勢，幫我完成多元化跨行業的事業也有利台商集群之形成。

二、政府的積極扶持政策是軟體的協助，如單一視窗對台商的充分溝通也兼顧企業服務而解生活之憂等。

三、本市政府的配合與優化條件使長三角台商無後顧之憂，尤以製造業見長而崛起之台商，更能享受當前政策之優勢。

四、長三角各行業產業鏈之配套已完整使企業更具競爭力，與下一條件組成台商產業集群之構成基礎。

五、省府台辦最瞭解台商需求最能溝通合作與創新求變。如今全球一體化加上新近的「9+2泛珠三角」、CEPA與「東協加三」，贛台合作互利雙贏將可縮小兩岸差距，即亞洲華人經貿體系是台商的新商機，進而鞏固大陸這經濟區域是台商企業家迫切的抉擇。

台商的農業創業園則借著汕頭對南台灣具有最佳區位的港口優勢，以及大陸沿海岸的後發區域優勢，加上海峽西岸經濟特區政策優惠、文化的千絲萬縷等優勢，北回歸線經台灣從嘉義縣東石港出海，貫穿汕頭市與所屬南澳島，經珠三角中央地帶而進入廣西的梧州市，水土、氣候相同與各級政府「服務台商第一」的政策，將可形成大陸耕耘、台灣「貼牌」的全球化農產品行銷網絡。

2007年10月30日于林百欣會展中心舉行歡迎晚會，由廣東省台辦副主任張科、國台辦經濟局局長徐莽與汕頭市委書記黃志光主持，國民黨副主席江丙坤、立委李全教、黃良華蒞臨，來自全省的台商協會等千餘台商與會，以及沈慶京與記者團等來自台灣的政商人士；1989年國務院頒行對台商的優惠辦法以來，汕頭市台商協會成立16周年就因海峽西岸經濟特區而成立台商的工業園區與農業創業園，以投資優惠園區吸引台商的高科技與先進管理技術廠商前來投資。

曾應汕頭大學《南澳論壇》邀參與「2007年粵台經濟技術貿易交流會」，得訪問廣東省台辦副主任張科，得知他意見是：1989年國務院頒行對台商的優惠辦法以來，汕頭市台商協會成立16周年就因海峽西岸經濟特區而成立台商的工業園區與農業創業園，以4平方公里園區成立最具區位優勢與優惠多的特區，即求能吸引台商的高科技與先進管理技術廠商前來投資，以謀兩岸雙贏（鄧丹丹，汕頭特區報，07.10.31）。

2007年10月29日汕頭市政府台商協會陳明哲會長、江漢君副會長，由茂名市府秘書長葉文、台辦副局長朱劍鋒等，率領來自茂名市的政商人士抵汕頭

市。謹前往拜見致意與請益于朱劍鋒副局長，關于2008暑期的返鄉團之提議而獲他應允、贊助，故決定於茂名學院舉行學術研討會，主題：高雷對兩岸交流的千絲萬縷：「歷代高雷之人物、文史在兩岸互動中的影響」──「泛高雷地區」的區位優勢與台商經貿前進東協的願景，因而也激起以「桂高雷ECFA國際經濟區」來面向東協FTA的構思。

2007年8月「贛台經貿交流會（南昌）」之心得與2007.10.26~11.01訪「粵台經貿交流會（汕頭）」相同，尤其「十七大」後中共在經濟全球化的世潮中，企圖在「弱肉強食」世局的現行遊戲規則之下，突破劣勢而自創規則以求全球化能平等的勝出；欲能勝出唯賴文化突出以求生存發展，更須努力向海洋式儒商文化靠近、強化其文化內聚的向心力，來對東、西方間「文明衝突」來預作準備。自2000年入世與全球化已成世界潮流、趨勢以來，大陸即很注重華夏文化與僑社僑胞的維繫工作，力圖捍衛其國家利益，每隔一年召開全球僑社僑領大會，各大僑鄉的省、市的僑辦主任也遠赴海外，舉辦相關活動以弘揚華夏文化與捍衛國家利益。

台灣島上各產業過去忽略區域規劃以致南部與北部的落差，致退化成今之「准二元經濟結構」、「空洞化」之社會；早期無系統的于北部設置工業區，未能深入分析到資源配置，也不曾慮及產品與工業區各有其生命周期，忽略須有危機預識與區域再活化的準備，以致於「綠色科技島」也無緣具體落實；除非運用海峽西岸經濟特區的工業園區與農業創業園，吸引台商的高科技與先進管理技術廠商投資，實則兩岸互補讓台灣「空出」部分土地，進行工業區活化與產業集群的規劃，轉型進入知識經濟的中醫藥生技產業為主導產業，促成環境更生、社會再生、產業活化的「三生、有幸」，即生活、生產、生態的永續幸福，來經營台灣成為「綠色科技島」。

從2005《海峽西岸經濟區建設綱要》而論，便知是大力加強對台灣、對國際的經濟之聯繫與合作，對西岸則要優化其產業結構與強化產業集群，進而發展各區間的整體協調、實現資源最佳配置與城鄉一體化。因為文化台商具有優勢，可以將海峽西岸經濟區視為柔性專業化與社會文化為特徵的產業區。就大陸現階段而論，台灣是推動經貿－文化的「承先啟後」的奠基工程，更是台灣「強強結合」的產業且能惠及生活亟需政府協助的貧困農民。

西進具有同質文化的大陸是深具發展潛力與優勢。「人力資本」是知識、勞動、訓練與技術等的資本型態；可發展成高階的「智力資本」。「智力資本」是技巧、智慧、結構與智財的資本，加上環境資本、知識資本而以文化網絡連結

就合稱為「社會資本」。網絡中的文化則充斥於制度中、情境裏,「溝通媒介」是吸引旅遊者的「魅力」或「隱性資本」的核心,文化與旅遊是切割不開的,是其中台商的最大優勢:多年的精緻文化隨西進已印證「台灣風」產品在大陸內銷頗具優勢,因此台商也可藉著文化貼近的優勢,進入東協FTA市場與借CEO來佔有之,故終身學習的人才培訓是尤須強化的工作。

5.1.3 兩岸文化互動共榮之潛勢

5.1.3.1 台商西進對兩岸現代化與《實業計劃》之升華

改革開放以來,台商西進具有同質文化的大陸是深具發展潛力與優勢,以休閒農業台商再西進是現階段最佳的策略。使文化充斥于制度中、情境裏,作為「溝通媒介」是吸引旅遊者的「魅力」或「隱性資本」的核心,文化與旅遊是切割不開的,台商的最大優勢:多年的精緻文化隨西進已印證「台灣風」產品在大陸內銷頗具優勢,故終身學習的人才培訓是尤須強化的工作。在經濟全球化條件下,這些具有競爭優勢的區域的活動比國家更多些經濟意義,產業結構的調整和升級促使地方性力量隨之進行調整與重組,並促使本地化、區域性地方經濟聯繫與跨國界、全球性的國際經濟聯繫互相競爭和融合。

海峽東、西兩岸地區的區域活化最有利的方向就是休閒農業的發揮其多功能性價值,偏遠落後地區的區域活化發展到極致即是 國父 孫中山先生的「城市鄉村化,鄉村城市化」,日本當前的城鄉差距與生活品質的均質化就接近這理想。中國的現代化是鄧小平路綫的核心所在,「一個中心、兩個基本點」即是以四個現代化為驅動馬達,另一基本點的「四個堅持」則是其中的煞車體系,共同推動「一個中心」——改革開放,即在收、放之間來維繫中國式現代化的均衡與共同致富。兩岸過去已歷經半世紀的「協合共生」——海峽中線,這僅是下限狀態,是「隔絕的『協合共生』」;未來應努力于維繫兩岸的「上限」——經貿互動文化統合。由此推知,兩岸區域經濟之推移、歷史之進程,將可帶動、推進兩岸雙贏,以推及兩岸共構的公民社會。

現代化是社會進步與經濟增長的結果,也是其過程;故城市的形成就在社會的現代化歷史中扮演著樞紐幅奏的角色,即在人力與經濟、政治、文化上發揮著集聚與分配的功能;人類在變遷中若不積極正向的作為則將自我沉淪或遭到歷史的淘汰,所以現代化是向上向前改變人民生活的一組活動與歷程;從休閒農業再進而發展為中醫藥的生科產業是具有文化優勢,故現代化是人類興衰

存亡的求生活上實質改進之一組活動為全力以赴的願景。

　　台商或台灣與大陸相比豈可落後于文化政策?政府更須超越民間的台商力量而奮起直追;因為人類社會是由經濟、政治、文化、人口、環境等五大子系統構成的有機體,必須是動態均衡的發展方可成長;官方于「海峽西岸經濟區」推展中應扮演積極的行政性角色,正好由台商以產業群的角色參與,又可由台商扮演文化或學術的推手角色。今則發動「桂高雷ECFA國際貿區」,全力西進休閒農業與中醫藥生技產業,強化台灣在兩岸的科技、文化與經濟上主導之地位。

　　1990以前台商西進投資約三成落在閩省的福州與漳泉廈地區,入世前已下滑跌至不及10%台資落腳閩省,其他外資亦同以致台資仍居福建外資的主要角色;亦即1992年台商區域推移至珠三角,2001年以來台商區域推移至長三角與環渤海灣區,以致這段15~20年期間,FDI資金進入微少致使福建竟成為東部沿海經濟最弱的區域。因此高雷、欽廉、瓊島地區是面對「東協自貿區」,擁有豐富自然資源與最佳地理區位,當前高雷地區面對東協諸國,正因其自然資源與區位、文化的貼近性等因素而成為「台商再西進」的最佳首選。

　　始自1992年,我為師大博士論文赴北京收集資料,進而決志研究台商的區域推移與工業輪耕、文化─經貿的雙軸統合。自2003年第一篇論文初稿繳交廣州暨南的博士導師,其中就倡言台商以「經濟、文化雙軸」並行的「再西進」。主要在吸引台商綜合文化、資訊、生科、休旅、農漁牧之優勢,以休閒農業進入西南或海西地區,是讓台灣「另一部分人富起來」,也化解全球性的「富裕、貧窮兩極化」或M型社會之困境的契機。前瞻未來的兩岸合作、應聚焦于中醫草藥生物科技產業,這是兩岸的當前急務以捍衛文化遺產、智慧產權;先致力復興華夏文明來為東、西方之間「文明衝突」的及時準備與防範,在「十七大」中之文件宣告,已可預見大陸未來的全力以赴。

　　區域是因其自然資源、政治、社會、區位、文化等因素成為其產生「推移」的動力,或吸引經濟資源的移入的誘因;2008年三月底大陸「人大」換屆,即有人大代表提案與本人《大陸台商》系列著作前述主張若合符節,提出、鼓吹應給台商更多優惠于「海峽西岸經濟區」之現況者。值此機遇兩岸更應合作于經貿─文化來厚植華夏文明之根基,以之對「文明衝突」進行預防才是真的兩岸雙贏。目前台商已有能力「候鳥回巢」來實現其社會責任,來回報台商文化所提供的社會資本,期待兩岸在經貿與文化上皆能「分進合擊」而勝出于「文明衝突」,力圖建設兩岸共構的「公民社會」來造福全體華人!

　　經濟增長可說是人類追求更美好生存的保障。台灣唯有西進大陸在其廉價的「世界工廠」之壓力下，各行各業的西進台商都須有創業精神與經營管理的能力，故能致力于激發員工鬥志和CEO領導企業的升級與轉型，藉永續的生產力在增長中生存與壯大，再回饋台灣維持優勢的競爭力。所以持續的鞏固與研發企業的「核心競爭力」才是真正的「根留台灣」，故台商西進與研發創新必須雙管齊下，不論升級或轉型兩者均須依靠政府的引導，尤其政策的引導更可以預防自利心的作祟，避免所產生的負面效應如惡性競爭或資源的分散及錯誤配置等流弊。

　　1921年雙十節發行出版的《實業計劃》，國父　孫中山先生于〈結論〉指出：「商戰」將取代「兵戰」之世局，故倡導藉外資外才來實現的實業計劃。大陸自「八五計劃」至今之「十一五計劃」，也實現八成的實業計劃之內容；未來世局之「文明衝突」中求能勝出則須先「自我完善」，故兩岸合作于「重建四川」將是最佳的契機，讓「521對接921」從兩岸官方磋商後交給台商來負責，是責任也是權利。讓充滿同胞愛的台商來重建「四川特區」。並以之作為兩岸重建互信的實驗特區，俾能鞏固華夏文明與《實業計劃》的永續永固。

　　亞洲、兩岸與全球的當前經貿——文化的區域推移，應當前瞻的望向「東協自貿區」，廣東高雷地區與「東協金磚」的越南接壤，又與新、馬有四十餘各地高州會所的連繫，加上台商于「南進」時建立的網絡，將可弘揚對東協地區的經貿——文化的區域推移，為提升華夏與東亞文明的「大亞洲主義」更添宏基；應該如廣東僑辦對華僑社團的支持相同，就從高雷、欽廉、瓊崖地區的經貿文化的建設，奠定高雷地區21世紀經濟成長的基礎，用以彰顯台商CEO的傑出之先見力與創構力。

　　台商的農業創業園則借著汕頭對南台灣具有最佳區位的港口優勢，以及大陸沿海岸的後發區域優勢，加上海峽西岸經濟特區政策優惠、文化的千絲萬縷，汎高雷地區近十萬的旅台同鄉、潮汕旅台十餘萬同鄉等優勢；建構「桂高雷ECFA國際經濟區」更可循北回歸綫，經台灣從嘉義縣東石港出海，貫穿汕頭市與所屬南澳島，經珠三角中央地帶而進入廣西的梧州市，水土、氣候相同與各級政府「服務台商第一」的政策，將可形成大陸耕耘、台灣「貼牌」的全球化農產品行銷網絡。台商初期以海峽西岸特區的潮汕為面向東協FTA的輸運樞紐最具區位及文化優勢，農產、中藥材均有量運返台灣加工，最大消耗應是運費，之後投資設廠生產則又具有文化貼近優勢，故為最佳選擇地區來施展台商CEO的執行力與適困力。

　　台灣產業過去忽略區域規劃以致南部與北部的落差，致退化成今之「准二元經濟結構」、「空洞化」之社會；大陸台商須有危機預識與區域活化的準備，回流後須以致力「綠色科技島」為其社會責任之履行；除非運用海峽西岸經濟特區的工業園區與農業創業園，以及2008年廈門島北區成立「文化創新產業園區」等，吸引台商的高科技與先進管理技術廠商投資，實則兩岸互補讓台灣「空出」部分土地，進行工業區活化與產業集群的規劃，環境更生、社會再生、產業活化來經營台灣，使成為「綠色科技島」的「三生、有幸」，即有：生活、生產、生態的永續幸福。

　　積極的扶助台商與全面引商，其立場為：期望未來首需先建立開放的有效率之政府。其次：開放不只是開放（引資金進入），而要有以當地的優勢與資源來吸引全球投資者的眼光。總之，台商西進迄今深刻感受到優惠引商不如產業（集群）引商，產業引商必須發揮資源與優勢，以及妥善運用機遇的分辨及掌控；也就歸結到知識經濟中的知識管理與社會資本等所融鑄成的核心競爭力，所以近幾年長三角的發揮資源與優勢，以及妥善運用機遇及掌控能力與人才較優等方面，就讓它的產業（集群）引商能夠勝出於珠三角了；如今江西的產業引商就必須調整舊方法，來發揮自己的資源與人才的優勢。

5.1.3.2 兩岸對東協地區之文化策略與僑情現況

　　台商西進在可預見的未來仍會出現波折，但從長期進程看是難以逆轉的趨勢潮流，兩岸的未來正如 國父 孫中山先生在1924年演講民權主義時說：「時勢潮流像長江黃河的水，總是會流向東的。」在大陸中共是唯一執政黨的憲法地位，迄今仍是中共對內的唯一「真正的堅持」，故台商西進無害於他給予優惠；對外則「堅持一個中國」，主權與統治權互為表裡，其他的「堅持」與作為皆為拱衛此一「核心」。經貿則更是為政治來服務的，因此政府對台商的心理教育、服務，即是讓台商根留台灣的養分，使中共在政治上不致於「惡整」台灣。

　　中共「三個代表」充滿著「與時俱進」的儒家進化觀，其奮鬥目標——大道之行也，天下為公。更藉「因革損益」所產生的動力，推展開社會主義市場經濟的現代化，所代表的是：中國先進生產力的發展要求、中國先進文化的前進方向、中國廣大人民的根本利益。三者依序是大陸的經濟、文化、政治現代化之基礎，在2002年「黨十六大」之後的「中央政治局」中九人常委全都學理工科畢業生且定位為技術官僚的人員，都是中共「建政」以後才入黨的「非革命世代」且具有國際觀的菁英群，故可推知胡錦濤也將以經改為其施政的主

軸，繼續鄧江未完成的路線——深化「經改」強化「政改」。

上段是在「中共黨十六大」之後，筆者對當時的析論中一段文字，當（2002）年剛考入廣州暨南就讀，對《人民日報》報導新任中共中央宣傳部部長劉雲山印象深刻，他如今（2007）於「中共黨十七大」連任之後針對中共黨章修改，刊載於2007年10月29日《人民日報》，發表〈更加自覺、更加主動地推動社會主義文化大發展大繁榮〉，其重點在提高國家文化的軟實力來推動社會主義文化建設，特摘要如下：

一、從提高國家文化的軟實力的戰略高度充分認識文化建設的重要性緊迫性，更加自覺、更加主動地推動社會主義文化大發展大繁榮；

　　1. 文化是民族的血脈和靈魂，是民族振興、國家發展的重要支撐。

　　2. 文化是國家核心競爭力的重要因素，在綜合國力競爭中發揮著不可替代的作用。

　　3. 文化是全面建設小康社會的重要目標，已經成為衡量社會文明程度和人民生活質量的顯著標誌。

二、切實加強社會主義核心價值體系建設，不斷鞏固全黨全國人民團結奮鬥的共同思想基礎；

　　1. 全面把握社會主義核心價值體系的深刻內涵與基本要求。

　　2. 堅持用社會主義核心價值體系引領社會思潮。

　　3. 努力把社會主義核心價值體系融入文化建設的各個方面。

三、積極建設和諧文化，推動形成良好人文環境和文化生態；

　　1. 圍繞增強誠信意識，切實加強公民道德建設。

　　2. 圍繞提高公民文明素養和社會文明程度，深入推動群眾性創建活動；

　　3. 圍繞豐富社會文化生活，努力提供更多更好的精神文化。

四、大力宏揚中華文化，建設中華民族共有精神家園；

　　1. 深入挖掘和弘揚傳統文化有益價值。

　　2. 吸收借鑑世界各民族文化優長。

　　3. 善于從時代偉大實踐中汲取新鮮養分。

五、著力推進文化創新，進一步增強我國文化發展活力；

　　1. 著眼解放和發展文化生產力，大力推動體制機制創新。

　　2. 著眼增強文化的吸引力感染力，大力推進內容形式創新。

　　3. 著眼提高文化傳播能力，大力推進傳播手段創新。

六、加強發展文化事業和文化產業，不斷提高我國文化總體實力和國際競爭力；

1. 加快建立公共文化服務體系，更好保護人民群眾基本文化權益。

2. 推動形成新的文化產業格局，更好地滿足人民群眾多層次、多方多樣性的精神文化需求。

3. 用好國際、國內兩種資源、兩個市場，更好地推動我國文化產品和服務走出去。

七、加強組織領導、形成強大合力，推動興起社會主義文化建設新高潮；

1. 切實把文化建設擺到更加突出的位置。

2. 進一步完善政策法規、加大投入力度。

3. 努力造就一支宏大的文化隊伍。

4. 最大限度地動員社會各方面力量支持參與文化建設。

在經濟全球化的世潮中，在「弱肉強食」世局的現行遊戲規則之下，欲能勝出唯賴文化突出以求生存發展，並能蓄積能量與能力來應對即將面臨的「文明衝突」；上述一、二、三項與「四個堅持」同是以捍衛「中國特色社會主義道路」的「守勢武器」，其內容僅是以「社會主義」的新瓶裝著儒家文化的舊酒，所欲求得的是其全民心中「內部的崇聖」地位──極化作用的核心；至於其第四項則以 孫中山先生與孔夫子的「因、革、損、益」文化復興作為其參照標準，亦即為其「「內聖」轉入「外王」架構的轉折鍵或臍帶。

第五、六、七等三項則是「外王獨尊」的區塊；第五項是以鄧小平先生「四個現代化」為藍圖的「外王」作為，進而擴展及胡錦濤的个人的思維；第六項是依循江澤民先生「三個代表」的「唯文化中心」模式、版本以突顯文化之特出地位；第七項是將毛澤東的「三大法寶（黨的建設、武裝鬥爭、統一戰線）」與「文化戰略」混融後的軟式作為，努力向海洋式儒商文化靠攏、強化其文化內聚的向心力，藉以對東、西方間「文明衝突」來作準備。

在2007年「中共黨十七大」之中，修改黨章有十五段文字；即於未來五年要具體推行胡錦濤的「科學發展觀」「中國特色社會主義道路」「和平推行社會建設」，以及舉行「中共黨十七屆」全體中央委員會議之後，於記者會中所提出的六項「一定保證」即：一定高舉中國特色社會主義偉大旗幟、一定緊緊抓住發展這個黨執政興國的第一要務、一定奮力推進改革開放、一定牢牢秉持為人民服務的宗旨、一定自覺堅持科學執政、堅決做到清正廉潔、一定堅持奉行獨立自主的和平外交政策，走和平發展道路，實施互利共贏的開放戰略，充分呈現胡錦濤的身段是軟的更軟，而其行事手段則是：該硬的就更硬（中國時報，2007.10.23，A13版）。

國父承受大哥的栽培亦即華僑在僑居地的「溢出效應」，再以傾家之財支持國父革命，即以海洋式儒商文化首度的「回流效應」，對家鄉、祖國之回饋。台商西進則是第二次巨大「回流」，也珍視、接納「多元融合」的僑胞回流，兩岸從僑界的合作來擴大華夏文明的廣度、深度。所以大陸將以更務實手段依循兩岸合作，憑海洋式儒商文化聯合東亞洲，去面對「文明衝突」之挑戰，唯賴兩岸共生共榮才能立「可久可大」國基。2007年11月25~29日廣東省僑辦主辦年度性活動《龍騰四海：僑團百年》以「加強團結合作，推動和諧發展」為主題，筆者受邀所接觸的各洲僑領，皆充滿對祖國之愛、熱心回饋、奮發圖強，更期待兩岸合作共謀華夏文明的強固，茲公佈共予讚揚如下表5-1：

表5-1　僑胞學歷與經歷

姓名籍貫	學歷與經歷
陳伯年(粵新會人)	印尼廣肇總會總主席 ANDAKA NARJADIN
張光福(海南島)	中源貿易公司，客家語，馬國砂勞越古晉，三代僑
謝進群(潮汕人)	潮州會館，東華校校長
楊建中(冀邯鄲人)	瑞士伯爾尼 中瑞交流協會會長
馬文新(粵高要中醫)	丹麥中醫師協會榮譽會長
周一平(浙溫州人)	港澳台僑委員　葡國三代老僑(1936)妻台灣人(浙江青田)
朱浙蒙(溫州人)	抵葡國三十年 貿易公司華人工商聯合會長
吳根光(粵台山人)	毛里求斯.旺角地產　三代老僑海洋渡假村.仁和會館
關冠球(粵新會人)	1955游到香港1961移民危地馬拉已30年
梁耀池(粵江門人)	1980到哥斯大黎加　聚福樓酒家 麗華貿易公司
馬求銳(粵台山人)	美國華商總會秘書長　台山僑中校友會顧問
吳國通(粵台山人)	1960(19歲)到毛里求斯第一飯店.仁和會館

國父 孫中山先生于四十年革命歷程中得自華僑之協助不勝枚舉，其淵源更該溯自1879年他隨母赴夏威夷，依兄而就讀於意奧蘭尼書院，修業三年將西方英美的文明汲取於胸，他從外顯知識到內隱知識皆有大獲，復經歷了興中會的廣州、惠州兩次起義之淬煉，而於1905年萃擷得「中英美混融」的《同盟會誓辭》，亦即：「驅逐韃虜，復興中華，建立民國，平均地權。」的菁華，從同盟會到中華民國皆奉此為「內顯知識」的圭臬。國父的大哥孫眉先生，14歲赴檀島奮鬥15年成為望重茂伊島的僑領，所憑藉的無非個人的智與力，以及翠亨村的粵商式海洋文明。

2007.11.26即循此訪粵省宋慶齡基金會于廣州市二沙島海山街，拜訪鄭建民副主任、林琳副主任，故得知2007.6.20北京舉辦「第四屆全球華僑社團大會」，其中胡錦濤呼籲如下：

期待全球僑胞除了要推動僑居國進步之外，更要：

(一)華僑要做中國現代化建設的積極參與者。

(二)華僑要做中國統一大業的積極促進者。

(三)華僑要做中華文明的積極傳播者。

(四)華僑要做好住在國與祖國間人民友好交往的積極推動者。

中國新的「睦鄰」政策，它是對「新安全觀」的戰術實施。正如王毅等人所說，中國的周邊環境是所有大國當中最為複雜的，周邊國家的經濟、政治和安全形勢各不相同，與中國的歷史關係錯綜複雜。中國的崛起是與亞洲的發展聯繫到一起，這種深化區域內多邊聯繫的舉措可能會在其它組織重演，比如東盟+3（東盟加上日本、韓國和中國）。中國力圖同周邊國家進行全方位的交往。它在北邊有上海合作組織，在南邊有東盟+1和東盟+3，在西南同印度和巴基斯坦改善了關係，在東北參與解決北朝鮮問題。這一切的宗旨都是「互信互利，平等協作」。

5.1.3.3　面向「文明衝突」的文化政策與農業創新的現代化

依台灣高度發展的文化現況，政府在台可採取「高層次戰略」與文化發展、外銷，籌設文化部統籌有關文化奠基與鞏固工作，以抵抗文化侵凌與推展文化成長為任務；來和大陸上述作為進行文化的「市場區隔」，以「文化與專利中心」鼓勵文化創意，進行創新佔有市場尖端。在彼岸的台商更應與大陸的東協政策搭配來發展對東亞的經貿，以域外直接投資（Foreign Directive Investment）模式對東協各國佈局網路，台灣的文化優勢更是潛在著很大領先優勢，引導科技創新亦為大陸短期內不易超越的優勢，唯須持續辦好教育蓄積人力資源之優勢。

台商工商產業積極進行「佈局全球」的第二步之同時，台商以休閒農業對大陸西進來將其中西部實行「國土規劃」，亦可藉由台商文化助大陸儒家文化復興，讓「均無貧，和無寡，安無傾」的理想得以完成，使台灣版的「另一部分人也富起來」得以實現，消除兩岸社會的「M型社會」之危，兩岸協力合作經濟建設來實現《實業計畫》中的均富社會、共同富裕的「社會主義新農村」。

杭庭頓于《文明衝突與世界秩序的重建》中指出東亞的文明應稱為中華文化（Sinic）最恰當，包括東南亞華人群居之地皆是（王圓、周琪等譯，2002），如韓國、越南、日本、新加坡等國在大陸周邊深受儒家文化影響，儒商文化在長期發展中多有傳播，經由外鑠而內化後便自然發展為：注重仁愛、忠孝、禮儀、勤儉、吃苦耐勞、服從家長、拼搏等是「亞洲四小龍」以及日本一起受海

洋式儒家文化之影響而共同具有的特質；另外如講誠信、和諧謙虛、勇于創新、嚴于律己、重教育及親情、以和為貴、自強不息與義利之辨等，也是儒家文化培養出來的人格特質。

從歷史規律來看，人類的現代化歷程是不走回頭路的，果真會如杭庭頓所言否？依我華夏文化則不認同也不期待之，不可恃其之不來却須有以待之。故示意如下：

兵戰　　（族爭－－國戰－－世戰）－→　商戰－－→文明衝突

農業經濟－－→工業經濟－－→（孫中山）－知識經濟→（杭庭頓）

資料來源：麥瑞台，《大陸台商的經營策略：蜂群分封與工業輪耕》，科技圖書出版，2006.06。

今日知識經濟的發展則已印證出：世局正從「兵戰」轉進到「商戰」；知識的積累轉化成技術是快速的，即知識經濟呈現出「速度經濟」的樣貌，再從範圍的變遷來解析則經濟必須走向全球化，才能實現充分利用資源、滿足人類多元化之需求，達成最佳的經濟效益的境界，越來越多的跨國企業進入大陸，以之作為全球布局之主戰場，台商憑藉著先人「危機與轉機共生」的墾植聚落文化，轉化為其西進與「時代考驗台灣，台灣創造時代」的契機，唯台商能成為大陸的「猶太商人」則會使台灣地區能持續繁榮。故兩岸都必須注重文化戰略，致力創新研發塑造出有益之文化新芽，形成華夏文明之興盛而構成世界多元文化的共榮架構，或可消弭文明衝突於無形之中，再現「萬邦協和、繁榮共生」的漢唐盛世。

從《海峽西岸經濟區建設綱要》而論，加強對台灣、對國際的經濟之聯繫與合作，對西岸則要優化其產業結構與強化產業集群，進而發展各區間的整體協調、實現資源最佳配置與城鄉一體化。因為文化使台商具有優勢，可以將海峽西岸經濟區視為柔性專業化與社會文化為特徵的產業區；就大陸現階段而論，台灣是推動經貿－文化的「承先啟後」的奠基工程，更是台灣「強強結合」的產業且能惠及生活亟需政府協助的貧困農民。

西進具有同質文化的大陸是深具發展潛力與優勢，以休閒農業台商再西進是現階段最佳的策略。因為對台商有利的文化則充斥於制度中、情境裏，「溝通媒介」是吸引旅遊者的「魅力」或「隱性資本」的核心，文化與旅遊是切割不開的，台商的最大優勢：多年的精緻文化隨西進已印證「台灣風」產品在大陸內銷頗具優勢。

在經濟全球化條件下，這些具有競爭優勢的區域的活動比國家更多些經濟

意義，產業結構的調整和升級促使地方性力量隨之進行調整與重組，並促使本地化、區域性地方經濟聯繫與跨國界、全球性的國際經濟聯繫互相競爭和融合。2007.08.25~09.01筆者隨新黨江西訪問團參加「第八屆南昌贛台經貿交流會」，主要在吸引台商綜合文化、資訊、生科、休旅、農漁牧之優勢，以休閒農業進入西南或海西地區，是讓台灣「另一部分人富起來」，也化解全球性的「富裕、貧窮兩極化」、M型社會之困境的契機。

　　兩岸的當前急務是「龍騰四海：加強團結合作，推動和諧發展」，在「十七大」中已可預見大陸未來的全力以赴。中共在十六大與十七大之後，積極又加強的進行文化統戰的海外工作，其用心及對內、對外的意義，即實現其21世紀的「統一、反霸、現代化」的任務；現代化是社會進步與經濟增長的結果，也是其過程；故城市的形成就在社會的現代化歷史中扮演著樞紐幅輳的角色，即在人力與經濟、政治、文化上發揮著集聚與分配的功能；人類在變遷中若不積極正向的作為則將自我沉淪或遭到歷史的淘汰，所以現代化是人類興衰存亡的求生活實質上改善之一組活動。

　　大凡人類社會是由經濟、政治、文化、人口、環境等五大子系統構成的有機體，必須是動態均衡的發展方可成長；官方於「海峽西岸經濟區」推展中應扮演積極的行政性角色，正好由台商以產業群的角色參與，又可由台商扮演文化或學術的推手角色，全力西進休閒農業，強化台灣在兩岸的科技、文化與經濟上主導之地位，為「文明衝突」或其他類似的危機及早預做準備。

　　正視台商休閒農業西進是儒家文化的回流，則將會是兩岸雙贏之契機。更應進入中醫藥生技而將兩岸人民的文化生活加以升級與創新，那麼生態的、中醫的生技產業將可茁壯，大可無懼於政治評論「軟的更軟、硬的更硬」，因為台商再西進的是產業集群之經貿區塊者，能適應於他在手段上、身段的更軟反而台商因之會獲利更多；硬的是主權、一個中國等是無害於經貿的，尤其充滿華夏文化與台灣優勢的休閒農業台商，其西進海峽西岸經濟區與西南地區，更是充滿希望、生態綠意與永續發展的文化復興與融合創新。

　　面對大陸「中共黨十七大」之後，在文化上的積極、潛隱之作為，台灣政府在經濟與文化的「雙贏」策略是：深入敵後，借著對台商的積極、潛隱之支持；台商在西進中帶動其文化的質變實現民主化、自由的「中國式和平演變」。尤其對於不發達的西部地區之經濟發展，在大陸鼓勵下讓台商再西進，於過程中均伴隨著工業化與產業結構升級的現象，亦即包含有經濟增長量的擴張和結構之變動，及其所引發的生產力之進步與技術密集度的提高等變化，兩岸最終

將可在經濟與文化上獲得雙贏。

　　世界各先進國家與兩岸的農民，都是各國農業發展的主角，卻須政府作為其支柱、引導才能成功；由農委會研發中心、農會組織、農民群體、產銷合作社或農產公司所構成「研發、設計、產銷」基礎性的產業鏈，政策須周詳完備、較佳的資源配置、物件與對策正確，方能奏效。因為農業都是小型經濟，即政府必須扮演「道、天、地、將、法」中「道」的角色，執政者極須「轉念」而能為各產業創造良好環境，即先懂得：對市場機制的尊重、妥當維護交易秩序、組構農業研發、產銷的組織與對外貿易談判的據理力爭，更不必逾越、干擾到「民之所欲」之經濟自由。

　　台商CEO扮演「天、地、將」的角色與「結網、設計、產銷」的功能，運用海洋式儒商文化及其社會資本網路，此即是台商的「天、地」；再以資訊網整合眾多小農，克服在研發創新、生產因素採購、生產作業執行、農產行銷上等資訊缺乏及規模劣勢；台商的各大龍頭企業中有先見力等CEO五力者，即是「將」的部分。特別須努力於整合農產品的生產、加工、運輸、國際行銷，以及妥善運用社會資本與網路，以致能讓農民願信任台商大企業，並以之為其核心願意釋出知識、經驗、訣竅，再要求核心企業維護、捍衛其專利以防仿冒、抄襲；因農業知識、技術與工業的相比則是顯性知識居多，故也很容易遭到模仿，應由核心的企業為台商集群整體利益而盡心盡力，這就是他們對「將」的依賴。

　　傑出CEO應可自居於眾多小農的核心，整合、協助、鼓勵、支持台灣從事休閒農（漁、牧）業，激發農民以「農家樂」或民宿農莊形態進入農業的大陸，發揮其專業能力、經驗、訣竅、技術的「法」之角色，實現「農民生活、農業生態、農村生產」之最佳陳現，先完成台灣是「綠色科技島」的階段，再擴大推展到農村大陸而能利己善群的解決「三農問題」。故台商之欲西進者挑戰WTO後台灣農業的困境，跨海實現台灣「另一部分人的富裕」、完成兩岸的共榮雙贏，實現真平等的經濟全球化——正是值得「愛拼才會贏」的台商去奮鬥！

5.2 西進台商的變局管理與創新經營

5.2.1 新制度經濟學與企業變革、管理

　　傳統企業多層次的等級組織增加了管理成本，更降低了知識、技術與信息的流轉速度及其準確性，不只生產成本因而更增高，在制度面的問題也會降低創新的機會。故知科斯和威廉姆遜兩人皆曾思考到利用企業與市場，使這兩種

力量依靠管理來發生作用而能簡化組織。另外的第三種力量就是網絡，它與市場和企業不同之處是：網絡乃是相互選擇的夥伴之間的雙邊關係，運用網絡將組織扁平化是可降低管理成本而且增加知識與信息的流通率與投資報酬率。

關於這點，科斯（1937）與2003年諾貝爾經濟獎得主的恩格爾，皆有相同的主張，即先後強調、重視企業的創新能力，因此也加重、增強了CEO的職能。2000年諾貝爾經濟獎得主赫克曼（James Heckman）則主張：最佳政策是給予誘因而不是賜以福利。故政府決策不必照抄芬蘭、荷蘭、愛爾蘭的「三蘭模式」，務須慮及各國、地區的背景、國情之差異，亦即制度必須參考當地的歷史、文化，以產業引商或優惠政策來鼓勵工商的投資與建設。

20世紀後期歐美企業漸漸形成「持續改善」的趨勢，在最後的十多年裏，企業從「流程改造」發展成為「企業變革」的規模，對企業進行大幅度既深且廣的改變；其英譯為Large Scale Organization Change，又稱為「組織再造」、「組織變革」或簡稱為LSOC。但在知識經濟與IT社會的快速變遷中，企業變革常是跳躍式的變革來與現況脫離的改變，通常企業變革的成因分為內部條件、外部條件、催化因素與觸動事件等四項因素所促成。

「改變」的英文Change在中譯時常因情境、對象及認知的不同而異，例如改變是範圍小而生活化的概念，變遷則是較大範圍且抽象意義的概念，變革則是指大幅度既深且廣的變遷與改變了。至於革命的英文是Revolution則要與進化Evolution來做比較則更貼切些，因為那是從有生命的個體來切入的，「進化」先是從生物的學說中出現的，再比喻人類的組織體如國家社會等也會有進化的，當其發生了幅度既深且廣又烈的進化時便稱為革命了；更因為帶著強烈的利益衝突而藉由暴力性的政治工具來奪權，故「革命」兩字常常隱含著「政治革命」或「流血革命」的意義，但也是一種改變。

台商的西進是企業變革，至少是轉型或許能有部分的技術升級,以其拼搏精神發揮出「適者生存」的台商文化，所賺取的智慧的錢與風險投資的錢是合情合理的事；眼光與智慧加上努力是處理企業變革或風險的成功基礎。何謂企業變革或風險呢？風險是指與企業有關的事情或問題處於轉好或轉壞的關鍵時機與分水嶺的狀況。處理風險就承擔了轉好或轉壞的責任與危險，都需要以企業變革的立場來應對之，優秀的台商CEO必須具備危機風險的管控與處理能力，因兩岸間政治風險度高台商須隨時保持低姿態，以利其能立刻反應。

企業變革固然是變動幅度大而會引發對改變所衍生的抗拒，因此在時間的緩與急上可依過程而分成轉折與轉型兩種，前者是改變程度大、速度快、難適

應而抗拒強的變革，後者系以較和緩的速度與手段來推動較高配合度的變革。故而企業的轉型變革需要較多時間，因此變革的發起時間便是關鍵了；如果企業與環境的互利共生關係已經明顯失衡，原先長期構建的營運架構已然失效，經營似乎出現危機，存亡迫在眉睫時的企業變革，稱之為後應式變革。反之則稱為先應式變革或先驗式變革，台灣的家族企業長期培養子女接班經營的組織轉型變革即最典範的先驗式變革（徐聯恩，P.15），危機爆發前毫無戒心是後應式的企業變革。一般而言，變局管理是將變革管理的一部分，去除初始的議題預演與後續的安撫及學習成長，兩階段中間即所剩下的被稱為主體部分者，即包括變局預防、變局處理加上危機控制、危機解除等四階段，本研究則稱之為危機處理。換言之，若是包括了頭尾兩階段共有六大步驟者，如企業繼承人培訓、遴選與接班等漸進歷程的轉型式變革，則本文稱為變革管理或危機管理。

後應式企業變革之所以會爆發危機，實因企業組織中長期累積的問題已經很嚴重且正在惡化中，將會威脅企業體系的生命及破壞了企業組織中的主要功能，正處在嚴重問題與未及時預防的突發狀態下，則稱為企業危機（Crisis）。故危機則是危險（danger）加上機會，即企業正面臨生死存亡的轉機的關鍵時機便是企業危機了。危機爆發前毫戒心是後應式的企業變革，其變革處理可分成四個階段：

一、危機階段：組織對內在與外在壓力未能適度安排，通常只是應付、抗拒或拖延重大問題的處理。

二、頓悟銳變階段：困境已屆臨界點，已確認變革的必要性而斷絕過去的糾葛，進而頓悟、創新且實踐變革。

三、過渡階段：將理念與遠景化為計劃，困境稍緩後即付諸行動，從結構及程序重新安排開始，告一段落則評估行動效益與方案之利弊再回饋而更求精進與穩定。

四、安定中求發展階段：將已獲得之成效予以制度化、例行化與精緻化，此一階段為落實變革不可或缺的階段（陳芳雄，P.4）。

台商西進即先驗式企業變革藉台商文化漸次渡過四大階段。從上述四階段可以清楚看出：多數後應式變革是沒有心理準備的，台商企業必須是自覺的在進行危機管控與處理的狀態中；一般而言，危機處理是將危機管理的一部分，去頭（議題預演）去尾（後續安撫）後的中間主體部分；即包括加上危機預識、危機處理（含危機控制）、危機解除稱為「危機處理」而非危機管理。

變局對社會學而言，是從較廣義的層面來定義：乃指某種情境或事件的改

變對社會群體或小群體所造成的威脅或挑戰之狀況。這些挑戰或威脅最容易對個人的生理或心理產生反應，首先是壓力，所以有改變就有壓力，面對壓力做變局處理就需要有EQ（Emotion Quotient）來調適。（藍采風，1991，P.12）再從心理面來看它所產生的危機，它是相對於安全的消失或不確定，甚至於是明確的不安全下所生出的威脅與壓力，可分為內部危機與外部危機形成的壓力。

不論如何，危機本質還是在人的生理或心理，或者組織的內部外部存有問題，累積到生死存亡的關鍵時機稱作危機。何謂問題呢？「問題」的意義是：當人或組織在想解決或求滿足卻又得不到時的狀態。當問題一直存在卻不受到企業重視與及時之處理，累積至嚴重而傷及企業之主要功能或威脅到體系生死存亡的狀態者則稱為危險，在危險的關鍵時刻所採行的處理與進程可稱為企業變革管理或變局處理（因正常的企業就須包括議題預演、學習成長的機制，故兩者通用）；危險發生時常伴隨著轉好轉壞的機會，故亦稱為「危機」。

變局管理就是領導組織的企業CEO，為避免或減輕危機情境所帶來的嚴重威脅，所從事的長期規劃以及不斷學習適應的動態過程。大陸稱之為「應急管理」只局限於適困力的運用，卻比危機處理淡化了預防與後續成長的部分，所以廣義的變局處理即是變革管理，它是針對潛在或當前的危機，基於動用最少的資源、使用最少時間、波及範圍最小、損害最少的原則或理念，有組織、有計劃、有步驟的採取最有效且最可行又確實有力的行動與對策，亦即通過變局預識、變局處理及變局管控等等，以達成危機化解之目標的一組活動稱為變革管理。（陳芳雄，2000，P.4）

通常變局或危機在瞬間發生故領導人培訓需及早進行，台商多為獨資或親朋好友合資者，故歸類為家族型的中小企業者為多；曾接受筆者訪問的台商皆有接班人難獲之嘆，如東莞陳姓台商與親友合資設PCB廠十多年來，目前仍持續獲利中，股東中因辛勞而無人願意拖累晚輩，更有及早結束退休返台之台商，顯然是值得深思的問題。而家族企業可因血緣而早早確認繼承者來栽培的，他們是「忠誠第一」但能力不一定絕佳者，企業絕不可等到危機爆發時仍期待變革英雄的出現，能「內部自發」的出現來擔任企業的拯救者；家族企業占有優勢的地方是：可培訓出雖非滿分但也是有85分以上的繼任者。而歐美的外聘CEO則是「能力強但忠誠與薪水成正比」的人才，在知識經濟時代中各有優缺點難分軒輊，故不妨發揮自家文化的優勢而如魚得水的避免家族企業的缺失。

5.2.2 西進台商的變局管理與規劃能力

1982年9月鄧小平在「十二大」後說：「大體上分兩步走，前十年打好基礎，後十年搞高速發展。戰略重點，一是農業，二是能源和交通，三是教育和科學。搞好教育和科學工作，我看這是關鍵。沒有人才不行，沒有知識不行，『文化大革命』的一個大錯誤是擔誤了十年人才培養。」（鄧小平文選 第三卷）故而全體公民的共識、專家與人才是發展中地區經濟最缺乏的資源，更是社會永遠稀缺的公共財，因而促使鄧小平一再宣示教育的「三個面向」是國家現代化的前提，建立好全民共識後，發揮人才優勢。政府CEO的國家元首的變局管理與規劃，即在於「面向世界、面向未來、面向教育」作為其決策之重點、方向。

鄧小平先生解除經濟危機的方法是「讓一部分人先富起來」，已然成功了大半，因為「行百里路半九十」，所以剩下的關鍵是去「幫另一部分人富起來」，即如何打破山頭主義、本位主義、個人主義等自私心的「三座大山」，台商也有自私心但會循儒商文化和民族大義，來與同文同種結合，以「蜂群分封」充分運用投資優惠政策的優勢，可以打破「山頭主義」而完成「國土規劃」。以區域推移或「工業輪耕」來發展台商產業集群，可以隨政策優惠與區位優勢的「水草」而「輪耕」，讓工業開發盡速達到「滿地開花」，台商應是最佳人選來完成也讓「另」一部分人富起來的歷史性任務。

商品之產出必須是在市場機制下才能發揮其效益，至於其中非商品產出則不屬於市場運作範圍內，並以外部性或公共財的方式展現出來。休閒農業是最能充分發揮農業的副作用與多樣複合產出的農業模式，在休閒旅遊中城市居民更可在產地消費當地的商品與非商品產出、糧食與非糧食產出、市場與非市場產出等三大類農業產出（王俊豪，2003.12.），大陸可以運用西南地區的好山好水與豐富的生態資源為籌碼，以之為試點進行農業多功能性的實驗。更該與廣東省人才較充裕的中山大學與暨南大學進行「產官學合作」，待其成為「亮點」，再努力做出成果後可作為其它地區的「焦點」而成為發展農村解決大陸「三農問題」的範典。

1999年廣東愛多電器的倒弊風暴，實在是企業變局管理從頭到尾的失算，企業CEO胡志標是時勢創造的英雄，是大陸私有化改革中因緣際會所形成的悲劇英雄，其個人的識見、EQ及學養，至少變革管理能力是相當欠缺的；當他回答記者訪問時說：「一個品牌做起來不容易，某個時期出現的失誤可以自己反思，但不能公開講。」這些失誤就是企業存在的問題、就是危機，他沒有思考

出答案沒有去解決就是能力與見識的不足，也不肯說出來藉集體腦力激盪來謀對策，更不願去委託智庫或專業經理人來解決，終於走向敗亡，簡言之即變局管理不周所致（陳文輝，2005，P.46~48）。

在「1999廣東愛多VCD胡志標」事件之前殷鑒不遠的警惕，即1996年山東姬長孔的「秦池白酒事件」應可作為他的借鑒；亦即大陸仍存在許多「土法煉鋼」模式的企業（包含台商企業），華人企業的經營者再不專業分工也不熟練變局處理，則將會陸續出現第二、第三個愛多或秦池。變局管理乃未來與現在的大陸企業及台商必須妥為因應的經營重點，也是本文所述企業文化中協助成功企業的基本配備。

企業的變革管理首要重點在於預防而不在於應急，因為預防是先知先覺，應急是後知後覺的窮於應付。宋朝司馬光有言：「夫水之微也，捧土可塞，及其盛也，漂木石，沒丘陵；火之微也，杓水可滅，及其盛也，焦都邑，燔山林。故治於微，用力寡而功多，治於盛，用力多而功寡。是故聖帝名王皆消患於未萌，弭禍於無形，天下陰被其德而莫知其所以然。」廣東愛多電器的財務危機，CEO胡志標若能及早預防則不致一敗塗地了，台商亦復同理：其敗歸台省者皆未見適當變局管理，以及未能融入當地社會法制而致誤蹈法網陷入覆轍。

議題管理階段主要在界定企業周遭可能影響到企業生存發展的潛在議題，以便及時協調企業的內外資源，形成策略來影響議題的發展，使企業在消極面上避免或減輕受害；積極面則因納入管理而收「治於微，力寡功多」之效。企業應該在此領域多下功夫來降低成本增加有形與無形收益，主要可有下列三項作法：

一、進行環境偵測，搜尋外界趨勢變化或社區對企業的態度及不利的評價，予以分類再仔細分析而提出因應對策。如下圖所示

二、對所搜尋到的各項議題，深入收集相關資料，尤其對危險因素要特予分析與評估，瞭解爆發之可能與威脅度。

三、規劃一系列之管理策略，重點在防範此類危機之發生（张觉明 P.18）。

西進的台商就須先有較強的危機預防之意識者，再加上勇氣才會投資大陸，若無持續警惕也將搬羽而敗歸，所謂「議題規劃階段」是當企業專責小組偵測到某項變局即將發生時，必要的預警系統就要開始運作，這是整個變局管理的前哨，此時企業要成立危機小組、擬定策略，也要評估變化的向度、影響性和衝擊性，加上企業可動用資源與承受極限的精算。變局管理如同治病一般，預防的重要性絕對超過治療；議題管理與搜尋後的重點是危機分析與對策之提出，更是變局預防規劃的重點工作，台商大多為中小企業不會設專責小

組，故其企業CEO就須有足夠的能力及歷練方可勝任。企業變革是純正的組織的改造，所以必然包括策略、結構與文化等的綜合型式，亦即廣義的企業文化的內容。所以企業變革必須以企業文化改造為依歸，而危機過後百廢待舉正是企業變革或轉化企業文化的契機，於正確掌握後變革才會永固。

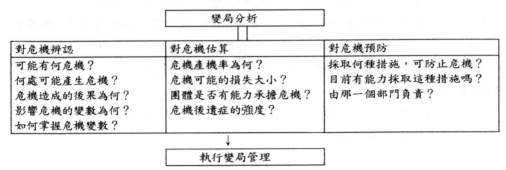

圖 5-2　變局管理體系（資料來源：徐聯恩，P.34）

5.2.3 台商之大破大立與創新經營

　　日本傳統文化多有仿自唐代者，卻有所創新而不同；其中最令筆者佩服的，即日本近千年的傳統——「守、破、離」思想或價值觀，已形成其文化的傳承與進化重心。二戰後，1945年日本企業引進了美式企業管理，更再結合於明治時代的歐化時期所引進之科技與民主思潮，以「守、破、離」過程產生出「三I制造」理念，即「模仿Imitation→發明Invention→創新Innovation」之系列，更有諸多因研發創新所帶動之經濟與國力升級。又於今之知識經濟時代中，日式企業管理的「終身雇用」特色，今更可留住隱性知識與善用之，成為使知識產權發揮極大效益的利器即能證明其價值高。

　　對一位優秀台商CEO及其所經營的企業，必須依循「守→破→離」的歷程，以「因、革、損、益」為原則來研發創新；「三本主義」是對一般台商適用，以免他會不專業而失敗於初階。他們是賺辛苦與努力的錢，優秀的台商CEO應超越此層次在賺經驗智慧的錢，如今應是賺取眼光與機會的錢，就應該發揚「守、破、離」來轉型與轉行，否則所領先的差距在縮短後很快會被民企超越、吞吃。其實1990年西進之台商便已做到「破、離」才有今日之局，政府應扮演「提示者」，時時來協助台商成功做好「執行者」角色，再度的賺取眼光與機會的錢；於公我願盡力讓台商壯大，於兩岸宏觀上則欲發揮所知所能以圖華夏經貿體的穩固。

　　創新的最高價值或其與發明的區別，即創新具有「能夠商品化與量產」的

特質；卻須奠基於企業的體質才會有創新的環境（制度、組織），之後才會出現火花與機會來制造出有競爭力之商品，故所出現的商品具有市場創新、需求創新或產品創新的競爭力而有利潤或商機，若無制度或企業組織的創新與轉型、組織再造等，也就無創新的企業文化，以至於終會失去商機；唯賴優秀的CEO方有能力來領導企業來實現「破→離」，轉變企業文化而創新。

對CEO的培訓是重要的，每位50歲的CEO至少仍有30年時間可繼續發揚光大其智慧，如王永慶、吳舜文皆年逾90仍可扮演企業的提示者。在CEO的生涯中，亦可因其自身的能力而兼做自己的提示者；CEO必須早做正確抉擇，因為優秀的企業須有傑出的企業家，總能夠在事前發現事實，以免像一般的企業在事後辛苦補救，例如開創SONY新局的御手洗富士夫是極優的CEO，其抉擇改變了SONY的企業文化與興衰命運，他的信條是「把夢想實現出來」、「總要試試看」，每一優秀的CEO是應有同樣潛能來提升其企業。

「道、天、地、將、法」中的「道」是提示者，其內涵或功能即呈現出大驅勢及其原理，然後是擁有「天、地、將」的CEO應該是成就者（＝決策者＋執行者），其所指揮之幹部是具有「法」是輔助者，即對於原料、機器、勞力相關的技巧、方法與經驗等，可推動CEO的「天、地、將」領域中所作之決策；通常因兼具先天的稟賦與後天訓練的特質，使CEO擁有「天、地、將」加上昔時的經驗而有「法」故會特別成功。提示者僅具有「道」的能力是工具，可以由政府、智庫、個人來擔任之，去協助CEO發揮「天、地」的能力，及「將」的領導統御、帶人帶心的能力等之輔佐。

台商企業的資金大約是來自少數股東，如今時機是台商集群之規模、利潤與企業前景大有可為之際，於此關鍵期不應以省錢與安全為唯一考慮；企業的法人化、股市化可吸納更多資金而持續成長，可為公司、集團培育養成CEO優秀人才庫，台商也可做初步實驗與自我檢測，又可彈性的保留實力來讓集團多角化多元化，若不「向南」東協自貿體而走內銷大陸之經營模式，則有同文同種之經營優勢。在歐美主導的現況下，台商在產業鏈的上游不易討價還價的買原料，除非政府主導基礎性創新而掌控新原料，當前不如將產業鏈的下游予以「內部化」，使得產銷網絡將更擴大及鞏固。

預估台商於未來的十年，其相同或相似產品的競爭者漸眾，因而台商的領先優勢漸漸削弱之際，應致力於降低成本與朝向產業鏈的下游擴大版圖與爭取利潤，更須保持適度的危機預識乃各CEO必要之舉。Intel前總裁葛洛夫說：「錯過機會就是衰敗的開始」，我國古諺：「學如逆水行舟，不進則退。」都迫使集群中龍

頭企業CEO必須帶領追隨者企業群向前衝，更將明白自己還有很大空間去發揮能力來「利己善群」。知識經濟時代的龍頭企業CEO是國之大將，領航著國家發展如同父母教養孩子，既是天職也是為國服務：未成年人犯法父母有責。所以今後是「CEO創造時代，時代創造CEO」，因而今之CEO更該「國事、家事、天下事事事關心」，凡能恪盡其社會責任之CEO方可在全球化經濟中才不致於被淘汰。

如今，CEO須有不斷成長與終身學習的素養，因為全球之現況已如中山先生所言：商戰取代了兵戰。經濟力是國力的評證，全球化經貿中的台商CEO如「但使龍城飛將在，不教胡馬渡陰山」的將軍，「飛」是強調FDI投資的跨文化成本、CEO跨國經營的障礙要超越，因特別佩服CEO為國家的貢獻極大；特也藉此給他們掌聲，縱然失敗他們的胸襟是「醉臥沙場君莫笑，古來征戰幾人還？」，即使是漂泊內地的「台流」也雖敗猶榮的。全球化中成功的CEO更須有「跨文化」管理與經營的能力，否則各國與各區域的歷史文化、生活習慣、法律政制之差異是極難適應的，更具有極大的挑戰性，可曾記得「羌笛何須怨楊柳，春風不渡玉門關」的詩句嗎？，或許就此能試著瞭解CEO培訓的重要性，卻還是常見一將難求的事；尤其跨國企業的CEO更是難得，因為身處異國其文化的大跨距很難弭平，就如同「春風不渡玉門關」那樣的堅定難變。

人的叛逆性顯露即是他追求自主的開始，給予適度的自由就讓有自信與有創意的自我個體也會同步形成；通常青少年就是關鍵性之決定期（如同企業之轉型期），也自此時期會常伴隨出現的是有著不自覺的偏見，久而久之會形成慣性，即當局者迷的走向「現成的」「依賴路徑」。大陸民企因自由度較低而使台商具有「先行者優勢」，因其「大鍋飯」思維是大陸民企的「依賴路徑」，今之成功者是有著既得利益的CEO，故民企較不容易跨出去走向「守（漸進）→破（轉折發展）→離（創新）」；只有優秀的台商CEO能引領創新與轉型，以「新陳代謝」來強化企業在兩岸的實力，華人所期待之「中國人的世紀」將因CEO而實現。如果CEO皆能超越自我（偏見）不陷於「劃地自限」，突破及創新就是極大成就與自我肯定——有自信與有創意的自我；對國家與民族而言，CEO的貢獻在物質金錢上的成果常常不能取代精神上的成就，其無形的影響是大於經濟的效益。

從大陸的前景與台商的發展而言，則可依照各CEO的企圖心與現今已有之可能人脈網絡，則台商可以考慮赴港上市籌資，亦是公司嘗試於「破（發展）→離（創新）」的階段；關於台商企業CEO的接班人問題，端視CEO的決策智慧中「天、地、將」之發揮來培養出。未來20年於台商的各行業中，皆以各地行銷網路之佔有優勢為其急務，從事台商內地運銷之經營，將是更積極的未來佈局與

規劃應趨方向。消極的便是退隱江湖，這類安排屆時是CEO必須慎謀能斷的抉擇，皆要求自己能為企業規劃未來十年的核心競爭力及願景，這才是台商生存發展的重中之重了。

5.3　《鬼谷子》中 CEO 能力與應變力（＝適困力＋執行力）

　　春秋戰國是百家爭鳴的思想開放、群雄並起的政治競逐之時代，在這並非「大一統」的封建朝代，最接近當今的「全球化」商戰時代的競爭狀態，似同今之商業競爭仍處於「戰國時代」。謹將《鬼谷子》中的「聖人」視為產業鏈的龍頭或任一企業的企業負責人（CEO），能在他的版圖、領域中成功即等同是「聖」或聖王；本系列的前三本拙著的假設前提是：政治、經濟或企業的負責人皆可被稱為CEO（Chief of Executive Officer），皆須有CEO能力才會成為「聖人」──成功的負責人。另則自《孫子》亦擇取一部分章句，以補充《鬼谷子》對於CEO能力與精神方面述說的不足處，然本節亦未申述之。

　　《鬼谷子》說：「是故聖人一守司其門戶，審察其所先後。」又說：「揣情最難守司，言必時其謀慮，揣情飾言成文章，而後論之。」又說：「計國者，則當審量權；說人主者，則當審揣情。」「審量權」中的「量權」是「把握事實與關鍵」，「審」則是CEO五力中的先見力之核心：覺察力。「計國者」似內閣中總理、閣員，亦是企業CEO必須有核心的：覺察力。「說人主者」，則輔以荀子的「諫、爭、輔、拂之人，社稷之臣也，國君之寶也」，應當先做好「審揣情」，將可自己妥當定位於「諫.爭.輔.拂」之一。

5.3.1　《鬼谷子》原典對 CEO 能力於待人、處事、經商的引申

　　今之儒商文化乃社會資本之主體，其內涵不僅只是儒家文化，而是融有墨家、縱橫家的思想，以及佛教、道教的宗教觀點之生活性社會文化；其中《鬼谷子》思想已多所融滲其中。鬼谷子確為春秋戰國之交的學者，設帳授徒如《史記》《戰國策》所載，龐涓、孫臏、蘇秦、張儀等為其弟子；然其出身較不可考，或曰本名王詡、楚人，《鬼谷子》原有十四篇，佚失二篇現傳世者有十二篇，為B.C.320時之作，晚於《孫子》的作者孫武（BC515自齊國出亡吳國）。

5.3.1.1　企業家經營能力與《鬼谷子》的縱橫術　〔麥瑞台紀錄、整理 97.9〕

　　在百家爭鳴的思想開放、群雄並起的政治競逐之春秋戰國時代，中國並非處於「大一統」的封建朝代，最近似當今的「全球化」商戰時代，商業競爭仍處於

「戰國時代」，將《鬼谷子》中的「聖人」或「聖王」，可視為產業鏈的龍頭或任一企業的企業負責人（CEO），能在他的版圖、領域中成功者即等同是「聖人」；本文的假設是：政治、經濟或企業的負責人皆可被稱為CEO（Chief of Executive Officer），皆須有CEO五力才會成為「聖人」或「聖王」——成功的負責人。

在哲學層面的解釋，捭者，開也；闔者，合也。捭闔之意開合也，鬼谷子認為一開一合乃事物發展變化的普遍規律，是掌握事物的關鍵。縱橫家游說的「捭闔術」與天地之道相通，故「開合」亦是「陰陽術」；凡能熟練掌握者就能進退有據、開合有道，就可以趨利避害、制勝萬物而功成名就。聖人「守司其門戶」時須以CEO五力為基礎（CEO五力即先見力、適困力、辯溝力、創構力、執行力），「守司」如同管理者（manager）是總裁、企業負責人之權責。

若要落實到生活層面，捭闔（捭是撥動、開啟，闔是閉藏、關合）事物發展變化的普遍規律，是掌握事物的關鍵。縱橫家之開合之道作為權變的依據，即在與人交談時，或撥動遊說時，或者閉藏觀變時，力求能察知對方虛實、計謀，以圖評估、說服對方，以及其所施展、運用的方法。

「聖人」是通達於天地間的道德者，也可以是指成功的企業經營者CEO；道德者在《鬼谷子》中是貫通古今學說事理的人。與今人之「道德」是殊義的；「道」即貫穿古今恆真之原理，與《孫子》中的「道、天、地、將、法」是相近的涵義。

➤1 捭闔第一 （守司門戶：CEO能力=CEO五力+危機處理能力+人力資源管控權）

粵若稽古，聖人之在天地間也，為眾生之先。觀陰陽之開闔以命物，知存亡之門戶，籌策萬類之終始，達人心之理，見變化之朕焉，而守司其門戶。故聖人之在天下也，自古至今，其道一也。變化無窮，各有所歸。或陰或陽，或柔或剛，或開或閉，或弛或張。〈先見力與執行力、適困（危機）力，洞察形勢、掌握心理、巧妙運作的總體戰。〉

****

是故聖人一守司其門戶，審查其所先後，度權量能，校其伎巧短長。夫賢、不肖、智、愚、勇、怯、仁義，有差。乃可捭，乃可闔；乃可進，乃可退；乃可賤，乃可貴；無為以牧之。審定有無以其實虛，隨其嗜欲以見其志意，微排其所言，而捭反之，以求其實，貴得其指，闔而捭之，以求

其利。或開而示之，或闔而閉之。開而示之者，同其情也；或闔而閉之，異其誠也。可與不可，審明其計謀，以原其同異。離合有守，先從其志。**〈關於CEO辯溝力及其選才、識才、用才的綜合能力，須「先從其志」。〉

****

即欲捭之貴週，即欲闔之貴密。週密之貴，微而與道相追。捭之者，料其情也；闔之者，結其誠也。皆見其權衡輕重，乃為之度數，聖人因而為之慮。其不中權衡度數，聖人因而自為之慮。故捭者，或捭而出之，或捭而納之；闔者，或闔而取之，或闔而去之。捭闔者，天地之道。捭闔者，以變動陰陽，四時開閉以化萬物縱橫。反復、反出、反忤必由此矣。〈先見力與應變適困須能知識充分、思慮週全，才易充分施展。〉

****

捭闔者，道之大化，說之變也；必豫審其變化。口者，心之門戶也，心者，神之主也，志意、喜欲、思慮、智謀，此皆由門戶出入，故關之以捭闔，制之以出入。〈成功CEO關於變化、危機之預識，最重訣竅在於能知曉整個流程的關鍵何在，以及能將之掌握住其開啟、關閉的技能。〉

****

捭之者，開也、言也、陽也；闔之者，閉也、默也、陰也。陰陽其和，終日「始」。故言死亡、憂患、貧賤、苦辱、棄損、亡利、失意、有害、刑戮、誅罰為陰，曰「終」。諸言法陽之類者，皆曰「始」，言善以始其事；諸言法陰之類者，皆曰「終」，言惡以終其謀。〈CEO五力植基於對企業內部條件、能力與外部環境、市場之認識，及其大破大立之觀念或創新能力。〉

****

**捭闔之道，以陰陽試之，故與陽言者依崇高，與陰言者依卑小。以下求小，以高求大。由此言之，無所不出，無所不入，無所不言可。可以說人，可以說家，可以說國，可以說天下。為小無內，為大無外。益損、去就、倍反，皆以陰陽御其事。陽動而行，陰止而藏。陽動而出，陰隱而入。陽還終陰，陰極返陽。以陽動者，德相生也；以陰靜者，形相成也。以陽求陰，苞以德也；以陰結陽，施以為也。陰陽相求，由捭闔也。此天

地陰陽之道，而說人之法也，為萬事之先，是謂「圓方之門戶」。＊＊〈《孫子》的「道天地將法」中的天、地＝創構力＋辯溝力、執行力，似如太極圖中的陰陽相循、捭闔、由剝復始。〉

＊＊

捭闔篇小結

　　「捭闔術」又稱「捭闔陰陽術」，它盛行於戰國時期，當時主要的七雄與其他各小國強弱實力懸殊，當時弱小國家圖存之道，即以游說聯合各國來抵禦強大諸侯國的侵凌。在戰爭中鬼谷子的「捭闔術」普遍受到重用，利用張弛、動靜、剛柔、方圓、陰陽等計策的相互轉化，進而解決困難來克敵制勝。當今之世，社會中做人處世也正時興、流行「捭闔術」，基本的、伸展的、演繹的運用在做人、辦事、經商方面，頗有效益如下：

一、基本的運用在待人方面：當今之社會複雜多變，適當運用「捭闔術」較能得心應手。當週遭環境於己有利時，採取「捭術」來開啟自己，積極主動進取爭取更大勝利；然當環境於己不利時，則果斷的採取「闔術」來閉藏自己，蓄勢待機的涵育自己。即朝向於己有利、為己所長、為世所需、為時所趨的方向而準備。如此的一捭一闔、一陰一陽而達頂點，便趨歸於「合」，再達於頂點又趨歸於「開」，二者將循環始終的迴旋上升。

二、伸展的運用在處事方面：以「捭闔陰陽術」用於辦事時，切不可只用「陰」而不用「陽」，或是只用「陽」而不用「陰」，同理只用「捭」而不用「闔」也是不對的；正確的方法應將事物的正反兩面都分析透澈，做到動靜皆宜、剛柔並濟、方圓互用、陰陽相生、張弛開合，則可靈活運用的抓住關鍵，融會了經驗、心得，辦事便可完美成功。

三、演繹的運用在經營企業方面：若遇到商場中強硬對手，則勇於採用「捭術」戰略，來主動競爭、積極進攻，以優勢壓制對方；反之，若遇到商場中弱小對手，則採「闔術」戰略，來閉藏自己、以德服人，和平手段較能善保自己優勢而控制對方。不論對手是強或弱，如此己方都能保持主動、握有優勢，亦即「遇強則強、遇弱則弱」是「捭闔術」的發揚。

　　歷史上的聖賢，通常可作為群眾、百姓之先導，他以智慧、經驗來體會出「捭、闔」「陰、陽」的規律，帶領大家走向興盛、繁榮，進而藉著通達古今之變、掌握事物之機而成功；若能成就出「道之大化」之境界，亦即是：能夠善用陰陽化育、活用萬事萬物。這就是善用了自然力之「道」，除此之外尚有人為

力之「道」；「人為力」可以輔助「自然力」，即須由聖人運用「捭、闔」「陰、陽」的規律，來總括宇宙、人世的道理。

****

▶2 反應第二　（以創構力、適困力來嘗試突破，對症下藥適切解決問題）

「反應術」是投石問路以觀其回應，再根據經驗而行對應之策；鬼谷子認為運用語言與行動，甚至也可以不擇手段的讓對方開口，再從其言辭中判斷其真意，也可以重複進行以求得實情。更須全面的從經驗中篩選精髓來面對當前問題，也要善用說話技巧的：當柔則柔、當剛則剛、能屈能伸、能進能退，就能立於不敗之地。

CEO藉著創構力、適困力於聽取對方的說辭後即而改變自己對白，以求調整、改換對策，爭取主導。進而獲取對方情報、市場資訊的方法，尤以反復觀察、探索實情、誘辭引導等，來了解對方實情更有效，再求能兵不血刃、克敵致勝，善於溝通力的威爾許在GE公司的傲人成就大多是此篇之範圍。

古之大化者，乃與無影具生。反以觀往，復以驗今；反以知古，復以知今；反以知彼，復以知己。動靜虛實之理，不合於今，反古以求之，事有反而得復者，聖人之意也，不可不察。〈CEO執行力是對企業之內部條件與能力，以及大環境與市場所產生變化、變遷之認識，再予適當的應對、解決。〉

****

人言者，動也；己默者，靜也。因其言，聽其辭。言有不合者，反而求之，其應必出。言有象，事有比；其有象比，以觀其次。象者象其事，比者比其辭也。以無形求有生，其釣語合事，得人實也，其猶張置網而取獸也，多張其會而司之。道合其事，彼自出之，此釣人之網也。常持其網而驅之，其不言無比，乃為之變。以象動之，以報其心，見其情，隨而牧之。己反往，彼復來，言有象比，因而定基。重之襲之，反之復之，萬事不失其辭。聖人所誘智愚，事皆不疑。〈見微知危、識才用人的CEO能力，不論誘說對象從智到愚，如聖人所誘智愚，都毫無疑問、困惑，事皆不疑。〉

****

故善反聽者，乃變鬼神以得其情。其變當也，而牧之審也。牧之不審，得情不明，得情不明，定基不審。變象比，必有反辭，以還聽之。欲聞其聲反默，欲張反瞼，欲高反下，欲取反與。欲開情者，象而比之，以牧其辭，同聲相呼，實理同歸。或因此，或因彼，或以事上，或以牧下。此聽真偽，知同異，得其情詐也。動作言默，與此出入，喜怒由此以見其式，皆以先定為之法則。以反求復，觀其所托，故用此者。己欲平靜，以聽其辭，察其事，論萬物，別雄雌。雖非其事，見微知類。若探人而居其內，量其能射其意也。符應不失，如螣蛇之所指，若羿之引矢。〈先能確認方向、基本原則，再依適困力與執行力而推動決策，堅持之、應變的彈性處理。〉

****

故知之始己，自知而後知人也。其相之也，若比目之魚；其見形也，若光之與影。其察言也不失，若磁石之取針，若舌之取燔骨。其與人也微，其見情也疾。如陰與陽，如方與圓。未見形圓以道之，既見形方以事之。進退左右，以是司之。己不先定，牧人不正。事用不巧，是謂「忘情失道」。己審先定以牧人，策而無形容，莫見其門，是謂「天神」。〈從對方、市場對產品或政策的反應，確認方向後進行見微審情的先見力方可避免「忘情失道」之困。牧人是人事管理的思維用以鞏固執行力的基礎。〉

****

反應篇小結

鬼谷子借「反應術」取得對方實情、情報，是與一般的反應不同，乃指經過刺探的過程，從其之變化、反應來瞭解對方實情，像似張開大網等對方落入圈套，迅速、確實、精準的判斷其決策或行動；應變是無法盡得玄機，須「復以驗今」復以鑑己來創新，故孔子主張「舉一隅不以三隅反，不復也」，即是同理。使用「反應術」能成功者須具備三條件：一能知彼知己，方可百戰不殆；二是博學多才，方能隨機應變；三須剛柔並濟，弛張進退得宜。推而論之，則有基本的、延伸的、演繹的運用在做人、辦事、經商方面，其效益如下：

一、基本的運用在做人方面：「相由心生」指一個人的言談舉止是其心聲的反應，更透露出其人之喜、怒、哀、樂，在與人互動與交談中，從其動作與情緒的變化、反應，即可觀察、歸納出其內心世界、行事傾向與價值情感，將大有利於做人處事，故先知己優劣，在鎮定觀察中方能鑑貌察色，

明察秋毫的推斷出對方其行止、動向，才會成功。

二、延伸的運用在辦事方面：智者辦事須是以「事緩則圓」為原則，切忌冒失莽撞；正確的方法是：先「投石問路」，藉以觀察對方反應而推知其心情、思維，再因人、事而異，再因時、地而異的彈性應變，來成功的辦事。所以孔子主張從「灑掃應對進退」來體會做事之道，「牧之審」要有敏銳的覺察力才能辦事成功。

三、演繹的運用在經商方面：全球化「知識經濟」時代，佈局全球的商業網絡戰爭中，商業談判是現代跨國企業於FDI域外直接投資時，或為其經營活動之重要環節、關鍵；「投其所好、因勢利導」的談判準則是生意成敗、企業興衰的法門，充分的事前準備與臨場的靈活的隨機應變，方易掌握商業經營的主導權。

　　總之，己不先定牧人不正，事用不巧而「忘情失道」，若能反復體驗則易生出「得見其門戶」，進而「守司其門戶」故謂之「天神」；藉著經驗以斷未來，依恃「反以識人，復以鑑己」才是「制人而不制於人」的保證。韓非子用以呈諫秦王政的「三寶」之「法」「術」「勢」，其中「勢」乃前兩篇所擬構建者，另以「制人而不制於人」為核心，乃君王、聖人的根基。其「法」者，較多呈現於「內揵」「抵巇」「飛箝」「忤合」諸篇之中；其「術」者，較多呈現於「揣」「摩」「權」「謀」諸篇之中。《鬼谷子》十二篇中於「決」「符言」的末兩篇中，再構建出「勢」的萌發、鞏固，以利於「聖人」「君王」能「首尾相銜」的狀況，彷彿是「正、反、合」的循環，藉著生生不息以維護其「統緒」、地位與權勢。

****

➤3 內揵第三 　（凝聚共識與辯溝力，察言觀色、見機行事以求上下一心）

　　「內揵術」是君臣間如何拉近距離，尤其臣子向君王進諫獻策時，「內」是納，即如何取得君王信任與歡心；「揵」是鎖，臣子向君王進諫獻策時，君王會堅守之。故須能體察進諫獻策之對象的心意、情緒，察言觀色、見機行事來進諫獻策而能內揵之。

　　鬼谷子認為君臣關係之核心，即進獻說辭和固守謀略的方法，如何進退有度、掌握分寸、循序漸進的強固關係與游說溝通，就是辯論溝通與凝聚共識的能力。如今情勢已非「裂土封侯」的君王時代可比，故凡為人之上級者須具有「築巢引鳳」能力，來吸引才智之士為其效命，今之人君若能再輔以德行與辯溝力，這將是領導者能成功的關鍵。

君臣上下之事，有遠而親，近而疏，就之不用，去之反求。日進前而不御，遙聞聲而相思（三心二意與向心力之交纏的思維）。事皆有內揵（支持、固守；閉合、錮塞。亦即將其內心所思考與謀劃的），（呈現出來就是）素結本始。或結以道德，或結以黨友，或結以財貨，或結以采色。其用意，欲入則入，欲出則出，欲親則親，欲疏則疏，欲就則就，欲去則去，欲求則求，欲思則思。若蚨母之從其子也，出無間，入無朕，獨往獨來，莫之能止。〈CEO是企業負責人，即其風險管理人，須有「三心二意」：適度疑心（憂患意識的先見力）絕對用心（任重道遠的執行力）苦心宣導（苦口婆心的辯溝力）創意（樂意改變的創構力）專毅（堅毅卓絕的適困力），如此即可產生CEO的極化作用，形成了部屬對其之向心力。〉

****

內者進說辭，揵者楗所謀也。故遠而親者，有陰德也；近而疏者，志不合也；就而不用者，策不得也；去而反求者，事中來也；日進前而不御者，施不合也；遙聞聲而相思者，合於謀待決事也。故曰：「不見其類而為之者見逆，不得其情而說之者見非。得其情，乃制其術。此用可出可入，可揵可開。」〈CEO須有AQ adversity quotient, EQ emotion. ,RQ relation., 使之健全之後行事便可「隨心所欲而不踰矩」。〉

（CEO之三心兩意與AQ,EQ,RQ更能突破困境或創新市場、產品、技術等）

****

故聖人立事，以此先知而揵萬物。由夫道德、仁義、禮樂、忠信、計謀，先取《詩》、《書》，混說損益，議去論就。欲合者，用內；欲去者，用外。外內者必明道術，揣策來事，見疑決之。策無失計，立功建德。治民入產業，曰揵而內合；上暗不治，下亂不寤，揵而反之。內自得而外不留說，而飛之。若命自來己，迎而御之。若欲去之，因危與之。環轉因化，莫知所為，退為大儀。〈道德於此為：「道乃對『貫通古今』的通達，德乃對『學說事理』的真知、心得。」故《鬼谷子》的「聖人」是道德者，又能建立事功者（如成功的CEO）；則他須得到內揵之術與掌握實情之辦法，與把握住萬事萬物的CEO五力，否則「混說損益」只是空殼，不是真的通達事理。〉

****

內揵篇小結

　　鬼谷子在《內揵》的重點是：要如何讓別人採納自己的意見、計劃，指出進諫者須能掌握關節、進退有度，對於自己之計策可以堅持、可以修改亦可放棄，擁有高度的彈性才可能是通達者。這之間存在著輕重先後四層次含義：先是理出君臣間所建立的關係屬於何者，二是明瞭進諫者獲寵信時所依恃的優勢何在，三是臣下、謀士應熟練的進諫技巧為何，四是能精進於隨環境、對手而靈活的調整、改變其說辭；終能讓對方接納建議。推而論之，分述為基本的、延伸的、演繹的運用在做人、辦事、經商方面，其說明如下：

一、基本的運用在做人方面：迎合對方心意，才可以建立溝通管道，說得上話方可運用技巧，達到說服其接納建議；「揵」即是迎合對方心意，即君臣、朋友、上下之間先能拉近距離，是以人際網絡為範圍的，再來則曉之以情、動之以理、悅之以利，讓對方接納己之建議。

二、延伸的運用在辦事方面：鬼谷子在《內揵》強調於遊說時應先「內心自守」，才可「不受外物紛擾；不受瑣事攪亂」；繼之再以「情」為寵絡一切的中心，做好「兼顧情、理、法」，再輔以變通之方案，是以「人脈地圖」為範圍的網絡，就能有所績效而辦事成功。

三、演繹的運用在經商方面：不論在《鬼谷子：內揵》中的重點，或現代商業活動之中，都重視與對手的溝通互動，更須與競爭者、顧客互動，使之接受其產品或服務；先付出關心與尊重，墨家主張的「先予」再引發其自願性的「後取」，貴在兩方之間能建立「心橋」，以共同話題引發對方之好感，溝通互動後進而接納己之活動、建議，以利商品的售出。

　　總而言之，雖說「無商不奸」然而「環轉因化，以退為進」後，商人仍須以「仁義為本」，只有「冰山出水面的一角」來靈活彈性的行其「機變」，故而謂之為「奸商」。自晉商、徽商以降，以迄明代的浙商文化、閩商文化，以及清代的粵商文化、台商文化，皆大同小異的演化著，然在海面下9/10的冰山依舊是「仁義」；其相同處即儒家文化部分，亦即是「吾道一以貫之，亦有仁義已矣。」，所以「義利並行」已成為儒商之本質、主軸。

****

➤4 抵巇第四　（危機處理能力，抓住要點、扭轉乾坤而學習成長之機會）

　　巇，罅也；罅，隙縫。抵巇，彌補縫隙。天下紛亂有裂縫、危機，危機處

理須有「他山之石可以攻錯」「勿恃敵之不來，恃吾有以待之」的態度與心情，就需先防微杜漸，以適當的法術來治理、彌補。鬼谷子認為，任何事物都會出現裂縫，小裂縫會變成大裂縫；凡裂縫出現都會有徵兆的，故須有危機預識來防微杜漸，在裂縫萌芽狀態就要「抵」住；裂縫隱藏時或不明顯時，須準備好、保持警覺與忍耐等待它的出現，努力讓裂縫使之減少、使之閉塞、使中止、使消失，任何方法皆可使用以求有所收穫。

物有自然，事有離合。有近而不可見，有遠而可知。近而不可見者，不察其辭也；遠而可知者，反往以驗來也。
〈鑑往知來與CEO三心兩意的隨時警惕，於回到過去藉以可先驗未來之事，以求預防危機。〉

****

巇者，罅也。罅者，澗也，澗者成大隙也。巇始有朕，可抵而卻，可抵而息，可抵而匿，可抵而得，可謂抵巇之理也。〈處理危機有四類作法，策略有：卻、息、匿、得等四種。〉

****

事之危也，聖人知之，獨保其用。因化說事，通達計謀，以識細微。經起秋毫之末，揮之太山之本。其施外，兆萌芽蘗之謀，皆由抵巇。抵巇隙，為道術。〈危機處理是知識經濟與全球化雙重競爭壓力下，求創新、日日新的企業CEO就須以適困商數AQ（Adversity Quotient），情緒商數EQ（Emotion Quotient），人際商數RQ（Relation Quotient）來做為其應變之基礎。〉

****

天下分錯，上無明主，公侯無道德，則小人讒賊，賢人不用，聖人竄匿，貪利詐偽者作，君臣相惑，土崩瓦解，而相伐射，父子離散，乖亂反目，是謂「萌芽巇罅」。聖人見萌芽巇罅，則抵之以法。世可以治則抵而塞之，不可治則抵而得之；或抵如此，或抵如彼；或抵反之，或抵覆之。五帝之政，抵而塞之，三王之事，抵而得之。諸侯相抵，不可勝數。當此之時，能抵為右。〈戰國亂世、國之危機與抵巇猖獗即須借鑑於三王五帝

的作為，即企業CEO就可以避開「紅海」與成本惡性競爭，進入區隔市場後的藍海而易成功。〉

****

自天地之合離、終始，必有巇隙，不可不察也。察之以捭闔，能用此道，聖人也。聖人者，天地之使也。世無可抵，則深隱以待時；時有可抵，則為之謀。可以上合，可以檢下。能因能循，為天地守神。〈聖人即指通達危機處理、領導統御、CEO五力之成功的政治家或企業主；在「道、天、地、將、法」中，「天」是時代潮流，「地」是週遭環境，君主則是有權力卻不一定是具有能力之政治家、企業主，若能兼備者即「天地守神」。〉

****

抵巇篇小結

鬼谷子認為萬事萬物均起於秋毫之末，任一成大功立大業的歷史人物皆曾遭遇小人之破壞、陷害，也都有秋毫般的跡象、徵候；《抵巇》中主張，當秋毫般的跡象出現時可採「塞、卻、息、匿、得」的五方法來「抵此巇」，能防微杜漸固然最好；及其擴大、惡化後，若能稟持「仁義為本」的以五方法來「危機處理」，仍可及時化解此「巇」。在戰國史中，如「和氏璧」之後趙國的「將相和」，即以「負荊」求得「卻」，以「請罪」求得「息」；「卻、息」的二個方法來化除亡國之危者。因此本篇可以分述為基本的、延伸的、演繹的運用，在做人、辦事、經商方面的說明如下：

一、基本的運用在做人方面：「巇」存在於萬事萬物中，是以矛盾、縫隙、問題等形式出現，生活於社會中做人處世有時更複雜過之，「抵巇」是以一定的原則來治理人際間的「勾心鬥角」。近代政治上的「抵巇術」是以「權力征服」、「利益彌補」與「機巧利用」為主，均須先了解對方之後利用其弱點、缺陷來趁虛而入，所以待人接物仍須「識人與識己」來相輔相成。

二、延伸的在辦事方面：事物一旦出現矛盾、縫隙，就須以「塞、卻、息、匿、得」方法來「抵巇」，「抵巇術」的運用存有其規範與難度，首須瞭解此事物的發展、推演的規律或變遷之理，方可迎頭趕上於關鍵處施以恰當之法，「抵而塞之」、「抵而卻之」、「抵而息之」、「抵而匿之」或「抵而得之」，在處理中不斷自我成長、完善，最終可覓得完善的辦事方案。

三、演繹的在經商方面：商機是瞬息即變的，危機與轉機是交纏共生，故須備
妥危機處理方案，唯賴週密的計劃方能把握危機化為轉機，再形成有利於
己的商機；CEO的適困力須以果斷為基礎，先憑經驗迅速分析危機的本
質、形式、種類及應付原則，立即找出「抵此巇」的對策，再將損害降至
極小，也能趁機轉化成商機以謀企業之最大利益。

當今處此多元、創新的世局中，在全球「蝴蝶效應」中經營企業，其危機
層出不窮乃勢所必然，危機處理須未雨籌繆、防微杜漸、有備無患，CEO須以
先見力化解於無形是上策；依預先準備之方案，以「塞（閉塞）、卻（減少）」
為消極方法來化除危機，其餘的除了「息（中止）」是中庸性之外，「匿（消
失）、得（穫得）」為積極方法來化除危機，只求能夠轉化成企業之升級、轉
型，甚至擴大市場以提升獲利的質與量則為上上策。

****

➤5 飛箝第五 （用先見力、辯溝力來引蛇出洞，藉溝通共識及充分識才建立 人才網絡）

飛是襃揚、激勵，箝是控制、箝制，賞罰體系與人際網絡即飛箝，也包括
天時、地利、人脈所提供的訊息，來與對方建立關係的方法。先要能考察人的
才幹、權變、辨別真偽之能力，予以適才適所與採用賞罰任罷、陟罰臧否之
術。

「飛箝術」是鬼谷子談如何運用襃揚之辭去收服人心，使對方為我所掌
握、控制而為我所用，故須先考察、揣摩他的心意，再因人而異的投其所好，
主動的運用、掌握住人才。CEO以先見力、適困力之運用，來築巢引鳳、誘導
對方先言，之後再予辨識、留住人才而適才適所的用人，使之發揮其潛力與最
大能量。

> **凡度權量能，所以征遠來近。立勢而制事，必先察同異，別是非之語；
> 見內外之辭，知有無之數；決安危之計，定親疏之事，然後乃權量之。其
> 有隱括，乃可征，乃可求，乃可用。引鉤箝之辭，飛而箝之。鉤箝之語，
> 其說辭也，乍同乍異。其不可善者，或先征之，而後重累；或先重以累，
> 而後毀之；或以重累為毀，或以毀為重累。其用，或稱財貨、珠玉、琦
> 瑋、璧帛、采邑以事之，或量能立勢以鉤之，或待候見澗而箝之，其事用
> 抵巇。**〈君主吸引招募、管理人才與為其所用之技術，「守司門戶」即人

力資源管理之初始觀念。張儀將「征近來遠」創新活用成為「合縱」之策，破解了蘇秦的「征遠來近」，協助秦國破「六國連橫」之策。重累是以利誘導而管控之的狀態。〉

****

將欲用之天下，必度權量能，見天時之盛衰，制地形之廣狹，阻險之難易，人民財貨之多少，諸侯之交孰親孰疏、孰愛孰憎，心意之慮懷，審其意，知其所好惡，乃就說其所重，以飛箝之辭鉤其所好，乃以箝求之。 〈凡有意逐鹿天下者，須有天時、地利、人和，其統御與用人之術是做好「築巢引鳳」基礎工作以成就其大業，亦即如CEO的區域推移時選擇條件、決策之能力。〉

****

用之於人則量智能、權材力、料氣勢，為之樞機，以迎之隨之，以箝和之，以意宜之。此飛箝之綴也。 〈求得實情以備創新之基礎，再藉人才之助去成就其知人善用與群策群力的事功；亦即是智謀權變的能力==執行力與適困力，以此作為共同事業的基礎。〉

****

用於人，則空往而實來，綴而不失，以究其辭。可箝而從，可箝而橫，可引而東，可引而西；可引而南，可引而北；可引而反，可引而覆。雖覆，能復，不失其度。
〈CEO人際關係、企業網絡之運用，得以健全、週詳的資訊決定區域推移、行銷網絡之定位與拓建，使之可隨意的縱橫東西。〉

****

飛箝篇小結

「飛箝術」是鬼谷子的論辯術，在談判、辯論時先以言辭鉤出對方本意。再予稱讚或佈餌使之鬆懈，以利我之深入其要害、趁虛而入、予取予求；若有必要則可威脅、利誘來完成「箝制」的目的。現代社會除此功能之外，更能衍申來處理人與人的互動，甚至在辦事與經商皆有其效益；領導人、CEO的知人

善用，若能助之以「飛箝術」，則可先用言辭鉤以真情意，續借對方之所喜所惡施以賞罰，來成就CEO的領導統御或人事管理之功。因此可以分述為基本的、延伸的、演繹的運用，在做人、辦事、經商方面的說明如下：

一、基本的運用在做人方面：欲做到言語溝通恰如其分，是一極高藝術，可帶來功成名就如張儀、蘇秦；飛箝術是以言辭或貶或讚來誘鉤對方，以得悉其實情來遂行目的，欲能成功更須察顏觀色與隨機應變。今之CEO在領導統御時或人事管理上先以「量能立勢」來知人，定下其尺度再激勵或箝制他；繼而「重累以利」或「空累以名」，同時反複的考驗他找到其極大能力或致命弱點，以永續的循環來激勵、控制他而為其所用。

二、延伸的運用在辦事方面：《鬼谷子》的「聖人」與儒家的「君子群而不黨」的「君子」相通，即通達的領導人、統治者。群是對組織、團體或企業的治理能力、統御能力，卻不會做「結黨營私」而為大眾謀公益；現代社會中人際網絡的「社會責任」則是「和而不同」的呈現形式，所有基金會是「非政府組織」，在履行其「社會責任」中推動公民社會之實踐。「社會責任」、「公民社會」的實現皆須以網絡來推展「飛箝術」，使社會網絡中的每一分子都能辦事成功，貫澈其「社會責任」方可造就出公民社會之實現。

三、演繹的運用在經商方面：創業型CEO如同「打天下」君主，守成型CEO如同「治天下」君主，就像是處於不同階段的企業，其負責人的CEO也就各具特色，但不論古今都須以「飛箝術」來運籌帷幄、決勝千里；在全球化的商戰中，更可憑藉人際網絡與網際網絡來「飛之、箝之」，尤在跨國企業的視訊會議中傳統式的言辭論辯更是真切、實在。

在現實生活中，「飛箝術」的運用是多元多樣的呈現著，實際歸納後即「量能立勢」、「重累以利」或「空累以名」三套方法，但仍然需要因人、事而異的決策，再因時、地而異的彈性應變，來成功的統治其組織、團體或企業。張儀、蘇秦能專注於「飛箝篇」之內容而功成名就，然後人無力超越而走進「鬼谷子神算」之途；今人應將之創新活用成為企業的「合縱連橫」，藉著儒商文化之助完成以「大亞洲主義」為市場取向的區域整合。

****

➤6 忤合第六 　（憑藉適困力，利用矛盾來反敗為勝，即「辯證法」與「統
　　　　　　　　　戰」法寶之宏揚。）

忤是倍反、背反、對立，合是趨合、順隨；不同事件或其不同時段都會有

不同的方法來應對，行忤合之術的條件是要瞭解自己與所處的環境、遭遇，即須先估量著天下、國家與自身之實際的環境與條件，再模擬其實境以求能夠進退自如。

「忤合術」是鬼谷子談關於對立與順合的方法，今之世局尚是「趨合」與「背反」交錯，是普遍存在的現象，但運用在不同的事件時，其方法便各有不同，而且不同階段也須有相異的方法。古來欲成大事、立大功者皆恃仗之。其中因人、事而發展出「聯合次要、打擊主要敵人」之法則，以及因時間落差而衍生出「迴旋上升」、「揚棄」，亦即其與「辯證法」的關係，即「忤」是「反」，「合」是「正」，其公式是：「正、反、合」×2＝「忤、合」＋「忤、合」＋「忤、合」。

凡趨合倍反，計有適合。化轉環屬，各有形勢。反覆相求，因事為制。是以聖人居天地之間，立身御世，施教揚聲名也，必因事物之會，觀天時之宜，因之所多所少，以此先知，以此轉化。〈從現代觀點來看，「以此先知，以此轉化」中的「先知」是新的知識、技術，「轉化」是升級、轉型的企業經營上的變化；「環屬」是循環（cycle）、體系（system），「化轉環屬」是在體系與流程上的轉變與變化。這些均以現代科學為基礎，才會出現的瞭解、體會，即是須能根據實況、對象而「轉念」與創新＝＝危機預識之根基，故曰「趙孟能貴之亦能賤之」，實為其慮患也深的「飛箝術」之本。〉

****

世無常貴，事無常師。聖人常為無不為，所聽無不聽。成於事而合於計謀，以之為主。合於彼而離於此，計謀不兩忠，必有反忤。反於是，忤於彼；忤於此，反於彼；其術也。用之於天下，必量天下而與之；用之於國，必量國而與之；用之於家，必量家而與之；用之於身，必量身才能氣勢而與之。大小進退，其用一也。必先謀慮，計定而後行之以飛箝之術。〈根據實況而將國、家比擬成產業、集群、連盟、連鎖商店、公司行號，適度的經營才能「慮患也深」的獲得成功。「成於事而合於計謀，以之為主」呈現出《鬼谷子》與《孫子》主旨一樣，同以「效益至上（effect-based）」為其基本價值。世間的變化無常，無法保證「貴者恆貴、強者恆強」，故事務的處理亦無恆久不變的法則，聖人（成功的CEO）能常保彈性與應變故其是為無不為，以及會去做好廣納雅言的工作。〉

****

古之善背向者，乃協四海、包諸侯，忤合之地而化轉之，然後以之求合。故伊尹五就湯、五就桀，然後合於湯。呂尚三就文王、三就入殷，而不能有所明，然後合於文王。此知天命之箝，故歸之不疑也。非至聖人達奧，不能御世；非勞心苦思，不能原事；非悉心見情，不能成名；材質不惠，不能用兵；忠實無真，不能知人。故忤合之道，己必自度材能知審，量長短、遠近孰不如，乃可以進、乃可以退，乃可以縱、乃可以橫。

〈「善背向者，乃協四海、包諸侯」的成功者，須先掌握住時勢潮流方可「善背向」，若無豐富知識與新知、正確法則之掌握，否則將陷入「反覆善變」；「善變」須謀定而動才能達到目的，故須投入信息成本、制度成本獲得有效、正確資訊，方可做好「與時俱變」否則如何「立足台灣、放眼全球」。故曰：協合萬邦的飛箝之術＝＝行銷網絡的佈建，欲能成功者須有嘗試錯誤之經歷，藉正確資訊才能體悟出訣竅。〉

****

<u>忤合篇小結</u>

《忤合篇》主要是講「以反求合」，《鬼谷子》以為不論謀臣、策士或說客，都須施展「忤合術」，讓自己可以進、退、縱、橫，亦即今人之「迴旋上升，迂直制敵」；但古今共通之關鍵即在「自我認識及超越自我」，可以從「反以識人」或「反以識己」來開始。合是趨合、忤是背反，沒有輕重、主從之分，才能深刻認識雙方而靈活運用「忤合」，依循「辯證法」亦可實現「忤合術」；因此可將之分為基本的、延伸的、演繹的運用，在做人、辦事、經商方面的說明如下：

一、基本的運用在做人方面：生活中一切事物都處於變化之中，忤合與變化帶動了發展與成長，也因此能有立足之地。在人際互動中欲謀「忤合」能成功，須備有的兩個條件即：「知彼知己」與「高度保密」，之後就可在人際互動中做到趨合背反、左右逢源、圓融通透。

二、延伸的運用在辦事方面：在生活中如何具體運用「忤合術」，須清礎何時用背反、趨合，仍須根據因人、事而異，再因時、地而異的，依臨場情況而定。必要時須與「飛箝術」聯合運作，便可達「進退自如，迴旋上升」而自我成長、辦事成功。

三、演繹的運用在經商方面：古代「忤合術」是關於事物對立與順合的方法，現代則更能拓展到商業活動之領域，特別是對自己不利時，更須從「忤合術」實行「迴旋上升，迂直制敵」，「轉患為利」的進入藍海，涵化過去經

驗成為優勢而經商制勝之優勢。

自我超越即「忤逆舊習」、「轉念」，是脫離「安全區」進入「挑戰區」，即「忤」是背反；人在「合」時是順合，要「投其所好」與「化轉環屬」，以兼顧「合」「忤」來經營自己，故而以突破式創新為特色之「藍海戰略」，因能「轉念」而終脫離撕殺慘烈的「紅海」獲得成功。「正」「奇」亦「伴偶對稱」而出現於《鬼谷子》《孫子》中，「五霸不同法而霸，三代不同禮而王」，「世異則事變，事異則備變」都在陳述「變」的現象，「化轉環屬，各有形勢。反覆相求，因事為制。」則較詳細的道及「變」的道理，並藉以說明「忤、合」之間、「正、奇」之間都有著「變」，也都先有「動」才會有「變」。

＊＊＊

▶7 揣篇第七　（先見力、創意與創新之能力，皆植基於敏銳的覺察力）

覺察力敏銳是先見力之基本，「揣術」是推測對方心理、掌握對方隱情，以致於能洞悉實況的方法，包括有權變機巧、愛憎喜惡、鉤引話題等，有利於決策是正確的CEO能力，進而發展出推陳出新的創新、構建之能力。

「揣術」是關於如何揣摩對方心思、推斷其行動的方法，鬼谷子主張要掌握天下大事，必須「揣天下之權，揣諸侯之情」；他主張即使有先王之道、聖人之謀，若無「揣術」也無法預知未來、未顯之事；「審」是覺察力的正確使用，過度者流於「幻聽幻覺」的虛妄、迷亂，故須以能力、權變、游說來掌握對方隱情，或是瞭解其所喜憎之事、物，方能制定致勝之謀略，轉化成外交折衝的談判利器。

古之善用天下者，必量天下之權，而揣諸侯之情。量權不審，不知強弱輕重之稱；揣情不審，不知隱匿變化之動靜。（即對全部各類資訊之收集與了解）能知如此者，是謂權量。揣情者，必以其甚喜之時，往而極其欲也，其有欲也，不能隱其情。必以其甚懼之時，往而極其惡也，其有惡也，不能隱其情，情欲必有其變。感動而不失其變者，乃且錯其人勿與語，而更問其所親，知其所安。夫情變於內者，形見於外。故常必以其見者，而知其隱者。此所謂探測揣情。**〈企業的訊息蒐集網絡之方向、要旨＝＝CEO的決策、先見力，是存在有高度相關；首先能掌握對方極喜或極惡，再憑藉先見力可以「知一斑而得窺全豹」，再則可知應對進退之道。〉

＊＊＊

故計國事者，則當審權量；說人主，則當審揣情；謀慮情欲必出於此。乃可貴，乃可賤，乃可重，乃可輕，乃可利，乃可害，乃可成，乃可敗，其數一也。故雖有先王之道、聖智之謀，非揣情，隱匿無所索之。此謀之大本也，而說之法也。常有事於人，人莫先事而至，此最難為。故曰「揣情最難守司」，言必時其謀慮。故觀蜎飛蠕動，無不有利害，可以生事矣。生事者，幾之勢也。此揣情飾言成文章，而後論之也。〈個人素養的揣情與深謀遠慮＝＝CEO的執行力與自利創新研發力，進而會影響到國家、企業；「生事」即是「動也」，「幾」者「機也」「契機」，皆憑恃「審」的功夫故是「謀一大本」。「幾之勢」即變動之契機、態勢〉

****

揣篇小結

「計國事者，則當審權量；說人主，則當審揣情」中的「審」，即是最易被忽略的覺察力，凡無敏銳的覺察力就無先見力，則企業便無傑出的CEO；鬼谷子的「揣術」之關鍵在於「審權量」與「審揣情」，所以《鬼谷子》中的「審」一字，就現代版「揣術」乃「畫龍點睛」之「睛」，通過覺察力就能以「揣」來揣摩、估量、推斷出對方的心思。如此之後游說就能成功，因此可將之分為基本的、延伸的、演繹的運用，在做人、辦事、經商方面的說明如下：

一、基本的運用在做人方面：在與人相處互動中，須趁對方心情處在極喜、極怒、極懼、極哀之時，以「揣術」來鉤出對方實情；人會因性情、出身與情境的差異而不同的運用「揣」，或對「揣」做不同的反應，以致難以把握對方之反應，故唯有用心先「審」再「揣」，再藉著「因人而異」的隨機應變來採取行動。

二、延伸的運用在辦事方面：在辦事時接觸到的對方，須以「揣術」先細審其性情、出身，於「審權量」與「審揣情」的融會貫通下，就能掌握實情來「因材施教」，也因掌握住事情的關鍵、重點而可具體的規畫出成功之步驟，辦事至少是須「因人、因事而異」方能成功的。

三、演繹的運用在經商方面：全球化商戰中，進行跨國企業的經商活動之前，先要能對商場中客觀情勢全面了解，再定出具體可行的方案來沙盤推演之，CEO仍需憑藉其覺察力，從細微處尋覓商機、秉持「因人事、因時地而異」的原則，進而以「揣術」訂出勝於對手的競爭策略與行動。

《史記》中以「天下治生者祖」稱讚春秋戰國之交的白圭，說他的覺察力

最能洞察商機，因他主張「農業經濟循環論」，以及經商者須具備「勇、仁、強」，若無三達德則不易成功，故經營企業時就像伊尹治國時之執行力一樣的強；也能像孫武作戰指揮若定，也如商鞅變法的宏規佈局，共構於「敏審細節，高瞻遠矚」而達於創新獲利。今世之CEO若有必要時，則須再續之以「摩」，亦即先依據「揣測其心思、情緒」進而「摩仿其意向、行為」，即能在商戰中體會出競爭對手的優勢劣勢與策略行動，「揣、摩」將會是行銷攻略的利器，皆須以「揣、情、權、量」作為原則，必定會以「揣」為出發點，又以覺察力為「揣」之先行者。

****

➤8　摩篇第八　（適困力、摩仿→破壞性創新→突破性創新→基礎性創新）

　　「摩術」是於「揣」之後，將對方心思加以研究、推斷，即從外部行為來講是探測、摩仿與模仿，內部而論就是暗合，即心理「暗合之術」。其行動的方法，鬼谷子主張摩的方法即「有以平，有以正，有以喜，有以怒，有以名，有以行，有以廉，有以信，有以利，有以卑等，用之確當者（須合符天時、地利、人和）」則方能收效。

　　鬼谷子認為「揣」是了解對方實情（先見力含覺察力），之後必續以摩（切磋、體會與模仿），即依循心理、感情之變化，而後其所採用的適當方法；「摩」首須是隱密的從內在情感與外在反應來下手，即從其之互動中探究奧妙。聖人能成功輒因能合於「道」（如孫子的「道天地將法」），就可在先見力（＝揣＋摩）之後，再續之以適困力、辯溝力、創構力去形成「主事日成」、「主兵日勝」的執行，天下就視其若神明。

　　摩者，符也。內符者，揣之主也。用之有道，其道必隱。微摩之以其所欲，測而探之，內符必應。其應也，必有為之。故微而去之，是謂塞窌（窖）、匿端、隱貌、逃情，而人不知，故能成其事而無患。摩之在此，符之在彼，從而應之，事無不可。〈如揣摩市場趨勢、客戶心理、需求與欲望之變化，即CEO五力與危機處理的預備階段，都是相通的仰賴著先見力。〉

****

　　**古之善摩者，如操鉤而臨深淵，餌而投之，必獲魚焉，故曰主事日成而人不知，主兵日勝而人不畏也。聖人謀之於陰，故曰神，成之於陽，故曰

明。所謂主事日成者，積德也，則民安之，不知其所以利；積善也，則民道之，不知其所以然；而天下比之神明也。主兵日勝者，常戰於不爭、不費，則民不知其所以服，不知其所以畏；而天下比之神明。**〈CEO充分運用其適困力、辯溝力、創構力➜主事日成；先見力、執行力、創構力➜主兵日勝，此皆因敏銳的覺察力而以「防微杜漸」的化除大災難。〉

****

其摩者，有以平，有以正，有以喜，有以怒，有以名，有以行，有以廉，有以信，有以利，有以卑。平者，靜也；正者，直也；喜者，悅也；怒者，動也；名者，發也；行者，成也；廉者，潔也；信者，明也；利者，求也；卑者，諂也。故聖人所獨用的，眾人皆有之，然無成功者，其用之非也。故謀莫難於周密，說莫難於悉聽，事莫難於必成，此三者（天時、地利、人和）然後能之。〈心得　揣摩的方法，可以運用平、正、喜、怒、名、行、廉、信、利、卑等十大方法。……故知凡是聖人所能運用的，眾人皆也能運用自如，但卻因使用不得其法而不能夠成功。所以謀劃沒有比做的縝密更難了（須有數術的支持），游說最難的就是都被對方所接納（全部主張、道理），事情最難的是被要求必須要成功（還賴能符合天時）。這三條只有聖人先經反復磨練，才可以做到得故而「比之神明」。CEO須自我要求自己行事能合符天時、地利、人和，再以十大方法來揣摩成功。〉

****

故謀必欲周密，必擇其所與通者說也，故曰或結而無隙也。夫事成必合於數，故曰道數以時相偶者也。說者聽必合於情，故曰情合者聽。故物歸類，抱薪趨火，燥者先燃，平地注水，濕者先濡，此物類相應，於勢譬猶是也。此言內符之應外摩也如是，故曰摩之以其類，焉有不相應者？乃摩之以其欲，焉有不聽者？故曰獨行之道。夫幾者不晚，成而不抱，久而化成。〈「必擇通者、類者、相偶者」才易成功，亦即能互信者恆可合作而易成功；主事日成者有積德、積善兩類，由民之意來主導；主兵日勝者有令人畏之、令人服之兩類，然則有民不知其所以、不知其所以然之事，故而由廟算來主導。〉

****

摩篇小結

依據「揣測其心思、情緒」的揣情與「摩仿其意向、行為」的摩意，即須施以言詞的刺激來投石問路、探出其心意之深淺，反覆摩擦終能得其實情。鬼谷子認為：若能熟練「摩術」就可以達到「主事日成」、「主兵日勝」，使天下人都奉之如神明；欲如此可經由的路徑很多，可以和平進攻，可以正義來責問，可用奉承討喜，可用憤怒激將，可用名望威嚇，可用行動逼迫，可用廉潔來感化，可用信義來說服，也可以利益來誘惑，更可用卑劣來欺騙之。因此可將之分為基本的、延伸的、演繹的運用，在做人、辦事、經商方面的說明如下：

一、基本的運用在做人方面：「聖人」屬於「主事日成」者較多，即須以熟練的「摩術」，清晰的正確分析出對方的喜惡需欲，再運用十個方法中的部分方法，於其企業或組織之內，做好人際互動與資源管理就較易成功發展；鬼谷子的「摩術」是運用心理上褒貶挫揚，求能精確獲得信息的方法，以利於人際互動及其管理。

二、延伸的運用在辦事方面：「摩」是運用許多戰略引導對方說出、或推定其心思、意向，多次的「反以識人、復以鑑己」以求能與事實「符合」；積極主動的以攻心戰術來具體實踐，藏而不露的以「揣、摩」來探出對方實情，須兼具有「主兵日勝」及「主事日成」兩種則辦事成功。

三、演繹的運用在經商方面：成功的商業競爭必須是「謀之於陰，成之於陽」，CEO沒有智慧謀略是不能成功的；當運用「摩」戰略是不能拘泥形式，需要深度觀察、機敏的掌握商機，從對手與顧客的立場來「揣、摩」，以對市場能投其所好，更多的需要用「主兵日勝」能力、素養。再藉「謀之於陰」來創新、創意來增加產品的附加價值，以及市占率的提高。

「摩篇」中的「謀莫難於周密，說莫難於悉聽，事莫難於必成」，三者依序須皆能築基於規劃週詳、萬眾一心、高標管理等，亦即此三者難以由一般人成功的兼即有之，唯有聖人能憑藉天時、地利、人和兼優者，然後能「反復習之」領悟於心。例如王永慶、郭台銘、張瑞敏等CEO，經常須面對其企業的危機處理，就須從過去經驗，藉其執行力、辯溝力、創構力、適困力、與先見力來貫澈之。

****

➤9 權篇第九 （依辯溝力、執行力來擇取信息，而為其創構力所運用、役使。）

權者，權衡、審察之意，即審度形勢以進遊說之辭；說話有技巧者，能夠

修飾內容、掩飾動機，即使平庸的話也可彰顯出說者成為智者、或勇者；所以說見對方缺點要適當的隱匿，也能適時的張揚其優點，即是要能彈性、交互的去取用經修飾過的悅耳言辭，或以假設的說詞來取信於人，來激勵人們實現其願景、理想或抱負。

「權術」是遊說時的謀略和方法。鬼谷子認為遊說者說話須有技巧，在與人辯論時需以耳聰、目明、智機、辭巧來勝過對方；而要能自我節制，即是要視人的不同而隨機說話，其模式為「與勇者言，依於敢」，「與賤者言，依於謙」，「與智者言，依於博」，可以冷靜的去做到逆反而變成「勝出」，就能由善變者而被稱為「信」。否則炫技會適得其反。

說之者，說之也；說之者，資之也。飾言者，假之也；假之者，益損也。應對者，利辭也；利辭者，輕論也。成義者，明之也；明之者，符驗也。難言者，卻論也；卻論者，釣幾也；佞言者，諂而干忠；諛言者，博而干智；平言者，決而干勇；戚言者，權而干信；靜言者，反而干勝。先意承欲者，餡也；繁稱文辭者，博也；策選進謀者，權也；縱舍不疑者，決也；先分不足而窒非者，反也。〈指出CEO依其知人之明，先能歸納分類之以求自我警惕，「先分不足而窒非者，反也」中的「窒非」，即是挑剔而畫地自限，故而形同是「為反對而反對」；其實人應該要挑戰自己、超越自己驟追求自我實現，若不量力而為只一昧「炫技」就會有「反效果」出現。〉

****

故口者，機關也，所以關閉情意也。耳目者，心之左助也，所以窺覷奸邪。故曰參調而應，利道而動。故繁言而不亂，翱翔而不迷，易變而不危者，睹要得理。故無目者，不可示以五色；無耳者，不可告以五音。故不可以往者，無所開之也；不可以來者，無所受之也。物有不通者，故不事也。古人有言曰：「口可以食，不可以言。」言者有諱忌也；「眾口鑠金」，言有曲故也。〈需待口、耳、眼的三者協調，具備好之後，「眾口鑠金」就是做到「因眾人言論而融化金屬」，是形容言語較易於偏邪不正、積非成是，此與EQ,AQ,RQ之成熟度有正相關，故也須「因材施教」的。〉

****

**人之情，出言則欲聽，舉事則欲成。是故智者不用其所短，而用愚人之

所長；不用其所拙，而用愚人之所工；故不困也。其所言有利者，從其所長也；言其有害者，避其所短也。故介虫之捍也，必以堅厚。螫虫之動也，必以毒螫。故禽獸知用其長，而談者亦知其用也。**

〈智者如戰國時齊之孟嘗君不用己之短，借用比他愚的，他所養的士雞鳴、狗盜，運用愚者之長，盜兵符以成就圍魏救趙的事功。CEO亦須能夠避其短、用其長，於部屬之中選用人才，擇其優勢卻能避其劣而不受其累。〉

****

故曰：辭言有五，曰病，曰怨，曰憂，曰怒，曰喜。故曰：病者，感氣衰而不神也；怨者，腸絕而無主也；憂者，閉塞而不洩也；怒者，妄動而不治也；喜者，宣散而無要也。此五者，精則用之，利則行之。故與智者言（此即辯溝力），依於博；與拙者言，依於辯；與辯者言，依於要；與貴者言，依於勢；與富者言，依於高；與貧者言，依於利；與賤者言，依於謙；與勇者言，依於敢；與過者言，依於銳。此其術也，而人常反之。是故與智者言，將以此明之；與不智者言，將以此教之，而甚難為也。故言多類，事多變。故終日言，不失其類，故事不亂。終日不變，而不失其主，故智貴不妄。聽貴聰，智貴明，辭貴奇。〈心得　辯溝力：如「說大人則藐之」＝＝與貴者言，依於勢。等等，皆因人而異；總之，人之辭可分五類而各有其心理、態度之背景。病者，感氣衰而不神也；怨者，腸絕而無主也；憂者，閉塞而不洩也；怒者，妄動而不治也；喜者，宣散而無要也。亦即欲成功須能投其所好的運用「權謀」。〉

****

權篇小結

若「揣、摩」是實施「遊說」之前的準備，則「權、謀」是「遊說」之執行；鬼谷子主張「智者不用其所短，而用愚人之所長」，即是將「避短揚長」之原則，同時弘揚在自己與他人身上，以權宜、隨機、趁勢等技術，應變的選定恰當的說辭。游說時用了適當的技巧，足可掩飾辭窮之弊與能力之不夠；「策選進謀者，權也；縱舍不疑者，決也；先分不足而窒非者，反也。」，襯托出創構力與辯溝力的「權、謀」之混融，因此「權術」之運用恰當時，可以「生死人而肉白骨」，成功的實現遊說的目的。故將之分為基本的、延伸的、演繹的運

用，在做人、辦事、經商方面的說明如下：

一、基本的運用在做人方面：生活上須謹記「言多必失，謹慎發言」，應冷靜的保留應保密的心事；如更做到「喜怒不形於色」就能預防遭人暗算之危，通權達變將可增加自己的人際互動，以及其人脈網絡之彈性而與志同道合者，齊心努力共享功成名就。

二、延伸的運用在辦事方面：鬼谷子的「權」是權變，並非是「權力」之義；即於辦事時應根據外在的情況，酌情調整、變化作為應變之術，在與他人交涉的過程中，說辭的主體要有層次、重點，須將交涉的辭言分成五類型，即依「病，怨，憂，怒，喜」而異，各能產生適當的說服力、感染力，適切的選用將可辦事成功。

三、演繹的運用在經商方面：處於全球化的商戰中，CEO須能掌握住「權術」的精髓，則可在瞬息萬變中，應該對於域外直接投資FDI的「文化跨距」等之阻力，對當地的文化體系更需要一整套的瞭解，故能用己之長來壓制競爭對手而勝出，也須輔以「知才、適才、適所」，使企業將能屹立不敗與永續繁榮。

　　《史記》中記載范蠡最能洞察商機，以初期的覺察力與決斷力，受到越王勾踐的重用；之後於擊敗吳王，他在夫差敗亡後，當斷則斷的辭官，再以擴展的先見力與執行力，毅然率長子循海路赴山東海濱，藉其優越的適困力、創構力，掌握商機而經營致富；之後曾勸說文種大夫以「飛鳥盡良弓藏」，雖不受聽卻應驗了。再因事業成功受齊王器重欲用為相國，而再避遷於陶地，在改名換姓後以創構力來創業成功富可敵國，被譽稱為陶朱公。因而他的先見力與辯溝力受到《史記》推崇與記載：他擬派幼子赴楚營救獲罪待斬的次子，然其長子堅持攜重賄由自己去拯救，卻因他的人格特質而失敗，更見到陶朱公的先見力與順命依時「權變」，適度用其辯溝力卻不去強求硬要「權變」，幫助他分別於越、齊、楚三地皆功業輝煌而善終。

****

➤10 謀篇第十　（運用執行力、及其「三心兩意」的過程）

　　「謀術」是施展謀略計策的《鬼谷子·謀》專篇，即「運籌維幄，決勝千里」，鬼谷子認為運用謀劃就能控制事物，故能進、能退，領導者的「三心兩意」即謀劃於先，也須做好揣情、量才、用人等工作，方可做到「制人，不見制於人」。謀劃須在暗中進行，但也須能明悉對方心境與策略，再行「以正惑

敵，以奇制勝」，較易克服險阻；其謀劃中須有妥善的危機預識，以利應變之而能獲得成功。

鬼谷子認為：制人者，握權也；受制者，制命也。其所謀劃的也須因人而異，故「仁人輕貨，不可以利誘，可使出費」、「勇士輕難，不可懼以患，可使據危」，即可用之作為「因材施教」的用人原則、準繩。這是「正」用以對內，對外以「奇」即須出人意表、克敵制勝，總之是「正以惑敵，奇以制勝」，也與《孫子》的中心思想「上兵伐謀」是相通互應的。

領導者的「三心兩意」即謀劃於先，也須做好揣情、量才、用人等工作，方可「制人，不見制於人。制人者，握權也；受制者，制命也。」謀劃也須因人而異，故「仁人輕貨，不可以利誘，可使出費」、「勇士輕難，不可懼以患，可使據危」，即可以之作為因材施教之用人之原則。

為人凡謀有道，必得其所因，以求其情。審得其情，乃立三儀。三儀者曰上、曰中、曰下。參以立焉，以生奇。奇不知其所擁，始於古之所從。故鄭人之取玉也，載司南之車，為其不惑也。夫揣情、度才、量能者，亦事之司南也。故同情而相親者，其俱成者也；同欲而相疏者，其偏害者也；同惡而相親者，其俱害者也；同惡而相疏者，偏害者也。故相益則親，相損則疏，其數行也；此所以察同異之分，其類一也。故牆坏於其隙，木毀於其節，斯蓋其分也。故變生事，事生謀，謀生計，計生議，議生說，說生進，進生退，退生制，因以制於是。故百事一道，而百度一數也。〈心得　即各種謀劃原則都匯歸於一個基礎道理、所有事物與法度最終是一個法度之下。總之，萬變不離其宗即是妙招，總之是「正以惑敵，奇以制勝」、「奇正交雜」。〉

****

夫仁人輕貨，不可以利誘，可使出費。勇士輕難，不可懼以患，可使據危。智者達於數，明於理，不可欺以不誠，可示以道理；可使立功；是三才也（即因人而異的辯才）。故愚者易蔽也，不肖者易懼也；貪者易誘也。是因事而裁之。故為強者積於弱也，有餘者積於不足也，此其道術行也。〈心得　不以人廢言、不以言舉人。CEO務須「不以人廢言」，不肖、貪、愚三蔽或智、仁、勇三才各有所長所短，宜因事而裁之；故曰：為強者積於弱也，藉著漸進、積累與轉念而成功；即是「有餘者積於不足也，

使其道術得以大行」。〉

****

故外親而內疏者說內，外疏而內親者說外。故因其疑以變之，因其見以然之。因其說以要之，因其勢以成之，因其惡以權之，因其患以斥之。摩而恐之，高而動之，微而證之，符而應之，擁而塞之，亂而惑之，是謂計謀。計謀之用，公不如私，私不如結，結比而無隙者也。正不如奇，奇流而不止者也。故說人主者，必與之言奇；說人臣者，必與之言私。〈心得　游說較難於一日必成，須以漸進的積累影響力，於不明顯中協助對方「轉念」，則其轉變方可持久、真成功；因此，內外疏親與正不如奇，乃說者之立場，至於計謀之用，公不如私，私不如結，結而無隙更佳。其「結」即今之「利益共同體」，關於對象，則可區分為：說人主者，必與之言奇；說人臣者，必與之言私；則是上策。〉

****

其身內、其言外者疏，其身外、其言深者危。無以人之近所不欲，而強之於人；無以人之所不知，而教之於人。人之有好也，學而順之；人之有惡也，避而諱之；故陰道而陽取之也故去之者縱之，縱之者乘之。貌者不美，又不惡，故至情托焉。可知者，可用也；不可知者，謀者所不用也。故曰事貴制人，而不貴見制於人。制人者握權也，見制於人者制命也。故聖人之道陰，愚人之道陽。智者事易，而不智者事難。以此觀之，亡不可以為存，而危不可以為安，然而無為而貴智矣；智用於眾人之所不能知，而用於眾人之所不能見。既用見可否，擇事而為之，所以為人也。故先王之道陰，言之有曰：「天地之化育，在高與深；聖人之制道，在隱與匿。非獨忠、信、仁、義也，中正而已矣。」道理達於此義者，則可與言。由能得此，則可與谷遠近之義。〈心得　智者行事較能考慮對方背景、條件，較易有建立事功的機會，故應該從不顯明的途徑（陰道陽取）去做，以避免「利用特權」之譏諷；聖人因其目標顯著、競爭者眾，故宜從隱匿的途徑（陰道陰取）取勝；愚人令人可憐而無人與其爭，故可採公開、放任的途徑（陽道陽取）；此三類人爭取他自己的成就感與生存之道，也是各具特色的。〉

****

謀篇小結

鬼谷子主張「聖人之道陰，愚人之道陽」與「謀之於陰，成之於陽」是相呼應的，更益以「權、謀」是「遊說」之執行，亦可知「權」是「謀」的「先行者」；夾在「權」與「謀」之間，是制人者、握權者之「決策」。然後「謀」之歷程可由「受制者」來規劃與執行之，「制人者」通常僅會參與至規劃階段，至於執行多由「受制者」行之。故而鬼谷子於「權篇」續之以「謀篇」，一體兩面的「權、謀」和「揣、摩」是《鬼谷子》的雙核心。力倡合縱、連橫的蘇秦與張儀的核心能力即在此，現代經商的CEO則在鍊狀的「權—決策→謀—A權—決策→謀—A權—決策→謀—A…」之中，於每一環節的A處進行「揣、摩」完成其「外循環」步驟；另有「忤、合」「抵、巇」是等企業、組織的「內循環」的過程。歷經調整後會利於正確的「決策」，之後再進入下一個循環的「權—決策→謀」環節。故CEO的環節將可分為基本的、延伸的、演繹的運用，在做人、辦事、經商方面的說明如下：

一、基本的運用在做人方面：現代社會多元而紛亂，人際互動複雜多變，稍有不慎則遭人利用或構陷，甚至身敗名裂者亦有；運用「謀」需掌握技巧，如善於利用對方弱點來因勢操作，也須避開自己弱點利用己之優勢來利導之較易成功；故思及做人交友時，需有妥善的規劃就是舉足輕重的安排，即做人成功的關鍵。

二、延伸的運用在辦事方面：人世間的真假虛實已糾纏一起，如何整出頭緒、撥雲見日而致勝成功，唯賴做事時能運用謀略，即是按部就班才能「成事在天，謀事在人」，先依具有之天賦優勢與機會，仍須全心全意的去規劃才易於辦事成功。

三、演繹的運用在經商方面：平常時激勵是用於能創造最高利益的「上儀」中，CEO經商的「上儀」「中儀」，若能出其不意「奇謀」就是成功；在商業競爭中甚至「下儀」，即普通的計謀。只要能獲利也用；凡能用心於人、時、地者，則「小兵立大功」也能創造高利潤，故知「謀之用」於經商是「上兵伐謀，攻城次之」，能穫利大者即「上儀」。

個人、企業或組織在戰略、戰術、戰鬥的三層次，都需要「謀」於其間連貫，「無權、有謀」是簡單的規劃、策略，可用於日常的個人生活中；至於一般企業之運作、行銷則須達「有權、有謀」，跨國FDI企業之運作、行銷、攻略則須達「精權、深謀」，大約是鬼谷子的上中下「三儀」中的上儀，此即商業謀略。至於「謀」在時間上的前半段歷程是規劃，通常向上級而與「權」相接、混融，

是「權謀兼顧」的;「謀」之後半段歷程偏重於執行,可交由受制(執行)者去「為人謀而不終乎?」,讓其外顯行為的部分能有所依循,能按部就班的邁向成功。總之,兼顧「領導者」與「被領導者」兩個面向,故須注意做好「摩而恐之,高而動之,微而證之,符而應之,擁而塞之,亂而惑之,是謂計謀。」

****

➤11 決篇第十一 （執行力、危機處理能力）

「決術」是解決疑難問題的原則與方法,主旨在探討游說者協助居高位、成大事者的決策原則。鬼谷子認為善於判斷狀況,作出決斷是萬事成敗之關鍵,決斷仍須「順天應人」,符合「世之所需、時之所趨、己之所愛、己之所利、己之所長」,故先能了然於胸才可決斷時迅速、果斷,就是上策。

決策的能力是綜合性的統合能力,「含和吐明庭」,即平常時所發揮的執行力與決策能力;危機突發時更須於極短時間做出正確的決策,適困力須發揮於「時窮節乃現」,即是CEO的最高境界—板盪識忠良。領導者面對自己的危機,處理時以坦誠為上策,更需「當斷則斷,不斷反亂」以精準決策來降低損害;面對他人或企業的危機,處理時以「側迂巧答,拖延待機」,為企業爭取較佳的行銷與形象,即是上策。

為人凡決物,必托於疑者,善其用福,惡其有患,害至於誘也,終無惑。偏有利焉,去其利則不受也,奇之所托。若有利於善者,隱托於惡,則不受矣,致疏遠。故其有使失利,其有使離害者,此事之失。〈禍福之間一線爾,否極泰來也是從轉念開始,EQ即從這發展出來。〉

****

聖人所以能成其事者有五:有以陽德之者,有以陰賊之者,有以誠信之者,有以蔽匿之者,有以平素之者。陽勵於一言,陰勵於二言,平素樞機以用四者,微而施之。於是以度往事,驗之來事,參之平素,可則決之;王公大人之事也,危而美名者,可則決之;不用費力而易成者,可則決之;用力犯勤苦,然不得已而為之者,可則決之;去患者,可則決之;從福者,可則決之。故夫決情定疑萬事之機,以正亂治決成敗,難為者。故先王乃用蓍龜者,以自決也。〈心得 「自決」是自我決定命運的策略,不是「蓍龜、卜卦」之決斷,是萬事成敗之關鍵;順應人情、大勢,

更須做好「度以往事，驗之來事，參之平素，則可決之」。以利於當機立斷、當斷則斷，是執行力之、基礎、初始。〉

****

決篇小結

「聖人」是制人者、握權者，「決策」處在「權」與「謀」之間、之後，至於「謀」是計劃、安排及其後段歷程之執行，可交由受制者依「為人謀而不忠乎？」來推動；鬼谷子將「決」置於最高的地位，是萬事成敗的關鍵。「先行者」是「權」與「謀」及經驗等皆完備的人，僅因受限於時、地之面向，形成在主觀或客觀上「決策點」稍早出現，因而其成效未能臻於完美者，故差「聖人」只一步；所以鬼谷子將決策分成為「有以陽德之者，有以陰賊之者，有以誠信之者，有以蔽匿之者，有以平素之者」。故將之說明為基本的、延伸的、演繹的運用，在做人、辦事、經商方面的說明如下：

一、基本的運用在做人方面：正確的「決」之關鍵在於權衡利弊，即先見力的發揮前瞻性而免除了後患，故有云：「當斷不斷，反受其亂」；孔子在做人上有云「益者三友：友直、友諒、友多聞；損者三友：友便僻、友便佞、友善柔。」即是根據經驗而歸納的規範，以利於個人在交友的抉擇時能做正確決斷，因人在生活中經常須依賴決斷力來決定自己的幸福。

二、延伸的運用在辦事方面：辦事須能隨機的綜理人、時、地而為決策，辦事就能成功；欲能盡善盡美的決策更須在生活經驗中萃取您人與自己的人生菁華，在決策時仍該「揣情」、「權衡」的隨機定下決斷，借鑑於自身、他人的決策經驗與心得，依據為辦事之原則、方法，方能「迅、確、準」的完成任務。

三、演繹的運用在經商方面：「有以陽德決之」也是孔子所最推崇的決策模式，另外「為政以德，譬如北斗」也宣示著「德」為極重的因素，經商也須重德如「先予後取」及今之「企業家CEO社會責任CSR（Company Social Responsibility）」等皆屬之；不只是須能顧全大局因情勢而變通，更須有謀有道、誠信至上，儒家、法家、道釋墨的思想皆融入今之儒商文化，皆須以「德」做為「決斷」的基底。

荀子說：「以近知遠，以一知萬，以微知著。」即是說歸納資訊與經驗以利決策精確，與孔子的「舉一反三」主張是異曲同工的；荀子又說：「積土成山，風雨興焉。積水成淵，蛟龍生焉。積善成德，而神明自得，聖心備焉。」此句

中的「積」乃收集，經營商業積累資源、市場信息與經驗，再行生產、配置以利於累積其資金；並一再的循環累積而謀求企業的永續經營，卻將決策能力期望能築基於「積善成德」，即是「聖心備也」。

日本西武集團總裁堤義明的用人標準是「德才兼備」，因為「才者，德之資也；德者，才之帥也。」若是已能「聖心備也」，方可具有決策、執行、適困的「才具」，故CEO可依循下述主要脈絡來「識才」、「培才」：

(1)「窮之以辭辯，而觀其變。」　　　(2)「諮之以計謀，而觀其識。」

(3)「告之以禍難，而觀其勇。」　　　(4)「醉之以酒醇，而觀其性。」

(5)「臨之以利賄，而觀其廉。」　　　(6)「期之以事責，而觀其信。」

（西武集團獅子王，李岳，上承文化，2007，P.255。）

總之，上述六綱來自堤義明最景仰的荀子，不外是「德才兼備」為總樞紐，依此所覓得之人才是決策高明、用人唯才的政商界領導者CEO的共通原則。

****

➤12 符言第十二

「符言」是領導者的言辭與事實，能像符契般相應吻合；即「符言術」是君主治國平天下的修養之術，也是統治者常用的御民治國之道。鬼谷子還定出了君主必須遵從的九大策略：安徐正靜、高瞻遠矚、耳聰目明、善聽諫言、信賞必罰、統御百官、主政循理、思慮週密、洞察隱微。這些皆異於神權、神秘色彩的「帝王術」之領導術，今日領導者或CEO仍然須據此要訣，即LQ（Leader Quotient）以領導其部屬，較能成功勝出同儕。

「聖人」是成功領導者，首須具有的「安、徐、正、靜」，亦是今之CEO的四大修養，其實現的關鍵在於：「主」即企業內的CEO，皆須修練到具有：主位、主明、主聽、主賞、主問、主因、主週、主恭、主名等要訣而成功者，即是「聖王」。

****

安徐正靜，其被節無不肉。善與而不靜，虛心平意，以待傾損。有主位。〈蘊涵情緒＝未發,謂之中（即態度之表徵），發而中節謂之和（即行為之表現），故領導者的為人務遵「致中和」，亦即儒家的「君子之德，風；小人之德，草；風行草偃」是同理。〉

****

目貴明，耳貴聰，心貴智。以天下之目視之者，則無不見；以天下之耳聽者，則無不聞；以天下之心慮者，則無不知；幅湊並進，則明不可塞，有主明。〈CEO五力==有主明，統而不治乃君主的才具，是仍須「仁德為先」的角色，發揮「天視自我民視，天聽自我民聽」之精神，而產生「天聰明自我民聰明」之效果。〉

****

德之術曰：「勿堅而拒之。」許之則防守，拒之則閉塞。高山仰之可及，深淵度之可測。神明之位術，正靜其莫之極與！有主聽。〈可以察納雅言則能夠順從大勢、潮流，則能「景行行止」，亦同於《書經》的「天聰明自我民聰明，天明畏自我民明威」，CEO應能做為全體的典範。〉

****

用賞貴信，用刑貴正。賞賜貴信，必驗耳目之所見聞。其所不見聞者，莫不暗化矣。誠暢天下神明，而況奸者干君？有主賞。〈智貴明，聽貴聰，辭貴奇，則靈活應變之後，推行信賞必罰的治理，即是「揚善於眾前，規過於私室」及「罰自上始，賞自下行」的原則，奸佞小人便退縮了。〉

****

一曰天之，二曰地之，三曰人之。四方上下、左右前後，熒惑之處安在？有主問。〈與「吾日三省吾身」同理，而所問之內容不同，君王內省其德，「自反而縮」即自問自責，再與「自我超越」並重下，以「反躬自問」來作為反省後的行為主軸。〉

****

心為九竅之治，君為五官之長。為善者君與之賞，為非者君與之罰，君因其政之所以求，因與之，則不勞。聖人用之，故能賞之。因之循理，固能久長。有主因。〈君王能上行正當，在下者必能仿效之，樂意作為全體依循的標準。有位可資人民借鑑的君王，便是全國安和樂利之原因。〉

****

人主不可不週。人主不週，則群臣生亂。家於其無常也，內外不通，安知所聞？開閉不善，不見原也。有主周。〈智貴明，聽貴聰，辭貴奇，能

週密體察則典章制度確立後就能夠「不亂」，使國與家的群臣皆有所依循，此即有條不紊的「不亂」是植基於君主的週密：無「不善」與「不通」。〉

****

**一曰長目，二曰飛耳，三曰樹明。千里之外，微隱之中，是謂洞。天下奸，莫不暗變更。有主恭。〈今之CEO應該將網絡、信息視為令人生敬的統治工具，因為可以洞悉於千里之外，迫使全國奸小皆須改進其行事風格，即《書經》的「天明畏自我民明威」而人民對君主生出恭敬之心，亂臣賊子因而生懼，故天下大定是來自「有主恭」。〉

****

循名而為，實安而完；名實相生，反相為情。故曰：名當則生於實，實生於理，理生於名實之德，德生於和，和生於當。有主名。〈今之CEO領導者要能名實相符、德才兼具。君主的統治便因而有其正當性、合法性或有責性，君子「和而不同、群而不黨」，以及作為領導人的「子率以正，孰敢不正」的儒家主張，使全民的意見一致的「和而不同」；「德生於和」亦同理，可讓君主也因而建立其好名聲。〉

〈**心得**　做為君主者須有定國安邦之修養，即安徐正靜的境界：高瞻遠囑，耳聰目明，善聽言辭，賞罰必正，擅長統御，遵循禮法（体制）與為政原則，思慮週密，洞察隱微。台商CEO與政治家亦同，皆須具備：有主位、有主明、有主聽、有主賞、有主因、有主週、有主問、有主恭、有主名（分）。昔日諸多領導人的如歷代帝王，其統治權以及官僚體系的權威，皆是以「奉天承運」為其權力源頭；民主時代的CEO是不同於昔日，因已享用社會價值、社會資本等，即享有社會資源或「公器」的企業家，就須依其社會責任來回饋，其CSR社會責任是依對象而分類有三：企業內部員工、市場與客戶、公民社會與國家政府；這些皆是政治界、產商貿界的CEO對社會大眾之回饋與責任。〉

****

符言篇小結

「符言」是在「權」「謀」與「決」之後，由制人者、握權者以「捭闔」與

「符言」來權衡輕重，然後「謀」之歷程可由「受制者」去推動，「受制者」是以才德兼備為上才；「符言」是君主的條件、才德，古之君主因具有「天命」，通常由臣屬向君上傳達、進諫的；呈現於外顯的必須是「言必信，行必果」。被臣下勸說後會自發其光熱，感化全民奉行，所以被稱為「聖王」。今世的CEO則無「天命」，唯賴學習與自我超越來獲得成長。故特從基本的、延伸的、演繹的運用來分析，謹將「符言」在做人、辦事、經商方面的說明如下：

一、基本的運用在做人方面：「符言」基本上即是「言必信，行必果」，作為社會組織的核心價值、規範，因此每一份子必須以不守信是其人生的最大缺失；再續之以洞察隱微、安徐正靜、高瞻遠矚，才可享有左右逢源、終生信守的符言，就能與全體下屬互動良好。

二、延伸的運用在辦事方面：「符言術」用在辦事的過程，不可太拘泥形式，要公正的陟罰臧否，自身修練則除了洞察隱微、安徐正靜之外，還須能耳聰目明、善聽言辭方可如「湖海之不捐細流」，將事情做的妥善完美，也須先「自我超越」來達成「自我實現」，再漸進的推向其人生的完美。

三、演繹的運用在經商方面：現代社會的產、商、貿之CEO，須是敏銳覺察、明德達練、賞罰分明來解決問題；能依據信息成本與人脈網絡做出週密策劃與部署，依「奇正、忤合」原則來靈活運用其「捭闔術」，即以「正惑敵、奇制勝」來靈活運用「飛箝術」，來達成「司守其門戶」的使命。

　　公元2004年已多年連膺「世界首富」的日本西武集團總裁堤義明，他認為人的「最高道德表現」是「感恩與回饋」，因為它更可激發自我超越而提升其自我價值。也激發他的周遭同僚為達成任務及促成「感恩與回饋」之提升，而能奮不顧身、一往直前；如同楚莊王在平亂慶功的「絕纓宴」中，仍為臣下掩飾過失，以寬恕之德行激發出大將唐狡的回饋——敢死勝晉，成就出稱霸諸侯之偉業。戰國時楚莊王此一優越的CEO行為，即擅長於運用君主的「主位、主明、主聽、主賞、主因、主週、主問、主恭、主名」的策略，更進階則呈現於「窮之以辭辯」、「諮之以計謀」、「告之以禍難」、「醉之以酒」、「臨之以利」、「期之以事責」六類的表現、考驗，篩選、考驗出優秀的臣下故終能成其霸業。

5.3.2　《鬼谷子》與 CEO 經營能力

5.3.2.1　《鬼谷子》思想體系與「道天地將法」

　　現代經商的CEO則在鍊狀的「權—決策→謀—A—權—決策→謀—A—權—決

策→謀─A─…」之中，於每一環節的A處進行「揣、摩」完成其外顯度較高的「外循環」步驟。「外」是以「揣、摩、權、謀」來與外界互動，再由「決」為核心，將之結合成一組件即「外循環」；至於其「內循環」進行步驟，即是《鬼谷子》前半部所論及的「內、揵」「抵、巇」「飛、箝」「忤、合」等，此四者組成企業或組織的「內循環」，是以「反應」為基座而接合為一組件。更以「捭闔」與「符言」扮演如機車的鍊條之角色功能，來接合「外循環：前輪」與「內循環：後車輪」兩大組件，推動之來「載人疾行」；其中「捭闔」與「符言」的功能行為即是銜接、拱固「外循環」與「內循環」的結構來形成一整體、大循環。謹說明如下圖：

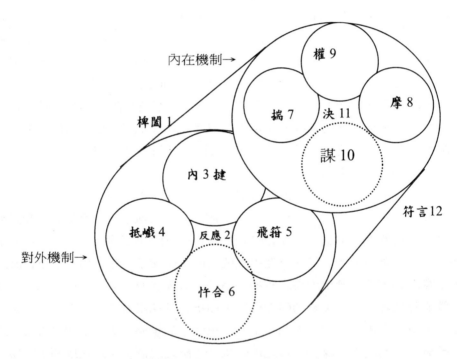

圖5-3 《鬼谷子》十二篇之體系圖

凡春秋戰國的「使於四方，不辱君命」之縱橫家，皆是想要完成交涉來達成游說之使命，實現其君王統一天下的目的。然而《鬼谷子》較受到唐宋以來執政者的冷落，將「決勝千里」「權謀揣摩」視為「高來高去」的不務實際，將「內揵抵巇」「飛箝忤合」視為「舌燦蓮花」的巧言令色；實於今之全球化商戰

時代，它不僅是「縱橫權謀」而是「全球佈局、攻略決策」的CEO能力。於經貿實力代表國力的時潮中，在貿易談判折衝於企業與國家利益時，更驗證出CEO須依賴著「內揵、抵巇、飛箝、忤合」與「權、謀、揣、摩」，等篇章決定了CEO能力與社會責任之履行程度。故謂「但使龍城飛將在，不教胡馬渡陰山」，人力資源管理與企業家經營能力已是CEO之門檻，未來CEO將會是「全民之寶器，國家之將帥」，進而可用未來企業及其CEO能力，來謀劃華夏文明能勝出於「文明衝突」之中。

企業家CEO精神就是企業精神的主體，企業精神又是企業文化的核心價值，故是企業永續繁榮的根本；通常企業家是企業的首席執行長的CEO，亦即傑出的CEO可以塑造企業文化的特徵、轉變與傳承的方向，並以之作為企業的經營定位、轉型與變革之決策條件，更構成於當今全球化之商戰趨勢中，致令專業的CEO對企業存亡榮衰扮演舉足輕重的角色。企業家經營能力於競爭趨烈、危機四伏的知識經濟時代中，其中的CEO五力及危機處理能力就格外重要了；企業家經營能力主要是指；CEO五力的執行力、適困力、先見力、辯溝力、創構力，再輔以人力資源管理權與處理危機能力。即如下式：

企業家CEO經營能力＝管控人力資源(基礎)＋CEO五力＋危機處理能力

如今，CEO須有不斷成長與終身學習的權利與義務，因為全球之現況已如中山先生所言：商戰取代了兵戰。因處此時代CEO身處異國其文化的大跨距很難弭平，就如同「春風不渡玉門關」那樣的堅定難變。今之成功者有著既得利益，故民企較不容易跨出去走向「守（漸進→破（轉折發展）→離（創新））；只有優秀的台商CEO能引領創新與轉型，以「新陳代謝」來強化企業在兩岸的實力，華人所期待之「中國人的世紀」將因CEO而實現。如果CEO皆能超越自我（偏見）不陷於「劃地自限」，那麼突破及創新就是極大成就與自我肯定──有自信與有創意的自我；對國家與民族而言，CEO的貢獻在物質金錢上的成果常常不能取代精神上的成就，其無形的影響是大於經濟的效益。

CEO的決策智慧中「天、地、將」之發揮來培養出CEO基本功夫，未來20年於大陸FDI台商的各行業中，皆以各地行銷網路之佔有優勢為其急務，從事台商內地運銷之經營，將是更積極的未來佈局與規劃。屆時安排CEO必須慎謀能斷的抉擇，一如韓國最優CEO的三星公司具本茂與LG李健熙，皆要求自己能為企業規劃未來十年的核心競爭力及願景，這才是台商生存發展的重中之重了。

5.3.2.2 從《鬼谷子：捭闔》申述 CEO 五力、掌管人力資源之權

　　《鬼谷子》第一篇談的是〈捭闔〉，捭闔（捭是撥動、開啟，闔是閉藏、關合）事物發展變化的普遍規律，是掌握事物的關鍵。縱橫家之開合之道作為權變的依據，即在與人交談時，或撥動、遊說時，或者閉藏、觀變時，皆力求能察知對方虛實、計謀，以圖評估、說服對方，以及所施展、運用的方法。故曰：「聖人之在天地間也，為眾生之先。觀陰陽之開闔以命物，知存亡之門戶，籌策萬類之終始，達人心之理，見變化之朕焉，而守司其門戶。」本文的「CEO能力」是CEO的人事掌控權、危機處理能力與CEO五力（執行力、先見力、創構力、辯溝力、適困力），故成功CEO是「捭闔，而守司其門戶」之「聖人」。

　　「聖人」是通達於天地間的道德者，在本文中也可以是指成功的企業經營者CEO；道德者在《鬼谷子》中是貫通古今學說事理的人。與今人之「道德」是殊義的；「道」即貫穿古今而恆真者，與《孫子》中的「道、天、地、將、法」是相近的涵義。德者，得也，領悟出學說、事理。故曰：「捭闔之道，以陰陽試之，故與陽言者依崇高，與陰言者依卑小。……陰陽相求，由捭闔也。此天地陰陽之道，而說人之法也，為萬事之先，是謂「圓方之門戶」。但是「道」與「道德」兩者皆與道家所言之「道」有所不同，因而儒家「聖人」又與《鬼谷子》有所不同，即如「圓方」則為「天地」之形喻。

　　CEO的先見力與執行力，先見力是察覺危機、找出未來趨勢；執行力是決策與貫徹的能力，須輔以在危機時之開合、進退功夫，乃以適困力作為「先見力與執行力」的基底。考察古來競爭、對立的兩類事物之開合、變化與進退，藉以判斷其他或新增事物之作用，再延伸、了解生存與興衰的關鍵。故聖人在人世間藉其知識、經驗與能力，以籌劃所有事物的自「初始迄終亡」之發展歷程，通過人們思想發展的規律，發現引導事物變化的徵兆，進而掌握變遷的關鍵與全程。雖然事物變化沒有止境，但仍會有其歸宿；不論是陰或陽，是柔弱或剛強，是開啟或閉合，是鬆弛或緊張都會走向其自設的終點，來結束它的「生命週期」進入另一循環。

　　《鬼谷子》第一篇中第二個要談的重點，是「聖人守司其門戶」，即掌管人力資源之權柄，以及關於CEO辯溝力及其選才、識才、用才的綜合能力。特別要求聖人須能一以貫之，把握住變化的關鍵，審視體察事物變遷之先後順序，能度量人的隨機應變，也考量其能力的大小，並比較技巧上孰優孰劣。人群之間的賢良、不肖、智慧、愚蠢、勇敢、膽怯、仁義，都存在著一定的差異的。

故可以開啟、聘用或閉藏、不用，也可舉薦或摒棄；就可予以敬重或輕賤之，率皆可依據無為之術來掌握的。故曾提倡：台商須能自知「趙孟能貴之、趙孟亦能賤之」的危機預識之能力。

　　在溝通對話時，有技巧者會先考察對方之有無虛實，透過瞭解其興趣、嗜好，以其欲望來判斷他的志向，先輕微排斥他所說的，待其敞開後再加以深入反駁，這樣就可以得到對方實際情況，其中最有價值處即能得知他的真正意圖，繼之以沉默閉合而待機挑動對方發言，以確定是否有利於自己。有時敞開心扉予以展示，是因與其心意與我相同；有時封閉心扉以沉默對待，則是因為與他情意相異；判斷的可行與不可行就是要弄清對方計謀，探索出其中的異或同之處。計謀也會有一致或不一致的，都須要確立自己的意向再加以信守、堅持；如果是可行的，先順從對方意向以爭取信任合作。

　　《鬼谷子》第一篇中第三個要談的重點，是先見力與應變適困能力，即須能知識充分、思慮週全方可獲得成功。如欲運用開啟之術，貴在週詳完備，如要運用閉合之術，貴在隱藏保密。週詳保密中最重要的在於微妙而要與「道」相追隨。讓對方開啟，是為了要判斷對方之實情；若讓對方閉合不言，是為了呈現結交對方的誠意。這樣做的方法，都是為了能使對方顯露實情藉以權衡比較謀略的得失程度，聖人也按此方法進行考慮的。若是不合適的謀略，聖人也只能自行考慮而另行謀劃了。所謂開啟，或者是開啟以求能展示、使用，或者是開啟以能收納、閉藏；所謂閉合，其選項有三，即直接就閉合不開，或者是先閉合而後採納使用，或者是閉合而摒棄不用；開啟與閉合，是須符合天地運行之道，在陰陽之變化運動、四時節令的開始與終了時，得以促進萬物的發展變化。事物的離、合與復歸還原，都是以開啟與閉合的變化來實現之。

　　至於其他對第一篇中的重要內容之領悟、轉化如下：

一、成功CEO關於變化、危機之預識，最重要之訣竅在於能知曉整個流程的關鍵何在，以及能對此關鍵掌握住其開啟、關閉的技能與訣竅。開啟與閉合是事物運行總原則，也是遊說變化的依據。這些都需要預先觀察他們的變化，大約都要通過門戶（人事管理）來表現，也就需要經由開啟、閉合之技術來把握與控制。

二、CEO五力植基於對企業內部條件、能力與外部環境、市場之認識，及其大破大立之觀念或創新能力；須將陰陽的大原理和諧了，那麼開啟與閉合之術就會運用很恰當。凡是遵循陽道去遊說的，就是「開始」，從談論有利的方面來開始論述、規劃其事（功業）；凡是遵循「陰」去遊說的，就是「終

結」，即從談論不利的方面作為謀略所規劃的結果。

三、《孫子》的「道、天、地、將、法」中的天、地＝創構力＋辯溝力、執行力，似如太極圖中的陰陽相循、捭闔、由剝復始。所以像從「陽」的方面討論的人（得志、尊榮、富貴者等）交談，要依據崇高來試探，至於與從陰的方面討論的人則要依據卑下、柔軟的身段來試探。以低下求取卑小，以崇高求取偉大，也就沒什麼事情不能夠了解、探索、實現的。

總之，面對陽氣、順境就應行動、走出去，積極的作為；面對陰氣（不利之環境）就應停止活動、隱藏。以陽氣運動的人道德會增長，藉陰氣而靜止的人是蓄勢待發，若善處理陰陽，其形勢就會生成、累積；以陽氣求於陰氣，需以道德來包容；以陰氣求於陽氣，需加以力量、智慧，陰陽是互為起點與終點的。陰陽互相追隨，是因為遵循開啟與閉合的法則；更是天地之間陰陽運行的總法則、規律，也是遊說的基本法則，是一切事情的法則，也稱作天地之門。故CEO須能「善司其門戶」。所以陰陽不意指人與鬼、地獄與天堂而是順逆、成敗、得失之情境。

5.3.2.3 《鬼谷子：反應》與處理危機的執行力、先見力、創構力、適困力

《鬼谷子》第二篇名為〈反應〉，其中首先談的是「反應」；反應即面對突發狀況、問題的應變力，就是危機處理能力。成功的CEO藉著先見力、創構力、適困力於聽取對方的說辭後即而改變自己對白，以求調整、改換成正確的對策，爭取主導來解決問題、危機。進而獲取對方情報、市場資訊的方法，尤以反復觀察、探索實情、誘辭引導等，常用來了解對方實情將會更有利於我方，以及對雙方交易進行更有效率，也能對突發狀況、問題進行成功的危機處理。

〈反應篇〉的其次，論及的是CEO執行力，須針對企業之內部條件與能力，以及對大環境與市場所產生的變化、變遷之認識，再予適當的應對、解決。古代之聖人以大道來教化天下，即與無形的「道」一同的共生並存著。故CEO須先回復到過去經驗來觀察一切的方法，再回來驗證現在；先回復瞭解過去，再回來認識現實；即先藉由回顧來瞭解對方，再回頭來認清自己；即動、靜或真、偽的道理因而顯現出來。若與現實情況不符合，就要回復到歷史中去探求原則、原理，事情一定要透過反反復復的過程才有真正的認識，這是聖人的主張，故不能不認真考察、實踐之。

其三，《鬼谷子》第二篇中談及「人言，己默」，即是見微知危、識才用人的CEO能力，不論所誘說對象的從智到愚；例如聖人所誘智愚，都毫無疑問、

困惑，對其事之能否成功皆不憂疑。能從對方的發言，分析他是處於動的狀態或否；若自己是沉默，則以處於靜的狀態來應對。接著再根據他所說的話，來了解對方所想表達的意思何在；如果別人的話有不合理之處，可以反過來探求真相。若依對方必有的應對之辭，首先所說的話都會有外在的形象或徵兆以供觀察，事情都有可以比較的範圍；既然有形象和比較，就可以觀察與推知下一步的情況。形象就是事物外在形貌，經比較就可類比對方所說的內在的辭意，以及領悟其中無形無聲的玄微之理，再因此而引導、求得對方有聲之語言；若是以誘發性的語言得出與事理相符合的發言，也就得到了實情，這就像張網捕獸捕魚一樣，用心的多張幾張網，總會等待到對方的進入。

關於「道合其事，彼自出之」則是謂：只要方法符合情理、事實，便能令對方自然的表現出來，這時是捕獲人才的網便可奏效了。若太過經常的以這樣的網絡用來激發對方，而對方言辭仍然無法表露出以致失去比較時，功能上就須改變方法。例如以形象啟動對方，來符合對方心意，進而了解對方實情，隨後進行調查加以闡明。像這樣的反復試探，所說的話也可以類比模仿，終究因此而奠定其基礎。再三重複的詳細審試，任何事情都離不開上述所說的那些情況，CEO、聖人以此辯溝力來誘導愚者、智者，都能使其屬下得到實情而無疑惑的執行其工作。

《鬼谷子》第二篇中也談及「故善反聽者，乃變鬼神以得其情」，即是要CEO先能確認方向、基本原則，再依適困力與執行力而推動決策，即於「得其情」後要堅持之後以應變的彈性來處理。古代善於反復詳細聽審的人，是可以透過隱秘玄奇而獲得實情。對方之變化若是適當，因而能週密詳細的掌握住；若不能詳細的調查了解，所得到的情況就不清礎，又所得到的不是實情，其基礎、資訊就不可靠了，也就不能依憑來做決策。

對方講話的形貌與比較的事例產生變化了，就一定要有反詰之詞，就須深入調查實情，或讓對方先說，我則靜聽對方答復；若欲對方發言而自己保持沉默，即欲對方張開反而收斂自己，即欲達到高大反而表現要低下，若欲獲取反而先給予。在CEO領導屬下時，想要開啟實況而獲真情，則可以設下「象、比」來引動對方，再以此考察對方言辭與實情，與對方心理契合後會產生呼應現象，也就能得到真實情況。或者藉由此線索或那線索，有時得從交談討論如何侍奉君上開始，但也可從談論如何治理民眾的事開始。

最後，《鬼谷子》第二篇中也談及「己不先定，牧人不正」，亦是從對方、或對市場、產品，或對政策的反應來查證，來確認方向後所進行「見微審情」

的先見力之運用，方可避免「忘情失道」之困。牧人者須有人事管理的思維用以鞏固其執行力的基礎，即強調先見力與人事管理之關聯性與重要性；其所得到認清人我分際的訣竅，須由認清自己開始，因為了解自己在先，然後再去認識他人就容易成功。須先能「認識自我」方可做到「自我實現」。

人與人相知，就像比目魚的兩兩相隨一樣；又像光與影一樣相形相連。審察對方言論去了解實情，若沒有偏差，就如用磁石吸細針，如同用舌頭吸取烤熟的骨汁；如同與人相處一般不見其形色，一見到實情就能反應的很敏捷。形貌未顯時以「圓（天）」的方法引導他，形貌已顯時以「方（地）」的法則對待他。自己不先定下標準，否則等待管理時，對人的運用、進退就不會恰當；處理事情就不夠靈活，就會失去方法、忘卻實情。自己先掌握處世用人法則，再去管理人才，「方」是依循規範、標準去要求對方，「圓」則較放任自由，即施用謀略不見痕跡；即能見到其門戶、關鍵，凡能掌握關鍵達到成功的境界這就叫「天神」。

5.3.3 《鬼谷子》三、四篇是君王、CEO 極化作用之極核

5.3.3.1 《鬼谷子：內揵》中 CEO 之三心二意與君臣關係：AQ,EQ,RQ

《鬼谷子》第三篇中談及「內揵」，經由「內」的內心思慮、謀劃，或接納內臣之建議、參謀；再因「揵」的堅持、固守己之見解、原則與政策。「內、揵兼顧」則易凝聚共識，因為經過充分辯理溝通後，則上下一心、貫徹成功。此篇的重點是以君臣關係、上下互信之建立作為核心，即進獻說辭和固守謀略的方法，如何進退有度、掌握分寸、循序漸進的強固關係與游說溝通，就是辯論溝通與凝聚共識的能力。為人君上者須有「築巢引鳳」能力吸引才智之士，德行與辯溝力能形成「極化作用」，吸引人才是人君能成功的關鍵，故亦是「極核」所在。

《鬼谷子》第三篇中也談及關於上下關係的分類，CEO兼顧各類關係就要做好「三心二意」，使CEO成為向心力的「極化作用」之極核。CEO是企業負責人，即其風險管理人，須有「三心二意」：適度疑心（憂患意識的先見力）、絕對用心（任重道遠的執行力）、苦心宣導（苦口婆心的辯溝力）、創意（樂意改變的創構力）、專毅（堅毅卓絕、專心一意的適困力）。CEO的極化作用形成了部屬對其之向心力，令部屬對他「眾星拱月」。君臣上下相交之事，一定是內情相得，然后才能夠鞏固之，部屬上下關係因此就開始連結，或者以志同道合的友人之關係相交結。長官採納臣下意見，那麼要進入就可以進入，想出來就可以出來，想親近就可以親近，想疏遠就可以疏遠，想離開就可以離開，想求取就可以求取，想思念

就可以思念。其得心應手就像土蜘蛛養帶後代一樣，出入沒有間隙的環境中，雖然獨來獨往的做事，也都沒有遭遇到甚麼障礙，亦即是隨心所欲而不踰矩了。

　　另外，除具三心二意與向心力之外，在CEO的IQ之外更須有AQ adversity quotient, EQ emotion quotient, RQ relation quotient等相輔佐，這三種「商數」能使CEO更健全，之後行事便可「隨心所欲，不踰矩」。因此若現代企業CEO之三心二意若能搭配AQ,EQ,RQ更能突破困境，則會有助於創新市場、產品、技術等，有益於企業的發展了，「自我認識－自我實現」者，也給下屬完成的環境機會。CEO個人能力也會有不足之時，就仰賴顧問幕僚的獻策，即君王、CEO經過「內揵」來群策群力才能建功立業，此時就能轉化、升華為信任、信賴、信仰的人際關係，也就是組織內的「三信互動」。謹說明如下圖：

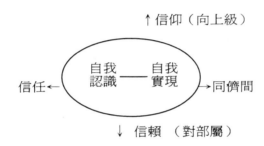

圖5-4　人際的三信互動圖

　　「內」原義是內閣、內臣，引伸後就是進獻遊說之辭或人，揵就是固守謀略。因此若距離遠反而相親近，則是因為有相契合而未顯露的德行；若距離近反而被疏遠，是因為志向不相契合之故；投靠卻不被使用，則是計謀得不到贊同；若離開反而又被訪求與任用，是因為謀略後來得到印證；每日在君主跟前卻不被使用，是措施不合適；相隔很遠卻相思念，是計謀合乎自己心意而盼望對方來議決事情。所以說：「不了解事物本來的性質而去做，必定會得到相反的效果，若不了解對方情況而進行遊說，其說辭必會被否定。因此掌握實情，才是把握住內揵之術；這樣便可運用自如，既能進獻說辭，又可固守謀略。《鬼谷子》中「道德」的涵意為：「道乃對『貫通古今』的通達，德乃對『學說事理』的真知、心得。」故聖人建立事功就如同成功的CEO，須得到內揵之術與掌握實情之辦法，需先把握住萬事萬物之原理。

　　在《鬼谷子》第三篇中也談及如何去驗證自己的學說主張，再加以改進或發揚，討論它的用與不用、摒棄與保留。想要尋求一致的時候，則用內情相合

的方法;想要分離的時候,則用外情相離的方法。把握內外之情時,必須先能明白道、術,來推測判斷未來的事情,若出現疑難則立即予以解決,如此則沒有決策失誤,便能建立功業、樹立道德;治理百姓使能進入產製、事業,人民安居樂業就是君臣上下的內情能相契合。君主若昏暗不行善政,則百姓離亂不辨事理,即上下的內情不相契合;若君上內心自以為賢明,不採納外來的賢者的主張,就應該用激昂飛越的言辭去遊說他。這些都是CEO對內的整合能力,以及與作法相關的方向、原則等方面,來形成向心力所歸趨的「極核」。

　　《鬼谷子》第三篇中,最後強調:君主如果命令自己前來,就應該迎上前為其所用;如果是情意不合而被命令離去,是因他過於直言而危及所給與之任務。便應該能靈活變化,隱藏自己的真實意圖,樹立進退的基本原則。產業政策乃運用資源、政策或創意,形成創新的引資策略;好政策必不違失其規劃,故治理人民以政策引入產業為佳,再固持之而使內部整合一致,終易立功建德。關於危機預識,若能將危機迎而御之,則為上策;要離棄這位長官時,若是因危機能先見、預識到的,則宜另求明主,否則便要藉著「環轉因化,莫知所為」而行動,並使之成為「明哲保身」至高、最大的原則。這是身為部屬之原則,亦即須先能「人貴自知」而後能「良禽擇木而棲」方得以展其長才。

5.3.3.2 《鬼谷子:抵巇》與危機處理

　　《鬼谷子》第四篇中,所談的「抵巇」即危機處理;成功CEO處於商機多變的全球化時代,不論政治界或商界的CEO務須具備此一危機處理能力。巇,罅也;罅,隙縫。抵巇,彌補縫隙。天下紛亂有裂縫、危機,危機處理須先有「他山之石可以攻錯」、「勿恃敵之不來,恃吾有以待之」的態度與心情,就需先防微杜漸,再當機立斷的以適當的法術來治理、彌補。憑藉其鑑往知來與CEO三心二意的隨時警惕,而藉「回到過去」以先驗事實去判斷未來之事。因為萬物有其自然發展的法則,萬事自有其分合的規律,皆可鑑之於過去。人卻有時離的近而看不見其意圖,有的距離遠卻能知曉其心意。近的沒能覺察是因為沒有考察其言行,遠的事能夠知曉是因能回溯過去以經驗來推斷未來之事,亦即鑑於已知來認清未來之可能變化,便形成他的先見力了;亦即是「經驗心得乃先見力之源」。

　　《鬼谷子》第四篇中談及處理危機之四類作法、策略,即卻、息、匿、得。「巇」是可以發展成更大的裂隙,「罅」則可以發展成山澗等更大的裂崩。出現裂隙都事先會有徵兆,可以「抵」的方法是堵塞它、防止它。「抵」的方法首先是「卻」,即讓成因不存在來使其退卻、消失;其二「抵」的方法是

「息」，即使之暫停、中止；再其次抵的方法是「匿」，即填補裂痕來使之還原、隱匿；其四「抵」的方法是「得」，即以轉折、轉念作為其收獲的形式。這第四種「抵」的方法為「轉念」，即《藍海戰略》中的企業經營策略，例如區隔市場、轉型升級、創新產品、增附價值等，這就是「抵巇」的堵塞隙縫之道術、方法中，以即在知識經濟時代中，台商CEO的最佳方案。「卻」即危機處理是在知識經濟時代中，再加上全球化雙重競爭壓力下，凡具有「創新、日日新」態度的企業CEO就須以AQ,EQ,RQ來做為其應變之基礎，就能活用上述四種方法而成功，但以「卻」、「得」比「匿」、「息」更為優先之法。

　　通常事情一有危險征兆，聖人或成功CEO就可以先覺察出來，他能獨自發揮應有作用。順應變化分析事物之理，善於使用計劃、策謀，在細微之處認識清礎與預防之；每當事情（危機）初起之時，如秋毫之末般微小，待其擴大、發揮後則形成震動泰山般的基礎所生之效果。當聖人向外施以教化時，事物就開始出現微小細緻的變化，都可利用抵巇之術；抵巇的堵塞隙縫，則是一種道、術兼長的處理危機之方。處於戰國亂世、國家之危機與抵巇猖獗之際，即須借鑑於三王五帝的作為而創造出自己的優勢與「藍海」，即CEO就可令企業以避開「紅海」與成本惡性競爭，進入區隔市場後的藍海而易成功。不管是用以堵塞縫隙，或者用來得天下、市場，或者用來恢復天下、市場，或者用來「取而代之」的篡竊天下，皆是上選之策。

　　傳說上古五帝所採取的抵巇之術是「堵塞」天下，三王則是以抵巇之術「得」天下。諸侯之間互援互助、相互抵巇之機會十分的多，如今企業CEO之危機處理能善用抵巇之術就會處在上位、優勢，亦即善用「社會互助論」之精華而成功。2008的下半年在蔓延全球的金融危機中，各國政界、金融界的CEO就大量運用抵巇之術，初期依《鬼谷子》的思想先用「卻」的方法經多年而無效時，則宜以「匿」或「息」來中止風暴、粉飾太平；未來則可用「得」，即以「轉念」來挽救本國之金融危機，就如今之「赤字預算」政策、「政府退稅、鼓勵消費」等，改變觀念、異於往日之政策。

　　聖人即指通達危機處理、有領導統御之能力，即以CEO五力而運用成功的政治家或企業主；在《孫子》的「道、天、地、將、法」中，「道」則是貫通古今的原理原則、精神條件；至於「天」是指時代潮流、季節時令，因其能彈性、易變通而稱之為「天圓」；「地」是指週遭環境、物質條件，因其性質易認清即「易控」，故稱之為「地方」。不管是世襲的君主或歷經考驗的CEO等能成為一時之選的領導者，則是具有其應有之權力，但卻不一定是具有能力之成功政治

家、企業主。因其成功則須如《孫子》中所重視，亦即「道、天、地、將、法」的能力，故知其仍具有強大的影響力，尤其屬於自己的專業領域之內者。

　　自從有宇宙、世界的存在以來，就已有合離、終始的現象，不完美就同時並存，亦即會有巇隙、裂縫等情況之發生；危機處理的道理是CEO一定必須能覺察到的，覺察到就須有善於運用捭闔之道、抵巇彌隙之術者，否則就不是成功者。聖人是成功的道德者，道德者即「通達古今，掌握大道理而能貫通又有所心得（掌握訣竅）者」，即如CEO對企業經營方面能通達、掌握後有心得之成功者。聖人，他是可以在打擊隙縫之後予以堵塞恢復的人，也可以在打擊隙縫而在「天」層次之中，在得到之後得到其訣竅。凡能夠充分依據和運用抵巇之術，就可為天下百姓守住神祇（原則、根本），亦即是真正的「守司其門戶」之人。

5.3.4 《鬼谷子》第五、六、七篇之創新、危機預識與鉤箝術

5.3.4.1 《鬼谷子：飛箝》之人力資源管理權與言語上的鉤箝術

　　《鬼谷子》在第五篇中談的是〈飛箝〉。飛箝，是CEO或領導者於先見力後，所運用的激勵（飛）與遙控（箝）的技巧；然後續之以適困力，必能協助屬下與自己突破困境。總之，飛是褒揚、激勵，箝是控制、箝制，皆能綜合賞罰體系與人際網絡者即飛箝，「飛」則包括天時、地利、人脈所提供的訊息，來與對方建立關係的方法。主要是考察人的才幹、權變、辨別真偽之能力，予以適才適所及賞罰分明之術；凡是成功CEO必能以其先見力、適困力之配套運用，來築巢引鳳、誘導對方先言，再留住人才、適才適所的發揮其潛質與能力。

　　君主或領導者吸引、招募、管理人才之技術，以及使人才能為其所用之訣竅，即人力資源管理之初始觀念在《鬼谷子》第五篇中初現於世人。其中對於有截長補短功能的人才，在需要時就可以征召，可以求取或立即可以任用。另外也可以運用語言上的鉤箝之術，引誘他人從言論上歸順自己，或以激昂言論引誘之，從而控制對方來得到實情。能夠誘致對方得到實情的話語，是一種游說之辭，時而相一致，時而不相一致的交互運用。對於運用鉤箝之術也不一定能達到歸順人才的目的，故有時先征召，然後排列比較後再培養其能力；或者先排列比較出等級類別，再反復試探，然後就其弱點再以毀謗、刺激其潛質；或者反復比較試探使對方暴露弱點，或者先使對方暴露弱點再反復比較試探。用這種方法時，仍需輔以珠寶、財富、爵位加以試探，或者衡量、考察對方的才能，來確定對方去留或藉以引誘他說出實情；有時則可藉著所發現的對方缺

點，來箝制對方等等，上述方法仍須搭配著運用抵巇之術，必先求能夠相輔相成進而達到目的，亦即自己身為長官、CEO所規劃的目的。

　　《鬼谷子》第五篇中談及有意逐鹿天下者，須有天時、地利、人和，其統御與用人之術是先做好「築巢引鳳」基礎工作，亦即如CEO的區域推移時選擇條件、精準決策之能力。如果想拓建、擴及於天下之規劃，就必須先審度自己的權力與能力，能看清天時之盛衰、啟閉的變化，能掌制地區資源、區位優勢，以及阻險難易、人民財貨、外部大環境等的掌控程度。領導者以求得實情作為準備創新之基礎，然後便能成就其知人善用與智謀權變的能力，能充分的展現其執行力與適困力，則傑出CEO與聖王相同，皆以能力來謀求突破瓶頸以求做好「立足台灣，佈局全球」。

　　凡欲成功的領導人或CEO，將飛箝之術用於他人或部屬身上的時候，就要觀察測試其智慧才能、估量其實力，以及判定潮流趨勢、把握關鍵要害的能力，來迎合或隨順對方，以達到箝制之效而與對方協調，能以意念態度達到與對方融洽。此即飛箝之術做到最佳的運用、掌握與發揮之時，若是忽略則易招致失敗。成功CEO在人際關係、企業網絡之運用上，須以健全、週詳的資訊協助其決策，或者確定出區域推移與行銷網絡之定位、拓建或選址。亦即在人際關係、網絡之運用上，就是先用空泛讚美之辭來鉤引對方說出實情，也須把握好時機勿錯失機會，力求探測出其說辭的實質。

　　飛箝之術的運用可以縱向、也可以橫向，亦可以向左、可以向右，可以向東或西的使用，可以向南或北，可以引而反轉，可以引而復歸原地，等等皆無不可的自由運用，進而構成球狀社會網絡，亦即包括了CEO能力及其人際網絡、資訊網絡、知識地圖等。不論成功者或縱使於覆敗時，凡運用此網絡而能恢復正常，皆不致失去節度而錯亂迷失，而終能復興、重建其事業版圖。

5.3.4.2 《鬼谷子：忤合》與創新、危機預識之結合

　　《鬼谷子》第六篇中談及「忤合」。忤合，忤是逆境、背反，合是順境、隨順，通常都重視其對逆境的適困力；然而成功的CEO、聖人在順境或逆境，皆須以適困力來面對，因為「君子常處泰」須從「泰極否來」來面對危機處理。另外忤是背反、對立，合是趨合、順隨；不同事件或其不同時段都會有不同的方法來應對，行忤合之術的條件是要先能瞭解自己與環境，估量著天下、國家與自身，以求能進退自如。「聯合次要、打擊主要敵人」是根據實況、對象而「轉念」，以求化解敵對力量為己所用；以及將創新與危機預識結合，亦能「化

阻力為助力」的，所以「趙孟能貴之亦能賤之」的危機預識之素養，也是其慮患也深的飛箝之術，皆能用於逆境與順境之轉變、轉換中。

政界、商界的CEO，凡是要趨向合一或背叛分離，對計劃、策謀都要經過探究看其是否與理念相合。世間的變化轉移，像玉環一樣連接的毫無縫隙，卻各具其原因與各有變化態勢。同時也吻合19世紀的馬克思唯物辯證法之「正、反、合」，或者是「奧伏赫變」的迴旋上升、「揚棄」之內涵者，即事物的背、反之趨勢是可以互相探求、相輔相成而有所創新之「合」，藉著每一具體事物而做出不同處理。因此聖人生活在世間，先樹立身分而後治理世事，施行教化擴大聲望顯揚名聲，一定會因著事物的變化際會，觀察合適的時機，根據國家政策與教化所宜多或少的地方，預先察知、調整而使計謀隨之轉化、創新，再將兩階段、時期的「忤、合」銜接好，即形成循環性「正、反、合」已如玉環般連接無縫，生生不息、層出不窮的進行政策的轉化與創新了。

《鬼谷子》第六篇中所談及「忤合」，指出CEO也須與適困力配套運作，尤其領導者須根據實況而將國、家比擬成產業、集群、聯盟、公司行號，適度的經營才能「慮患也深」的獲得成功。世間的變化無常，無法保證貴者恆貴，事務的處理亦無恆久不變的法則。聖人（成功的CEO）須常保持彈性與適應變故之能力，那是因其時時不歇的作為即「為無不為」，加上會及時去做好廣納雅言的工作。至於「立足台灣、放眼全球」與「協合萬邦、萬國來朝」則須運用飛箝之術，以及推動行銷網絡的佈建全球取得信息，其中能成功者須有「嘗試、錯誤」之經歷，因為國際間外交關係必然存有「忤、合」現象，當然就有彈性與創意出現；故CEO也須以彈性來面對「忤、合」，才能體悟出訣竅——創新會有多種型式來呈現。

「外交上無永久的敵人，也無永久的朋友」，凡擅長於反對與支持其轉變的人，也是能夠協合四海、併包諸侯的人，若將其置於忤合之絕地也能化危險轉為安全、找到適宜合作的人。故伊尹五就商湯、五就夏桀，歷經「忤」然後就「合於湯」才成其大業；呂尚三就周文王、三就入殷商，皆不能有所明白通透，最後才合於武王而成就事功。此一知曉天命之「飛箝、忤合」，所以能歸附明通達練之君主的人，也就是歷經反復轉變而毫無疑惑的人了，因為在台商集群中追隨「龍頭」之下游中小企業者，必須能學到、揣模到集群龍頭的CEO經驗、能力，以及能接納其所溢出的訂單與知識、技術者，才會獲利的存活、發展其企業。

5.3.4.3 《鬼谷子：揣篇》與先見力、創構力

　　《鬼谷子》第七篇中所談及「揣」。揣，揣策、揣測謀策，是先見力、創意的途徑；敏銳的覺察力是先見力之基本，揣術是推測對方心理、掌握對方隱情與實況的方法，包括有權變、憎惡、鉤引話題等，以及利於CEO做正確決策的能力，進而發展出推陳出新的創新、構建之能力，即創構力的形成。企業的訊息蒐集網絡之方向、要旨，CEO的先見力是創新與決策的關鍵；古代善於治理天下的人，必定先度量天下形勢，進而揣摩諸侯實情。度量天下形勢不周密就不會知道諸侯（市場、客戶）的強弱、虛實；揣摩實情不細密，便不了解所隱瞞、藏匿的事實及其變化的情況。若能了解以上這些情況的人，就是善於度量形勢就能「事半功倍」的成功者，「揣」就是CEO成功者首先要掌握的關鍵，即須有敏銳的覺察力或信息網絡。

　　揣摩實情，一定要在對方非常高興時，使對方情感達到頂點，他們欲望充溢時，就不能隱瞞真實情形；或者一定要在對方非常恐懼時，使對方情感達到極其厭惡的程度，因為情感達到極其厭惡的程度，即是人處於極死懼、極厭惡時就不能隱瞞實情。其情感因為極懼、極喜而會失去彈性、變化，就很容易被看出實情了。若情感受到了觸動卻不能體會到好惡喜懼而會失去變化，就暫且擱置不與他深談，轉而問及另外與他親近的人，了解他情感所依托的根據則是好的方法。接著其情感在內心發生變化的，就會有外在的表現，所以必定能從他經常表現出來的情感中，察知他的內心世界。這就是領導者揣測靈魂深處實情的方法；專心的利用機會來審察對方心理的變化，來掌握致勝的契機。

　　通常，成功的領導者依個人素養進行揣情與深謀遠慮，或是CEO的執行力與自利的創新研發力，來引領其團體與組織走向成功。所以謀劃國家的人，就應審察形勢變化，詳細揣測實情向君主獻策呈情；懂得揣測道理並加以運用就可達到貴之、賤之、重之、輕之、利之、害之、成之、敗之等，隨心所欲達成目的，這都是運用揣術的結果。即使以古代聖王的法則，加上極高明的智慧謀略，若不用揣情的方法也無法獲得隱藏的實情。

　　《鬼谷子》第七篇中所談及「揣」，這便是謀略的最優先的原則，也是進行游說的基本規律；我等常見到事情會發生在心中也難以隱藏，但人卻常不能預知防範災難的發生；欲在事前就能察知是最難的，以致揣情是最難把握，另外時機是最難掌握的。故在觀察昆蟲的飛動時機，它都有其利害關係存在著，亦即有發生事變的可能。發生事變之前，都會有細微變化而有待去用心觀察，分析後便可預示形勢的發展。在觀察之後，善用這些揣情的方法，要加工整理成

華辭彩章向君主遊說獻策，將可成就功業及安定社稷，亦即是聖賢的作為了。

5.3.5 《鬼谷子》後半部的內在機制

5.3.5.1 《鬼谷子：摩篇》模仿揣摩及創構力、適困力

《鬼谷子》第八篇中所談及的是「摩」。摩，摩仿、琢磨之以求符合。適困力須與摩仿結合才有可能循序的發展出：破壞性創新→突破性創新→基礎性創新。「揣」是了解對方實情（先見力與覺察），之後必然須續以摩（切磋、體會），即依循心理、感情之變化，才能採取適當的方法；首須是隱密的從內在情感與外在反應來體察，再從其間之互動中探究出奧妙。摩的方法即「有以平，有以正，有以喜，有以怒，有以名，有以行，有以廉，有以信，有以利，有以卑」等形式，用之不當（不合符於天時、地利、人和）則難以收效。聖人能成功是因能合於「道」（如孫子的「道、天、地、將、法」），就可在先見力（揣）之後，再續之以適困力、辯溝力、創構力去形成「主事日成」、「主兵日勝」的執行，天下就視其若神明——「戰無不勝、事無挫敗」。

揣摩的方法，可以運用的有：平、正、喜、怒、名、行、廉、信、利、卑等十個方法。故知道凡是聖人所能運用的，眾人皆也能運用自如，但卻因其使用不得其法而不能夠成功。十個方法成功須歸納後有三個前提是：

1.須有數術：技術、機遇的支持、搭配；
2.全部主張、道理都同意：從知識、經驗中獲得、判定；
3.還需仰賴能符合天時、地利、人和。

上述這三條前提、標準只有成功的CEO可以做得到。CEO須自我要求這三條標準、原則，再以十大方法來揣摩其成功之道，謹以圖說明如下：

十法：平　　正　　喜　　怒　　　名　　行　　廉　　信　　　利　　卑
解釋→靜　　直　　悅　（鼓）動　發（揚）　成　（簡）潔　明（瞭）　營求　諂

凡能揣摩出市場趨勢、客戶心理、需求與欲望之變化，即CEO五力與危機處理的預備階段已能完成。因摩是揣情求符合、適應的方法，內心感情的變化及其表現是揣測的主要對象；運用摩術是有一定的法則，而且這法則是在隱密中進行的。根據其欲望先稍微的進行揣摩，估測然後探究其中奧密妙鍵，再求其內外必然呼應。內外呼應當然須有一定的行為表現，所以先稍微予以排除掉一些問題，就如前所說的阻塞漏洞、隱匿頭緒、藏匿形貌、逃避實情等，每當別人不知道要謹慎、小心而失敗時，所以他能謹慎的讓憂慮都不會出現，使事

情成功而揣摩於此處，符應則出現在另一處，只要能專心揣模、彼此互相呼應，那就沒有什麼事不能成功的。「揣」是先見力乃適困力的前輩，「摩」是從經驗中摩仿及適困力的執行主體。

《鬼谷子》第八篇中所談及，多是關於CEO充分運用其適困力、執行力、創構力以利於完成「主兵日勝」；用其先見力、辯溝力、創構力則「主事日成」。古代擅長於摩術者，如同臨淵操作釣鉤來釣魚，置妥魚餌後投入水中，就必能有魚獲；但可分二種：一是主事日成者，是漸進有功而別人卻不知詳情者；另一種是主兵日勝者，其是明顯強勁，快捷有效令人生出畏懼者。聖人的規劃於隱藏、含蓄中進行，所以常常令人贊嘆稱之為神，故而其成就是公開、明顯的，所以唯有明白的、公正的君王才可與人民、CEO及其追隨者，來共享「主事日成，主兵日勝」的成果。

凡是能互信者恆能合作而易成功；主事日成者有積德、積善兩類，可交由人民意見來主導之；主兵日勝者有令人畏之、令人降服等兩類，則皆是「民不知其所以、所以然」之層次，而由領導人的「廟算」來主導。「廟算」謀劃一定要週密，必定要選擇意氣相投者進行遊說，所以說想交結就得須是親密無間的人。事情若要成功，必須合符數術，所以道理、數術、天時三條件，能相偶合然後功業才可成功。又如進獻遊說若要讓對方完全聽進去，一定是情意相投，情意相投者才會採納意見。若人、事、物都歸屬於自己的權力者，就如抱著材薪去救火，一定是乾的部分先燃燒；也像在平地上倒水，低窪的地方一定先濕潤，這就是相同事物必有相同的反應。「絕對權力，絕對腐化」對於情勢來說也是這樣，「如水就濕」領導人須善用職權及十個方法來預防腐化。

至於《鬼谷子》第八篇中說的「內心反應與外面揣測」，能否互相適應也是同樣的道理，所以說揣測時要把握各類事物的相同點，哪裡有不相應的則根據其情欲、意向來揣摩，找出哪裡會不被聽從採納的地方，上述所說的皆是善於揣摩的人才能掌握的法則。凡能通曉機微之勢的人不會失去良機，而且當他成功後卻不佔有、不獨享，故歷久之後就能熟習與暢通於天下，台商CEO之優異者以「社會互助」來賺取人心（人脈），隨後繼之而來的更是賺錢的商機，以及企業的擴大。

本系列自2002年起規劃迄今，已是第五本的拙著，曾先後多次正確推斷大陸國務院之可能作法，特依循危機預識觀點，來為台商之經營提出適當的建議，也符合《鬼谷子》的主張，台商經營依產業鏈或集群，行其「工業輪耕」於各區域，亦即須善用「合縱連橫應變術」才易獲得成功的。

5.3.5.2 《鬼谷子》第九、十、十一篇的辯溝力與執行力

5.3.5.2-1 《鬼谷子：權篇》與辯溝力的「九策五說」

《鬼谷子》第九篇中所談及「權」。權者，權衡、審察、度量之意；以辯溝力為主要的表達形式，配合執行力之推行動力來呈現出來。因為：權者，權衡、審察之意，即審度形勢以進遊說之辭；說話有技巧者，能夠修飾內容、掩飾動機，即使平庸的話也可成為智者、或勇者口中之言而影響力大增。即是要看人說話，「與勇者言，依於敢」，「與賤者言，依於謙」，「與智者言，依於博」，只要可以冷靜的去做，就能扭轉劣勢反轉而變成「勝者」(反敗為勝)，由善變者而被稱為「信者」(守信者)。故曰遊說者是去運用修飾的言辭、假設的說詞來取信於人，鼓勵人實現其抱負或願景；即「辯溝力」不只是「口舌之能」，而須與「腦力」結合，經過權衡審察的智慧之表達能力。

遊說即勸說別人，但也可將這位來遊說的人視為提供資源的人；依其各種類型而有各類游說及其訣竅。例如「策選進謀者，權也，運用謀略即權變者。凡是曲意奉承者是諂辭；繁雜虛辭者是誇辭奉承；獻策進謀者是權宜之辭；快速決斷以示其不疑惑者則是逞強鬥勇之辭；自料不足卻轉責、歸咎於他人者是反辭(即心口不一)」。故說者需待口、耳、眼的三者能與心思協調，具備好之後，「眾口鑠金」就能做到「眾人因言論而融化金屬(改變心意)」，是形容言語較易於偏邪不真、積非成是。這些成功的CEO因其EQ,AQ,RQ之成熟度有關，智者如古之孟嘗君不用己之短，「不恥下問」的借用比他智能更差的人，借重他所養的士即雞鳴、狗盜兩人，運用愚者之長，盜兵符以成就圍魏救趙的事功。

換言之，《鬼谷子》第九篇中強調「權宜斟酌」，智者不會用其自身的短處，愚者也知道用其所長；智者既不會用其笨拙之處，而會採用愚人的巧精之長處；故而也不會有困難阻礙。當其所遊說的是自己有利的地方，依循他的長處；若遊說是針對他有害之處，也就會先避開他的短處；所以介虫有捍衛舉動，必定借其堅厚甲殼。例如蠍、蜂等螫虫之一有行動，必定以其優勢的毒刺叮螫對方。禽獸皆知道發揮其長處，故而遊說者亦該知道應用這道理。故曰因人說話(辯溝力)需能先做好「不以言舉人、不以人廢言」的修養準備，CEO亦須能夠「避短用長」、「揚長補短」於其部屬中擇才而用。

另從說辭的內容、說者的狀態來看，可分為：病、怨、憂、怒、喜等五類；若從發揮言辭的技巧、勸說對象來看，成功的CEO可採取九種策略，對智者則依於博，其他為：拙則辯、辯則要、貴則勢、富則高、貧則利、賤則謙、

勇則敢、過則銳等共計九種「因人而異」的策略。但仍須保持彈性以為應對、緩衝，即依循「精則用之，利則行之」與「聽貴聰，智貴明，辭貴奇」兩大原則。另如辯溝力：如「說大人則藐之」與「貴者言，依於勢」等原則，皆須因人而異；總之，人之言辭可分五類而各有其心理、態度之背景。至於進獻言辭的人則「說者有五」，即是「病者，感氣衰而不神也；怨者，腸絕而無主也；憂者，閉塞而不洩也；怒者，妄動而不治也；喜者，宣散而無要也。」因人之處境、狀態的不同，致其所談之特徵、內容而分為上述五大類，再因談話、溝通的對象而分成九種策略，掌握「九策五說」就可以有利其成功的溝通。

5.3.5.2-2　《鬼谷子：謀篇》之辯溝力、「因材施教」與制人者握權

在《鬼谷子》第十篇中強調的是「謀」，「謀」是謀略、規劃週密，CEO仍須有執行力與三心二意的配合才會邁向成功；領導者的「三心二意」即謀劃於先，也須做好揣情、量才、用人等工作，方可「制人，不見制於人。」因為「制人者，握權也；受制者，制命也。」所以謀劃也須因人而異，故「仁人輕貨，不可以利誘，可使出費」、「勇士輕難，不可懼以患，可使據危」。這些與人事管理與飛箝之術是互為因果的，亦即「故變生事，事生謀，謀生計，計生議，議生說，說生進，進生退，退生制，因以制於是。故百事一道，而百度一數也。」，亦即各種謀劃原則都匯歸於一個基礎道理、所有事物與法度最終是一個法度之下——萬變不離其宗即是「因人施教」，故曰「說者有五」而其「辭策有十」。決策者乃握權的，執行都受制的人，「謀」是執行者「按計劃來用功夫」的階段，須待機向握權者「游說」。

游說較難於一日必成，須以漸進的積累影響力，於不明顯中協助對方「轉念」，則其轉變方可持久、真成功；因此，「內外疏親」與「正不如奇」等，乃說者之立場；至於計謀之用，是以「公不如私，私不如結，結而無隙更佳」為原則。關於對象不同時，則區分為：說人主者，必與之言奇；說人臣者，必與之言私；則是最佳策略。因此《鬼谷子》第十篇中更強調「夫仁人輕貨，不可以利誘，可使出費。勇士輕難，不可懼以患，可使據危。智者達於數，明於理，不可欺以不誠，可示以道理、可使立功，是三才也。故愚者易蔽也，不肖者易懼也；貪者易誘也。是因事而裁之。故為強者積於弱也，有餘者積於不足也，此其道術行也。」即是先要掌握人性、特質來因人而異的施以辯溝力，才算是「不以人廢言、不以言舉人」的行事風格。

其次，《鬼谷子》第十篇中強調，「摩而恐之，高而動之，微而證之，符而

應之，擁而塞之，亂而惑之，是謂計謀。」又說：「計謀之用，公不如私，私不如結，結比而無隙者也。」其中的「結」是「結合成利益共同體」之意。若從儒家思想的「君子群而不黨」來看，所反對即是「結黨營私」的「結黨」，而不是反對「民主政黨」；另外在爭取被重要時則「正不如奇，奇流而不止者也。故說人主者，必與之言奇；說人臣者，必與之言私。」或者CEO務須「不以人廢言」，例如不肖、貪、愚「三蔽」或智、仁、勇「三才」各有所長所短，宜因事而裁之、選之。故曰：為強者積於弱也，即須藉著漸進、積累與轉念而成功；即是「有餘者積於不足也，使其道術得以大行」，成功CEO是「平時視如戰時」的準備著則可積少成多而走向成功。

另外，《鬼谷子》第十篇也強調：「制人者握權也，見制於人者制命也。」明顯區別領導人與被領導的人，更再精確區分領導人又分類為「故聖人之道陰（隱藏的），愚人之道陽。」聖人領導成功在明白「道」之根本；智者辦事易成功是借鑑於其經驗、知識，故《鬼谷子》曰：「智者易成，而不智者事難。以此觀之，亡不可以為存，而危不可以為安，然無為而貴智矣；」即使遇到智者被打壓時要依據「使不見用於眾人，不見用於眾人之所不能知，而用於眾人之所不能見。」使能困轉念而反敗為勝。

凡是既已想達到能無為而治，則須明白其關鍵在於：須能智慧的強調、運用「因人而異、因材施教」之原則，故《鬼谷子》曰：「既用見可否，擇事而為之，所以為人也。故先王之道陰」，所以先王行事較含蓄而不張揚；言之有曰：「天地之化育，在高與深；聖人之制道，在隱與匿。」故知聖人「陰道陽取」較易有建立事功的機會，應該從不顯明的途徑，去做有利於公眾之事，如「為善不可令人知」以避免「利用特權」之譏諷。

智者因其目標顯著、競爭者眾，故宜從隱匿的途徑以「陰道陰取」來取勝，如「先取得專利再上市」以免遭人物議、抹黑；愚人令人可憐而無人與其爭，故可採公開、放任的途徑以「陽道陽取」得逞。此三類人爭取自己的成就感與能滿足心理需求，再求生存的滿足之方法與努力，是很值得鼓勵與肯定。《鬼谷子》中所不評議的，還有另一種的第四類採「陽道陰取」，是一般人常用的小人技倆，如「掩耳盜鈴」行徑或如「野人獻曝」的建議，因名實不符、公開妄為而有違道裡則不足取也不予討論，又恐承擔罵名致避而不論。

5.3.5.3 《鬼谷子：決篇》之決策與執行力、適困力、創構力

《鬼谷子》第十一篇中強調「決」。「決」，決斷、決策；其中以執行力、適困

力為最常用得到的時機。決策的能力是綜合性的統整能力，危機突發時更須於極短時間做出正確的判斷與決策，即是CEO的最高境界。成功的CEO或聖人兩者同是《鬼谷子》所言「守司其門戶」者，雖與儒家的聖、賢不相同，但若比照其等級、層次，則《鬼谷子》的聖人是「掌握大道、貫通古今之變者，行之成功而有得（道德）者」，「得」是道德者，即於「道」有心得的人。至於略低層級之賢者，則僅是「掌握大道、貫通古今之變者」，或者是境界未能深層通透、略有成功者。

　　成功的CEO或聖人，所以能成就出其事功者分有五類：「有以陽德之者，有以陰賊之者，有以誠信之者，有以蔽匿之者，有以平素之者。」即鼓勵人人都須「從小處著手」去辦事，但仍須在效益上來看，則須是「陽勵於一言，陰勵於二言，平素樞機以用四者，微而施之。於是以度往事，驗之來事，參之平素，可則決之；」關於CEO須有適困力與執行力，則可參考《鬼谷子》的「王公大人之事也，危而美名者，可則決之；不用費力而易成者，可則決之；用力犯勤苦，然不得已而為之者，可則決之；去患者，可則決之；從福者，可則決之。」共有五類運用執行力、適困力的情況來決策。

　　最後當正常的決斷模式無法解決的問題時，就交給龜甲依天意決定，即《鬼谷子》的「故夫決情定疑萬事之機，以正亂治決成敗，難為者。故先王乃用蓍龜者，以自決也。」對於前段文字的分析，本篇採取正向、明示出「何者正確」，就可以支持其決策的正確性，故「可則決之」。此乃人智經驗的判定；至於「其他疑難或問題」對沒有經驗者，則以蓍龜卦象來論斷之；上述兩類方式合稱之為「廟算」，由古時「中央」的當權者決策之。故知，決斷是萬事成敗之關鍵；順應人情、國家大勢、世界潮流，更須做好「度以往事，驗之來事，參之平素，則可決之。」以利於當機立斷、當斷則斷，都須把握住關鍵時機，因這都是適困力及執行力之根本、基礎、初始，尚未具體成形之初期即先做好決斷。

　　至於第十二篇是否為後人所補述者，尚未能定論之；既是可能非《鬼谷子》原典，且鞏固君權帝位之意甚濃，應為「大一統帝國」時代之作；故懸而示之於前面章節中，於此處則不予申論。《鬼谷子》思想旨在助CEO「掌握實情、知人善用、決策正確」的主張，我人處此全球化商戰與「文明衝突」的時空下，《鬼谷子》思想已經是傳統社會文化之精華，早已融入我國商業活動中如今應可更予發揚光大，以利華人政治、商界CEO更多的建立其「可久可大」的功業。

5.4 台商 FDI 域外直接投資與再西進之規劃

5.4.1 政府功能與企業經營的創新

　　創新是文化的本質、特徵；更可以推動文化繁榮發展、提升國家軟實力，即創新是持續發展之源源不絕的動力、民族可久可大之靈魂。國父 孫中山先生在《實業計畫》提倡的「商戰」與復興民族文化，強調要努力於發明創新是先見之明；印證之於鄧小平1983年的「三個面向」，來補足、強化 國父 孫中山先生于「面向世界、面向未來、面向現代化」之不足（僅暗示、未曾明言）。過去第二產業的台商西進彌補大陸的兩大缺口、提升人民生活水準與工業生產，如今結合第一產業與第三產業的休閒農業，進入「桂高雷ECFA國際經貿區」與「海西地區」更可再添「綠色生態」，實現兩岸更完整、透澈的現代化——知識經濟時代的創新。

　　台商目前的IT產業與通路服務產業，應向柔性專業化的新產業來努力經營，以突破西方先進國家所設下的「遊戲規則」，台灣于近年十年剛形成的新優勢：IT網路與科技優勢；若能結合傳統的中醫藥文明及休閒農業的知識與經驗，則宜先進入海峽西岸西南地區卡位方為上策，更可抵擋西方的科技入侵、文化霸凌與基因侵佔。尖端科技半衰期極短，故須「隨時待變」，所穩定不變者唯有賴於政策的支持與整合農民的力量，可使農業生產、農民生活、農村生態循序落實，同步解決「三農問題」實現「三生、有幸」，則台商獲利即是兩岸雙贏。

　　鄧小平關於「沿海」與「內地」的劃分，以及其「兩個大局」的戰略思想，須先全力發展具有「改革開放」優勢的東部沿海，即其他地區此時就要顧全這個大局；如今當沿海地區發展到相當程度就必須騰出更多力量來開發「內地」，這就是東部沿海要顧全另一個大局。中部地區似乎被「跳過」實則留下「活眼」形成戰略縱深，當大陸以更多優惠「傾注」于西部必然由東向西的繁榮中部地區，西部是欠發達地區與東部相比則明顯落後，中部則是稍微發達地區，「在商言商」的台資是不會錯過中部，大陸可利用台商FDI的遊牧性進行「蜂群分封」的躍進，以西部大開發的力道順便「帶動」中部地區經濟繁榮。

　　面對大陸中國共產黨「十七大」之後，在文化上的積極、潛隱之作為，應能激勵台灣政府在經濟與文化的「雙贏」策略是：深入市場後方，借著對台商的積極、潛隱之支持；台商在西進中帶動其文化的質變實現民主化、自由的「中國式和平演變」。尤其對於不發達的西部地區之經濟發展，在大陸鼓勵下讓台商再西

進，於過程中均伴隨著工業化與產業結構升級的現象，亦即是「工業輪耕」與「蜂群分封」於汎西部地區；它包含有經濟增長量的擴張和產業結構之變動，及其所引發的生產力之進步與技術密集度的提高等等變化。亦即最終將可在經濟與文化上獲得雙贏，除可助益華夏經濟體，也可勝出於「文明衝突」中。

2006年以後的「十一五計畫」將鼓勵外資進入西部地區，其中尤以台商特別合宜，尤其是西南與西北兩地區，以及海峽西岸經濟區的休閒農業與漁牧業，即先從生物殖栽的文化性觀光業入手，更可將IT科技的優勢與台灣已有之旅遊服務業發展相結合，來帶動大西部經濟的漸進與躍升。現代化不只是經濟的增長，還要生活環境與人的素質之全面提升，故它是不停改善生活的過程，須符合向上向前的原則，其內容則包括政治、經濟、法律、社會、文化與科技。中國大陸的現代化是鄧小平路線的核心所在，「一個中心兩個基本點」即是以四個現代化為驅動馬達，另一基本點的「四個堅持」則是其中的煞車體系，來維繫中國式現代化的均衡發展與共同致富。

2007年胡錦濤先生主導下的中共黨章第五次修改，據大陸媒體指出有十五處條文，對台灣而言值得注意的是：「和平協商」文字的出現。具體實踐上則可從連任中央宣傳部部長劉雲山，於「十七大」後10月29日《人民日報》所發表的〈更加自覺、更加主動地推動社會主義文化大發展大繁榮〉，若其能於2012前完成提高國家文化實力之奠基。那麼台商休閒農業西進是儒家文化的回流，將會是兩岸雙贏；更進而將兩岸人民的文化生活施以升級與創新，那麼生物、中醫等生技產業將可茁壯，大可無懼於政治評論「軟的更軟、硬的更硬」，因為台商再西進的是產業集群之經貿區塊者，能適應於他在手段上、身段的更軟反而台商因之會獲利更多；硬的是主權、一個中國等是無害於經貿的，尤其充滿華夏文化與台灣優勢的休閒農業台商，其西進海峽西岸經濟區與「桂高雷ECFA國際經貿區」，更是充滿希望、生態綠意與永續發展的文化復興、融合，也是政府功能與企業經營的創新——允許台商以FDI模式「再西進」。

世界各先進國家與兩岸的農民，都是各國農業發展的主角，卻有賴政府作為其支柱、引導才能成功；今則宜由農委會研發中心、農會組織、農民群體、產銷合作社或農產公司所構成「研發、設計、產銷」基礎性的產業鏈，而政策須周詳完備、較佳的資源配置、物件與對策正確等，更須能分工合作方能奏效。因為農業多是小農經濟，即政府必須扮演「道、天、地、將、法」中「道」的角色，執政者極須「轉念」而能為各產業創造良好環境，即先懂得：對市場機制的尊重、妥當維護交易秩序、組構農業研發、產銷的組織與對外貿易談判的據理力爭，更不

必逾越、干擾到「民之所欲」的經濟自由，亦即須有《孫子》中「將能而君不制者勝」之經濟體制，並以彈性作為改革中所依恃的機制。

台商CEO扮演「天、地、將」的角色與「結網、設計、產銷」的功能，運用海洋式儒商文化及其社會資本網路，掌握市場消費趨勢心理，此即是台商的「天、地」層次；再以資訊網整合眾多小農，克服在研發創新、生產因素採購、生產作業執行、農產行銷上等資訊缺乏及規模劣勢之問題；台商的各大龍頭企業中有先見力等CEO五力者，即是「將」的部分。特別須努力於「法」的奠基培訓CEO，則是能整合農產品的生產、加工、運輸、國際行銷的能力、經驗，以及妥善運用社會資本與網路，發揚互信分享之文化以致能讓農民願意信任台商、大陸企業。並以之為其核心願意釋出知識、經驗、訣竅，再要求核心企業維護、捍衛其專利以防仿冒、抄襲；因農業知識、技術對農民是「法」的層次，與工業的對比則是顯性知識居多，故也很容易遭到模仿，應由政府輔導核心企業，作為台商集群整體利益而盡心盡力，這就是他們對「將」的依賴。「道、天、地」層面多是隱性知識，本來就不易被抄仿。

傑出CEO應可自居於眾多小農的核心，整合、協助、鼓勵、支持台灣從事休閒農（漁、牧）業，激發農民以「農家樂」或民宿農莊形態進入農業的大陸，發揮其專業能力、經驗、訣竅、技術的「法」之角色，實現「農民生活、農業生態、農村生產」之最佳陳現，須先完成台灣是「綠色科技島」的階段，再擴大推展到農村大陸而利己善群。故台商之欲西進者挑戰WTO後台灣農業的困境，跨海實現台灣「另一部分人的富裕」、完成兩岸的共榮雙贏，實現真平等的經濟全球化——正是值得「愛拼才會贏」的台商去奮鬥！

台灣產業過去忽略區域規劃以致退化成今之「准二元經濟結構」、「空洞化」M型社會，未能深入分析到資源配置，也不曾慮及產品與工業區各有其生命週期，忽略須有危機預識與區域活化的準備；除非運用海峽西岸經濟特區的工業園區與農業創業園，吸引台商的高科技與先進管理技術廠商投資，實則兩岸互補讓台灣「空出」部分土地，進行工業區活化與產業集群的規劃，轉型進入知識經濟的生技產業為主導產業，來經營台灣成為「綠色科技島」。

5.4.2 外商在大陸的直接投資 FDI

改革開放以前的大陸處於相對封閉的經濟狀態，不僅對外貿易規模或總額均很小，從國外流入的生產要素更少，加上「文化大革命」及其之前的經濟戰略為：「重重輕輕」，致使生產要素的配置在扭曲中忽略比較利益思考。1979年

大陸國務院於「十一屆三中全會」之後的採取了開放政策，以迄2006年將正式推出的「十一五計劃」，在這二十多年中各國的資金、人才與技術，就如「百川奔入海」般前進到大陸，台商之理性的自制力與感性的自利心，如離心力與向心力般互相制約著，最終唯賴台商自決其策略才可謀得最大利益而非由官方來主導。人類進化史中變遷的主導力仍是人民的生計而不是政治力的操作，因為歷史規律告示我們：政治與權力是一時的，經濟與交流是長期的，文化滋榮與族國生存必須是可久可大的。

對大陸而言，在營造出和平、發展的大環境之內，為能謀求「經濟繁榮」的目標與成就，將持續其對台政策主調---武力反獨，和平促統。1990年之後臺資進入大陸沿海有巨幅度增加，當大陸的經濟改革成果為世人所熟知之後，資金的稀缺狀態自然會引進了大量外資，於是打開投資中國的大門讓外資進入彌補其資金缺口，2001年「入世」後跨國企業外資的直接投資FDI增多，就成為近年來大陸經濟能夠快速增長的重要原因。進而才具備了文化滋榮的先決條件，也能吸引相同血緣與文化的族群聚集，自決的認同其文化及族國，強化後發展成為能勝出於「文明衝突」的後盾。

近十年外商在大陸投資趨勢未曾稍緩，已從中小企業邁向跨國企業而且倍數成長的擴大其投資規模，根據聯合國貿易發展組織的《2001年世界投資報告》指出：目前《財富》雜誌評出的世界500大，已有將近400家在大陸投資大約有2000個以上的項目，其中分布在十餘國的130多家跨國公司已在大陸設立研發中心（蔡昉、林毅夫，2003）。2004與2005兩年FDI均逾六百億美金，明顯的看出外資企業及蓬勃的大陸民營企業，皆對中小企業為主的台商形成「內外夾擊」，因為沿海優勢不再持續，迫使台商「再西進」已是新的趨勢；也須前進東北或江西與安徽等中部地區，台商在適應環境中運用文化優勢進入外資低密度地區奠基，務須努力於創新科技知識與自建品牌，來建立無可替代的價值才是上策。

1979~1993年大陸的外資累積僅達144.38億美元，再經過五年之後累計至1998年就已達585.57億美元，若累計至2004年則高達5684.07億美元；其中2002一年的外商直接投資總額為520億美元；例如2001年的總額為463.67億，其前十名依序排列，以億美元為單位的「實際利用額」註記於「【】」內：香港【167.17】、維京群島【50.42】、美國【44.33】、日本【43.48】、台灣【29.8】、韓國【21.52】、新加坡【21.44】、德國1【2.13】、開曼群島【10.67】、英國【10.52】，（中國統計年鑒，2002）其中維京與開曼兩群島是「租稅天堂」而為台商規避政府管控與重複課稅的管道，甚至香港資金中也有不少來自台灣者。

表5-2　各國投資中國金額統計表　　　　　　　　　　　　　單位：萬美元

國,地區/年	2007.1-7月	2006.1-7月	國,地區/年	2007.1-7	2006.1~7月
香港	1232448	1027376	英國	49857	39053
維京群島	856741	591790	澳門	40184	34684
韓國	225358	186942	荷蘭	39934	53454
日本	200945	247304	德國	37456	130555
新加坡	146543	115748	馬來西亞	23988	22979
美國	146275	138866	加拿大	21439	22781
開曼群島	132140	99116	法國	21379	22224
薩摩亞島	101781	88206	義大利	17250	17139
台灣	83277	114937	菲律賓	11728	9055
模里西斯	71274	53686	其他合計	42413	47362

說明：台灣1991~2007.4對外投資中大陸佔55.2%，維京開曼群島17.9%，香港2.5%，新加坡3.3%，依此比率估算83277×(1+23.7/55.2)=118967及2006年的164307萬美元。

　　2007.9.24中國時報，一版「西征北擴 台商大遷徙」，各主要管道進入大陸的台資，經推算後2007年前半年總計11.89億美元，2006年前半年總計16.43億美元，即約十萬家的台商於2006與2007兩年，台資西進粗估約50億美元。外資進入的原因主要是因比較利益之下，在於運用東主國的優勢來取得更高的資本收益及占有其市場，然而大陸引進外資絕大部分是外商直接投資（Foreign Direct Investment, FDI），2000年時FDI約占七成，其它兩部分則為對外借款為16.8%，設備及股票等約占14.6%，兩者皆為FII（Foreign Indirect Investment）外商間接投資。

　　在大陸的台商須有預識變局的眼光，不論創業型、守成型的CEO也都有西進決策的魄力與艱苦的打拼，不論原廠西進、升級或轉型的經營，都是以台省的企業文化為背景的創新模式，若無「美日台混血企業文化」的支撐來化除危機，昔日的「南進」若視為測試性的嘗試，就應已檢驗出「西進」是較具成功機率，當年若台商仍全數「南進」則必致經濟的不振，有前瞻性的決策者應以民生經濟為優先考慮而非政治的操作。總之，CEO是風險管理專業人，就須具備「三心兩意」：適度疑心（憂患意識的先見力）、絕對用心（任重道遠的執行力）、苦心宣導（苦口婆心的辯溝力）與創意（樂於改變的創構力）、專意（堅毅卓絕的適困力）；方能有利於台商CEO於再西進時成功的危機處理，因為它是台商經營的前提、原則，不是其過程、結果。

　　企業的危機管理首在預防而不在於應變、應急，因為預防是先知先覺，應變是後知後覺的窮於應付，台商亦同理：其敗歸台灣者皆未見適當危機管理與

未融入當地社會法制而誤蹈法網陷入覆轍。兩岸政府面對SARS的危機處理均不足為訓，故試著從先驗式危機處理的陳述來啟發我人的靈智以救邦國能先知先覺。危機管理乃人類或團體面對嚴重危險在關鍵時機的有效作為，茲綜合陸炳文與吳宜蓁兩位國內學者的主張先見、預防的危機管理分四大時期六個階段：（陸炳文，民1992）

一、**潛伏期**：危機預識、居安思危，再分為議題管理階段與預防規劃階段。凡事豫則立、不豫則廢。

二、**發作期**：危機處理、臨危不亂，危險陸續爆發的高峰，焦慮及壓力難以承受，是為危機期的前段。

三、**善後期**：危機控制、轉危為安，訊息與情況逐漸趨穩，掌控危機的後續發展提防危機的影響再度擴大。

四、**復健期**：危機化解、安然無恙，補強組織維護企業形象，又再細分復原階段與學習成長階段。

　　總之，危機管理＝議題管理＋危機（應急）處理＋學習成長；亦即，議題管理階段主要在界定企業周遭可能影響到企業生存發展的潛在議題，以便及時協調企業的內外資源，形成策略來影響議題的發展，使企業在消極面上避免或減輕受害；積極面則因納入管理而收「治於微而力寡功多」之效。

　　西進的台商須有較強的預防意識才可投資大陸，更無持續警惕也將鎩羽而敗歸，所謂「議題規劃階段」是當企業偵測到某項危機即將發生時，必要的預警系統就要開始運作，是整個危機處理的前哨，此時企業要成立危機小組、擬定策略，也要評估危機的向度、影響性和衝擊性，加上企業可動用資源與承受極限的精算。危機處理如同治病一般，預防的重要性絕對超過治療，即使變革與組織再造也在預防中化解；議題管理與搜尋後的重點是危機分析與對策之提出，制度上的適應與管理則是台商最須面對的問題。

　　亞洲的「四龍」與「四虎」為何較拉丁美洲或其它地區、國家的經濟景況會有那麼明顯的差異？何以「金磚四國」的巴西與中國大陸會有大落差於GDP？大都是因其在經濟發展中所用的制度和其文化不協同所致，經濟制度是指規範人民經濟行為的一組規則所形成的體系，其區別主要來自文化的差異；文化是國家制度的重要部分與其它制度的分工協作，會藉助於社會、政治、法律與組織的規範來約束人類的經濟活動，再與它們相輔相成的推動著人類各式文明與各地文明的提升。

　　在「新制度經濟學」的架構中，經濟增長在現今社會新增添兩項核心要素：

技術Tec與技能培訓SK（SK為人力資源的培訓，Tec則指創新知識所發展出來而用於生產的操作性技術）。熊彼特在1912年前所倡導的「創新」非僅指「發明」而已，還包括對舊事物的重組、排列與新的設置，人才的培育與隱性知識的形成是儒家文化長期注重的觀點。身處現代社會的台商受到知識經濟的挑戰與影響甚大，若能藉助制度經濟學的思想與主張，將會有利於其台商企業的「布局大陸放眼全球」。

大陸國務院總理溫家寶在第十屆全國人大第二次會議提出政府工作報告中，預估2004年大陸全年成長率可能只有9%，主要是政府削減支出與管制銀行放款以壓低公共建設及其重複投資，來預防投資過熱並可為人民幣升值預留成長率拉下的可能性。報告中亦可看出大陸將會以具體的措施來解決「三農問題」，大陸將逐年降低農業稅1%直至五年後廢除，將增加300億人民幣投資鄉村地區而逾20%的政府預算，並以100億人民幣的直接補助來遏止穀物產量的衰退（中央日報，2004.3.6.，6版）。

大陸試圖解決由來已久的「老大難」農村、農業、農民問題，到了2009年的「三入村」外資FDI仍是解決「三農問題」的主力；整體而言，希望能舒緩原物料供不應求與電力不敷所需的瓶頸，進而遏止通貨膨脹與經濟過熱的危機，透過重點投資農村來縮短城鄉差距。此一計劃及預算執行時「雨量」分布最大的地區將會是貧窮縣占有率偏高的西部地區，而且解決「兩個大局」與縮短城鄉差距必須是「可持續發展」的前置工程，它不可能只是短期工作至少要維持五年以上，是「兩個大局」戰略與西部大開發的優惠政策之結晶，台商西進最能助其完成「國土規劃」與「工業輪耕」。

5.4.3 西部地區的過去與未來

在第一個五年計劃的1953~1957年期間是向蘇聯「一面倒」的全局戰略，大陸的資金與物質向東北傾斜，蘇聯援助的156項大型重點工程大多分布東北，因此東北成為重工業和軍工業基地；之後1956年毛澤東發表「論十大關係」便透露出「不走蘇聯的路」之訊息，1958年正式的實施「三面紅旗」走「左」的現代化道路。再經過「三年大饑荒」後便是「三五」時的三線建設時期，走「反美帝反蘇修」與「自力更生」的道路，亦即毛澤東所採行的政策與建設，皆領先於南美學派「依賴理論」的現代化模式，以及有關的主張與策略。因此東北一直是大型重工業基地迄今不改，西南地區在1965年「三線建設」中並未紮下堅實基礎，1966~1976年的「文革」使人才與經濟中輟，三十多年來致其經濟與就業

均不如東北甚多。

　　1978年鄧小平第三度復出後反而開放沿海，推動「兩頭向外」的經濟特區，使得珠三角、長三角與環渤海灣區的產值依序的逐個超越了東北各省，以致遼寧在1978年之前GDP只落在上海、北京、天津三個直轄市之後而為全國各省區之冠，在改革開放之後下跌數年而於2002年稍回升，遼寧的GNP排名為全大陸的第八，同為東北地區的黑龍江與吉林則分別為第10與14名。2003~2004兩年中薄熙來主政下的「振興東北」頗見成效，2005年以政績卓著上調北京為國務院商務部部長，已成為大陸政壇的明日之星。然而西南地區仍然陷在國營企業的困境之中，皆是源自計劃經濟體制的後遺症，現謹述之如下：

一、產業結構畸形，產權過於集中官方：第一產業的農業比重過大，第二、三產業的工業與服務業落後，在各類所有制（產權）中國有國營比率偏高使資金短缺與周轉期過長，設備與技術更新緩慢而生產效益日漸殘敗。

二、大中型國企的變相官僚體制：幹部、職工編制龐大尤其是政企不分、行政效率低，產出品質差又無市場機制的管理而失去市場競爭力，行政與福利開銷均大，加上官方攤派頗重，導致長期虧損。

三、官員以權謀私：侵吞國有產物或權錢交易使國有財產大量流失，釀成拖欠職工工資或員工被迫下崗等，更甚者為：貪污肥了官員瘦了百姓極不合理，2001年雲南省長李嘉廷的大案就是冰山的一角。

四、國企與銀行負擔沉重營運困難：為支付離退休人員工資、長期虧損使國企向銀行貸款，銀行因政策性任務形成呆帳爛帳，使雙方難於擺脫困境謀求發展，新近出臺的「債轉股」政策成效尚待觀察，另外大量的「三角債」影響營收與財務管理也令國企經營陷入困境。

五、資源枯竭、過度開發：「越窮越挖」使水土保護與自然環保成為空談，近來已有改善與減緩趨勢，代表民眾思想覺醒故仍大有可為。

　　大陸國務院的「國退民進」政策在2000年底出檯，對台商都產生很大的影響。廣東肇慶的昆升毛絨廠黃董事長經茂名市台商協會江漢君副會長之介紹，於2001年自肇慶「再西進」設廠並購國營廠於粵西的茂名市。她以自建全國行銷體系與經濟規模之擴廠計劃，來經營管理與評估再西進的精準，使她能於併購後不裁員以優秀的管理，於第一年便創下逾億產值的佳績。台商文化所產生的效應，對剛復蘇解凍的大陸儒家思想也生出示範作用，因國企改革而發展出的短、中、長期目標，如江澤民發表講話之重點：「採取改組、聯合、兼並、出售、租賃、承包經營、股分合作來搞活國有中小型企業」，可明顯覺察中共中央

關於國有企業的改革和發展，是抱著強烈的企圖心以謀求在產權、所有權與經營權上問題的解決。

　　台商再西進須於當地政府依循國務院的政策引導，先形成了增長極之後，台商對當地的秉賦資源、人才與區位的優勢，來「尋水草」而以產業集群的「工業輪耕」模式，進行區域推移就須斟酌官方的配套「扶持政策」。2006年3月大陸的「政協」與「人大」兩會先後通過了「十一五計劃」，指出2006~2010年將會面對十項重大的社會經濟考驗如下：

一、經濟成長具潛力，但社會公平問題凸顯：農村貧困人口2600萬與城市週邊等待週濟人口近2000萬人，是小康社會亟須超越的社會不平。

二、產業結構逐步提升，資源環境約束加劇：製造業多為勞力密集與高污染的粗工業，總耗能2000年有13億噸而2004年將達20億噸，形成資源損耗。

三、農民收入逐步提高，但城鄉差距仍在拉大：城鄉家庭人均所得比率，2000年是2.8：1到了2004年已拉高到3.2：1。

四、市場主體活力煥發，但體制障礙亟待突破：非國有經濟的產值占全額GNP六成以上，市場機制不完善仍有多重障礙減弱發展力道。

五、對外開放領域拓寬，但外部壓力明顯加大：外貿總額全球第三大、外匯存底8537億美元第一大，然而外貿依存度高達70%。

六、科學技術實力提升，但創新能力成為瓶頸：經濟與城鄉的二元結構明顯，呈現衝突可能，教育與醫療工作亟需加強，來拉高位居中下的創新能力。

七、區域分工正在形成，但協調發展任重道遠：2004年西部、中部、東北地區分占東部的人均所得之38%、44、73%，加上許多重複建設皆須協調。

八、群眾參政熱情提高，但民主政治有待發展：近五年通過新法百餘件，但各地仍常見「有法不依、執法不嚴、違法不究」的現象。

九、社會結構變化深刻，但整理面臨嶄新課題：貧富差距拉大就業也有問題，每年離鄉的農民工有一億多人，農村仍有一億多的剩餘勞力在待業，建設「社會主義新農村」勢在必行。

十、政治建設取得進展，但反貪肅賄任務艱巨：長期反貪肅賄工作2005年仍有13位省部級幹部遭受黨紀處分，「黨員先進性教育」及「學習焦仲裕」等應再予加強。

　　西進台商集群其區域轉移是「並容」於企業轉型中，所形成的主要是以轉折式變革，因為其比轉型式變革的創新程度上有不小的差異，而且因集群內各企業變革程度不一致，以致性質不同故權宜的稱為「串聯式轉折」。今後的再西進更

可與「西部大開發」政策及機遇配合，也歷經與運用了珠三角、長三角、京津三角、再造東北等城市轉型的商機，所以就是一種規律或自然現象，台商的「蜂群分封」與「工業輪耕」如同游牧者基於愛護環境逐水草而居，亦即台商依其企業特性來選定區位，所呈現於台商產業集群的是區域推移中「塊狀經濟」的現象。

5.4.4　台商集群創新西進及儒商的與時俱進

台商比其他在大陸外商基本的優勢在同文同種的游牧性，大陸台商集群的區域轉移以及借機完成其企業轉型，為能永續獲利而會呈現出台商的企業文化，所具有的下列四大特色須予以強化，力求台商能茁壯精進：

一、為實現可持續發展：既有對客觀環境的尊重又能做到「改善人類生活又兼顧後代者權利」，不論是台灣或大陸的下一代，台港商人因文化認同與歷史淵源，又是最能兼顧兩岸之可持續發展的一群人。【本質】

二、可提高企業與城市的競爭力：從個人到國家都須強化其競爭力，城市或地區亦復如是，台商企業轉型與轉移尋覓更佳環境創造更強的競爭力，留下空間與機會讓原城市得以喘息與轉型，使資源利用率再提升而調整經濟的再生或進階。【動機】

三、是經濟發展與文化成長的與時俱進：人類歷史中經濟時代從農業、工業、服務業的變遷、進展著，皆源自人類追求更好的生存，為滿足人的本性與文化經貿的需求，台商企業必須與時俱進的「進市鎮投資產業」來利己善群，人類社會才會有成長與發展。【功能】

四、是儒商企業文化的反映：長江口以南沿海多山少平原以迄嶺南粵西，居民與自然爭、向大海討生活的韌性，晉商、徽商、浙商、閩商、粵商、台商的文化一脈相承，台商文化更因其被殖民的歷史而吸收了荷、英、日、美的特徵，更能追求企業利潤而實現「勇者致富」。【淵源】

台商企業經營文化「青出」於閩商文化而更「藍」，亦即擁有儒家豐沛的「時中」精神──與時俱進。例如前幾年台商因為大陸的低物價、低工資與低地價，又因其招商的凌厲攻勢與低姿勢的服務佳，吸引台資大舉西進；突顯台灣官員欠缺服務精神致使地方上的工業園區乏人問津；這兩年大陸的「四低」不再夠低，宏觀調控使限水限電危機浮現，台灣官員記取教訓又因選票壓力使官員調整身段，以優惠政策針對台商需求留住企業。兩岸官員的互相學習與啟發乃文化的區域推移，亦合符於儒家「時中」精神即其調適性之有力明證。

日本以始自1980年代的產業政策引導多年皆大幅領先，台灣近五年來皆列

四小龍之末，尤其2005的GNP也首度被南韓超越而須加強「創新育成」工作；故而中小企業為主的台商須從「破壞性創新」來爭取市場，目前已在世界舞臺占有一席之地，至於如何延續與擴大戰果進入創新突破是當前之急務，因為吸納彼岸人才台灣仍有「風韻猶存」的魅力，運用大陸的比較利益則因同文同種是絕對優勢，台商宜藉此優勢運用大陸市場正在「起飛」的機遇，接近市場與掌握市場須先知己知彼的進行區域推移。關於目前台商的弱點則有如下述五點：

一、多是技術低、產值低的勞力密集型的製造業，資金薄弱與籌資融資困難。

二、缺乏核心競爭力：甚至台積電等大廠也只能以「美而廉」為其核心競爭力，屬代工業者但現正努力於從ODM的轉型到OPM原始產權製造。

三、人才有後繼之憂：雖台灣的人力素質領先全亞州而年青一代久鳩於安樂乏有如前輩創業的遠見與魄力決心，既缺CEO也罕見苦心研發創新者。

四、信息未能盱衡全球：立足台灣猶可卻受限於大陸，肇因於兩岸政治的對立，故台商未受法律保護難能全力發展其優勢，在全球舞臺上就因缺乏信息與籌碼，過於依賴美中兩國市場而拙於應付。

五、島內政界波濤洶湧：「拼經濟」淪為口號，命脈所在的金融改革便已無法兼顧，何況是台商權益？根留台灣的研發創新導向之企業都要單打獨鬥，西進台商就更要自求多福來「愛拼才會贏」。

對整個中國的經濟發展而言，兩岸互動的增強與優質化則勢在必行，兩岸的任一方都不能再給虎視眈眈的競爭者機會了，尤其是台灣得應更努力於發揮自己的優勢才行，協助台商在大陸的可持續發展就是台灣永續繁榮的關鍵。中小企業為主的台商首須防範自己衰退弱化，其次就得防跨國大企業與大陸民企的競爭；欲達消極防範之效果就要有如下列的積極作為來推動之：

一、擺脫代工困境致力行銷通路與自創品牌；

二、改善台灣生活環境與品質吸引研發人才致力創新，吸引外籍人才長駐；

三、強化資金籌集的平臺來活絡台省金融制度；

四、不斷創新技術增加產品競爭力永續發展。

2004年初發行於臺北的《創新者的解答》，萃集於「不創新即是衰敗等死」；（李田樹譯，邁可.雷諾，2004）知識經濟進階時代將拋開傳統的「單向的技術型知識與人力之供給」，亦即僅由大學為產業量身打造來設計課程與培訓人才已經不夠，企業知識必須「回流」大學來提升企業所依賴的「知識庫」，因此產學雙向交流的「產學合作與育成合作」的回流效應較強，使得「知識加值」更大，傳統的「建教合作」漸失其重心。值得台商效法的是：華碩NB計劃將製

造、產品管理與部分研發重心移到大陸，充分利用大陸的成本優勢與人力資源，另外於墨西哥與捷克也有其生產基地，完成企業的全球布局。

各國企業與個人向大陸國家知識產局申請登記專利件數成案者已逾200萬件，共經過19年時間然而跨越後半段僅耗時4年，其中除大陸之外，2003年日本的發明專利20092件/24241件登記專利=83%，美國是10682/12221=87%，韓國是3393/4552=88%，其它如德、法、荷、瑞士、瑞典皆逾英國的79%，台灣似乎忽略大陸已是兵家必爭之地，只有989/11329=9%的比值，僅稍優於2002年的5%，然上述各國皆有更大的成長（工商時報，2005.11.21，A3版）。謹摘述台灣「資策會科法中心」的論述如下：

一、台灣新型專利中逾九成是浮濫又無經濟效益者：因過去依賴代工生產經營，各企業產品少見關鍵性創新與基礎性創新，大都是借用客戶專利為基礎加以破壞性創新或新型式的外觀創新，反而如雞肋——食之無肉棄之可惜，久而久之只是浪費企業資源難見突破創新。

二、關鍵性創新與基礎性創新是國家競爭力所在：社會能力是經人才專家活 用社會資本後的結晶，教育的功能則扮演吃重的角色能促發真正的創新，終身學習的社會價值觀使全民更增添社會能量。

三、專利須是質與量並重以利其商品化：專利技術能否量產與提升產值、獲利率，就必須考慮專利的連續性或整體化，專利不該是隨意產生的而是有計劃的，否則就不可能出現關鍵性創新與基礎性創新。

四、專利的被引用比率更重要：國家教育資源的人力規劃與企業資源配置，若消耗於零散的創新及其專利的維護上，則只是投資報酬率極低的浪費，目前台灣的專利引用率不到1%是遠落後於韓日兩國的。

五、建立專利交易平臺與IP智財法庭：智慧財產（IP Intellecture Proprietary）的重視是全球共識，韓國與大陸皆以國家之力發展更遑論美日等科技大國，台灣僅少數跨國大企業在推動之，實際上為「富裕中的貧窮」的窘境。

1950年代日本因韓戰而快速恢復到戰前之工業水準，1960年代則為美國代工的時期也致力於模仿Imitation與破壞性創新，1970年代進入改良Improvement與初期創新Innovation，到1980年代就有商品化的創新出現與占有市場，如1971的傳真機1975的錄像機1979的隨身聽，到1990年代就令美國企業擔憂其國內市場的淪陷，如1981的激光唱盤 1982的CD唱盤1983的液晶小型電視與VTR錄相機，1985的數字相機與1988的電子筆記本更「入侵」美國的核心技術領域。事實上亞洲除日本之外，其他各國資金與技術皆不足，2008諾貝爾經濟學獎金得

主克魯格曼（Paul.Krugman）1994年曾指出因只有充足勞力又無創新，西方資金大量的投入使東南亞進入「邊陲地區」的「虛繁榮」，因「依賴關係」而易於出現金融風暴；鑑於政府未能適當介入經濟，故而1997亞洲金融風暴、2008全球金融風暴的預防，其首要根本工作應是研發創新的大力推進以鞏固經貿實力。

日與韓的液晶TFT-LCD技術皆來自美國的軍用技術轉移美商康寧玻璃，韓戰中為能「接近市場」而遷移生產線於日本，戰後經日本工程師的三I過程所發展的商用液晶螢幕，如今成為台灣主導產業的技術來源，於2000年後最強勢的產業。然而台灣「液晶五虎」動輒數百億美元的「沉沒成本（sunk capital）」建廠後，再以獲利之近半被擁有智財權的日方抽成，全因技術未能創新研發成OPM，故唯有漸進於教育的紮根、深耕才能創新而「迎頭趕上」，不必受制於人才是上策。

全球華人競爭力基金會董事長石滋宜博士曾舉例說：「近期日本的《鑽石周刊》發表『急速成長未公開企業分析』觀之，名列前二十名高成長的公司包括各類業種，傳統企業並未讓IT業種專美於前……僅有三家為電子業種，其它十七家皆為所謂傳統產業……為什麼這些傳統產業能有如此亮麗的表現？原因是因為他們改變了遊戲規則……成長率高達8331%~735%，證明高成長率的企業不只存在於高科技產業，這就是知識經濟的力量。」（石滋宜，2002，P.20）這些傳統產業包括有建築業、米制食品、纖維織布、劇團、一般機械與百貨業等，只是他們運用自己的「智慧資本」才能成功。

智慧資本即智慧財產是無形的資本，「智財權」價值很難認定，唯賴產業政策輔導與保證，才讓創投基金與銀行團願意支持，在知識經濟時代以創新與科技來維持競爭力乃必然趨勢，對「智財權」的法律保護、交易合約與金融信貸等皆有待努力建構安全的平臺。台商資金籌措不易而無形的資產更難得，政策需要以鼓勵創新與價值增創來維持台灣經濟之成長，就先讓銀行正面對待擁有「智財權」與渴盼資金的台商，讓台資銀行西進設分行對台商優先融資、貸款，以刺激台商努力於技術與價值的創新，達成對中小型企業或研發創新的科技公司之扶植策略。

5.5 台商之精神楷模與儒商文化

5.5.1 台商的核心價值與儒商文化

台商企業文化與台灣地區產業特質之「文化創意」，已是大陸台商的競爭優

勢，故本文認為「美日台混血企業文化」是台商集群區域推移的拉力，台商企業的核心競爭力是台商集群區域推移的推力。故知台商的企業經營所獲利潤的多或少，依序為：賺努力（辛苦）的錢 ＜ 賺智慧（經驗）的錢 ＜ 賺機會（眼光）的錢。唯有歷經辛苦努力與智慧經驗的企業家CEO才培訓出「有眼光」的素質，因其是隱性知識可消除風險而賺取高額利潤，社會文化是台商集群與產業經營成功的重要因素。

　　產業集群是內部機制複雜的集聚現象，是經濟與社會文化的複合體。地方經濟集群的形成及隨後的發展以可貿易性相互依賴和不可貿易性相互依賴這兩種力量為基礎。按照艾席姆（Asheim, 1997）的觀點，在學習型經濟中，產業群的發展趨勢是逐漸向學習型經濟演進，主要通過企業內部及企業與區域社會之間，形成動態的柔性學習型組織來提高企業內部門間的合作。另外法國區位經濟學者佩魯認為：經濟現象和經濟制度的存在依賴於文化價值，並且企圖把共同的經濟目標與它們的文化環境分開。他使文化獨立出出其重要性，又指出：如果脫離了它的文化基礎任何一個經濟概念都不可能得到徹底的深入思考，從社會制度的安排如財產所有權、契約關係、企業組織、法律道德與宗教制度，以至經濟活動都有很大程度取決於文化的價值（楊龍，2004，P.218），故可從區域文化的角度來探討，影響區域經濟與政治發展有關之民眾心理和社會價值，進而改變之。

　　將儒家思想落實到生活中即儒家文化；先從知識分子形成菁英文化的「小傳統」，再進入大眾文化層面，此際就轉型為儒教思想及其文化，再與當地文化形成其社會之大傳統。宋室南遷比較晉朝東渡：相同者即此一觀點；相異者乃因新的時空與新的需求出現「昔日王謝堂前燕飛入尋常百姓家」的舊思想，打破貴族藩籬而有所感慨；南宋的永嘉學派更轉入支撐「士農工商」序列中的「商」，成為儒商文化即儒家思想所「觀照」的層次。台灣的儒商文化因明末鄭成功東渡抗清而一脈相承自閩商文化，更有其因適應與創新而發展出「墾植聚落或集群」的社會網絡，在特殊歷史遭遇下成為有特色的台商企業文化，再借著大陸改革開放的機會，以利台商文化及其體制能「回流」儒家文化的根源地。

　　南宋理學大儒朱熹自序家世時說：「世居歙州歙縣篁墩」，父早逝的朱熹年輕時曾到外祖父的書店刻書印販；也印證宋室南遷於1127年的「辭廟」儀式之後，遷都南京與1132年自南京再遷臨安，亂世中朱熹主張的實用理性廣為人民所採信，再延伸為「仁義與人欲，儒商須兼顧」之後，徽商便「以賈代耕」的商儒並重或義利並行更盛行於商界；迨12世紀下半葉由陳亮與葉適發展出「義利並行」的思想體系，再發揚為「以儒家文化為規範與制度的儒商文化」於浙

江沿海，協助徽商凝聚出社會資本而勝出晉商者，即後人所稱的永嘉學派。清初大思想家之一「皖派」宗師，父親是布商的戴震，在其論著中更突顯與強化朱熹的「人欲」與「實用」觀點，他是代表了儒商文化發出最強烈與深刻論證的儒學大師（潘小平，2005.12.1，P.18-21）。

永嘉學派之前的徽商，僅及於將其產業集群內的規範規則與制度網絡加以完善，卻仍缺乏價值體系或理論架構；故有系統的儒商文化斯時也尚未形成，直到儒家永嘉學派之出現才漸進的發展出儒商文化。更造就了16世紀鼎盛的徽商、浙商與閩商文化，進而帶動了浙商之活絡與永嘉儒學的「義利並重、農商並行」基礎，進而儒士與商賈也結合為一體正式形成了儒商。

築基於永嘉學派的儒商文化，13世紀中萌芽於南宋，後因元朝的戰亂使人心中的價值框架或體系得以重整，儒商文化才崛起於明代的華東沿海，因清兵入關而於明末渡海分枝衍生出今之台商文化；「義利並重、農商並行」基礎使永嘉儒學之體系與理論更加通透、統整，儒商文化正式成為浙閩粵對外商貿價值體系，暢行於亞洲與太平洋海域為今之華夏經貿圈奠定宏基。提倡「亞洲價值」的李光耀曾反對西方式民主，卻因此更肯定儒家文化傳統對四小龍的積極、正向之功效；台商的核心價值是「創新」與「文化創意」，追求兩岸雙贏。

從馬克思‧韋伯在《新教倫理》的說法可以看出：儒家價值觀不一定是抑制資本主義在中國的自發性形成，但卻有助於非自發的接受資本主義，亦即儒家思想的本質可以接受資本主義卻是漸進後發的。儒家思想確實對東亞經濟發展有顯著影響，但卻受到各地的政治、經濟及社會條件之制約。所以中國在西舶東來才具體出現資本主義，並非全因儒家文化的壓抑而是政治與社會傳統思想與習慣造成的（李明輝，2005.11.1），核心價值經由文化而影響了企業核心能力。

台灣地區近百餘年的歷史就深受歐日美文化的洗禮，儒家文化幸運的能穩定的保存於台灣省，更能於1990年以後因歷史機遇能大展身手於大陸，「禮失求諸野」其實是極難能可貴的機遇才會發生，或許在將來它更印證：儒家文化也可有利於知識經濟與全球化的資本主義。故可合理推論：韋伯或許沒能考慮到或注意到微小的永嘉儒學之創新──舊事物的新組合、新功能與新市場的發現，竟能在新的時空下讓新的需求能因此而得到滿足。

核心能力的形成與當地長期以來的重商文化有關。溫州在明亡時已歷經二百餘年的商貿而致富，成為永嘉文化的發祥地，該文化是「以利和義」「功利與仁義並存」的理念，是「重義輕利」的儒家思想體系中少見的重商主義代表。雖然一直為非主流且居下風的儒家學派，但在溫州則深具影響力，熏陶溫州人數百年

而營造出經商致富與敢為天下先的精神；深厚的儒家文化積澱後與浙東儒家的永嘉文化融合成儒商文化，再影響閩商、粵商、台商等沿海地區傳播了儒商文化，浙東餘姚的大儒王陽明的「致良知」與「知行合一」也大有「創新」於傳統儒家思想者即其另一明證，形成了敢為天下先、義利之辨、重然諾講信用、吃苦耐勞、經世致用與榮歸故里榮顯父母等等，亦為儒家的核心文化與思想的儒商文化。

　　大陸各地有不同的區域文化，若於分析長江流域與黃河流域的自然環境、物質條件與歷史基礎的差異，進而分析兩區域的文化特徵與群眾心理結構，論及大寨公社或大慶油田會出現在黃河流域；台灣島因其海洋的區位與歷史遭遇而飽經外力占領，使台商文化或美日台混血企業文化能出類拔萃於大陸；其成效更優秀而異於受到官方「經貿協定」保護的新加坡華裔商人，故知應非只因閩商文化之影響，而是中西方企業經營文化的融合，亦即部分歸功於台灣地區適應發展出來的「美日台混血企業文化」。

　　美、日兩國分於1970年代與1980年代成功的應對產業空洞化，其心得即：製造業外移、研發創新與建立企業網絡。這些也成為台商企業文化的內涵，然有美、日不同的差異使得台商輒可選其有利於企業者從之，如日本與台灣的現代化或工業轉型都是後發外促型的勉強應變著。

　　日本在1985年「廣場會議」後幣值被迫升值，致使經濟衰退的不安全感大增，國家產業政策不能確定，當時所形成的趨勢大約是日追隨美、台追隨日的代工型經濟的後果，故無法超越美國的經濟成長；因其產業政策難仿效到其「隱性知識」，即其排序在前的是：信息產業、金融產業與航空產業。台商的企業文化與儒商文化的「小異」，便因美日基因的融入而出現與形成，如同東南地區的沿海省分其儒商文化於各省間皆有小差異的存在著，但都是將生活與經營企業充分結合的文化。

　　台省先民生存於窮山惡水、多風災多水災、瘟癘橫行的「洪荒」，社會網絡與人際互信格外堅強而異於「溫良恭儉讓」的溫吞，在分秒必爭的資訊時代得心應手而能以「先行者」的優勢領先大陸，台商又逢改革開放的機遇可以將趨成熟的經驗獲此「實兵演練」的機會，期待更能漸進的挑戰西方獨占的市場及其主導權追求真平等的經濟全球化。

　　台灣的歷史遭遇與自然災難使得人群網絡，為能求生存而格外發達，亦即社會資本與網絡的建構，彌補了偏重家族傳統人際網絡中常見的「縱向與橫向的兩個缺口」。台商產業集群西進大陸之初，「墾植移民的聚落」便發展為更強韌的社會資本與網絡，華人體系在家庭與國家間失去了西方社會體系之環結，

以致於結構不全使得華人企業難有作為，而將會終結於「家族企業」的層次。

　　台商產業集群將「墾植移民的聚落」先進行「現代化」，再融鑄成新竹科學園區集群與台塑產業鏈的兩種模式，分別是具有橫向與縱向集群網絡之特質；於西進大陸之初，台商就以台灣經驗結合兩者優點彌補了人際網絡的「縱向與橫向的兩個缺口」，即福山指稱的西方社會關係網絡中的重要環結。這是台商經營文化中對大陸更大的影響與貢獻，亦即台商之核心價值———中國人不用太擔心福山的「歷史的終結」，更須引為警惕積極的以台商產業集群的複製模式，進行文化上的回流與擴散效應來自我激勵與成長。

5.5.2　台商企業家文化及其創新精神

　　若說知識經濟是臘燭則IT產業是火柴，點亮之後所依賴的是源源不絕的臘燭熔化後的甲烷等油氣---智慧資本的創新；而且知識經濟可以無限複製又無損其效能，所耗物質資源極少直到生命周期的終結為止，但是智慧產權的消長與人群的受惠程度又呈現「正、反、合」的矛盾律互動，以奧伏赫變的形式進行著「揚棄」或蛻變。故於知識經濟時代的成功企業家不只是賺努力的錢，更要能賺取智慧的錢與機會的錢才能引領企業邁向未來。

　　台灣的多數企業的經營管理的方式或企業文化皆已或多或少的有著「美日混血」之因子，即便是台灣的「生活創意」產品———「珍珠奶茶」，雖是本土性的產品，但不論其營銷點是於海外者或路邊擺攤者，其企業經營文化皆已「美日台混血」化，只是含量或比率參差不齊而已。

　　近代始於歐美的「創投公司」，即針對高風險或不確定性很大的企業進行投資，如在美國加州的矽谷創投公司便是大行其道，許多新技術或其它創新的企業因市場尚未開發；因創業者多為科技研發的專業者，又是初次投入產業之故，缺資金及市場感度低，使得風險更高而需要專業者進行研判、評估，台商西進所需要的資金或許不這麼大，但其不確定性與風險卻仍然是頗大的，也需依賴於專業評估否則容易敗而歸的。從這個角度看西進的台商對大陸資金的依賴也是適用的，施振榮於2005年10月退休後籌組智融創投公司，即希望能為兩岸企業貢獻其智慧經驗與資金。

　　西進的台商失敗者不少，大多因為：經營管理的不專業所致。若要依廣義的企業經營來分析其內容則是：創業精神、人事財務、領導風格、經營管理、行銷通路、法律規範、企業宗旨與制度等環節出現偏差所致；雖然各行業會有濃度與分布的差異，若能注意這些環節再加上能入境問俗的調節後當可成功。

在知識經濟的快速發展中，大陸的民企及其企業管理與科技人才的養成已是斐然成章，台商必須要「戒之在『得』」，即是要捨得將利潤投入研發創新與持續不輟的「知本」，才可永續經營；因為知識經濟時代中，所有的社會資本必須以知識資本為核心，才會有複式的增值而擴展其效益。

以知識為主要生產成本的知識經濟，「知本」的快速發展使國內國外投資環境為之變遷，使台商追隨也感吃力而呈現著目不暇給的狀況，台灣製造業的產品策略也從「快速追隨」須轉型到破壞性創新，至於「突破性創新」目前仍力有未逮，產業、政府與大學應積極互動整合出創新產品，形成有競爭力的核心能力、產品及其產銷體系。1966年佛農（Raymond Vernon）主張產品生產技術的擴散與模仿會有延遲的假設，當產品從新創時期進入成熟時期，模仿商品必已出現，此時就得研發創新作為區隔市場的準備，之後的產品標準化時期就須有更新產品出爐，否則就將失去市場占有率。

「社會資本」首現於1916年Lyda Judson Hanifan 對鄉村學校附設社區中心的敘述，中斷45年之後1961年由Jane Jacobs 在《美國大城市的生與死》中經典性詮釋，先後於1970~80年代有社會學家（如Ivan Light）與經濟學家（如Glen Loury）加以闡釋，於1980年代有政治學家Robert Putnam 與社會學家James Coleman及法國的Pierre Bourdieu，使「社會資本」一詞廣受使用。如上所述即本研究將台商集群的社會資本定義為：台商網絡及其企業經營文化；更精確說主要包括了儒商文化、人際關係、社會責任與社會能力等為內涵。

知識經濟的變遷因市場需求而呈現著目不暇給的狀況，目前台商產業集群快速追隨能力只能達到「破壞式創新」，除非能像日本長期的學習而創新生產，或像南韓的購買專利而生產；台商當前仍須努力紮根方能有「突破性創新」，至於「基礎性創新」則有賴於政府長期的支持與鼓勵，以研發行動及其成果來協助廠商開發新產品。目前台灣高科技代工廠商困居於全球產業鏈之低利潤的中段，長期受到歐美的產業鏈之上游與下游的壓擠，微利窘境與受制於人的劣勢十分明顯，亟需強化研發創新充實無體資產的濃度，再以靈活的營運模式、市場通路與產官學之結合，深耕科技價值鏈才可邁向高附加價值產業發展之康莊大道。

彼得‧杜拉克1995年的巨著《創新與企業家精神》，以及台灣的石滋宜在1997年出版的《總裁的六大課題》均分別或重複的強調上述環節之重要性，杜氏「創新」的觀點與亞瑟夫‧熊彼特亦相同，都指：敢於運用、嘗試他人沒用過的方法或技術，企業家不同於資本家與發明家即在此一創新精神而成功的經營管理其企業（又稱為創業精神）。

企業外層文化：形象商譽產品	企	企業家√	領袖特質（凝聚作用）	○ ○ ○
企業中層文化：制度規範組織	業	文化 √	經營哲學（知識管理）	a □ b □
企業裏層文化：價值信念宗旨	精神	√	企業家精神（規範、精神作用）	c □ d □

資料來源：筆者自行綜合彙整

圖5-5 企業文化與企業家文化的內涵之結構示意圖

　　若從企業家的守成型與創業型兩大分類來看，企業家精神的內涵主要有：「a」敬業精神、「b」守則精神、「c」創業精神、「d」創新精神等四項，謹以古諺「創業維艱，守成不易」說明企業家精神的倚輕倚重：開創型情境下的企業家偏賴後兩項較多，守成型情境下的企業家則偏賴前兩項較多；若依企業家能力來剖析，則企業家精神是：情緒商數EQ（Emotion Quotient）的情緒控制能力、戰略智慧、創新能力、胸懷、誠信度、價值觀等六部分所構成（朱春國，2003，P.172）。台商CEO在大陸想功成利高，除了EQ更須以佳優的AQ（Adversity Quotien）適困商數與LQ（Leadership Quotien，包含RQ Relation Quotient）領導商數，在其企業內與集群之內、外部可建構完備的社會資本及其網絡。企業精神則大多來自於社會大文化傳統與當地文化之特質，再經由企業宗旨、典範與創業者之設定，以及與時俱進的創新所融鑄而成的。

　　台灣過去的經濟奇蹟與未來的希望大部分是寄托於更多的優秀的企業家，如何經由學校教育的優勢與職場歷練來培養更多像施振榮、林百里或韓國的具本茂、李健熙等高新產業之CEO，具備創業精神與創新精神的CEO是異於往昔傳統產業的企業家之處。2005年10月3日郭台銘耗費周日的95分鐘參觀臺北舉辦的「奈米科技展」，CEO創新精神之可貴處即：時時覓商機，即使他不是發明家但卻可將發明轉化為技術與商品，以他的創意與商機結合融入人類生活中進行量產來滿足市場需求，也令自己企業因此而獲利。因此也能夠毅然率先於2008年12月宣布：自東岸遷廠中西部而行大規模「再西進」。

　　郭台銘的企業家精神與企業文化皆「私儀」於王永慶，即有著深厚的儒商文化，如他對家族成員的親情及對家鄉山西省的回饋，至少逾億人民幣尤其對長輩的尊敬：臺北中國電視公司記者蕭裔芬專訪中特別說明，提及四年前郭父去世時特別邀請王永慶為其父親寫祭文，王則親力親為並蒞場朗讀兩人互敬互重、真心流露的場景；2008.11.08更率獨子於王永慶靈前行三叩拜之大禮，以謝對其之協助並譽王為「台灣工業之父」。深厚的儒家情懷是台商團結與成功的關鍵，更可驗之郭氏與老師陳定國院長間的亦師亦友的互動之中（蕭裔芬，2006），知識經濟發展的未來承先啟後的CEO人才教育，以及文化的傳承應是會

受到更多的偏賴。

5.5.3　台商企業家精神及其楷模

　　企業家精神借著CEO的個人風格與個性來決定企業家文化之內涵，企業家文化又決定企業文化，企業文化更決定台商文化，台商文化是今後華夏文化的轉型、創新的關鍵——文明衝突中勝出的關鍵因素。在商戰與文明衝突中必須有豐沛的經濟實力與科技能力，這兩項皆賴人力素質的提升但卻由高新產業的CEO為重心與代表，昔日西進的台商CEO更是儒商文化的帶動者，也是復興華夏文化的催生者。若依個人所見來對西進台商有較大影響者，試行歸納出其關鍵因素，首先發現與杜拉克的「新企業的企業家管理」之四大要求相近，同是：先能關注市場，其次對財務有前瞻性，再者能在需要前成立高階管理隊伍，最後創業者對自己的角色、工作範圍及與各階層員工之關係有一決策或知所進退。總合歸納之，則為企業家的創構力、先見力、辯溝力、適困力與執行力。

　　另因產業類別而各有不同者，例如：高科技類產業另需以「速度、品質、科技服務、彈性、成本」為占有市場的競爭中五大關鍵因素。筆者以為西進台商成功的表現相當程度的受到下列十二位的影響，茲分述台灣企業家在製造業的範圍內，具有創新精神與經營管理之傑出代表及其關鍵因素如下：

一、王永慶：餓鵝理論、成本控制與經濟規模、技術研發、爭世界第一、知人善用、勤嚴學明信、深耕本業與拓新產業、沉穩耐勞團結【傳統產業製造業】。

二、張忠謀：策略愿景文化兼顧、注重研發與分業分工、專業代工與放眼全球、技術創新與優勢競爭、掌控全局與品質競爭，崇尚知識管理的經營。

三、許文龍：福利分享員工與顧客、充分授權與團隊合作、技術與經營自主、樹下老人與抽屜理論（分類管理）、量大質佳價格戰與經濟規模、媒體公告的不二價、自建通路與善待下游【傳統產業 製造業】。

四、高清願：重視品德與自培幹部、通路與行銷優先、食品新鮮、危機處理速確、慎選加盟者，追隨市場趨向來大量生產【零售服務業】。

五、施振榮：分權分利、自創品牌、服務顧客、永續經營與傳賢不傳子、競爭力文化、創新研發與分封諸侯、遠景使命與組織再造。

六、張榮發：關懷員工與培養人才、飲水思源與慈悲心、挑戰創新團隊、和諧分享共榮、先獨裁後民主、道德人品優先、合理化成本策略與風險管理、高薪留人才【旅運服務業】。

七、嚴長壽：垃圾桶哲學、顧客至上、市場區隔等，來爭取明天客戶、洞識機會掌控全局、認識自己營造共識、人文素養與國際視野、創造無可替代之優勢【餐旅服務業】。

八、郭台銘：強勢領導、地瓜精神、全球布局、低利潤競爭、技術領先、垂直整合、「六選」策略與注重研發。

九、高騰蛟：日式管理、注重研發、環保與衛生營養、垂直整合、通路布建、樸素實在、關懷員工【自限於台灣的食品糕餅產業與本土企業之代表】。

十、曹興誠：精悍迅捷、順勢而為、正面思考、謀定而動、強勢領導、膽比識大、槓桿式經營，波特之企業策略與相關企業進行策略結盟。

十一、林百里：烏龜哲學、務實苦幹、技術與品質優先、企業ERP化、研發創新、競爭力天天成長、白手起家行事低調、根留台灣與中國氣質。（麥瑞台，2004.7.16）

十二、魏應州：四大原則與五大導向、專注核心產品、抬頭苦幹與布建通路、邁向全球化與知識經濟、研發創新與異業聯盟、守法與培訓人才、一毛錢理論與白菜理論【頂新康師傅：台商】。

　　本段內容所採用的參考專書皆可啟發台商企業的西進，其中「一、四、七」三位系以傳統產業為主要經營對象者，「三、六、九」的三位是以「本土性」作其企業文化或特質為主要經營模式者。其中有五位企業家未附加尾註【】的皆為IT產業者，皆受惠於美日兩國1970~1990年的技術外溢或委外生產之跨國區域推移者，「二、五、八、十、十一」的五位是以資訊產業為主要經營對象者，最後一位則為台商中西進成果卓越而「回流」臺北可為典範者。總之，十二位CEO皆優異於其質佳的創構力、先見力、辯溝力、適困力與執行力，雖因個人特質與行事風格而有所差別，再因其切入點或關注面不同之故，於基本面來看都大同小異的各領風範。

　　《天下雜誌》自1994年起台灣的「最佳聲望標竿企業調查」，先自年度的「一千大企業」中挑選出284家企業分成22個產業以接受評比，接受「同業與專家」推薦與對下列十項指標予以評估：前瞻能力、創新能力、顧客導向的產品及服務品質、營運績效及組織效能、財務能力、吸引與培養人才的能力、運用科技與資訊加強競爭優勢的能力、跨國界的營運能力、具長期投資的價值、擔負企業公民責任，以十項指標的平均得分進行排名。經評比選出十位最受企業家尊崇的企業家依序為：王永慶、張忠謀、郭台銘、施振榮、許文龍、林百里、高清願、施崇棠、曹興誠與嚴凱泰；其中年年進榜的企業則有：台積電、統一企

業、統一超商、台塑、花旗銀行、中鋼等。經常進入榜內之外，也有如日產汽車的新近入榜者，是因其自建品牌與兩岸佈局優勢，又被看好於未來的企業。

基本上社會每一成員的道德行為、經濟發展與轉型等都受到社會結構與文化的制約，20世紀以前的台商與大陸民營企業，於其中僅覓得少數具有較高道德水準之儒商形象與泱泱大度的領袖風範者。今後西進之台商應於大陸的社會轉型已趨穩定之際，將台灣諸位成功的大企業家且具備較高道德水準，又具有儒商形象與泱泱大度的領袖風範者；如施振榮與王永慶等作為楷模，來影響台商企業與大陸民營企業的經營者，兩岸協力早超越「利用『社會資本』」而進階為全民「創造、蓄積『社會資本』」的層次，以求華人企業文化的完善來成就華人經貿圈的榮景，促成21世紀的經濟全球化。

華人不易做到的「傳賢不傳子」與「寬待及提攜後進的競爭者」，華夏文明的精髓就是一代傳一代開枝散葉，「社會互助論」在華人商界昇華，使人世間因這樣的長者的存在而溫暖而值得留戀，現代商業社會因此成為人間道。美日台混血的企業文化果真有其優越處才能在大陸勝出，猶優於有官方與其政府保障的新加坡華商的西進成果，果然「禮失求諸野」台商文化的「回流效應」當然貢獻不少，大前研一也多次提及的「台商的無形貢獻」即以企業與企業家文化的影響為主。

5.5.4 台灣產業的知識資本與企業家文化

於知識經濟時代中尤須有危機應變的企業文化，企業方能歷久不衰、鴻圖大展，主要支撐因素是組織文化與社會資本，近年學界與產業界的共識即如是說；也都強調「人」是企業最重要的資源，在上下一致共同遵循的價值體系中（即企業文化），成員在適應過程（即社會化）之後便正式溶入企業，同心協力遵守典範與制度，貫徹企業的使命與宗旨而達成任務與績效了。組織文化是企業內部的文化即企業文化的主體，是區間稍小者乃狹義的企業文化，或稱內部的企業文化；廣義的企業文化還包括企業在消費者的形象及其相對應的企業措施或行為，即含內部與外部的企業文化。

企業文化又稱企業人格，即在企業或組織中長期持續之傳統、價值、習俗、實務經驗及社會化過程，並影響成員的態度與行為的非物質因素的綜合。台商若能專注於培才、識才、用才、盡其才，將使「兩岸雙贏」成功，因為其企業文化置身的大陸當地環境，即：中國的傳統文化與改革開放所形成的價值觀的結合體。之後還可看到企業文化中的制度層面，如下圖：

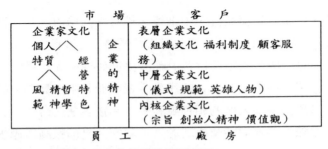

圖5-6　各層企業文化相關位置示意圖

　　制度是成員的行為界面，其內部結構是由溝通管道、領導體系、權力架構與衝突解決模式等所組成。搭配上游的企業文化即思想層次的文化，由領導者主導；也影響下游的執行者的器物層次的文化，居其中間者即員工比例占多數的大眾文化（相對而看於上兩層者則可稱之為菁英文化），大多以非正式組織與訊息網路來傳遞非正式文化，正式的組織文化若能「體恤民瘼」則較易成大事。家族企業則因其跨世代經營，有高忠誠度的老臣協助布建網路多能輕易掌控非正式文化，更加上擁有絕對的人事權故能上行下效的貫徹度極高，以致於家族企業中的企業文化也就常常忽略其體系內非正式文化的那部分了。

　　台商產業集群的社會資本內包著許多台商企業的企業文化，企業文化則包涵著企業的宗旨、規範、組織、法制、產銷體系與企業家文化等無形資產；這些無形資產是以企業精神為支撐，再由企業家去推動與執行，因此企業家精神就是執行的方向與力量，企業家是企業的掌控者與宏揚者，通常也是社會資本的利用者與萃取者，決定其企業的企業文化與企業精神，其中秀異者則為社會資本的創造者、積累者。

　　2004年大陸「電子百大」的前兩名海爾與聯想，其成功的部分即加入許多傳統文化的特質，恰如海爾的企業領導人張瑞敏所說「糧草未動，文化先行」；又如聯想的首任CEO柳傳志的領導哲學與行銷策略，都有著厚重的華夏文化特色與「舍我其誰」將民族大旗扛在肩的精神。其企業文化與外部的大環境文化似乎有著較多的儒家文化成份，台灣的社會學者如李亦園、陳其南等多人較傾向於從「經濟文化」或「企業文化（包括組織與管理層面）的觀點」，來探討東亞地區的文化與經濟行為並且解析「台灣經驗」。

　　各企業的CEO經營者或各部門的負責人，其對企業文化的認同與投入，若能將個人風範、特質與價值觀融入，發揮其企業家精神於企業文化之中，更可事半而功倍的經營成功；各產業皆可如旅遊業般的分成若干部門，各個大小負責人

在執行職務時經常是「將在外君命有所不受」或「危機處理」的服務顧客，必須於平時充分培訓以足夠的知識、能力與文化素養。故主張旅遊業培訓幹部，不論高低階主管都須讓其能成為「獨當一面」，具備合格的企業家精神及其能力。

知識即經驗的系統性積累。將知識融入生活中經過「智慧」的消化，當其融入於「載體」的人之「身、心、靈」三層，逐級而上者會出現差異化、個別化的收穫則稱之為「隱性知識」，其中若有能予以公開化、大眾化的隱性知識可供人來靈活運用者暫稱之叫「智識」。否則即意味了：外商在大陸仍受困於其對「器物層次」的學習或融入仍然不足，即因其對華夏文化的陌生而失去商機。如同旅遊業文化與餐飲業文化有著太豐富的隱性資本的「知識」，只能以人作為載體而特別重視「培才、識才、用才、適才」的企業文化，企業家就更須有先見力、辯溝力、適困力、執行力與創構力。

台商扮演著儒商文化的資本主義與華人文化的融合者、傳播者之角色，又受到兩岸當局與民間所施加的考驗，過往階段真是「任重道遠與毀譽交加」，期待未來是「藍天白雲自由遨翔」。2001年大陸「入世」後，西進的台商不再以中小企業為主體，「商戰」的色彩漸增之際，特將兩岸CEO中較具代表性的經營能力中有其特色之優質管理，謹依自己淺見摘要以供西進台商來參考及指正：

一、適應能力與危機處理能力（對制度成本交易成本信息成本的深析）：如台塑「六人小組」的成本管控與全面品質管理、曹興誠謀定而動與策略為上、嚴長壽的垃圾筒哲學等。【適困力】

二、知識經濟與經營未來：如ACER宏碁與ASUS華碩NB的自創品牌與研發能力、台積電的知識管理、張榮發的全球經營策略等皆可決勝千里爭取倍利，以及同屬電腦及家電業的大陸聯想柳傳志與海爾張瑞敏亦是。【先見力】

三、創新研發與顧客滿意：如台商達夫妮女鞋、昆慶毛毯的藝術浮雕、燦坤的藥膳鍋、嚴長壽與亞都麗緻旅館等皆是以客為師的創新管理之典範。【構思創新力】

四、領導統禦與經營管理：如<康師傅>魏應行的一毛錢哲學、捷安特在大陸的研發創新、林百里烏龜哲學及ERP化等都是見微知機的「走在人之前」，做好資源管理而發揮其核心競爭力。【執行力】

五、人材培訓與企業文化：王永慶的餓鵝理論與許文龍樹下老人哲學、溫世仁的千鄉萬才黃羊川、施振榮的傳賢不傳子與聯想柳傳志的文化使命感等皆為培才、識才、用才的榜樣，皆是優秀的人力資源管理。【辯理溝通力與用

賢率】

六、競爭力與行銷網絡：以「救災米果」知名的旺旺仙貝、統一高清願與哇哈哈CEO宗慶后的行銷競爭、郭台銘的競爭力、效率 成本與執行力，以及嚴凱泰的策略聯盟等皆以雄才大略來賺眼光的錢，皆是競爭或行銷管理。【先見力與執行力】

企業家文化與企業文化有時又呈現著互為表裏的關係，企業家文化分為：領袖風範、經營哲學與企業家精神等，企業家文化與企業文化的組合結構，企業文化有三層由外而內的層次；它會互動的影響著企業家文化中的領袖風範也即決定企業家的「形表」，經營哲學是企業家的「態度」會影響其思與行，企業家精神則決定了企業家的「魂魄」；西進台商以其台商（混血企業）文化與企業家（創新冒險）精神跨海投資及再西進的區域轉移，台灣旅遊業憑藉文化優勢與經營經驗，大可西進大陸特別是西南地區去從事旅遊業的投資，台商多以中小企業為主體則可從事民宿或休閒農莊的經營為上策。

一般的成功企業家應具有的「現代主管十大核心能力」是：組織力、團隊力、領導力、執行力、培育力、指導力、分析力、規劃力、創造力、調適力；也可再經萃取後依序約化為溝辯力、執行力、先見力、創構力、適困力的CEO五項能力。知識經濟時代的企業家就是主管中的主管，除了IT科技產業其它企業也應強調企業的CEO必須具備核心能力，加上人事權與危機處理能力，才可應付瞬息萬變的激烈競爭，達成《鬼谷子》的「司守其門戶」，西進台商企業的經營者面對更多挑戰故應該如此的自我要求。

台商已能藉此成功西進融入大陸社會，至少已能達到「制度層次」的圓融，然而台商面對大陸當前的市場競爭與未來外資跨國企業的挑戰，甚至是「文明衝突」勝或敗之可能後果，這一使命我人首先必須將之彰顯與重視之，先從培養企業競爭力與產業的核心競爭力，再強化兩岸文化與經濟的整合以為預防，這便有賴於用扶持政策引導企業不斷的創新與研發、快速反映人群需求與注重產出品質的能力，進而形成企業文化再經企業主的經營與領導管理，來發揚創新精神塑造企業永續的動力與優勢，唯有「商戰」成功才可蓄積能量來捍衛文化來茁壯於未來的「文明衝突」之中。

5.6 結語

影響企業興衰的文化分成外在的大環境文化，依序如儒家文化（即小傳統及其外圍者）是較狹義的，至於中國的傳統文化（即大傳統及其外圍者），即生

活層面的「泛文化」於本書之中是最大的文化觀念；其次層級文化是儒商文化與再衍生的台商文化與內部的企業文化，企業文化的核心是組織典範、宗旨與制度，外層則是領導人的特質、經驗、價值與認知體系以及成員間的互動了。主張儒家文化會有利於東亞的工業化的學者，Ezra F. Vogel指出有四項共有的制度和傳統習慣是：用人唯才的菁英制度、入學考試制度、強調效忠與生產效能的團體意識、自我淬勵。亦有其它與此論點相近者，唯特別指出日本的儒家文化更適合工業化，大概他所指的優勢乃後兩項在日本較受強調所致，而且又優於中國之原因即：中國人較日本忽視群體故而如同一盤散沙。正統的儒家文化也許拙於商業與貿易，但歷經海洋文化與自然環境淬煉的台灣省儒商文化就擅長於經貿，因它是以「美日台混血」的企業文化為核心。

　　證之《論語》而知孔子就很重視大商人的學生子貢，只是唐代講清靜無為或四大皆空的狂潮後，淹蓋了儒家思想的部分真相以求適應現況與發展生存；宋室南遷倒是因「禮失求諸野」的恢復不少儒家生氣與原貌，原來儒家也兼顧民生經濟。就如「君子喻於義，小人喻於利」的「喻」應是「心領神會、得心應手」之義，至於「君子、小人」不是道德尺度的分類，是職業、工作地位上權責的高低；將孔子的「君子喻於義，小人喻於利」，從現代經濟學的角度賦與新解，則較接近於「藏國富於民間」的《國富論》理念，民間的公民社會設立基金會，以行其NGOs、NPOs的功能與監督角色。

第6章

◇ 華夏共生的社會資本 ◇
與兩岸文化經濟的區域推移

6.1 台商休閒農業、中藥產業的合作與兩岸區域推移

　　華夏文化中家族意識較濃、強烈，故兩岸的家族企業興盛，較不易做到「傳賢不傳子」，2008年春郭台銘公佈鴻海集團十大子集團接班CEO的名單；其次宣佈將西進大陸中西部，與2007年進駐廣西以面對東協市場之競爭優勢，尤以儒商文化之傳承、以西進代替南進，更能善用其社會資本與文化優勢，使在制度成本、信息成本上不致提高，網絡人脈則有助於行銷獲利以求從代工的ODM、OEM能走進OPM產權生產。休閒農業與中醫藥生技產業，最適合兩岸的「合縱連橫」區域合作，能夠兼顧民生與國防、經濟與文化、貿易與發展、政治與社會的「均衡發展」策略性產業經營，有利於台商集群的區域推移與兩岸共構的公民社會。

6.1.1 台商休閒農業的區域推移與持續發展

6.1.1.1 台商西進的歷史性與《西部大開發》

　　1998年10月中共十五屆三中全會通過《關于農業和農村工作若干重大問題的決定》認真面對1978的十一屆三中全會以來20年農村改革的基本經驗，調整出新的方針與目標，大陸農村改革以鄉鎮企業為主體的農業與非農業產業異軍突起改善整個農村現況，如粵西茂名的懷鄉竹編製品及高州根子鎮的「反季節蔬果」形成家家萬元戶的盛況，據農業部鄉鎮企業統計局公布：2001年鄉鎮企業增值達29356億元，比1978年增加了140倍，與1989年比則增加13.1倍，

1989~2001年的年均增長達24.7%，占全國生產總值淨增部分的34.5%。

　　農民全部收入多元化使農民人均純收入自1998年790元增加2.9倍至2001年的2366.4元，綜合出來的現象有：農村居民市場意識增強與工資報酬成其收入重要來源。使農民的人均消費支出從1998年的535.4元增到2001年的1741.1元，使農村居民總體生活水平自溫飽向小康過渡。2000年底全大陸各類農業產業化經營組織發展到6.6萬個，帶動占全體農戶約1/4的5900多萬個農戶，使每戶家庭經營再增收900元。2001年初北京召開的「全國農村工作會議」，就大力發展農業產業化經營，推動農村農業的結構調整與組織型式之改善，加上隨後農業稅的減降，至今大陸農村已重見生氣（陳文輝　楊天翔，2005，P.271）。

　　2006年3月6日溫家寶總理于「十屆人大第四次會議」中報告，將致力解決農村貧困人口2600萬多，以及城市最低生活保障對象接近2000萬人，使分配公平性與縮短城鄉差距能切實有滿意感受。另外農村的非農產業的發展則改善農村就業結構，也促進了國家工業化與城市化的進程，農民從事非農業所得到的純收入，從1989年的142.4元增加到2001年的1066.4元，其占農民全部收入自1989年的23.7%增至2001年的44.7%（陳文輝　楊天翔，2005，P.267）。

　　湘軍儒將左宗棠經略西北的遠見，在經歷近140年後中國大陸提倡「西部大開發」，古今輝映之下心中除了古月照今塵之嘆也涌現了願景，於是紀錄下自己的期待：

> 烽火邊陲戌伊黎，左公柳綠河西廊；
> 現代化育屯三湘，無悔消瘦月牙泉。　　（2004.7.14登西安古城門有感）

　　1999年11月15至17日北京召開「中央經濟工作會議」，在18日閉會文件中說：「現在研究實施西部大開發戰略，條件基本具備，時機已經成熟…是一項宏大的工程…同時，國家要逐步加大對西部地區的投入，並通過政策導引，吸引更多的國內外資金、技術和人才。西部開發要重點抓好基礎設施建設，大力種草植樹，有計劃、有步驟地退耕還林，調整產業結構，優先發展教育科技。」（中共中央黨校，2003）

　　1985年鄧小平因為「全國一盤棋」的戰略布局其策略是在經改過程中避免出現「新資產階級」的兩級分化，追求「共同富裕」而不是「平均主義」的西部大開發；江澤民於2000年3月13至15日在北京分別出席吉林甘肅與浙江代表團會議時三次強調：「實現西部大開發戰略，加快中西部地區發展，是黨中央根據鄧小平同志「兩個大局」的戰略思想作出的大決策，對於面向新世紀、推進我

國現代化建設、實現第二步戰略目標，具有重大意義。」（中共中央黨校，P.31），在戰略上跳過中部地區開發工程的推動，實則中部成「活眼」而繁榮更有利於「工業輪耕」的布局。

中國大陸自1986年的「六屆人大四次會議」便明確區分出東中西三大地帶，「西部」則是指：西北五省（陝西、寧夏區、甘肅、青海與新疆區）及西南五省市區（四川、雲南、貴州、重慶與三峽市），再加上西藏、廣西和內蒙三大自治區，土地面積占全國71%，人口占全國29%，其中少數民族占全國60%以上；邊界線長一萬多公里，接鄰國數從俄羅斯到越南共十國以上，在戰略國防上格外重要。其基本特徵為下述三點：

一、是全國農村貧困人口集中為「貧區、邊區、少區、老紅區」較多者。

二、是由農牧經濟進入初步的、區部的農產加工為主的工業。

三、交通與教育正在大量投入而快速展中（國父　孫中山先生於「實業計劃」中亦有同樣主張）。

準備確實精准及充滿信心的完成「兩個大局」的戰略布局；這一良機是專屬台商去發揮其任何華商皆無的優勢：在台灣的各省籍人才庫為基礎所建立的社會網絡，再加上與台灣的企業文化結合而構成的社會資本，將可輔助台商為「兩岸雙贏」而再西進，例如在台灣成長的郭台銘回饋故鄉於山西成立鴻海太原廠專注於汽車生產的研發與推動。相信胡、溫兩位大陸領導人與台灣所培養的企業家，皆有相同的魄力抱負，以及精准的眼光來完成歷史性宏觀的布局。

本研究嘗試從：台商的企業文化與同文同種優勢以工業輪耕方式，在各省各區經由產業集群的複製進行區域推移，其過程則以台商的企業——集群「群己網絡」為分析架構來論證，台商行為於置入「蜂群分封模型（swarm ramified model）」的行為分析模式裏，探討解釋台商FDI投資行為及其工業輪耕的區域推移現象，論證「華夏文明－儒家文化－儒商文化－閩商文化－台商文化－企業文化－企業家精神」是台商西進的動力及再西進成功的特有優勢。

西部地區如何崛起？歷經1/4世紀的改革開放，從許多的研究與實際經驗顯示：人才與資金最緊要。人才須長期培訓但當前如何引導優質的企業家CEO帶其團隊西進呢？「產業引資」須依當地的資源秉賦規劃具有前景與特色的主導性產業，予以創業型貸款及其它之優惠。也能兼及若干支柱型產業與配套產業，已是當前國務院可做與能做的政策安排，2005年10月出版的「十一五計劃草案」便已呈現：深入與大力的推動對西部的「國土規劃」或「工業輪耕」。同文同種的台商果然是愛這塊土地的先行者，已有如《2005台商千大》上榜排序

398的蘭州正林農墾食品、排序470的內蒙古合謙電子、排序760的新疆統一食品、排序997的陝西合亞達制膠及排序816的廣西嘉泰水泥等數十家台資企業進駐，中部與西部地區的開發是大陸政策之必然，也將是台商獨享的機遇。謹以報紙刊載的台商思維之摘要來說明「兩岸雙贏」的真諦如下：

一、英業達是台灣電腦業界發達於大陸的企業，其CEO溫世仁在甘肅省河西走廊的小山村，名叫黃羊川中學成立網路與圖書館並建電腦網路教學帶動一波農村關懷熱；現已引起更多的台商也加入這項「千鄉萬才」工程，計劃在五年內發展出一千個像黃羊川這般的鄉鎮，通過網上遠端教學培養出萬名軟體工程師（吳敬璉，中國時報，2003.4.9，15版），英年早逝於2004年的台商溫世仁---英業達的CEO，他對黃羊川這樣的地方而言，其作為是件比十年前的「希望工程」更具有希望的工程。這也代表大陸於21世紀將會是「跳越」的現代化，已是勿庸置疑的，台商豈能錯過。

二、另有許多相似的CEO，如在台灣信息業提早下崗的曾旦與邵祁於北大荒的河北省三河縣，投入三千萬美元辦高科技養乳牛牧場，無息貸款當地農民及訓練數萬戶農家專業養牛法增收，改善生活更將持續擴大以利「三農問題」之解決，這樣愛這塊土地與人民的台商為數不少（聯合報，2005.1.9，13版）。

三、更有許多畢生從事農漁牧的台商分布在各省各區，依其專長尋覓「水、草」的發揮其積累之經驗，如甘肅的天水以千畝土地栽培「美國大櫻桃」的台商，報導旅美栽培大櫻桃多年的黃文洋，陳述他的夢想及對西部地區的願景、關愛，運用他科學管理的栽培專業能力無悔的對這片土地，熱心對當地令他心疼的農民示範、傳承、鼓勵，亦即「傳、幫、帶」的愛著這片先祖耕耘過的土地。

　　從上述三點皆合乎「三綠工程」的狀態，可知他們的策劃是頗富文化創意的設計迥于他國籍的CEO，身為傑出的華人CEO必經過充分的情搜與評估；如果大陸能多元化的為西北各地給予引商優惠，則台商會更真心付出的開發大西部，相關部門或對話窗口能予以正確的定位與定向，以更有創意的優惠引導台商走進西北與西南，將可助各省事半功倍的邁向現代化坦途而不必依賴外人或外資企業。

　　傑出台商扮演示範的先行者，隱性知識的傳播、顯性可操作之技術，多有「傾囊相授」的台商；其中如曾旦與邵祁在三河市農業高科技園區，所創設「華夏畜牧」是農業高科技公司，以電腦、生技畜養五千頭澳洲進口乳牛，品

質與成本相對於中國土地的愛是成正比的，使奧運期間及2008年9月的「毒奶事件」，其鮮乳的高價與高品質更獲市場肯定，更確定台商的經營模式與企業文化的貢獻（中時，A13版，200810.04）。

2001年元月19至22日在北京國務院召開西部地區開發會議，朱鎔基特別強調：「這是進行經濟結構戰略性調整，促進地區經濟協調發展的重大布署；是擴大國內需求，促進國民經濟持續快速健康發展的重大舉措；是增進民族團結，保持社會穩定和鞏固邊防的根本保證；是逐步縮小地區差距，最終實現共同富裕的必然要求。」（中共中央黨校，2000，P.39）我人可從這段話清晰的讀出「西部大開發」的定位、定向與宗旨。這段話說明此項「面向新世紀」的系統工程的重點有：

一、加快基礎建設：先是交通與能源建設，其次為通訊廣播與開發資源的建設工程，兼顧擴大內需與外貿奠基。

二、切實加強生態環保建設：歷史的殘害致西北成一片黃土，推行「退耕還林、封山綠化」力行「可持續經濟」。

三、積極調整產業結構：發揮科技優勢善用天然資源，以經濟的後發優勢來保護資源，以及合理開發與鞏固經濟優勢。

四、發展教育與科技：加快「老、少、邊、貧」地區的人才培育，運用政治力量集中資源培育下一代才能快速實現共富。

五、強化改革開放的作為：以彈性多元的形式吸引國內外資金，技術與管理經驗，以新思路、新機制來推行。

基本上「西部大開發」已是整中國大陸共同利益之所在，目前的沿海繁榮地區：珠三角、長三角與山東京津地區，其水系的源頭地區就在西部，即青海的「三江源」地區正進行環保工作中。若不將生態環境建設妥當，中部與東部必將付出慘痛代價。如今東部資源稀缺、生產成本逐漸升高之際（陳立，2002，p65）未來經濟走勢如何？還是繼續「孔雀東南飛」？該如何走全國一盤棋的下一步？仍然走向沿海去求富？

為了實現鄧小平「兩個大局」的戰略思想，「對接」工作正在珠三角與長三角運作起來了，開發西部的戰略決策是廣東與西部地區在新世紀中發展的共同機遇，兩者按照優勢互補的原則，突顯「對接」合作謀求共同發展；主要是市場的對接可更有效地利用國際市場，進行資金、技術、品牌的輸出與交流。其次是產業的對接可以為廣東傳統產業拓建新基地，也可發揮西部原有的優勢如國防工業、能源與金屬礦業和雲貴的動植物產業，獲得「雙贏」則西部能跳躍

發展、廣東可因成本降低與市場擴大而持續發展。

再看東西部的經濟結構二元化已擴及到生活GNP明顯差異，此時若不推動「西部大開發」否則「遲了就會後悔」；當二元化的差距在拉大或長期無法彌平時，鄧是執政者必須審時度勢下達決策之際，成功危機管理的訣竅在於「正確的危機預識」，防患於未然才不愧是「改革開放總設計師」。1980年10月初鄧小平接見尼日總統時說：「讓東部地區先富快富，帶動全國的發展，是十分重要的，是走向共同富裕的第一步。」即若無內地中西部地區的現代化，就沒有全國的現代化；因此，在東部地區較快發展，是促進地區經濟協調發展進而縮短差距的作為。

鄧小平曾多次說到「社會主義最大的優越性就是共同富裕，這是體現社會主義本質的一個東西。」則似乎與 國父 中山先生所主張的「均富」有異曲同工之妙，他於1979年實施「改革開放」政策，精准的為OECD於1992年的「全球化」與1996年的「知識經濟」做好熱身的準備，則較 中山先生與毛澤東能更精準的推動中國式社會主義現代化。

6.1.1.2 西部大開發與台商持續發展的機遇

在2002年11月8日召開的「十六大」的報告中，「經濟建設和經濟體制改革」部分的某段是：「（三）積極推動西部大開發戰略，關係全國發展大局，關係民族團結和邊疆穩定。要打好基礎，紮實推進，重點抓好基礎設施和生態環境建設，爭取十年內取得突破性進展；著力改善投資環境，引導外資和國內資本參與西部開發。」（暨大宣傳部，p23）則是較新又明確的政策性指示。

若說中國大陸過去的對外開放是在戰略上重大轉折，為求快速「脫貧」致富是傾斜的、勞力密集的接納外資設廠，也只是戰略的轉進；但如今情勢已變，僅2002年外資FDI進入524億美元，超越美國成為全球第一大外資進入國，《西部大開發》的幹部戰略讀本中述及：「中國對外開放的總體戰略也要努力實現根本性的轉變。（1）由『傾斜開放』向『均衡開放』和『全方位、多元化開放』轉變…（2）由『區域模式』向『產業模式』的『多領域、多層次開放』轉變…（3）由『淺層次』向『縱深層次』參與國際經濟循環轉變…（4）由『單向開放』向雙向交流的『雙向開放』轉變…（5）由以『大陸經濟發展』為視角向以『陸港澳臺兩岸四地經濟一體化共同發展』為視角轉變。」（中共中央黨校，2000，p284）正是符合鄧小平「三個面向——面向現代化‧面向世界‧面向未來」的積極作為。

綜合上述明確的看出大陸會要求外資有系統的在官方指定的產業內平等互惠的投資，在政策上明顯的優惠「西進」的資金，尤其港澳臺的廠商配合「西部大開發」；因此謹就西南與西北的工業基礎加以簡述；俾能尋出對台商更有利的開發捷徑：

一、利用原有的工業基礎，防止西部的消費大量東流，阻斷不良的循環。

二、調整所有制結構降低國有制比重運用後發優勢，建設好經濟戰略布局。

三、根據市場需要發展適當產業，發揮生物資源及民族文化推展特色經濟。

四、大力發展第三產業工業經濟與知識經濟並舉，充分運用西部的自然與人文景觀配合勞力密集優勢，以國際旅遊更是「朝陽產業」之最了。

五、除了調整農業結構實現「兩個大局」之兼顧，更發展高科技產業。

中國大陸向來是「南方」國家群的代言人，不妨在聯合國中登高一呼幫助世界上諸多「小朋友」，又適逢「西部大開發」的機遇務必做好環保生態的工作，率先憑藉「外資的最愛」之優勢由官方執行「外部成本」的徵收，否則忍見大好神洲竟成明日黃花？更可藉此提醒少數工業大國至少「溫室效應」是他們對地球的虧欠！畢竟消耗「綠色」也應該符合「使用者付費」的法則的。

SEEA是1990年代聯合國在一些國家試行的一種「綠色GDP」，其中「環境折合費」（IEC Integrated Environmental Cost）是重要訴求之首，而且僅考量到維持費用而已。這IEC是以聯合國的「自然核算系統」（SNA System of Nature Accounting）計算的環境折合費用，至於SEEA則將SNA擴大到可以表達與經濟活動相關的環境破壞，亦即將環境污染、生態退化、資源耗竭以貨幣形式將隱含的工程費用表達出來，那麼企業或公司的外部成本就變的具體可觀察了。

2005年9月國務院副總理吳儀，在廬山的「第二屆贛台經貿合作交流會」上呼籲台商再西進與投入資源環保產業，就是延續與提升1990年代的「三綠工程」即綠色通路、綠色市場、綠色產業的建設。聯合國的SEEA如何算出綠色Green GDP呢？先將GDP（Gross Domestic Product）減去固定資本折舊Dm得到淨國內產出NDP，然後再減除環境資本的折舊Dn得到生態淨產出EDP（Environment Domestic Product）。依照SNA標準Dn只含環境的維持費用的計算公式如下：

$$EDP = GDP - Dm - Dn$$

在資本主義社會中，尤其跨國企業的生產，企業的利潤只來自於和內部成本的相對比較，完全忽略了社會所付出的外部成本，特別是「綠色的成本」；在宏觀經濟中應注意到「綠色GDP」，它與微觀經濟的GDP顯現的落差就是地球在

「受傷」，若沈消夠久就會爆發「自然反撲」的猛爆型危機，人類頂多只能消極抵抗自然的反撲，虛耗性「環境損失」終究會轉嫁到人類身上。與其如此不如試行聯合國的新核算體系，即「環境與經濟相結合的核算系統」的SEEA（System of integrated Environmental and Economic Accounting）。即其公式如下：

$$SI=SEEA= EDP-A-N-R$$

若再進一步按照「環境與經濟相結合的核算系統」SEEA標準計算就增加了如下列計算公式中的R代表因污染所引起的環境恢復費用，A代表污染的預防費用，N代表因為自然資源的非最佳利用或過度開發所引起的資源損失費用，那麼綠色產出的EDP才等於可持續發展的收入（SI Sustainable Income）。GNP是含國外產出的全民產出（Gross Nation Product）。生態資源或地球的物質通常是稀缺的，因為其特性為：

一、人類的消耗或破壞是不可逆的，如石油之燃燒及肢體受傷。

二、複育或再生需要生命支持能力以及耗時長久，如油輪漏油污染海岸生態及災後造林育林。

三、物力與人智之虛耗所產生的不當資源配置，「先污染再治理」會消耗大量資源與加速生態惡化及其稀缺性的擴大。

在1980年代中期以前的台灣處於「二元經濟結構」的狀態：中小企業以密集勞動力及其機動快速的反應來生產出口產品，再者大企業以其大規模量產的優質產品提供下游廠商所需的中間財與資本財。1987年以後因工資等成本的增高與國際性分工所引發的委外生產潮流，台灣傳統產業與夕陽工業等勞力密集型產業，大型與中小型企業均面臨著被迫轉型或升級的壓力；當局為因應此經濟與產業結構的轉變而放鬆原有對外投資的限額，勞力密集的中小型企業移往海外或大陸，資本與技術密集的大企業取代中小企業成為出口爭取外匯的主力逾2/3，故中小企業占出口總額的比例經歷十年後，1997年便減少18%僅占台灣出口總額的49%。

「工業輪耕」主要是一種概念，適用於土地廣袤的大國，以商貿上最大獲利率之考量而將設定場址的地區及產品類別進行輪替，以利規劃、創新與產品生命周期之延長的現象。至於「西進」則是相對於南進的政策，西進係台商自發的跨海投資大陸的現象；「再西進」則泛指在大陸的台商將沿海產業集群向更落後，工資與地租等生產成本更低的地區的台商投資行為。有更多台商因求盈利而在各地區複製產業集群推移的活動，也包括了新近投資大陸的以行銷內地

為目的,以人力高素質為支撐的台商服務業者,也須再西進來布建產銷網絡。台商最能讓兩岸皆可獲利與兼顧後代人權益,協助「國土規劃」實現最大效益。

6.1.2 台商休閒農業、生技產業與文化再西進的趨勢

6.1.2.1 三綠工程與台商生物科技的工業輪耕

台灣政府解除外匯管制的1987年台商開始大量對外投資,尤其大陸低廉的工資與潛在的內銷市場吸引力,1997亞洲金融風暴之後台商西進而放棄南進者漸增,台灣大企業於2001年大陸「入世」的前後也開始布局,使台資的分布由珠三角再移長三角,無視「有效管理」政策以免錯失商機,自1999年開始西進大陸的台商,其資金佔對外投資的最多地區便落點於長三角。

台灣企業中有部分其體質或行業於過去二十年並不宜西進者,如中醫、中藥、休閒農漁業、農牧業、金融服務業與生物科技業等,此時西進大多以進入西南地區為長遠規劃,更勝於直接投資競爭趨烈的沿海東部,尤其規模與資金稍小的台資為然。2006年12月臺北工商時報出版社發行的《2005台商千大》以民間管道所做的投資金額調查與陸委會公布的數字差距不小,報導指出1991年台資已有十多億美元與台灣政府官方公布數字的844百萬美元(兩岸經濟統計月報,2001,P.26)相差甚大,顯見西進投資在民間雖已成共識,然而仍是「上有政策下有對策」的狀態。

大陸改革開放於1979以迄1989的十年間台資與外資企業投資金額有限,如1991年當年台資實際投資總額為844百萬美元/協議金額2,783百萬美元(兩岸經濟統計月報,陸委會印行,2001.1,P.26),1992年以前總計十多億美元,當時各省市吸收外商投資實際金額的前十名依序為:廣東、北京、上海、福建、遼寧、海南、江蘇、陝西、山東、河南。然而到了1991~1993年各省市外商投資的前十名依序為:廣東、福建、江蘇、山東、上海、遼寧、浙江、海南、北京與廣西,內陸省份失去前十名而由沿海的廣西與浙江取代,其它的沿海省分的名次則前移,珠三角的廣東一直占住榜首直至1999年長三角的崛起。

2006年3月19日的《亞洲周刊》以「十一五規劃」的「建設社會主義新農村」中,要求工業必須反哺農業故於《規劃》的第二篇就提出「建設新農村」,文中述及港澳地區的政協代表韓方明博士提案「發展知本農業,建設社會主義新農村」,報導中提及來自台灣的政協代表林毅夫博士早於1999年即提出過,並配套以「窮人經濟學」與「人力資本論」,同文並指出大陸農村亟待發展刻不容

緩，2004年人均GDP中部川渝2,056.6元、西南地區1,438.1元、西北地區2,141.3元，與東北地區3,103.3元已小有差距，和沿海的華東地區4,649.2元、華北地區的4,237.6元更有落差，故極力主張應該效法1950年代台灣的「耕者有其田」政策，已多次派員考察南韓；咸信1970年代南韓的「新村運動」是仿自台灣，兩者皆成功的拉近了城鄉差距，故須掌握其關鍵與政策之得失以利「建設社會主義新農村」之實施。故宜於「十一五規劃」鼓勵台商引進休閒農業與民宿型相關產業，以西部地區的優惠來完成「國土規劃（Territorial development）」。

　　生物科技與中藥生技是21世紀繼資訊科技產業興盛後，最具發展與應用潛力的產業。面對此一攸關人類福祉的新興科技產業明星，先進國家早已投入大量人力物力，並致力教育與研發工作，生恐遲了會中斷民族的生存與發展。台灣生物技術產業的發展應自2002年5月7日宣布的「挑戰2008六年發展重點計劃」，宣稱自2002~2007 年內投入2兆6億5千萬元來發展十項國家重點建設，以「兩兆雙星產業」為主軸來規劃台灣新的產業藍圖。這個被稱為「新十大建設」的計劃，其「兩兆雙星」產業的「兩兆」是指半導體產業及影像顯示產業，在計劃期的六年內產值將各達一兆元以上，「雙星」是指數位內容的產業與生物科技產業，而2001年生物技術產業已達1,000億元新臺幣的產值，其每位工作人員的平均產值是歐美的兩倍以上而具有極強的競爭力。

　　2002年5月8日台灣政府經濟部宣布：國家科學委員會將全力發展「生技、奈米、系統芯片、通訊科技」四大技術產業，在北、中、南科學園區進行全面性的規劃並建構長程藍圖，如臺北的南港園區便配置為生物科技園區來發展。生物科技產業是「知識經濟型」產業，尤重後續的產品服務與研發，而研發經費的高低是決定生技產業成敗的主要因素之一。2000年美國的生技研發經費是1273家生科公司支出102億美元，歐洲的1635家生科公司支出46億美元，台灣的90家生科公司支出0.4億美元，台灣投入的比率不及歐美各國的1/10，平均產值卻達其兩倍故知台灣中地區小企業的奮鬥精神與眼光是無價之寶（楊灌園，2003）。

　　當前世界已進入「後基因時代」生技與制藥緊密結合著，許多創投公司（又稱風險投資）或企業轉型進入生科領域時都將目光焦著在藥物的開發，因中藥的優勢與回收時程較長，加上資金的額度與過程易於掌控之故，生科制藥已是台灣創投公司的「最愛」了，此外依台灣現狀與社會共識來看，有下列四種生技產業驅勢是值得投資者參考的：

　　⑴生體高分子：如人造皮膚與膠原蛋白等。

　　⑵保健食品：結合中草藥的研究先以保健食品上市，具療效成分的天然物

再以複方申請新藥。

(3)微生物製劑：包括生物性肥料及農業、水產、環保、除臭等領域使用的
微生物產品。

(4)生技服務產業：先是生技儀器廠商再是生技/醫藥研發中心與實驗動物相
關產業等。(同前註)

生技產業（bioindustry）是指有一定數量的公司專門從事於生物技術方面的
技術研究與產品開發，其經濟規模效益會對社會產生一定影響力的事業體；與
歐美比較台灣僅屬於生技產業的雛形，自19世紀初孟德爾發現了豌豆遺傳規律
以來，人類利用生物功能的想法早已付諸實踐而有所成，如牛痘及各種疫苗的
發現及其運用，便可視為生物技術得雛形。近百年來人類的生物科技工程一般
而言，包括了：基因工程、細胞工程、酶工程與發酵工程等四大支柱工程。

台商西進的期間中1992與1993兩年外資有向中西部推移的跡象，1994年外
資又重回東部沿海，若依東中西地區三部而分則其當年投資金額為290.86億美
元、26.01億美元與14.29億美元，分別比上一年同期上升比率依序為23%、9%與
17%（斐長洪，1996），從此往後迄今中西部的「吸金率」均落後於東部地區，
如今又歷經十年其大勢為向北延伸到長三角與環勃海灣區，未來的「十一五計
劃」應該會著力於西部的開發的。

大陸沿海的產業城市區帶的形成僅是初期階段，似乎中西部只是充當它的
後衛與支持系統，東北與西南兩地區如同其雙翼護衛東部地區扮演前鋒的角
色，來面向海洋經貿文化的知識經濟的時代。台商於再西進中可以進入「生物
王國」的西南地區，以當地在生物與生態的優勢加上台灣的優勢與資金人才，
兩岸借著共創中草藥的菁華進而躋身世界科技領先國家群體中。

因此「西部大開發」應該仔細考慮Green GDP的觀念，不必過度沈溺於「保
8%」等指標，也無須陶醉於「世界工廠」或「經濟火車頭」；還不如仿效OPEC
石油輸出國組織的「有限釋出資源」，才能實現「可久可大」的可持續發展的西
部大開發或全球平等化的經濟，首先就得由中國決定一部分自己的「游戲規
則」而向自主經濟大國邁進。否則中國西部又將淪入資源浩劫，故期待兩岸的
各產業皆能以資訊產業台商英業達的黃羊川經驗為典範，在西部大開發中共同
追求GGNP的成長，能有更多的溫世仁、邵祈、曾旦般的台商，來為人類與中國
的未來鋪下坦途，藉「再西進」實行「工業輪耕」於大西部。

由於大陸台商集群也分布於這些數量眾多的工業小區仍有緊密網絡相接，
分散各地的台商企業或工業小區和英國經濟學家馬歇爾所描述的產業區特徵有

許多相似之處，也可稱之為新產業區。新產業區作為「孕育創新過程的區域組織」，是本地化的一種網絡結構，行為主體在企業交易過程中的學習和不斷進行創新發展了創新網絡，其行為主體根據環境的變化對自身行為進行調整，這種調整保證了創新的傳播、交換和技術文化的更新，以及創新環境本身的互換。

新產業區的研究始於對「第三義大利」集群，即1970年代初對義大利東北部和中部地區中小企業集群發展的研究。當時受經濟危機的影響，整個發達國家的絕大部分地區陷入衰退與停滯，而少數幾個地區如義大利艾米利亞、羅馬格納、美國矽谷以及德國的巴登一符騰堡等地區卻呈現增長的驅勢，成為戰勝衰退的「經濟楷模」。在新產業區裏生產系統或生產系統中的一部分在地理上的聚集，是由服務於全國或國際市場的中小企業組成的，它是既競爭又合作的中小企業的綜合體，他為競爭優勢產業提供了區域創新環境。

新產業區與傳統的工業集聚區或工業區有很大的不同，因為節約空間成本（區位成本）或共同利用基礎設施，甚或被優惠政策吸引所產生的企業的集聚也不算是新產業區。新產業區的形成與發展，與科技迅速發展推動的製造業生產方式的轉變有密切關係。即新產業趨勢在經濟全球化的背景下形成和發展的。在國際貿易、國際投資、跨國公司全球擴張的推動下，以分包、轉包、全球採購為標志的國際分工合作模式，以及與跨國生產和銷售網絡匹配的柔性生產體系，於是社會資本與網絡成為新產業區的產生及其演變的重要力量。

未來大陸唯有善用台商及其企業經營文化的優勢，來實現大陸經濟「塊狀經濟」於中西部的各地區，2005年福建省政府提出「海峽西岸經濟區」的觀念，期待台灣政府能有相對應的「海峽東岸經濟區」的規劃，再合成一個嶄新的「新產業區」來帶動兩岸新一輪的經貿互動。因其隔著一道海峽應被稱為「新產業區」會比較合宜的。

6.1.2.2 台商再西進以文化作為動力

中華文化的博大可從2004年十月份「天下雜誌」經問卷調查所提出的台灣「十大標竿企業家」之一的施振榮，大陸的「21世紀經濟報導」日前即以「宏基之夢」為題，表彰施振榮「海納百川，有容乃大」，稱頌他培植創業人才的偉大之德，因此他可能不是「偉大」的企業家，但他特殊的是眼光獨到充分授權「寬容」企業家，兼具中西文化之長是華人業界的先河（工商時報，2004.10.27.13版）更是美日台混血企業文化的「標竿」。

該報導指出他培植了同為「十大標竿企業家」的李琨耀與施崇棠，也間接

協助過林百里與郭台銘，他給弟子的資產不是財富而是做事的方法和能力；如今成立智融創投公司繼續為下一代貢獻其心智與財力，在專業技術上，他的許多弟子李琨耀與施崇棠，都青出於藍而勝於藍，他最珍貴的是做人的品德——格物、致知、正心、誠意，這是他所有弟子的共同風格，也是內地企業家尤其需要向台商企業家學習的地方。

不論大或小傳統的儒商文化，在不同的企業或區域中皆會有大同小異的調適與變遷。台灣因具海島的區位與歷史遭遇而歷經外力占領，又因其深受大航海時代的經貿對生活的影響作用而使重商文化更能茁壯，近百年受到日美兩國影響，更使台商企業具有明顯優勢的核心競爭力---台商文化與美日台混血企業文化，在分秒必爭的資訊時代中社會網絡與人際互信就格外堅強，使台商在大陸更是得心應手而能勝出，台商又逢改革開放的機遇可以將趨成熟的經驗獲此「實兵演練」的機會，期待更能漸進的挑戰西方獨占的市場及主導權追求真平等的經濟全球化。

新儒家自1960年代以來漸漸積累四十年而有所成，與台灣經濟同步成長後形成了台商企業的經營文化，或簡稱台商文化；於1980之後與台商一並西進便以閩商文化的廈門為首選的投資地區，其後於企業文化更能協和融合後，再與時機恰當配合再進行區域推移至珠三角及今之長三角。因為根源於相同的文化，台商應能「春江水暖鴨先知」的發揮台商企業文化，將產業集群區域推移到正確的區位。其他國籍外商大多能在「區域佈局」的戰略層次做正確的定址，至於「城市佈局」的戰術層次的決擇上，因文化的、人才的差距使港商與新加坡廠商亦不如台商甚多。

因應胡錦濤主席2006年春節拜訪福建台商的講話，台商們總能體會出其中的商機，相信能於2006年加大投資，搭配「十一五計劃」與「海峽西岸經濟特區」的黃金海岸的開發計劃，台商將能運用在東協的已有網絡來投資以享受對東亞自由貿易市場的零關稅優勢，即使「東協加四」落空台灣遭排擠，也可經由此一安排而發揮早在東協地區佈署的網絡，讓所有資源開發出來轉化成台商的社會資本而能兩岸雙贏。

新儒家學者南懷瑾在其著作《論語別裁》中說：「到了唐代，講中國文化已不是儒、道、墨三家而是儒、釋、道三家…道家像藥店…釋家像百貨店…，儒家像糧食店天天得去，因為糧食是我們賴以生存的，既然儒學這麼重要與厲害，我們的企業就必須好好的研究。」新加坡前總理、國際儒聯名譽主席李光耀說：「從治理新加坡的經驗看，我深信，要不是新加坡大部分人民受過儒家思

想的熏陶，我們是不可能成為亞州四小龍之一的。」1980年代，一批諾貝爾得主在《巴黎宣言》中指出：「如果人類要在20世紀生存下去，必須回到二千五百年前去吸取孔子的智慧。」（公然，2004）

　　兩岸各具特色的儒家文化之大傳統與小傳統，則是兩岸政經統合組成「大中華共同體」的基礎，則需借著台商作為現階段的橋梁。2005年夏暑的「人民網」報導浙江省黨委書記習近平的「三嘆永嘉」，提及的永嘉學派與「義利並重」的儒商文化，講求實效實用與經世致用的事功之學來修正陸九淵與朱熹的心學與理學，以「義利雙行、王霸並用」的外王之道取代「性命義理」的內聖之道，乃自永嘉建立「新」儒家而發展成儒商文化，再歷經明清兩代的傳播與發展而有閩商文化、粵商文化與台商文化。

　　台商因同文同種優勢，可如象棋中的「車馬炮兵」能馳騁全場，以「工業輪耕」來換得「兩岸雙贏」，目前台商西進的區域推移現已明顯指向大陸中西部，2005年9月12日「贛台經貿合作研討會」於廬山舉行，國務院副總理吳儀在會中提出五點希望如下：

　　一、發揮工商界對台灣的影響，

　　二、支持台商以並購、參股方式參與國有企業擴大發展空間，

　　三、擴大產業空間，向西部開發，

　　四、積極參加中國區域經濟發展，

　　五、建立完整的產業鏈。

　　目前台資企業的商機在於「泛珠三角」的區域經濟合作，在兩岸的政治與經濟關係尚無重大變動之前，台商應傾全力專注經營其本業而可前瞻的布局西南，以利在「泛珠三角」內進行網絡布建與擴大版圖，故台商無論對兩岸皆須做充分溝通與港澳的市場協調，都須視經濟利益調整為極優先與重要的工作。更需在「宏觀調控」之下全力瞭解國務院可能的作法，在台商密度最高的「汎珠三角」，有如下列兩類八種以為台商參考及因應的定策、方向：

（一）政府工作

一、設立省區間協調機制：建立「泛珠三角協調委員會」各省授以行政協商空間委派副省級長官任代表委員，推動協商與立法對各省有制約之權，以全區域之利益與全面發展為重。

二、建立可發達全區域的手段：依法規建立協調發展基金、財政轉移支付與稅收槓桿，兼顧全區均衡並進發展。由粵省對台辦公室統籌「泛珠區」內有

關台商事務，協調工作之單一窗口。

三、按政府主導與市場引導原則制定政策：由政府宏觀調控來主導產、官、學界之力，消除合作的各種障礙以利區域生產要素統一市場的建構，以及能實現「共同致富」的市場運行。

四、加強區域基礎設施的協調規劃，全區性的進行資源的最佳配置，為區域經濟的最大利益創造有利環境與條件（賴文鳳，2005，P.69~71）。引導台商推展「工業輪耕」。

（二）市場協調

一、充分利用優勢提升「平等互利‧公平競爭」：將資金流、信息流、商品流、技術流，形成更大範圍的良性循環，組建各省區間的分工協作體系。

二、發揮各中心城市的輻射作用：積極促進各省區的中心城市以利均衡發展各區的支柱產業與主導產業，嘗試「跳城式」的進行區域推移，再於各地先形成極化效應再以擴散效應來發展全區。

三、完善全區範圍的「共同市場」：除因各區的資源秉賦不同所形成的分工角色相異之外，首先各區須能共享信息，其次共享激勵來提高效率，再次為合作提升技術及利潤的共享以求協和並進，其四為促進區域內結構的調整，如有區域產業結構、企業結構、商品結構、技術結構等（陳章喜，2005，P.76~78）。

四、發揮企業在全區內市場推手功能：企業循其最大之商業利益而經營產銷業務，台商資金游牧性的優勢比大陸的民企更具有「推移性」，應給更多優惠構築「蜂巢」引導台商集群來「蜂群分封」，加速泛珠三角區域的發展，進而擴及整個西部地區。

整體而言，大陸經濟在實力方面，尤其是投資、儲蓄、進出口貿易、外國直接投資、經濟增長值等表現較優，但是在金融體系中的金融效率和銀行部門效率，則相對落後是其罩門。此外在生活質量、態度與價值觀、教育結構、健康基礎設施、商務基礎設施、企業管理效率、智慧財產權等都是大陸較弱的項目。因此台商應充分發揮自身優勢來與大陸民企形成互補，走差異化或區隔化商品之產銷以求獲利，這才是上策。

台商企業經營文化已是明顯呈現出「再西進」的趨向，有利於大陸的「兩個大局」來完成其國土規劃，台商集群以區域推移方式實現「工業輪耕」的布局，扮演著利己利人的角色，如同蜜蜂族群的擴大繁衍時的「蜂群分封」現

象，大陸唯有善用台商及其企業經營文化的優勢，來實現大陸經濟「滿地開花」的「共同致富」。

6.1.3 海峽兩岸經貿與海洋式台商文化之合作共生

6.1.3.1 台商產業西進與兩岸共生的儒商文化

　　大陸台商集群分布於數量眾多的工業小區有緊密網絡相接，使分散各地的台商企業因網絡而結合，故可稱之為新產業區。新產業區作為「孕育創新過程的區域組織」，是本地化的一種網絡結構；在經濟全球化條件下，這些具有競爭優勢的區域的活動比國家更多些經濟意義，產業結構的調整和升級促使地方性力量隨之進行調整與重組，並促使本地化、區域性地方經濟聯繫與跨國界、全球性的國際經濟聯繫互相競爭和融合。

　　台商西進是與大陸民企合作而各蒙其利的經濟行為，故台商就需入境隨俗的適應其現代化的全盤狀況才可自求多福，目前追求經濟增長已是大陸的「全民運動」所以才需要台灣及其他國家的FDI資金進入，已經達成「人民生活小康」之狀態，2000年以後致力於「大陸的現代化」之實現，故FDI須協助經濟增長在年人均收入上能再度「翻兩翻」。將以「台商再西進」做區域轉移進入大陸中西部來實現其小康水平的「分三步走」的戰略工具，珠三角台商區域轉移到長三角或其它地區屬於策略轉進。

　　現代化是社會進步與經濟增長的結果，也是其過程；故城市的形成就在社會的現代化歷史中扮演著樞紐幅奏、區域極化核心之角色，即在人力與經濟、政治、文化上發揮著匯聚與分配的功能；人類在變遷中若不積極正向的作為則將自我沉淪或遭到歷史淘汰，故現代化是人類興衰存亡的求生活實質上改善的一種活動。

　　2009以後，大陸現在應進行現代化的「第三步走」來提升人民生活素質，也是台商善用大陸為能開發海峽西岸機遇的優惠政策，來強化自有企業的內銷來提升獲利率與市占率之策略，其中以旅遊業台商最具優勢。然而台商西進所缺人才的斷層即將出現如何急救與挽回，正是兩岸現代化的燃眉之急，恐怕還得從儒家思想中尋找有效的教育方法與文化政策來治本了。在以福建為主體的「海西特區」，台商有極多的社會資本與政策優惠，故從人、時、地之優越更願承擔更大的社會責任，來促成「兩岸共構的公民社會」之實現。

　　就《海峽西岸經濟區建設綱要》而論，海峽西岸經濟區是要建設一個兼顧

兩岸的全方位之協調發展，加強對台灣、對國際的經濟之聯繫與合作，對西岸則要優化其產業結構與強化產業集群，進而發展各區間的整體協調、實現資源最佳配置與城鄉一體化。因為旅遊業的人力資本與旅遊文化，台商具有優勢可以將海峽西岸經濟區視為旅遊業的新產業區：是柔性專業化與社會文化為特徵的產業區。就現階段而論台灣休閒農業，它是成熟發展的旅遊產業，極適宜進入海峽西岸經濟區，是推動經貿－文化的「承先啟後」的奠基工程。

科技與文化有著太豐富的隱性資本的「知識」，又只能以人作為載體，故須致力人力資源開發；西部地區的「城市鄉村化，鄉村城市化」，顯然 孫中山與鄧小平一先一後、一說一行與一弱一強的進行農村改革的布局。台商旅遊產業的人力資源，以自己的優勢進入藍海，「不知而行」使早期台商西進跳脫紅海，如今再西進亦復如此也可謀西部的區域活化。台灣海峽的兩岸經濟與政治之雙贏，至少在經濟上是符合黑川紀章的《共生理論》。除了整個旅遊產業或依附此景點所構成的的旅遊集聚，其所形成的「聚落文化」雖深受當地文化的制約，也須受整體企業的管理體系之監控與管理。例如某連鎖性旅店或餐館，在各大觀光景點所設的單元，其各部門因任務與各景區當地文化與條件各異，以致發展出其特有的規範與文化，以及各成員的專業素養與訓練成的職業專長也就大同小異。

對現代工業而言，台灣是一極缺物質資源的海島，「桂高雷ECFA國際經貿區」自然資源的生態農業與「海峽西岸特區」的觀光休憩產業，若能西進到氣候似台灣而自然資源更豐富的海峽西岸與西南地區是利人利己的選擇；大陸商機頗值得台灣小型企業以家族經營型態進入卡位，取得他日與西方跨國企業競爭於中藥產業之優勢。

休閒農業是旅遊產業的一部分，如向日葵的多蕊的大片花心，亦依托于其七大單元之花瓣，交通、住宿、餐飲、購物、娛樂、知性與規劃等七大單元的屬性，通常具有文化密集性、知識多元性、技術密集性、資金密集性、勞力密集性等，總而言之，人力資源是其關鍵所在。從產業性質上它是服務產業與農業的結合，其特徵即因人的經驗、能力或知識、技術而增加效益來滿足顧客者；基本上需是直接服務卻更須有間接服務于其周邊，是相得益彰的綜合性服務。中藥生科產業與休閒農業的旅遊活動是深度的，其歷程即是以文化為介質的歷程：

信息源－－－發訊者－－－→溝通－－收訊者－－－→目的地

所以在企業內部必須強化培訓使每一成員皆為優異的、文化的「發訊者」，皆似同一頻率、相同介質係數、相同文化的波長，使「受訊者」的顧客有賓至如

歸的親切與貼心。為能達成優質的「文化觀光旅遊」，就須加強對員工之培訓，員工培訓即此關鍵因子，因應個別差異而有差別訓練，宜分為管理人員與普通員工兩大類予以全時域的生活培訓。人力資本是以人才與員工為載體的知能、技術、創意與訣竅心得，若再加上其網絡、知識地圖即是狹義的社會資本了。

　　企業與CEO等各種管理者的領導行為，深受所屬文化因素的制約或影響，台商企業家與全中國領導人的CEO領導行為也不例外，皆受到傳統文化與社會情境相同的制約，因此台商領導企業的行為及其企業經營之模式，皆因其所身處之情境以及自幼所受熏陶之儒商文化緊緊相扣著。其經營管理基本架構即「S結構－C行為－P績效」（Structure–Conduct–Performance），C主要是指引導行為，更肯定人與人互動亦是「文化的溝通」。溝通的發訊者與收訊者皆以文化為「媒介」，跨文化則因介質的「傳導」係數不一致而會「折射」產生偏差，比如是溝通不良之障礙或制度成本之增加。

6.1.3.2　台商產業集群的區域推移與經貿——文化之共生環境

　　從歷史性的宏觀看台商西向進行經濟的區域推移，則是具有文化的長遠效益的；台商具有企業文化與同文同種之優勢能以「工業輪耕」方式，在各省各區進行域外直接投資，經由產業集群的複製進行區域推移，其過程則以台商的企業——集群「群己網絡」為分析架構來論證，將台商行為置入「蜂群分封模型（swarm ramified model）」的行為分析模式裏，探討解釋台商FDI投資行為及其工業輪耕的區域推移現象，論證「華夏文明－儒家文化－儒商文化－閩商文化－台商文化－企業文化－企業家精神」是台商西進的動力及再西進成功的特有優勢。

　　旅遊區是旅遊資源特色相關聯、旅遊設施相互配套、旅遊點線與交通網絡聯結成片的地理區域。海峽西岸區依旅遊資源而分，是大陸八大一級旅遊資源區之一的主體；若依旅遊功能區分為人文歷史、避暑、觀光、民俗風情、購物娛樂等，浙、閩、贛三省在旅遊區的分類下，屬於綜合分佈又貼近台灣的優勢而極具開發潛力。另外，海峽西岸區若依旅遊結構而分，它是客源、交通、資源與地區背景等四大子系統皆完備，更與台灣人文、歷史、語言極度吻合的八大一級旅遊資源區之一，如今更須官方予以政策支持來推動「雙贏」，尋求下列支撐以充分發揮旅遊規劃及工商業發展的優勢於海峽西岸經濟區中：

　　一、政策法規支撐：營造良好友善的增長條件；

　　二、財政金融支撐：構築良好經濟繁榮的保障；

三、生態環境支撐：營造永續發展的環境保障；

四、人力資源支撐：保證旅遊不斷成長的基礎；

五、市場秩序支撐：提供著公平、公正、公開的高效率市場。（馬勇、李璽，2002，11）

　　這五項支撐有待兩岸官方協商以利更進一步的雙贏與共生。故謹藉1997年日學者黑川紀章為文探討了後工業社會中，發達國家與落後地區的經濟、文化與農業、工業和資訊產業的共生現象。國父亦以「人之三系」說明人類社會中有先知先覺，後知後覺與不知不覺三種人是「共生」於社會中，需要互助合作來繁榮社會，而與黑川的「共生」輝映著「大亞洲主義」之理想。他認為全球已進入共生時代，兩岸政經於過往的半世紀即處於共生狀態，謹藉黑川的主張說明印證如下：

一、共生包括競爭、衝突等求生存現象，但更強調從中所產生之新的、創造性的合作關係；

二、共生強調著相互競爭的雙方間存在理解與積極奮進的態度；

三、共生強調相互激勵，即共生系統中任何一方不可能單獨的達到高水準狀態，至多是時程上有先後；

四、共生是在較大的社會、經濟、生態和收支的背景下，共生的各方尋求自己定位的一種途徑；

五、共生強調在尊重其他各方的「聖域」（Sacred Zones），即包括文化、風俗、宗教與意識型態等，在此基礎上擴大各自或共享的領域（卞顯紅、王蘇潔，2006，P.118）。

　　共生須立足於既有的條件與環境，並非可以任意組合來推動的，如海峽兩岸般，經濟活動具有共生能量、共生背景，「聖域」即各方互相包容與尊重的區塊，例如「九二共識」「主權擱置」等亦屬之，是符合儒家文化的包容性與「因、革、損、益」所特有之優越性。在特定時空條件下必然的生存發展，共生的各方具有其獨立性、自主性的進行著能量、信息、物質等之交換，即是共生體系內組織間的進化活動。其發展模式是允許各共生單元具有其獨立性、自主性的進行信息、能量、物質的交換，即是組織性的進化現象。兩岸可藉由海峽西岸經濟區最具優勢的休閒農業，形成一個旅遊的新產業區來推展兩岸旅遊產業，並以旅遊產業作為台灣的主導產業與支柱產業，進而帶動海峽兩岸經濟的全面性繁榮。

　　如今台商與台灣經濟的最佳抉擇，便是隨著大陸的經貿共同成長促成兩岸的協合共生與和平發展。換言之，台灣經濟的未來須賴台商的績效，才能擺脫

被「東協自由貿易區」邊緣化的陰影。預計大陸與東協原始簽約的六國將於2010年起實施「零關稅」的待遇，屆時兩岸關係應會有重大轉折，以作為對CEPA與「東協自由貿易區」的因應。2006年農曆春節大陸國家主席胡錦濤、國務院總理溫家寶，先後強調、力推「海峽西岸經濟區」；1990以前台商西進投資約三成落在閩省的福州與漳泉廈地區，入世前已跌至不及10%台資落腳閩省，其他外資亦同，以致這段15~20年期間，FDI資金進入量微小致使福建竟成為東部沿海經濟最弱的區域。

經濟區域內的集聚其規模發展到經濟群落或更大規模時，甚至於當其規模過大者或不足者所產生的影響都是一樣的，亦即都會致使其中一些產業的部門無法達於最優經濟規模，進而會拖累整體形成成本提高而出現了內部與外部的不經濟，此時企業或產業為求生存與利潤就會向集聚或地區之外分散。台商的西進及再西進是具體的區域轉移或梯度推移，其所投資大陸的IT產業從珠三角的東莞遷移至長三角的昆山都是相同現象，像似昆蟲中的蜜蜂之「分封」與螞蟻之「分巢」，其原因皆同——為謀求個體的生存與群體發展的最優化，也類似游牧民族的逐水草而居則是對環境的尊重與愛護之表現。

台灣的生物科技可與IT產業合作，其發展的模式應將產制中心移往「植物王國、動物王國、稀有礦王國」的西南進行投資，當可與後至的外商進行全球化的經貿競爭而立於不敗之地。殷鑒不遠，台灣政府更須及早懸崖勒馬否則是無助於經濟的升級與轉型，以免錯失西進大陸藉以研發創新與品牌行銷的良機。如大陸的西南地區者為明顯之經濟不發達地區，因此通常會有下列特徵而適合台商先行進入的投資者來克服的缺點：

一、發展中地區收入水平低不易累積資本、人力素質難以提升。

二、發展中地區因觀念陳腐而忽視科技研發，也缺少肯冒險投資的企業家。

三、發展中地區低收入水平，使新技術產品之市場需求過小，極需政策支持。

四、發展中地區的專利制度與科技市場不夠健全，保護智權及專利制待推動。

五、發展中地區科技市場與科研機構因信息封閉，進而難於形成「經濟起飛」之條件。

國家各地區因自然的、社會的與政治的基礎、經濟結構的因素與城市空間結構等因素差異而存在著經濟的梯度，故粗略的分大陸沿海地區與西部地區是存在著明顯區別，最具體的是人均收入的大落差，其它如教育與科技水平、生活條件與基礎建設、政策導向與價值思維等，加上政策傾斜也會因區域間的極化效應所產生的「磁吸效應」而拉大區域間的經濟梯度。通常區域發展政策有區域產業

政策、區域組織政策與區域宏觀調控政策（依序是區域經濟發展的基礎、保證、手段）。

以目前ODM或OEM的台商結構，西進大陸算是不錯的際遇，因為現在台商企業仍有機會藉西進來自創品牌，至少可有較優的獲利作為研發經費來創新與占有市場。目前唯有以官方政策積極鼓勵台商西進，將會是台灣之經濟存活與提升產業競爭力的「續命金丹」，關於政治立場與美國態度的排序，何者優先？似乎亦可以藉今之國際大環境來加以調整，畢竟天助者還須其是能自助的突破才易成功。

巴西與智利在1970年代運用FDI其經濟皆先盛後衰，故雖有域外直接投資的便利與優惠，可以充實補足發展中國家所缺乏的資本，但務須記取FDI前車覆轍之鑒：須注重外商直接投資的質量不可來者不拒。為其首要原則，FDI的質量戰略大約有下列十點，是各東道國權責單位應注意與提倡者如下：

一、符合國家產業政策的原則，

二、符合國家與區域的對外資之需求，

三、符合技術水平或「含金量」之效益，

四、能提高原有企業經營管理的質與量，

五、需于後續階段能夠自創品牌與研發創新，

六、若為合資企業時須股權操之在我，

七、若為合資企業時須能改善產品的市占率，

八、若為合資企業時須能增強原有之競爭力，

九、若為合資企業時須能獲得更高利潤，

十、若為合資企業時須有利于企業的永續發展（郭秀君，2002）。

以上十點約可分類于三大方面：一為有利于我國的投資；二為主權須操之在我；三為合于人民所需。此三大運用外資的基本原則，早于1921年被 國父孫中山先生寫進他的《實業計劃》之中了，台灣于1960年代已在「加工出口區」充分運用而帶動了「經濟奇蹟」。接著便被新加坡與南韓所仿效形成了亞洲四小龍的崛起，如今也帶動亞洲經濟之蓬勃成為世界經濟的重心，這都是儒商文化近百年在東亞的積累，藉長期教育形成知識與經驗的優勢，抓住美、日「技術外溢」之機遇而成功的結果。

大陸市場的經濟規模大到足以助台商自創品牌而不必受制於人，相對低價的勞力與原料呈現誘人的比較利益，近年來尤其重視人才培育而充實其研發能

力與水平，台灣一向引以為傲的快速生產已被大陸所超越，台商隨著全世界的生產製造工廠遷往大陸都是明智的抉擇。若不想遭到產業空洞化或經貿邊緣化，台灣就須有創新研發的強大動能，才能跳脫低價代工的命運，以同文同種與地理區位的優勢，從品牌與通路的獲利為動力來進入大陸市場，才能顯現創新的技術與市場而再獲得勝出的機會。

當前大陸對其國內產業正進行跨區域整合，台商更該配合此（政策運用）「再西進」機遇，共謀兩岸經濟利益而增進自身的生存與發展。例如正式簽約運作於2004年5月的「9+2泛珠三角」，其區域經濟的整合功能已激發與引導台商西進到江西南昌與湖南長沙，「台贛經貿交流會議」於2004年9月於南昌成功閉幕發揮其結合長三角與珠三角的區域整合功能，相信待長三角飽和與2008奧運商機之後，西南地區將成開發熱區時台商已布局完妥，可以在跨國企業競爭下仍然能夠立於不敗之地。台商亦可藉著在通路服務業與金融服務業的優勢，以先行者角色進入西南與中部地區擴張版圖，待2006年大陸入世時承諾之開放所有服務業，包含旅行社與國際性飯店旅館的經營，屆時台商將藉先入為主與文化優勢而成功轉型。

關於台灣的聚落文化背景，可從早期的開荒墾植的移民聚落特色延伸至今，歷經四百年經貿文明的熏陶又逢此大陸改革開放引進外資僑資的「機遇」，台商靈活的將儒家文化融入曾經過荷蘭、日本與美國考驗及訓練的台灣特有的企業文化，借著 孫中山先生在《實業計劃》中所提倡的「商戰」與「運用外資外才三原則」來開創知識經濟時代，來創造一個真正屬於中國人的21世紀。

6.1.3.3 台商 FDI 經營與藍海策略之運用

以「藍海」而互補分工來轉型升級之台商，不必南進印度尋找低工資的工業區，首須因文化跨距與週邊配套產業的水準差距皆大，再因受到交易成本（含制度成本、信息成本）上的損耗與支出而受困於南進。受此激勵的大陸台商中小企業者應該再奮發，或許能激發出企業的轉型，唯賴運用新知識與舊知識來創新或升級才能在競爭中求生存。例如台灣旅遊產業進入海峽西岸發揮優勢，在農業與民宿經營出「網點」系統的新產業區，又如30年前西進台商首選閩省般，進行經濟與文化的雙軸交流、融合之「再西進」。

台灣不能留在「弱肉強食」的紅海，也沒資格留，故更須進入以價值創新與差別化之商品生產來取勝的「藍海戰略」，首須積極培養人才與企業CEO替產業與企業規劃未來十年的方向與做法，謹將對台商困境有所助益者摘要如下：

一、重建市場邊界，提高模仿障礙以自保等。

二、聚焦願景將數字擺一邊運用企業文化凝聚群力塑造願景並使之實現。

三、依「買方效益優先」重置策略秩序，求能掌握、超越買方需求得到市場。

四、克服制度障礙，再去挑戰政治阻力與傳統守舊思維，隨時傾聽客戶抱怨，選定正確的與先見的領先策略。

五、將CEO執行力融入策略、消除內部阻力與障礙，激發全員士氣。

六、生生不息的循環推力以社會網絡的外部性阻斷模仿、消除權力爭鬥改變營運與文化的對內作為（黃秀媛譯，莫伯尼，W. Chan. Kim著，2005.11）。

　　如何跳脫內鬥的紅海來走向藍海？若要創造沒有競爭的自然獨占，台商就得依恃同文同種的文化創意，它最能掌握大陸員工與市場需求更能創新市場或產品，又能以文化創意帶動商品的價值創新，台商只要獲得當局者的「利多」支持，以政策引導來致力于差異化產品與區隔化市場的研發創新，就可居于競爭優勢「藍海」中。其關鍵在于人的思維或認知上能否突破舊的框架，重新界定邊界以及跳脫「小池」而悠游于「世界市場與工廠」的大海，如何可以跨越「邊界」避開競爭淒慘的紅海，有下列的六個途徑可供參考：

一、聚焦于產業內部嘗試另類產品或創新。

二、決策與研發小組探討區隔市場與差異化的商品。

三、顧客關係小組重新定義本行內之客群。

四、產品與服務領域以附加價值與創新之顧客效益為最佳。

五、功能聚焦于改善本行產品功能與感情或忠誠度，。

六、塑造此類的未來趨勢，進而更新與鞏固企業與產業之願景（同前注，P.124）。

　　2005年大陸就表態：希望日後台商西進投資的企業家，需能有危機預識來隨機調整其思維與對策，發揮管理的優勢帶新科技且富有創新精神者。因此台灣產業、企業的執行長CEO（Chief of Executive Officer）該如何作為呢？「藍海政策」實在是我們應深思熟慮的方向台灣企業家的管理與應變能力似乎又可以發揮所長，將可成為「勇者致富」而獲利。

　　以「藍海」而互補分工來轉型升級之台商，不必南進印度尋找低工資的工業區，首須考量其因文化跨距與週邊配套產業的水準差距很大，再因受到制度成本、交易成本、信息成本上的損耗與支出而受困於南進。受此激勵的大陸台商中小企業者應該再奮發，或許能激發出企業的轉型，運用新知識與舊知識來創新或升級才能在競爭中求生存。台灣旅遊產業進入海峽西岸發揮優勢，在農

業與民宿經營出新的產業區，一如30年前西進台商首選閩省般進行經濟與文化的雙軸交流與融合。

　　變遷在所難免，只是2008年已達全面西進的緊迫關頭，速度太快讓人應接不暇，然而企業本該有轉型應變能力與危機管理的計劃，若不妥為規劃與創新將被「空洞化」進而遭受淘汰，復因美、日兩國以FDI域外投資的產業外移的應對，故能依然屹立迄今即在1980、1990年代成功的渡過其「產業空洞化」的危機。如今台灣的人民則要努力培訓人才，使台灣在研發創新之路努力而能持續領先於市場，就應早日成為大陸沿海城市區帶的人才、技術、資金的供應中心，為兩岸生產鏈創造最高價值。

　　凡事豫則立，台商若已西進則宜善用下述策略來求生存與發展：

一、擴大生產規模：台商的優勢在於持有訂單與生產技術，再與外商比較則為同文同種擁有管理上的優勢，所以可大量生產以降低成本與提高市場占有率。

二、握有致力研發與創新的機會：運用既有優勢創造市場區隔持續領先，在國際體系中掌握較強競爭力向分工鏈或產業鏈的上游攀升。

三、進行產品的垂直整合：下游的市場占有率夠高時才有向上游整合的能力，縱向一體化使交易成本降低更可強化技術領先。

四、自創品牌：缺乏品牌就難以整合資源，只能屈居分工的下游而只是代工者。跨國公司運用技術與資金優勢整合資源，在比較利益之中獲取最大的利潤（陳添枝，2003.4.19）。

　　至於台商西進對台灣的風險與利益，樂觀的看到利益而西進，否則便主張戒急用忍。最好的政策當然是兼利益而預防風險，然兩全其美實是難能可貴，看來在探索與嘗試中仍要「摸著石頭過河」做些挑戰與自我超越才會成功的。首要之務是做好兩岸間「知彼知己」的功課，消除雙方的「誤讀與誤判」藉由安全互信的交流三通方可兩岸雙贏。故而政府對於「組織內四大阻力」的作為，宜從「藍海策略」思維方向著手處如下：

　　一、調整政府之功能與角色；

　　二、改變政府對企業、人民的關係；

　　三、製頒合宜的、先見的產業政策；

　　四、辦好教育，獎勵創新、創業育成；

　　五、銷彌政黨間、機構間權力與利益之爭；

　　六、察納雅言，隨時調整以吻合民意，即柔性專業化的政府。

政府的決策者如同企業的CEO執行長，需具備先見力、創構力、溝辯力、

適困力與執行力，才易於執政中「轉念」成功；即能夠：看清現今優勢及未來趨勢、嘗試跨出新的一步、組成策略小組、不守成的尋覓新客戶、傾聽前端客戶並為其服務、理性看現況功能再感性定位愿景。故能預見未來與風險，於規劃策略之中控制與超越問題、危險，以社會資本推動知識管理工作，來管理風險又兼顧企業穩定成長與前瞻性發展。

　　大陸民營企業之崛起嚴重威脅台資企業的生存，台商未來有五條路可選擇(1)是進行研發與創新；(2)是進行企業轉型與升級之藍海策略；(3)維持現狀；(4)是進攻而與之正面交鋒；(5)是撤資返台結束營業；若台商皆採取第五種模式則將會弱化台灣整體的經濟實力與競爭力，台商最好的路是以創新研發來改善體質與提升企業競爭力，進而走產品差異化與自建品牌來區隔市場獲取優厚利潤。其次是(2)的作法，再其次(3)，最後是(4)的紅海策略而與民企正面交鋒，會出現高成本競爭下的「惡性競爭」，為求「兩岸雙贏」台商應以創新來採取區隔市場，及採行生產差異化產品的「藍海戰略」，故「2、3兼顧」是中小型企業的台商適於大陸在跨國大企業中生存發展的策略；至於大型台商企業或龍頭企業，則應致力研發創新再溢出於追隨者，善盡其社會責任回饋台灣，關鍵即在儒商文化的優勢。

　　面對大陸經濟的日新月異，台商必須效法「逝者如斯」的精神，才能助台灣政府及時醒悟與為時未遲的「轉念」。孔夫子曾經「與二三小子浴乎沂」，也曾指著河水來自勉與互勵說：「逝者如斯，不舍晝夜。」在歷史長河中我人處於時勢潮流中仍然需要「長江後浪推前浪」的競爭觀，來支撐「愛拼才會贏」的台灣CEO精神，即契而不捨的研發創新才是儒家王道文化的現代版，也是台商投資大陸的抉擇羅盤，即如引導海峽西岸地區走向「綠色產業」的休閒農業與生科醫藥等，海峽西岸地區轉型成「三綠工程」柔性的新產業區，或許將是以華夏文化來升級創新的轉戾點。

6.2 儒商文化的「兩岸共生」與「文明衝突」之對策

6.2.1 儒商文化與兩岸競合共生

6.2.1.1 區域的增長極與台商產業集群

　　近代落後地區、國家追求現代化，建構出「不均衡發展經濟學」，繼之以佩魯（F. Perroux）所曾倡導的「推動性單位（propulsive unit）」及「增長極（growth pole）」兩概念來支撐，前者是一個起支配作用的經濟單位也許指一工場或一組工場，當它創新或增長時能帶動其它經濟單位增長。這樣的一組單位有高度聯

合的組織與活力的增長群體即增長極；故包括了三類空間：一、工廠占有由計劃所定義的空間；二、工廠占有作為力場的空間；三、工廠占有同質集聚體的空間；對于大陸的二元結構經濟「先讓一部分的人富起來」之戰略，其中「增長極」的概念是相當吻合大陸的實際現狀，以「西部大開發」政策而有利于各地區的政府選定增長極，強力的產業引商來推動各省各區的現代化。

　　台商在大陸所須由其來做投資區的抉擇者，通常是縣域或省域的擇定，擁有以上兩者的區域則稱為「增長中心」，其所選定的空間場域必有其區位上的優勢合乎主導產業的需求，因而產生產業布局的層次原則：

　　　　一、地區布局：是戰略層次的選擇設廠址的區位。
　　　　二、地點布局：是戰術層次的選擇設廠的城市。
　　　　三、場地布局：是戰鬥層次的選擇廠址的地段。

　　佩魯也從區域文化的角度探討影響區域經濟和政治發展的民眾心理和社會價值的變遷，分析不同時空下的歷史文化積澱，以及不同區域環境下民眾的性格、習俗、傳統、價值信仰與思想態度，因而有助於全面分析區域經濟與政治發展（楊龍，2004）。因此成功的台商必然明瞭：1950年代「三面紅旗」與1965年的「三線建設」，都是其社會主義現代化之實驗過程，若無那些經驗與時空上的「機遇」就沒有今日之成就，亦即「實驗是檢驗真理的唯一標準」的佐證。

　　東亞洲的增長極是新加坡、香港與臺北所極力爭取的地位與角色，也是它們必須為生存發展而努力成為亞洲的增長極之城市或地區，新加坡與臺北先後為最有機會實現願望者，卻因它們分別與其海峽對岸的政府處于「柔性對抗」狀態而事倍功半的空留遺恨；馬六甲海峽的兩岸因合作大于對抗，所以新加坡的比較成就大於臺北，實因今之世局是以「合作取代對抗」為基調的。香港于「97回歸」後雖有頓挫，香港會因其樞紐區位而二度扮演亞洲增長極「東方之珠」的歷史性角色，上海已崛起而成為她的競爭者，但因「東協自貿體」的影響致港滬形成競合關係。這是政治、經濟兩者間以多變模式進行相互制約或互助合作的影響，敗者應是歷史文化的無奈而成功者亦是歷史文化的功效，台商投資放棄南進採取西進也吻合歷史脈動，更是肯定歷史文化對人類進化的無形影響，所以才獲得成功而成為人類社會進化之主導力。

　　波特的產業集群（cluster）的研究，提出：國內合作而非國內競爭，才是國內產業在全球取得競爭優勢的關鍵；至于國家競爭優勢產業是通過一個高度的本地化過程而創造和發展起來的，總之即「深耕台灣、借力神州、布局全球」

是台商企業的最佳競爭策略，兩岸也會因經濟與文化的互為表裏而產生回流與擴散效應，同步的實現文化統合以應對未來的文明衝突。

另外波特指出有全球競爭優勢的產業能成為該國支柱產業，其重要標志是大量且持續的向多國輸出產品、技術與設備。如德國的汽車和化學產業、日本的半導體和錄像產業、瑞士的銀行和制藥產業、美國的商用飛機和動畫影片產業、韓國的鋼琴和手機產業、英國的餅乾食品和手工汽車產業、北台灣的手提電腦NB和TFT-LCD產業等。

在1960與1970年代，臺北以南循著1954年全線通車的縱貫全省，共465公里柏油公路的「台一線」，經三重的重新路、接新莊的中正路再到桃園龜山的25公里沿線，是台灣製造業的發源地，它就是「一條龍」的集聚、集群。這裏是整體呈現「國民經濟」的產業帶，可以滿足台灣的部分民生需求；也有代工外銷兼內銷的工廠共百餘家知名大廠：幸福牌自行車、田邊制藥、尼斯可制藥、味王、味全醬油、美琪藥皂、太陽肥皂、勤益紡織、中興紡織、掬水軒餅乾、台富食品、金龍牙刷、黑人牙膏、日立電器、三洋電機、新亞日光燈、太平洋電線、國泰制紙廠、鈴木機車等。

其中最能代表台灣當年OEM的如1967設于臺北縣泰山的芭比娃娃美寧工廠與百事可樂代工廠，皆是因政策所形成之增長極；蓄積資本後之台商FDI資金于1980年代晚期才西進大陸，沿公路百餘家工廠皆因其交通動脈與資金、人才而集中于臺北市周邊，連龜山工業區亦崛起于當時迄今仍蓬勃發展，只是三重、新莊的工廠因地價與工資高漲，多已外移、轉型而以太平洋電線為例，先轉型為太平洋電纜再因成本考量而西進，于珠三角、長三角分設十五子家公司、工廠的太電集團。1980年代晚期取代的則是竹科的IC產業集群，支撐台灣的經濟以迄于今。

其中最能代表台灣當年OEM的如1967設于臺北縣泰山的芭比娃娃美寧工廠與百事可樂的代工廠，皆是因政策所形成之增長極；蓄積資本後之台商FDI資金于1980年代晚期才西進大陸，沿公路百餘家工廠皆因其交通動脈與資金、人才而集中于臺北市周邊，連龜山工業區亦崛起于當時迄今仍蓬勃發展，只是三重、新莊的工廠因地價與工資高漲，多已外移、轉型而以太平洋電線為例，先轉型為太平洋電纜再因成本考量而西進，于珠三角、長三角分設十五子家公司、工廠的太電集團。1980年代晚期取代的則是竹科的IC產業集群，支撐台灣的經濟以迄于今。

產業集群的落點首要考慮因素是區位，集聚區域的綜合環境比交通、資源、人力等方面的區位因素更重要，另外兼及能勿干擾其市場或扭曲其競爭之

生態，應該去尋出與革除制約集群發展的因素。所以政府要提高人才教育、建設基礎設施、制定優質的產業政策、尊重投資企業家的專業能力，來促進國家競爭力才是上策；例如台灣政府「戒急用忍」只是政治考量，會耽誤「商戰取代兵戰」完成經貿全球布局的契機與續戰力。

產業集群所指的主導產業必然是該區域內的核心產業，或是集聚內的龍頭工廠的產業，更是該區域的經濟支柱與主導產業；支柱產業是占總產值比率高而獲利正常者，若能被稱為主導產業即相對其他支柱產業，即該產業有較大的獲利率與發展機會、衍生產品者，其產品主要外銷其它地區與創匯者；另有環繞主導的支柱產業四周者稱輔助產業。範圍廣泛的輔助產業是在區域內為核心產業服務的，如金融、信息、商業、運輸、輔助工業、能源與原材料，仍以構成核心產業的專業化與質量高低之商業環境作為區域發展的關鍵。

在現實生活上產業集群並不一定是單一核心產業，往往是相關產業高度聚集在空間上重迭于一個區域者；大陸的台商集群區通常是多行業集中于一區域的集群或分布式網絡集群于較大的空間區域內，有少數如東莞的長安鎮是圍繞龍頭工廠的「鴻海精機」形成集聚式的產業鎮，台商密集于區域內是產業區形成初期的主導者；另一型態者則為近年出現核心產業的集群區域，台商則分散于區域外圍或中心是產業區形成後期的進入者，如長三角的上海、蘇州、南通、無錫與南京等地。

台商以「覓水、草」為導向做微觀的個體之經營，官方的優惠與扶助政策引導著再西進的台商，則可視為配合宏觀調控之規劃，企業則依「蜂群分封」的行為模式遵循「工業輪耕」的增長極，其宏觀布建、依序西進來實現「國土規劃」，各省各區之地方政府行資源引資與產業引資雙管齊下，與台商相輔相成的實現經濟與文化的「區域推移」———極化效應、擴散效應、回流效應，全球化的潮流終將淡化政治主權與意識型態的威權地位，華夏經貿與文化圈的區域整合才是兩岸雙贏的歷史必然之終局，因此在歷史偶然中所形成的台商經營文化將會是推動歷史必然的動力，台商已經扮演促發與引領大陸民企經營推手的角色，未來則是傳統文化與經濟復興的支柱。

6.2.1.2 珠三角與長三角的台商集群之特色

佩魯的「增長極」是第二類經濟空間———作為力場的空間，這種空間由一些具有離心力與向心力的中心（或極、核）所組成，台商的分布是以社會網絡聯結型集群，此種集群雖非密集于一地區，卻如圍繞一增長極的居于第二類經

濟空間中，每一工廠都有以自己為中心的力場，但又處于以其它工廠為中心的力場中。所以增長極通常會與區域推移並存出現，兩者間則是相輔相成的關係，增長極的形成大多是官方的責任，做為其施政或追求經濟成長之行為產物而非台商所能促成者，亦即負責的政府必須提供良好的環境與條件。

區域經濟的「塊狀經濟」特質很能彰顯大陸的經濟特色，西進的台商以產業集群的「條狀經濟」，融合為佩魯的力場空間組成產業集群，與區域經濟兼容並聯的生存發展于珠三角與長三角。台商在昆山與蘇州的集群皆密集于「台灣工業園區」內即屬「塊狀經濟」；長三角是更大的「塊狀經濟」，其規模經濟的內部效益與集群的外部效益，交錯融合後出現了「塊狀經濟」再經演繹成為台商集群區域推移之新目標。產業集群正在長三角地區加速發展出以城市為核心的區域經濟體，被社會學家費孝通早年稱之為「塊狀經濟」的現象，並成為長三角產業競爭和融合的重要新走向。在長三角等地區小到打火機、領帶、紐扣等產業集群，大到力場所及的區域甚至即便是全國的高科技產業集群，體現了一種在競爭中融合的思維，不僅是單體企業的「做精做強」與互相競爭，更是眾多企業互相依存、互為唇齒的「抱團打天下」，最終將結合而成具有競爭力的「塊狀經濟」集中的區域。

俗話說「物以類聚」，以滬寧線為主幹，兩側外延50公里左右、長約300公里的區域內，已經形成江蘇省一個產業集群區───寧滬信息產業帶。在這個集群裏，密集分布著蘇州高新區、蘇州工業園區、南京江寧開發區、無錫高新區、昆山高新區、吳江開發區、南京珠江路等科技園區，一批以電子信息類項目為主體、年銷售收入超過百億元的信息產業園區。台商在東莞與蘇州昆山已形成「葡萄串」集聚組的簇集（Agglomeration），據江蘇省有關部門統計，江蘇全省八成以上的信息產業產值、15%的工業總產值均出于此簇集區（林平凡，2003）。即長三角擁有較多「適人居」城市致使近半數台商約50萬人生活于斯；即須符合下列五點之城市才可吸引生活品味高的科技新貴族群：

一、生活功能佳：可以充分滿足各類需求，如半小時車程可抵達廠區；

二、具有優美及無污染環境：可從事休閒、沉澱思緒與陶冶心境；

三、靠近大學與研究中心：有「多快好省」的人才庫與顧問諮詢；

四、配套完備的服務業與周邊產業：方便取得質優的服務與相關設備；

五、四通八達的通訊與運輸體系：在產品行銷、開發與創新方面，取得信息與原料可以「新、速、實、簡」。

　　2000年以來的西進台商是以IT產業為主，對上述五條件的要求規格更高，故而長三角便取代了珠三角；大陸台商累積資金迄2003年止的區域分布情形謹整理陳列如表6-1。

表6-1　迄2003年止大陸台商累積資金的區域分布表

	金額（千美元）	占總額比率%	省_排序	城市_排序
廣州	1338085			4
東莞	3521007			2
深圳	2187496			3
珠海	217624			
廣東省	10512314	30.64	2	
廈門	1210567			5
福州	667213			8
福建省	3031758	8.83	3	
上海	4849916			1
南京	433475			9
江蘇省	14189651	41.36	1	
浙江省	2051274	5.98	4	
山東省	582945	1.70		
遼寧省	346336	1.01		
北京	715547	2.09		7
天津	785754	2.21		6
河北省	1665293	4.85	5	
四川省	391873	1.14		
其它地區	684524	1.87		

資料來源：陸委會，台商經貿網，2004。

　　1990年代後期廣東「集聚」（專業鎮）經濟蓬勃發展，「集聚」經濟已成為珠三角地區重要的經濟支柱、適應市場經濟的最有活力的經濟形式和提高地區國際競爭力的不竭源泉。在珠江三角洲地區的404個建制鎮中，目前已明顯形成「集聚」（專業鎮）經濟現象的約占25%，即100個左右。深圳和東莞的電子及通訊設備製造業、順德的電氣機械及設備製造業等產業集中地區都是「集聚」經濟現象。

　　另外入世後珠江西岸也在快速發展中，其電氣機械經濟規模達1300多億元，兩大區塊之間則是星羅棋布以傳統產業為主的專業鎮（小集群），包括紡織服裝、金屬製品、建築材料、傢具、皮具、鞋業以及物流業、花卉等產業。這些專業鎮的規模一般都超過20億元甚至到100億元以上，集群企業從幾百間到幾千間不等，產品在全省到全國的市場占有率一般在20%～30%，多者占50%以上，已成為珠江三角洲地區乃至廣東主要的經濟支柱和新的經濟增長點（蔡寧、楊旭、桂昭君，2002）。

　　台商投資傾向大的方向與其它外商的FDI是相同的，皆依據各地的區位優勢為主加上其稟賦資源而定，即城市選址與廠區選址則因文化優勢而有所差別，關于大陸各地區的基本資源有具體數量，可供參考者列之如表6-2。

表6-2　大陸經濟區的基本資源與 FDI 投資分布表

	長三角	環渤海灣區	東南沿海地區	中部五省區	東北三省地區	西南五省區	西北省自治區
區內省分	江蘇浙江上海	河北山東山西內蒙天津北京	廣東福建	湖南湖北河南江西安徽	遼寧吉林黑龍江	四川廣西貴州雲南重慶	陝西甘肅寧夏新疆
人口數	1.69億	2.4億	1.00億	3.14億	1.20億	2.60億	0.90億
GDP %	22.0 %	25.5 %	13.1 %	18.5 %	12.0 %	14.1 %	5.0 %
面積	33.0	112.0	29.9	87.1	124.0	274.0	303.0
FDI %	22.6 %	19.3%	36.9%	6.79%	8.8%	5.2%	1.4%

資料來源：戴國良，國際企業管理理論與實務，普林斯頓出版公司，2003年。
說明：面積是以萬平方公里為單位。

　　廣東原是台商企業家數、資金最多的地區，自2001年大陸入世迄今，長三角在台商的人數與資金方面則後來居上，依據廣東國台辦統計顯示，迄2005年3月臺資已成廣東僅次于港資的第二大外資，累積台商家數18710家與實際台資共260億美元。台商固定生活于珠三角約30萬人僅次于上海周邊的50萬人，台資企業在珠三角提供之工作員額超過500萬人，台資增加金額2003年珠三角為26.69億美元則遜于長三角的48.13億美元，2005年兩地皆增長率約10%，所以珠三角的合同金額為39.36億美元，推算後2006年實際台資金額珠三角為29.46億美元而長三角是53億美元（廣州日報，2005.5.20，二版）。

　　珠三角的台商大多是橫向結網，長三角的台商較多是縱向結構，即產業鏈的關係；長三角中所有產業鏈多以上海為龍頭，產業鏈的下游多集中於上海，所以不必多做工作就隱然成形，區位優勢夠讓上海能做好「司守其門戶」。其影響力遠大於「汎珠三角9+3」的凝聚力，兩個三角洲的未來就看其西進成果，來決定其未來前景。西進走更多的依靠網絡，《鬼谷子》的「飛箝」「忤合」「權、謀」更可幫助台商於西部取得信息、跨文化來管理員工。

6.2.1.3 台商西進取向與區域推移

　　大陸的東、中、西三大地區其資源與生產力之發展皆存在不均衡的「梯度」、落差，亦即是大陸區域經濟的總體宏觀的戰略為「三點一線」；如今其

「梯度」已向西推進發展「兩個大局」，即「內地→沿海→海外」的布局，已于2006年「十一五規劃」遭打破，包括資金、技術的進口與產品、原料的輸入與產品的出口，致力于實踐其「東中西三區一體」原則。大陸的區域發展戰略在可觀察的未來必然循此執行，西方跨國企業多已投入東部之際的現在，台商須明白這布局是具有全局宏觀性、長期性、穩定性與政策性，欲求「勇者致富」則宜發揮企業家的創業精神先行進入有政策優惠的西部進行布局。

　　經濟發展的地區其主導專業化部門正處于「創新、發展」的興旺期就會經濟發達、快速成長；待其更進入「穩定、成熟」時期，其成本增高至企業極限而為了壓低成本將非核心技術加以外溢或將產業外移，故若不持續創新出新的產業部門、新產品、新技術、新創意、新的企業或產業，致令經營與管理方法滯停則將走進衰退期。隨著各城市及其周邊地區的資源因素的條件充分程度或耗竭情況，經濟發展的梯度推移多以城市→城市的系統逐層向外擴張，通常由高梯度地區向低梯度地區轉移或「外溢」。

　　美國于上1950年代對日本，以及1960年代中期對台灣的跨國轉移。區域經濟梯度理論原來是靜態的架構，其主旨原欲運用西方國家的優勢維持永遠的國際分工與其既得之利益，之後發現具有擴散效應、極化效應與回程效應而成為動態的「推進」或「轉移」理論。資金的積累與人力資源的企業家，兩者皆是經濟增長及經濟發展的關鍵因素，西南地區仍是發展落後即工商不夠發達的地區。故頗需台商的企業家或專業人才進入西南地區而與大陸的其它地區進行「相互轉化」，要實現「適者生存」則有賴于具有創業精神的企業家，故台商仍有施展所長的「機遇」來追求最大效益才得以竟其功。

　　大陸西南地區在1960年代以西南為「三線建設」的重點地區具有高相關，形成國有的軍工工業與地區資源工業比例偏高，吸引外資較難；如今已因生活素質之提升又合符台商需求（如交通等基礎建設之投入），故對台商企業欲升級或轉型的傳統產業產生了極大的媚力。當然傳統產業的台商欲再西進就仍須有「西部大開發」優惠政策之扶助與引導，投資于西南地區的觀光、生物科技、資訊產業形成經濟群落則更為有利。一如東北地區對日本與韓國企業而言是較具優勢——東北地區日本語的流通率高、韓僑比率、地理接近及生活習俗的融合等；天津的台商企業及人數僅約千餘人，不及南韓商人數與企業的1/4，投資金額就更弱小了，故而「北進」台商並未占有明顯優勢，仍以進入北回歸線也經過的西南地區為佳。

　　台商必須時時警覺到市場的變遷而隨時調整，也需充分呈現產品的特色與

內涵,故須常保持危機預識以利于與大陸企業競爭或爭奪行銷通路。若欲在制度經濟學的領域內降低台商的信息成本、交易成本等制度成本,來降低其經營成本而擴大獲利率,台商就得能充分運用「與時俱進」的「時中精神」,以及「拼搏精神」終能獲得成功。尤其在實務管理上,要提高產品良率與嚴控成本,就須以優質的現場、人事的管理、妥善的兩岸分工與資源配置,再輔以台商的社會資本與信息網絡等來持續增強之。

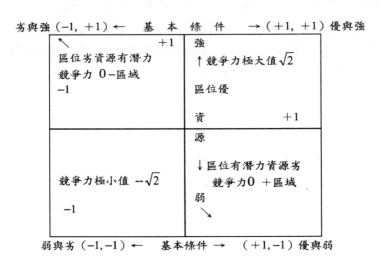

圖6-1 城市區域競爭力圖

如果一個區域的主導產業正處于興旺期,則該區域的經濟屬于高梯度區域,經由擴散、極化、回程等三效應從高梯度地區的城市向低梯度區域推移,區域經濟之進化一如產品也有生命周期,處不同周期的區域之間就存在有梯度、落差。經濟區域的競爭力和基本條件與稟賦資源的豐寡有關,基本條件中的區位優勢最為重要,故可獨立于人均GDP、面積、人口之外,稟賦與資源通常可先將特有動植物、礦藏、與發電蘊藏視為資源之後,再將歷史、社會文化、人力素質與生活機能歸納為稟賦,也可將稟賦與資源綜稱為資源。本研究以為:城市或區域的競爭力主要來自于它的區位優勢與資源稟賦。謹以如圖6-1展示之。

區位優勢除地理上腹地、山川湖泊與臨海臨江、通道地形等硬體因素之外,還須視其運輸、原料與能源之取得是否便利?至于通路網絡、法令周全與行政效率則歸類于稟賦的人力素質之內,部分之基本條件的優劣則如貫穿中心

之軸柱的長度（如上圖），圖中對角線代表該區域在 $-\sqrt{2}$ ＜競爭力或發展潛力＜ $\sqrt{2}$ 之間落點定位，但也可以經由努力伸展其競爭力之定位，影響及產業或企業的產值半徑，即隨其效益或功能也隨之增長。亦即各區域的競爭力是來自于它的基本條件與稟賦資源的豐寡，通常會呈現在其國民的年人均GDP上與政府之施政積極度，以及要看當地居民對生活需求滿足所願付出的的努力程度上呈現，以之作為評定的主要標準與根據。

至于市場在未來的潛力與發展則從已存在的現實而前瞻；對產業的價值有多少則由其企業的CEO，依照他對商機的覺察力及經驗眼光的素質而定，通常是CEO的先見力之一部分，此外CEO也應具備創構力、溝辯力、適困力與執行力。以《鬼谷子：權、謀》的思維來判擇「區域定位」，台商企業仍是以西進能降低成本來獲利多些，這從台商集群中的企業文化可看到的共同思想、態度、行為等共同模式。

應屬于企業文化中的企業家文化的重要部分，所以此處並未詳述，因此先富的區域易于永保「先行者」優勢，加上自利心似乎會令落後者將長期停留于低梯度的狀態，發展出與歐洲的現代化理論相呼應的觀點：保障其先進國家的優勢與既得利益。低梯度區域因本身需要而引進新技術亦可超前，然必須具備優異的區位優勢、基本資源與自然稟賦等條件者才易成功，除此之外，施政的政策導向與領導人之判斷亦是關鍵。另有「推移為主」論與「正反推移並存」論，所以推移理論在區域經濟範圍內還是暫居顯學地位，故本文採取梯度推移理論的立場來研究台商的西進。

6.2.2 國父「城鄉一體化」現代化與儒商文化之回流

6.2.2.1 儒家王道文化與兩岸的文治感化

台商以企業經營文化「回流」到其發源地的大陸可視為其回饋文化母體的行為，亦可完成自身企業的永續經營與共生共榮，期待有更多的後起之秀的台商，效法溫世仁、王永慶、施振榮的儒商式決策，以教育來布利於兩岸未來的共同富裕與繁榮，當前「十一五計劃」應是國務院依循之所擬定的政策，來引導台商多做利己利群的環保工作，實現「兩個大局、分三步走」與「國土規劃」。

出現於《實業計畫》的「商戰」是以人民生存發展為目的，國父以人性的「求生存」作為推動現代化的動力，則可放棄意識形態之爭以超越西方「現代化理論」、華勒斯坦的「世界體系」與南美的「依賴理論」，也合符我數千年的「因

革損益」原則。更藉此也可據「建設之首要在民生，其次在民權」，循序的先進行經濟的現代化再進行政治現代化，也不至於落入「經濟決定論」的陷阱。故本論文則以 孫中山思想為基礎，主張經由文治感化——和平演變，即是來向前推進最理想的「中國式和平演變」，它也是人類達成現代化目標的基本模式。

因此之故，認為中共近年來對於思想、政治、經濟、軍事、社會、文化等層面的作為，均係其「反和平演變」的環結。中共以「自我完善」為表實則企圖重振共產主義雄風，今中共的「左派」與右派不同已消失，但在政治理念上仍堅持「一黨專政」與「世界革命」，徐圖在「機遇」出現時以「反和平演變」為出發點，來再創「世界革命」理想的實現。本論文主張以 國父 孫中山先生所提倡的「文治感化」作為對大陸「和平演變」的方法，故宜先推展我國教育及社會的現代化，再從經濟與文化著手縮短兩岸政治、經濟、社會的差距，以「中國式和平演變」來取代中共的「反和平演變」或西方「和平演變」，方可化除「文明衝突」實現平等的全球化。

從遠古時代人類的進化以求生存為目的，再進化到農業的生活方式時，文字記載的歷史也就問世了。人類經過數萬年的「產食革命」到了十四世紀，才因緩慢的人類進化而得到生命權平等，即在精神、信仰上突破桎梏，得到發揮人力智慧的自由權。歐洲於十四世紀是市民與皇室聯合向諸侯宣戰，爭取「以國家統一為手段來追求平等生存」，最後終以主權的確立各國互相尊重而結束。卻又因為皇權結合了教權的新問題，就出現以「君權神授」之名來厲行專制，直到十六世紀的宗教革命，則先爭取「人人在上帝之前的平等」，即人民亦有個人生存權的基本平等。

《鬼谷子‧忤合》中指出：呂尚曾三入殷與三去文王，終成就於武王。此乃說明時代潮流的趨勢，即使聰慧如呂尚也須經過嘗試錯誤的摸索；人類今日潮流所趨即個人生存權的基本平等；再於十八世紀以民權革命由人民向皇室爭得「政治地位的平等與自由」，至此便已充分驗證出「自然力為主，人為力為輔」文治感化的人類進化及其所生出之影響，此一趨勢正如 國父主張的「世界潮流，浩浩湯湯，順之則昌，逆之則亡」。

凡此為歷史所述者，溯自採擷經濟時期進化到農業經濟時期，再進化到工業經濟時期，這些都是以求生存為目的之現代化歷程，就是要爭取法律之前的平等與生活上實質的平等。到了追求真正高階的民主時代，這便是 國父在民權主義第一講中說：「世界上自有歷史以來，政治上所用的權，因為各代時勢的潮流不同，便各有不得不然的區別。比方在神權時代，非用神權不可；在君權時

代，非用君權不可……現在到了民權時代……順乎世界潮流，非用民權不可」。故其核心即：傳統文化與王道文化即是核心關鍵之所在。其中各時代的道理是一樣的——民主化是世潮人心之所趨人類進化的方向，未來進化的關鍵在知識，將進「智權時代」的知識經濟之競爭中了。

　　直到二十世紀中葉，人類追求現代化的理論才在歐洲建立。其主要內容：分現代化為歐美的「早發自生型」，其他地區為「後發外生型」。兩者共同嚮往的目標是「歐化」「工業化」「都市化」。十八世紀的工業革命塑造出資本主義制度，也造成了貧富不均的社會問題；於是十九世紀人類努力追求「經濟地位的平等」社會主義與共產主義的「左傾」實驗並未帶來人類新希望；東歐瓦解後的當今似乎只有在「右」「左」間平衡來追尋人類現代化的途徑，來邁向下世紀的進化之旅。即本論文之主體，是以 國父 孫中山先生的「人為進化」與「自然進化」為主軸，來剖析大陸的「反和平演變」而主張以「中國式和平演變」來促成現代化，即是「人為的進化」之輔助。

　　綜合兩岸互利部分，宜從儒家文化與家族企業來評析大中華經濟圈的企業集群體，未來可能之發展應該定位於品牌與技術之創新了。因此唯有先讓兩岸建立經貿實惠與互信機制，充分合作才可能將台灣發展成為兩岸的供籌中心，或者先將教育興盛起來，再以傑出人才庫來做為大中華經貿體的研發創新中心，使台灣能成為真正的科技島來引領兩岸的未來發展，否則一切現代化亦只是空談。美國國家戰略泰斗杭廷頓（S. Huntington）於1990年代提出的文明衝突，迄今就一直是美國的國務與外交的指導原則，夾在美中關係的「既聯合又鬥爭」之縫隙內的台灣，化危機為轉機之道應是：發揮台灣人力資源與台商文化藉西進的優勢，充分呈現於旅遊服務性的休閒農業的領域中，應是兩岸合作於「進可攻（生醫科技），退可守（華夏文明）」，來與西方競爭以能捍衛華夏文明於不平等的全球化之中。

　　文化衝突來自不同文化因接觸而呈顯出歧異，唯賴於接觸才會有比較借鑒與融會吸收的機會，儒家以強調「與時俱進」和「因、革、損、益」為其進化原則，故而儒家文化又成為當前現代化的圭臬。大凡是人或族群先有比較之心才會衍生出衝突與鬥爭，深入思考便會生出借鑒的功能，若不經借鑒就易於排他與封閉，兩岸間就不會產生「共生效應」及文化的融合，亦無法產生進一步政治的互動交流，國際間也激盪不出新的人類文明。西方文化自然有異於東方文化之處，文化宜多元共榮而不必「一體化」，以及政治制度亦同，各須相互尊重之理至為明顯。經濟則已有趨同之勢但也不可向西方亦步亦趨的追求現代

化，即使近年高喊入雲的「經濟全球化」，尤其是「定一尊於西方」的WTO就引人詬病，因為就連歐共體EU也遇挫折於「財政一體化」，即是基於自利心的人性與文化皆有衝突之明證。

　　大陸台商對其投資的企業，需能發揚「因、革、損、益」精神與管理的優勢，憑藉儒家的「破與立」來帶動創新與科技研發精神才可利己利群。因此台商產業、企業的CEO們快將台商企業家的管理與應變能力準備好，似乎又有可以發揮所長的機會，亦即再受刺激之下應該再奮發或出現了，唯有能充分瞭解企業而進行其企業轉型，運用新知識與舊知識來創新或升級才是成功的企業家，也能為華夏經濟圈的未來而努力貢獻！

　　產業外移使製造業比率下降，非先進國家地區但具有競爭力者，仍可循ODM、OEM的生產方式學習先進國家的技術，尚可短期維持繁榮而不致空洞化；唯長期依賴上游又不肯創新研發的話，每遇經濟衰退或不景氣，位居生產鏈或產業鏈中下游代工者必將被犧牲。即使全球長期景氣佳持續代工，也會導致國家與人民的創新能力及環境適應力的弱化，甚而對先進國家形成依賴關係，如此受制於人絕非國家長久之策，尤其在快速變遷的知識經濟中須謹慎防範，更善用「因、革、損、益」的「與時俱進」精神及「苟日新，又日新，日日新」的研發創新精神來力行終身學習，將可免除在我們手中喪失了「地球籍」之危。

　　對於西方必須要「勿恃敵之不來，恃我有以待之」；國際經濟組織的合作是「天助自助」的增強物，不可依恃之而作為國家之本質的，反而是大中華經濟體或華夏經貿圈才是應付「文明衝突」的利器。畢竟儒家文化中的「以大事小」遠勝於西方文化中的「以大吃小」，雖也有每遇霸道者時總有令人有難為之處，但莫忘記華夏文化也有獨步的訣竅，其長處在於可用來化解「強淩弱與眾暴寡」之困，當能將之擴大到國際關係時即可自勉以之為後盾，藉東協自貿體之推動進而提升為「王道之干城」，以實現　國父於1924年提倡的「大亞洲主義」之願景。

　　如今台商企業文化與台灣地區產業特質之「文化創意」，已是大陸台商的競爭優勢，故本文認為「美日台混血企業文化」是台商集群區域推移的拉力，台商企業的核心競爭力是台商集群區域推移的推力。故知台商的企業經營所獲利潤的多或少，依序為：賺努力（辛苦）的錢 ＜ 賺智慧（經驗）的錢 ＜ 賺機會（眼光）的錢。唯有歷經辛苦努力與智慧經驗的企業家CEO方能培訓出「有眼光」的素質，因其是隱性知識可消除風險而賺取高額利潤，社會文化是台商集群與產業經營成功的重要因素。不論從儒家文化或儒商文化的特質，或從華

僑支持祖國的史實來看，台商回饋、根留台灣將會是肯定的事實，鑑往知來，台灣政府應當積極、正向的轉念，以行兩岸的藍海戰略。

6.2.2.2 華僑的文化（制度）回流效應與兩岸人力資本的交流

知識經濟中人力資本最重要，成就其功能與效益的關鍵則是網絡，兩岸網絡的本質與媒介應是華夏文化或儒商文化，台商西進即是將儒商式的海洋文明「回流」到唐山，以蓄積能量來勝出於未來的「文明衝突」。杭廷頓在其「文明衝突」的理論強調著「經濟是文化的表現」，他說：「西方是唯一在其他各個文明或地區擁有實質利益的文明，也是唯一能夠影響其他文明或地區政治、經濟和安全的文明。……文化在世界上的分佈反映了權力的分佈。」（楊榮清，2004，P.3）顯見我人須秉持「人不分海外國內」，戮力為「文明衝突」早做準備，方可利於實踐、傳承與宏揚傳統文化或復興華夏文明之使命。

二次大戰末期美、日間的宣戰發生較晚，日軍發動「虎虎虎」偷襲珍珠港之前，旅美僑胞曾多次發動群眾成功的阻斷美國將戰略物質輸日，當時華僑人數全美僅七萬餘人，捐款總額與美國政府貸款我國之金額相同，皆為三千餘萬美元。全球華僑總動員盛況令歐美人士知者無不動容，在在皆充分映證著「華僑是革命之母」。華僑旅居海外，卻對家鄉與祖國的國民革命，付出巨大貢獻；此「回流效應」其能歷久彌新、波瀾壯闊的載之青史——追求祖國的現代化，自有其源遠流長的背景與基礎：

一、向環境爭生存與發展求富的拼搏精神，

二、朝聞道夕死可與事事關心的殉道精神，

三、血緣、人緣、地緣為核心的民族情感，

四、儒家思想、儒教文化與海洋文明的混融創新。

儒商的集體模式起自徽商，依「三緣」結合成集群向外發展、爭生存求富；稍早之前的晉商則是「跳脫」山多田少的家園，以家族血緣為網絡藉儒家倫理在他鄉爭生存求富；浙商於宋、元兩朝之際，憑藉著葉適、陳亮的永嘉學派與永康學派的「義利並重、農商並行」為中心哲學，迨明清已蔚然的蓬勃形成閩商文化、粵商文化與台商文化。清末政治腐敗又因沿海不利農耕，致使華僑的海外移民潮逐見發達。此即華人的人力資源以區域推移的方式來「溢出效應」，故而當汲取外國、其他區域經驗與技術等充實後，再以「回流效應」來回饋祖國，今則由台商的回流效應促成大陸沿海各省的「極化效應」，形成了「三江出海口」的繁榮，今後更須以經貿與文化雙軸向來進行兩岸間的區域推移。

1956年李樸生教授在〈華僑眼中的 孫中山先生〉文章中說:「他們覺得他很可愛,就是他穿的衣服和他們一樣簡樸,一樣「華僑裝」;他生活也和他們一樣簡單,可住在洗衣館裡,一同燒飯,一同食飯。我們都知道在革命的初期,敢接近孫先生,接受他的宣傳,參加革命組織的華僑,都是些工人,店員和極少數的學生,沒有僑領。……我們開僑眾大會,都有個大場面與數以百計的僑胞來聽,也許忘記了孫先生從前要演講有多困難。……還有些原是國內知識分子,現在做了新華僑,他們認為學術思想發達,一定要百家爭鳴。華僑希望我們孫先生信徒,有恢宏氣度,不怕批評,有實踐的力量,把台灣建設起來。……這真是得孫先生寶貴的心傳。我們紀念孫先生,要把華僑眼中的孫先生,再生在我們心裡!」(傳記文學叢刊之三,P.127)國父的平等精神從生活到決策、從個人到族國,是最能貫澈於言行的政治家與理想家,如今兩岸的經濟榮景皆因受其教化而享有《實業計劃》之實踐成果。

由歐美推動「全球化運動」受挫於2005年,卻應符鄧小平「東、西、南、北」全球四大區塊間的矛盾,即皆因不能以民族平等取信於「第三世界」或「南方」諸國,近年區域性的FTA自由貿易經濟體組建於各洲各區,即是明證。2003年杭廷頓於《Who are we?》中挑剔美籍拉丁裔的生活是非盎格魯薩克森文化,故質疑南美洲移民入籍美國之公民角色;亦即說明了:全球化就是一種極深刻的方式重構全球人的生活方式須要依循西方的規範。國父的政治思想與外交思想最能秉持「濟弱扶傾」的儒家倫理,再加上「全球佈局」的華僑而利於「天下一家」之推展。兩岸互動的現狀是政治禁制、經濟通行,唯賴借助於文化以漸進方式來融解政治的障礙,而人才是文化的最佳、唯一的「載體」,兩岸可循「華僑回流」模式帶動文化創新,兩岸以人力資源的交流來推進「共生與協同」之合作以求雙贏。

中國歷朝歷代以迄中華民國的建立,皆賴華夏民族與儒家文化的人才教育,特別是萬邦協和、多難興邦、為政在人、事在人為、推己及人等,基於文化中心觀與以人為本的傳統思想,方能開創出兩岸今之盛況;國父與當年的華僑攜手共創中華民國的新局,危機與轉機同時並存,化解與升華之訣竅在於:先知先覺、後知後覺、不知不覺的人力資源三結合,也是現今兩岸人民能持續終底於成功的力量。近六十年儒家思想經由中山思想,呈現在台灣地區過去的學校教育中,透過課程轉化於台商行為之中,如今更有利台商西進投資大陸,進而宏揚於對華夏文明的「破」與「立」之中。面對多天災的海島生態,先民開荒的聚落文化漸進發展成今之台商文化,最能挑戰風險、勇者致富來成就出

「可久可大」的事功。

　　台商在大陸各省各區的區域推移，台商產業集群內依據企業間的社會網絡來運轉其社會資本，即是借著台灣傳襲的「聚落文化」中的充分互信，再發揮「協同學」的理論而達成的經營優勢。更進一步，則兩個以上的經濟區域亦能依循「協同學」與互信分享，海峽西岸地區與台灣若以同質度極高之文化為催化劑，必將獲得豐碩的兩岸雙贏。亦即針對兩岸儒家文化的區域推移是呈現有下列三種效應，作為「經貿－文化雙軸」互動中關於文化的結論：

一、極化效應：即如《論語》稱贊管仲「霸諸侯一匡天下，唯管仲吾其披髮左衽」，所產生的作用或所堆積成的地位；相同的，國父 孫中山先生於1921向第三國際代表馬林，論述道統時曾說：「中國有一個道統，堯、舜、禹、湯、文武、周公與孔子相繼不絕，我的革命就是繼承這個道統。」西艦東侵之前亞洲均以華夏文化、儒家思想為其增長極，迨及1924年 國父藉「大亞洲主義」期待日本做為「王道文化的干城」，這都是「強化核心」企圖能生出力量形成極化作用，來引導與鞏固儒家文化的根基，以利文化集叢的延伸與茁壯。台商集群的區域推移便是借著文化優勢，形成凝聚作用而擴延其效能的「文化極」，來催化大陸的社會文化與企業文化使之更健全的極化。

二、擴散效應：歷史上不乏「夷狄則夷狄之，華夏則華夏之」而成為王者，以及「遠人不服則修文德以來之，既來之則安之」的典故、典範，如明朝鄭和七下西洋以「厚往薄來」、漢代賈誼的《棄珠崖議》，「和平互動」與沿途各國交往，藉「濟弱扶傾」來擴散華夏文化。因而知曉儒家文化的平天下是以「王道非以霸道」模式，即在析論其價值之認定中，以此文化擴散的模式及其途徑之抉擇，來實現萬邦協合的大同。台商的經濟上向其外圍地區擴散其生產力，同時也推動文化的包容與融合之「文化決定論」，並且用來回饋各地以文化的過程就是文化的擴散效應、溢出作用。

三、回流效應：華夏歷史上「不絕書」的「濟弱扶傾」事蹟，以及「禮失求諸野」的史實，印證「吸收其文化又廣被以文化」，回流效應隨著溢出效應同時發生。在個人的方面則以「子入太廟每事問」、「三省吾身」等虛懷若谷的修養，甚至孔子在他臨終時為能回饋孝道真諦而要求眾弟子說「啟予足」，即是以身教來示範的回流效應；又如肯定顏回的守孝三年亦是對「回流」的宣揚。若就群體而言就似如「王師北定中原日，勿忘家祭告乃翁」，而以辛棄疾的章句為代表，說明「生活化」的回流效應時時會呈顯於生活

言行之中，要以身作則的藉謙卑心態來反饋與回流，對待曾幫助自己茁壯的文化母體。從晉商、徽商的集體經商回饋宗族鄉黨之行為模式，以迄台商集群以「不知而行」的方式，於生活行為中實踐文化回流大陸，以行動同時對兩岸做實質的回流效應來促進文化統合。

台商文化區域推移的三大效應，因其更具有彈性與韌性也吻合新近《藍海戰略》的思維，故應以差異化的產品或服務來占有市場，而不與無把握征服之競爭者正面衝突；「美日台混血」的台商文化於1980年代，就充分展現韌性與拼搏精神西進大陸，早於西方的「跨國」大陸，那時台商是「不知而行」；如今中西部在胡錦濤2007年宣示：將重慶建設成為西部地區唯一的直轄市、中國矽谷，實現成為大陸「城鄉一體化」的典範。

面對強大西方跨國公司競爭壓力的台商，更應以「知而後行」的角色，選擇再西進因為這是台商最佳優勢的充分發揮；大陸國務院商務部薄熙來部長奉命出任重慶市市委書記，2009.5月舉辦對台招商會，除了對西部的重視也是對台商的重視，即在中西部可以區隔出市場擺脫其它外商，獨享優勢而不必陷入弱肉強食的「紅海」。

6.2.3 「文明衝突」中兩岸區域整合之負數

台灣的民進黨籍立委張旭成指出：2004年大選重要的兩岸經貿問題不是三通或西進，而是如何保障台商從大陸全身而退，以及避免因人民幣升值所引起的成本上升與市場飽和等，而不致被大陸黑洞吞吃。同時更指出：經濟學家分析大陸經濟快速成長的原因有三，首先是政府借錢，大量公共投資，創造有效需求；其次是壓低勞力等生產成本，扭曲其資源配置；其三是採取優惠措施吸引外人投資，尤其是台商與港澳商人，以帶動其出口擴張與經濟成長。

2009年7月前國務院財政部長、直轄市重慶市長薄熙來，與廣東省委書記汪洋提出「GDP是用人命換來的」，2003年筆者在廣州暨大提博士論文大綱主張「綠色GDP」於大陸產業經濟所，遭到博士導師反對連三年被退稿，以至更換指導老師；這說明台灣的先行者經驗，須待大陸適度成長後方能從台商阻力變成助力，故以為博士論文須待2015年之後受博導通過才可進入口試階段，皆因「良藥苦口」；並藉此例以呼籲台商認清大陸的成熟度，即是制度成本、信息成本所在，否則何須給以優惠?大陸的超貸金融財政之危機，以及對台灣的軍事威脅，皆似「魚肉帶刺」般須支付出成本，大陸至少先與台灣當局簽定保障投資協定，台商在等待中的風險就是「負數」，西進台商近四成敗亡為「台流」亦是

因此之故。

　　迄2008年為止，上述危機尚未出現，只因先入為主的價值判斷，影響了就事論事時的理性，使思維分析出現傾斜方向，因而產生出「見仁見智」的差別，唯有永保「台商優勢」於創新研發才是西進的上策。然而目前兩岸優勢偏於中共，尤其台灣在時間上壓力緊迫，一年內須完成與對岸的ECFA簽定，之後也須提防「趙孟亦能賤之」的危機，台商與台灣仍然處於危機與競爭之中。「制人者制權，受制者制於人。」兩岸間仍充滿此一「既聯合又鬥爭」的氛圍，必須全力爭奪兩岸的主導權，並隨時保持危機預識來高度警覺。

6.2.3.1 兩岸間區域整合與「文明衝突」下的台商文化

　　1996年，杭庭頓於《文明衝突與世界秩序的重建》中指出東亞的文明應稱為中華文化（Sinic）最恰當，包括東南亞華人群居之地皆是（王圓、周琪等譯，2002），如韓國、越南、日本、新加坡等國在大陸周邊深受儒家文化影響，儒商文化在長期發展中多有傳播，經由外鑠而內化自然發展為：注重仁愛、忠孝、禮儀、勤儉、吃苦耐勞、服從家長、拼搏等是「亞洲四小龍」與日本一起受儒家文化之影響而具有的特質；另外如講誠信、和諧謙虛、勇於創新、嚴於律己、重教育及親情、以和為貴、自強不息與義利之辨等，也是儒家文化培養出來的人格特質。台商集群的特性是源自於「群而不黨」「推己及人」「利己善群」「義利合一」等儒家的倫理思想；從歷史規律來看，人類的現代化歷程是不走回頭路的，果真會如杭庭頓所言否？依我華夏文化則不認同也不期待之，不可恃其之不來卻須有以待之。

　　今日知識經濟的發展則已印證出：世局正從「兵戰」轉進到「商戰」；知識的積累轉化成技術是快速的，即知識經濟呈現出「速度經濟」的樣貌，再從範圍的變遷來解析則經濟必須走向全球化，才能實現充分利用資源、滿足人類多元化的欲求、達成最佳的經濟效益的境界，越來越多的跨國企業進入大陸，以之作為全球布局之主戰場，台商西進是「時代考驗台灣，台灣創造時代」的契機，唯台商能成為大陸的「猶太商人」則會使台灣地區能持續繁榮，形成華夏文明之興盛而構成世界多元文化共榮架構，或可消弭文明衝突於無形之中。在同化力強大的大陸上，台商的凝聚力若不夠強、對政府向心力消弱後，即使只圖「大陸的猶太商人」的目的也難以成真。

　　杭廷頓以為經濟與文化是共生協同、互為表裡的人類活動，自然也產生許多衝突了。文化衝突來自不同文化因接觸而呈顯出歧異，唯賴於接觸、互動才

會有比較借鑒與融會吸收的機會，所以本文依循儒家文化「和而不同」的互動，主張「文質彬彬」、「以大事小」的「經貿文化雙軸」交流。凡為人或族群之間須先有比較之心才會衍生出衝突、鬥爭或競爭、創新，只是前二者排他的，後兩者是包容的互動；深入思考兩岸間就會產生「共生效應」及文化融合，接著政治的互動交流、國際間互動便可激盪出新的人類文明。經濟雖已有驅同之勢但也不可向西方亦步亦趨的追求現代化，即基於自利心的人性與文化皆有可能產生衝突之明證。

在不同的企業、區域中皆因時潮會有大同小異的調適與變遷，所以台商企業若不創新，台灣若無力主導兩岸潮流，將出現「大吃小」的不利局勢。台灣因具海島的區位與歷史遭遇又歷經外力占領，又因其深受大航海時代的經貿對生活的影響，作用而使重商文化更能茁壯，近百年受到日美兩國影響，更使台商企業具有明顯優勢的核心競爭力——台商文化與美日台混血企業文化。在分秒必爭的資訊時代中社會網絡與人際互信就格外堅強，使台商在大陸更是得心應手而能勝出，台商又逢改革開放的機遇可以將趨成熟的經驗，獲此「實兵演練」的施展機會，期待更能漸進的挑戰西方獨占的市場及主導權追求真平等的經濟全球化。

如今台商集群在海外的區域推移方針，即須能因應胡錦濤主席2006年春節拜訪福建台商的講話內容，亦即台商們總能體會出其中的商機與掌握其契機，相信能於未來更擴大加碼其投資，搭配「十一五計劃」與「海峽西岸經濟特區」的黃金海岸的開發計劃，之後台商將能運用在東協各國的已有網絡來投資，以享受對東亞自由貿易市場的零關稅優勢。即使「東協加四」落空：台灣遭排擠，也可經由此一安排而經由台商來發揮其早在東協地區佈署的網絡，讓所有的人力資源、知識資源、環境資源都開發出來轉化成台商的社會資本，進而能求得兩岸雙贏。

台商企業具有明顯優勢的核心競爭力，在分秒必爭的資訊時代中社會網絡與人際互信就格外堅強，使台商在大陸更是得心應手而能勝出。新儒家思想自1960年代以來漸漸積累四十年而有所成，與台灣經濟同步成長後形成了台商企業文化，作為其經營的依恃、憑藉。儒家思想歷兩千五百年融入社會菁英群生活中，形成以中國或東亞各國的菁英為主要載體的儒家文化模式，本文暫稱之為各國的「小傳統」，即各國融合當地文化滿足其人民需求，經所發展出各具特色者，如李光耀提倡的「亞洲價值」，以及馬哈迪倡導於馬來亞的「亞洲精神」等。凡東亞各國基於儒家文化所衍生的「大傳統」與「小傳統」，將之做包容性

的聯集即是華夏文明,其所涵覆範圍即為華夏經貿圈的東協各國。

因為根源於相同的文化,台商應能「春江水暖鴨先知」的發揮台商企業文化,將產業集群區域推移到正確的區位。在其中的他國籍外商CEO大多能在「區域佈局」的戰略層次做正確的定址,至於「城市佈局」的戰術層次的決擇上,因文化的、人才的差距使港商與新加坡廠商亦不如台商甚多,至於戰鬥層次廠區佈局,則須委託當地的「陸幹」或長期駐守的台商為最佳選擇了。

大陸各省也稍微各具特色的發展其謀生方式與有效益的儒商文化,除了因應與融適各地原有文化之外,也是因為儒家文化本來就預留著空間可以「與時俱進」,讓人民去「因、革、損、益」而擁有「自由主義」色彩;兩岸各具特色的儒家文化之大傳統與小傳統,則是兩岸政經統合組成「大中華共同體」的基礎,現階段則需借著台商作為向「大中華經貿體」過渡的橋梁,而能成就出「兩岸共構的公民社會」之願景。

12世紀下半葉的南宋大家陳亮(永康人)與葉適(永嘉人)先後創導之下,講求實效實用與經世致用的事功之學說,來修正陸九淵與朱熹的心學、理學,以「義利雙行、王霸並用」的外王之道取代「性命義理」的內聖之道,乃自永嘉建立「新」儒家而發展成儒商文化,再歷經明清兩代的傳播與發展而有閩商文化、粵商文化與台商文化。如今因「文化大革命」與共產化洗禮後,類似宋室南遷時「禮失求諸野」般,台商文化的西進,協助大陸儒家文化的浴火重生,此即是「經貿文化雙軸互動」的具體成功。凡大陸的有識之士應頗珍惜之。

大型跨國公司其「優中之劣」是如同象棋中的「將、士、象」,其行動只能局限於東部沿海,台商因同文同種優勢,可如象棋中的「車、馬、炮、兵」能馳騁全場,能以「蜂群分封」與「工業輪耕」來換得「兩岸雙贏」。

台資企業在大陸的區域推移尤應注意其商機的掌握,當前是在於「泛珠三角」的區域推移與經濟合作,在兩岸的政治與經濟關係尚無重大變動之前,台商應傾全力專注經營其本業而可前瞻的布局西部地區,以利從「泛珠三角」核心向全大陸進行網絡布建與擴大版圖,故台商無論對兩岸皆須做充分溝通與港澳的市場協調,都須視為須有經濟利益之調整,應視之為極優先與重要的工作。不論從儒家文化或儒商文化的特質,或從華僑支持祖國的史實來看,台商回饋、根留台灣將會是肯定的事實;政府積極推動「以創新挺台商」,以免失去競爭力致「台商長城」崩解,台灣政府應當積極、正向的轉念,以推行兩岸的藍海戰略與奠定「文明衝突」中不敗的華夏根基。

6.2.3.2 台灣制度創新與兩岸現代化之變遷

　　農業最早的「粗耕」是「自然力－人的需求」關係下的活動，所以進化後的農業是「自然環境－生物－人類社會」的循環體系，今之生態農業則是「自然環境－〈生態／景觀〉－人類社會」的循環體系，所以休閒農業即是進化成果，亦即可實現更精緻的「自然環境－生態－景觀－人類社會」之循環體系及其價值鏈之所在。其中又因為農產品深受地理區位、新鮮度與季節性的限制，休閒農業則運用自然景觀的固著性吸引消費者「移樽就教」，農業品與自然景觀因季節轉變而有不同風貌可吸引消費者對海峽西岸及西部地區作二度或多次的「深度之旅」。

　　現代化是社會進步與經濟增長的結果，也是其過程；故城市的形成在社會的現代化歷史中就扮演著樞紐輻輳的角色，即在人力與經濟、政治、文化上發揮著集聚與分配的功能；人類或各族群在變遷中若不積極正向的有所作為，則將自我沉淪或遭到歷史的淘汰，所以現代化是人類興衰存亡的求生活實質上改善之一組活動。人類社會是由經濟、政治、文化、人口、環境等五大子系統構成的有機體，必須是動態均衡的發展方可成長。大陸官方於「海峽西岸經濟區」之推展中扮演的是行政性角色，正好由台商以產業群的角色參與，以「產、官、學合作」的模式進行休閒農業的區域推移。

　　未來兩岸能發揮優勢，特別是海峽西岸區若依旅遊結構而分，它是客源、交通、資源與地區背景等四大子系統皆完備，更與台灣人文、歷史、語言極度吻合的八大一級旅遊資源區之一，如今更須官方予以政策支持來推動「雙贏」。兩岸官方協商以利更進一步的雙贏與共生。1997年日學者黑川紀章為文探討了後工業社會中，發達國家與落後地區的經濟、文化，以及農業、工業和資訊產業的共生現象；鄧小平在「東、西、南、北」全球體系中，除傳達四大區域的「既聯合又鬥爭」之外，並認為全球已進入共生時代。兩岸政經於過往的半世紀即處於共生狀態，其發展模式是允許各共生單元，依其具有獨立性、自主性，來進行信息、能量、物質的交換，即是組織性的進化現象便因此而發生了。其中有因兩者一致而獲加分者，也有因衝突、砥觸而扣分者，即須付出較多的制度成本；總之，台商迄今皆是得益面較大，其他如交易成本與信息成本則因CEO的經營能力而增減。

　　企業的跨文化經營需付出極大的制度成本與信息成本，從而可知台商南進印度尋求利益之成效，當然不如西進的佳；故今兩岸可藉由海峽西岸經濟區最具優勢的休閒農業，形成一個旅遊的新產業區來推展兩岸旅遊產業，並以旅遊

產業作為台灣的主導產業與支柱產業，進而帶動海峽兩岸經濟的全面性繁榮。台灣海峽的兩岸經濟與政治的雙贏，至少在經濟上是符合黑川紀章的《共生理論》，因為兩岸間依據於同質文化與經貿實質的需求，促成非官方的「華夏經貿體」已隱性的成型於2001年入世之際。

　　台商跨海西進，依循「以經濟為表、文化為裡」的進化力量，從珠江三角而長江三角的從事著區域經濟的梯度推移，如今也因為上述差異而進入黃河三角的渤海灣區，西部大開發的優惠應可更吸引台商進入地理氣候和台省相似的海峽西岸經濟區，在下一次產業轉移波段中於較適合台商的西南七省區投資。其中須依據各區域的資源與條件，來合理選出主導產業或支柱產業，應該向生物科技與中醫藥產業全力發展是最佳選擇，在精神上也是符合 國父 孫中山先生的《實業計劃》。兩岸透過共建的新「聖域」，來取代原本各自對立的體制、價值，這「寄希望於未來」是兩岸應共赴的現代化。

　　馬克思認為商品經濟不應該存在於社會主義之中，他認為商品生產應該是資本主義生產方式的特徵，因此生產方式的改變主導著社會的變遷與歷史的演變。因為生產方式由生產力與生產關係組成，所以在「一元單線」的「歷史規律」中，「剩餘價值」就成為馬克思眼中歷史演變經歷五個階段的「推手」。如今大陸已放棄「以階級鬥爭為綱」而致力於「解放生產力」，1990年代卻不願見西方的資本主義對其「搞『復僻』」，故發動「反和平演變」以維護其「一黨專政」之政經形式。事實上因政治哲學而捍衛東西方文化多元與平等的發展，是「不知而行」的經貿－文化的協和共生；如大陸學者張學謙說：「例如馬克思和恩格斯設想的社會主義要消滅商品經濟，實踐證明是行不通的，至少在不發達的社會主義國家是行不通的。我國社會主義制度建立以後，由於受這種傳統理論觀點的束縛和蘇聯模式的影響，長期嚴重的忽視商品經濟的存在和發展，受到了很大的損失，是有深刻的教訓」（張學謙，1989，P.71）。也就指出文化、法律等制度會影響經濟生產之效益，即是制度經濟學可彌補西方經濟忽略的部分。

　　總之，馬克思以生產方式來解釋人類歷史的發展，主張生產方式的改變是社會變遷的原因，故台商須予了解來降低制度成本；總之，縱析《資本論》中對社會產出會影響之基本理論有下述四項：

一、唯物哲學思想的基礎：人與人之所以發生關係是因為對物質的需求，而不是由意志、思想、宗教等非物質來決定的；生產關係則是支配者對被支配者的剝削關係，故知生產方式的改變是隨著生產關係而應變的。故曰其「利益掛帥」轉型自「政治掛帥」，「商業競爭」之手段來是自「政治鬥爭」。

二、經濟決定論：生產方式決定人類社會的經濟結構，經濟結構作為社會的下層結構則先已決定了社會上層結構（政治、宗教、法律、文化等），從而經濟決定人類的制度與歷史。所以下層的「向錢看」決定了上層的「向前看」，「向雷鋒學習」則與「向海爾學習」是相通的。

三、辯證法的應用：生產方式與生產關係之間的矛盾造成了社會變遷，由量變帶動質變，經「正反合」行程而形成新的生產方式與生產關係，直到無產階級的社會的建立否則兩者不會有合諧的統一。即知《鬼谷子：忤合》與《唯物辯證法》的「正、反、合」是相通的，《孫子》的兵戰法則可以轉化於「商戰」之中。

四、人類的歷史是一部階級鬥爭史：自古迄今支配者對被支配者的剝削始終存在，革命成功後的社會是一個沒有階級與壓迫的社會，在沒有政府的社會裡產生工具和物質都是公有的。《孫子》的「制人者制命，受制者制於人」道盡了「階級鬥爭史」之精要，故嚐過階級鬥爭之苦者必奮勇於商場競爭。

上述四項均造成大陸民企強大的衝勁、競爭力，迫使台商必須創新的「與時俱進」，是故台商入大陸經營企業，須有對中共在思想上認識的基礎，即台商已能貢獻心力於兩岸現代化之基礎。目前大陸已多年不談其「反和平演變」及「四個堅持」，但仍未放棄在「一黨專政」與意識型態上的自信與自傲；若不能明嘹大陸人心思想之內核，將會是台商在大陸經營的隱憂。故而借助於《鬼谷子》的「忤合思想」比較，以求增強台商CEO能力，來適應大陸「正反合」的《唯物辯證法》的生活模式，將可借鑑文化遺產而能勝出於商戰之中。

大陸自改革開放以來，引進不少西方資本主義的事物，對中共而言，只希望得到想要的科學技術、生產管理等知能，卻排斥資本主義的腐化思想和資產階級的文化與制度。所以中共不能坐視大陸的社會變遷走偏了方向，必須發動「反對資產階級自由化」、「清除精神污染」、「警惕和平演變」和「反和平演變」等運動，更高明的亦即胡錦濤總書記，「只做不說」的社會控制、人為進化，來反擊西方對他的「無硝煙的戰爭」，以人為力來導正其社會變遷。至於台商則可發揮儒商式海洋文化，催化大陸產生「中國式和平演變」，實現兩岸雙贏的協同共生與進化，以求未來能勝出於「文明衝突」之中。

一般而言，社會變遷包括對文化體系與環境生態的變遷，兩種不同的政治制度在相似的人類文化體系與世界政治環境生態中，文化涵養讓「雙向的趨同」之可能性大增。進化、演變、趨同與現代化都是變遷的形式之一，只是人為進化的力量漸增而自然進化的力量漸弱，再以社會變遷來論證 國父 孫中山先生的「歷

史進化論」，與儒家式「大亞洲主義」是相因相生的，將會有助於「文明衝突」的消弭：因為它不是「文人衝突」，更是製造了生活上、文化上的對立與排他。

文化即人群在精神上與物質上生活所創造、累積的一切；文明是文化中偏於較高層次或相對精進的部分，但亦有將兩者混同使用者，其他百餘種定義則不勝枚舉。如今台商與台灣的最佳選擇，便是效法華僑「回流模式」先將全球化與本土文化結合，具體落實「放眼全球、根留台灣」的儒商式海洋文明，再隨著大陸的經貿共同成長促成兩岸的和平發展。換言之，台灣經濟的未來須賴台商的績效，才能擺脫被「東協自由貿易區」邊緣化的陰影，即使是2005年台灣就業率的小幅提升，據立法委員之質詢稿指出：也是拜台商之賜。這也算是新的「依賴關係」嗎？淺碟式台灣經濟體質唯賴全力創新才可紮下深穩根基。

未來當台商的機遇走到盡頭或「趙孟『欲』賤之」時，甚至優勢已去的台灣是否已「自我完善」的準備妥善?在危機預識的思考下，務須全力於一年內將ECFA簽妥，便是台灣的劣勢、政府的時間壓力；「先經濟、後政治」可以延申為「先有經濟的強大，然後才有政治的滿足」，兩岸皆同以謀得「制人者制權。受制者制命」主導之優勢。台灣若「絕緣」於「東協FTA」則首先將自「四小龍之末」脫隊，屆時島國經濟是有崩盤之危，「兩害相權宜取其輕」是應循《鬼谷子：揵闔》來慎決的。預估大陸與東協的原始簽約的六國，將於2010年達成「零關稅」的待遇，屆時兩岸關係應會有重大轉折以為因應的，即執政者的「轉念」就是「藍海戰略」，須依「為仁由己」儒家理念──全球本土化的華僑回流模式，來使台灣雖小卻是全球華人的核心，爭取向心力則13億人口也得尊重它。

6.3 台商再西進之契機與兩岸區域整合

6.3.1 西部的國土規劃與台商再西進

6.3.1.1 建設新農村與西部地區的資源利用

台商產業集群受限於制度成本甚高正是它的「美麗與哀愁」之所在，然而不斷因政策優惠而逐「水草」的推移，台商只能一再複製的向中西部推移，若無法創新的成長或轉型，反而走向盡頭總非長久之策，成功的台商企業家若能融入社會與運用文化就可賺取智慧的錢與眼光的錢；若欲轉型進入大陸的「世界市場」須以「台灣創新」來深耕大陸，而先建立網絡與通路就是台商全球布局的唯一選項。

　　大陸的13億人口中有7.69億人口居住在農村地區，其勞動力人口為4.9億人，2003年農村的移動勞力（即盲流）人口為1.7億，故知農村有3.1億人口是勞動人口，其中有1.8億人是隱性失業，此即表面上在工作而實際的邊際生產力等於無（渭南日報，2004.7.8）。2006年3月大陸通過的「十一五計劃」全力實踐「讓另一部分人富起來」的「建設社會主義新農村」，落實鄧小平的「兩個大局、分三步走」，台商最大優勢可助其「國土規劃」與「工業輪耕」，將視各地區之優惠而再西進以休閒農莊與文化觀光之優勢，來完成其「三綠工程」與區域活化。未來預防2030年人口「峰值」16億降臨時，「國民經濟」所面對的困境與「文明衝突」，雙重壓力之解套惟台灣與東協是其助力。

　　西部地區的區域活化最有利的方向就是休閒農業的發揮其多功能性價值，偏遠落後地區的區域活化發展到極致即是「城市鄉村化，鄉村城市化」。1998年10月中共十五屆三中全會通過《關於農業和農村工作若干重大問題的決定》認真面對1978的十一屆三中全會以來20年農村改革的基本經驗，調整出新的方針與目標，使農村居民總體生活水平自溫飽向小康過渡。2000年底全大陸各類農業產業化經營組織發展到6.6萬個，帶動占全體農戶約1/4的5900多萬個農戶，使每戶家庭經營再增收900元。2001年初北京召開的「全國農村工作會議」，就大力發展農業產業化經營，推動「三入村」與「陽光工程」，進行農村農業的結構調整與組織型式之改善。

　　分配公平性與城鄉差距之縮短，讓人民能切實產生滿意感受，在「十一五計劃」期間大陸曾面對十項重大的社會經濟考驗。大陸目前國民經濟和社會發展中存在的主要問題是：農民收入增長緩慢，就業和社會保障任務較重；能源、交通供需關係緊張；固定資產投資規模偏大，部分行業盲目投資、低水平重複建設比較嚴重；部分社會成員收入差距過大，不少低收入居民生活較困難，資源環境壓力增大等已是大家的共見共視，早有大批台商基於民族情誼，協助大陸廠商企業與農民百姓解決上述問題，對當地政府與人民也能在謀求企業利益中「推己及人」的合作。

　　西部地區的「城鄉一體化」即《實業計劃》的「城市鄉村化，鄉村城市化」，顯然 孫中山與鄧小平一先一後、一說一行與一弱一強的進行農村改革的布局，都有待教育或知識的發達，亦即經濟發展條件的充分與人民認知的成熟，立即轉化為知識經濟之活化或再生之機遇，故不妨先以條件最充足的西南地區先行發展休閒農業來突破困局，待其經濟全面繁榮起來再進行對中藥與生物科技的產業轉移，屆時可將中國人捍衛先人文化菁華與抵擋西方的「生物複

製」，執行「區域推移」以促成經濟－文化的繁榮與和平自由的願景提早實現。

　　憑恃人文與自然資源而論，西部地區的區域活化應以旅遊為主導產業，台商切入先以休閒農莊或民宿的旅遊經營，來建立成西部的支柱產業應為最佳策略（羅明義，2005）。亦可用之來印證本論文所主張的：以台商在休閒農場來進入西南經營，以先行進入卡位來保護自然資源來和其它外商於未來進行競爭，實現完美的「國土規劃」與預防他國的「生物侵占」。旅遊業的人力資源進入西南可帶來資金與人才來填補其「缺口」，引發「建設社會主義新農村」的契機。

　　自從德國經濟學家杜能（J. H. Von Thunon）在1826年提出古典農業區位論，它是以討論成本與運費為內容；然後便是韋伯（A. Weber, 1909）的工業區位論以運輸成本、勞動力成本與集聚成本作為決定工業區位的因子；廖什（A. Losch, 1940）修正之再加上利潤指向、總收入指向、總費用指向、生產費指向、運輸費用指向與區位指向所形成的市場區位理論來比較分析，後來經過經濟學諾貝爾獎1779年得主俄林（B. Ohlin）運用地域分工、國際貿易與地理區位加以整合，而成為現代區位論的理論內涵，近代增添上哈格斯特朗（T. Hagerstrand）的新技術、信息和移民的內容，乃使區域經濟的學說理論更臻完備。因此兩岸的區域整合及台商的區域推移皆可據此為理論依據，從經貿互動交流開始，「桂」屬於西部地區故，「桂高雷ECFA國際經貿區」在兩岸新局中，可視為「協合共生」的實驗區，帶動西部區域活化。

　　1995年聯合國世界銀行提出其對「創新」的主張：一國的總財富是其人力資源、人所創造之財富與自然資源等三部分所構成；它假設「創造的財富」是由人力資源與自然資源的消耗所形成的，因自然資源的不可或難於再生性而會隨其消耗量來扣抵國家財富總額，人力資源是可再生的資源而不須被扣抵，故於21世紀中會受到鼓勵將會大量投資發展，此一現象則以下列的柯布──道格拉斯的對數函數表達如下：

$$\ln Y = \ln \beta 1 + \beta 2 \ln X2 + \beta 3 \ln X3 \qquad （齊建珍，2004.3）$$

　　其中Y是創造的財富、X2是自然資源、X3是人力資源、$\beta 1. \beta 2. \beta 3$依序是創造財富的、自然資源的與人力資源的使用率，要做到可持續發展就需自然資源的存量保持固定；社會資本可提升$\beta 1. \beta 2. \beta 3$（其中尤以知識資本最能增加效益）。假設X2自然資源消耗量不增加而欲增加Y的創造財富之量，就可經由下列三種作為：<1>提高自然資源的使用率$\beta 2$；<2>提高人力資源的使用率$\beta 3$；<3>增高人力資源的投資來擴大X3之效益，總之可以將此三者簡化為一條：透過人力發展來

創造財富是最佳之途（齊建珍，2004.3，P.69）。總之，以中醫藥生科產業作為台商的下階段「工業輪耕」目標，是有利文化整合、兩岸雙贏來抗拒「文明衝突」的挑釁，再漸進實現各民族平等的全球化。

　　台灣的企業家人力資源與員工的教育素質都是優於亞洲（日本除外）之其它地區，而在無體的智慧與經驗方面則較日本商人更適於在大陸發展，對日本較為遜色者則為財力、工業科技的基礎、研究開發能力，因此台商的區域推移與產業集群的工業輪耕，在下一階段務須依循「綠色節能」的「國土規劃」，以中醫藥生技產業來完成經濟與文化的整合，藉著前進西南與前瞻「東協自貿區」，發揮人力資源、智慧財產的優勢。

　　故宜借西進大陸的機遇厚植實力再積極的改善補強而超前於日本，以防美日聯手壟斷亞洲政經大局，方可避免華夏文化在「文化衝突」中居於更劣勢之困。此即台商西進的遠程效益才是最珍貴的資產；近程而論，當前西進台商在兩岸分工的經營與管理方面，則依大陸市場經濟成熟度之不同階段而分工也隨之變遷，進行逐「水草」而區域推移著。

6.3.1.2 台商對「西部大開發」的區域推移

　　21世紀伊始之際也是大陸「十五」計劃開展之始，大陸國務院實施傾斜式發展戰略的「西部大開發」，以對外開放、體制改革來加快西部地區的發展，也給予稅收、信貸和投資等方面的優惠政策；期待台商能發揮其同文同種、遊牧性FDI與勞力密集的中小企業等特色，於2006-2010的「十一五計劃」中也更能進階的幫助西部取得下列進展：

一、加快西部地區的基礎設施建設。為了發揮西部的資源比較優勢而「對接」缺水缺電乏資源的東部沿海地區，推動一系列的水利與能源、交通與通訊兩大類的工程建設。如南水北送、西氣東送、西電東送、青藏鐵路等都與西部地區有緊密的關係。

二、加快西部地區的生態環境保護與建設。西南地區是大陸「不結冰」的三大水系之發源區，地區的生態環境在「越窮越墾-越墾越窮」的循環中持續惡化，終將危害三大水系的三角洲的經濟「亮區」，保護西南地區的生態已成為持續繁榮大陸經濟高度成長，以及三大菁華區可持續發展的重要保障或前提了。

三、加快西部地區的改革開放步伐以縮短城鄉差距。將東部地區的開放政策擴大到西部地區，加快金融、財政與價格體制的改革，按照民營化的方向進

行國有企業的改革，致力土地制度和戶籍制度的改革。

四、優先發展科學技術與文化教育衛生事業。在大陸「十五」計劃下透過各種專項事業資金傾斜的投入西部，以科技與教育提升人力素質，以文化與衛生改善生活品質來縮短與東部的實質收入差距，改善西部「老少邊貧」的景象。

　　大陸的區域發展戰略在可觀察的未來必然持續進行，西方跨國企業多已投入東部之際的現在，等候三大效應的台商若能明白並及早布局，這是具有全局宏觀性、長期性、穩定性與政策性，則宜發揮創業精神進入有政策優惠的西部。西部是經濟不發達地區與東部有一明顯的梯度、落後，通常都是從發達的地區向不發達的西部做梯度推移的經濟發展策略，同時伴隨著極化效應、擴散效應、回程效應，促使將人力密集與耗材高的產業會向經濟不發達地區轉移，此一必然趨勢當會有助於台商先西進布局「卡位」。總之，大跨距的區域推移必然伴隨著更大的風險，然先行者經驗使台商眼光更精準，敢於先佈局、卡位將可提升其獲利率。

　　經濟發展梯度推移理論淵源於美國哈佛大學經濟學者佛農（Vernon）的工業生命周期論，再經英國經濟地理學家埃斯塔爾的論證而成形，其實質係將經濟發展的地區差異視為工業產品及其技術的生命循環，各階段在空間上的表現型式。故其實務上的主旨是：任一國家或地區的經濟發展之盛衰取決於該地產業結構的優劣，而其優劣則依照各產業的主導部門或專業化部門所處的生命循環階段，如果一地區的主導專業化部門正處於「創新、發展」的興旺期就會經濟發達；更進入「發展、成熟」時成本增高至企業極限而外溢與產業外移，若不持續創新出新的產業部門、新產品、新技術、新創意、新的企業或產業之經營與管理方法等，則當地經濟將走進衰退期。「政策導引」與「產業導引」是政府、民間責無旁貸的義務，兩岸共構的「公民社會」就應去建拓了。

　　隨著農村第二、三產業的發展及所帶動的農業勞動力轉移，農戶結構發生極大變化，家庭經營的純農業戶和以農業為主的兼業戶比重趨於下降，非農戶與以非農產業為主的兼業戶比重上升。儘管如此純農戶與以農為主者仍占農村的大多數，跟據大陸新近農業普查的結果，東部地區的純農戶占48.4%，中部地區的純農戶占63.6%，而西部地區的純農戶占70.7%，全國平均純農戶仍占農戶總數的62%（三農專刊，渭南日報，2004.7.4，第二版）。於是受到農產品價格低迷和農業結構調整影響最大的仍是這些純農戶，數億的農村剩餘勞動力都隱藏在這些農戶之中。

　　台商過去西進大陸東莞時較重視交通便捷與原料與工資的低廉，近幾年投資地點轉移到昆山較多的原因是考慮到企業的區位、人力質佳與生活機能的大環境因素；2003年昆山在台商心目中建廠優勢的排序已落後於蘇州的主因，在於原有優勢所在的「政府服務機能」已被蘇州超越之故。西南地區當今最大優勢為其豐沛的自然資源，適合將台灣的中醫生物科技與資訊科技兩大優勢組合，其最大劣勢則為生活機能與政府的服務機能，兩項都與人力資源品質較差是有高度相關，而且落後於大陸沿海地區甚多所致。

　　依區位學而論，若再慮及過去「南進」東協市場時所布建的基礎，中小企業的台商進入西南地區的企業發展則會優於東北甚至於長三角。或許大陸國務院能調動珠三角與長三角的官員派往西南履新，將可帶動當地的經濟發展使其影響力更能擴大而推廣全面的發展。有開發經驗的大陸官員與外資一起進入西南地區，尤以在各方面皆落後的貴州省才是當務之急，將可更進一步的實現有「中國特色」的社會主義，以及實現「共同富裕」之政府職能與「兩個大局」的發展戰略，台商將會是逐「水草」而區域推移，來完成大陸的「工業輪耕」於西部地區。總之，台商集群的區域推移是「跳城市」的尋覓資源與優勢，大陸官方的「國土規劃」則採取「跳區域」方式來引導台商進行「跳越」的「工業輪耕」。

　　經濟發展的梯度推移多以城市→城市向外擴張，隨著各城市及其周邊地區的秉賦資源因素的條件充分度，由高梯度地區向低梯度地區轉移或外溢（speadover），如美國於1950年代對日本及1960代中期對台灣的跨國轉移。跨國轉移須有較多的政治因素影響，大陸從東部沿海向西部推移則較多的經濟面思考，台商西進與「再西進」若放棄政治因素則絕對「利多」，雖然忘卻政治誠不易但可以瞻望未來反而不必計較現況，務要努力的去爭「千秋萬世」之布局。美國主導「北美經貿自由區（NAFTA）」結合加拿大與墨西哥兩國的動機，以及歐盟（EU）的成形與東向結好亞洲即此一考量，兩岸各方宜「放私為公」則先以文化認同為中心先鞏固「大中華經濟圈」為要務，才不致在未來也會遭到如歐盟等其它區域經濟體的擠壓、競爭。

6.3.2 台商前進「東協自貿區」與「再西進」的兩個大局

6.3.2.1 大陸的政府職能與「兩個大局」之實現

　　大陸經濟發展暨改革委員會主任馬凱在「十六大」的第二次會議的記者會

後表示：「目前中國經濟處在重要關鍵階段，如果不妥善處理某些行業產能過剩問題，與去年的經濟成長率相比，今明兩年將出現暴落。中國經濟是否過熱問題是今（2004）年全國人大關注焦點，也是國內外關注的焦點。現在對中國經濟則有已經全面過熱、部分行業（如鋼鐵、電解鋁、水泥都超過全球產量25%）投資過剩所產生的局部過熱、投資快只是中國工業化進程加快的表現等三種看法……首先要肯定去年大陸整體經濟環境良好，GDP成長91%，人均達一千美元以上絕非偶然現象而是有其內在動力。居民收入提高讓消費結構升級進一步帶動工業化升級……」（工商時報，2004.3.9，6th）他更指出：部分行業過熱（水泥占全球產量的四成）會造成煤電能源大量消耗，隨著運輸成本上漲使原物料也漲價，會增加通膨的壓力與可能性，如任其發展經濟將出現大起大落。2006年觀察其前述問題多因宏觀調控而未出現，某種程度上便證明大陸的政府職能依然強健運作著。

　　西方傳統經濟學的政府職能在管理經濟方面之主軸：正確定位定向的決策經濟計劃及其政策。然而人類過去的政府只消極的執行下述三種職能的推展：

一、保護社會不受外界侵犯。

二、保護社會成員不受他人欺壓。

三、建立並維持各種公共事業和工程。

　　各國的經濟史給經濟學者不少啟示，如今不論其政策之成與敗也都會留下教訓，主要有貳：一是須有明智的政府採用積極引導才會實現國家的經濟發展與社會進步；二是政府干預過多或不及都會帶來經濟災難。正如孔子所說：「過與不及，寧過。」過多總是曾經努力、創新，勝過消極、無為；即如二次世界大戰之後出現的發展經濟學與新制度經濟學，就主張從更寬廣的角度與積極的政策來糾正傳統的經濟學，總結經驗後政府應為企業提供良好的經貿條件。亦即經濟職能宜調整為下述三種積極性職能：

一、政府首先要維護市場的競爭性和規則性：政府的作用在於制定市場規則及實施反壟斷法。

二、政府要採取獨立的貨幣與財政政策：用來降低經濟發展過程中的過度波動，預防經濟的大起大落。

三、政府要參與公共建設及公益事業：如教育、衛生、交通運輸與能源等　進入資本額大及需要較長建設周期的基礎設施部門。

　　1979年以來鄧小平實施改革開放政策迄今，大陸拋棄脫離了高度集權的「計劃經濟」後，其政府職能多所變遷；當前的宏觀調控仍可算屬於上述三點

積極政府的範圍內，尚未逾越其權限。探索多年的「社會主義市場經濟」及其相應的政府職能，應已被各國所肯定的成就而稱為「中國之迷」（史耀疆，2005，P.104）。主要是因其有「中國特色」的六大職能如下：

一、制定並監督執行經濟法規。經濟法規由國務院主管部門起草，經國務院批准後提交全國人民代表大會立案、審議並通過，亦即是行政立法的模式。

二、制定經濟和社會發展戰略計劃。先以方針和政策及其組織實施，再協調地區、部門、企業間的發展規劃與經濟關係；如國家定期制定並頒布的經濟與社會發展五年計劃和長期規劃，正如本書對「西部大開發」之分析及其發展策略等。

三、制定資源開發。涉及範圍廣泛、關係國計民生與外部性強的布署重點工程。目前各級政府不再直接涉入工程投資活動，除非是關於能源，交通、原材料工業等建設，如三峽建設與西部開發中的重點工程，就仍然由中央與省政府直接布署與組織實施。

四、傳播和彙集經濟信息，掌握和運用調節手段。國家掌握信息優勢，為各級發展規劃的實施提供信息服務，以及透過金融與財政手段調節宏觀經濟，通過產業政策實現產業發展目標。

五、按照規定的範圍任免幹部。大陸各級政府人事單位與黨組織部門均負責推薦、考核和任免經濟領導幹部；另也設置有國有大企業工作委員會與金融工作委員會，其主要職責為管理所有幹部作為「陟罰臧否」的依據。

六、管理對外經濟技術交流和合作。如加入WTO的談判皆由中央政府決策與執行，入世後按照承諾執行國際間的貿易，對外資的管理體制與政策進行調整，也都由國務院執行。（蔡昉、林毅夫，2003）

兩岸應為雙贏與共同富裕主動的為台商爭取之權益，故依政府職能，兩岸政府應有之作為主要有：加速大三通的規劃與執行、儘快完成兩岸清算機制、鼓勵銀行服務業西進發展、速建台商貸款基金、開放台商製成品回銷並予以稅負優惠、取消上市上櫃公司赴大陸投資限制、允許陸資來台置產與投資的分支機構等訴求。「十一五計劃」將以「建設社會主義新農村」來提升「三綠工程」的力度與規模，來完成「兩個大局，分三步走」的小康社會與生活現代化之目標，提倡「千鄉萬才－黃羊川」的英業達CEO溫世仁應是台商的「典型在宿昔」，亦即宜捐資興學推動大西部地區的「希望工程」，同時也是台商企業推展「經濟－文化雙軸」的「再西進」而創新高的契機。

二十世紀晚期文化資產觀念新起，文化資產之保存到二十一世紀已經成為

政府之職能，且產生重大變遷有三：

一、全球化下節能趨勢，使古蹟營造、舊建築等資源再利用與社區活化，求永續經營，政府政策之引導是必需的職能。

二、多元化及多樣化的文化及其資產價值，提升後其資產價值之解釋權或主導權由政府協同民間非政府組織NGOs共同參與。

三、往昔由政府決定的操作模式，轉為由民間發起、引導的由下而上模式，文化上政府必須參與、職能仍在，卻須從旁協助而由非政府組織NGOs督導之。

　　總之，政府包辦全部文化工作及職權已不符永續發展的現實，過度依賴民間企業則無法珍惜、保護文化資產，故政府主要負擔保護與指導職能，交給企業自主經營權與相對的負擔之社會責任。政府職能之基礎首在立法與執行政策，須與民間力量結合成「公民社會」的行動中心，再藉完善之管理體系與相關的《管理章程》，以求能充分發揮政府職能，特別是台商在文化、網絡上享有厚重的社會資本，更當協同政府善盡企業的社會責任。

6.3.2.2　東協的區域經濟與文明衝突中的台商定位

　　經濟發展的梯度推移多以城市→城市的系統逐層向外擴張，均隨著各城市及其周邊地區的資源因素及其條件充分程度而移動，由高梯度地區向低梯度地區轉移或「外溢」，如美國於1950年代對日本及1960代中期對韓國與台灣的跨國轉移。區域經濟梯度理論原係靜態的架構，其主旨原欲運用西方國家的優勢維持永遠的國際分工與其既得之利益，之後發現其具有擴散效應、極化效應與回程效應而成為動態的「推移」或「轉移」理論。

　　跨國轉移須有較多的政治因素影響，以致於大陸從東部沿海向西部推移則較多的經濟面思考，台商西進與「再西進」即源自於此一考量；兩岸三地各方若能「放私為公」則先以文化認同為中心先以鞏固「大中華經濟圈」為要務，才不致在未來也會遭到如歐盟等其它區域經濟體的擠壓、競爭時華人企業難以招架等等情況，也可預為杭廷頓（Samuel P. Huntington）所提倡的「文明衝突」早做準備來維持中華文化的「可久可大」。

　　1993年杭廷頓在美國《外交》雜誌發表了<文明的衝突>，2003年杭廷頓所出版《WHO ARE WE ？》一書，他憂心美國的盎格魯文化會被南美的拉丁文化所取代，則更坐實他稍早的「文明衝突論」是因美國國家利益而先發制人的戰略，那麼自1990年迄今兩度在西亞動武的動機便是「司馬昭之心」了。基於人類的文明自古便是多元的，故開放人類文化的自由發展才是最佳生態，台商西

進以自利帶動經貿與文化雙向的區域整合，至少也可成為「捍衛中華文化」與「促進世界互利整合」的不知而行者，所以兩岸政府應對台商給予更多的重點扶持來優惠台商，因他們將會「升級」、「知而後行」的協助文化回流與擴散，其效益會更強大。

珠三角與長三角是大陸境內的「城市區域」的代表作，是面對歐美經濟的需求而產生的，如今「亞洲經濟」崛起時代，亞洲的「四龍」與「四虎」集中於台灣周邊形成三個大的經貿區，港澳的珠三角與上海的長三角以台灣居中形成「東亞的中三角」，再向北接渤海灣區加上韓國與日本所構成的「東亞的北三角」；若向南則接連泰、新、馬、印所組成的「東亞的南三角」，此三者則構成了現今亞洲濱太平洋的經濟重心，「桂高雷ECFA國際經貿區」就必須應運而生才是上策。

2002年大陸的FDI外資直接投入已逾500億美元，超逾美國而居世界之最，延續至2005年已逾600億的FDI，是故跨洲的經貿與投資已從「歐－美」轉成為「歐－亞」及「美－亞」的跨洲經貿圈；台灣又位居「東亞中三角」面向太平洋的前鋒地位，在知識經濟時代的當前，其經濟戰略的關鍵更甚於軍事戰略的重要性，大陸在所有跨國企業的全球經濟布局中已是「重中之重」，台灣則扼其地理之樞紐更握有同文同種及先行者優勢，即向未開發的西部地區挺進，藉著經貿——文化雙重互動而擁有優勢，入世前一直是西方式現代化模式在第三世界的樣板，故而更受到各跨國公司的矚目與青睞。

中國文化在亞洲的影響是深遠的，在唐朝以前早已形成漢字文化圈，朝鮮、日本、越南都使用過漢字，曾以四書五經為其教科書，朝鮮的諺文、越南的字喃、日本的假名等之創制都深受漢字影響。另於文化方面曾有美國華盛頓策略與國家研究中心的學者對曼谷、吉隆坡、雅加達、北京、上海的菁英百餘人做價值觀的問卷調查，發現在注意教育、勤奮、誠實、自律自立、克苦耐勞與履行義務等個人價值觀均有強烈的一致性；在社會價值觀上則特別注重社會的和諧與秩序、尊敬權威、政府對人民的負責等。其一致性皆來自中國文化的包容性與西方的排他性的沙文主義迥然不同。

中華文化主張國家間相互尊重、相互學習、相互扶持，在平等基礎上積極推動文化交流、共同進步、協和共生，反對將自己的政治觀點與價值觀強加給其它國家與人民；所以自明朝三保太監鄭和下南洋以來，便深刻的影響整個東南亞，加上東北亞正是目前亞洲太平洋沿岸最繁榮的北、東、南三個「亞洲菁華三角」，皆處在華夏文化育涵圈內在「九七亞洲金融風暴」之前與後，李光耀

與馬國前總理馬哈迪先後呼籲與提倡「亞洲價值」或「亞洲精神」，其內涵即此一來自古中國的文化菁華。新加坡的亞歐基金會的徐通美教授認為，西方不接受亞洲價值觀是因為東亞有潛能在21世紀正面挑戰西方，而且他們戀棧在經濟、政治、文化與知識上、道德上的居於支配地位，以及其既得利益為主要原因（新加坡聯合早報，1999年6月29日《西方何以排斥亞洲價值觀》），亞洲的這些捍衛多元平等的機制或文明利器，我們可暫稱之為「華夏文明」。

在亞洲區域的整合運動中，台商於大陸的區域推移應可順帶完成文化回流與擴散的使命；也唯有強固的華夏文化體系才有助於亞洲之整合。地區經濟不論面積大小，其梯度推移的動態效應主要有下列三種力量在交互作用而影響著經濟區的發展，同理的文化上亦可與經濟同步完成使命是：經濟–文化的極化效應、經濟–文化的擴展效應、經濟–文化的回流效應。

從宏觀的文化層面去思量就要為將來的「文明衝突」做準備，兩岸積極合作來捍衛「可久可大」的華夏文化為最優選擇，就需致力研發創新，不斷的運用中國人的智慧與經驗、歷史與傳統之優勢，將大陸的東部地區或西部地區打造成生產、行銷中心，科技中心與金融服務中心則是可見的未來內兩岸雙贏的最佳布署。兩岸公開的承諾將共生於「經貿、文化雙軸向」交流，會有助於台商繁榮進而促成經貿與文化上的兩岸之統合。

台商再西進從事休閒農業是對供養華人先祖的自然與大地之回饋，更應充分的愛護與運用中西部的資源與優勢，從事農業與第二、第三產業的結合性加工，此即服務性第一產業；兩岸未來產業則是以台灣已擅長的休閒農業與中藥生技作為最佳的選擇，從生態資源最富的西南地區形成增長極之後，向其它省分的中西部地區推移後則是統籌城鄉、共同富裕的重要關鍵。自求利潤又可有利於「兩個大局」之實現讓兩岸華人能立於不敗地位，這是兩岸共同一致的交集應可作為合作的目標。因此台商「面向未來、面向世界、面向現代化」的定位，就在藉儒商文化與「東協」各國推展區域整合，推展亞洲的人文層次的現代化。

「共同富裕」若是社會主義的特徵，當然也會是 孫中山所鍾愛的「均富」之同義詞了，身為中華民族一分子的台商自然於「再西進」中為自家企業，也願為中西部農民盡分心意，進入省級城市中協力把城市的公共財政體制優化，再轉化成為農村剩餘勞動力之利用來創造條件，促使當地城市政府切實把進城農民進行職工訓練、子女教育、社會福利、公共服務與勞動保障。台商從事休閒農業是合符上述條件的最佳選擇，不久台商將會有此機遇能發揮所擁有之優

勢，那也許只是歷史的偶然，但未來可能藉此優勢以「回流效應」影響大陸，屆時就會是歷史的必然，鞏固後的華夏文化可於「文明衝突」中勝出就成為歷史的應然。

6.4 結語

知識經濟時代之現代社會中企業界CEO與政界CEO的權利與義務，政府機器與公民社會建構了雙軸、雙元的自主運作，互相尊重、不可篡奪對方權益，期待於唯一共同目標——謀求公共利益之實現。台灣公民社會的基礎是社會資本與網絡，似如北極的冰山，浮出洋面的是其局部的台商之社會資本與網絡，但不論洋面上下的冰山其主要成分皆為儒家文化傳承與經濟民生；分享、自由、民主的文化是台灣之公民社會及台商之社會資本的源頭、樹根，謀求公共利益或經濟民生福祉則是目標、結果。台商CEO透過非政府組織NGOs與非贏利組織NPOs，所能善用的社會資本與履行的社會責任，應依循 國父「社會互助論」則是台商集群的宏觀作為，促成兩岸的公民社會與區域經濟繁興的願景。

從環境著眼制定政策和做出決策的辦法來自于中國文化中的許多方面，簡單的辦法就是《孫子》的軍事理論中找出依據。《孫子》以為：所有的環境 地形、軍隊的士氣、天氣、作戰將領的態度和國家的狀況 決定戰爭的結果。如果在中國（或者任何一個地方）或與中國合作實現任何目標，做事就須符合政府的需要，就兩岸的政府職能而言，綜合《孫子》、《鬼谷子》的思維就應該促成「桂高雷ECFA國際經貿區」。

台灣島的區位優勢百利卻有一害者，即太貼近大陸且被列強覬覦已久，地理區位是不因時而移轉、挪位，故台商應能揚長避短的借著ECFA與「汎珠三角」行兩岸對等的「區域整合」，更以「海峽西岸經貿區」作為台商「雙噴口溢出」的新經濟區。「桂、高、雷ECFA國際經貿區」的優勢，除了台商的經驗、網絡、文化上對東協具備著較大陸及其他跨國公司更優之外，理想的集群產業區會擁有稠密的機構、完備的上中下游企業一起共享某種技術和資源的企業廠商，這些機構和廠商之間通過正式的經濟聯繫，以及非正式的非經濟聯繫建立了密切關係的地方網絡，形成了當地相互交流、共享資源、共享學習的地方文化氛圍。緊密的地方網絡和健康的地方文化一起將新產業區營造成一個具有創新活力的區域。企業文化與地方化文化環境的融合，形成具有地方特色的生產和交易環境，促進了創新產品與技術的傳播，提高區內產業的分工水平和專業化的程度，長期的積累就形成了集群產業區的特色文化制度環境。

　　台商當前應思考「三個面向」的機遇,再斟酌人類歷史潮流去謀求「兩岸協合共生」,因為放下政治的爭執則兩岸必有榮景,跨躍進入「協合共生的『聖域』」作為兩岸全力以赴的目標;若兩岸協合共進「桂高雷ECFA國際經貿區」,可以忽略過去爭執也不須「切除」現狀,故本文嘗試以「桂高雷ECFA國際經貿區」及中醫藥生技產業,鼓勵台商再西進來超越「M型社會」之兩岸困境、更建議國人借之實現兩岸「均富」願景。對亞洲而言,大陸自中韓邊界的東北以至中越交壤的「桂高雷地區」,將連成全球最大、生產中心的產業區帶,再向南至泰星馬的環環相扣的FTA,兩岸應努力於帶動亞洲的和平超越。

　　故處於當今「後資本主義」與「後共產主義」的時代中,兩岸攻府趨同的政策已漸近於可借社會資本的重疊互生,依循社會責任思維來建立共生的「聖域」以圖政策共構帶動兩與亞洲的和平超越。

第7章

◇ 兩岸 CEO 的使命 ◇
與公民社會的共構願景

7.1 台商集群的積極作為與兩岸區域經濟愿景

　　1825年法國學者奎利（M.de Guarry）創立人文區位學的雛形，直至1921年芝加哥大學的社會學者群首由派克（Robert Park）奠基，續之者有麥堅如（McKenzie）與蒲其斯（Burgess）而有現代的人文區位學（Human Ecology），曾對商業中心之形成進行研究出其歷程依序是：中心化（centralization即極化作用）、集中化（concentration即回流作用）、隔離（segregation）、進駐（invasion）、延展（succession即溢出作用）等五段區位發展過程。

　　特從產業區的生成的動態過程來看上述五段區位過程，其中的「隔離」是產業生成過程中，核心精華區所生出的帶有「排他」色彩之反應、後果；「進駐」是隨後於外圍形成的產業集聚過程中，圍繞次核心的週邊配置區所生出之帶有「競爭」色彩的反應、後果，將其除外後其餘三段過程即是區域經濟在「推移」中的極化、溢出、回流作用。擴大以宏觀的視野來面對兩岸產業區，如何在全球化的「商戰」與「文明衝突」中定位？藉由文化-經濟雙軸互動，來建立兩岸共構的公民社會，是值得兩岸政府去嘗試的設計。

7.1.1 台商產業集群的社會資本與競爭環境之變遷

　　兩岸產業分工與合作已是無可避免，企業運用台灣產品的優勢來對東協、大陸進行FDI，也將企業之產品區隔其性質的不同，使其競爭阻力降低。故西進投資香港股市籌募資金，善用CEPA取得產地證明進入大陸與東協市場。「在商

言商」的為產業競爭力而思考，是台商的抉擇無關乎政治、主權，因為如CECA的區域經濟整合在全球化中是兩岸必然的走勢，除非台灣能自力進入「東協」推動東亞洲的區域整合。鑑於台商在大陸經營多年所得之經驗而與其他國家之FDI外商比較後，當會稍異於其他地區的台商社會資本，特從「橫看成嶺側成峰」改變成下式來呈現：

大陸台商社會資本＝經貿優勢＋文化資源＋社會網絡。

7.1.1.1 台商產業的國際環境與東協之競合

本系列研究自2002年撰稿之始，即以「多難興邦」與危機處理的觀點來期許西進的台灣企業家，更鼓勵台商能及早「卡位布局」生科與中醫藥產業，先到大陸西南地區從事休閒農業的經營，是兩岸雙贏、捍衛華人先祖文化資產的規劃，是得以免除陷入浩劫而受制於西方的最佳策略。2008年伊始大陸實行「兩稅合一」與「勞資合同法」的落實，使得台商產業整體經營成本大增，處於不同法制的經濟區域又無合法保障，須持「多難興邦」危機處理的自我惕勵，以堅實的競爭力在國際環境中爭取勝出。

目前台灣的公民社會已具雛形，各個NGOs非政府組織對官方機構的監督漸能以謀求公共利益為主旨，可以自主、自發、自律的，依據各自的公共領域而遵循其公共性格，對國家政策發出其動員以影響與批判政府機構之相關作為或不作為，亦可隨著經貿－文化雙軸互動的台商西進而移植，助大陸完成「中國式和平演變」來化解可能出現之「文明衝突」。誠如亞當斯密於《國富論》所主張的相同：主張民主自由的政制是以捍衛私有財產制度為目的；工業革命後人類以三百年的進化，締建出公民社會及社會資本，其所欲捍衛的仍然是公共利益或經濟民生福祉。亦即：台商的社會資本是儒商式海洋文明與台灣之公民社會的化合物。值得兩岸政府的珍惜與宏揚。

由於經貿優惠有利於「統一大業」，大陸當局仍會藉此予以台商投資的方便。東協各國將不會拒絕大陸所出具之產地證明以符其「一個中國」的外交宣示，大陸進而深化其兩岸政策與服務台商之宗旨，即使生產廠房在內地者亦可因是「兩頭向外」而予以通融；筆者曾於2005.12.08廣州暨南大學的《經濟全球化下的兩岸產業合作學術研討會》中指出：2006年以後的兩年台商更是孤臣孽子，即台商「更薄利」時代的開展，以及政治上的「嗆聲」所形成交易成本與制度成本的增加，甚至國務院也會對台商要求其提升生產技術的含金度。2009年兩岸簽ECFA因互動而成真，但台商不能只坐以待「幣」更應積極爭取，另外

政府若忽略於成立「ECFA國際經貿區」，若不積極推動，台灣繁榮也僅是個「鏡影」或夢中富貴，這算是給他們生於憂患的天命，以求其能成長茁壯、致力於創新，研發出具體方案！

關於文化資源，其中以最具柔性專業化特色的儒商文化之「因、革、損、益」，是台商集群模式於新產業區經濟中之最大優勢，其淵源是台省先民的歷史遭遇與當地文化的影響為最深，謹以屏東山區的排灣族原住民恢復中斷30年的尋根祭祖狩獵活動作為代表，他們堅持傳統文化的五大部落的共同心聲：「沒有獵人（似儒家）文化，部落（似集群）就不知道分享，原住民（似台商）文化就會消失。」（中國時報，2006.4.3，A3版）「獵人文化」若翻譯為訓練人才的教育情境，就可看出台商文化會特別適合新經濟產業集群區域的原因，則是與台商長期薰陶於台灣特有的文化情境與自然環境有密切關聯，發展到「分享、互信」的社會資本與網絡。從稍早的台灣原住民的漁獵聚落文化，以及近四百年的閩粵移民的農墾聚落文化，更顯現分享與互信的重要，以及1970,1980年代台北縣縱貫路沿線，民生產業集群的聚落文化；這些襯托出鬥爭文化是較不利於互信網絡與柔性專業化的產業發展與需求，因而成為台商在大陸的經營優勢、利器。

關於社會網絡，是知識地圖、技術網絡、關係網絡之綜合，當中的「耐心等待中的企業家之領導與決策」是網絡成功的關鍵，更加印證台商CEO的「三本主義」：「本業」是依專業與經驗更符合經營與創業的法則來「先管好事業」；「本金」則是僅消極的不向銀行貸款而自籌或親友湊資，今則宜將資金與利潤積極的研發創新。藉以實現「研發中心根留台灣」之目的，即「先研發與強化而產出新的核心能力」，再努力形成智慧財產權以合乎市場需求與經濟成長，作為其手段並藉之來創造利潤與提升就業率；「本人」應是台商利用改革開放大好的機遇，須是一心一意的等待屬於自己企業的每一機會，再親身參與的來創造自家企業之「經濟奇蹟」，而不只是等待集群中其它企業的知識或技術之「溢出」來維持企業生存，台商應「拼搏」搶當產業集群的龍頭才對，來證實台商的行為模式並不是「要、靠、等」而已。

台灣的「經濟奇蹟」經過1997年亞洲金融風暴之後似乎仍出現了暫停，也許休息只是為了走更遠的路，但是真正的關鍵在於「這到底是蓄勢待發抑或是逐漸冷卻下來了呢？」我們應該如何區辨呢？進而以妥當的作為對未來趨勢行最佳因應呢？國際企業策略專家坎貝爾（Andrew Campbell）在指出「高速無限成長是錯誤的迷思」時，曾說出：「只有1%發展的新事業會成功，故必須耐心

等待機會……低成長的年代先管好事業……發展新事業先強化新能力，就得須先瞭解自己的企圖或野心的現實面。」（經濟日報，2005.11.29，A9版）可見台商在大陸的競爭是艱辛的，尤其是中小微型的台商企業。

從1951~1965年的十五年內美國撥款15億美金的FII（Foreign Indirective Investment），援助台灣早期的經濟開發；另有自1952~1972年台灣接受的FDI累計金額達六億三千一百萬美元，其中美商企業占其中52%約三億二千三百萬美元；台灣1972年對外貿易總額的35.1%是台美貿易額，使台灣成為美國十大貿易夥伴之一。1977年美國大使安克志（Leonard Unger）說：美國目前在台灣的私人投資超過五億三千萬美元，另外還有幾項重大投資，特別是資金和技術密集工業，也在預期之中，美國私人企業透過兩百項特許和技術轉移協定，也深切的參與台灣的經濟發展中。1972~1977的五年期間內美國對台灣的FDI之金額為過去二十年的67%約三億二千萬美元，其成長之速度與同時期台灣經濟增長速度是同樣驚人的（李偉成，1984）。

安克志口中所說的資金和技術密集工業即製作晶片IC的技術與設備，在經濟部長孫運璿與資策會主委李國鼎共同規劃下，派曹興誠（前聯電董事長）、曾繁城（現台基電副董事長）等十餘位工程師赴美，自美商RCA電視電器公司訓練中，習得IC之基本技術而播下資訊科技的種子，為台灣的IT產業與經濟奇蹟奠定基石。台灣長期對教育的投資其根基是儒家文化之薰陶而擁有人力資源上優勢，在過去的三十年中不斷的吸引外商的直接投資FDI（Foreign Directive Investment），加上美國官方的貸款或援助金額的域外間接投資FII，填補資金缺口的FDI與FII皆對台灣的經濟發展助益不小，也對今之台商域外直接投資FDI於東協、大陸培育出台商文化的種苗。

1980年代後期開始，台灣經濟決策自主權受到內、外部的挑戰與日俱增；全球化與知識經濟的脈動加快了社會變遷而不斷修正或瓦解政治、經濟與文化的模式，外在環境變遷的壓力致使政經制度、生活模式與文化型態不斷調整，特別是加入WTO之後，兩岸的政經關係將影響未來的發展趨勢甚大，台灣的「絕對本土」主義以及「戒急用忍」政策將成絕響。2005年11月19日「第二屆中國–東協博覽會」於廣西南寧招開，決議2010年以前成立自由貿易區並預估區內生產毛額將達兩兆美元，台商的西進與再西進西南地區都是正確的「待機與卡位」決策。

當前世界處於知識經濟所呈現的劇烈動盪及其調整中，美國的經濟衰退、亞洲金融風暴、阿根廷金融危機與日本經濟的泡沫化等，在這種情況下的大陸經濟卻能持續成長，如今還帶動了日韓印度與台灣的經濟成長。其中西進投資

大陸的台灣企業家占著極重的比例，2002年因全球性的經濟不景氣，台灣出現半世紀來首見的經濟衰退：對外出口下降17.2%，其中電子資訊及通訊產品則下降達23%之多，然對大陸的出口額卻大幅增長，高達23%的成長率為台灣增加了約180億美元的順差。此一趨勢至2009年「金融海嘯」時亦同，西方因而壓低其「中國威脅論」之聲調，仍是潛隱的佈署其文化戰與人才培訓、爭奪，以鞏固其既得之優勢、利益之作為。

台灣各行各業的西進台商都有創業精神與經營管理的能力，若能致力領導企業的升級與轉型，藉永續的生產力在西進所獲之增長中生存與壯大，再回饋台灣維持優勢的競爭力，而持續的鞏固與研發企業的「核心競爭力」才是真正的「根留台灣」。故台商西進與研發創新必須雙管齊下，不論創新研發或升級轉型兩者均須依靠政府的引導，尤其政府政策者更可以預防自利心的作祟所產生的負面效應如惡性競爭或資源的分散及錯誤配置等。2005年12月中旬於吉隆坡招開第一屆「東亞峰會」，大陸國務院溫家寶總理將與東協十國簽定「戰略夥伴關係」條約，即形成「世界重心向東移」的基本條件更進階之落實，台商西進與再西進西南地區就更將會多添上周邊效益了。

一個地區基於自身所擁有的資源與秉賦，因其相對的優勢而形成其區域內的具有特色之經濟形式，通常須有夠豐厚的資源者才會集合數家關聯企業而構成集聚，即可或大或小的提升區域規模、優化生產要素、強化生產鏈、有效降低發展成本、落實共享基礎設施與集聚的溢出效益，完成區域內的規模經濟與產業結構的重組等使區域優化加速推展。實際上，台商也是依據各地區核心城市的自然資源、人力資本、生產資本、社會資本，再比對其企業的需求來決定廠址落點的地區、城市與地段，以其社會網絡招朋引伴而形成了產業集群。此處的社會資本仍一貫的是廣義的，包括有社會網絡、知識資本、環境資本等，台商在知識資本上相對的較為欠缺，亦即缺少創新研發者，多為「複製」其產業集群內之生產模式或供籌鏈向成本較低的地區推移。

西進大陸之台商對台灣經濟的成長率與競爭力有著極大的貢獻，台商以先行者的優勢與生產要素，運用兩岸間的比較利益來為其產業鏈集群，以及企業創造利潤於大陸各地區的推移之中，採策略聯盟先整合大陸各區域產銷平臺，再藉機遇而轉型者則為賺取行銷與組織利潤的「智慧的錢」，利潤更大的投機或創投則是要賺「眼光的錢」與「機會的錢」，全力從事研發創新才能為產業企業注入機會來開創新局。

台商投資經營在入世以後，已經漸見質變的以大型的高科技企業為主投資進

駐長三角；期待2008年以後，台商大型企業須跨國經營者方能領先勝出，中小型者則依附之而形成集群，故不論大小型欲求獨佔鰲頭，則依靠充裕資金來支持創新研發；因此，台資銀行能否解除受限於法規的噩夢或仍掙扎等待，台商服務業如統一（食品飲料）企業具內銷優勢者，將更須充裕之現金流通，以利於再西進、佈局行銷；即除台商所有的「水與草」優勢外，服務業更挾有之特色為如下：

一、為累積多角化經營的管理能力；

二、為同時操作多品牌的能力；

三、其經驗智能與風險投資的隱性知識；

四、借著信息管道的「超越舊框架」，取得策略性知識，入股或購並中資企業來布局泛珠三角區的產銷通路；

若無同文同種優勢與社會資本之助，台商上述的能力策略等仍須依賴《鬼谷子》的啟發、訓練，便難施展CEO的專才。企圖跳脫傳統產業形象，不只賺取製造財貨的「辛苦錢」獲利模式，之後努力建立在亞洲各大產業的第一品牌與自有之優良形象，更嘗試要賺努力的錢、智慧的錢與機會眼光的錢。這些都須憑藉社會資本之助力，而且只是成正比的漸增關係，更須從台灣面對東協FTA的競合關係展現出來。

7.1.1.2 台商的產業集群及其社會資本

本研究的社會資本是人智資本（含人力資本）、環境資本（含物質資本、法制）、知識資本（含智財資本、客戶關係）、網絡及文化，因此「文化」不只是商業文化、儒家文化，而是東道地區的社會文化、大傳統；即台商在大陸就須適應、吸納含有《唯物辯證法》的「正、反、合」，以及《聯合戰線》之統戰「三大法寶」的生活經驗，方可如魚得水的「和平超越」；因此台商CEO須從《鬼谷子》思想合縱連橫之「忤合」術，在與民企爭奪大陸內銷市場時，能應付其將「正反合」與統戰策略升華於商場競爭。

西進台商的企業家運用制度的變遷機會以開創斐然成就，未來更應靈活掌握台商企業的優勢調適於制度環境中，就該對隨時出現的危機能「戒慎履薄」：時時注意市場及企業本身的動態而做不同的決策來進行適應、轉型或創新。例如1990年前後，台商優勢僅依恃訂單與資金的優勢便可生存於大陸，然而1993~1995年則需有專業技術作為台商可靠之優勢，1996年迄今則更須有管理能力者才能無後顧之憂而在大陸生存；故而可知未來政府與台商必須協力加強知識產業的研發創新、流通、傳遞、運用與管理，來增進台商企業的知識與企業

經營管理能力才是最佳策略，因為「沒有台商優勢，便無台灣優先」。

　　產業集群和產業部門的概念是不同的，產業集群一般指一組製造類似產品或替代產品的企業。而產業集群內的相關企業可能共存於某種特定產業（部門）內，又可能包括相鄰與相關支撐產業。另外如地方產業集群（local cluster of enterprises），則是側重於觀察、分析集群中的企業地理集聚特徵，其供貨商、製造商、客商之間企業聯繫、規模和結構，以及對企業競爭力的影響。「產業集群」一詞揭示了相關企業及其支持性機構在一些地方靠近而集結成群，從而獲得企業競爭優勢的現象和機制，需要說明的是：台商協會在大陸所組建的並非地方性集聚而是產業集群；由於在地方上企業的地理集聚和產業的地理上的集中，產業集群的概念具有地方範圍的限定，為了簡單起見，將這類現象和機制簡稱為「地方集聚」與「台商集群」，呈現出其企業密集的不同。

　　目前台商在大陸較無根植性與「在地化」的華人企業，其「地方」性只能以台商在當地集群內的社會資本與網絡為圓心，再以某位CEO之能量與企業特質作為半徑，依其企業獲利「濃度」來決定何處是其「總部」，或精神上的「地方」所在。也有「外省籍第二代」的台商以家鄉為其總部的例外，即如粵西茂名江姓與梁姓台商十多年投入當地創設中學，致力於回饋家鄉者也非少數。更如《2005台商千大》中對焦廷標的專訪：他投資15家台商企業，其中有台商華新麗華為名到大陸投資，此集團中就有八家企業其中六家進入「台商百強」榜內，分布區段從第6至66名，除了其中一家因運輸成本與勞動力成本考量設在東莞，其它7家皆設於長三角的上海、南京、常州、常熟、無錫與故鄉江陰，這便是儒商的「飲水思源」或台商文化「吃果子拜樹頭」的具體表現。

　　故需將集群內部企業的生產系統置身於他們所依賴的社會、歷史、文化、制度和空間背景中，並用來分析瞭解企業網絡、非市場關係與相互依賴關係等對集群技術學習的作用，指出知識的傳遞和集群技術的學習是由文化、制度以及地理接近性相結合完成的，這一過程是以當地高校、傳統歷史所形成的多元文化、客戶和供應商之間技術交互關係長期積累的傳統等作為支援因素。倫德瓦爾與佛理曼（Lundval and Freeman, 1996）還總結指出：地理集群中文化因素的表現形式是經由語言、教育背景、地域忠誠、相同休閒偏好、共同思想與經歷等來呈現；另在研究人員的流動與知識溢出之過程中，他們認為個人關係的信任與承諾都對正式的與非正式網絡是非常重要的，而且也與地理接近性的集群關係更密切。

　　台商多數的中小企業西進後接續的尋覓優惠的以FDI來「逐水與草」，在各

區域複製其產業集群直至已無「經驗或智慧」之利可圖為止，如某位陳姓台商到東莞從事PC板的生產與組裝已十年，既無能力也無心努力轉型或研發創新直到只剩「賺辛苦錢」時，也不想與協力廠轉進長三角而返台養老；其子女已飽嘗父親在外之苦而不願繼承經營。從這類個案比例頗多而論，從中可以看出華人的企業智慧與眼光，皆與其經營規模及歷史遭遇成正相關；反會因缺乏資訊與知識都欠缺而不敢投機與創新來「賺機會的錢」，所以台商即使大企業者如台積電、鴻海等都是ODM或OEM的代工業，尚待政府宣導才願加強其知識資本方面，來積極鼓吹IDM（Innovation Designed Manufacture）之「創新設計製造」型產業。即是運用其優勢來爭取高利潤者，必須是有其核心能力而位居於「微笑曲線」兩端的企業，若更進一步或更佳的企業型態便是原始產權製造的企業OPM（Original Proprietary Manufacture），亦即能將創新的知識與技術加以商品化予以量產化的制程，能掌握商機的滿足市場需求之企業，皆有賴於政令宣導。

目前大陸國務院自1991年「沙漠風暴」中深知軟實力（soft power）的重要，每年投入研發科技的資金皆逾20%之成長，2005年已達2,360億人民幣，過去十年累積專利申請件數已達279萬件，僅2005年便達47.62萬件（中國時報，2006.4.3，A13版）。所以台商目前應依「藍海策略」和大陸民企區隔其市場，善用現有之優勢、軟實力進行有差異之商品生產，以利潤來致力於創新研發來蓄積新的核心競爭力，政府應於此處多所著墨以成就出基礎性創新或突破性創新，為台商獻策與服務莫再流於「空口白說」的要求台商「根留台灣」。

從上述觀點可以歸納出：台商集群內部之成員企業或台商集群團隊，於對大陸各區域做選擇時皆能產生極大效益，故知同文同種在決定「工業輪耕」的地點或產品會有很大的助益。尤其集群內企業之技術學習常能產生最佳成效，其條件為：地理臨近性、企業間穩定的聯繫、穩定的勞動力市場、企業間的創新協同、相似的社會文化歷史背景、共同的制度與語言、共同的技術語言與共同的組織語言等。以上所列條件既是集群技術學習也是產業集群構成條件，都對集群創新績效具有提升作用，後面的四項條件則是社會資本的部分內涵，圍繞著內層的社會網絡是以中國模式的人脈為其核心。台灣政府再不支持台商西進佈局產業網絡，再不努力辦好教育鼓勵研發創新來延續現有優勢，則將於未來「被」供籌於大陸。

目前極大多數的台商是中小企業，通常其核心競爭力只是「低成本」，換言之，多數的台商中小企業並無自家企業專有知識或技術，仍須仰賴龍頭產業「溢出」的集群知識與訂單。台商為能規劃未來就須致力於轉型為IDM，最好

是OPM企業才是可大可久的規劃，兩岸政府應放眼世界、面向未來：唯有選擇績優台商，加以鼓勵與引導其致力創新研發才是上策。一般的核心競爭力是來自創新研發，創新研發又須以隱性知識為關鍵才能有高收益，風險投資則依據於其策略性知識，經過策略性知識與創新研發後，相輔相成而能賺取的厚利，須再投入研發來形成生生不息的良性循環。

如今台商的相對於大陸民企之優勢在於社會資本與知識資本，迄今資金已非大陸的缺口，最欠缺的是社會資本與知識資本，特別於知識管理上，如何激勵企業投入突破性創新之研發？這才是兩岸政府與民間最需克服的瓶頸，波特的創新導向很適合台灣政府參考，其中「企業經營不應受到官方的或其它的限制，因企業會自己尋到最有利的位置」作為現階段對外經貿的圭臬，也印證了波特學說精華的重點是：「價值創新才是政府、社會、企業運行不墜的驅動力。」（工商時報，2005.11.29，D3版）

故知兩岸政府應協合共生，可讓台商發展出其企業的全球布局，以建立其行銷網絡及國際性知名品牌商品的市場形象，積極的創造有利於企業經營的條件，來取代政府之干涉與限制等措施。至少台商在大陸的區域推移，可以持續發揚風險管理與創業精神，加上台商的競爭拼搏熱情，便可防止企業老化與刺激台灣人才庫不斷創新研發，而能持續推動在大陸的區域推移與工業輪耕，借著兩岸因儒家重視教育所培育出的人才優勢，直到「兩個大局、分三步走」因為台商的區域推移而完成大陸的「國土規劃」，便可漸進的實現民主、自由、富強、共同富裕的新中國！

7.1.1.3 台商社會資本與企業集群競爭力的形成

1969年杜拉克在他所寫的《*The Age of Discontinuity*》書中自許為「知識工作者」，從此便預見知識經濟時代的到臨，大力的倡導：「以知識資本取代傳統生產因素，知識為唯一具有創造價值的來源。」並主張新科技會帶來新產業，使社會多元發展以致原有的政府與社會相關之理論不再適用，他也曾指出跨國企業與國家的「若即若離」關係與企業間的策略結盟，是獲利關鍵也促成了全球化。企業將逐漸扮演人類社會中吃重的角色，人群是否有力量去制衡它來捍衛人權，或是國家、企業、人群三者會形成合縱連橫的糾葛牽絆或激勵發展，實有待更多的知識來引領人類走向未來而不會迷失，這關鍵支點即社會資本與公民社會。

根據波特的理論以為：對企業而言競爭力意味著以全球化戰略，在世界不

斷擴大的市場中持續盈利競爭的能力；台商集群牽涉到的有企業、產業、產業鏈與區域的資源、環境與核心能力等。台商集群與所有集聚一樣，其所在地的文化與制度的特徵，對於核心能力、創新或企業家精神都有很大的影響，其競爭力必須要與不同區域、國家在國際間比較，台商產業集群的國際競爭力透過對大陸資源與自身優勢的運用而突顯。展演出各個台商產業經濟區的公式如下：

區域（跨國、省或縣的）競爭力＝台商（技術競爭力，環境競爭力，智能競爭力）；
環境競爭力＝（資源＋資本＋科技＋區位＋結構＋設施＋聚集性）競爭力，
智能競爭力＝（人資＋網絡＋制度＋秉賦＋文化＋管理＋包容性）競爭力，
技術競爭力＝（知識＋經驗＋技術＋CEO五力）競爭力。

　　台商集群因台灣的歷史機遇而擁有獨特的台商文化、社會網絡、美日台混血的企業管理，在市場競爭能力與產業競爭能力都具有「先行者」優勢下，即環境競爭能力在大陸的優惠政策下，猶能抵銷了交易成本與制度成本之稍高而有餘；至於軟性的知識智財等社會資本與管理經營能力，是增強創新競爭能力的智能競爭力，則尚有待研發創新來持續強化之，永續的鞏固企業利益與兩岸雙贏。集群的創新與其文化、網絡等社會資本有關，更重要的來源是：
　　一、基於技術或功能因素為主導的專業能力；
　　二、組織文化或管理者特質為主導的企業家精神、企業文化。
　　上述兩項來源經過社會資本的「有機組合」，可以形成柔性專業化的集群核心競爭力。這些正是台商集群競爭力最該加強以求持續領先的環節，也是本研究一貫專注的論點——讓台灣如竹筍尖是整個中國的「生長點」牽動竹子的成長。兩岸在社會與政治制度上稍有差異，但於經濟與文化卻是一體的，多年來大陸於沿海地區實施經濟發展戰略，致力發展外向型經濟則是仿自台省當年建立加工出口區，引進外資的做法一樣的；即是台灣經驗對大陸是有所啟迪的（詹孝俊，1990，P.245）。所以「竹科」的成功是文化的、隱性知識的成功，經過長期的培養與文化的薰陶是不易仿製的，也不是僅靠硬體配套就能產生出來，亦即社會資本必須是互信互助的分享，以及人脈網絡是浸濡於儒商文化與其空間情境中而得，所以提倡教育可以人才與文化而兼得之，更可掌握住知識管理的竅門，也算是「守司其門戶」了。
　　台商服務業已然「登陸」其中銀行業受到金融法規的羈綁而落空，更又因2006年7月「各國平等」後台資銀行優勢盡失，台商客戶也大有將流失之危，卻無法在最後半年進入大陸沿海的「三江出海」區域布局，將平白喪失多少競爭

力。2005年農曆春節兩岸雙向台商包機直航後,總公司設於上海的大陸東方航空公司與台灣的國泰金控合股成立大陸台商首家保險公司,於2月24日正式於上海成立暨營運,是兩岸金融保險業的創新。從下表7-1得知未來各國在大陸競逐的主戰場將是服務業與金融業,台資銀行必須西進否則將難以生存發展。

表7-1 大陸、廣東與台省的產業結構(農/工業/服務業)變動比對表

年分	大陸全國 %	廣東全省 %	珠江三角洲 %	台灣 %
1978	28.10/48.16/23.74	31.8/43.8/24.4	22.4/51.5/26.0	10.4/45.1/44.5
1980	30.39/48.52/21.39	32.9/41.3/25.8	26.0/44.0/30.0	8.8/43.4/47.8
1988	25.66/44.13/30.21	27.4/39.0/33.6	17.2/47.0/35.8	6.3/47.5/46.2
1990	27.05/41.61/31.34	19.9/45.0/36.0	14.8/46.4/38.8	3.6/40.08/56.32
1993	19.87/47.43/32.70	15.1/50.2/34.7	9.15/51.2/39.53	3.48/36.36/60.15
1994	20.22/47.85/31.03	13.5/49.9/36.6	8.80/51.26/39.37	3.51/37.71/58.78
1995	20.51/48.79/30.69	12.1/50.4/37.5	8.08/50.19/41.73	3.48/36.37/60.15
1997	19.09/49.99/30.93	11.5/51.2/38.5	7.49/49.56/42.95	2.55/35.31/62.14
2002	15.4/51.5/33.5	8.8/50.2/41.0	4.90/49.8/45.3	1.86/31.05/67.10
2003	14.6/52.02/33.2	8.0/53.63/38.36	4.1/52.4/43.5	1.80/30.39/67.81
2004	15.2/53.0/31.8	7.76/54.43/37.8	3.9/52.88/43.22	1.77/30.92/67.31

資料來源:陳恩,《兩岸經貿學術研討會》,新世紀粵台產業合作的結構分析與策略探討,2005.10.19,P.68。

　　台商借著區域推移也不斷的來對當地政府的體系進行認識與適應,在付出自身交易成本與制度成本後,結局是獲得利潤或誤陷法網;受到較少法律保護的台商必須依賴集群的社會資本及其網絡,借著群體的知識、信息與智慧來降低成本,以及誤觸法網之傷害。集群的外部經濟可抵銷不確定性與小數額交易等不利之條件,台商文化與社會資本的網絡可以克服或降低機會主義與信息不對稱所增加的交易費用;即如威廉姆森1985年指出:決定交易特性有三個要素是交易發生頻率、不確定性與資產專用性,三者決定了交易中資產的經濟價值與交易成本的高低,更決定了交易－協約的方式及其專用的規章結構,來改善與促成交易,尚無合法保障的台商更依賴交易成本、制度成本的支出,換取成功。

　　台灣的歷史遭遇在甲午割讓之前皆為儒家思想主導的臺式文化,近百年先有日本殖民五十年後有美式文化的薰陶,如今成就出「美日台混血企業」的台商文化,對二戰前後世界經濟的變革,加以省思與篩選而發現兩岸仍需加強的是:不僅產品的研發創新重要,企業家的經營管理及企業文化更需要創新。台商文化帶進大陸的不止是FDI的台資,更重要的是台商文化這種新血輪活化了

「同基因」的各省之儒商文化，用「與時俱進」的儒家「時中」精神，進行
「因、革、損、益」的文化創新，來激發中國人久蟄的技術與品牌創新之發明
能力。此即　國父　孫中山先生所主張的「恢復固有知能」相通，也是他復興民
族地位的方法，更是他的先見之明，許多台商已用功於自創品牌甚久，如台商
昆慶集團CEO黃月美在大陸捍衛其品牌十餘年，「打假」之路艱辛卻仍堅持的走
下去。西方商業文化因「異基因」，當移植手術FDI後，對東道國產生「排斥現
象」是會傷及經濟體之元氣，其隱性傷害極大的。

　　西進的初期台商面對陌生環境，在摸索中適應之後，相繼的成功於珠三角或
長三角等地之產業集群，皆是善用優勢以追求盈利為其主結構而組織了台商群
體。若在兩岸關係正常化之後，未來台商獲得合法保障時，將可充分發揮FDI與
社會資本的優勢，依靠社會網絡與文化的貼近，更可於大陸成為世界市場之同時
提升兩岸雙贏的層次與位階。大陸台商是以台商文化為媒介工具扮演「塊狀經
濟」的台商企業經營者，追逐「水（區位優勢與文化優勢）」與「草（政策優惠與
比較利益）」；而在遷居的「區域推移」中，台商集群內的企業則以社會網絡聯結
如同「蜂群分封」的模式，尋覓「水與草」來複製著台商網絡於各省各區，藉以
形成產業鏈的「條狀經濟」來擴大企業版圖，以及其經濟規模以獲取企業盈利與永
續發展，也為「可久可大」的華夏經貿圈布建基礎──兩岸雙贏。

　　從長遠來看人類的制度與基本價值就相互制約著，因此推動經濟增長的主
體是在不斷深化的分工合作中發展與成長，人類為求生存而建立各種制度，企
業家則是最能活用知識、運用經濟制度來實現經濟增長、贏得利潤的人，經濟
增長可說是人類追求更美好生存的保障與前提。台商在企業內部則以企業家精
神的優勢來經營與管理，再運用社會網絡與社會資本創造企業的內部經濟，一
如「分封」後的蜂巢因蜂數減少而溫度降低以及覓食較易則更加興旺的發展。

7.1.2　台商全球佈局與兩岸的現代化

7.1.2.1　兩岸現代化與台商文化的溢出、回流

　　20世紀最後的十餘年，大陸市場經濟政策的轉變形成知識分子的「下海
潮」，以及儒家文化於大陸社會中解凍而融入經改，形成「儒商文化」的復興，
長三角與珠三角的台商與當地的民營企業如今已充分呈現出儒商的特色，在傳
統文化中也揉合外來文化；日本殖民統治時代最大地主的板橋林家嫡裔，臺北
華南金控董事長林明成強調：二百餘年來家族志業由他襲承自父親林熊徵，是

以發揚漢文化反抗日本殖民的菁英領袖作為其首要遺業，即儒商文化的「義利合一」（聯合報，2006.4.18，A2）為其企業文化之核心。

板橋林家為日據時代乃全台首富與企業家代表，1905年日俄戰爭期間日本駐台總督攤派捐款：板橋林家80萬兩、全台中地區35萬兩、全台南地區（含高雄）32萬兩，即代表當年政經地位之比重；板橋林家自林維源→林爾嘉＋林熊徵→林明成，林家於近百餘年往來於閩台間的經貿、建設，皆為一脈相傳的秉承著台灣企業的核心價值——儒商文化的「義利合一」。1895年林爾嘉奉聖旨隨父親返回閩南泉州，對唐山故鄉行區域間的經濟與文化的回流效應，創設電話、電力等公司進行閩南地區的「工業輪耕」現代化；林家的「蜂群分封」其後後繼者林熊祥則留廈繼續對北台灣推動經濟與文化的「回流效應」與「極化效應」，2008年9月兩岸林家花園的「復合」，為早年海峽兩岸間由台商CEO推動的「區域推移」做了最佳之歷史見證。

如今文化生活與人文環境的優越，已是長三角成為台資高科技產業與較大型台商企業投資密集的原因，台商經歷過以往的草創期階段，故正將進入發展期與成熟期，文化的培塑與成長是當前最優先注重的關鍵，文化生活與人文環境是大眾生活所需和刻不容緩的重要指標；所以真正的儒商應該不是奸商或庸商，因其不僅只是要兼顧義利，更須有智能來「推己及人」的賺取機會的錢來利己利群，來進求「義利合一」的目標。板橋林家華南金控新任CEO林明成亦作同樣宣示。

人類為滿足追求更佳生活的欲望而不斷的嘗試與創新，每當較低層次的技術進入其生命周期之成熟階段以後，人性就會驅動創新欲望，來從老舊技術水平之上發展新的技術，來滿足人類的欲望與無止境的追求；因而人類就不斷向更高層級的技術演進，創造出歷史的演化與進步。技術突破是企業升級與轉型的最大動力，追求更佳生存是企業成長的動機，台商亦不例外，台灣官員亦須從商戰與文明衝突的角度去思考兩岸互動，就能夠努力創新來突破經濟困境為人民追求更好的生活。

現代化對經濟落後地區或國家而言，其首要任務就是解決人民的溫飽問題。至於現代化的意義是什麼？現代化是一個歷程，也是一個結果，是指一國或地區因科學技術的變遷，甚或是革命所產生的全面、深入、劇烈之影響與改變，以致經濟、政治、社會、文化、法律、生活習慣與人們的思維方式、價值觀念，全都無法避免的產生重大變遷之過程。故城市的形成就在社會的現代化歷史中扮演著樞紐幅奏的角色，即在人力與經濟、政治、文化上發揮著集聚與

分配的功能；人類在變遷中若不積極正向的作為則將自我沉淪或遭到歷史的淘汰，所以現代化是人類興衰存亡的求生活實質上改善之一組活動及其過程。

人類社會是由經濟、政治、文化等子系統所構成的有機體，必須是動態均衡的發展方可成長；人與自然應是和諧的整體，科技文化與人文文化必須能平衡，東方文化與西方文化應該要融和。在儒家的包容性與不排他的基本思想之下，消除對抗以互助合作來致力于現代化工程。故而兩岸的現代化似同綠竹的「節節高升」般向上向前的發展，亦即是本文的基點如下：

現代化＝農業化（粗耕＋精耕）→工業化→城市化→民主化→人文化→知識化

兩岸政府官員應仿效與善待台商，此外台商經貿也渴望「水與草」來滋養企業，若無優惠政策獎勵來彌平交易成本等等，台商是難與外商較量，其經營輒居劣勢。如今台商因過去積累的經驗與資金，適當的運用大陸工資、地價、原料的相對優勢與國民待遇，恰如游牧民族般「尋覓水、草」藉最大之比較利益而獲利，對大陸的企業也可降低外商控制之比例而實現經濟的獨立自主與「工業輪耕」後的現代化。

在知識經濟時代，更期待能融和出更佳的生活文化與人文特質，亦即產業集群特色與韋伯的傳統工業區位學的集聚是稍有差異的。面對大陸沿海城市區帶的即將出現，台省因地理優勢仍可借著居於「亞洲東三角」之區位，在兩岸直航後供應上海與廣州所需之軟體技術與高檔人力資源，兩岸關係若解凍則甚至延伸到天津的環渤海灣三角，台灣自身能夠運用現有優勢與人力資源致力創新研發，將成為可扼有區位及產業鏈之上游成為技術與原組件之供應者，則「立足大陸，布局全球」會是左卷在握。

經濟全球化之下，大陸台商能利用西部大開發的機遇，或台灣在大陸沿海城市區帶中成為供籌中心，故能以大陸西部為腹地，台灣做為大陸東部沿海產業區帶的「極核」，即航運中心、研發中心與CEO人才培訓中心，然後才能開創出華人經貿圈在世界舞臺上的一片天。然而台商還欠缺另一種精神——創新研發，台灣政府則應「轉念」和台商共勉互勵來致力於「研發創新」。現階段若能善用區位優勢與域外直接投資的便利就足以蓄積能量及資金，躍進更高層次的高新科技的創新與研發而徐圖未來將能更上一層樓，如今正在形成中的亞洲最大的城市區帶則是大陸沿海的，北起遼東半島南迄雷州半島沿岸，台灣如同「龍珠」在引導這條「龍」推動兩岸共構的現代化——公民社會。

一個城市因人口的質與量已達臨界規模時，會自發的擴大其人口與生產的

規模，此時許多行業或產業會聚集於此進而發生「集群效益」，即其生產成本已明顯降低，盈利不斷增長致使企業體紛紛被吸引於此城市周邊區域，人口與技術的聚集使信息周轉、技術創新更快的循環流動，外部效應加速了城市區的經濟發展、科技進步、文化繁榮、人才專業化的提升；使得城市群及其產業鏈的內部效應亦隨之拉高，企業乃因此獲益非淺，故政府應努力在台灣南北部，於知名學術機構週邊，運用利多優惠政策，以形成企業與人才集聚的研發性知識經濟的「增長極」。

在人口的質與量均高、經濟發達的地區，原僅在城區內有頻繁的人口遷徙與經濟活動，變為從點狀聚集形態逐漸形成環狀擴散分布的城市區域，如20世紀初之波士頓（城市）區域；城市區帶則由許多如波士頓區域所組成者即美國波士頓–華盛頓區帶，在日本則為東京~~神戶城市區帶，大陸沿海的北、東、南三角洲於爭龍頭地位的競爭中正在構組著亞洲的新城市區帶。如今的上海與南京、杭州與泰州兩條軸線之間的長三角菁華區正因上海的極化效應而快速的擴散經濟效益，預估此區塊的台商人才庫大多隨國府而遷移赴台，於1950至1970年代主導臺北商業活動、資金融通最密集的族群，大多是來自江浙地區的商人逢此「兵戰→商戰」的世局性機遇，紛紛掌握商機與發揮其知識資本的優勢，將有不少傑出台商CEO的「人才回流效應」，如焦廷標等返鄉嶄露頭角。

台商的下一最優選項，應是前往西南地區或海峽西岸特區，以FDI投入中醫藥生技產業，如當年吳越爭霸時斥叱風雲、越王軍師的范蠡，於兵戰→商戰的局勢下掌握機遇進入經貿舞臺，成為名留青史的巨賈儒商的陶朱公。本研究也一直盼望台商企業文化的「美日台混血」特質可以塑造「蜂湧而出」的現代版陶朱公，再以台灣的地理區位、人才與文化優勢，引領大陸沿海城區帶的經濟飛騰。

7.1.2.2 台商供籌對大陸沿海城市區帶的功能

人類在知識經濟時代更期待能融和出更佳的生活文化與人文特質，亦即產業集群特色與韋伯的傳統工業區位學的集聚是稍有差異的。經濟全球化之下，大陸台商能利用西部大開發的機遇，或台灣在大陸沿海城市區帶中成為供籌中心，才能開創出華人經貿圈在世界舞臺上的一片天。台商企業乃因此獲益非淺，故政府應努力在台灣南北部，於知名學術機構週邊，運用利多的優惠政策，以形成企業與人才集聚的研發性知識經濟的「增長極」，成為主導大陸「三江經濟」的科技島。

　　大陸改革開放以來所形成的社會轉型，使台商從台灣區域推移到閩南地區而再推移至珠三角，如今到長三角幸運的都能恭逢此機遇並隨之推動其企業轉型，不論是早期的西進與當前的再西進都符合其布建網絡與擴張版圖的經營策略；不論其主體是企業或社會，所謂轉型是將其結構組織、運行機制、價值觀或價值信念予以轉變，亦即是從一舊的樣式向另一新樣轉換的動態過程。於企業亦可稱之為企業變革；於社會則稱轉型較慢者為社會變遷，其轉型過程短促猛暴者稱為社會革命，至於所謂「社會改革」則是其程度是介乎兩者之間，亦即其變革的深度、廣度、烈度皆較緩和者。企業只有溫和的轉型而無猛暴的革命，但還是會有性質介於其間的「轉折」變革。

　　改革開放的大陸在過去的1/4世紀中，其社會轉型的動力是濃縮的快速現代化，以短短的二十五年實踐西方數百年的歷程；而且當代大陸的現代化迥異於西方的，也不同於清末迄民初的現代化，它不僅是沿著中國式「社會主義市場經濟」為主軸，經過多次的辯證檢驗目前所推動的現代化，更是後發先至的、超越西方的現代化。即是 國父 中山先生所說的「非常的破壞與非常的建設」為手段、迎頭趕上為原則，以中國特色為其外在形式與內在結構的現代化。

　　過去台商西進與今之再西進都可從經營與管理兩種角度來看待，就經營面而論是企業的擴張、成長、獲利之行為；另從管理而論則是企業投資區位與布建網絡的決策，這時台商企業從東岸沿海跨區域的再西進如同當初從台省跨海西進一般，一方面充分發揮大陸或其中西部地區的生產要素的優勢和經營機會，另一方面則為求消除市場障礙與節約交易成本，進而形成跨區域企業及其產業供應鏈上下游分布以成其產業集群之經濟效益。依台商經營管理層次與知識智慧，相對於其獲利的多寡及其類型，特解說如下圖：

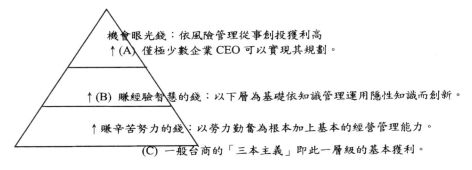

　　機會眼光錢：依風險管理從事創投獲利高
↑(A) 僅極少數企業 CEO 可以實現其規劃。

↑(B) 賺經驗智慧的錢：以下層為基礎依知識管理運用隱性知識而創新。

↑賺辛苦努力的錢：以勞力勤奮為根本加上基本的經營管理能力。

(C) 一般台商的「三本主義」即此一層級的基本獲利。

圖7-1　台商獲利層級圖

　　目前大陸的市場意識漸趨成熟、內銷態勢明朗與民間消費增長，有利於台商的發展戰略，以及生產要素的資源配置與銷售網絡的布建，加上西部大開發政策的優惠與鼓勵，台商企業的投資區位之布局可以分為三個層次：地區布局、地點布局、廠址布局；地區布局涉及企業的戰略定位與市場策略，地點布局則依據生產要素成本、周邊配套、當地政府的支持而決策，廠址布局則須視人力及較多資源之取得便利為主要考量。台商純粹是依循現代的「生產因素移動取代產品移動」的規律，而西進投資以拓建其中小企業的競爭優勢。

　　帕累托（Pareto）最優配置的概念是指資源配置的最佳狀態，即重新將資源持續的分配至已不能出現使任何一個人處境更好或變壞的狀態。當人力資本和物質資本各自的邊際產出與它們各自價格（機會成本）的比例相等，即每一單位的貨幣無論進行何種投資，或是不論形成何種形式的資本，都能得到相等的邊際產量，此時的投資結構是最優化的配置。這種對所有產業與行業分配各種生產要素的狀態，是為政者或決策者求之而不可得的理想狀態，國務院的優惠台商也是為能將資源作最佳配置；另有之效益至少是：彌補資金、人才缺口快速繁榮經濟，促進兩岸統合以求勝出於「文明衝突」。

　　在台商大企業與外商跨國企業進駐沿海，再加上當地民企茁壯後所產生的的排擠效應，更因運輸成本、勞動力成本、集聚成本的增高，將使得長三角、珠三角與福建沿海的中小企業台商陷於困境，因而思及如何藉助西部大開發的政策優惠以「再西進」來擴張版圖、布建內銷網絡；或者技術成分少、屬於加工型的台商小中型企業，其消耗當地資源大、污染多者將會再西進以圖存，來為自有企業進行固本、強身的工作。另有一批力爭上游的中小企業為能轉型或升級成功，採用與現代瑞典地理學家哈格斯特朗（T.Hagerstrand）相似的觀點考慮了新技術、移民和信息轉移、擴散的作用，影響工業區位之抉擇；即台商欲充分發揮同文同種及較早進入大陸市場的經驗性優勢，以及文化上的優勢來為自有企業進行再造、培元的工程，才是21世紀中有利於中國發展的策略。

　　德國區域經濟學家韋伯（Weber, 1920）的工業區位理論，認為產業集群分兩個階段：首先是企業的簡單規模擴張，其次引發產業集中化。然台商集群是分布區域較為遼闊且擁有兩種以上不同產業聚集者常見，如廣東肇慶的台商鮮有上下游關係者且百餘家中小企業分散在全縣各地，也有較密集的聚居者如於肇慶的大旺高科技工業園區；另有部分台商是產業鏈的上下游則密度很高的聚集在小面積的區域上，如深圳的長安鎮以鴻海精機為龍頭企業，全鎮企業皆為鴻海周邊或上下游台商，是很具代表性的台商產業聚集而尚未達到更大規模的台商集群

城市區域者。

　　台商產業集群的初級階段，即在大陸入世前在東莞的產業集群之演進過程。其次是主要靠大企業以完善的組織方式集中於某一地方，並引發更多的同類企業出現，此時大規模生產的顯著經濟優勢就是有效的地方集群效益，大陸入世的前後有較多台商大企業集中在昆山、蘇州、蕭山即此現象。謹列述促成其發展的四大因素如下：

一、技術設備的發展：隨著技術設備的專業化使整體功能增強，技術設備相互之間的依存度會促進工廠選點的集中化，更能提升技術設備的位階。

二、勞動力組織的發展：韋伯將一個充分發展的、新穎與綜合的勞動力組織視為具有一定意義的設備，則其發展也會走向「專業化」而促進產業的集群化。

三、市場化因素：集群可用最大範圍的提高批量以購買和出售之規模，藉此獲得成本低廉的信心，韋伯認為這是最重要的因素，因為可以藉之消滅「中間人」的剝削而獨分利潤於消費者。

四、經常性開支成本：集群會引發煤電、自來水等基礎設施的建設，集群形成後就會減少經常性開支成本、沉沒成本；之後因進入高成本的週期循環階段，將會以「溢出效應」來對週邊地區發生作用。

　　大陸的社會主義經濟之主要特色在於「共同致富」，東中西部的差距在理論上與政策上皆不容許再拉大，雖自近代史中早已歸納出：經濟發展均自沿海地區開始，再向中西部推展。東西部的差異主要來自區位條件的不同，1990年代台商的首選在珠三角無非是因其擁有區位優勢，至於珠三角的優勢有：一是其與港澳接壤，二是面臨大海，三是文化與傳統皆融合了「勇者致富」理念，四是源自康、梁、孫的「珠三角變革」之奮鬥史實——求變求新理念已深植人心，這都是粵商文化與台商文化相同的交集之所在。

　　台商目前的區域推移正在「主攻」長三角，首先仍以「美而廉」的人才資源為其主要磁吸因素，再針對內銷布局的考量則因地理區位上能夠居中策應而理性的決定了基調，其三則因地方政府與官員的服務效率與扶持政策均佳，便能使台商企業情理兼顧的在長三角建廠投產了。以上三大類的「花與蜜」是IT產業最關注的優惠，也因而吸引台商以「蜂群分封」模式進入長三角，2006年以後金融與旅運等台商服務業西進大陸的關鍵時刻將屆，在大陸的「國土規劃」之下應更以專項優惠，吸引或鼓勵台商的農牧業與休閒農業進入大西部地區，才是兩岸雙贏的現代化策略。

7.1.3 台商企業變革與沿海城市的變遷興替

7.1.3.1 珠三角的城市轉型與台商集群推移

台商子弟學校的正式成立，「家終於團圓了」便是儒商文化最根本的元素與最卑微的請求，卻是兩岸共有的溝通橋梁。

現代的「聚集經濟」一詞是1920年創自於德國學者韋伯，是指許多廠商為追求類如規模經濟而聚集在某一地區的現象。規模經濟是工廠最佳規模而降低成本的獲利，聚集經濟來自外部如金融服務和公共設施等環境配套，他以「區位要素」與「區位單元」為基礎，來說明這種因空間集中而獲得之利益亦可稱之為外部規模經濟。

本論文以下所稱的資源型城市即如東莞與昆山等，是廣義的資源城市而非如撫順與大慶等開採自然資源的城市。資源型城市轉型係珠三角當前須面對的嚴酷課題，2004年7月底廣東省與廣州市陸續公布未來建設規劃藍圖，即在建構人性化的生活文化時要兼顧人力質量的教育發展（南方日報，2004.7.28），即傾其全力完成城市體系下的三大子系統的建設，力圖以培育人才來促成珠三角的城市轉型，進而鞏固「9+2泛珠三角」維持其世界級製造業基地之功能。

西進台商的中小企業在早期做投資區位選擇時，不論是在福建沿海或在珠三角的東莞都是依資源的取得來布局；最早台商投資選廈門、福州是考慮文化與人力資源、交通成本與資源運輸，稍後進入東莞的台商就依據運輸成本、勞動力成本、集聚成本的「利潤指向」做區位決策，終於造就出當年還是璞玉的資源型城市——東莞。資源型城市是依托於自然資源而得到發展或興起的城市，廈門與東莞均有豐沛的人力資源，當其產品出口須藉金融服務機構之協助以降低其交易成本時，台商在福建的製造業者其交通運輸與交易的總成本就高於珠三角，乃欲借著香港的便利，即制度經濟學所強調的制度上、文化上等，使交易成本與信息成本均可降低，便造就出東莞、深圳成為台商製造業的集群最優的選定地區，因此大陸台商第一次的區域推移便於1990年代初期從福建來到珠三角。

東莞、深圳因珠三角的區位優勢而凝聚、匯歸了東南地區的人力資源、物質資源、自然資源與社會資本，並藉此吸引了港澳臺與東南亞的華人資金，因而擁有了資源型城市的三大類資源，二十年來已成為全球性資訊產業的製造重鎮。城

市在歷史中出現以來，一直在人力與經濟、政治、文化上扮演著集聚效應的焦點，城市因各歷史階段的需求而新陳代謝，但其欲能持續發展就須健全資源環境子系統、經濟子系統、社會子系統（依序是城市發展的基礎、條件與保障），這三個子系統的變遷積累會帶動城市的轉型，在變遷中若不採積極正向的行為則使得此一城市將自我沉淪而非因歷史的淘汰。於是社會資本乃指被企業所運用的社會資源，凡經其網絡與體系投入其生產產品之相關活動者。總之，包括了人力資本與網絡關係及環境資本，環境資本則包涵了自然資源與文化資源所融合而成的。

此處的資源則分成自然（含物質）資源與社會資源（含人力資源）兩大類，狹義的資源是指土地等自然資源與煤鉄等物質資源，非指本論文所主張的包括社會資源者如知識、人脈等；本研究也會從廣義的資源來解析，那則是指在人類所具備的條件下可開發利用者，即在社會經濟的活動中經由生產而創造出財富或資產時，人類所需要的一切生產要素之總稱。大陸沿海的三大城市群皆非開採自然資源的城市，台商在沿海利用低價的土地資源，從事所經營生產的多為消耗其物質資源的「失重」產品，被台商運用的是以社會資源或非自然資源為主的生產要素，即人力資源、文化資源與政策優惠，用之來足以彌補台商在交易成本、制度成本上原可免除的虛耗或浪費，來增加大陸自然資源的附加價值然後外銷賺取外匯。

入世後台商是夾心餅乾，在政治文化與法律制度有著比外商及當地企業更大的障礙與風險，幾乎已抵銷了同文同種的優勢而處於較外商更不利的地位來從事經貿活動。大陸應該給台商更多的優惠或減免但又須能不違背WTO規章行事，即使有所優惠而讓台商企業獲利，台商也該自我節制的用於研發創新或降低耗材耗能率等，常是大多數中小型企業的台商心有餘而力不足的。兩岸政府須是基於同文同種而對台商在經濟上予以優惠，而非各取所需的於台商交相征稅，質言之，如今台商所享受者僅比其它外商的國民待遇多些文化上優勢；若兩岸正式協商出合法制度，台商才真有多過國民待遇的實質優惠，便能善盡其社會責任來建設兩岸共構的公民社會，來協助大陸社會之轉型。

轉型的主體有個人、企業與城市三種，環境資本是社會資本之一，其轉型的方法也多只有城市轉型，無法像個人、企業一般可以「異地」轉型，珠三角的城市轉型須與個人或企業的轉型充分合作方能成功，然因其退出障礙與進入障礙皆高聳，使「異地轉型」之門檻高而不易。2008年八月實施「兩稅合一」之後，東莞10月中旬，港商合俊（玩具FDI）集團便倒惡性弊，是因其經營成本大漲而積欠七千餘員工兩個月薪資，如今已有三成的東莞台港廠商遷出東莞；

亦即台商集群的區域轉移是企業轉型的一種，它包含著異地轉型、擴張版圖與網絡布局，更是產業鏈上下游企業的「族群遷徙」。

因此，除了企業家精神之外，須熟知異地所具有的健全資源環境子系統、經濟子系統、社會子系統，台商集群轉移至長三角即在此種狀態下的良性企業轉型與升級，而不只是「新陳代謝」式放棄了舊者的「複製」，故而稱之為「蜂群分封」。優秀CEO率皆有守有為的遵守之，他們是不肖於企業的倒弊轉型與脫產轉型的。

2004年7月7日廣東省南方日報刊出「深入實施科教興粵、人才強省戰略」，文中報導省委書記張德江說話：當前世局多極化與經濟全球化趨勢在曲折中發展，區域合作方興未艾，科技進步日新月異，綜合國力競爭日趨激烈，同時內地長三角發展勢頭強勁，環渤灣經濟區正在崛起，「泛珠三角9+2」區域合作正式啟動廣東在這樣的新形勢下，抓住戰略機遇期，增創新優勢，實現新發展，做好排頭兵就要從根本上靠教育、靠科技、靠人才（南方日報，2004.7.7，一版頭條）。

知識經濟之中唯有人是隱性知識的載體，亦唯有在人腦中思考過程使得知識才會有「活化」的生命與發展，更可以成為能創新的知識，所以「商戰」或「文明衝突」都依賴人才來進行競爭，台商在大陸內銷的競爭須在社會資本或網絡上強化，才可與民企平等競爭。否則再多的優惠也無法磨利台商之劍而成長，若待台商的動機磨損殆盡後，即便時機再現那又如何能去布局全球、持續台灣的榮景呢？故政府應強化教育職能助台商培育優秀的具國際觀CEO人才，為台商集群延伸、擴張營銷網絡與基地，方是急務。

台灣的許士軍教授為波特《國家競爭優勢》中文譯本寫序時指出：某公司在一國之內某一產業會有優勢的原因，即是企業皆該在意於此國家的是：(1)生產要素能符合，(2)需求條件能充分配合，(3)企業策略、企業結構、同業間競爭的狀況適當，(4)相關的國家經濟與支援產業已形成產業聚集的動態形式等等皆已成熟所致；西進台商一如其它外商為追求地區間的比較利益而來，在大陸形成集群的台商除了此一目的之外，尚有的原因：

一、先是，因初來乍到且受限於一國兩制對當地政治體系與法制運作不熟，故形成群聚以相互照應，故首選同文同語的閩南地區以求高速的適應而量產；

二、其次，是因當地難獲合用之原料與設備，昔日上下游配套廠商出於生產成本與品質的需求，而隨之西進以追求更大利潤；

三、再次，是集群內網絡因高度互信而透明化可降低交易成本與風險性，也可

因溢出的知識與分攤固定成本而獲利；

四、是台灣傳統移民墾殖社會的聚落文化，因「水與草」而選擇區位優勢地區再依相同的「公媽（祖先）」回唐山故鄉招集三、五姓氏聚居開荒墾地，昔日冒險性農業墾荒而渡海東拓的歷史經驗，經轉化為工業的渡海西進回閩、粵投資，歷史與文化的傳承與擴散呈現出現代版的「禮失求諸野」。

進化至今的台商集群，除了新來乍到的台商之外，其他資深者在集群中多為了二、三兩項因素，新入集群者選定此一城鎮來佈局即是因此一企業CEO的文化素養、企業家特質、成本推估與社會網絡等因素所決定者。通常外籍跨國企業只在區域佈局作決策，城鎮佈局則以財力補足其決策缺口，在廠址佈局方面外商則委由高價聘請之當地經理負責，台商於廠址佈局與城鎮佈局兩項皆為CEO職責，忽略政府應為商界降低成本之義務，由台商經營者負其責任，至於戰略性的區域佈局則追隨龍頭企業而定，不需政府指導的。

東莞石碣鎮的證文街是台商集群的代表，在數公里的公路兩旁聚集著五六十家台資電子資訊企業，以台達、東聚、雅新等七家台灣上市公司為龍頭，形成了石碣鎮電子資訊業上、中、下游密切配套的產業鏈，一百多家台資廠有百餘種電子產品形成為「數碼重鎮」，如電源供應器、電腦鍵盤、變壓器、鼠標等八種產品的產量已穩居世界第一。這位首先入駐的台商CEO葉宏登，即因眼光精準而在1991年率先投產，獲取大量機會的、經驗的、努力的三種錢，為後續的台商開創出的良好基業，激蕩他們的智慧與經營能力，開創珠三角今之榮景。

7.1.3.2 台商經營變革與大陸的社會轉型

大陸改革開放以來所形成的社會轉型，使台商從台灣區域推移到閩南地區而再推移至珠三角，台商如今到長三角，都能幸運的都能恭逢此機遇並隨之推動其企業轉型，不論是早期的西進與當前的再西進都符合其布建網絡與擴張版圖的經營策略；不論其主體是企業或社會，所謂轉型是將其結構組織、運行機制、價值觀或價值信念予以轉變，亦即是從一舊的形式向另一新形式轉換的動態過程。於企業亦可稱之為企業變革；於社會則稱轉型較慢者為社會變遷，其轉型過程短促猛暴者稱為社會革命，至於所謂社會改革則是其程度是介乎兩者之間，亦即其變革的深度、廣度、烈度皆較緩和者。企業只有溫和的轉型而無猛暴的革命，但還是會有性質介於其間的「轉折」變革。

改革開放的大陸在過去的1/4世紀中，其社會轉型的動力是濃縮的快速現代化，以短短的二十五年實踐西方數百年的歷程；而且當代大陸的現代化迥異於

西方的，也不同於清末迄民初的現代化，它不僅是沿著中國式「社會主義市場經濟」為主軸，經過多次的辯證檢驗目前所推動的現代化，更是後發先至的、超越西方的現代化。即是 國父 中山先生所說的「非常的破壞與非常的建設」為手段、迎頭趕上為原則，以中國特色為其外在形式與內在結構的現代化。

　　過去台商西進與今之再西進都可從經營與管理兩種角度來看待，就經營面而論是企業的擴張、成長、盈利之行為；另從管理而論則是企業投資區位與布建網絡的決策，這時台商企業從東岸沿海跨區域的再西進如同當初從台省跨海西進一般，一方面充分發揮大陸或其中西部地區的生產要素的優勢和經營機會，另一方面則為求消除市場障礙與節約交易成本，進而形成跨區域企業及其產業供應鏈上下游分布以成其產業集群之經濟效益。大陸沿海目前已經無資金缺口與技術缺口，台商再西進到有此缺口的西都是必然趨勢，「2008兩稅合一」提高了生產成本將引發「再西進」的大潮，此際便是台商「再西進」布局中藥生技產業的契機。

　　依台商經營管理層次與知識智慧，相對于其獲利的多寡及其類型，台商早已依其核心能力來循著「藍海戰略」，去和大陸民企區隔出其市場或與之結盟，以合作來善用其優勢與資源，發揮核心能力來進行有差異或附加價值之產品生產，運用利潤來投入創新研發來蓄積新的競爭力。政府就應多所著墨來完成突破性創新或基礎性創新，多為台商獻出創新技術或建設生科新產業區助其升級，莫再流于「空口白說」的要求「根留台灣」，有了「水與草」的支持，台商就會用心、智、力來耕耘的。特解說如圖7-2。

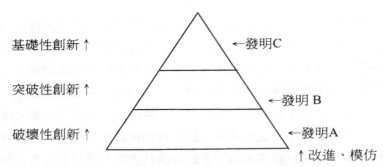

圖7-2　依性質分類的三階創新之累進圖與兩岸區域整合

　　故可歸納出：台商集群內部之成員企業或台商集群團隊，對大陸各區域做選擇時皆能產生極大效益，尤其集群內部企業體間的技術之溢出、分享、學習，使集群核心能力產生最大效果，即植基于充分信任、同質文化與語言，以

及共同的技術語言、組織語言、制度規範與文化則是產業集群的社會資本內核。以其地理的臨近性、穩定之勞動市場、共同制度、企業間的協同默契、相似的社會歷史背景等；也可用上述集群內學習條件來構建產業集群，台商則以人脈作為社會網絡更可提升其創新績效。

　　現今大陸的市場意識漸趨成熟、內銷態勢明朗與民間消費增長，已經是「社會主義市場經濟」偏多於向「市場經濟」轉型的社會型態；加上西部大開發政策的優惠與鼓勵，一般台商企業的投資區位之布局可以分為三個層次：地區布局、地點布局、廠址布局。資深養蜂者應能隨時深入觀察蜂群的繁殖與變化，及時網住蜂后與部分蜂群置入新的蜂箱才不會招致損失，大陸的經濟特區如蜂箱般妥適安置台商而帶動了28年繁榮。經濟成長不會自發成功極需要優秀的有經驗者來推動，美國經濟長期領先全球，其政府仍努力於人才培訓與「磁吸菁英」，發揮其無價的「隱性知識」毫不鬆手；兩岸政府官員應仿效之善待台商，此外台商經貿也渴望「水與草」來滋養企業，若無優惠政策獎勵來彌平交易成本等等，台商是難與外商較量，其經營輒居劣勢。

　　台商區域推移極需要的「花與蜜」是IT產業最關注的優惠扶持，也因而吸引台商以「蜂群分封」模式進入長三角，2006年以後金融與旅運等台商服務業西進大陸的關鍵時刻將屆，在大陸的「國土規劃」之下應更以專項優惠，吸引或鼓勵台商的農牧業與休閒農業進入大西部地區，才是兩岸雙贏的良策。如今台商因過去積累的經驗與資金，適當的運用大陸工資、地價、原料的國民待遇，如游牧民族般區域推移，尋覓最大之比較利益而獲利，對大陸的商業也可降低外商控制之比例而實現經濟的獨立自主。如今台商的區域轉移如同蜜蜂的「分封」，大陸宜妥適安排既可消除集群效益衰退的危機，也有可發展中西部經濟之機制，故宜許諾予以台商更大優惠鼓勵企業西進投資，獲利的台CEO也履行其社會責任而回饋當地人民，構成一良性的「分享迴路」促動社會結構的升級轉型。

　　1990~2000年的東莞石碣鎮的證文街是台商集群的代表，形成了電子資訊業上、中、下游密切配套的產業鏈，一百多家台資廠有百餘種電子產品形成，如電源供應器等多項產品的市占率已穩居世界第一。這所有成就是因眼光精準的台商們在1990年代集群進駐，獲取機會的、經驗的、努力的三種錢，為後續的台商開創出的良好基業。傑出的台商CEO是兩岸共有的溝通橋梁與華人未來榮景的瑰寶，然而他們仍有極大的「公共財」功能未加善用，頂多如施振榮般自設創投公司為社會持續貢獻付出外，兩岸政府當思將這群傑出的台商CEO糾集組成「海橋智庫」，激盪他們的剩餘智慧與影響力，讓他們能「超越自我」也助

兩岸跨越瓶頸。

7.2 沿海城市帶狀區之成形與台商休閒農業→中醫藥生科產業

美國籍未來學大師托佛勒（Alvin Toffler）曾說：「21世紀的文盲是不能學、無法拋棄弊習和不願重新再學的人。」所以知識經濟時代的社會是學習型社會，即終身學習、鼓勵創新與保護知識產權的社會，企業家就成為轉化知識成為技術再投入生產而改善社會與人類生活的關鍵者，活化「分享迴路」，宏揚「社會互助論」來落實「兩岸雙贏」的公民社會基礎。

西進大陸的台商對台灣人民全體而言也扮演著此一角色，將台灣產學合作的研究成果轉化為生產技術，再將非核心部分的技術引導到較低成本的產制中心——大陸，所以成功的西進台商必須具有創新精神與危機預識而努力經營未來與克服風險，台商再西進時須先將科技、文化與觀光融合成產業競爭力，即台商須具備專業與知識管理的能力來挑戰困境。

7.2.1 台商的創新產業與知識資本

7.2.1.1 大陸休閒農業與台商知識資本

西南地區於1992年之前，其國有企業在工業總產值占七成以上是偏高的比例，高於整體西部的66.7%及東部地區的40.4%，這與大陸在1960年代以西南為「三線建設」的重點地區具有高相關，形成國營的軍工工業與地區資源工業比例偏高，故吸引外資較難；放眼國際與評估外在環境之變遷所帶來的威脅，我們亟需妥為規劃、積極推動產業政策、慎選技術與開發人力資源於生物科技與光電產業，藉助如今IT產業的優勢為台灣下一世代留下可貴的資產，先針對台商企業擅長的產業來規劃下一波段的西南地區投資計劃，避免與其它外資衝撞的損耗以收事半功倍之效益。

制度經濟學者奈特（Knight）指出：信息的系統性積累即知識。我人在知識發展過程中可以清晰的看出，人類的生活實踐不斷的提出問題進而藉之引導知識的發展方向與組合；人類借著對自然、社會和對人自身的認識而累積知識。比爾蓋茲曾界定知識管理KM（Knowledge Management）說：KM是以管理資訊的流動為中心，讓需要者獲得方向，使得知識朝向人類所預期的深度和廣度而發展。故曰：知識來自信息的系統性，因得到正確的資訊，故而能快速採取行動（吳行健，2000.9）。為了「知識因管理而更有成效」而為知識管理盡全力，團

隊成員因而必須在信任、分享、學習、交流的情境中，才可有效發生KM之效益，故而企業的組織文化就是KM成功的關鍵因素。

　　本研究擬探討從「七九改革開放」迄今，台商企業的發展是否能「與時俱進」的在知識管理與危機管理上，實行「終身學習」與「藍海戰略」。西進的傳統產業之台商企業CEO應先從大陸配套法規與制度進行文件學習，再評估「西部大開發」是否為台商再西進的機遇。本研究對西南地區與西北地區則依據發展經濟學中「二元結構」的觀點，是以認同西部地區皆為「發展中」區域經濟的型態，又多一機遇提供台商運用其儒商文化、企業家精神、創新精神與社會責任心，經區域推移來西部投資與開發，進而推動大中華經濟圈的經濟起飛，也可維持其企業之永續經營。

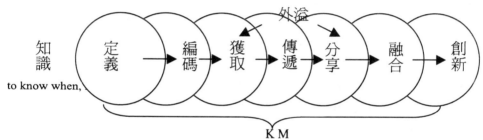

說明：本圖由筆者彙整自《科技管理》葉忠，高立出版社，2005。

圖7-3　知識管理圖

　　計劃性經濟政策使大陸自1953年起，開始對糧食、棉花、副食品與油料實行計劃收購，即國家壟斷農產品的產銷及其價格政策，壓低農產品價格來成就工業的成長是「六五計劃」以前的政策。直到1979年鄧小平復出後實施「家庭承包制」，以實現「富裕農民與繁榮農村」；在 2006則已全面免除農業稅，以前農村的農業問題初步的獲得解決，並持續的以「三綠工程」來提升大陸全民的生活環境與素質。迄今大陸的農村、農民、農業的「三農問題」雖有不錯的改善仍未徹底解決，即從1956年「上山下鄉運動」、「文化大革命」及「支邊、支工、支農」，以至於今之「三綠工程」「西部大開發」均是消除農村問題與「三大差別」的作為，他果然是「老、大、難」的問題而延續迄今仍未真正解決。

　　除了農村經濟中的一般性糧食生產需要密集的土地投入，精緻農業所生產的高價值農作物則需較高的勞力密集與正常量之土地；休閒農業則勞力密集與土地不密集，亦即僅糧食生產需要相對大量的土地；中醫藥生科產業則是使用

非糧用土地，因此土地利用率與知識含金度也隨之提高。大陸各大區域或包括西南地區在內的以農業為主軸的經營規模，則更適合依據個別地方的特色來進行，上述的三大種類農業作物之經營，與農村的一般糧食的生產會稍有不同，其所隱含的區域政策之傾向內容如下：

一、根據區域特點實行區域農業生產的專業化與產業上的分工，發揮資源的比較優勢。中國的地域遼闊，各地區存在資源稟賦與發展水平上的巨大差距，因而具有各自的比較優勢。按照這種比較優勢形成有差異的產業結構，才能使各種生產要素發揮最大的邊際生產力。

二、中國可以利用國際貿易，規避資源的相對弱勢，發揮比較優勢。具體來說，可以通過國際貿易來取得一部分糧食，而把資源轉讓出來，生產那些仍然保持著比較優勢的經濟作物。不過從許多國家經驗來看，食品的安全產量仍是導致實行農業保護政策的重要因素。像中國這樣人口眾多的國家，在任何程度上均須依賴國際市場來滿足國內食品需求，故必須建立在食品安全與品質較佳的前提下才能獲得穩定的發展（蔡昉、林義夫，2003）。

三、中國可以利用外商與跨國企業亟需進占大陸市場，以及各區域仍未充分開發的資源來定訂投資規範；藉助FDI的域外投資，在適當的區域進行各種工業或產業的「輪耕」，如以休閒農業來提高山邊、水邊、古蹟邊的土地經濟效益，進行國土規劃及可持續的利用資源來發展兩岸的經貿。

　　台商投入綠色的休閒農業與中醫藥生科產業，區域經濟政策中值得以扶持政策來鼓勵、支持，以求兩岸產業經濟的永續繁榮。倫敦商學院的蓋瑞哈默爾（Gray.Hamel）與密西根大學的普哈拉（C. K. Prahalad）指出：1980年代初期領先產業界的公司，像菲利普、IBM、德州儀器、全錄、波音、西屋、杜邦、微軟等，都因科技、人口、法規和競爭的快速變遷而動搖其地位，特別是這些大企業的CEO難以看清未來，而陷在既有的「管理框架」中。知識經濟中的CEO負責人像高速行駛的汽車駕駛人，必須分秒注意路況而調整，因此也給新近崛起的大陸機會，來發揮其優勢而超趕先進國家。其常見的超趕戰略是用上述「一」與「二」、「二」與「三」、「一」、「二」「三」，從大陸的經驗來看，此三者依各地省區情況以交錯綜合的效果較佳。2008年底大陸農民已可自由經營與轉移其農地所有權，正可助台商休閒農業進駐來協助中西部地區之社會轉型為生態城市。

　　大陸台商CEO從「不知而行」的協助大陸經濟，台商產業集群、產業鏈以其「條狀經濟」來進行「區域推移」，將大陸原有的「塊狀經濟」助其完成國土規劃，再依台商產業鏈之間的「條狀經濟」串合起來，化除中央與縣市「兩頭

大」的M型經濟之困境，漸進的發展成自由的市場經濟而兼善及於各省各區，先從產業民主先實踐於產業集群之內，當公民社會因此在大陸萌芽後，其極化作用增強後再依擴散效應溢出到政治領域，即從「經濟學台灣」來實現「政治學台北」，才能真的落實好「兩岸共構的公民社會」。

7.2.1.2 台商的「蜂群分封」與區位優勢

在台灣較大規模企業經過法人化與上市上櫃等過程，仍難以與歐美相同的「用人唯才」，其關鍵即在中華文化所形成的家族凝聚力與向心力的影響，公司的大股東皆出自家族，使得經營權掌握在家族成員的大家長手中。如進入大陸能擺脫代工建立自有品牌的華碩Asus NB，即已充分法人化的上市公司較能順利推出優秀的企業CEO，成功的走出自有品牌。台商則須做好知識管理與IDM創新設計生產，宜將所有權與經營權分割而互不干擾，正如宏碁電腦在走的「傳賢不傳子」模式，才可更為精進如施振榮般提攜後進培養專業經理人，才會有全球第三大PC的Acer品牌；並自台灣向大陸「蜂群分封」，由其弟子李焜耀於蘇州建立BenQ品牌，並行銷於全球。另一位經他提攜的施崇棠以「ASUS」NB品牌成為全球第三的手提電腦的「產銷一條龍」集團。

台商當前此一波段的西進投資多已落點於蘇州－昆山及長三角地區，產業群落主要是IT的資訊產業，早期則因改革開放程度、產品特色與運輸通路之故而集中於珠三角或東莞地區，各產業集群都須有積極的企業驅動力與緊密的協同作用，藉技術的擴散與改良而取得競爭優勢，以及獲得反應靈敏的經濟基礎之支持。所以群落或集聚若相較於同地區內的其它城鎮，均會發現它通常具有之特徵為：積極的企業驅動力與靈敏的經濟基礎。

2009年以後因兩岸直航所帶動的積極的驅動力，主要來自群落中核心的主導產業或支柱產業，它是否有競爭力及其出口導向的力度大小，其次就是與核心產業的相關產業及支持性產業，對其所需原材料與零組件或支持性服務的供給能夠「多、快、好、省」。台商對大陸的人文與自然資源之優勢和比較利益較其他外商高，甚至較港商更能得心應手而雙贏，以擴大產銷網絡與拓建版圖來創造企業利潤，大陸官方則藉之完成宏觀的「工業輪耕」與產業布局，因台商所進行的FDI跨區域投資的靈活運用可以實現「兩個大局」的規劃。

東道國對區域經濟的FDI外資，必須充分將其自然資源與非自然資源做最佳配置，即在產業間的組合與空間上的組合兩層面，皆能發揮區域競爭優勢與比較利益優勢，台商於其間尋覓「水與草」；更可依先行者的經驗與文化優勢來運

用大陸扶持政策的優惠，助其企業以「蜂群分封」深入體察，運用區域經濟發展的不平衡性與階段性來進行「區域推移」，以及在官方政策的引導下能先形成的增長極，一如廣東外貿大學隋廣軍校長所說的「產業生成期的區域」。目前已構成極化作用後再吸引台商進入預設的「蜂箱」投資，對各區域經濟上發展的不平衡性與階段性，再以調整性的應對策略以「工業輪耕」來實現其宏觀布局：「國土規劃」以及讓「另一部分人富起來」。

隨著經濟的發展與工業化的過程，從勞動密集先向資本密集再走向技術密集，進而發展到如今的知識密集產業，因此工業區位的選擇也從最初的地理區位依賴、勞動力依賴、資本依賴、技術依賴或對知識依賴而發展，台商當前集中於長三角的大上海區域即對技術與知識依賴，然而其生活情境與背景通通可歸類為文化的依賴，即長三角經過長期積累的核心競爭力，它是人文資源的比較優勢，與西南地區適合從事的生物和中醫藥科技之自然資源優勢大不相同，但因亦牽涉傳統醫藥的知識產權而各有千秋，大陸台商未來的經營策略則以此兩類為最佳產業類別。

異於韋伯（A. Weber）於1920年代的「一個企業一個地點」區位布局，21世紀代之而起的將是社會資本及其網絡的運作，使空間因素的拘束力或限制力將減弱，各城市因訊息網絡及其節點的區位優勢可分成四類：地理潛力GP、輸入潛力IP、勞力市場潛力LP、市場潛力MP吸引一群企業聚集於此，即某一區域的區位優勢（Location Advantage）之程序，若以函數形式可陳現如下：

LA=F（GP, IP, LP, MP）

如上式便能轉化成為可計量的集群形成力量；另外文化、知識與網絡是區域的「無體優勢」，雖難以量化卻是跨國企業總部或研發中心落點的決定因素，針對此，珠三角正在利用當前之機運來厚植這種優勢，以圖謀東協自由貿易區的商機而能後來居上的超越。P是潛勢Potential，G是地理Geography，L是勞力Labour，M是市場Market，I是進口Import等結合成為區位優勢LA。

每個區域會自行構成系統，台商CEO借著生態與文化之便利再因其網絡所形成的社會資本，其系統較易於札根當地。即如國際分工理論是以各區域資源秉賦的差異為基礎，任何經濟系統只輸出與生產以本地相對豐富的資源為生產要素的產品，輸入本地相對稀少的生產要素或產品；反映到產業結構上，低所得地區以勞力密集型產業為主而與高所得區域的資金或技術密集產業不同，即落後地區只能是農業或原材料工業等所得彈性低的產業，來獲得系統的貿易上

之比較利益而鞏固自己的產業系統；各區域政策的扶持亦可協助與轉化產業的競爭力，台商便是遵循此定律為依據，來區域推移以企業的自我提升進而追求更高的附加價值及其利潤者。

故欲減緩華夏經貿體所損耗的資源，又能使其「資金缺口」得以彌合而不必依賴西方才是今後的上策，故本研究主張須仿OPEC而主張：以自定規則限量釋放資源。也期待台商以「臍帶」之功應受照顧而有利兩岸雙贏，更盼能致力研發而走出創新之大道；亦即將大陸基礎科技之佳作經由台商發揮其所擅長的商品化之創新後，供籌給大陸台商、民企形成兩岸合作之產業分工鏈。即兩岸CEO宜以區隔化市場及創新活動各自尋目標，以自身之優勢與專長能力從事有差異化與附加價值的產品，形成分工合作的產業鏈，先以文化創意鞏固大陸的消費市場，作為建立默契的「檢驗真理」之實驗準備。

7.2.1.3 台商 CEO 創新能力與企業的創新

信息產業最依賴人才，所以台商CEO李琨耀以BenQ經略大陸就進駐人才薈萃的長三角，行有餘力並購德國西門子手機部門,其在台灣的企業重心是友達光電，企業集團以LCD-TFT液晶屏幕零組件供應鏈優勢見長；在人才網羅上，就在他初入蘇州設廠便坦言是：「逐人才而居」。根據《2005台商千大》綜合分析：長三角將於未來五年成為全球無出其右也無可替代的「IT重鎮」，因而此地的台商CEO對市場環境與經濟體制評價較高，對生活素質感應度也相對的高。一如大陸官方於2003年《中國企業經營者成長與發展專題調查報告》顯示的結果，企業經營者CEO對市場環境與經濟體制，這兩方面的評價較高，對政策環境與社會輿論評價中等，另對於文化環境與法律環境的評價則較低。

人類對其文化因生活慣性之影響所呈現的是高相關與關切，故本研究特擷取所圈選者為「很有利」及「很不利」兩選項，以利分析。謹以表7-2呈現之。故欲從下表對大陸CEO問卷的數據「借用」來評析與本研究有關之台商取向，以補償筆者曾發出卻未獲回復的問卷，特以本表的部分數據來運用與模擬藉以參考，謹說明如下：

一、首先，可看出本表將原書之同表加以調整，依社會子系統中的「文化環境」拉下到最後一列，而將「社會輿論」與「法律環境」依序的「擠上去」，以吻合馬克思的社會結構；即其前三項是馬克思「歷史規律」中的「下層結構」，後三項則是「上層建築」。

表7-2　大陸企業經營者 CEO 對成長環境評價表

類別\選項	很有利B	比較好4	一般3	不有利2	很不利A	均值 ↓	百分率		
市場環境	8.2%	44.3%	30.8%	14.2%	2.5%	3.42	68.4%		
經濟體制	8.7%	43.4%	27.1%	18.3%	2.5%	3.38	67.6%	下層	歷史規律
政策環境	5.7%	28.5%	45.3%	18.1%	2.4%	3.17	63.4%		
社會輿論	3.8%	27.0%	47.3%	18.6%	3.3%	3.09	61.8%		
法律環境	3.7%	20.6%	49.3%	22.2%	4.2%	2.97	59.4%	上層	
文化環境	2.8%	25.1%	57.6%	13.2%	1.3%	3.15	63.0%		

資料來源：史耀疆，《制度變遷中的中國私營企業家成長研究》，中國財政經濟出版社，2005，P.139。《2003年中國企業經營者成長與發展專題調查報告》。

說明：《制度變遷中的中國私營企業家成長研究》未說明均值運算公式及「五分量表」欄內之值是百分率，僅說明最右格是均值之百分制數值。

二、其次從「下層結構」的前三列部分來看，則因為那已是過去28年中早經完成的經濟改革，在開放改革政策之下已有具體成果，隨著改革開放的成熟穩定當然可清楚看到：「很有利」的比率會更為增高。故假設「文化環境」的「很不利」選項，若由台商回答問卷時，會因為其先行者經驗與較開放的思想所影響，將之與其他國之跨國企業對比，會是>4.3而非1.3，則呈現依序漸增之排序，即上層建築較慢成熟，而以文化的成長最慢。

三、再者，擷取採用的是「很有利B」與「很不利A」選項，因為其它三者多是中庸心態，如上表中2,3,4欄在下三列的「上層建築」部分之選擇總和皆逾90%，A、B兩欄偏低即代表沉默之多數或是鄉愿式的因應，擬避免誤判而排除之。僅須從「歷史規律」的結構來看，後三列是「高層建築」部分，前三列是「下層建築」部分；只待將之做前述的重整後，發現到社會、法律與文化等選項是「很不利」的數值轉為依序遞升，就能與「很有利」的排序為同步遞降配套吻合，藉此完成「複核」。

四、所形成之效果是：一則因文化是影響於無形，可藉之彰顯儒商文化，亦即其作用會超然而不易覺察；二則是大陸企業家已明顯的是「有識之士」，其「很不利」的1.3是能敏銳反應大陸民企CEO的現況，亦代表大陸人力素質之現況。若由台商填答此問卷，將可見到「文化」的選項從「很不利」是在「憶苦思甜」的作用下才有1.3，對台商等外商卻因跨文化等因素而轉變

為>4.3，是吻合台商文化與CEO創新與拼搏精神的。

綜合上述四點看來，大陸企業CEO即將進入思想層次的現代化之層次，與台商等「三資企業」的CEO皆屬社會菁英階層，其精神文明與物質文明的規準高於大陸民企CEO，又「與時俱進」相輔相成的同步成長著。因此他們的動機、利弊得失就昭然若揭了，故而台商促成兩岸合作於中醫藥生科產業，既環保又兼顧文化之宏揚；台商CEO發揮其思想層次的民主政治文化，遠程則可建立共構的公民社會再實現，可久可大的亞洲共同體。

長三角的知識經濟已初現萌芽狀態，已與臺北同步的上海市人均所得已逾13000美元，人才與知識管理的素質是吸引台商IT產業願意區域推移的來此落腳之主因；如果台商不是與大陸同文同種又具有「美日台混血企業文化」的企業家，那麼外國的委制企業也不會找台商下單ODM，來協助其進駐長三角來從事低利競爭：ODM後再貼牌行銷；更造就出台商擅於低利競爭之優勢，這卻是最有利於消費主體歐美地區的消費價碼，滿足其需求所損耗的更非其本國資源，而是如金磚四國等區域的自然資源。

本研究在前章曾言及國家領導人與傑出企業CEO相同，皆須具備優異特質方可將組織與團隊帶領成功，同時達成任務與使命，基本上台商的「無形之影響」如大前研一所言，即已經大大的提升了大陸民企的能力，將再更深入的擴散、回流與極化等效應將可更見宏效。謹述大陸企業家與台商CEO仍須培養「又日新，日日新」的創新能力如下有五種，以共勉互勵於21世紀的亞洲崛起的世代：

一、觀念創新能力的成長——是社會進步、制度變遷與企業發展的根源，即以實施普及教育做為經濟與文化上「日日新」的動能。

二、管理創新能力的成長——農業社會欲升級也要藉助於科學的管理→工業成長更要貫徹系統的管理→信息社會求發展需靠知識的管理，各於其中選擇最優的管理模式。

三、技術創新能力的成長——是管理創新的基礎需要，經過不斷的工藝模仿與研發，以及破壞性創新達成後應擴散技術所形成突破性創新，再經政府支助更加長期研發投資，根本創新或理論的基礎性創新才可能會出現。

四、制度創新能力的成長——凡能尋到自有優勢與建立自創規則的機遇，便會有此種成長。企業CEO則以產銷方式、供籌方式與經營方式加以規範化，實現組織的長期利益（史耀疆，2005，P.129~132）。

五、商品市場創新能力的成長——敏銳感受市場需求而予以區隔化，再以　生

產具有差異性之商品而獲利。如欲永續獲利經營，就得不斷尋覓自身優勢
與避免過度競爭，才有餘力研發創新找出商機而能獲利的核心能力，即如
《藍海戰略》所述創造商品最大差異化及其附加價值的能力。

與上述道理相通，即《論語》所述：「子路欲去告朔之餼羊。子曰：賜也，
爾愛其羊，我愛其禮。」的精微與堂奧之妙所在。最終關鍵是：各取所需、各
盡所能不必定於一尊。在台灣的政府與人民須重視教育，以培育人才的程度要
如何提升、拉高為優先大事，切莫只貪圖當前利益而罔顧後果，更盼台商的
「子路」們能及時頓悟：在弱肉強食情境中，推出低成本制程與高市占率的產
品，帶給大陸是較低耗能與高就業、高成長的國民生產總額。因此21世紀的台
商唯靠文化的恢宏方可持續的圖存，只有台商才會去做，即認真落實的追求
「兩岸雙贏」之舉措。

7.2.2 台商文化與企業的轉型創新

7.2.2.1 企業文化是企業生存的重心

儒商都有濃厚家族色彩，一般家族企業文化乃指全體成員所共有的思想、
價值、態度與行為，狹義的專指企業特有且異於同行業者；廣義則包含在傳統
文化、社會習慣中已被企業吸納、溶入生產活動與組織結構者。通常企業文化
的核心體是組織典範、組織宗旨與使命等，外層是領導人或團體的認知與信
仰、特質與專業知能等綜合體；外層企業文化因人之轉換而轉移，但家族企業
唯有在世代交替時才有因人之轉移而轉換表層文化之可能；至於內層核心的企
業文化則需企業變革才有改變的可能了。有時企業文化還包括「周邊文化」，即
企業對消費大眾及其上下游廠商與競合夥伴間的互動，甚至社會形象或政商關
係等皆包括在內的。

再將企業文化予以橫剖解析則是許多不同性質的單位、部門之間，也各有
些異於其他部門的組織文化存在著，對於企業文化而言它們是很多大同小異的
次級文化。總之，在企業中仍存有多數且各具特色的次級系統，如工廠中各車
間或部門之間都可能有大同小異的，還是能夠協同出力來推動企業的正常運
作，組織文化或企業文化就似機件間的潤滑劑與動力燃料般的角色與功能了。

前任英國商務主席德赫斯曾力倡說：「過去五十年裏，商業世界已從一個受
資本支配的世界，轉變為一個受知識支配的世界。」（顏建軍2002）知識經濟時
代是研發創新與高速代謝的產制新品的時代，企業賴以生存茁壯的競爭力除了

研發科技與管理經營的人才之外，企業文化及其核心的企業倫理就成為快速變遷中的「鎮山之寶」了。哈佛商學院教授柯特曾說：「只要你是成功者，你就會有一種企業文化。而沒有企業文化那就一定是長期以來不斷失敗的公司。」

企業文化是企業依循其發展歷程中重要的人與事，其組織的基本信念、價值與規範之下，所引導出來的思想、態度、行為的體系，較多是受到全體成員依海耶特 Hayet 的「自發秩序（spontaneous　order）」模式發展出來的企業倫理（business ethics）的影響，亦即將人與人之間的倫理行為、是非善惡的道德價值觀作為其判斷依據，再發展與延伸到企業組織內部、企業與企業之間，以及企業與顧客、社會大眾之間互動行為的規範，也有受到重要個人之較多影響的部分：即受到企業創辦者與歷任負責人所建立的「規範秩序（normal order）」影響或熏陶而成為企業文化，所以儒家倫理或基督新教倫理皆可轉移或延伸成為商業、企業的文化。如孔子所云的「文質彬彬然後君子」，「文」即規範秩序，「質」即自發秩序，兩者平衡才是君子，才能「分享、互助」的實現全球（平等）化。

自律的自發秩序與人的素質相關度高，他律的規範秩序也由菁英領導就能水漲船高般建立，兩者更以社會化或內化的教育、學習而相因相襲的交互影響著，對企業而論亦同受到所處大環境的文化之影響；海爾CEO張瑞敏在1999年《財富論壇》曾說：「海爾過去成功是觀念和思維方式的成功。即企業發展的靈魂是企業文化，而企業文化最核心的內容應該是價值觀。」（張富春，2004.6）若論及企業倫理，筆者會以為它是介於企業文化與企業價值觀之間，在企業之「規範秩序」下以企業宗旨為中心的行為規則或模式，而以企業成員之「自發秩序」為輔的綜合體，再受到相關者的接納與承認而約定成俗者即稱企業倫理。

台商在大陸家電產業鏈中的角色或地位，已進入當年日本在台家電與電子產業鏈中的角色；然而兩岸同文同種的優勢勝過日台間的互補性更多，兩岸市場結構的相似度也高，故能「以貨代款」的交易更具有「區域經貿的比較利益」，台商的角色與功能將可促進兩岸的合作，宜及早的規劃籌謀妥善分工來避免他日的競爭中互相牽絆。2006年1月台灣當局對大陸台商發出的問卷調查中「覺得經營壓力來源」是：其統計後有73.8%來自大陸民企，23.2%來自南韓企業，其它是日商等企業。大陸民企的崛起是理所當然的現象，台商應已具備「沒有優勢，就無優先」的共識，然而台商的優勢必須是「產官學」的共襄盛舉才能成功的，尤其IT產業與生科產業是以柔性專業化的新產業區，最能發揮其高效益與獲利率的，更須學界的創新與政府的培訓人才為後盾方可成功。

然而最為台商詬病的是：2008年以前政府當局沒有支持，反而是牽制與指

責而形成台商的雙重壓力，政治的風險是台商的最大的制度成本。面對競爭時經常會綁手縛腳喪失競爭力，若能先設好「防火牆」則將會更是利多；於知識經濟時代中尤須有危機應變的企業文化，企業方能歷久不衰、鴻圖大展。其主要支撐因素是組織文化，近年學界與產業界的共識即如是說；也都強調「人」是企業最重要的資源，在上下一致共同遵循的價值體系中（即企業文化），成員在適應過程（即社會化）之後便正式溶入企業，同心協力遵守典範與制度，貫徹企業的使命與宗旨而達成任務與績效了。

山東的海爾電器是首先設專職的「文化長CCO（chief culture officer）」大陸的跨國企業，雖未清晰的獨立的設置專職卻也由副總裁周雲杰負專責，例如其充滿關心、熱心、愛心的「救難互助大隊」以「三心換一心」，在中國傳統的人本思想主導下換得了全體職工的「忠心」，於2003年以短短的十五年衝到全球第三大的家電企業，全年營業總額806億人民幣是大陸電子電器產業的第一名，也是全體民企的首位者，是排名第二的聯想電腦全年營業額的整整兩倍，只能歸因於華人文化素質對草根性較濃的藍領勞工影響甚深之故。企業文化的變遷方向即：規範秩序的遞減，相對則員工的自發秩序相關之企業文化增加了，即民主自治的成色就更足夠了。

組織文化是企業內部的文化即企業文化的主體，是區間稍小者乃狹義的企業文化，或稱內部的企業文化；廣義的企業文化還包括企業在消費者的形象及其相對應的企業措施或行為，即含內部與外部的企業文化。中國的傳統文化與改革開放所形成的價值觀的結合體，再搭配上游的企業文化，即產銷市場中以達思想層次的文化，由領導者主導；也影響下游的執行者的器物層次的文化，居其中間者即員工比例占多數的大眾文化（相對而看於上兩層者則可稱之為菁英文化），大多以非正式組織與訊息網路來傳遞非正式文化，正式的組織文化若能「體恤民瘼」則較易成大事。

7.2.2.2 台灣產業的人智資本與企業拚搏精神

各企業的CEO經營者或各部門的負責人，其對企業文化的認同與投入，若能將個人風範、特質與價值觀融入，發揮其企業家精神於企業文化之中，更可事半而功倍的經營成功；例如旅遊業的七大部門中，其各個大小負責人在執行職務時經常是「將在外君命有所不受」，或循「危機處理」來服務顧客，必須於平時充分培訓以足夠的知識、能力與文化素養。故主張旅遊業培訓幹部，不論高低階主管都須讓其能成為「獨當一面」，具備合格的企業家精神及其能力。

　　台商產業集群的社會資本內包著許多台商企業的企業文化，企業文化則包涵著企業的宗旨、規範、組織、法制、產銷體系與企業家文化等無形資產；這些無形資產是以企業精神為支撐，再由企業家去推動與執行，因此企業家精神就是執行的方向與力量，企業家是企業的掌控者與宏揚者，通常也是社會資本的利用者與萃取者，決定其企業的企業文化與企業精神。將知識融入生活中經過「智慧」的消化，當其融入於「載體」的人之「身、心、靈」三層級者，便會出現差異化、個別化的收穫則稱之為「隱性知識」，即意味：外商在大陸仍受困於其對「器物層次」的學習或融入仍然不足，即因其對華夏文化的陌生而失去商機；文化或人智資本既是外商所缺者，則便是台商為唯一載體的隱性知識，就須更多機會讓台商經常使用的利器。

　　台商已能成功西進融入大陸社會，至少脫離「器物層次」已能達到「制度層次」的圓融，然而台商面對大陸當前的市場競爭與未來外資跨國企業的挑戰，甚至是「文明衝突」勝或敗之可能後果，這一使命我人首先必須將之彰顯與重視之，先從培養企業競爭力與產業的核心競爭力，再強化兩岸文化與經濟的整合以為預防，這便有賴於兩岸用扶持政策引導企業不斷的創新與研發、快速反映人群需求與注重產出品質的能力，進而形成企業文化再經企業主的經營與領導管理，來發揚創新精神塑造企業永續的動力與優勢，唯有「商戰」成功才可蓄積能量來捍衛文化來茁壯於未來的「文明衝突」之中。

　　企業家文化與企業文化的組合結構，企業文化有三層由外而內的層次；它會互動的影響著企業家文化中的領袖風範也即決定企業家的「形表」，經營哲學是企業家「態度」會影響其思與行，企業家精神則決定了企業家的「魂魄」；西進台商以其台商（混血企業）文化與企業家（創新冒險）精神跨海投資及向再西進的區域轉移，台灣旅遊業憑藉文化優勢與經營經驗，大可西進大陸特別是西南地區去從事旅遊業的投資，台商多以中小企業為主體則可從事民宿或休閒農莊的經營為上策。

　　大陸民營企業已威脅台資企業的生存，台商未來有五條路可擇：(1)進行研發與創新；(2)進行企業轉型與升級；(3)進攻而與之正面交鋒；(4)不好不壞的維持現狀；(5)撤退返台結束營業；若台商皆採取第四種模式則將會弱化台灣整體的經濟實力與競爭力，台商最好的路是以創新研發來改善體質與提升企業競爭力，進而走產品差異化與自建品牌來區隔市場獲取優厚利潤。為求「兩岸雙贏」台商應以創新來採取區隔市場，及採行生產差異化產品的「藍海戰略」，兼顧是中小型企業的台商適於大陸在跨國大企業中生存競爭的策略；更應鼓勵大

型台商企業的技術創新研發，來面對挑戰以求企業能永續繁榮，台商善長的關鍵即在儒商文化的優勢。

國父於《實業計劃》中主張引進外資外才，亦即當今大陸所提倡的「三資企業」，《實業計劃》中相關的原則為：必應國家之所需、必最有利於我國、必主權操之在我；皆已在大陸「改革開放」之後，實踐於與「三資企業」相關的政策中，爾後更應擴充之並堅定的實施上述五類作為之中的前三種，以利國計民生。21世紀的儒商面對著全球化的「商戰」，他們的社會資本應該不僅是儒家思想，必須融入了《鬼谷子》的縱橫家思想，以及《孫子》的戰略思想；台商再經近百年美日企業經營文化之薰陶，經過萃取後依序約化為溝辯力、執行力、先見力、創構力、適困力與危機處理能力等，是傑出的台商CEO能力之根本。

知識經濟時代的企業家就是主管中的主管，除了IT科技產業其它企業也應強調企業的CEO必須具備核心能力，才可應付瞬息萬變的激烈競爭，西進台商企業的經營者須面對更多挑戰故應如此自我要求。其中的創造力應擴大為危機處理能力與創新精神，另如規劃力、執行力、培育（人才）動力均需要增加比重，如此台商CEO才能面對險阻運用一切資源，以創新精神與團隊戰鬥力來迅速應變掌握前瞻性的策略方向，分析困境或處境後運用組織能量去指導全體員工以有效率的方式執行任務，領導企業突破瓶頸並前瞻的規劃未來創造永續的企業生命。

台商企業的台幹領導大陸員工可能會有類似「跨文化」的障礙，通常跨省區就會帶著些跨文化，台幹領導應該知曉如何開發自己的領袖能力商數（LQ），以及適困能力商數（AQ）來克服這些文化上的小跨距；通常有產業升級與企業轉型兩大類：「科技含金量」較高者多留在台灣實行「產業升級」的策略，主要經由生產自動化、技術水準與管理效率之提高、研發新產品與國際行銷網之開創等；另一則是高成本低競爭力的產業選擇對外投資，尋覓新市場或新原料來降低生產成本以求企業的第二春，2002年始台商於大陸「實兵演練」做為全球布局人才的培訓地，同時也將企業總部與研發中心西進大陸，只因必須追隨他國之跨國企業否則乏力競逐。

傑出的企業CEO大都來自教育體制與生活文化中的自由度、彈性較高的情境，尤其是對於創新能力與技術研發的創意更具關鍵性，更是「人智資本」的內涵與價值之所在。台商中有較多的創新精神者即受益於此，故能以更高效率的布局形成兩岸的垂直分工，不止能成功創業而且躍爭產業鏈的上游，其餘的傳統產業與夕陽工業等原廠西遷以延長生命週期者多能成功，應更積極以台商

文化與彈性價值觀來將企業轉型或升級，亦可敏銳的體察市場之變遷以「心（創意用心）、速（研發速捷）、實（市場實效）、簡（制程簡約）」的反應來獲得商機，將是台商未來對大陸之最大優勢。

《2005台商千大》中的「百強台商」是獲利率最佳的企業，按區域分布：上海外圍有29家再加上浙江的8家與江蘇的15家，長三角占了52%；福建有7家、廣東有22家、山東3家，北京、天津與重慶各2家，徽、贛、湘、鄂、桂、瓊等六省各一家，其它4家是不易辨識或為全域式台資企業者。總結的看，台商是民間傑出的CEO，其判斷與決策皆優於政府，具有大陸外資企業中最強之獲利與營業「十大」之五家，且其獲利總額更勝過另五家外資企業。

過去十多年大陸已經明顯的崛起而台灣當局不願隨之起飛，以致日韓大舉西進經濟也振衰起蔽，如今台灣當局掌控的籌碼所剩不多，就更須精確投資或決策，當可彌補前衍來迎頭趕上韓日的快速成長。就實情而論，兩岸因大陸民企的已發達，而和台商形成了競爭與零合淘汰的關係，就當兩岸合作於「華夏經貿體的『和平發展』」。然而台商產品之外銷取向及其等級必會與日韓有較多衝突，在經營策略上「兄弟合作攜手抗外」的事理至為明確是勿需置疑，故以台灣優勢致力研發創新以區隔化與高附加價值產品，作為生產主力與自創品牌而努力於行銷是至高道理，也符合新近的「藍海戰略」且有利於兩岸雙贏。

台商是民間傑出的CEO判斷與決策皆優於政府，具有大陸外資企業中最強之獲利與營業績效，且獲利更勝過之。以期能塑造出柔性專業的新產業區之優勢，為台灣生存發展來構築台灣成為柔性專業的「科技島」，應要做好智慧的決策：

一、轉變為發揮現有優勢、有競爭力、人性化的科技島，

二、以政策的轉變形成經濟優先、適合創新研發的工作環境，

三、放棄政治權謀以助台商能永續經營，依全民理念建構的優質生活環境，

四、以真心專注的投入教育、發展文化來提升全民優質生活，

五、以民主多元的心理建設樹立自我肯定的成就引領中華文化的新趨勢。

基本上社會每一成員的道德行為或經濟轉型都受到社會結構與文化的制約，20世紀以前的台商與大陸民營企業，於其中僅覓得少數具有較高道德水準之儒商形象與決決大度的領袖風範者，今後西進之台商應於大陸的社會轉型已趨穩定之際，將台灣地區諸位成功的大企業家且具備較高道德水準，又具有儒商形象與決決大度的領袖風範者，如施振榮與王永慶等作為楷模，來影響台商企業與大陸民營企業的經營者，以求華人企業文化的完善來成就華人經貿圈的

榮景，促成21世紀的經濟全球化。

　　總之，期待台灣真能成為台商的根，亦即是兩岸一切經濟生產的供籌中心、人才與智財的供給中心，是亞洲民主均富的科技中心，更是適人居的多元文化永續繁榮的希望之島。因唯有如此才使得政府能發揮其正義、秩序、福利、安全與經濟的功能，以及台商的CEO皆擁有傑出的能力，引領兩岸於如今之商戰與未來之文明衝突中獲勝！

7.2.2.3 知識經濟下台商 CEO 的企業變革與創新拼搏

　　西進台商的企業家運用制度的變遷機會，依循台灣傳統的聚落文化發展成台商產業集群，並藉以西進大陸經由區域推移實現官方的「國土規劃」，以「工業輪耕」為《實業計劃》於大陸開創斐然成就，未來更應靈活掌握台商企業的優勢調適於制度環境中，就該注意市場及企業本身的動態而做不同的決策來進行轉型或創新。例如1990年前後的台商優勢僅恃握有訂單與資金便可生存，1993~1996年則需有專業技術方為台商之可靠的優勢；管理的知識與能力已是1997~2004年台商優勝劣敗的關鍵所在，近兩年與可預見的未來是要能區隔市場增加產品附加價值者才可勝出。

　　如今在歷史機遇中以長達四百年海洋經貿文明的歷練，成就出「勇者致富」的企業家精神，加上當今教育發達所形成的人才和創新優勢，歷經四百年經貿文明的薰陶又逢此大陸改革開放引進外資僑資的「機遇」，台商靈活的將儒家文化融入曾經歷過荷蘭、日本與美國考驗及訓練的台灣特有的企業文化，或許能夠與西方跨國企業競逐於神州，借著 孫中山先生在《實業計劃》中所提倡的「商戰」，進入「桂高雷ECFA國際經貿區」等，來開創真正屬於中國人的21世紀。

　　未來的競爭更烈，故台商不只須從沿海到武漢的中部崛起等機遇之把握來努力，在其他各方面皆需能綜覽、育涵方可致勝，西部大開發而東北的工業振興計劃，大陸經濟已呈現多元複雜的風貌，各區域間的資源、勞動、技術與資本皆以多管道多項目而流動；運用對特定區域信息的掌握而占有區域化的商機，這項對台商而言可運用台灣現有人力資源中各省籍幹部的在當地優勢，而加上「同文同種」更是其它外商所不及之處；更須深入了解大陸民企的文化，以利台商與之進行策略聯盟，特以海爾電氣的企業文化開始用功。

　　1996年海爾集團已歷經八年的努力，其銷售業績名列大陸家電第一，因張瑞敏成功塑造其企業文化及其所外顯的企業形象與產品口碑，再以不到八年歲

月於2004年則穩居全球第三大家電品牌的地位，謹將引導海爾成功的企業文化、產品形象與儒家思想之關聯有主要下述重點：

一、以人為本：張瑞敏的名言「高質量的產品是高質量的員工創造的」。

二、三省吾身：全員自主管理的觀念的「日清工作法」。

三、組織的「君子不重則不威」：企業文化以企業價值觀為核心。

四、人必自侮而後人侮之：藝術的對待傳統中國文化。

五、苟日新、又日新、日日新：「打倒自己，創造進步」與「挑戰自我」。

六、天明聰自我民明聰：以優質服務來引導、創造顧客需求的觀念。

七、「劃地自限」的突破：不只相馬更要賽馬，盡緻的發揮潛力。

　　上述二至六項皆為培養高素質員工的方法與文化情境，故而可知海爾是一個學習型組織，張瑞敏對海爾是無可替代的資產，他與海爾文化息息相關更是其拓建者，他是企業危機處理的高手，也是平時當戰時的奉行「日清工作法」的CEO。他在企業危機之中與處理過後，運用了企業領導人最易凝聚全員向心力的時機，再加上強烈的憂患意識，只要有計劃能有適當管理，那麼其組織改造或企業變革便可高度成功，大陸民企早已見賢思齊，迎頭趕上台商了。

　　台商企業家處今日之境猶不能稍有怠忽，更應致力於再西進對大陸布局行銷與擴建企業版圖，也有專意於研發創新與自建品牌而不懈者，其原始動力與海爾文化來自同源——皆是儒商文化，再加以台民精神結合所形成的拼搏精神。故本文則致力於研究台商產業集群之西進，分析台商企業文化的關鍵主要有下列五項：

一、台商企業團體的危機處理能力應能處理政治風波，以其企業負責人的經營風格與管理能力，是否與台商在大陸的興衰存亡有高相關之鑒定。

二、台商企業是否關注兩岸有關設廠經營之法律與規範的比較分析，尤其大陸國企轉民營制度的配套法規，亦即對當地文化、制度與交易、信息成本的投入，並在其中尋找企業團體生存發展、再創新高的機率之估算。

三、傳統產業的台商其成功的契機在於升級或轉型，因此企業家或CEO的創新精神對傳統產業與高科技產業具體影響，在知識經濟時代中與跨國企業競爭時，台商奮進之指標如何建立。

四、在兩岸經營的模式中於文化影響管理策略的程度，儒家文化與家族企業在未來兩岸企業的經營之損益程度，該如何評定，似乎由企業文化來決定了。

五、重視企業CEO與研發人才之培訓教育，人才決定企業成功內在因素：技術研發與制程創新的核心能力，CEO人才也決定外在因素即地理區位與形象

品牌的行銷網絡。

知識經濟時代的社會是一個快速變遷的社會，創新產品的平均生命期極短，為應付快速的社會變遷，因此企業的變革大多是突發式的「轉折」，很少見到漸進式的「轉型」。較常見的轉型如企業內升制接班人的培訓，以及少數例行性的企業政策。其中以中國人最常見的家族企業，較適合採用漸進式的轉型變革來培養自家子弟為接班人，也須不斷創新市場或需求，以及傳統的台商拼搏文化來延續企業生命；故須重視培訓企業CEO及與其相關之訓練課程之開發與安排。

2004年11月的第一期台灣版「理財周刊」特別報導：韓國於1997亞洲金融風暴後快速崛起的幸運金星LG與三星Sansum兩家「世界第一」的企業，指出它們帶動韓國經濟功不可沒，主因在於擁有兩位好的CEO是讓公司成功跨進國際舞臺的重要關鍵，能有眼光抓住景氣、勇於挑戰、有創意與毅力、具說服力，總之即是要有先見力、創構力、溝辯力、適困力與執行力。故成功CEO的出現絕非偶然特摘錄其要如表7-3。

表7-3　韓國優越企業家之特質

三星 CEO 李健熙		LG 金星 CEO　具本茂	
成功條件	1.堅固集權的組織運作 2.職權充分信任與授權 3.先見果決的投資決策 4.世界第一的旺盛企圖 5.追根究底的做事態度 6.事業本質的深入瞭解	1.挑戰傳統的開創新制度 2.獨立式的經營管理模式 3.以實力為主的人才培育 4.全球布局的策略性思考 5.靈活機動的組織管理能力 6.精簡財務與行政結構	
重要決策	1988年正式進軍半導體 1993年決定以尖端事業為主體投入韓元 　一兆一千億研發經費提高30% 1998年實施「經營體質改革方案」 渡過 IMF 引發的金融危機	1995年提出「跨越2005計劃」 1998年改善公司體質渡 IMF 國際貨幣 　基金會引發的金融危機 2000年任用逾半的外部獨立董事強調 　公司的透明度	

資料來源：2004年11月1~7日，理財周刊，P.46。

韓國在1997~1998的亞洲金融風暴中受傷又迅速發展起來，在引人注目的進步中，最耀眼的是傑出企業CEO的崛起與注重企業的核心競爭能力，兩者是一體兩面的，皆集中於企業文化與知識性企業家精神，即不再迷信企業規模的巨大而忽略人才與競爭力的增強。南韓以2008年金融風暴迄今的十年時間，進行組織改造金融改革與創意革命終能脫胎換骨；不只是韓國，1980年代日幣因「強迫升值」而引發其金融危機、經濟停滯，1990年代則因傑出CEO如西武集團的堤義明，以「北海道大開發」而助日本渡過危險期，處此知識經濟時代凡有為的台商CEO應該思考：華人當自強而運用優勢來奮起。

　　2005年11月張忠謀在台大管理學院演說中指出：成功的領導人與CEO必須具備五項特質，即是正面的價值取向與思維方式、終身學習與獨立思考能力、順暢的溝通能力、正確豐富的國際觀、涉獵專業以外的知識（經濟日報2005.11.14　A3版），亦即台灣應努力創造有利的情境與硬體的教育環境，來培養優秀的企業家才是中國人圖強致富之上策。

　　西進的台商有充沛的企業家精神與創業的拼搏精神，正如前章所述的王永慶、施振榮、林百里、溫世仁與陳盛沺等人之優點，卻更需要擁有具本茂、堤義明與李健熙等CEO的氣魄與國際觀，才能面對全球一體化的經濟衝突及「商戰」之後的「文明衝突」，所以未來的台商企業文化中的「混血」要有更多的精進或全球化的特質，一如「海納百川」般的擇其優者而融之。謹述三點建議如下：

➤ (1) 知識經濟下的台商企業 CEO 家文化要培育（發揚台商先行者經驗）

　　一般企業的經營權與所有權多已分離，故當其為轉折型企業變革時很少會採用長期規劃培訓CEO，多因漸進式轉型來安排接班人已不符社會脈動。西進台商在大陸投資大多採取「獨資」或和親朋好友少數人「湊資」的模式，與家族企業相去不遠，即其經營權與所有權均集中在一人或少數人手中，此乃中國式CEO的經營模式，此種CEO本文亦稱其為負責人。台商在大陸以此事權集中而有利於競爭生存，卓越的企業家面對時代變遷與產品創新的壓力，依然能成功的變革再以其盈利推動技術的研發與創新；追隨30年前大甲ODM廠的捷安特西進，賺「眼光前」組上海「巨鳳自行車」，如今捷安特自行車已是全球第一OPM品牌，擴大運用優勢、壯大其企業之後，「回饋」台灣致力教育與研發創新。

➤ (2) 能對大陸經濟實力的洞識而穩妥應變（憑藉台商同文同種優勢）

　　大陸經濟的崛起打亂亞洲過去由日本領頭的經濟格局與生產鏈，2002年中國大陸的經濟總量為12,371億美元，若按生活實質P.P.P.（Purchase Power Parity）的算法換算時值是57,320億美元，那麼世界排名就從第六名爬升到第二名，僅次於美國了。台商如何利用大陸的「西部大開發」政策性優惠，選擇有利部分再西進；將新析出的具有競爭優勢的「核心技術」，及其有關產業做適當的「根留台灣」，非核心的部分則西進大陸發揮其相對優勢，襄助台灣現有優勢構成「回流效應」更繁榮台灣經濟。2005年P.P.P.仍為第二名，GDP已達2.2兆美元年人均1,700美元，對台灣進口大於出口的581.3億美元的逆差，不止台灣甚至整個東亞就須借著海洋式儒商文化與大陸經貿趁勢起飛了。

➤ **(3) 藉台商的知識管理做未來方向的選定（海洋台灣所溢出的文治感化）**

　　台商因貼近文化而審時度勢的賺取辛苦努力的錢、經驗智慧錢與眼光風險錢，仍須依據自己的特質與能力來為企業的發展與投資做妥善的定向與定位，前瞻的到西部投資中藥生技產業是最佳的選擇。2009「金融海嘯」仍需多年才可復原，期間歐共體、美國、日本、中國等多極競爭奪魁之局，台灣該如何應對?所以終身教育培訓人才已是重中之重，兩岸政府必須藉重華人傳統中的儒家文化來提升人才素質教育之效能與知識管理的功能，方能為自家企業培養接班CEO，才可以在知識經濟中開創新局而生存發展；也可依據兩岸共構的公民社會，來說服東協各國來建構「大亞洲共同體」。

　　2003年台灣工業總會考察團拜會北京市長王歧山時，他回答說：希望日後台商來京投資的企業，需有管理的優勢帶新科技且富有創新精神者會是北京優先選擇的。台灣企業家的管理與應變能力似乎又可以發揮所長，亦即再受刺激之下應該再奮發或出現新的對策來調整抉擇的時機到了，唯有充分瞭解企業而進行企業轉型，運用新知識與舊知識來創新或升級之企業家，才能在競爭中引領企業向前挺進謀求發展。

7.3 東亞洲的知識資本與台商之角色功能

7.3.1 台商西進藉經濟與文化以行區域推移之功能

　　區域經濟推移理論是經濟發展的不均衡發展理論之中，再依佛農（Raymond Vernon）1966年的產品生命週期理論，進化而成為區域經濟推移也有生命週期一如產品，不同週期的區域之間就存在有梯度、落差。梯度是指區域之間經濟總水平的差異，而不是僅指技術水平的差異，故一個區域的經濟興衰取決於它的產業結構，台商休閒農業的西進與西部地區之活化是最有利，進而取決於它的主導部門的先進程度。

7.3.1.1 兩岸產業之文經整合與區域活化

　　台商以FDI的「工業輪耕」進入西南等地區投產，是吻合「生產要素移動取代產品移動」的產業布局原則。因為區域除有大小的分別之外，還有依據其性質而分類為經濟、社會、行政、空間的區域。至於區域間經濟發展關係主要指區域之間經濟互動的影響與作用，相關的理論多是探討區域之間的資源、要素流動、產業集聚、轉移或擴散，以及經濟增長的區域傳遞等的方式與過程，再

對相關區域的產業結構和經濟增長變化、區域間的經濟布局所產生的影響，則是區域經濟在理論與實務上皆受關注的焦點。

大陸偏遠的西部將以發展休閒農業是兼顧國土規劃與改善生活，縮短和東部人均所得差距的較佳途徑；就人均所得來看大陸已進入重視休旅層次的水平，此一轉型期是農民、農村或農業之社經重要性的興衰存亡的轉機與危機，更為了「兩個大局」的戰略與解決「三農問題」而提出「三綠工程」的政策，即也為了農業的未來發展與兼顧其經濟效益、環境效益、生態效益、景觀效益與社會效益，更需鼓勵台商再西進以休閒農業來帶動西南地區的經濟——區域活化。鄧小平也曾欣喜於農村的區域活化中，使得區域的經濟亦有其生命周期的循環，故須拿捏好其特性，當然可以將農村及其土地像商品一般來經營之，藉其資源與優勢進行更新的「區域活化」，來實現其企業的永續經營。1966年弗農提出產品生命周期理論時，產品有五個基本的階段為：

一、新產品推出擴大市場至飽和為止。

二、國內市場飽和後出口開拓國外市場。

三、伴隨出口帶動技術、資本輸出結合當地的廉價勞力與原料，在國外組織生產。

四、國外生產能力的形成後產品以更低廉價格回銷國內市場，促進國內市場 轉向開發、生產更新產品。

五、於是重複：開發新產品→國內市場的形成→出口→技術、資本輸出→回銷→開發更新產品（洪維強，2004）。

誠然如企業的或產品的生命周期一樣，有發展、成長、成熟與衰退等四時期，「二」已處於產品成熟時期而將衰退，即產品與企業需經過創新或轉型可以重新活化。即西南等地區可由當地官方CEO將之視為商品來經營，便可發揮其優勢與特色形成其產業引資策略，進而帶動了產業與區域經濟的活化，其關鍵即在知識智財的創新研發與政策的前瞻性，來引導、激發生命周期的再循環。區域活化的週期即如商品的創新研發期或重新改良再出發的情形相同，說明如圖7-4。

農村生產帶動的區域活化讓鄧小平十分的欣悅，促成更開放的區域經濟的奠基。西南地區的區域活化最有利的方向就是休閒農業的發揮其多功能性價值，偏遠落後地區的區域活化發展到極致即是「城市鄉村化，鄉村城市化」。日本當前的城鄉差距與生活品質的均質化就接近 國父 中山先生的「城市鄉村化，鄉村城市化」這一理想，否則政府不介入，將隨著工業化與都市化的趨向，農民所得、農村生活品質、人口結構、農村結構與農業發展等的「三農問

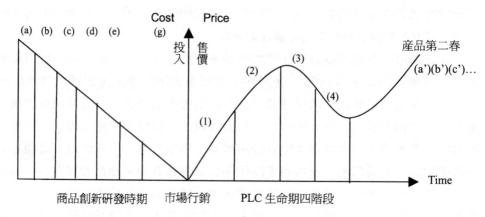

資料來源：葉忠，張智勇，科技管理，高立圖書公司，2005，P.125。

說明：PLC 是 Product Life Cycle 產品生命周期分為(1)建基期(2)發展期(3)成熟期(4)衰退期，另有產品研發期則分(a)產品構想(b)初期評估(c)概念設計(d)發展設計(e)產品測試(f)上線試產(g)量產上市。產業與區域的經濟周期亦同，僅將產品研發期調整改為政府的「決策規劃期與試點期」而稍有差異。

圖7-4　產品創新與區域活化時程

題」必將漸漸惡化。有待經濟發展條件的充分與人民認知的成熟，立即轉化為知識經濟之活化或再生之機遇，故不妨先以條件最充足的西南地區先行發展休閒農業來突破困局，待其經濟全面繁榮起來再進行對中藥與生物科技的轉移，屆時可將中國人捍衛先人文化菁華與抵擋西方的「生物複製」，以促成經濟繁榮與和平自由的願景提早實現。

憑恃綠色資源西南地區的區域活化應以旅遊為主導產業，台商切入先以休閒農莊的旅遊經營，來建立其成為西南的支柱產業應為最佳策略。亦可用之來印證本論文所主張的：以台商在休閒農場來進入西南經營，是先行進入卡位來保護自然資源，來和其它外商於未來進行競爭，實現完美的「國土規劃」與預防他國的「生物侵占」。世界上發展中國家的農民，如大陸或其西南、中部、西北等地區，與其它地區農民多數相同，不具備獨立自主經營的條件與能力，故多依賴政府的投入或政策優惠等方式來帶動農村經濟，台商進入西南地區從事休閒農業等服務業則可扮演催化者的角色來利己利人。

1960年代新儒家學者如台大教授殷海光等人曾對中華文化提出「批判的繼承」和「創造的轉化」之主張（李明輝，2005，P.125），這是「五四運動」以來，中國知識分子對「中國傳統與現代化」主題之辯證下，歷經慎密思考後的重要進路或途程之確認。在知識經濟時代裏，文化的傳承要回歸到對傳統的批

判性繼承與創新的轉化,這種「兩個維度」的融合或統合,經台商企業的經營就能以漸進式的變革取代了「暴、猛、烈」的革命,將會是兩岸互動與世界整合的主軸。

這種「揚棄式」的思維與馬克思在「資本論」中的「奧扶赫變」是一樣的,像是升華又有許多的不確定,所以更像似「回旋躍升」;這對於台灣的早期之「外省籍」知識分子而言,不會因論證類似的辯證思考的議題而擔心喪失「本土性」,反倒是今人對中華文化取向會有所困惑。到底是該創造性轉化或批判性繼承?若藉由西進台商的企業文化之推移來讓市場作一選擇,將可藉「事實勝於雄辯」而獲得驗證出「『因革損益』是文化融合與進化的真諦」。

7.3.1.2 台商人智資本與協合式民主

馬英九出席由新台灣人文教基金會主辦的「2004青年國際論壇」時,他提出:台灣資訊業應儘快由製造業轉為研發產業,從圓山交流道至新竹交流道約四十公里,這段高速公路的兩側的數家工廠占全球產量60%的筆記電腦都在這裏生產。但每「代工」一台電腦只能賺數十美元,遠不如研發一套軟體,就能進帳幾百萬美元,日本已投入二百億美元及後續更大投資,要在35年內培養五十名諾貝爾獎得主;他在閉幕式演說時指出:台灣位於東亞中心故能於150分鐘內飛赴東亞各大城市,更因距離大陸最近於三通後可於當日往返兩岸更易「根留台灣」,只要能「以我為主,對我有利」的掌握台灣優勢,即可進行「三通」才能掌握商機,以免遭到被邊緣化的困境。他也說「WTO多邊貿易協定」已經失效而回歸於區域經濟,世界潮流處在談判代替對抗的時代,宜由各國簽定自由貿易協定,台灣政府若昧於軍備競賽將會弱化經濟、窄化眼界與思路而優勢盡失。

2004年前半年兩岸皆發行《我的人生》中譯本(尹德瀚,2004),曾任美國總統的柯林頓在這本回憶錄中強調:全球化的經濟生產網絡帶來重大的變局;在新時代裏建立「更加完美的群體」,依然是政治工作的首要任務,所以兩岸的區域整合也不例外。美國於1960年代晚期開始困於產業外移而開始「空洞化」,1990年代中期柯林頓就任後放棄「國家與市場二元對立」的意識形態式的思維,以「第三條路」試圖為巨變的時代打通往「社會團結的政治」的路徑,因此而帶引美國走向一個新局。再如1997年英國工黨的布萊爾則以「新中間路線」壓倒保守黨,以逾半席次勝選出任首相而連任迄2006。兩岸未來會走什麼路呢,西進的台商正「摸著石頭過河」先探路,為兩岸也為台灣走出一條「新

中間路線」。台灣政府的決策者對台商的「積極管理」是否應考慮改為「有限管理」以符合時代趨勢？

　　現今台灣政府仍然面臨著十多年前相同的困境，惑於將政治與經濟能妥適處理，也昧於策略方向與全民共赴的發展目標。其實澄清困惑最迫切的關鍵應是領導者及其執政團隊的「轉念」，即須優先專注於「政策創新」以利於提升生產力與振興產業競爭力。也許台商所走的路將會在未來成為兩岸從經貿推展到政治領域，而其成功者將如美國猶太商人般執經濟之樞紐，至少會是兩岸區域整合的觸媒或催化劑；我人須知：現代的人只能引導未來的趨向而不能決定未來子孫的生活模式以免損及其權益，應留待子孫自行決定與處理。所以應該留待歷史的就交由歷史去自然發展，即如 國父 中山先生的主張「盡人為力的進化來補救自然力進化的缺陷」。故嘗為此宏旨深入思索後，其結論為：可持續發展的方向早已確定，便無須替後人去做細節部分，僅是為他們留下好的機會便可，否則將會形成揠苗助長現象，前代人是不宜為後代人作決策的。

　　國父 孫中山先生在其民族主義中曾主張「恢復固有智識與能力」做為恢復民族地位的方法，毛澤東先生在遵義會議之後，走出「中國特色」的路線，即以「農村包圍城市」為策略而終能成功，鄧小平先生也是以「中國特色」的改革開放而造就出「世界工場」的中國。其實中國自古以來就在「文化融合」中成功的進行著「現代化：因、革、損、益」，從《史記》的「世家本紀」中所述的「趙武靈王胡服騎射」便是肯定其文化融合，即中國人現代化的道路：合我們用則包容而用之。此一精華在唐代因日本僧人帶回京都而形成「大化革新」，日本也因此而有跨越式的進步竟深深受益更是念茲在茲。二戰後近數十年日人循之創造了經濟復興而稱其為「克理奧爾キリオル」，細探其宗旨率皆源自孔子的「因、革、損、益」四大法則，故我們應該深思之更多採用之來為文化的傳承來取菁用宏。

　　台灣自1970年代的「經濟奇蹟」以迄近二十年的「IT產業全球代工中心」之地位，都因在華人文化氛圍中「近朱者赤」的受到熏陶，自然而然的實踐了「不知而行的『因革損益』」，如今台商西進之成功者亦受惠於此，更宜發揚光大再求精進。台商經營文化與「面向未來、面向現代化、面向世界」的融合，將能擷取與落實其菁華，亦即是中華文化的「知而後行」——另一個版本的「因革損益」，台商在大陸傳播其文化菁華與市場經濟如同注入新血，此「文化融合」的經驗準則仍應是「合我們所需才用」的「因、革、損、益」。

　　從另一角度來看區域推移，似乎也會令落後地區將長期停留於低梯度的狀

態，即發展出與歐洲的現代化理論相呼應的觀點：保障先進國家的優勢與既得利益。因而也產生出反梯度推移論等主張，低梯度區域因本身需要而引進新技術亦可因此得以超前，然必須具備基本條件才易成功；除此之外另有「推移為主」論與「正反推移並存」論，推移理論在區域經濟範圍內還是暫居顯學地位，故本文採取梯度推移理論的立場來研究台商的西進，進而鼓勵創新才不致再受制於人——跳脫邊陲進入核心國家之地位。

長遠而論，應循經貿與文化雙軸之交流來建立「兩岸共構的公民社會」，是最有利於兩岸發展之「中國式和平演變」模式。提升兩岸的經濟實力與交流互動，即是鞏固了華夏經濟體與政治的統合：跳脫主權對立建構「東亞共同體」，致力於政治的協和萬邦與經濟上的協合共生。20世紀末人類脫離「兵戰」進入國父所主張的「商戰」格局是相當明確的現實，故國人應先致力於大中華經濟圈，先站穩腳步才可在全球化的「商戰」中勝出而從容應對未來的「文明衝突」。

大陸的多黨協商的民主集中制距多元協和的民主不遠，至少優越於原東歐共產國甚多，筆者以為此亦是東歐崩解的主因。兩岸在經濟上的統合後，以儒商文化為前導下完成文化的統合，「中國特色」本是以傳統文化為主，更可推動以多元協和民主為基礎的兩岸政治統合。我們須知：「戒急用忍」只是立場問題，文化榮衰與民族興亡則為大是大非的問題，多元協合的大同願景更是華人的歷史使命，一如 國父 孫中山先生曾云：世界潮流，浩浩湯湯，順之則昌，逆之則亡。我人是否知曉歷史歸趨何方？

《論語》說：「施於有政是亦為政，奚其為為政？」所以台商CEO與政府領導人是可以相互學習的，將國家領導人比擬為企業的CEO也是合乎邏輯的。西進至少應該合符「人群需要」與繁榮經濟的角色，補強大陸對「實業計劃」的推展之不足，也有利於華人經貿體系的形成，將來可發揚 國父 孫中山先生於1924年11月24日於日本長崎演講中所提倡的「大亞洲主義」。即可對應於美國政治戰略家杭廷頓（Samuel Huntington）所預言的「文明衝突」，當其不幸而出現時，兩岸若能「順天應人」則華夏文明就會立於不敗之地。若篤信民主就須建立多元的公民社會，人類就必須維持多元共榮的文化，美國的國家戰略已然朝向「歐←v.s.→亞的文明衝突」作為假設來規劃；我人面對此一趨勢，應在「大亞洲主義」實施成功之前，似乎宜先以儒家文化或儒商文化來鞏固華人經貿體系乃當今急務，應以政策鼓勵台商西進至少應拋棄「只能做不能先說」的政策，若能採取積極扶助政策助台商再西進，因為能夠善用優勢才會獲享優先地

位與優惠扶持,在利己之後兼顧國民經濟的繁榮與民族主義的平等發展,才是真正的「兩岸雙贏」。

知識即經驗的系統性積累。將知識發展成可操作的步驟者稱為技術,再經過對人的「培訓」而轉化成為可以適用的能力即是人的素質或企業的核心能力;否則只是死的「知識」而不是「高含金量」的「智識」,善於發揚中國固有的智慧也是知識經濟的特徵,已成為數千年歷史的「公共財」的智慧,妥善發揚也可成為華人世界的未來發展之優勢。故本文對於台商集群的企業知識有下列見解:

人智資本的循環:

內隱知識←→內顯/外隱知識(集群內分享的知識)←→外顯知識←→in-output集群文化

換言之,有系統的想法或經驗可以在生活中有效解決問題的概念體系皆是智慧,若非因同文同種則台商在大陸經營須為「隱性知識」消耗更大的成本;即意味了:外商在大陸仍受困於其對「器物層次」的學習或融入仍然不足,即因其對華夏文化的陌生而失去商機或增加其交易成本,兩岸的差異及落差宜以協合式民主來漸進的消弭之。

中國人百餘年的近代史就是一部曲折的現代化實驗史,「外促」是外來侵略的痛促,成為大陸現代化的動機,就注定了近代中國的滄桑與多難,幸好儒家文化鑒於悠久歷史而塑造出「多難興邦」的價值觀,終能運用中國人的智慧與「後發」的條件結合成競爭優勢。今後應以政策吸引台商西進來對文化遺產保護,對自然資源的珍惜更多付出,求未來能勝出於「文明衝突」,將是兩岸人民與政府對先人與後代人責無旁貸的使命;即台商「再西進」投入休閒農業與中醫藥生科產業,才能有利其創新而能藉之持續供籌大陸,否則遭到西方的「生物侵凌」或「文化霸凌」時將被其替代。

7.3.2 台商的未來發展與兩岸合作

7.3.2.1 台商文化再西進與兩岸的未來規劃

大陸的經濟體制轉軌自改革開放以來,從全面國有國營的產業體制漸次進入「公私有並存」的社會主義市場經濟,近年已是宏觀調控的市場經濟,更因而成為全球各大跨國企業必爭的「最後之巨大市場」,這段歷史也都相當符合英代爾前總裁葛洛夫(Andrew Grove)所說:「錯過機會就是衰敗的開始」,各國皆深信之故不敢落於人後而全力爭奪「登陸」機會。相對於其它各國,2008年前,台

灣政府的「戒急用忍」讓機會在優勢豐厚中逐漸流失，兩岸的政治對立性仍然
超越經濟互補性而磋跎延宕。比較兩岸在經濟上的互補優勢，至少為：台灣在
商品化、市場化方面有較佳的素養與實務經驗，又於管理與資金方面有更強的經
營能力，亦即優勢在技術知識、操作經驗與「愛拼易贏」的「術與氣」；然而台
灣既缺乏資源又受限於政治上與國際社會的刻意忽略，這是台商在兩岸或在亞
洲與全球各地區從事經貿的最大劣勢，則可借力於大陸的「局與勢」而互補；
當前雖已錯失良機，然而彌補的機會仍待急起直追，為時尚未晚。

　　大陸的優勢為十三億人口的廣大市場與豐廉的勞動力，加上相對豐沛資
源、持續快速發展的經濟成長，原本在經貿上兩岸可相輔相成的良性互動，卻
是好事多磨的受阻於政治力而延宕至今，三通直航與開放西進仍然淪為政治籌
碼而錯失良機。政治上持「本土主義」者在經濟方面多主張「戒急用忍」或
「積極管理」，他們看待兩岸經貿基本的共識歸納為五項，述之如下以供參酌：

（壹）台商西進會為台灣帶來的問題有五：

一、台灣的出口產品會被大陸商品取代而有經貿上的危險

二、台灣的產業升級速度將減緩進而停滯

三、台灣的經濟優勢會消失進而落後大陸

四、台灣未來的經濟發展將會受制於大陸

五、大陸經濟成長會強化中共對台的軍事威脅

（貳）未來應有的作為：

一、改善台灣投資環境增強競爭力以利產業升級

二、加速國際化拓展台灣的「國際生存空間」

三、積極管理台商謹慎西進　　　（王塗發，2002）

　　台商會西進是大勢所趨，若不西進則上述問題或危機仍然會出現還是要去
面對的，除非讓大陸的歷史進程倒退而無推展「改革開放」的歷史階段；兩岸
間僅隔台海的近距離，在大陸高速成長的漩渦半徑內，距離「近」是台灣劣
勢；台灣宜運用近距離之區位優勢面向方可趨吉避兇，以利兩岸之順風高翔。
換言之，人類是無法與歷史潮流對抗，即逆勢操作卻仍可倖存的幾稀，亦即我
人只有抓住歷史的機遇做「三個面向」的思考，立即明白兩岸在資源的互補、
垂直分工的需要、文化的兼容、人力資源的合作、水平分工的未來發展等皆有
極大的共同利益存在，只要願意放下政治的爭執兩岸必有榮景。

　　當大陸經濟的快速崛起對東亞與世界經濟造成莫大影響，台灣更是首當其

衝的欲迎還拒與引發紛論；大陸經濟實力想要超過日本是指日可待的事，台灣夾在美中兩大之間又有日本在前、東協諸國在後，豈能不戒慎恐懼、殫思竭慮、全力以赴的經營求變？所以台商西進優於南進則從動機與結果而論，皆是更獲肯定的正確事實。即經歷過「事實是檢驗真理的唯一標準」的考驗，高科技也將蔚為西進的主流之際，特為台商西進之途稍做探索、分析及引導而為台灣的持續繁榮與華人經貿圈奠基。

1950年梅菱（Merriam）指出：國家的五個目的有其關聯性自成體系。交由政府施行其職能，何況上述五大問題實際僅有秩序與安全兩種，其餘的自由、公道、福利等三種政府職能卻遭到漠視，這應是政府責無旁貸的任務或對未來的規劃，如今台商長期忍受：政府漠視、不正義的對待、福利也無權自主追求與僅享有局部的經濟自由。政府若能「轉念」放棄其僵化的成見來「重新界定邊界」，尊重台商的專業性則其政策與目標皆能循序的與時俱進，來「因、革、損、益」的推動兩岸間「區域整合」之現代化將可再造漢唐盛世。

政府的五大職能中經濟職能主要是：為人民開創出優良投資環境，故需善用今之優勢發展出核心技術來保持永續優勢，再若能消除政爭與黑金則前述一四項問題將可減弱泰半；台商西進若能積極開放則兩岸經貿上必然互補雙贏，更進一步的合作將使安全問題隨之減半，那麼剩下的政治對立則留待歷史來解決，當人類走入「文明衝突」之際或其它契機出現時便可順勢而解決了。

歷史是由無限個昨天的累積所組成的而不是未來，幸福是以今天的成果來創造出來的而不是未來，所以今日之人無法替未來之人決定其生活模式，我們只能為現在而努力去迎向未來，因為人再偉大也難窺歷史的全貌。人對歷史的關係正如國父 中山先生的觀點，他完全服膺歷史潮流，早於1924年首次禮遇第三國際代表鮑羅廷為顧問，三月時在廣州高等師範學院演講「民權主義」時說：「世界潮流的趨勢，好比長江黃河的流水一樣，水流的方向或許會有很多曲折，但是最後總會流向東的。」也就是應把握住大方向而可忽略小的歪誤，來減少所遭遇到的阻力、困擾。

台灣因更具有移民社會的主觀因素：渡海拼搏，以及「洪荒無情」與「遺民世界」的客觀環境，台灣的企業文化也有小異於粵閩兩省者，即會更重視鄉親團體，且其回饋故鄉多以宗教形式來答謝神明庇佑。甲午戰敗不屈為日治順民的丘逢甲，回歸祖籍地的粵北終其一生矢志光復台灣，臨終遺命其子丘念台「王師光復台灣日，勿忘家祭告乃翁」，終能於1961年成立逢甲大學於台中市，當年是鄭成功收復台灣300週年。這與廣州中山大學、廈門大學、汕頭大學的建

校史例皆為儒家文化的升華與表現，也都是回饋家鄉、飲水思源與重視教育的極致表現；也是知識經濟的未來華人的優勢與希望之所在。

知識經濟取代工業經濟成為21世紀社會的主流經濟型態至為明顯，對人類而言是一個重大的歷史轉折，也是科學發展的全新問題；對中國而言，它既是機遇也是挑戰。其嚴峻的挑戰來自全球的高科技領域之激烈競爭，以及發達國家挾其強大綜合國力的迅猛發展，以致與窮國之間的財富比率更為懸殊；對中國的機遇而言，就是全力一搏就有機會可以躍身於經濟成長和科技大國之列，又逢2008年「金融海嘯」與「兩岸直航」的重大變異，以及全球經金重新排序定則之際，數百年難得的機遇有刻不容緩的壓迫感，我們有這個能力抓住嗎？

7.3.2.2 「西部大開發」與大陸經濟轉型的走向

21世紀的人類將面對著酷烈的競爭，生存淘汰的法則往往能激發創新，然而必先未雨籌繆的提升其競爭實力，而後一切才有可能在需要與急切中創造出來。高科技產業不是勞力密集卻是人智密集產業；人材培養光靠大陸是不夠的，勢必引進外資企業；因為文化與情感因素唯港澳臺資金的忠誠度稍足，所以才會有台商英業達投資甘肅黃羊川中學的「千鄉萬才」計劃。但雖只是杯水車薪，不過也發揮了「星火燎原」的功能，中國大陸在發展中國家階段時，在1989年之前教育的「燎原計劃」，不就是運用人性中的求知慾來發動星星之火；如今更須落實1995年大陸頒布的「關於加速科學進步的決定」了，其中指出：科教興國是全面落實檢視科學技術的重要位置，提高全民族的科技文化素質。

「先污染後治理」依目前的遊戲規則而言，跨國企業最多的「北方」或核心的工業大國獲利最大，因為目前他們付出的IEC（Integrated Environment Cost）環境折合費僅是極小值的使用費，污染的治理費與復原費及其時間成本只有地主國自食其果；以往的「南方」是弱國或「黑朋友、小朋友」等邊陲國家是無力抗衡G7，但是中國大陸可以為之長久策劃，可以為過往的剝削加以暗示或明批了。否則窮國永遠滯留在「邊陲地位」，頂多到達「半邊陲」之地位，「核心」的「富國俱樂部」是永遠進去不了，除非藉著中國之崛起否則他們是絕無翻身的機遇。

如果沒有旗鼓相當的競爭者時，西部的開發真有必要訂下「門檻」，至少避免壟斷者的污染或過度開發，中國應為其它第三世界國家之表率，對抗富國們不盡其環保義務，卻獨享權利而耗損地球的資源與能源。2003年2月訪滇省的楚雄己見人工鑿痕，尚幸大理與麗江仍未晚，筆者期待「東方的瑞士」設在雲貴

地區能成真,至少將洱海到玉龍雪山以南以西劃入國家公園留給萬世子孫一片淨土,其中的生態與動植物資源極珍貴,別在摧殘生態之後才枉走回頭路。

窮了百年的中國不該躁進而傷了自己實力,畢竟可以借鑒OPEC油國組織限量釋出資源,不該殺雞取卵。只有定向與定位均模糊不清的主導者才會捨棄自己的優勢而自暴其短;鄧小平的「中國特色的社會主義市場經濟」就是定向,今人為何忽略了「中國特色」的優異亮點呢?定向的人是「拍板」的國家層級的CEO首席執行長,其決策是用來定調子或路線的;定位則不一定非要他說了才算,應由國家二線或三線領導人負主要責任,因為他們接近市場而瞭解民眾的需求,同理企業的定位是以瞭解和分析消費者的需求為中心及出發點,設定自己企業或產品(含服務)與競爭者之區隔,以吸引顧客共鳴、滿足其欲求、建立產品形象,進而創造需求、占有市場與建立顧客對其品牌之忠誠度。

「西部大開發」就是大陸當局推出的產品或服務,定位清楚才能規劃出好的企劃案,進而推動行銷與經營計劃,再按步就班用功夫。台灣的政黨應把政府當成企業來看,爭取民心就是建立品牌形象,為人民所做的服務就是爭取客群,支持台商就是行銷產品。過去的營銷、廣告策略強調發掘商品本身的特點和建立企業形象,現今的定位則是要找出競爭者的優點或市場上任何有利之機會加以利用,以區隔化商品進入消費群而實現擴張市場再獨占鰲頭。通常企業把品牌看成資產,實則顧客的忠誠度才是核心,否則品牌毫無價值;故須注意環保與生態,因它可以增加外資的心理競爭,更因國內環保者與消費者的需求合而為一。

經深思熟慮之後的要求會令地主國不再漫無止境的開放其資源;切記惟有國民才是主要支持者,「民信之」是他們的忠誠度才是最有價值的,要以可持續的繁榮來回饋忠誠支持的人民,優質的台商CEO更是珍貴的智慧財宜善用之。其他相關的孔子訓誨:「足食、足兵、民信之,必不得已而去其一。」只要充分溝通與立足於民終能「順天應人」的,而「天」乃自然與生態是殆無疑義的了,外資經常竭澤而漁不會護好這片土地,以致於「牛山濯濯」。孟子也曾說:「以不教民戰謂之棄」,故宜給台港澳更多優惠來開發西部才是最佳的資源配置,也是儒家「教、養、衛」與之相應的即是「教育、經濟、國防」的「三步曲」,過去的國防需賴武力或戰爭,如今是「政、心、經、軍」的總體戰爭之「柔性攻勢」(蔣緯國,1988)。

故謂「中國式和平演變」,即是「零合衝突」的總體戰爭,未來的國防其「軍」或許將會是無形的,但也不致於要「廢兵」,因為已經到達全民皆是「心軍」的狀態,人民是充滿為國奮鬥精神的軍隊,全民皆兵即是「寓兵於民」了。欲如此的成功唯有依賴於教育,沒辦好教育則經濟、政治、國防都崩潰

了，教育成功則人民生活富足便會全力支持政府、效忠國家了。換言之，面對長期積累的文化，政治、經濟、武力的力量都相形見絀了，亦即兩岸的合作與發展長期要做的仍然是文化的統合，因為它是基礎最好、抗拒最弱、獲益最多與影響最深的互動形式。

在「西部大開發」的政策文件中明白指出：「改革開放以來，大陸與港澳臺的經濟迅速發展，中國經濟區已具雛形，大陸將在「一國兩制」框架下推進兩岸四地經濟一體化進程。」（中共中央黨校，2000，p285）通常政府經由政策可以制約經濟或主導其發展方向，西部的開發尤其西南與青康藏高原區是「物種寶庫」，生態的破壞是絕對的不可逆過程；若從文化與情感層面考量，港澳臺資金應該願意在環保約定之下進入大陸西南從事休閒農業、生質科技產業或「無煙囪」工業的投資。在「嘗試與錯誤」的法則下，「率先」現代化的沿海地區或許是「先甜後苦」的區域，政府政策的引導莫讓「先苦後甜」的西部空等太久才是上策，但就得國家的CEO能在定向定位上須有卓越高瞻的決策，兼顧東西部均衡發展得以有利生態與經濟的共榮發展。

東部沿海地區的開發，長三角便記取了珠三角的教訓，然而都是走歐洲走過的路－傳統的工業化，再怎麼講都脫不了羅斯陶（Rostow）的現代化理論之五個經濟發展階段；或許歐美已從文藝復興時代積累了人文與教育的建設，歷經四百多年才出現工業革命，他們是「有備而來」的現代化。但是亞、非、拉卻是面對突發的「轉折」，是充滿血淚的適應期而不是漸進的「轉型」，是段艱苦的過程會受制於人，去適應「主導者」西方所製定之遊戲規則，故亞洲國家必須尋找「突破口」來發現求生之捷徑。當前知識經濟與區域經濟之結合，不只是亞洲的捷徑，更是實現大亞洲主義理想的契機。

2010年以後台商應以區域推移或工業輪耕為最有利的，其區位抉擇是西南地區的休閒農業與中醫草藥生質科技產業，西方在知識產權規範制定者的庇蔭下，自稱是「先行者」的跨國藥廠卻是球員兼裁判的「掠奪者」，種族的基因樣本與生物基因譜等早已操之在人。大陸於入世後所須遵守WTO《與貿易有關的知識產權協議（TRIPs）》，該協議更是把知識產權與貿易綁在一起，來保護先進國權益於滴水不漏（陳文輝，2005，P.338）。等待落後地區積累知識與能力足可對抗時，則已是它們更茁壯之後，艱辛的抗爭將在不平等中爛纏惡鬥多年，不妨拭目透視經濟全球（一體）化需耗時多久而推知：落後地區人民對西方先進國家不信任程度有多深。特別是傳統的中醫與草藥處方更是華夏民族傳統文化的瑰寶，已在西方的染指下多有淪陷者，故更賴台灣藥商及相關企業能有所警

覺，更願意依循西進的優惠來鞏固祖先的智慧財產權，應是兩岸責無旁貸須攜手合作的使命，須於2010年以後「再西進」於西南地區共同負責的時代使命。

兩岸的現代化即是如此，是後發性外生型的現代化，受到內部與外部諸多的壓力與挑戰，兩岸走的都是「不均衡成長」的發展路線，台灣的現代化則側重於經濟的發展與增長，比較缺乏社會全面進步的思考，忽略了人文建設與環保生態的建設，因此道德沈淪、人文迷罔、社會正義喪失及黑金黃毒橫行等，此皆肇因輕忽對於人的素質與現代精神文明建設之紮根。兩岸兄弟同病致SARS肆虐時人性的醜態畢露，所以經濟建設像似先走在前的一條腿，必須拉齊精神文明建設的另一腿才能繼續向前邁進；大陸東西部地區的開發亦是同理，更須以美日經驗為師重視產業政策的引導功能，唯有宏揚精神文明建設的教育提升人的素質，才能實現可久可大的民族繁興願景。

人文建設不只是空喊兩句就可成事，它不是「向錢看」的事業而是「無錢難辦」的事業；也唯有漸進的積累再透過教育才能落實「三個面向」，方能避免「挖肉補瘡」的搞建設而不致於債留子孫。「蜂群分封」的台商集群其區域推移是以社會網絡與FDI的優勢所產生之結果，其發展出來之「工業輪耕」的行為模式是台商文化回饋儒商文化的交流模式，也是在全球化中華夏經貿圈裏或社會資本中最珍貴的智慧資本。因此須「人文」的針對現實經濟而調整，能將《鬼谷子》的辯溝力與危機處理能力與儒家思想融合，運用於全球化之商戰中，方可確保「世界各民族一律平等」。

7.3.2.3 兩岸綠色科技與21世紀遠景

面對知識經濟、綠色環保、公民參與的新世紀，台灣政府必須掌握時代潮流與前瞻策略，來激發民間創新動力而提升整體國力。2000年5月20日陳水扁的《總統就職演說》中宣示著：「在生態保育與經濟發展之間取得兼容的平衡點，讓台灣成為永續發展的綠色矽島。」換言之，要充分掌握「知識化、永續化與公義化」的世界潮流與時代脈動，推動人文與科技均衡發展，使經濟效益、社會效益與生態效益協調並進，落實民主法治、確保人權的公民社會，鞏固建設成為「綠色矽島」。未來願景的實現必須立基於兩岸文化、政治與經濟的整合，尤其是台海兩岸經濟合作開發才是台灣未來希望之所繫。

台灣的優勢主力在：質佳的科技與管理之人力資源、科學園區已具備不錯的基礎與規模、生物科技與綠色休旅的高度推動，在兩岸區域分工的經濟合作下，不是只能做為「研發中心」等經濟的功能，還應有文化使命感：協助儒家

文化自大陸經改以來的復蘇，能在經濟之後於未來復興文化。台商的再西進除了如傳統農業與觀光休旅結合赴西南地區升級之外，政府與民間也該固本的採行下列作為來促進經濟的永續發展：

一、積極發展知識密集產業：遍設各種科學園區如晶圓與奈米科技（中科）生物科技（南港科園區）、晶圓與LCD（南科園區）、光電科技與LCD（竹科園區）、軟體科學與IC設計（內湖科園區與汐止科園區），並在這些基礎之上更做高尖的技術研發與量產，其次再士度的推廣於大陸。

二、鼓勵各國研發人才到台灣：企業主每聘雇異國人才由政府予以適當補貼，目前以大陸與印度兩地研發人才最具優勢，技術創新有助於產業核心價值之提升，如以優惠、補貼來鼓勵大陸科技類碩士生來台就讀博士投入研發專案等。

三、改善住居品質綠化環境：新十大建設的經費逾四成是被編列為改善生活環境，廣建島內的北中南捷運與交通網，以利人民從事健康的休旅活動，提高人群的智能活動走向消費型社會。

四、「兩兆雙星」與全球運籌：半導體與影幕顯示（TFT-LCD）兩產業之產值突破各逾兆元，雙星產業則是致力於下一波段的支柱產業：數位內容產業與生物科技產業；並適時調整主導產業，於屏東全力發展中醫藥生物科技產業園區，來主導兩岸的「白色生物科技」於未來。

在這些方面台灣稍具優勢，但是國際市場的激烈競爭讓人不容稍緩，金融、行銷與資訊益形重要而台灣仍落後於先進國家，在全球化的市場中是「強者恒強、弱者恒弱、大者未必」的生態，若不積極奮進勢必難以維持快速的經濟成長於「可久可大」之中。目前台灣政府仍自陷於政治對抗而虛耗資源，以致<三>與<四>皆後繼無力，經濟建設與科技研發經費已遭軍購之排擠而停頓，如今因直航而局部緩和卻仍有待大陸的「以大事小」。

在長江出海口的崇明島經營多年，台商羅效正博葵生技公司，正以全島逾半的土地為其有機植栽的農產品生產基地，再以經營多年的大上海網絡構成他的雛型，他曾與筆者並肩參訪南昌的「贛台經貿交流會」於2007.8.1，其生技公司正佈署於「海峽西岸特區」中，運用兩岸文化優勢與政策優惠，正努力的從精緻農業進入高階的綠色生技。羅先生以一台灣離職公務員的赤手空拳，在過去台灣政府的漠視政策中，在大陸長三角民企的強勢成長壓力下，以十年磨劍於崇明島之苦功走出新企業之路，發揮台商先行者經驗，於三年前循網絡將其主力產品的有機米，暢銷於大上海。

「建設以人才為本」所以在知識經濟的現代，人才肯定搶手而且難獲得而須培訓，但會因產業別的不同而有程度強弱之異，一般而言，企業最為重視下列五種人才且須持續更新者為：

一、工作經驗或專業技術具有難以取代的獨特性。

二、有跨文化或跨國的工作經驗。

三、擁有強大的客戶基礎。

四、在業界素享盛名（麥立心，2004）。

五、有知識管理能力與CEO五力者。

大陸於2004年暑期擴大「紀念鄧小平百年誕辰」，特別突顯他「以人為本」的科學發展觀與發展的目的----人民幸福，因為他曾多次提到：「改革是大家出的主意，農村改革中的好多東西，都是基層創造出來的，我們把它拿來加工提高作為全國的指導。」（姚柏林，廣州日報，2004.7.4.）台商CEO大多數能完全合符上述條件應是兩岸爭取的人才，是兩岸政府不可忽略的人力資源與經濟增長的法寶。例如可由王永在、施振榮與郭台銘等人出錢出力組成「海橋智庫」，以他們的智慧與影響力來推動兩岸的互信與交流，為兩岸公民社會奠定基礎。

數位內容產業與生物科技產業，台商西進是全球布局潮流下的先鞭──大陸已是跨國企業逐鹿之地，我輩豈能缺席否則如何入主中原！隨著自由化與資訊化的發展，國際分工日深，創新使商品的生命周期縮短，挑戰更加激烈；許多新興工業化國家或地區（如韓國、台灣等）因勞力密集產品已不具競爭優勢，正轉向中上游產品之進口替代，或向較高進入門檻和技術密集產業而發展。

因此知識經濟中的企業就更需要終身學習的創新型人才，此位創新者通常是企業的知識長CKO，由他推動KM知識管理，其他易出現於專業職務中的六種角色扮演者，依序是創意的發念者、企業的興業者、計劃的推動者、資訊的篩選者、專業的指導者與技術的發明家等，易有人才輩出與創意層出不窮的現象，企業最後能獲得產品的創新、量產而占有市場，必須由這六種角色的企業成員組成研發中心或創新小組（另含知識經理、知識編輯若干人），知識經濟中的企業就得依循儒商文化，例如「學而時習之不亦悅乎」「苟日新、日日新」等，充分發揚終身學習的精神才能勝出於「商戰」。

1988年9月及1992年的南巡時，鄧小平確定了「兩個大局」的戰略思想；1992年8月 江澤民考察甘肅時說：「在實施西部地區經濟發展戰略過程中，要把握……三是要增強科技意識、人才意識，努力縮短科技水平……四是要始終重視和抓好農業建設，大力發展第三產業……。」（中共中央黨校，2000，P.11）

資訊產業即IT產業是西部大開發的重頭戲，1991年大陸在第一次「沙漠風暴」
——美國出兵伊拉克的科技戰爭中，領略到IT在整體國力中所佔的比重，於是
西部的內陸優勢自然安排了與國防攸關的資訊科技產業。

　　綜合上述之規定的內涵，也是台商與大陸民企都要參考依循的規准，不論
是從事科研創新時，或是實現「兩個大局」即「塊狀經濟」循序推移，其實施
過程中應有的七大原則如下：

一、經濟和社會發展要以科技進步為主要動力，即須以提升教育為基礎；
二、改革作為科技發展的動力，並在發展中深入科技體制改革、突破；
三、強化自主創新及研究發展，也引進國外先進技術相結合；
四、合理布署技術開發與資源配置，堅持生產制程和應用、基礎研究工作；
五、根據世界科技發展趨勢和國情與各區歷史發展，集中力量突出重圍；
六、尊重知識與人才，創造人盡其才、人才輩出、適才適所的社會環境；
七、堅持研究開發、科技普及與推廣相結合，科技主導與終生教育相結合。

　　1996年聯合國經濟合作發展組織OECD宣布人類已進入知識經濟時代。主張
可持續發展是指經濟、社會的發展既要滿足當代人的需要，也不可債留子孫，
更要長遠考慮人類未來的需要。大陸於1996年進入了的「九五計劃」和「2010
遠景目標綱要」之中，「九五計劃」與科教興國一起被列入中國大陸走向21世紀
的兩大國家戰略，這便是「第三步」發展戰略—實行經濟、生態、社會的可持
續發展。同年聯合國的經濟與合作發展組織也宣布人類已正式的走入「知識經
濟」的時代，對於全球化須循序漸進才是成功的全球平等化。世界顯然已經邁
向地球村了，兩岸更該調整步伐來面向未來、面向世界、面向現代化，才可為
大中華經濟體爭取最大的利益與發展空間。

　　1997年7月大陸的「國家發展計劃委員會」制定了「全國生態環境建設規
劃」，其中指導思想有言：「堅持從中國國情出發，遵循自然規律和經濟規律，
緊緊圍繞中國生態環境面臨突出矛盾和問題，以改善生態環境、提高人民生活
質量、實行可持續發展目標，以科技為先導，以重點地區治理開發為突破口，
把生態環境建設與經濟發展緊密結合。」（李京文，2000，P.29）台商若能獲得
台灣政府的支持將當地的生物科技、農漁業優勢與資訊、中醫生化的科研優勢
結合成為台商的核心競爭力，借著老祖先居住的土地與生活智慧來兩岸互助共
榮，才是21世紀中國人最佳的永續經營的綠色知識經濟，便可經由大陸「三綠
工程」與台商的休閒農業之投資，作為開端來提升兩岸人民之福祉。

　　經過三年的醞釀，1999年6月　江澤民沿黃河考察數千公里中多次提出「加

快開發西部地區、改善生態環境」，算是正式以「西部大開發」做為新世紀中「面向現代化、面向未來、面向世界」須從生態與科技的協調發展做起的宣示。綜合台灣政府的「綠色矽島」與大陸的「西部大開發」的內容，在精神上有四點是同質者如下：(1)可持續發展的總體戰略。(2)經濟可持續發展。(3)社會可持續發展。(4)資源的合理利用與環境保護。上述四點已在2005年10月公布的「十一五計劃草案」中更見具體的落實，更具體的鼓勵台商西進福建投資海峽兩岸經濟特區。

兩岸該如何的合作來實現最佳的生存發展呢？台塑的王永慶於2003年宣布捐建一萬所小學於大陸各省，在安徽之後將於蒙古持續推動執行，即是寄民族希望於未來，落實兩岸合作願景於教育文化。郭台銘於2004及2005分別捐出三千萬，總數逾1.5億給山西故鄉的優秀本科畢業生與創辦中學普及教育，也於太原市設立鴻海的研發中心；王郭兩位傑出台商以實際行動「反哺」徽商與晉商的發源地，也是對儒商文化做了有志一同的發揚，更是優異華商CEO的恢宏決策，也是兩岸合作於「面向未來、面向世界、面向現代化」與生存發展的最佳模式！

7.3.3 兩岸合作的知識經濟與公民社會

國父的「社會價值說」主張「盈餘＝售價－成本」中的盈餘，若>0則是「全社會中有用的分子之功勞」；能合理解釋企業、CEO是運用社會資本「不知而行」的獲利者角色。1924年 國父 孫中山先生演講民生主義時，所提出的「社會價值」是「社會中有用人士全體（所貢獻而增加的商品）之價值」，然而如今的社會價值只是「社會共識」之核心價值觀，兩者是大有不同的。故依 國父的「社會化分配」、「社會互助論」，以及運用對威廉醫生（Dr, Maurice William）「社會史觀」的申釋，來突顯「民生主義」中早有「社會資本」看法、觀念的存在，以及當年也對社會網絡感受到其潛在性與功能之註示。

以「社會價值」為基礎的台商CEO們應用社會資本獲得其效益後，其所發展出的內在修練是貢獻於台灣的「公民社會」；其外顯修練則是致力「全球商戰」，而先佈局於東協，再依兩岸共構的「公民社會」來促成華夏經貿體之奠基，再推廣之而及於東亞洲地區。自三百五十年以前的台灣原住民的「狩獵聚落文化」，到1630年嘉南平原的「墾植聚落文化」，再到1960年代北部縱貫路沿線的「民生工業聚落文化」，再到1990年代新竹科學園區的「資訊產業聚落文化」，皆以儒商文化所衍生的「社會互助」與 國父的「社會價值」為基礎而衍延著；台商跨海西進於1990年代亦將儒商文化之「社會互助」與「產業聚落文

化」，一併行其區域推移的跨海隨著「蜂群分封」而宏揚於大陸。

7.3.3.1 台商企業的社會資本與其社會責任 CSR

西進大陸的台商在二元經濟結構下，自然會從高所得向低所得的區域，即以「跳躍」的方式而非區域「循序」而推移的，即以輻射是速度極快的同時進行「溢出效應」與「回流效應」，因台商的主觀需求與客觀環境都不具備有大陸民企的相同條件；也因較大陸民企的固著性高，就更應發揮台資FDI的機動性，以搭配「開發增長極」的官方政策之優惠來西進，完成大陸的「工業輪耕」來復興華夏文化。

目前大陸體制尚未完全改造成功，故會降低人民所釋放的經濟能量，加上資金短缺而全力創匯，也因積極出口而傾斜了經濟結構，更須藉「宏觀調控」加強管理來控制經濟總量進而調整產業結構與政策。對台商與民企來說仍須注意與努力的方向有：

一、提升技術能力先注重研發創新及人才培訓，並藉教育文化紮根；

二、以終身學習來提高勞動素質與提升設備及其操作水平；

三、以ERP企業資源管理與SCM供應鏈管理來強健企業的體質；

四、改善組織結構使體制符合市場機制，因應「藍海戰略」以利競爭、生存與發展；

五、避免重複投資，尤其台商企業區域推移，兼以創新來改善其核心競爭力；

六、重視知識管理與社會資本於知識經濟時代中的關鍵地位，善加發揮。

不論台商產業集群所在的經濟區，如海峽西岸經濟區或瓊閩兩省的「兩岸農業合作實驗區」，皆已印證與發揮台商文化、企業家精神的優勢，以及其社會資本的網絡所發揮的作用經本研究後有所修正，可作為台商再西進時社會資本的知識地圖之首頁。台商若能發揮農業的多功能性價值，又配合西南的自然景觀與西北的人文史蹟之優勢，構成台商也擅長的支柱產業——觀光旅遊產業，台商羅效正在崇明島經營有機休閒農場，以有機白米進入上海市場普獲肯定，即將「再西進」到江西開發有機農園。若偏遠落後如贛南地區的「區域活化」成功，正因為它是以符合民心與民生的需求之「城鄉一體化」為目標，若能發展到極致即是《實業計劃》中的「城市鄉村化，鄉村城市化」。

「三生、有幸」是借休閒農業或中藥生技之優勢使生活、生產、生態完整的結合於休閒活動之中，是將科技、生命、娛樂合而為一的產業與現代化的生活形態。休閒農業在發展初期須由政府對土地進行開發與再規劃，以環境影響

評估與交通、電訊等項目，進行現代化建設作大量的基礎建設，這些沉沒成本勢必由政府支出。大陸官方於「海峽西岸經濟區」之推展中扮演的是行政性角色，正好由台商以產業群的角色參與，又如可再由廣州暨南大學與福建的廈門大學的產業經濟系、所等機構扮演學術推手的角色，以「產、官、學合作」的模式全力開發西南地區或海峽西岸地區的休閒農業；台商最佳切入與發展的產業是休閒農業──→生醫科技，故以新產業經濟區形成產業集群。

　　大陸從入世迄今的2002~2007年，其經濟增長皆逾9%，有增無減的台商工廠在大陸大多從事勞力密集的產業，是以中小企業居多屬代工型態、薄利的加工廠，其壓低工資者使得在農民工短缺的時期，缺工狀態下更引起各方搶人；因此台商在大陸民企競爭壓力下就須積極思考轉型與升級，唯有創新的知識經濟才是台商最佳的捷徑。也期待台商能有「社會共識」的期許，自願與當地政府合作推動下列工作，可視為其留住人才之作為也是台商對大陸的社會責任：

一、善待農民工改善其福利，期待政府以政策來引導。

二、培訓農民工增長其技能，鼓勵在職訓練提高員工素質。

三、以市場運作勞務合作交流，民間網絡配置人力與物質資源。

四、開放城市與鄉鎮間人口管制，以國土規劃觀來推動「工業輪耕」實現「城鄉一體化」。

五、支持台商與民企興辦輪調式建教學校與職訓中心，來培養當地人才。

　　當前台商仍可發揮文化功能來「推移」到其它經濟地區，進行政治、經濟與文化的統合，並推動大陸各區的區域活化。區域活化仍以有競爭力的中小型企業為主，故須以「教育掛帥」來塑造優秀人才與卓越的競爭力；如《2005台商千大》的「百強」是最有核心技術與競爭力的台商。為求消除二元化經濟結構與社會文化的復興，其成本少與門檻低，可有利的參與、促成及活化落後城鄉經濟、文化與政治等方面的互動或交流，得以更有力的將區域活化提早實現兩岸區域的經濟整合，當經濟的差異縮小時政治的差別也將隨之消弭；期待大陸上多數的中小型企業的台商能朝此「研發取向」模式轉型，方能維持可久可大的永續經營與獲利。

　　經濟的整合應以文化的一致性來作基礎，經文化與政治的配合而生出助力，其中會有利於大陸之發展者較多，因為：台商是政治與文化整合的尖兵與實踐者，應多施予官方的優惠與照顧。台商如「蜂群分封」般區域推移，也可消除掉兩岸間的歧見與隔閡，因此以文化的統合居中為催化劑，將政治與經濟兩維度、取向做深度結合的過程稱為「統合」，可彌補政經間的落差以利兩岸間

的發展。此即「各取所需、各盡所能」的兩岸共榮。故兩岸宜發揚文化優勢以求能循序的進入兩岸之政治整合，中國歷史上從分裂走向統合乃時代脈動之主軸，只須再強化「以大事小」與台商的經貿文化雙軸交流的功能，歷史功過將證諸青史而再經檢驗，再回過頭來肯定「歷史規律」。

　　所以本文主張持續以經濟優惠政策引導台商再西進，可以促成文化的統合，對內可強化「蜂群分封」的能量，達成「工業輪耕」或「國土規劃」的「兩個大局」。台商文化可促進兩岸的文化認同與融入，也須不斷的給予能量推動其持續的互動而融合，經濟活動及其利益就是最好的誘因與動力。若欲謀求能於大陸各省各區完成文化涵化與政治統合，也可對台灣的持續繁榮多有助益的話，就須鼓勵、優惠台商，在政治與民主制度上雙向趨同來縮短兩岸差距；初經統合便能生出力量再經循環滋長，鞏固後的華夏文化面對文明衝突之挑戰來團結對外，進而促成平等的全球化，這將是台商歷史地位與功能的定位。

7.3.3.2 兩岸的 M 型社會與均富的公民社會

　　海洋式儒商文化的「吃菓子拜樹頭」，即台商的西進即經濟－文化的回流效應，休閒農業的台商再西進可以讓兩岸的「另一部分人富起來」，更可消除M型社會的「貧富懸殊」及其教育的缺口，因為唯有人才輩出方可促成知識經濟的永續繁榮；在「商戰」與其後之「文明衝突」，人才與傑出CEO更是勝出的關鍵，也是兩岸共同任務與待突破之關口。M型社會中頂尖階層的民眾多為享用「社會資本」稍多者，相對的於社會中無恆產的底層人口，大多是無力運用「社會資本」者；因此企業主及CEO也更該承擔「社會責任」，其他如中產階層的人享用「社會資本」稍少，也該盡其相對的「社會責任」。

　　二元經濟結構的大陸是M型社會已無須贅言，台灣社會近二十年的「均富」色彩已漸見消褪，高端消費與低端消費已趨於兩極化，卻不見政府、社福機構等採取適當作法，如今唯賴CEO帶動企業的社會責任之履行，形成公民社會的監督力量促成政策轉換，進而形成「社會責任」與「社會互助」間之良性循環。又如台商的回饋台灣創設研發中心及社會福利機構於台灣等，以創新能力及教育品質來提升台灣的競爭力與富庶；妥善運用社會資本創利潤之新高，如台商再西進以溢出效應於大陸，方能讓「均富」的「公民社會」能實現於台灣。

　　台灣的公民社會建基於審議民主理論，須兼顧不同社會地位的公民，藉著資訊網絡使信息對稱於社會的全方位各層面，以共同思索、公共判斷來形成社

會共識，來將政府決策與公民集體決策於公民議會中加以驗證，實現對官方行政的制衡、監督與落實。國父的「先知先覺、後知後覺、不知不覺」即「人之三系」中，至少「社會互助論」主張「能力大者服千萬人之務」，即指傑出台商CEO社會互助與服務；其他的分子按享用「社會資本」的程度比例的回饋「社會責任」，如此推展三系人「各盡所能」方可促成「兩岸共構的公民社會」。

1895年馬關條約割台後，台灣民主國即是無理論基礎的公民社會之「早產兒」或「流產兒」，顯現台灣人民與當時民間社會欠缺民主的素養，只有「忠君愛國」的思想故而夭折。除了丘逢甲的「文化回流效應」，我人更應充分體現1907~1945板橋林家對海峽西岸地區的「文化-經濟的回流效應」，符合現在台商能藉「工業輪耕與蜂群分封」的讓國土規劃能於大陸成功，實現「建設新農村」於西部地區，讓兩岸的「另一部分人富起來」能儘早完成，實現均富思想之主張，以求華夏文化於「文明衝突」中能夠獲得勝出。

根據入世以來台灣經濟的努力來看，台商西進、根留台灣是大勢所驅，台商的社會資本來自於兩岸，應效法板橋林家的「文化-經濟的回流效應」才是上策。然而台灣資金外流根據中央銀行指出2006年淨流出為229.87億美元，卻只見當年淨流入93.2億美元，即連外商高盛證卷投資公司在台投資比也自10%萎縮成2%；留在台灣消費的已罕見到中產階級，即多為大富與小貧、大貧者之M型社會，中產者皆已外流工作、創業，我人如今當思如何可以讓台灣社會中之貧者，能以休閒農業西進來構建魏萼教授於2005泉州倡議的公民社會，進而利己善群來消弭兩岸的M型社會之危機。

2007年10月大陸通過「勞動合同法」，以勞力密集的台商企業為例，於2008年元月回流台灣升級之台商企業約百餘件，台灣工業總會的2007年問卷調查於2008年初公佈為：「有5.1%選擇回台投資」，然而到越南等國者有15.3%，到西部等大陸其他地區者又11.1%，66.4%選擇維持原狀（其中約三成會適當加碼），另有約2%則結束營業返台。同時財政部海關統計2006年台灣對大陸及香港出口總額高達1004.4億美元，成長率為12.6%，使得對陸港的依賴度已逾四成（工商時報，2008.1.08，A2版）。

2008年開始的「兩稅合一」使大陸台商生產成本暴增，2006年於拙著中所提出的「趙孟能貴之，亦能賤之」獲得肯定，即也考驗著台商的海洋式儒商文化中處理危機能力。筆者於《大陸台商的經營策略：蜂群分封與工業輪耕》中，即預見台商必須以區域推移來參與西部大開發，台商欲享有政策特別的優惠必須先有其優勢，由CEO五力與優質的社會資本之企業來致力於研發創新，

帶動蜂群分封來「利己善群與根留台灣」。2008伊始實施「勞動合同法」與外資企業再投資退稅，使成本高及稅率高致獲利率大降；這確是20多年來台商的最大震撼，然台商仍能憑著海洋式儒商文化中處理危機的能力，現今已安然渡過了短期危機；然而長期言必須放棄ODM/OEM，走上研發創新以增強自身企業的核心競爭力，方能穩定的走自己路無須操制於人。

上述調整對台商確是十分嚴峻，意味著除了進入大陸的外資獲利變小之外，尤以台商支付勞工薪資、資遣或退休福利等增多，致使成本大增，「兩稅合一」的推行使得台商穫利已經正常化；此外台商更須注意大陸不再唯「利」是圖，出口加工貿易不再受到偏頗的依賴，傳統型、勞力密集者如鴻海集團，就須格外重視科研升級；大陸極其重視自己內需與「讓另一部分人富起來」，故而新時代從此展開。兩岸藉著「海峽西岸特區」與「桂高雷ECFA國際經濟區」，面對東協FTA進行經貿的「競合」，以經濟力支撐兩岸合作，以待能勝出於「文明衝突」後，待機實行政治之統合。

在可見的將來，或許2011年的中共「十八大」之後會講究環保生態，故而本文建議、鼓勵台商再西進與從事休閒農業轉型升級走向中醫藥生技產業，這是因台商最具中醫藥資源與文化優勢，最能捍衛族國地位，最能擁有經濟成長與邊際效益的產業。謹從台商與公民社會的關聯、互動申述如下。

首先，從經濟而言，社會資本是台商在大陸的特有權利，那麼承擔社會責任是台商的「主動義務」、積極功能，故應能妥善的「耕耘」祖先居住的土地，台商以其利潤回流台灣而努力建構公民社會於未來；從另一角度而思，「根留台灣」是台商對台灣的義務，政府則應藉著政策鼓勵而努力的以創新來支持台商，「滋養」台商企業讓其企業享有持久的優勢則是其應享的權利。處今跨國經營與社會資本盛行的時代，國父　孫中山的「社會互助論」在經濟層面或領域內，最能引導企業家前瞻企業的長期利益而自動的履行其社會責任。

其次，再從文化而言，利用社會資本是台商所享有的能力，也是權力；搭配台商CEO五力也可作為對大陸進行「中國式和平演變」的橋樑、媒介，而使儒商文化回流大陸母體、原鄉；台商在大陸的產業集群，即集群是台商文化的載體，有助於讓台商進駐城鎮且形成極化效應與增長中心，之後再對週邊地區產生溢出效應，對當地及週圍城鎮進行繁榮地方經濟的工業輪耕。台商企業的CEO在其運用一切資源來爭獲其最大利潤的過程中，在知識經濟時代的跨國企業之經營裡，須能妥善利用社會資本的CEO才能成功，即：務先重視《實業計劃》的商戰與重視人才的教育，然後才會有成功的企業及其CEO的「人才倍

出」。

再次，國父 孫中山的「社會價值說」，是用來支持19~20世紀社會主義所發展出來的「社會化分配」「工業與社會之改良」等的主張，皆是對「社會資本」當今意義的「一知半解」，繼承接續之人未能宏揚其餘緒，至少能「與時俱進」的補充增強也是責無旁貸的。當代企業的社會責任其中包含對員工責任，若經由政府規範來執行者，即是 國父的社會化分配、直接徵稅、獨佔事業收歸國營與「工業與社會之改良」等民生主義之主張。只是如今企業的社會責任已是「與時俱進」的達到鼓勵、刺激，甚至是要求企業「主動實踐」的階段；因此，台商更該率先示範負此責任，來實現兩岸雙贏進而循序推動公民社會的建立，不論它是「一切為人民的萬能政府」或「大社會小政府」，但絕非霍布斯的「利維坦Livetan」的集權式政府，而是朝向公民社會的全力以赴去邁進。

其四，1980年代以後出現的企業公民身分觀念，在此影響下「股東民主（stakeholder democracy）」、「利益關係者民主（priviledger democracy）」、「組織正義（the organizational justice）」等主張也隨之興起，更要求企業能夠成為「道德社群（moral community）」的角色，即須預備未來、做對的事（避免危機、保護名譽等）、增進企業資產與反映人們信念。儒家「利己善群」即為求企業生存須先讓社會、國家、民族與地球先能相互依存與永續繁榮，積極的企業社會責任不只是求企業生存而是社會繁榮，因為一切都是企業的依托。故「社會互助」與「社會價值」皆循社會資本及其網絡而發生其功能，也就印證著 國父孫中山先生的道德觀——有道德始成世界，有道德始成國家。

其末，從公民社會（civil society）來看，是先將知識經濟妥善發展於兩岸，而使之成為其必備之社會的結構、組織，再充實以民主文化從制度層次完成思想層次之進階；經濟的現代化若已實現，再致力於政治的現代化，平等、對稱的賦予企業及其CEO以社會資本作為權益，而以社會責任作為其應主動履行的義務；在權責對稱下的「政經雙全」之現代化中，仍然有待於文化的成熟，藉以能更進階的實現人文的現代化，如此公民社會將因而可以建立，所以才須有「與時俱進」與進化的「社會責任」來節制私人資本，為民生主義政策中融合「社會互助」與「社會資本」的主張。

總之，在西方征服性文化的威脅下，及其所孕育出之「文明衝突論」的隱憂下，我民族就需以「儒家思想為體，縱橫家策略為用」來自我完善求生存。公民社會是一種自下而上操作且不受國家支配，是全民自發、主動、積極的社會責任；以及對執政者應予督導之社會狀態（即公民社會）。亦即在公民社會中

的各個領域的非贏利組織（NPOs）、非政府組織（NGOs）等，雖不全是在追求高尚的價值，或在謀求公共利益的最大化，至少有下述意涵：

一、公民社會是獨立於國家權力支配外的自由結社、組織，更有其自律性與自主性；

二、公民社會在其公共領域有公共性格，故須與家庭、鄰里、鄉社的第四部門結合，藉以獲得支持、認同與肯定；

三、公民社會的公共意志、批判的公共性，經此而能有效的動員來影響國家政策的方向（彭堅汶，憲法，華視教學部，2006）。

國家在此情況之角色功能，特別須有自律性於其權力的操作中，尤其在人民的自由與安全方面，也須能自我節制與充分的能力來捍衛；在福利、經濟方面卻須以積極主動的作為來多所支持。即政府的角色與公民社會不是對抗、對立的，而是分工合作、有所為有所不為的互動關係；公民社會亦同，除非是政府以不當動機長期的迫害多數人民，公民皆必須支持政府來與公權力配合。因此公民社會亦有待人類社會進化後的累進與發展才能成熟，再沉澱為人類文明內涵來消弭文明衝突（示意圖見圖7-5）。

公民社會與國家政府間互動，公信力與公權力間須有均勻、彈性的互動，也有相當的獨立性、制衡性、共生性、互補性、融入性；因而兩者之間產生了：積極與消極、主動與被動的關係。民主社會中公民對國家有一定的主動權利與被動的義務；故而企業對社會亦有一定的主動權利之社會資本，也有一定的被動義務之社會責任。其區別是公民的權利與義務明載於法律、憲法，企業的社會責任與社會資本則靠企業CEO自行發展、主動實現之。至少社會責任（CSR, Company Social Responsibility）的分類包含如下三類：

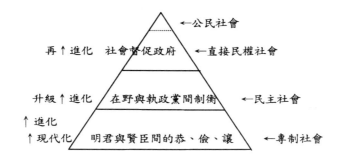

圖7-5　人類進化之社會累進圖

一、企業的公共責任：對政府、社區、社會公益與生態環境的責任。

二、企業的市場責任：對消費者的責任與合作伙伴的責任。

三、企業本體責任：對員工的責任與投資者的責任。

　　台灣因地理區位而有小異於閩粵商的海洋式儒商文化，也遇上台商西進的機會能充分發揮、運用早已存在於兩岸的社會資本，故也應該善盡社會責任來成就出公民社會，因為「知而後行」在知識經濟的時代中，其效益是遠大於「不知而行」的。儒家與墨家同源同屬而亦各有其相異者，相同者主要在於「利民論」，即墨子的「仁者之事，必務求興天下之利，除天下之害。」、「其為政乎天下也，率天下之萬民，以尚尊天事鬼，愛利萬民」、「義，利；不義，害」、「上不利天，中不利鬼，下不利民，三不利無所利」等；台商CEO則更以兩岸政府與人民為對象，行其「三利」與「除天下之害」而創新出「第三道路」：公民社會。

7.3.3.3 台商產業文化的活化與知識經濟中的出路

　　由於信息不完全與不對稱性的存在，市場是不完美的，經濟活動中處處充滿了風險，這些因素使經濟活動面臨著極大的不確定性，這對在大陸的台商是最大之風險；若要提高駕馭風險的能力，就要能預知風險與化解風險：如自己的創新製造別人的風險，自己才能永遠控制風險（史耀疆，2005）。目前兩岸市場經濟的規模與規範，較之歐美皆屬初創期，台商面對大陸民企的競爭風險多且大，何況是跨海西進又無官方支持與保護的台商中小企業，依賴大陸的優惠政策與同文同種之利，來弭平其大半風險。否則即使遇上此機遇台商也是不可能西進；所以，若無優惠政策引導台商西進則台灣的經濟景況，恐將不甚樂觀了。

　　本文期待將來全體的台商企業家，尤其是中小型企業能發揮自身的創業精神與經營優勢，先以KM（Knowledge Management）的知識管理與ERP（Enterprise Resource Plan）企業資源規劃來強化自身企業；再向外對集群內其它企業藉由SCM（Supply Chain Management）的供籌管理與CRM（Customer Relation Management）的客戶關係管理。此即全球化的知識經濟時代的特徵，故依公民社會中社會網絡的基礎，此網絡與資本於 國父的三民主義思想中已見到雛形，謹說明其在傳統的社會文化為基底中的主要成分如下。

　　墨子的年代據考證應介於孔孟之間，其主張的「兼愛非攻」「三不利無所利」等，其中「上不利天，中不利鬼，下不利民」與孟子的「民為貴、社稷次之、君為輕」的三段式架構，皆影響 國父 孫中山先生的哲學思想與民權思想

甚巨。因而有「軍政、訓政、憲政」政制三階段進化的主張,「先知先覺、後知後覺、不知不覺」的服務人生觀,進而能實現平等精義,以及「不知而行、行而後知、知而後行」的知行三階段進化論。

國父 孫中山先生將人類「超階級」的分類為先知先覺的發明家、創新者,與後知後覺的支配者、企業家,以及不知不覺的實行家、勞工大眾等三類; 國父更系統的於《孫文學說》中發展出「知行關係的進化說」,借孔孟的「困知勉行」再提出「行以求知」,然後再「因知以進行」的知行階段進化論,而將他的知行關係劃分成「不知而行、行而後知、知而後行」三階段;再以服務人生觀相結合來實現「平等精義」,如此才能實現他民族主義中「大同式」全球化。

現代企業與政府的CEO借上述的有關於「知與行」理念,與 國父思想相關的三個學說所發展出之知識資本網絡、人脈,再經由「中國式和平演變」來建立政企合作的「中國式第三道路」,歷經台商與政府合作創新、共同發揮於知識經濟時代;唯賴 國父「社會價值說」使權利性的社會資本與義務性的社會責任,可形成對稱關係之均衡;再以憲政精華的思想層次之民主政治文化來推動「公民社會」,充分發揮每一成員的社會責任與社會資本來運作其「中國式第三道路」的架構。這四者為知識經濟時代中社會的組織結構之元素,處於思想層次民主的社會文化中方可實現公民社會,故此處文化應即:社會(先人積累與遺留的智財)文化,凡可以累積成「社會資本」,達成對「社會互助」的支持。特呈現其互相隸屬關係如圖7-6。

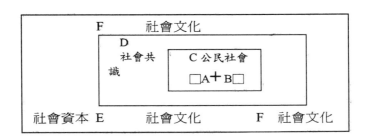

說明:1.A.是社會責任似如義務,B.是狹義的社會資本似如權益,兩者是對稱的。
　　　2.廣義的社會資本 E.其隸屬:依序 A+B,C,D,E,F 前者是後者之部分集合 A+B 的「+」是 CEO 五力即企業家五力,印證出 CEO 在公民社會的重要性

圖7-6　知經濟時代中社會的組織結識構圖

上圖「社會文化F」乃傳統大文化，在公民社會的努力下促成了社會價值說與社會互助論等共識，在持續的積累下構成了社會資本；依「人之三系」來看，按其運用網絡與拓建社會資本的程度，則依「各取所需，各盡所能」的對社會回饋以「社會責任」，所以企業CEO應當扮演「聰明才智大者，服千萬人之務造千萬人之福」之角色，來引導「人之三系」。

西進成功的台商是難得的企業CEO，可藉其經驗與智慧去訓練與帶動大陸的企業人才；經歷數次「大淘汰」之後的台商，其中專業的台商CEO資深退休者，其以所負之社會責任——經營「海橋智庫」回饋社會，來推動兩岸公民社會與知識經濟的「新經濟——政治實驗特區」。公民社會與政府的互動關係，不是傳統的「上對下、中央對外圍」之單向控制模式，而是相互尊重、平等合作與制衡監督的關係，即由企業出資而不主導來組成的「第三部門」，如「非政府組織（NGOs）」、「非營利組織（NPOs）等，對公權力機構進行其「正當期望之干預與建議」。企業家用社會資本而獲利後，應依照社會共識（包括 國父的「社會價值說」、利己善群之「社會責任」等），讓全社會有貢獻的人藉著「分配（利潤）社會化」之原則，以公民社會之企業與CEO責任來分享給社會全體，因為商品之利潤甚至是消費者皆有貢獻。故其關聯如下：

因 社會資本而獲利——→社會價值＋分配社會化——→循 社會共識建構公民社會

（「社會價值說」、「社會互助論」）

唯有質佳的CEO才能在運用社會資本之後，退休組成「海橋智庫」用力於公民社會之建構方可真正回饋台灣，但須先使企業發光發熱，構成企業獲利的火種，如李建熙與具本茂等兩位韓國的企業家，協助國家經濟的強化也令其企業獲得高利潤，同樣以其企業經營文化與企業家精神對西方先進技術加以選用，再推動合乎企業自身需求來學習與突破，即經歷過紮實的產品創新。然而迄今台商的企業創新動力仍不高而稍遜於韓國；如欲提升台商的核心競爭力就須發揮三種知識功能，即於企業體內與產業集群中，尤須將CEO的先見力與其它能力的配合更易於運籌成功，而塑造出有競爭力的核心能力，通常會有利於企業獲利率與產品的市占率之提升，它是來自於其三種知識所融鑄而成的核心競爭能力。如圖中斜線部分代表其與創新動力相關較高的知識。

知識經濟即新經濟，是指跨越傳統思維與其運作方式，將以科技、資訊、創新、全球化與競爭力等為其成長動力，而這些因素的運作必須依賴於知識的獲取、累積、應用、轉化、激盪、擴散與管理等等對知識的活動，歸總合稱「知識

管理」。透過它激發企業與產業集群的研發創新來形成其核心競爭力，創造出主
導產業的優勢而獲得利潤；台商企業經營文化的優勢須以「新經濟」來補強，方
可維持企業的永續經營，以及區域經濟與社會的持續繁榮，唯仍須借著目前大陸
經濟起飛的「機遇」，台商以獲利轉注於核心競爭力的研發方為上策，也是盡心
於他們的社會責任。

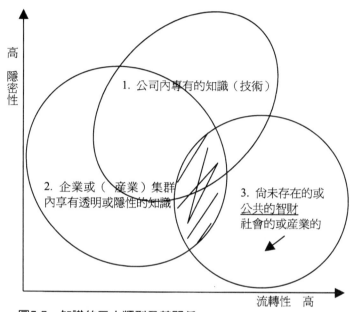

圖7-7　知識的三大類型及其關係

　　上述三種知識即：(a)企業內部特有之專業知識，(b)企業外部與產業集群內
存在之專業知識，(c)公共財的及尚未發現或妥善運用的知識。台商企業經營文
化中最缺與最關鍵者即此，除了政府以政策鼓勵與支持之外，就僅賴CEO以企
業家精神來促成與催化企業的研究創新，來維持其「學習型」企業的領先優
勢，其一般的情況是：

一、創新中有較多發生的是「意外創新」，即是對被忽略的公共財知識，再加上
　　自己的內隱專有知識而有新的「頓悟」。

二、常隨企業的規模與R&D程度而有差異，以中小企業為主體的台商因其資金
　　所限而忽略研發與創新，台商大企業的研發投資比率仍嚴重不足。

三、鼓勵企業內隱性知識的形成與交流、分享，發展為企業內部的文化與專有
　　知識或技術，再成就為企業的核心競爭力。

倫德瓦爾（Lundvall, 1992）除了認同：交易費用與經濟外部性皆會因地理的接近，帶來成員企業間的信任而有助於降低成本。他主張：由於集群成員的地理接近，使沒有能力對廣泛技術領域的公共研究進行投入的中小企業，讓他們可藉由進入創新性較強的且控制良好的地理區域，運用優勢選擇權來吸收外部的高附加價值之創新，以利中小企業的生存與茁壯。這等於在說明「社會互助」較宜於台商集群中發揮功能，才可借著互信分享、分工合作更能創新研發。

每一企業與產業集群對這三種知識之間存在著「知識缺口」，如圖7-8序號較小者A因其為隱性知識而流轉度與透明性越低，就越不容易仿冒而稀有以致價值更高；台商未來最應加強其「三I（Imitation,Improvement,Innovation）」的努力，以便從學習與創新來彌補，即有A,B之兩大類「知識缺口」。「知識管理」可以超越「知識缺口」或尋得資源弭補之，因為：(1)區域整合與跨國經貿令市場變大且又毫無國界之限制，商品複雜與多元需求市場，更需知識上、技術上的「因、革、損、益」；(2)網絡的發達使細微的分工能無遠弗屆的整合，客戶需求則是更顯迫切；(3)客制化的商品及附加價值則要藉著產品差異化或市場區隔來實現；(4)再從經濟的數位化與市場創新來前瞻未來需求。更從這四點可知：台商欲生存、發展於知識經濟時代就必須做好知識管理，再以創新來推動技術領先與持續經濟繁榮，唯賴知識管理才能成功的創新或至少可保有領先之優勢。

關於產業集群的技術學習的作用分析，洛倫茲（Lorenz, 1999）曾提出三個前提亦存在網絡中(1)集群內部成員在探討技術和組織問題時形成共同語言，(2)需要具有較嚴格的技術和工業類別的共同知識，能促進不同企業在同一技術工程項目中高效率的合作，(3)需要建立共享的組織內或集群內知識，以及能夠跨領域整合之關鍵（魏江，2003）。隨著社會與人欲需求之變遷而出現「缺口」，如下圖A,B兩大知識缺口常是企業創新與核心競爭力的發源地，關於知識管理KM對企業之重說明如圖7-8。

關於知識缺口B的知識，則可經由台商產業集群內的社會資本及其網絡來獲取或以交換得到，這是台商集群內的文化傳承之既有優勢；但是知識缺口A的知識便須企業各自努力研發創新來彌補缺口的，目前台商企業較少致力於此。台商原有的優勢僅為先行者的經驗是顯性知識；如今大陸民企能很快學會而超越者，皆因其為產業集群內之公共智財是流轉性高的顯性知識，未來台商則須充分借重人才與知識，來進行突破性研發與創新，亦會構成專利及其隱性知識，以維持更久的領先優勢與獲利基礎，若不努力創新研發或購入知識產權，大陸民企很快就會取代無核心競爭力的台商，因為此種台商的「低成本」優勢是大

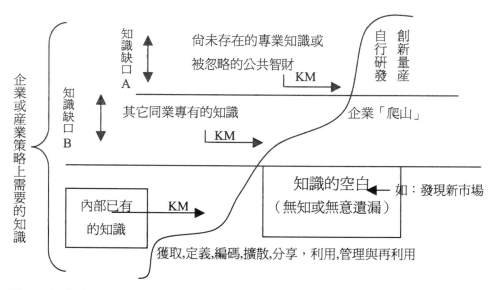

圖7-8　知識缺口與知識管理 KM

陸官方賜予的，不經學習便授予、享有者是特權，故而須有「趙孟能貴之亦能賤之」的危機預識，來進行及早的預防。

　　國父　孫中山先生於《實業計劃》的結論中，他指出：「世界有三大問題，即國際戰爭、商業戰爭、階級戰爭是也，在此國際發展實業計劃中，吾敢為此三大問題而貫一實行之解決。」如今階級或民族的戰爭因資訊網絡及跨國企業發達已然消退，當前的知識經濟時代是區域整合或商戰的競爭，為求能在全球化之中維持永續的族國生存，再厚積實力對將來之文明衝突或「國際組織間的戰爭」，經由公民社會應以知識經濟來實現平等的全球化，將可憑藉台商的努力而化解人類的文明衝突。

　　若論及企業的核心競爭力與創新的知識，則應是企業最該保護的無上價值資源，這知識須經不斷積累與萃取而成。台商應會保留其企業的關鍵知識，其它則交由集群共享，故於21世紀的知識經濟時代中知識價值的陳現，使之商品化與量產的制程將會是企業中極為重要的部門。為了強調市場佔有率與獲利率之重要，特以知識的累積、分享與創新之兩公式，來突顯台商產業集群在新經濟時代中的作為；企業CEO的社會責任主要是促成企業核心競爭力與研發創新的動力，故知企業研發創新的重要性台灣休閒農業的商品之產出而言，其中所包含的非商品產出並不屬於市場運作範圍內，並以外部性或公共財的方式展現

出來，以先行者經驗改善大陸「農家樂」的經營現況，台商則可進入各大「農業創業園區」來提升其附加價值。因為大陸可以用西南地區或海峽西岸地區的好山好水與豐富的生態資源作為籌碼，作為其試點進行農業多功能性的實驗，進行「產、官、學合作」使其成為「亮點」的增長極，在努力做出成果後可作為其它地區的「樣板」，進而借台商的經驗與能力成為發展農村解決大陸「三農問題」的範典（Paradigm），以台商的休閒農業與中醫藥生科產業為樣版，來引發群起模仿的「燎原」趨勢，好來協助「另一部分人」也富起來。

如果台灣在未來是科技的經濟島，現在就更需要構建公民社會的知識與推力，促成科技與經濟的良性循環及永續經營；大陸台商的百大企業在2010之後，東協FTA之功效「滿載」時，因其獲利率將使其成為台灣的百大企業，那就更須以「建設台灣成公民社會」為其核心價值，循序漸進的先建設好台灣後，再「溢出」於大陸實現分享或社會互助，更以兩岸共構的公民社會來為最大多數人民謀最大福祉；類似「兩岸共同市場」的平台就賴台商CEO建構，再以公民社會的力量監督政府循序推展，關於生科農業、金融供籌、文化創新、資訊科技、高等教育等，以知識為先導的產業之興榮方可轉化為「台灣的優勢、優先」，以利台商於全球的佈局。

7.4 轉型中台商 CEO 之行為模式及其社會責任

7.4.1 合縱連橫式整合與台商 CEO 之行為模式

7.4.1.1 台商 CEO 因應產業集群與未來發展之積極作為

總之，台商欲持續榮景須以儒商文化為基底，再借著現有的政策、文化、經驗及社會資本的優勢，即是藉著知識管理以創新研發為自創優勢來利己利群，力求鞏固兩岸的華夏經貿體為主軸，更求能化解「文明衝突」於無形。其關鍵過程是：先依循「社會價值說」繁榮兩岸經濟，即以社會資本之發揮效益來壯大台商集群，再引導企業CEO善用社會責任感來協助台灣鞏固為公民社會之體質，台商CEO之最終目的是：繁榮社會↔企業良性循環，藉此實現「消除M型社會建立均富民主、安和樂利的社會」。

故於再西進中台商的行為模式是：須是依「蜂群分封」模型（swarm ramifing model）、尋覓「水草（advantages ＆ privileges）」的「區域推移（regional movement）」，從東莞出發去進行「工業輪耕（industrial rotation）」與宏觀的「國土規劃（territory development）」的完成，既富裕社會同時企業也獲利，更發展

大陸經濟也解決兩岸同時皆有的「產業空洞化（hollowing industry）」與「三農問題（farm-farmer-farming problem）」，台商企業文化（Taiwanese enterpriseur culture）所產生的動力與台商優勢（政策利多與社會網絡的適用度），將可鞏固「華夏經貿圈（great Chinese economy & trade bloc）」於21世紀，以備「文明衝突（culture conflict）」之降臨。

2004年10月19日台灣經濟部舉辦「亞太2010技術前瞻研討會」，邀請了杜邦、Intel、Broadcom、Sony、IBM等跨國企業在台研發中心負責人，針對台灣「高科技產業跨國技術布局」提出政策上之建言，其要點綜合後與上述也大同小異，其中Sony研發中心總經理山口二男曾述及台省的產業政策歷史，他說：從農產品加工業、組裝工業（OEM）、製造服務業（ODM）、半導體產業、LCD與NB產業，一路走來皆蓬勃發展但仍好奇未來台灣會走向何處，應會再與美日合作提升人力素質與從事研發創新，來提升至創新設計製造IDM（Innovation Designed Manufacture）或原始產權製造OPM（Original Proprietary Manufacture）來完成自建品牌的策略。

波特指出集群會以前三種途徑影響到產業集群的競爭力：一、增強此集群的立足點有關企業的生產力來施予影響；二、推動創新來調整集群的方向與步驟，為將來生產力的發展奠定基礎；三、鼓勵新企業的形成及擴大、增進集群能力來影響競爭力；四、以區域推移、擴大經濟規模、拓建通路、轉型升級來刺激、施壓。在《國家的競爭優勢》中認為集群即公司外部環境，與公司內部環境同對企業、集群之競爭力是一樣重要。台商集群為因應2010年以後「東協FTA」，當與政府配合參考上述主張，尤其在科技上是以第四種與第二種途徑較優，可用來爭取更大的發展空間。

科技中草藥在21世紀主要的生質科技之產業，與農科生技同為經濟發展主軸，台灣相對的有其局部優勢；全球科技中草藥市場更受到重視，台灣有良好品質的中草藥產品、行銷策略與管道、生物科技基礎等，加上優質的人才庫由產官學統合以群策群力，跨海西進結合大陸優勢資源來共創中草藥的生質科技之經濟奇蹟。除了積極培育人才也須仿美國、瑞士等國網羅各國人才，尤其對岸中草藥生質科技的人才與企業CEO人才；中醫草藥科技產業對華人具有隱性知識與智財之優勢，以集群形態構成更強的創新能力、專業能力與核心能力，加上集群本身即網絡的「實體存有」，若努力轉型至中醫藥生技產業則是較有優勢的OPM、IDM，易有擴大產業集群的競爭力與獲利之效。

企業是知識的集合體，台商集群也是；在性質上，包括了物化的知識（生

產工具、生產工藝等)、調和的知識(經營能力、組織制度、企業文化等)與生產技能與經驗(操作法則、業務知識、勞動技能等);加上內化於心靈中的隱性知識或智慧等,即稱為「人智資本」,可再經轉化而成企業的知識資本或智識資本。產業集群內的各企業須先是充分互信的企業,藉著網絡來加以承載、分享、轉化等,形成了網絡內的積累,即是社會資本之一部分。集群內所溢出的上述知識,再經整合而成集群知識,台商集群的龍頭企業則為主要的溢出者。將其集群知識加以會計單位的換算即是集群的知識資本,經「約分」後的示性式為:

台商集群的知識資本=人力資本a+組織.結構資本b+客戶資本c

如若更再擴大之而成下式的社會資本即為三組「同包圓」,兩者比較之是同座標內經「平移」後,將半徑加以倍增大的三組二層的同包圓,集群的社會資本約分後的示性式為:

台商集群的社會資本=人智資本a+制度.環境資本b+知識資本c+網絡d

台商身處當前的知識經濟,a與c是須以人作為直接性載體,a乃人的本身、已內化蘊涵在體內,是不可繼承、複製的;c是依附於人才能顯現其效益者,不論是隱性或顯性皆為可繼承與複製的;d是突顯網絡的重要性而獨立處理則效益更大。b 乃大環境資本,以法規、制度、交通等硬體、自然環境及其物質資源等為主,前三類是人為的環境仍須以人作為間接性載體,因此成功的CEO即稀有財,在「商戰」的之前與之後,對國家與社會皆是舉足輕重的人才。

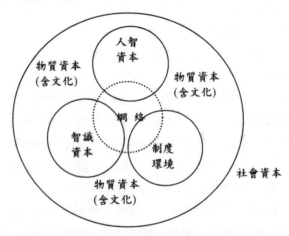

圖7-9　台商集群社會資本圖(網絡含邊界線,代表粘著性)

　　CEO企業家五力是智力資本的核心部分，為高階人力資本而更具其重要性、關鍵性，印證出CEO在公民社會之中企業治理的能力需要積極培養，企業CEO人才是解決台灣經濟問題的民間共識，其上上策則更應未雨籌繆的培養中草藥的生技之研發人才，故政府須快作明智決策藉之選定下一主導產業，以扶持、獎勵來創造出有利台商的教育與環境，力求彌補流失的機遇。為避免未來「東協＋3」亞洲經濟起飛中，台灣會遭到「邊緣化」，特申述有關台商企業及CEO之作為，以說明企業CEO對社會資本與社會責任之密切關聯，依此台商回流來建立台灣的公民社會之使命。

7.4.1.2 公民社會與台商轉型所強化的核心競爭力

　　近20年在大陸的台商CEO，不論在任何時間點決定西向推進其企業，即區域推移與企業的轉型、升級，皆須搭配好大陸的優惠才有足夠的能量與動機，因為不論何時何地台商皆會有風險存在著；所依賴者唯有企業的核心能力與危機管理能力。2000年舉辦的台灣「製造業經營實況調查」，回收到的問卷6946家企業，已經轉型者占48.21%（其大型企業之69.3%與中型企業之41.92%），若就行業分則四大行業之首為電子業（56.4%），其它依序為電機業、化學材料業與化學製品業運輸工具業，四大行業中皆有逾半的企業已經轉型。至於企業轉型的樣態與種類，最多者為53.72%的改變產品種類，選擇多角化經營者占32.7%，改變生產方式者占28.78%，海外投資者占22.34%與改變市場者占20.3%（陳永隆，莊宜昌，2003），可見台商逾半CEO早已警覺而採取變革以為準備。

　　如台商富邦銀行於2003年購入港基銀行75%股權，預為2006年7月1日大陸配合WTO承諾行程，全面開放外商銀行進入大陸而先行控股港基銀行，藉以能為各地台商服務，2006全年獲利較之前成長了80%。若對上述台灣企業之變革者予以分類，如下表即包括了凡經改變樣態或種類者，以及多角化經營的企業變革者，其中C式可歸類為「轉型」；轉型若是被動的於短期內應付危機者則另稱之為「轉折」即B式轉型。另如改變生產方式或產品赴海外投資改變市場，或因CEO的前瞻而在技術上或原料研發方面投下資金，以求改變者皆是A式轉型亦可歸類為「升級」的企業變革，前章曾將CEO分為創業型與守成型兩大類，現今則再加上決策風險性，來綜合分析台商企業轉型成為四大模式，將其分類如下表所述：

　　如表7-4，最早西進的台商因政策優惠的吸引，以原廠設備進入大陸尋覓低工資與低地價，屬於B式轉型者較多，其他則須不斷尋覓優惠多、優勢大的地區「桂高雷ECFA國際經貿區」推移，即如追隨著龍頭企業的中小型台商企業；入

表7-4　西進台商企業轉型分類表

守成型人格CEO	〈優勢轉型〉	創業型人格CEO
〈穩定轉型〉 C 漸進轉型（優勢短暫者） 定點轉型 情況清楚 資訊充足 溫和漸進 小跨度 觀點保守 優勢易消失須早做準備及掌握	前瞻	A 瞻進轉型（競爭優勢較能持久者）〈超前轉折〉 企業具較多優勢：CEO與核心能力皆強 選擇大跨度轉進者 風險係數相對較低 競爭優勢能持久 企業文化佳而易成功
D 保守轉型（仍須持續轉型者） 不好不壞的維持現狀. 等待機遇 謀定再動；局部優勢 風險較低	轉折型	B 跳躍轉型（風險大靠機運成功者） 風險高 情況不明 資源與資訊不足 掌握之優勢極少，條件欠缺：愛拼才會贏

〈劣勢轉型〉

資料來源：改編自 陳永隆，莊宜昌《知識價值鏈》，中國生產力中心，2003初版。

世後西進大陸進入長三角的台商則多為A式者企業，其具多項厚實優勢與早期西進者的「非B即C」者大不相同，故雖可大跨度轉型卻以漸進發展為本，仍以拉長領先期再運用優勢來擴大利潤者較佳。除IT產業之外，其他如台塑企業從福建進入長三角的全國布局則為A中有C者；在西進時間而論，1995~2000是以A.C兩者較多，2002以後西進者多為B式轉型者，因其有較多的遠大心胸而不甘雌伏者，故敢以有限的資源、經驗、信息與資金，藉其拼搏精神以圖一本萬利或一勞永逸者；其中頗多跨行業及以小搏大的風險創業家，1995~2001年敗陣而歸者或淪為「台流」者，多為此類企業經營者，兩岸直航時華般必然轉型經營大陸航線。

　　至於D式企業家，大多是人滯留台灣或於大陸小有所成後又轉趨保守者，其中不能「與時具進」者亦屬之，大多因知識與資訊不足而錯失成長再進的良機者；故A式與B式的成功者較可能賺取到較多之眼光的錢、風險的錢與經驗的錢，另如A式與B式C式的成功者共同會賺到經驗的錢與努力的錢，而C式與B式的成功者可能只賺取到辛苦、努力的錢。D式台灣企業如義美食品不言西進，即因其在台的經營優勢絕佳，在大陸的機會小於風險太多且其機遇仍未到，而不必如長榮航運般的中途轉折其企業經營方向，從D型突轉為A型企業；其它如華航、中油等官股比率高的台商企業亦屬D型企業，也是「須謀定而動」或「與勢西進」者。其中只有A型依其企業本質伺機西進，是能賺到眼光的錢或機會的錢。

　　台商企業於大陸與民企必須適當區隔以求能分工合作減少衝突，就必須瞭解藍海戰略之原則，謀求有高創新價值與附加價值的差異化產品，以及能從競爭中以創新的思維突破舊框架，來區隔出新市場或創造出新需求以獲利，就須把握「創新與實用兼顧，成本與售價配合」，CEO在經營企業及引導集群時須注

意的精進法則，有下列四項依序是革、損、因、益之部分：

一、有一些不應存在的因素須予以消除；【革】

二、找出一些難去除、可降低的不利因素，減少其影響到普通標準之下；【損】

三、是否有些因素是應有的卻從未被提供過的；【因】

四、再找出些可以提高效益的新有利因素，使其至少高到一般標準。【益】

　　將這四項關係轉化到企業發展與獲利的上述法則，其責任通常是企業CEO所負的責任，而企業家的創業精神與創新，則是自古一直是儒商文化所重視的部分，台商有敢於拼搏與眼光精准的特質而能掌握機遇，今後西進投入休閒農業是合符台商的「三本主義」又具備「水草優勢」的產業，在知識經濟的環境中台商應可再西進以追求高利潤來投入創新實現產業升級。台商企業家如欲提升其核心競爭力，當改造其企業體質不斷充實對CEO個人與企業的有效的新知識，以每年定期檢討調整企業未來十年的核心能力，其戰略規劃謹述之如7-5表：

　　很多創新獲利的企業其產品無須研發新技術，因為只要有精準眼光的超越市場與需求，能夠「識在人前，行在人前」便可成功，如「亞洲絲質領帶大王」南韓的金斗植,離開不接受建議的公司自行創業於1976年，僅以絲質布料的質感創意與完善的「區隔市場」之經營管理，僅五年而嶄露頭角及後來的成功的發展成「全球第一」。

　　凡能開創新局的龍頭企業有成就之CEO，都應擁有CEO能力尤以其中的先見力，謹以下表說明CEO五力所引領的企業核心能力如下：

表7-5　企業未來十年的核心能力表

企業	現有市場	新的市場
新能力的核心	十年後企業要達到的目標 (1)想要形成哪些核心專長？ (2)要占有哪些現有市場？ 為能擴大市場還要發展哪些能力？ (4)如何提升這些新的核心能力？	未來商機的核心能力 (1)未來市場的前景與機會是什麼 (2)為了要參與未來的市場競爭需要發展哪些核心能力？ (3)發展這些核心能力有何措施？
現有力的核心	目標：填補市場空白 (1)企業現有核心能力是什麼？ (2)企業現有市場機會是什麼？ (3)如何利用1.2提升企業競爭地位？	現有市場空白之發現 (1)這種市場空白是什麼？ (2)依企業現有核心能力可去占有什麼 (3)經過調整與重組現有能力可有何新的服務務或新產品？

資料來源：史東明，《核心能力論》，北京大學出版社，2002初版，P.94。

　　台商亦可於「再西進」中賺眼光、機會的錢，須先能賺經驗的錢與辛苦的錢，同時以擴張版圖與布建行銷通路為表，實質上是要提前進入中西部「卡

位」與擴大企業及其工場的經濟規模，兼及其內部與外部經濟效益之改進。目前產品生命周期的縮短及資訊產業的進入門檻之高，使得IT產業進入低利時代；台商的再西進除能降低成本之外，也是建立商品行銷網絡，甚至是運用大陸夠大的市場，來自建品牌不必受制於外商的機會。

7.4.1.3 運用兩岸企業文化推動「建設新農村」之契機

「三農問題」是大陸的「老、大、難」的問題，長期存在的勞動力受限於其能力與經驗，故失去擇業與發展的條件，教育不足使人力素質低落再加上可耕地流失等三大形成主因，致「三農問題」仍未完全解決。大陸藉著「十五大」後施政的成功，以及今後「三綠工程」與「十六大」的農業稅零稅率等政策之施行，農村環境及農民生活已部分改善；然而仍亦屬於全球性農業發展遲緩者，故若能持續努力的探析其形成原因，則以國家間不公平所形成的貧富不均，即國際間M型社會，最具有關鍵性。故筆者以為大陸可自求多福的基本措施有如下四項：

一、加快城市化進程：更早實現「城鄉一體化」否則東西落差、貧富差距、人民認知差距增大，會加深社會結構上的不對稱易於暴發「憤青」、「怒農」的抗爭，應可從加強幹部的黨員先進性教育與德育功能，更提升人力素質來預防可能之問題。

二、發展鄉鎮產業：採藍海戰略制定有「差異化」產品的生產計劃，鼓勵依靠區位與資源發展特色農業如休閒農業，就地或就近解決農民工作問題與生活問題，讓西部地區農民致富以達成「鎮鎮成為茂名根子鎮」為其願望。

三、改善農民素質：2003~2010農民工培訓規劃、農村勞動力轉移培訓陽光工程、千鄉萬才（黃羊川計劃）等，以建教班教育與輪流式職訓提高工農兵人民的素質；藉著「綠色通道、綠色市場、綠色產業」的工程來改善農民生活素質。

四、加強對農村與農業的投資：2004年5月公布的「就業狀況與政策」白皮書中顯示，將致力調整農村與農業的經濟結構，促進農業產業化而予以貸款融資的優惠及扶持政策（台灣經濟：兩岸經濟統計月報，2004.2，P.66）。尤其是教育為主的「三入村」最為重要。

談到大陸或中西部的農民增收，不能只看短期因素以及一些應急措施所導致的收入增長，而要看長遠的、深層的、綜合的制約因素。「三農問題」實際上反映中國經濟社會的深層次矛盾，「建設社會主義新農村」原是「十一五計劃」

中最具建設性之規劃，今遭逢全球「金融海嘯」台商將可藉休閒農業與中醫藥生科產業為「三綠工程」多盡心力；而在宏觀的經濟和社會文化、價值觀及其所實施之政策，它是整個社會國家從上到下的問題也是每個人的責任，台商應把握機會以求利己善群的實踐其社會責任，回流以建構自由、均富、民主的台灣公民社會。

先富的台商與大陸民企須聯手解決「三農問題」方能有「兩岸共構的公民社會」，休閒農業發達代表了農業現代化，也即是澈底的國家現代化指標，其間的關聯有如社會資本與社會責任的對等性，再對映於公民社會之實現，也將同步完成「四個現代化」與政治現代化。就此也可實現兩岸的「讓另一部分人富起來」，亦即這種現代化應能消除M型社會之困局；優異的台商應能自覺的藉其智慧與資金對台灣公民社會加以關注，即依社區參與之方式來影響台灣的發展、組構與變遷。大陸台商因其事業成就、經驗智慧與產業集群的力量，回饋台灣不僅是資金，還有眼光與心意，高端道路的社會參與以菁英模式，中小企業的台商則以群眾模式，將可事半功倍的建立成兩岸共構的公民社會。

如今兩岸間經貿、文化的互動即是兩區域間的區域推移現象，「兄弟登山各自努力」即兩岸競爭、合作中佔有「極中心」的地位，更再推移到儒家文化所涵化區域的東南亞，則可提早為文明衝突之屆臨，及時先行鞏固華夏文化做為準備，以圖「可久可大」的亞洲各民族之生存。知識經濟的運作必須依賴於知識的獲取、累積、應用、轉化、激蕩、擴散與管理等等，凡此與知識相關的活動，歸總合稱「知識管理」。透過它激發企業與產業集群的研發創新來形成其核心競爭力，創造出主導產業的優勢而獲得利潤；台商企業經營文化的優勢須以「新經濟」來補強，方可維持企業的永續經營，使各區域的經濟及其社會能持續繁榮，也是盡心於他們的社會責任。

台商CEO之力圖「再西進」與企業文化的萃煉，促成企業的核心競爭力與創新，其知識能力是企業最該保護的無上價值資源，這知識須經不斷積累、凝聚與萃取而成。台商會保留其企業的關鍵知識，其它則交由集群共享，故於21世紀的知識經濟時代中知識價值的陳現，使之商品化與量產的制程、技術則是極為重要的部門，為了強調市場佔有率與獲利率之重要，特以知識的累積、分享與創新之重要性，來突顯台商產業集群在新經濟時代中的作為。

台商以企業文化與經營管理之優勢，借著FDI的游牧性有利於區域推移來打破此類制約，在各省各區進行微觀的「蜂群分封」，以及宏觀的「工業輪耕」皆可帶動當地經濟之活化，亦即是逐水（區位與文化之優勢）草（政策與先行者

在成本之優惠及比較利益）而耕的模式；台灣的儒商文化隨台商西進，其區域推移也可「回流母體」與催醒儒家文化，若兩岸雙贏是利息則背後的本金即中華文化復興，文化的區域推移可奠定我族於「文明衝突」中不敗的根基。

　　台商以社會資本來貫穿其西進投資的全程，如同以網絡作為其遍布人體全身的血管，知識與核心技術則如血液能夠滋養細胞，供籌一切資源來實現其企業的「可久可大」。從台商西進的區域推移角度而言，對所產生的相關問題之答案申述如下：

一、台灣的經濟日報於2005年3月5日報導「大陸外商出口前十大，台商占一半」：鴻海轉投資的鴻富錦精密工業以82.68億美元居首，較第二名美商摩托羅拉多出25億美元。台商企業對大陸的效益與功能至為明顯，在區域推移中企業文化與社會資本對「再西進」所生出的效益，以及工業輪耕可以茁壯兩岸經濟與文化再造，協助我人以實力分別在商戰、文明衝突中勝出。

二、台商西進與再西進是杜拉克所說的機遇，不易重複出現卻也讓台商一再享有難得與能發揮優勢之機會，若再錯失將更難有此機遇來實現理想及國家戰略利益：其小者可成就台商企業成長與版圖的擴大，而中者可完成華人經貿體系與兩岸合作雙贏，至於大者則可於未來之文明衝突中勝出，並得以提前布局以成就多元文化的人類與協和民主的世界佈局。

三、2006年十月大陸通過的「十一五計劃」欲能平衡東西部的經濟落差以實現共同富裕，須先發展農業經濟而須建設新農村、扶助農民不離鄉不離土的富裕，借台商的區域推移來實現國土規劃中的「城市鄉村化、鄉村城市化」的一體化，更需要台商貢獻其先行者經驗與研發成果，協助大陸實現「兩個大局」「共同富裕」。

四、企業核心能力的發展，須先培訓台商顯性的CEO五力，再循著CEO的個人特質與企業家精神，借著《鬼谷子》的「合縱連橫」來培訓CEO，進而發展出CEO自己的隱性知能而融合為有特色企業家能力，來建立其企業的持續領先，政府與產業界都須「使用者付費」。

五、知識管理與傳統管理不同，卻須以傳統為基礎，現代CEO必須以制度、願景、創新來自勉勵人，再根據《鬼谷子》的「飛箝」思維，將人力資源管理與知識管理結合，就能以積極、前瞻、系統、動態的企業家五力來執行知識管理，使知識經濟的效益充分呈顯。

六、台商企業家能力除了執行力、先見力、創構力、辯溝力、適困力，應該更發展其知識挖礦（knowledge miner）的能力與知識地圖（Knowledge map）

的建構來完成「司守其門戶」，亦即企業家所具備的網絡之成長能力最須優先關注，可發展企業永續繁榮。

2008年韓國新任的總統李明博，原即為現代企業之CEO，符合本書前述之「商而優則政」。台商CEO培訓是學校教育與社會文化傳承的結合，須以彈性專業化的模式與藍海戰略式的思維，來對全體員工施以終身學習提升企業能力，也讓台商皆能培訓成為CEO的秀異者，能隨時保持其核心專業能力與危機預識於再西進之中，以成就台商欣榮與兩岸經貿與政治的可久可大之持續繁興。

國父　孫中山先生於《實業計劃》的結論中，他指出了：商業戰爭的存在及預防。如今階級或民族的戰爭因資訊網絡及跨國企業發達已然消退，當前的知識經濟時代是區域整合或商戰的競爭，以求能在全球化之中維持永續的族國生存，再厚積實力以之對將來的文明衝突或國際戰爭，故應以知識經濟來實現平等的全球化，將可憑藉台商的努力而化解人類的文明衝突。

7.4.2 台商 CEO 對兩岸的社會責任

兩岸之社會資本皆以儒商文化為其底蘊與核心，台商CEO如享用權利般的運用了台灣與大陸的社會資本，理當恪盡義務的履行其社會責任，因享用台商文化尤其是對台灣應更回饋多些，即如「養育之恩大過生育」的台灣民諺。何況國貿局統計2007年全年對大陸的出口依存度是30%，進口依存度是12.8%僅及韓國之半，即言台灣與對岸之經貿是極端的傾斜，即在美日韓之後屬大陸主要經貿國之末者，故應於大陸受惠後國務院理該續予台商優惠與扶持來形成良性循環；亦知大陸台商受惠甚巨，就該盡其更多的社會責任，而台灣政府應引導之如禹治水「棄圍堵，用疏濬」般，而不是阻絕台商CEO享用如權利、社會資本等，以致台商更無法對台灣盡較多的社會責任。

7.4.2.1 台商的類型與集群社會資本

綜觀成功的台商企業家CEO在未來波段的區域推移中，必須是入境隨俗的遵守法律、依循制度以求降低其交易成本，再則宏揚源自儒商文化的台商企業文化，使更能發揮同文同種優勢，來與跨國企業的外商進行競爭。故應以區隔市場與差別化的商品為利器，若欲能「兩岸雙贏」則唯賴台商於再西進時，以文化創意來向中西部進行區域推移，藉「機遇」來實現之；基本上即要妥善發揮台商網絡及其社會資本，穩妥的扮演兩岸間「臍帶」角色，更能發揮其功能將可促成兩岸間更進一步的整合，故兩岸政府務需妥加扶持而不可忽略台商的

價值與功能。

1980年代大陸學者淩文輇等人針對日人三隅的PM量表中領導行為，從中國國情調整與研究獲得CPM量表的成果，可以印證企業與CEO等各種管理者的領導行為，深受所屬文化因素的制約或影響，台商企業家與全中國領導人的CEO領導行為也不例外。因此台商領導企業的行為及其企業經營之模式，皆因其所身處之情境以及自幼所受薰陶之儒商文化緊緊相扣著；其經營管理基本架構即「S結構－C行為－P績效」（Structure – Conduct – Performance），C主要是指引導行為，更肯定人與人互動亦是「文化的溝通」。即溝通的發訊者與收訊者皆以文化為「媒介」，跨文化則因介質「傳導」係數不一致而會「折射」產生偏差；亦即企業與社會、文化之關聯示意如下：

企業－－(存在與價值)－→企業發展－－(社會文化、責任)－→企業創新發展→
↑ ←－社－－ ↑ ←－會－－ ↑ ←－資－－ ↑ ←－－本－－－(再循環)←↓

台商西進形成大陸的經貿－－文化之溢出作用、極化作用、回流作用，在兩岸間循環促成兩地的繁榮、富強，台商如今應先為台灣的公民社會「回流」以其「社會責任」，然後再進行溢出作用、極化作用、回流作用之循環。兩岸文化與經濟的「海峽兩岸特區」，作為文化、經濟、政治的華夏經貿體之實驗區，似如2005年魏萼在廈門的建議，更擴大為「泛珠三角的沿海地區」先行的「統合」實驗，北自上海洋山港、杭州、溫州、廈門、汕頭與港澳、湛江等港口之海峽直航，台商對大陸的佈局與東協再奠基，才是亞太金融中心、資產管理中心與全球經貿佈局等規劃的實施。

台商CEO的歷史功能與角色，似如出征邊塞的建威將軍般，在其戰功（利潤）之下是以「文化與政經」為基底，豈可僅就表象而忽略其隱性的價值來妄作論斷；台灣政府應於大陸對台商優惠減少之際，為台商多增予福利、自由、安全來幫助他們。正如《論語》中云：「子路欲去告朔之餼羊。子曰：賜也，爾愛其羊我愛其禮。」智慧的政治CEO應可作明智的抉擇與判斷，勿因小失大而廢其禮，因能有利族與國的發達及強大才是重要。若將成功的台商企業家從其使命、職責來加以分類，則台商中成功的CEO大約可分為三大類型：

其一　企業負責人型的台商企業家

負責人CEO是指股權佔優勢的企業實質經營者，如東莞台商協會郭山輝會長即是；他於改革開放初期，1990年就正確精准的投資東莞，一次到位的依其企業之特質與核心能力抓住「水草」與機遇，鮮少有犯錯的決策也堅守住珠三

角，對有利其企業的資源及區位優勢則善加運用，從中小企業發展到今之亞洲最大家俱製造業；2000年並購北美洲地區家俱流通業的合作夥伴，即其連鎖展銷平臺的Universe，構成其自主的產銷完整的產業鏈而獲利大增。其能發揚企業家創業精神與儒商文化之成果，亦是利用台商企業集群特質的成功典範，此類台商也有如《2005台商千大》中所介紹的「千大與百強」的台商們，都與東莞台商學校董事長葉宏登、東莞台商協會郭山輝會長等一樣是優秀CEO，他們也都具有台商下列的共同特質，謹從東莞創會的葉宏登董事長「台商子弟學校成立周年感言」中重點申論如下：

一、具備終身教育理念與孜孜不倦的學習精神，兼顧經貿與文化雙軸向交流互動，也有強大的知識管理與風險管理的能量，加上固有的拼搏精神來提升品質降低成本來回饋社會人群。

二、能夠入境隨俗、自助助人、遵守法律與依循制度，更勤奮不懈致力於持續的自我超越，以企業的核心競爭力投入研發創新，來將企業做大做強更願於其集群中分享知能，皆是受到儒商文化的薰陶。

三、秉持任何產業皆須持續的做大做強之態度，企業家精神即源自所生活的文化氛圍而發展出個人的風範、特質，使CEO的創構力、先見力、辯溝力、適困力與執行力的綜合呈現，進而各得其所的發揚光大儒商「苟日新，又日新，日日新」的傳統。

四、有儒家思想中的「因革損益」及「逝者如斯」的「與時俱進」精神，而使台商於400餘年的商貿氛圍及海洋文明的歷史中，發展出極高的彈性與韌性可以「拼搏」轉戰於各地，唯仍須更發揚出「子入太廟每事問」的研究精神與「日日新，又日新」的創新精神，才能於知識經濟中以研發創新取勝，跳脫代工困境實現兩岸的民主、均富（或共同富裕）的境界。

上述四項可作為台商的社會責任來向公民社會前進，也是台商西進20年來企業經營的四項問題之補充說明，更是本研究中在前面各章的論述重點。歷史可證明真理也可給人類教訓，但昧於歷史真相的人是不會進步的，故須從教育中培養創新、奮進、開闊的國家主人翁，就要有民主自由的教育，即自信開放的文化能培養出前瞻轉折型企業CEO，才可從檢討過去中先做好「面向歷史真象圖改進」才能真的去落實「三個面向」，才能教育出「中國比爾蓋茲」或諾貝爾獎得主。因為民主法治的制度環境可助長國家發展與科技創新，教育就是其源頭，故知中國的未來富強就繫於教育與文化。在台商中特別是中小企業的CEO較多屬此型，因而更肩負「兩岸臍帶」「宏揚儒商文化」的重任。

其二 專業經理人型的台商企業家成功 CEO

其他成功台商企業家CEO，便是依循專業經理人體制進行決策的CEO，其西進大陸皆稍晚於第一類者，較多是屬於A型瞻進轉型者的企業家（如表7-4），如Asus華碩NB的施崇棠及其所長期追隨師法的宏基Acer施振榮，兩人依循西方企業理論與個人理念、親身經驗之領悟，來增刪、調整其策略而經營企業集團，堅持走自有品牌路線得以成功。

此類企業其體質較少家族色彩，目前已成功轉交經營權給專業CEO，更將其心得活用於產業鏈之構建，上述兩位施先生皆能活用且達成「微笑曲線」理論的實踐者，終能得心應手成就一番令人尊崇的偉業，其它如張忠謀、曹興誠、李琨耀等多位CEO亦不遑多讓。在兩岸的經貿與文化的雙向交流互動中，企業文化的升級轉化真是貢獻良多，在21世紀的未來此類台商企業家CEO將成為經貿主力。

其三、另一部分台商 CEO 其特質介於這兩類的中間者

本文所述及之台商大多為兼有上述兩類成功CEO之優質特長，亦是說成功的台商企業家多兼具兩類CEO的特質，介於這兩類的例如嚴凱泰自接班汽車產業龍頭以來，即屬此一型態CEO，且兩種特質皆很優異者；另有郭台銘近年表現亦是，但是他於較早期則仍應歸類於第一類CEO。又如王永慶其早年屬第一類與晚期則為第二類色彩較強者。

上述這三類CEO的差異不大，僅在上列的第（三）項的人格特質與風範上也即表7-4上有所差異，即其在個人特質是否特別的突出而有明顯之不同；如施振榮、王永慶、郭台銘等幾位強而有力的CEO會影響其企業文化甚大，再影響其企業與所屬產業之經營與運作管理模式。這三類台商CEO都需以「捷安特集團」為學習對象，從30年前大甲的ODM代工小廠西進上海成立「巨鳳自行車」，迄今已被「富比士」列入2008年「全球中小企業200強」的自行車的全球首名的優質品牌，將其作為而形成典範效應。

在兩岸的經貿－文化雙向交流中，以及台商集群中經營獲利皆以企業的CEO為其決勝關鍵，推動、發揮儒商式海洋文化與台商集群的社會資本，運用優勢以求永續欣榮皆以企業家為根本的。因儒墨兩家的「利民、惠民」思想，當今之儒商文化早已是包容儒墨、佛道、縱橫家與法家的思想於其內涵中。故而更期待各台商企業及三大類企業CEO也能善盡其社會責任，能依社會文化來完成公民社會的建構與協和、共榮、共生的運作與發展之模式。

7.4.2.2 對兩岸政府與台商 CEO 社會文化之期待

大陸國務院鑒於宏觀調控與綠色永續經營的戰略思考，也預見不久之後的環保標準與生活機能休閒品質的提升，國務院於2005年春節包機成行後積極提倡兩岸農業交流（聯合報 2005.3.20 A13版），其實不只為拉近兩岸關係與學習台灣精緻農業的生物科技、經營管理之技能而已，更深遠的是為了提升民生福利而兼顧第一、第二與第三產業，以及運用優勢發展西部地區解決「三農問題」與「國土規劃」，再推行綠色產業及白色物科技。

台商必須有能力規劃未來十年的企業核心競爭力，更須致力研究、創新於知識經濟的競爭中，至少可藉著「工業輪耕」與「蜂群分封」協助大陸各地的「區域活化」成功，就要能先做好「珍惜資源、節能環保」與「研發創新、知識管理」的共識，才可讓台商企業群能勝出於下一波段。謹此提醒人類文明應是多元、並存、共榮是較合乎生態進化的，尤其身為華夏後裔的兩岸，甚或東亞與西亞的族群也不必去激化或挑戰「文明衝突」，只須為我群生存與文化之發展爭取基本空間與權利，就覺得心滿意足了，而不必仿行西方式強權的「霸道文化」。本文謹從台商的文化區域推移與整合，來貫澈護衛文化應是基本人權，西方不曾設身處地的為他人謀劃，所以有賴兩岸同胞的自求多福，也可促成全球平等化了。

未來台商以經貿——文化雙軸的「再西進」與「再南進」，是符合亞洲「區域活化」的前瞻性需求。廈門是台商西進投資逾三十年的初始的「經濟特區」，廈門島上北半部的湖里區是經濟特區最早發源地、老工業區，目前重工業區已經外移、再西進了；台商楊奉琛配合國務院政策與利用週邊優勢產業，以台灣的地理區位文化領先優勢，在湖里成立「兩岸文化創意產業園區」，設立「台灣現代藝術館」帶動台商集群前往，擬借此模式將廈門進行「區域活化」，運用廈門濃郁的儒商文化來建立「文化經濟平臺」，以之為新的主導產業會將帶動廈門經濟轉型、升級，以及「區域活化」之進行。

西進台商在經貿上的角色與功能，在文化上亦似「蜂群採蜜」的邊際效應而扮演著傳播者及創新者的角色，正如大前研一所說的「是對大陸之無形的積極作用」，個人以為台商在區域推移時是以經濟為表實以文化為裏，亦即是文化與經濟似同身與影的相伴隨著的區域推移，來進行各區域的經濟與文化之活化，進而建構華夏經濟與文化的體系。故謹就個人所見提出文化推移的三大效應，作為本研究在文化方面的結論之主體。亦即針對兩岸儒家文化的區域推移

是呈現有下列三種效應，作為「經貿－文化雙軸」互動中關於文化的結論，陳列如下以補其隱性易被忽略之失：

一、極化效應：扶持台商政策及其「社會資本」的豐厚都能「強化核心」，企業藉此能生出力量形成極化作用，形成台商產業集群的凝聚作用而「文化的活化極、核心」，因而建立成功之典範成為「極中心」。

二、擴散（溢出）效應：經濟上自極核向外圍地區擴散其生產力同時也推廣了文化，國父的「社會價值說」或「社會互助論」中即曾暗示：增進社會網絡的功用，台商可用來降低成本，使台商文化隨之擴散到各地的過程就是文化的擴散效應。

三、回流（回程）效應：即「濟弱扶傾」及「禮失求諸野」，是以身教來示範的回流效應。若就台商企業或產業群體而言，就以「公民社會」「生活現代化」的回流效應來提升台灣的地位，對待曾幫助自己茁壯的文化母體是相得益彰的。如今台商依循「社會責任」的立場回饋台灣即是例證，亦可開啟另一循環的極化效應，華夏文化也可獲得「迴旋上升」之效果。

享用過社會資本的台商CEO應負起社會責任，最優先要締造直接民權、人民做主的社會，使其能成為忠於全體人民的公民而非只是忠於其政黨的選民，即公民關切社會而非只在乎政治，他愛社會遠超過對選舉、政黨與其所支持之候選人的愛；因而能使得台灣在經濟奇蹟之後，再創造出政治奇蹟的公民社會；台灣的公民唯有透過創制權與複決權的擁有與運用，使公民社會能於儒家文化下的兩岸，協助其政治更加的淨化與升級，從台灣區域推移如同台商西進般，將經濟──文化並進的實現「施於有政是亦為政，奚其為為政！」，也能在兩岸「讓另一部分人」享受民主、均富。

休閒農業在發展初期須由政府對土地進行開發與再規劃，以及環境影響評估與交通、電訊等現代化建設作大量的基礎建設，這些沉沒成本勢必由政府支出，也須教育民眾以利永續經營；若不由產官學三方合作則治標不治本，若欲能治標與治本兼顧就勢須也達成區域活化、西部大開發與永續發展的使命。大陸官方于「海峽西岸經濟區」與「桂高雷EFCA國際經貿區」中扮演的是行政性角色，而由台商以產業先行者角色參與，其目的是兩岸完成協和共榮的現代化。

台商若能發揮農業的多功能性價值，又配合西南的自然景觀與西北的人文史跡之優勢，構成台商也擅長的支柱產業──觀光旅遊產業。偏遠落後地區的「區域活化」即「建設社會主義新農村」，是以「城鄉一體化」為目標，若能發展到極致即是《實業計劃》中的「城市鄉村化，鄉村城市化」，日本當前的城鄉差

距與生活品質的均質化，就很接近 孫中山先生的這一理想；隨著工業化與都市化的趨向而政府不介入的話，攸關農民所得、農村生活品質、人口結構、農村結構與農業發展，歷來全球各區域的農業與農民問題皆賴政府介入，以政策來改善之，否則「民生問題」必將漸漸惡化，兩岸合作於ECFA也可消除此一現象。

7.5　結語

　　本論文兼從《孫子》一書解析戰爭中致勝之道，因為它是中原華夏「兵書之祖」，二戰後更受西方戰爭學、營銷學之稱譽與運用，原因是孫子是立足於農耕民族之角度，為戰後回復生存正軌而申論的經典，也是宏觀的指導哲學；循此可知在兩千年歷史中華夏與蠻族戰爭中鮮有獲勝者，卻也「曾亡於元、清，再以文治感化之」，而維持住我民族的生存、茁壯以迄今。及至近代的二戰後，《孫子》已被引用於「商戰」中倍受稱許。台商與之同理，皆依循《孫子》的「實效至上（effect-based）」作為企業經營原則，即「不戰而屈人之兵」最能保持有生資源的經濟實效，而受今世之企業家、兵學家的肯定。

　　本論文從新制度經濟學來解析台商企業之變革、轉型和危機管理。更論及創新管理能力與企業家CEO的人格特質之關聯性；本文試從宏觀的台商集群之角度來看其區域推移時,再依據發展經濟學與區域經濟推移理論來解釋台商西進的現象，並輔以發展經濟學來分析大陸「東中西經濟一體」的政策，由當地官方推導宏觀的「工業輪耕」之布局。另欲能剖析台商企業在大陸更西進來投入「西部大開發」的可行性，故特以台商文化及其企業文化之中的企業家精神與危機管理為核心，建構本論文的研究理論——文化推移動力理論，暫稱之為「區域文經雙軸推移理論」。

　　台商CEO是華夏文化區域內，社會網絡的節點（node），故應擔負起社會責任，故以「合縱連橫」的邦聯式政體為遠程目標，中程則以「合縱連橫」的加盟式東亞洲區域整合體為目標，此即 國父於大亞洲主義中所期待的「新亞洲的政、經組合體」，進而可作為「世界各民族一律平等」的「王道之干城」。在全球商戰格局之當前，促成亞洲FTA共同體的過程中台商CEO將扮演重要角色；遠程目的始以其CEO能力與《鬼谷子》的應變力，就成為影響東亞洲的經貿體與兩岸共構公民社會組成之關鍵，實現大同世界：平等的全球化。

第8章

◇ 結　論 ◇
台商 ECFA 的未來產業區
與兩岸的區域整合

經濟區域推移 ⟶ ECFA統合 ⟶ 兩岸整合
（量變）　　 ⟶ 　（質變）　 ⟶ （中國式和平演變）

　　台灣集中力做好「桂高雷ECFA國際經貿區」，台商有較多優勢又代表主權獨立。目前「社會資本」在不同學科中其涵義多有岐義，政治學較多依賴其來分析社會網絡與組織；社會學與人類學則較多依賴其來分析社會規範；經濟學則傾向於藉之來說明契約和制度問題。本研究的社會資本是人智資本（含人力資本）、環境資本（含物質資本、法制）、知識資本（含智財資本、客戶關係）、網絡及文化等，此「文化」不只是商業文化、儒家文化，也包括了東道國當地的社會文化、大傳統。

　　如今的全球化運動中，開始嘗試以非政府組織NGOs對於公益服務進行多元服務，「取之於社會」是企業CEO運用社會資本來獲利，「用之於社會」則是企業CEO履行其社會責任回饋社會大眾；邇近有普特南（Putnam）指出社會資本具有兩大作用：即是凝聚（bonding）與跨越（bridging）；凝聚的極致可以形成精誠糰結力量，消極就易於生出「排他性」，如北伐前後中國社會的政潮洶湧；跨越的極致就是「包容性」的提升，負面則易生出「去國去族」的文化失根現象。兩岸因為同文同種，不論是凝聚或跨越，皆可取其優、去其劣；兩岸共構是無法來將對方加以排他，只能以「凝聚」去組成台灣的公民社會，再經「跨

越」完成共構的公民社會。經濟上的跨越可以互補的「包容」彼此，兼顧的獲得既經驗證的「兩岸雙贏」；在華夏數千年的包容性文化長流中，結合匯流之後聚焦於 國父的「社會互助論」與「社會價值說」，如今以萃抽出的「社會網絡」與「社會資本」融入其中，又經「凝聚」「跨越」來全力的支援台商，終能於大陸的「工業輪耕」來完成均富的「國土規劃」。

8.1 社會主義新農村與兩岸企業家社會責任

大陸在2005年「十六大五中全會」決定的「農村、農民免稅」，在實施之後，農業仍相對落後於第二產業之增長甚大，乃進階的提出「建設社會主義新農村」，國務院加大力度於西部農村的基礎建設體系，以產業政策吸引台港商再西進投資建設當地產業體系，提升人民所得來改善其適人居的生態體系與當地消費體系；「城鄉一體化」即消弭經濟二元結構、M型化社會，故四十年歷程的「消除城鄉差距」是永續不絕的任務。由公民社會推動、建構適人居的生態體系、基礎建設體系，以及當地消費體系與產業體系，是責無旁貸的任務；此四大體系健全後輔以政策所構建的各區域極化作用之中心城市，先重慶再輔以貴陽、康定等地，來完成各區的經濟循環發展體系，將可以有利於大西部地區中各小區的永續繁榮。

東岸地區有較多的需要來建設當地的產業體系與基礎建設體系，如今再複製於西部各中心城市，它們則如東岸一般，但更需於政策上用心、致力於適人居生態體系與當地消費體系；在實施多年「燎原計劃」「三綠工程」之後，以更多「沉沒成本」推展「慢熱」的建設，如「人才、資金、技術的三入村」與「陽光工程」等，即加強其配套的軟件、智慧財的增值。此時先因文化貼近較易助台商、港商投身其中，再因台灣CEO適困力強過港商致使台商更被看好、重用，即因其更能妥善運用《孫子》《鬼谷子》思維而成功。

事實上，各時代對經典如《鬼谷子》之解釋各有不同，其所以會存在著差異，究其實是因當代人「與時俱進」之需求而有不同；古代無科學知識故對大自然現象難以洞悉，所以從「陰陽」來解釋《鬼谷子》經典較符合當時市場需求，《鬼谷子》思想自蘇秦張儀之後漸衰微，能熟練其經典主旨者較能推測人心掌握人性，最終就被運用於龜蓍批卦、流年算命；今則科學大明、知識基礎大有進境，故應能將之創新的用於了解人性、洞悉危機，作為危機管理、CEO人才培訓的依據，而非卜卦、風水來算命。進階的CEO則可用於掌握部屬下級與「權、謀、決、變」之精準，善以人脈網絡、飛箝抵巇來「司守門戶」，而非僅於

權力地位之經營。所以法家韓非子之「法、術、勢」等言論,也須隨之「同步」調整,唯孔孟的仁義王道貼近人之本質,所需調整角度極微小,故發揚、復興於今仍符合時代潮流、市場需求之主流,今則須輔以法家、縱橫家的思想。

《鬼谷子·捭闔》談的是捭闔(捭是撥動、開啟,闔是閉藏、關合)事物發展變化的普遍規律,是掌握事物的關鍵。縱橫家以開合之道作為權變的依據,從此延生出「創新」;一開一合之間就會出現變化、契機,未來兩岸間主導的產業、企業應是「服務性農業」企業之增多,台商當今之切入點應以休閒農業最為適宜。在人口過多、資源耗竭、溫室暖化的地球上,人類已漸漸覺醒,如今「綠色」取向與思維已是顯學、王道,水資源又與農業密切攸關,更是人類生存的基礎,下一階段的國家發展戰略將鎖定於此,即國家發展目標:生存安全、經濟繁榮、主權尊嚴三者,將與時俱進的如「正、反、合」般轉移到生存安全為首要,掌握此即握住「捭闔」關鍵而能做好「守司其門戶」。

組織變革與技術創新一直是企業成長的關鍵、根本,國家的成長發展亦同,卻更須能拋開疑慮克服險阻去開創新局,過去台灣經濟繁榮的半世紀中,即因一直秉持《菜根譚》的「勿恃久安,勿憚初難」「人無遠慮必有近憂」等的生活圭臬,不斷的前瞻、奮進才有今之出路出路;服務性農業是以農村再生、活化為根本,即農村不止是依附、配屬於城市,否則喪失社區活力而成為都會的負擔,改善農民生活、農村生計、農業發展等的「三農問題」之訴求更將虛化。依循《鬼谷子·忤合》將「正、反、合」靈活運用,則會是大陸農村的活化、躍升,解決「三農問題」之道,西部地區就是從休閒農業下手,例如設於重慶市北碚的台商農創園區已是成果豐碩,其他分佈於京津、粵西、贛南、瓊崖、東北、新疆、雲南、西康、閩西南等地,甚至崇明島皆已有台商經營著農創園區。

「服務性農業」是其總稱,如下圖四區之總和的整個三角形;亦可專指稱最高階段之農業,即圖中之A區,是以休閒農業再增以服務性行銷網絡,崇明島台商羅效正的博葵生技公司,正以全島逾半的土地為其有機植栽的農產品生產基地,再以經營多年的大上海網絡構成他的雛型,他曾與筆者並肩參訪南昌的「贛台經貿交流會」於2007.8.1,其生技公司正佈署於「海峽西岸特區」中,運用兩岸文化優勢與政策優惠,正努力的從C區進入B區高階的綠色生技。故先以下圖(見圖8-1)示意說明休閒農業的關鍵性及其功能。

例如台商賀亞生技公司進入雲南六年,正將觸腳伸展進入印尼、泰、馬。等東協地區國家,嘗試以其專業開發得生物IC晶片從事研發創新、走向白色生技,經由不「消耗」生物、不暖化地球的方式,達到中醫藥的養生、保健、治

病之療效（2009暑對謝氏昆仲之專訪見P.523）；即秉持在近代中國，尤以《中山思想》最能與時具進的創新調整，其精神又如鄧小平的「改革開放」「社會主義市場經濟」等，皆能把握時潮、脈動以為推進動力做好「司守門戶」而獲得成功。儒家的「因革損益」與縱橫家「嶽罅飛箝」同是應變之術，儒家的時中精神已將其思想融入釋、道、法、墨，才能生出「義利並行」的儒商文化。

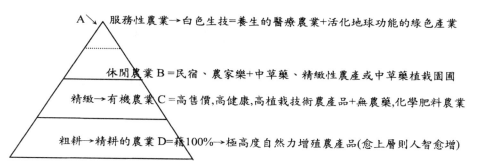

說明：以三角形寬的底邊代表對土地、資源的依賴度極高；垂直高度代表智慧、科技的積累，數千年積累成就出 D 層，百年成就出 C 層，兩岸再以數十年成就出 B 層，以城鄉均質從紅、綠、白色三階段進化，農業的生技化實現服務性農業(→ 是代表著進化過程)。

圖8-1　服務性農業的層級圖

　　在知識經濟時代中，結合了綠色能源、基因工程、網際網路等主流產業的中草藥生化科技的產業，兩岸絕對有責任及義務來合作，爭取文化復興於「文明衝突」之前站穩腳步，來完成華夏文明能勝出於未來之佈局，故以下圖說明：中草藥生技產業是社會進化至當今的知識經濟時代，兩岸人民所必然應有的產物、產權。如今更須宏揚《鬼谷子》的「權」、「謀」、「決」、「變」，方可助台商將企業升級、轉型，經合縱連橫的區域整合成功；故「司命」之關鍵何在？默守成規者敗，當今以「創新」是應變術之王道，因「有人才能創新」最能襄助華夏文明勝出於「文明衝突」之中。

A. 物質資本 →(進化) →B. 人智資本 →→→ C 技術資本 →→→ D. 社會(知識)資本

構成要素：土地，設備，原料獲取：積累，購買	勞動力培訓，教育內化成隱性知識	引進、創新、分享有關生產，管理的專業能力與技術專利	人際網絡，智慧財產，知識地圖，信任與合作

說明：社會（知識）資本是目前最高階、最新的資本成員，廣義的則包含了前三者。

圖8-2　社會（知識）資本發展累進歷程

在「西部大開發」的過去與未來之間，台商的先行者經驗依循區域經濟的回流模式「溢出」於「海峽西岸」，未來更應於「桂高雷ECFA經濟區」對中醫藥生科產業之投資，也應發揚之特殊經驗如下：

一、可改善公共設施，更須注重人才培育；

二、善用「西部大開發」之路線，對運用區位之判析、選擇的優勢進行工業輪耕；

三、計劃是由下而上的規劃、推展，滿足當地需求，實現M型社會的預防、消除；

四、注重產業轉型與環境改善，須兼顧而求永續經營與有利於兩岸的協合共生；

五、政策介入致使財團不可主導、干政，卻須依社會互助論，以投資行其社會責任來回饋社會；

六、建構監督性中介團體，以及協助農民的經驗來轉化為智財，並以社會網絡來保護智財；

七、運用ECFA之機遇兩岸應予台商投資獎勵、科技創新、創業優惠與文化創意；

八、分工須注意到法律面，務須將「服務性農業」制度化，須能於其複雜的營銷網絡中保障農民之權益，目前仍有待發展、拓建。

台商在鄭成功入台以來，藉「西來」的閩商文化經三百餘年之蘊育發展，歷經發揚、凝縮、轉化、萃取，再加上近百年的美日企業文化熏陶，在台灣自然環境與歷史際遇的海洋文明洗禮下，成就出今之台商文化是以「美日台混血企業文化」為核心的儒商文化，於入世後將可有助大陸「融入」世界經貿體系者，未來更只有台商企業經營文化是最佳之首選，算是經濟—文化的「禮失求諸野」，也是兩岸間「回流效應」、「溢出效應」。

2009馬英九總統倡導「兩岸合編《中華大辭典》」，「兩岸ECFA」須能先行合法、制度化的互動交流才可向下游延伸，中醫藥生技產業是必須等待的後發、跨越的創新產業，唯恃傳統文化深厚方能勝任；「桂高雷ECFA國際經濟區」的優勢最宜發展中醫藥生技產業面向東協，至少越南流行的漢醫仍採行李時珍《本草綱目》、張仲景《傷寒論》與《黃帝內經》，並以漢字藥方抓藥等外部優勢；然而兩岸的內部的不經濟、劣勢尚待解決者頗多，其中重大者如下：

一、兩岸合作於中醫藥的產權保護；兩岸分裂致使南韓也竊奪中華文明之正宗的亂象有增無減，應全力促成以防範文化侵凌；

二、兩岸合編《中醫藥大辭典》：兩岸於日常生活用語已多崎異，中醫藥專業用辭也有差別，宜以劃一否則大陸「中西醫混融」多年，不僅是溝通不良而心生疑惑，又與生命、健康攸關者更須優先重視；

三、兩岸認證之標準差別甚大：六十年的分隔，造成體制的歧異是「冰凍三尺」，認證的努力不僅消除差異，亦涉及中醫藥的科學化很是「任重道遠」，在盡善盡美的推動後將鞏固兩岸中醫藥的「極核」地位；

四、兩岸中醫藥之管理規格不一：大陸的規格、標準之建立，如其簡體字的推行是因形勢所迫而偏離正統，但也有「意外式創新」的效果，謹慎參酌兩岸菁華必更有創新出現，為陳舊的中醫藥注入新血輪；

五、兩岸中藥物制程的差異：即生產流程的差別，對中藥療效影響極大，以經驗性為尊的中醫便生出「陳陳相因」現象，欲活化中醫藥在世界的地位，成為以科學理論為基的產業，就從中藥制程的改變能降低生產成本又不改其療效，來建立中醫藥典藥的知識經濟；中藥分君（養生）、臣（健體）、佐（治病）、使（藥引、調和）的四層次皆為自然物為藥材，西藥是人工合成的傷生治病較不合自然生機的，中藥制程須以科學標準提升療效與安全性。

六，兩岸中藥須建立方劑藥典：藥典（Chinese Herb Copia）是包括單方複方草藥的分子、組合成分、科學定性等等，與其療效、功能相關資訊者，宜以政府力量推動研發、補助民間研究，再集中政府機構統一予專利權之保障，以護華夏之文化智財。

依「蜂群分封」模型解釋台商區域推移現象，逐次選「水草豐沛」區域建立台商集群的根據地，依循其版圖的布建與利潤獲得，而協助大陸實現國土規劃後「共同富裕」的理想。兼有文化資源與綠色永續性的中醫草藥在台灣仍保持著正統，「科學中藥」是避免中草藥的煎燉耗時而量產的傳統中藥；大陸對中醫行其「中西混融」亦有獲益者，「禮失求諸野」的兩岸合作去蕪存菁，實行上述六項必是利多的合作，但對上述六項問題必須是利多的整合方能兩岸雙贏，故兩岸ECFA進階合作就應從中醫藥生技產業，就從「桂高雷ECFA國際經濟區」開展。

沿海城市區域產業帶已在形成中，並與台灣區位及其功能在積極融和與發展中，充分肯定21世紀華人經貿體與文明衝突下的台商角色，隨著工業的區域推移大陸東部的資源已漸枯竭，「西部大開發」意味著必須面對另一次資源的耗竭，因此在廣州暨大博士班筆者自2003年即主張大陸的資源利用須規劃、限制，至少保留住西南地區自然資源劃為生態區，僅從事中醫草藥生技產業之開

發;「十一五」中的「建設社會主義新農村」就從「西部大開發」的轉形做為本研究的出發點。

　　大陸國務院溫家寶總理在施政報告中指出「建設社會主義新農村」與「西部大開發」的必要性，以及其迫切性之主因是城鄉差距的擴大；在十餘年「三綠工程」之後，更知人才、資金、技術的重要，例如「三入村」必須由政府帶頭做，其中人才培訓是提升農村教育、知識水準、產殖技術之根基，亦即是「三入村」的關鍵，因此農村技職教育、短期農技訓練與農、漁、牧產殖資訊傳播，可以學習台灣設置各鄉、鎮、村之農會來培訓、推展、執行，補上官方行政體系的「缺口」，先令農牧人才能匯集、滋生提高以求「中興」農村。當前擺在我們面前的主要問題及其針灸之道如下：

第一、農業發展滯後，農民增長緩慢，已經成為制約「擴大內需」的一個重要因素，故須有政策性持久的激勵來振興農業。

第二、一部分農村企業發展困難，建立現代企業制度將是一個長期任務，得從CEO與領導人之培訓開始，使鄉鎮企業能蓬勃發展。

第三、下崗和失業農民人口不斷增加，社會保障的壓力非常之大，會厄殺農村繁榮的良性循環，故應對農村加以特別協助使阻力成為助力。

第四、城鄉發展不均衡，東西部發展不平衡，還有相當一部分地區、相當一部分人口處於貧窮狀態，運用「建設新農村」提升自助能力，以免拖累全國經濟的良性循環。

第五、財政負擔沉重，金融不良資產比例較多，故須要宏觀調控、去除沉疴以利循環，否則將陷於「虛不受補」之困境。

　　依據西進台商企業的先行者經驗，不論是對儒商文化或對復興傳統文化之影響，借重台商在兩岸文化統合的角色與功能，「蜂群分封」的台商從事於「國土規劃」或「工業輪耕」，將可為國務院分憂不少故值得續以優惠，此即「趙孟能貴之」的關鍵原因。台商西進以中小企業為主，追隨少數之龍頭企業形成產業集群的「蜂群分封」現象，台商集群從福建西進到珠三角而長三角與環渤海灣區，歷經了多次「覓水草」的區域經濟之推移現象，皆是「不知而行」或「行而後知」的以自然力為主、人為力量為輔之演進或區域轉移，當進入中醫草藥生技主導的知識經濟的時代中，就應改變、升華為「知而後行」的推導模式。

　　兩岸因經貿、文化之故已是一不可分割的區域社會，加以地理上的貼近而須有公共或共生上的公共需要，亦即是為了保證人口或勞動力的低、高階的生產或再生產的共同需要，以及為了保證物質資源的生產或再生產得以順利進

行，所必需具有之社會秩序、區域和平、公共工程與公共事業上面的需要，兩岸政府需在ECFA架構內設置「中樞機構」，藉其來致力於區域間合作與公共需要上的社會規劃與公共建設，以經貿、文化的穩定、成長來謀建兩岸共構的公民社會。前章述及的「海橋智庫」此時便可擔任「諮議機構」的角色。

「西部大開發」政策是以自然力為輔、人為力量為主之改革或區域推移，引導台港企業再西進完成於大陸的「國土規劃」，台商的「工業輪耕」即力圖于知識經濟中，以「商戰」來扭轉于工業經濟中「兵戰」時代之華人劣敗。農村、農業、農民問題的解決，關鍵在今後中草藥植栽與生技製藥的發展，也從此為出發點來成就出兩岸最具優勢的新興產業、企業，在「建設社會主義新農村」與「西部大開發」的「加持」下，最能以文化創意爭取到投資獎勵、科技創新、創業優惠；面對東協地區更具市場佔有優勢，是社會、經濟、文化等三方面的「三贏產業」。從中草藥最貼近社會大眾與文化的產業而論，兩岸同以「社會價值說」來激發企業的「社會責任觀」，組織成「海橋智庫」的基金會來支持兩岸官方ECFA架構的「中樞機構」之運作，再以民間力量回饋社會、滿足全民需求，自下而上的建構「公民社會」來制衡、引導兩岸政府，相輔相成的維持兩岸的永續繁榮。其中最能滿足「主權平等」的，應推移到「桂高雷CEFA國際經貿區」。

不論是「建設社會主義新農村」或「西部大開發」，所最需要、也是最艱難的即教育、人才與科技創新，總之即缺乏人才；台商集群內人才庫與西部農村皆缺乏人才，國務院應開放、鼓勵台港商人以建教合作模式，支持企業CEO自力創辦技職的高中、學院層級，拋棄傳統「社會主義福利體制」的思維模式，這個挑戰度並不會大於「1978十一屆三中全會」或「2004北京共識」，所帶來的震撼與改變雖小卻是影響深遠的。唯賴人才、教育的健全才能夠實現區域規劃、永續繁榮，區域規劃是發揮兩岸整體優勢，達成共生繁榮，以及兩岸社會在經濟、文化上的永續發展。

兩岸ECFA架構內除了需設置「中樞機構」代表台灣之主權地位，也可輔以「海橋智庫」等諮議機構，須受立法院之監督，，更致力於亞洲區域間合作與公共需要上的「區域發展規劃」，又可向下發展對等的與「汎珠三角九加二」的省級合作，再以「主權平等」推行更高階的區域整合；在內容上則須包括區域土地利用規劃、環境治理，以及保護規劃、城鄉體系規劃、區域公共建設發展規劃、工農業生產佈局規劃，以及首要的區域經濟發展戰略與政策的落實推行。總之，前提是領導人與企業CEO能從《鬼谷子》中，總結出：明瞭區域資

源、條件與現況，又能配合國家、區域長期發展計劃，以「司守其門戶」來求能做到培才用才，再藉統籌兼顧全面發展來綜合平衡發揮優勢。亦即以CEO能力的升級版，就須有絕佳人才為載體，方能隨心所欲的來做利己善群的事業。

大陸台商的企業網絡是其社會資本的循環系統，在舉足輕重的地位之下更該省視其專利維護，尤以中草藥產業的網絡至少分為縣域網、省域網、國域網，由小而大的這三者是由兩個以上同級單位所組成之區域，在各區域中的網絡是依賴網際網絡來連結、互通資訊，再以契約構建成緊密的生命共同體；更以微視角度看每一節點（Node）則是三個「內結合鍵」與一個「外連結鍵」，分別是以「內結合」接連於公司、農戶、基地圍圃之間，再以公司為節點向外伸出「外連結鍵」，向外構成縣域網的聯合網。以若干個縣域網依同理組成省域網、國域網；因此結合了綠色能源、基因工程、網際網路等的中草藥生科化產業，所以更須依賴網絡才能擁有市場營銷優勢，也須依賴儒商文化來滋養其「關鍵」的網絡。

大陸台商的企業家能力與合縱連橫的鬼谷子思想，如今在全球化的商戰中，更突顯其企業CEO經營能力、信息網絡、危機應變與處理能力已經是重中之重；皆因社會資本、資訊網絡的發達而帶動了世界巨大的變遷所致。所有經濟活動的全球布局就得調整思維，至少兩岸產業合作於全球布局的機遇中，必須把握住產業集群與資訊網絡的效力，大陸台商的產業集群更能塑造出其特有之企業家CEO能力。其中段的是當下的應變力即應急處理能力，其公式如下：

CEO能力=A[執行力+先見力]+適困力+辯溝力+[創構力+應變力與人事掌控權]B
　　(前五項即CEO五力、企業家五力；A是危機預識，B災後復元與成長)

在地球溫室效應下，欲求永續經營企業，須以預防用於南極北極融冰、大氣層暖化現象的惡化作為企業家社會責任之一，不只是工業對污染的自責度，也包括對社會資本的享用與企業的回饋；目前兩岸企業最佳取向是綠色營銷、綠色企業、綠色生態的綠色生技產業，其投入至少須先是「三綠合一」的專注於中草藥生技產業，再依循《鬼谷子》中所主張來充分發揮CEO能力，以利於合縱連橫的亞州區域整合，進而實現大亞洲主義與大同世界。

8.2 「桂高雷ECFA國際經貿區」的SWOT與亞洲的新整合

1950年代中共在「自力更生」作用下實踐其新版本的「集體經濟」，深刻的影響、鼓舞著南美的「依賴理論」內涵與人類追求現代化的方向；大陸1989年

之後的政策或反應行為實是對西方經濟殖民主義的刺激之反彈，例如「反和平演變」多少代表了其情緒、反彈與心理投射之作用，亦即是：中國宣示著要走「自己的『現代化』路途」之決心。本文對此現象所持立場則依循 國父 中山先生的「人為進化」與「自然進化」為主軸，剖析大陸的「反和平演變」（Anti-Peaceful Evolution）來邁向下世紀的進化之旅。這是因為現代化是以文化與社會為基座而發展的，畢竟不能照搬西方的文化全盤吸收的（「a→b→c→d」→「a→b→c→d」→a→b……之循環）：

現代化＝工業化a＋社會化b＋民主化c＋人文化d

從上面式子來分析：進步中的人類及其群體讓工業化之後的社會化，可以不斷的成長與發展，若想在消除了不均之後，去追求「共同富裕」，唯有再循環來重新強化其民主，唯有讓它升級才有實現的可能，所以就得提倡人文化來重視人性化及其個別化的需求，其差異造成新形式的「現代化」，又可循「正、反、合」或「忤合」而多次循環，使它成為多元並舉的龐大體系。部分台商攜帶農業苗種、品種，移植大陸再傾銷台灣市場，此乃自由市場之競爭常態：「打開門窗就會飛進蚊蠅」，但是「台灣腦」已經崛起應要去善用，農產的服務業或升級的服務性農業，賺眼光、機會、智慧的錢是台灣農民運用先行者經驗與文化同質性優勢，在長三角、京津三角的服務業台商就領先又獲益良多，更不會似上世紀在珠三角的台商，因壓低工資而惹人嫌厭；因此在粵台商進入「桂、高、雷ECFA國際經貿區」投產於中草藥生科產業，是利己、利群、利於國土開發的規劃，也為廣東創造第二個珠三角的生技產業「新產業經濟區」，又確實的帶動西南地區的全國性現代化規劃策略。

若從器物層次的民主來看，須先經歷制度層次民主的兩岸社會，再因「人文化」而形成了公民社會才會真有思想層次的民主，平坦炎熱的雷州半島除了與越南共同拱衛著東京灣（即北部灣）南海洋面，雷州另一角色是南中國的佛羅里達式渡假區帶，唯賴精神層面的休閒才會調整出「台灣腦」般的創新或創意。台灣透過「桂、高、雷經貿區」面向東協與越南進行主權對等的四方經貿、文化交流，以「動物王國、植物王國、礦物王國」的西南地區為中藥產地、供應中心，再行生科化產制來提升兩岸的文化智財，全力拓建高獲利、高效益、高度環保的「桂、高、雷ECFA國際經貿區」。

台灣島的區位優勢百利卻有一害者，即太貼近大陸且被列強覬覦已久，地理區位是不因時而移轉、挪位，故台商應能揚長避短的借著ECFA與「汎珠三

角」行兩岸對等的「區域整合」，更以「海峽西岸經貿區」作為台商「雙噴口溢出」的新經濟區。「桂、高、雷ECFA國際經貿區」有國際與區位的優勢，除了台商的經驗、網絡、文化上對東協具備著較大陸及其他跨國公司更優之外，另從兩岸之內、外部來看，其SWOT分析如下：

一，外在國際環境之挑戰（Threaten）：「主權淡化」只是對內不必過多施展強制性公權力，因公民社會與政府是伙伴關係；應掌握文化優先的世界潮流，以海洋式儒商文化在「汎珠三角」的海岸地區強化其盛行度，再延及東協各國建立同質的公民社會。對外則是「民族文化掛帥」以推行「強國富民」，兩岸須更大跨度的邁向民主法治以利公民社會之建構，如今台商的海洋式儒商文化更具優勢而據有極化核心之地位，其挑戰力度之威脅相對的弱化些，金融海嘯使西方東顧乏力，則是我民族奮發圖強、自力更生的良機。

二，內在的區域條件與實力（Strength）：以既有的兩岸合作新趨勢，更又搭配「桂、高、雷地區」的湛江-洛陽鐵路2010通車，以及湛江-渝（成都）國道2008通車皆經廣西通湛江，更輔以2010將破土的包頭-茂名高速國道，使得大西南地區都成為高雷之腹地；甚至經洛陽、包頭轉運匯集來的大西北出口貨櫃，尤其是面對東協市場的需求。故除了珠湛高速公路聯絡廣州與高雷之外，若以磁浮列車的新技術來增建第二條的廣州—湛江高速鐵路，更能匯整廣東各地與「海峽西岸經濟區」之貨流、人流與各類資源，匯歸、集中於「桂、高、雷地區」，以利大陸民企與台商合作來繁榮「桂高雷」，再經海運之利來面對東協FTA，則更具區位優勢與增益其經貿實力。

三，對外機遇（Opertunity）聚焦「東協」：現正逢經貿與文化的搭配潮流，「桂、高、雷地區」的三和會館，「桂」涵蓋廣西甚至是西南，經由高州、雷州移民東南亞而緊密組合枉絡，總數近五十個分佈於東協地區，加上台商經營三十年的網絡，逢此世界經濟重心東移或歐亞合作的全球機遇，兩岸已具備著充分實力來推動與東協FTA的共振效應，特別是台商的軟實力與海洋式儒商文化，更能掌握住區域互動、兩岸與全球性區域整合之脈動，來宏揚華夏文明、實現「大亞洲主義」。

四，兩岸內在的合作機會（Coopertunity）：台商服務業以「台灣腦」進行文化創意，引領著長三角、京津三角的流行、發展，各方面的台灣人才於西進後普獲肯定，突顯民主自由的制度、教育更能培養創新人才，是台灣能領先的真正關鍵，兩岸在資源、資金方面各見優劣、無甚差距，台灣唯賴文化氛圍與教育環境，能培養出優秀的CEO幫台商永續繁榮、領先於此兩岸，

依賴蓄積三百年的多元文化之底蘊，在百年內仍有足夠的落差、優勢，為兩岸何作創造出無限商機。

五，兩岸間政治的隔閡、對立更待破解（Weakness）：全球性「金融海嘯」應是兩岸的危機與轉機，正確活用「奇正、忤合」思維、朝向「大事小以仁」「小事大以智」等傳統智慧，來做好兩岸間的「利己善群」「和而不同、群而不黨」，打破現有框架、限制，轉化劣勢為優勢來實現「協和共榮」之目標，不只要「亞洲和平崛起」更要「全球的平等化」。

總之，目前台商以IT產業見長，它是服務性制造業；中醫藥生科產業或休閒農業則是服務性農業，是因知識經濟的潮流而轉化成21世紀的新產業；以技術創新帶動需要的創新、市場的創新，進而從技術的創新來建立新企業與新產業，借由台商在「桂、高、雷CEFA國際經貿區」以亞洲文化建立新制規則，進而建構新亞洲的區域整合，是21世紀華人經貿體與文明衝突下的台商角色、功能。筆者藉由長期的質性訪談，也從西進的台商CEO傳記或其他相關出版品，來搜羅儒商文化與台商西進中對大陸的復興傳統文化，以及關于兩岸經貿合作的提升將產生何等之影響，便于析論台商在兩岸經貿與文化的統合中之功能與角色。凡此皆不脫離 國父 孫中山先生在《實業計劃》的規劃，及他的《大亞洲主義》之王道文化，益彰以「儒商式海洋文化」在兩岸互動中之功能，將可探析出與化解去除人類未來的「文明衝突」之道。謹證之以《2004北京共識》之某段文字如下：

這就是中國新的「睦鄰」政策，它是對「新安全觀」的戰術實施。正如王毅等人所說，中國的周邊環境是所有大國當中最為複雜的，周邊國家的經濟、政治和安全形勢各不相同，與中國的歷史關係錯綜複雜。因此，維持本地區的安寧是中國繼續崛起的一個基本前提。去年秋天，溫家寶總理充分強調了這一點的重要性，他把中國的崛起與亞洲的發展聯繫到一起，聲稱中國希望建設一個「普遍繁榮」的亞洲。

關於 國父 孫中山先生的民生主義與鄧小平的「社會主義市場經濟」，於當年或時下學者眼中，兩岸皆認同其為社會主義類別之政策，台商面對改革開放後大陸的屬性，也都同意是資本主義與社會主義之混合經濟； 國父 孫中山先生之「自然進化為主而輔以人為進化」即與「歷史規律」是異曲同工；兩岸合力實行 國父的「大亞洲主義」與「普遍繁榮的亞洲」就更理所當然。故兩岸只是社會主義的左派與右派的差異而已，1972年 蔣經國先生曾將台灣的民生經濟定位為「計劃性自由經濟」，與1992年鄧小平的「社會主義市場經濟」是「異

曲」,「同工」則是聚焦於兩岸所追求的目標「共同富裕──均富」,即兩岸共構的公民社會。

處於知識經濟的當前,社會資本的善用或能消除「兩極化」M型社會的危機;故而從二元經濟結構論則台商可依憑昔時經驗,自然較港商更能融入西部落後地區的經濟體質,推動廣大西部地區的「工業輪耕」。東南亞華商則因文化差距稍大些且台灣有來自各省各區的移民,則更有利於台商企業家之尋覓「無文化跨距」的幹部,用於各地進行布建及奠基建立其社會資本與網絡人脈,所以台商的落點分散於大陸各地而有利於東西均衡、南北兼顧的國土規劃與經濟發展。

近年不論台商產業集群的經濟區或瓊閩兩省的「兩岸農業合作實驗區」,甚至位於重慶北培的「台灣農創園區」,皆已印證與發揮了台商文化、企業家精神的優勢,以及其社會資本的網絡所發揮的作用,經由本人的台灣師大博士論文中,以個人淺見之「中國式和平演變」來調整我輩觀點。以及對本系列的前四本所主張的「觀念轉化」來看,故於本研究中有所修正,重新檢驗、調整後或可作為台商於大陸再西進時社會資本的知識地圖之首頁。儒家思想早自孔孟的「推己及人」「人溺己溺」「兼善天下」,以至能成為「先天下之憂而憂」與「利己善群」的社會網絡,特進一步將其建成「中國式和平演變──文經互動架構」,來肯定、解說台商西進的正確。

筆者在廣州暨南大學產業經濟所進修博士之初,已知台商西進對兩岸現代化的貢獻頗鉅,故而特以「大陸台商」作為研究專題,在等待最佳時機提出學位論文之六年期間,頓悟到社會資本在現今產業集群與中山思想之關鍵地位,因此 國父主張國營企業、節制資本,以使社會資本所創造的利益能較多的回流到國庫,由全民共享之「均富」。部分台商以中草藥生技「再西進」於大陸內地,留駐台灣之企業可以投入之「新產業」:中藥養生健體醫療旅遊。

2009.05.04大陸國務院通過《加快海西經濟區發展若干意見》,筆者曾於2006的著作中多次主張台商以休閒農業進入「海峽西岸經濟區」,因其主旨在借之更開放、擴大對台灣的經貿交流,推動兩岸優勢產業互補、經濟共同發展。故曾主張以休閒農業與中醫藥生技產業,台商向海西經濟區再西進就是鞏固華夏文化,以圖在「文明衝突」中的勝出;經此肯定、支持故從事本研究,鼓勵產業集群CEO們憑其能力在亞洲行合縱連橫的區域整合,來探索亞洲於西方文明的侵凌下,兩岸共生共榮之坦途。

大陸從「三綠工程」到「陽光工程」,以迄「三入村」更知人才、資金、技

術的重要，依托於農村的自然資源與傳統文化之優勢，應乎未來市場之需求可發展一創新產業，即如下式之養生中藥養生健體醫療旅遊：

中藥養生健體醫療旅遊＝長住式休閒→民宿之轉移＋中草藥養生健體/專業診治

在台灣則依重點醫院為核心與週圍民宿農莊，構成網絡而組成「新產業」之新區集群，以產官學三結合模式於台灣北中南東四區，各拓建二、三個「養生型醫療旅遊區」，全力發展之、使之成為具備下述特徵之產業集聚：

一、是跨區、跨國合作之中醫藥科技化的研發中心

二、是傳統文化與祖傳藥方的中醫藥科技之實驗中心

三、是對疑難疾病診斷與醫治、治癒之技術研究中心

四、是開發新草藥、處方的創新基地（請參考P.543附表1：東亞洲主要中草藥生態產地分布概表）

五、是培訓人才、積累專業知識的基地

台灣經過強化、鞏固成為該新產業的極核中心後，西進台商再對大陸經貿──文化方面的推動，依擴散（溢出）作用、極化作用、回流作用，在兩岸間循環促成大陸的經濟繁榮、兩岸之協和共生以求族國富強；即台商如今應該有能力與義務，對台灣的公民社會「回流」以「社會責任」，然後將台灣再進行政治民主的極化作用，使能對大陸的溢出作用更增強，能以更高層次回流作用構成良循環，建立兩岸共構之公民社會。

如今對台商CEO應能課以更大的「社會責任」，以求能對等於「社會資本」之享用，較多於其他公民；但須主張給以台商CEO的企業家能力，在其機會、條件的配合下將可大展長才，以工業輪耕來實現「再西進」，協助大陸完成各省區的「區域整合」，然後憑藉《大亞洲主義》的海洋式儒商文化與《鬼谷子》的合縱連橫思維，向東部亞洲完成「區域整合」的推移，以《大亞洲主義》的理想來實現亞洲人的亞洲繁榮，而非「依賴理論」的「鏡中」繁榮，西方每隔若干年放縱一次「金融危機」，來稀釋追隨者、亞洲各國的經濟繁榮，來鞏固其既有之領先優勢。

當然兩岸社會間不只存在著政治的落差，也有一些經濟文化上的小跨度，以致須從制度的創新來整合，以求滿足其在危機處理與企業前瞻的需要，特別因台商產業集群的社會資本，於30年前，較早的台商文化回流到儒商文化的閩粵地區，進而突顯企業家能力或CEO（Chief of Executive Officer）五力的關鍵影響。亦即體察出：CEO依其先見力找到市場的創新與需求的創新，仍須具有制

度的創新、技術的創新之核心能力，也須有其他的CEO能力之輔助，才會有持續的兩岸雙贏與企業的永續。

儒商文化自南宋以後漸漸萌芽，永嘉儒商思想即海洋式儒商文化的胚芽，仍是以儒家文化為主體而自然萌發；溯自漢武帝獨尊儒術以來的歷史長河中，經由生活中的「因、革、損、益」之形式生存於大環境，如今中國大環境的社會文化早已融有法家、縱橫家、道家、佛家的思想，又與官方主導的儒家文化是小有差異的，於「因、革、損、益」的自我完善中，終能形成儒商文化以適應當時生活上的需求，迄今皆處於此「因、革、損、益」的循環之中；自儒商文化發展成浙商文化再衍生出閩商文化、台商文化等海洋式儒商文化，故今之儒商文化自會與漢朝至明朝的儒商文化有所不同。明朝開國首相劉基最能掌握儒法墨與縱橫家思想精華，即憑此而能完成其立功、立德、立言「三不朽」之代表者；縱橫家的思想是本文的主要論述之所在，藉以映證華人企業家CEO的經營能力，早已融入《鬼谷子》的思想菁華。

大陸民營企業的CEO其經營能力，因其長久薰沐於「正、反、合」的《唯物辯證法》、統戰「三大法寶」的生活洗禮之中，故除了傳統的儒家思想也和合縱連橫的《鬼谷子》思想充分吻合、結合，故能在全球化的「商戰」中進步快速甚於原已領先的台商，短期間在全球經貿層面「和平崛起」已飆至「齊頭並進」之局，甚而頗具「和平超越」之勢頭。因此大陸台商企業家能力，即其CEO能力的發展、員工在職訓練中應將儒商文化融入其中，也須融入局部之「合縱連橫」的應變能力，更提倡、擴大其「全方位」的《鬼谷子》功能，以助台商企業與CEO能夠鴻展長才於全球的商戰之中。

總之，「制度是社會中強制性的文化，文化是社會中自覺性的制度」，「新制度經濟學」已廣為傳統經濟學學者接納其觀點；兩岸分治於不同制度中已逾半世紀，所以雖同源於儒家文化卻也發展出海洋式儒商文化之特色，因此台商在經濟、政治、文化上已具有獨特的個別優勢及其差異，特從《鬼谷子》主張來解析台商企業家能力的內容、重要性，並申述其合縱連橫的應變能力可助我輩完成亞洲的整合，另外也能夠從「忤合：正、反、合」觀點來解析社會資本與企業家能力，以謀區域整合來求持續發展，致力實現兩岸現代化之理想。

本研究將《鬼谷子》中思想仿此而解析成台商企業家能力之圭臬，《鬼谷子》中有豐富又具彈性的思想，重視人際關係與溝通能力及人力資源管理的運用，也重視領導人「聖王」的權、謀、決的策略能力，與韓非子的「法（制度典章）、術（網絡人際）、勢（權謀地位）」思想亦有所吻合。因而在全球化的

「知識經濟時代」中，優秀的企業CEO（Chief of Executive Officer）或可依循《孫子》與《鬼谷子》的思想，有利於未來的「商戰」中能從「制度經濟學」之突破來獲得勝出。

個人期待，台商「再西進」於大西部地區，固然有其主客觀因素，在兩岸精緻農業的未來，約可分成「三步走」，第一階段2000~2010是努力讓西部進入8-1圖的C層級之農業；西部大開發的第二階段2011~2030是農業生態化、企業化、服務化，極需台商助力進入8-1圖的B層級之農業；第三階段2031~2050是農業從綠色生技進入白色生技階段，是兩岸共生共榮、捍衛中草藥傳統智財的階段，是8-1圖的A層級之農業。期待2050年之後的亞洲主導世紀中，屆時將會是兩岸自訂規則主導市場的時代，也是鄧小平的「第三步走」的現代化，正式進入「面向教育、面向世界、面向現代化」之坦途。

人類的未來世紀是以綠色能源、基因工程、網際網路為主流產業的世紀，更進而期待它是個公義的社會，或許「科技總來自人性」終能讓三大主流產業促成了公義的社會，人類期待已久的大同世界，藉由科技或許將較易於實現之；例如印刷術帶動十四世紀歐洲之教育的大推進、普及化，而使社會更加公義化，以及近代的醫學創新、抗生素、電訊電器技術、電腦硬體軟體科技等，都能解放勞工、婦女、窮人而縮短差距，形成更公義的平等社會，所以民主政治也在進化中。

所以未來兩岸在知識經濟時代中，結合了綠色能源、基因工程，如網際網路及主流產業的中草藥生科化產業，因具有市場營銷優勢於東亞洲，另在經濟、文化、政治上形成更加公義的大亞洲共同體。至於未來政府的角色、功能，將與公民社會互為平等、制衡的結合體且是各司其職的合作伙伴，須能依循社會公義來實現社會責任，使得綠色營銷築基於綠色產業中的環保產業，亦即政府政策不應介入而應引導綠色市場與環保市場的形成。

8.3 台商龍頭 CEO 之進取作為與兩岸雙贏

1895年之前板橋林家或是台灣全島，於閩台間早已出現、發生過，即在「唐山–台灣」間有多次的極化、溢出與回流效應，約於1900年之後板橋林家將日治的菁華也回流閩南，再回流台灣構成今日台商之典範；亦即經濟與文化在特定空間內會相偕產生了這三大效應，只是經濟常是正向、顯性、物質面的活動，文化雖是潛藏的、隱性的活動，卻主導了人類的精神層面，兩者相輔相成皆不可忽略；因為須有「精神文明建設」與「物質文明建設」兼顧的現代化模

式，故知：經濟與文化「雙軸」所各自擁有的三大效應，更是人類生存與社會生活的內容及核心，而以政治為其工具來獲得保護及發展。

全體的台商企業家的行為模式可以概分為統轄型（主導創新與佈局的企業）之CEO，如郭台銘；主要型龍頭企業之CEO，如大陸500大台商企業的黃月美；次要型（及時追隨企業）之CEO，如惠州甜心糖果廠的官先生；若非有上述三種台灣的大型企業，及其企業CEO的努力與領導，經濟面頂多只能是維持現狀，其下游廠商將無以為繼的等待凋零。人類為萬物之靈當能未雨籌繆於危機未發或意外發生之際，力求上進的西進台商為自利與利群而發揮其文化特質，經營與掌握已有之優勢並將其發揮盡致，憑藉著同文同種優勢與努力拼搏精神，於大陸這將來「世界市場、工廠」之內的區域推移。

大陸官方若欲台商兼顧發揚傳統文化之功能，就需以經濟繁榮作為物質基礎，多予台商中小企業照顧才能助其推動「精神文明建設」，文化與經濟就是人類社會的「精神文明」與「物質文明」的兩腳，必須互為前導與後衛才可向前邁進而成就一番偉業；否則兩者相互拖累以致皆難獲成功。

故曰：「期待於傑出之兩岸官方與台商CEO的首要之務是：要影響『兩岸能合作於將來之文明衝突而力求勝出』，卻不必在乎現今兩岸的誰贏誰輸。」即「成功不必在我」，更須根據本研究在政策方面所得到的結論，特依四種企業、商界或政界的CEO為對象，並強調應具有如下述六項綜合性功能來成就台商集群CEO們的「內聖」功夫：

一、台商CEO對台商企業的個人功能：欲永續經營其企業，須秉持台商的企業文化與企業家創業精神所形成之優勢，持續的充實專業知識與價值鏈管理的能力，致力於企業的經營管理與升級轉型，去努力建構及參與集群的社會網絡，妥善運用台商的社會資本與企業文化，以知識管理來推行創新與科研，來共創兩岸的經濟與政治之榮景，妥善發揚台商文化既有之優勢來獲利。

二、台商CEO對台商產業集群與台商協會者的功能：要活用集群的社會資本及所貢獻出的公共智財，以群策群力與利己利人的分享，更多的激盪與溢出足可形成企業與集群的專有或共享的智慧；以介於集群中內隱知識與外顯知識，發展出外隱/內顯知識的台商社會資本，同時須發揚儒家尊重知識與智慧的終身學習之觀點，鼓勵群策群力研發創新，以「日日新，又日新」的精神來增加台商集群內的知識資本，以及發展當地民企的OPM/IDM原創智財的產業經濟。

三、台商CEO對大陸民營企業與各地政府的合作功能：善用台商企業與民企的
　　合作功能來協和共生、共榮或共濟，致力發展文化與經濟的推移、整合，
　　台商與民企CEO秉持「和而不同、群而不黨」為相處原則，再擴與兩岸政
　　府合作同為兩岸雙贏、政經的統合與公民社會之建構而努力，進而能為東
　　西方的「文明衝突」及早做消弭之準備，以利民族生存與華夏文化的可久
　　可大。

四、台商CEO運用社會資本對台商決策與行銷模式之優勢的增強功能：其顯性
　　原因是「草」即Privilege的優惠政策與低成本高獲利，隱性因素是「水」即
　　Advantage的儒商文化與區位優勢等相對利益，加上時代潮流走入「商戰」
　　時代，或之後會從國家間以經濟力的競爭來取代「兵戰」，兩岸官方政策就
　　必須善盡責任來引導台商宏揚其行銷網絡與儒商文化，即憑藉社會資本成
　　就出兩岸雙贏來為人民謀最大福祉。

五、台商CEO須努力踐履社會責任的功能：善用社會資本建構均富社會，運用
　　CEO五力促成兩岸共構的公民社會，形成社會與企業的良性循環，再不斷
　　的增強企業之核心能力，以及社會資本的質性與數量之進化，運用其社會
　　責任來回饋的利潤去結合台灣的第三部門與第四部門，再經由協和共生理
　　論的「聖域」，來重建「政治學台北」的績效。

六、台商CEO對兩岸共生合作於海洋式儒商文化之弘揚的功能：更突顯的運用
　　「合縱連橫」應變力、發揮危機預識的CEO能力，即須憑藉華夏文化中
　　《鬼谷子》、《孫子》、《墨子》的思想學說，增強自身企業體質與企業CEO
　　的競爭力，完成「前瞻東亞，全球佈局」，蓄積、轉化為能勝出於全球化
　　「商戰」與「文明衝突」的力量。

　　從上述分析可以看出台商西進投資與區域推移的行為模式，充滿著儒商文
化之傳統性與創新前瞻性的思維體系。儒商文化使台商傾向於回饋母體文化的
投資行為模式而西進投資，也因為同文同種而能夠「如魚得水」般的獲利，更
能獲利後會傾向回饋大陸與台灣兩個母體。站在「藍海戰略」的立場來看兩岸
對台商政策，皆應發揮自家優勢避開劣勢不必陷於「非死即傷」的紅海競爭，
台商CEO們以實際行動走向理性行為模式，來發揮於台灣公民社會中所蓄積的
能量，應可激發兩岸政府放棄意識型態之堅持，走向均富雙贏的「文經主導」
的兩岸統合，迎向多元文化共榮的全球平等化，才是華人21世紀的使命所在。

　　若求近利則易使東道國陷入「竭澤而漁」，即是會因資源短缺以致於難以為
繼，若欲賺眼光的錢須先爭取人心，所以憑恃先見力布局「兩岸共構的公民社

會」，再謀建構「東亞洲共同體」，才是「可久可大」的規劃。故而對兩岸的政府與台商CEO提出之總結性建議，盼能有助其企業經營或政策的成功而獲利，至於發展兩岸經濟與文化統合，能有利於未來兩岸統合及亞洲的「區域整合」者，亦即對本研究上述的結論再加以推展，其所得到之建議如下六項，以利台商集群CEO們建功立業的「外王」功夫：

一、台商CEO在大陸東部沿海：台商「大而強」的產業龍頭先要致力於「品牌與技術之創新」，以及其經營管理的文化創新，以利於充實台商集群、產業鏈現有之社會資本，再以技術優勢向中西部進行區域推移來布建產銷網絡，促進各地產業之升級與繁榮，縮短兩岸與東西部之間的差距，以利「兩岸共構的公民社會」之建構。

二、台商CEO在台灣培訓人才：台商企業所需人才甚夥尤缺CEO與研發創新者，憑著人才方可借其眼光、經驗與努力，願意進入其它外商無法也不能進入的地區，例如台商推移到西南地區投入中醫藥生技產業。實現其企業茁壯及豐厚獲利，再及於推動國土規劃來開發當地經濟，為兩岸雙贏與未來的經貿與華夏文明之繁榮而培訓更多人才，來發揮人力資源、社會資本之優勢。台灣人才即便「楚才晉用」也是謀兩岸利益、民族福祉於「商戰」與「文明衝突」之中，若更從 國父的「社會互助論」與「社會價值觀」來實現台商企業家對台灣的社會責任，漸進的將公民社會奠基妥善，以及貫澈於台灣，則將突顯其無可替代的價值。

三、台商CEO添增、強化台灣政府「小事大以智」之作為：台灣需活用己之優勢就以「利民、惠民」為原則，在作法上要發揮「積極開放，有限管理」，以「區域活化」將台灣的舊工業區轉型為高科技的園區，藉著創新來讓台商能貢獻其隱性功能——作為華夏文化的「弘與衍」。能由人才優勢與政策優惠吸引台商回流，以升級、轉型作為策略來開創其可久可大的宏基；實現 國父「社會互助論」與墨子「兼善天下、兼愛非攻」的全球化新局，故應從兩岸推展政治、經濟、文化的統合為先導。欲能實踐「海峽兩岸文化與政經特區」，先以終身教育培訓人才來推動研發創新，扮演好在大陸台商之供籌中心角色，全力協助台商經營大陸實現兩岸共榮雙贏。

四、台商CEO對大陸政府的作為可以激勵其儒家「大事小以仁」的精神：繼續優惠台商與加強其服務，建立各地「增長極」協助台商降低成本來進行「蜂群分封」，實現官方期待的宏觀「國土規劃」，以及經濟上的「工業輪耕」來實現建設地方與縮短城鄉差距之效益，對台商以「愛其羊更愛其

禮」讓CEO得以發揮其企業經營文化優勢，來實現 國父於《實業計劃》中之宏規，與實現「兩個大局」之兼顧，完成永續經營神州大地，由台商CEO示範南進，引領兩岸人民展布先民所致力「濟弱扶傾」的政策，再圖華夏經貿共同體的發達。

五、台商CEO對大亞洲主義的宏揚：以儒家的王道文化為基礎建立華夏經貿共同體，借著「東協+3」來推展「大亞洲主義」的精神，實現兩岸共同偉人國父 孫中山先生的心願——區域整合的「亞洲共同體」，讓亞洲價值與亞洲精神，以及儒家的「和而不同、群而不黨」「人溺己溺、兼善天下」「利己善群、協和萬邦」的思想，藉著彌漫亞洲的華夏文明進行「合縱聯橫」的「亞洲共同體」的建構，再度宏揚以利於實現人類各族平等的全球化。

六、台商CEO妥善運用「社會價值說」實現全球化：凡享用社會資本的台商CEO所應負擔之社會責任，其最優先須負擔「公共社會責任」，即是要締造以直接民權共構的公民社會，使得人民是公民而非只是選民，透過創制權與複決權的運用，使儒家文化下的兩岸政治更加淨化、升級，從台灣以區域推移將經濟——文化並進，來實現CEO的「施於有政是亦為政，奚其為為政！」。進則有賴 國父的「社會價值說」與「社會互助論」，使權利性的社會資本與義務性的社會責任，透過CEO的踐履社會責任來教育民眾；再充分發揮每一成員的履行社會責任，進而憑著社會資本的靈活運用於全球，而能戮力於全球的平等化之實現。

凡此六項建議是立基於前述的台商CEO及其企業經營文化，於經貿、政治與文化的未來之兩岸整合中，發展出其所可能發揮的作用，來針對緒論中所提出之待解答問題，加以探析並嘗試提出之建議。再搭配上面論述的內聖、外王的各「六項功能」，以之作為經過本書析論後，對〈緒論〉的「待解決問題」與「假設、創新」之全面性整理與宏揚。

尤其「海峽西岸經濟特區」是「十一五」中，對台商最賦予「水與草」優勢的特區，在2009年以後，凡以「桂高雷ECFA國際經濟區」進行西部地區經濟推移前將是台商最佳投資地區，尤其文化無跨距與休閒農業的優惠，將會形成極化效應而「磁吸」台商西進。往後台商更應力圖以台灣企業，借著1960~1989的「不均衡發展」、「傾斜政策」FDI東道國的經驗，來回饋、協助大陸東道國，避免所形成的不完全競爭市場之結構弊害，即應效法「竹科之父」李國鼎部長，於1995年回母校南京大學的系列講演，實現其對故鄉回饋之功能，則也似藉由《鬼谷子》的「幟罅」思維，可驗證儒家文化中的「萬邦協和」，以及如何

來面對華夏的社會文化之變局，領悟出「危機預識」來思患預防。

2008年的諾貝爾經濟獎得主克魯格曼（Krugman）以經濟地理學的思維，來補充國際貿易理論之不足，看出西方FDI企業所帶動的南美、亞洲地區的經濟成長，其所附帶之危機與困境，實乃因其所形成的不完全競爭的市場結構導致出現了「金融危機」。從1980年代南美、1994年代的墨西哥、1997亞洲金融風暴等，也推測全球性「金融風暴」之將現。顯然金融、經濟上的「危機預識」更顯重要，欲能興利除弊則最根本的仍須從教育著手，即是善用《鬼谷子》的「方圓之門戶」中，以「可方、可圓」來彈性處理其危機。

在2008年「全球性金融海嘯」中，兩岸政府鑑於「97金融風暴」的經驗，明白了「追隨西方」的經濟成長，須有自保之道，值此「區域整合」「知識經濟」「金融危機」「文明衝突」等多元變數交錯的時代潮流中，兩岸台商CEO群是「應使龍城飛將在，不教胡馬渡陰山」的元勳們，應多鼓勵、支持他們的創新、創業，將可促成與協助政府施政能產生下列效益：

一、可穩定資產價值、市場交易價格與經濟成長，但仍應由政策來主導之；

二、依產業政策、借龍頭企業之力，以系統性的合作來危機管理，來面對之；

三、政府彈性的金融監管是階段性應變，長期的須維持「創新」的政策導向；

四、先求區域內多邊合作方案，再及於全球範圍的創造性解決問題之方案；

基於上述四項，凡能阻止「金融風暴」使不致蔓延成人類生存發展的危機，則我人當思「本立而道生」，兩岸應從照顧台商開始，落實分工合作的雙贏才會有中國人真正的幸福世紀，更是人類各族協和共榮與文化平等的全球化世界之根基！這仍有待兩岸中國人借著大陸民企與台商的CEO們，作為其經貿的觸媒、文化的臍帶，努力於華夏文化的興盛來引發兩岸的合衷共濟、共生、共榮，爭取華夏經貿圈的繁榮與壯大，就須先準備好文化與經濟的實力，穩妥的應付可能的「文明衝突」而努力奮進！

8.4 結語──奇正相生的多層面統合

在華夏文明中有早熟的優秀文化、思想，卻有法律、政制是晚熟的，以致形成兵戰的18、19兩世紀的世界中，中國就拙於戰爭而受制於西方；當前已是經濟崛起的「商戰取代兵戰」之際，21世紀應以教育、文化鼓勵企業CEO掌握社會資源、履行社會責任來善盡國際間與人際間的義務。然而面對著企業利潤、回饋社會之「兩座大山」的挑戰，凡能自我超越的成功CEO，須能善用其社會資源與社會責任來「利己善群」，實現「取之於社會、用之於社會」的宗

旨；政府更該支持、鼓勵台商以優惠政策引導台商群，於台灣設立研發中心的NGOs、NPOs，再於其所促成知識經濟下，用墨子的「政在節財」、「加費（惠民）、加利（勵農）」，以監督政府施政來拓展公民社會，以求實現福國利民。

西方自1940年代由美國為首，依循喬治肯南的「圍堵政策」開始，直至2008年的杭廷頓的「文明衝突」，都以製造「對立敵人」「恐怖平衡」來捍衛其國家利益，必要時則犧牲他國利益。在東亞洲的儒家文化是「大事小以仁」、「小事大以智」、「文質彬彬然後君子」的協和萬邦之文化；在如今全球化受阻之際，先致力實現「東協+3」的FTA，以包容代替對抗、以「協和共榮代替衝突」來實現「大亞洲主義」的區域整合，作為「兩岸共構的公民社會」的「共生伴偶」。

亞洲如欲擺脫西方的影響，能勝出於可能的「文明衝突」中，就需先整合「亞洲共同體」來「以小禦大」；只靠儒家的「濟弱扶傾」僅能爭取亞洲各國的認同，行動的團結合作則賴縱橫家的「合縱連橫」之游說、應變術，兩者「一正一奇」的相因相生、相輔相成、互為犄角，方易收效完成尊重多元文化的全球平等化。凡是政界或商界的CEO在面對變局（奇）時，對內宜採法家思維、對外則採《鬼谷子》思想，來運用其CEO能力行「區域整合」的器用；於平常（正）時，對內採儒家「仁民愛物」思維，對外採取《墨子》的「兼愛非攻」的態度，再透過CEO能力「厚往而薄來」之政策，此乃贏得人心的唯一利器即是包容而不排他的華夏文明。如今世局的「轉型期」即是介於「正」「奇」交雜之中，則宜採用儒家、縱橫家兼顧之法，台灣秉持「害相權取其輕」及「兩利相權取其重」，來做好「司守其門戶」與利己善群之任務。

故本文對企業家與政治CEO及其CEO能力多所著墨，謹針對緒論中導言的待解答四問題，即台灣與台商的欣榮須先活化其產業集群，再去致力創新來發展知識經濟，乃做此剖析、建議：以開放而不畫地自限的政策，讓CEO能與政府充分合作來共同打造台灣成為活化的新經濟區與公民社會，善用已有之社會資本的優勢、鼓勵經濟與科技的創新研發，再經由公民社會的制衡來讓台灣成為東亞與全球台商的籌資中心與資產管理中心，實現均富社會的理想，須能立足於「海峽西岸」與「桂高雷ECFA國際經濟區」，更可有利於「兩岸雙贏」之推展。

兩岸雙贏、共榮，從產業經濟學與發展經濟學來看，先分析「兩個大局」與「國土規劃」，就須優先做好華夏經濟體系的定向與定位。故首先要，從知識經濟學與社會資本理論來看產業集群與柔性專業化的新產業區，則台商宜先行

進入西部地區布局以待下一波段的機遇而西進投資，進而完成創新研發的「蓄能」工程。再其次則，從新制度經濟學來解析企業的變革、轉型與危機管理，來肯定台商文化對西進抉擇的助力，最終依區域經濟推移理論來解釋台商西進成功的現象，支持養生健體醫療旅遊與中醫藥生技產業的西進。

凡是兩個政治實體的整合，先須經文化與經濟之統合的過程才能進入政治的整合；整合即一體化，與其讓兩岸「切除」現有制度來相互遷就，不如兩岸共同「創新」出制度來取代雙方對抗、不相容的部分；綜觀兩岸共同的問題是「城鄉差距」或「M型化社會」之存在。故以共構的「公民社會」來實現均富或「共同富裕」，是兩岸最佳齊力共赴的目標，應從兩岸的制度創新來實踐　國父的「城鄉一體化」，在「聖域」佈局上為拓建「兩岸雙贏」最優的適切入點；自1990年代的「三綠工程」到2000年代的「陽光工程」，以迄今之「三入村（人才、資金、技術）工程」，歸結成以制度創新來推動「城鄉一體化」，應可成為兩岸未來共構的公民社會之初階工程。

制度創新更須依賴環境（含文化）、資金（含智財）、人才（含技術）等社會資本，才易於推動「城鄉一體化」，更須先做好農村的教育機制、創富機制、補償機制、公平機制等，來消除「城鄉差距」、「二元化經濟之差距」或「M型社會之貧富差距」方能成功。施行四大機制之原因、優點如下：

一、教育機制：政府投入、培訓人才，因中興以人才為本，推動極化作用是最易成功。

二、創富機制：激發創富動力、積累農村財富，機制上的保障最具實效、誘因最強。

三、補償機制：引導城鄉間良性互動，協和的共容與互利以成就出共同富裕之實現。

四、公平機制：依循公民社會理念，促進城鄉的無縫接軌，使城鄉兩方面能夠「各盡所能，各取所需」，而真正破除城鄉差距。至於官方行政體系上，可以切入去做的有下列五項：

甲、打破地域分割概念，一體規劃建設；

乙、實現資源配置一體化打破二元思維；

丙、破除二元分工體系，實現產業發展一體化；

丁、基礎建設、公共服務、就業保險、社會福利皆一體規劃、拓建；

戊、生態文明建設、城鄉管理一體化，打破二元僵化之體制。

城鄉之間的核心城市，在其極化作用鞏固之後，先經過創富機制之激勵而

形成溢出效用，至於補償機制、公平機制可促成回饋現象的迴流效用，構成循環體系而生生不息。兩岸間以制度創新，規劃未來、解決共同危機，是實現兩岸間區域整合的良方；其中「統合」是貫穿全程的原則，也較可以柔性消除疑慮。在互動與交流之過程中，通常文化相似度高的單位或群體較易於統合，因為經過多層面的認同、尊重與包容之後，就必然不是單一的、排他的或絕對化的歷程，凡是多層次並舉的過程，就符合中國傳統文化中，始自儒家思想的「以大事小」「濟弱扶傾」「協和萬邦」的文化菁華；漸進或慢速的整合過程是有利於族與國的發展，因為它是從內到外均勻諧合、可久可大的統一。

　　從台灣原住民的「狩獵聚落文化」，到1630年嘉南平原的「墾植聚落文化」，到1960年代北部縱貫路沿線的「民生工業聚落文化」，再到1990年代新竹科學園區的「資訊產業聚落文化」，以及如今的「大陸台商FDI集群產業文化」皆以儒商文化之「社會價值」與「產業聚落文化」之整合，作為基礎的社會網絡或社會資本。我人應善用台灣歷代先民所積累的海洋文化、社會網絡與拼搏精神，跨海西進的台商應以此作為基礎，即依此歷史積累的模式進行更大的區域整合，今又逢此一「亞洲崛起」的機遇，更可奉行 國父的「大亞洲主義」精神，來進行經貿-文化雙軸的「大亞洲區域整合」，台商CEO又可依其南進時期所佈建之人脈網絡，以及西進時所蓄積能量與核心競爭力，拓建各民族一律平等的「亞洲共同體」與「全球化經貿共同體」。

◇ 附　記 ◇

　　論文初稿之際，曾奉臺北高雷同鄉會之囑撰編「會館成立三十周年特刊」，特返鄉茂名與湛江走訪各地台辦與台商協會，情況與三年前台商們的心情和辛勤已有些差異，在比較中可以充分覺察到，所以寫篇報告附呈曾面晤之台辦長官們，以表對他們服務臺胞之感謝，也借機為台商代言一二內心之甘苦，謹以此函為本論文之後記。

各位尊敬的台辦長官：

　　謹此向各位辛勞為臺胞的長官深致謝忱。

　　2006/1/18再見到茂名台商的面，訪談後深感台商的辛勞與苦累皆寫在他臉上隱增的風霜，雖他仍如三十個月前依舊開朗笑聲如宏鐘，更不言苦，但從直覺以及他人的不平之聲約略聽聞，但何足掛齒否則怎稱「愛拼才會贏」的台商文化？謹此建議：台商是兩岸的「臍帶」，多照顧些也沒啥不該的，切記《論語》說：「子路欲去告朔之餼羊。子曰：賜也，爾愛其羊，我愛其禮。」大陸應更支持台商才可完成「兩個大局」的「國土規劃」，因只有台商具備能力與意願，以「工業輪耕」進入中西部與偏遠地區來幫另一部分的中國人富起來，至少會以深情經營這塊土地，「阿抖子」是「以鄰為壑」的外國人。

　　不只有像黃女士與陳董等人，近年事業因入世後大環境的改變而更勞累，更認真更付出反而利潤越薄是因競爭趨厲，但智慧的決策者可曾憶及當年功臣的勳勞？可曾效法孔子的「我愛其禮」的精神？儒商精神興起於東南沿海，今「禮失求諸野」的由台商隔海帶回而振興於華夏，連江澤民於1995年也趁勢高倡「發揚傳統文化」，「吃果子拜樹頭」的閩諺想必聽過的，至少他人借你千元助你創興事業，獲利百萬後你會只還萬元就自以為恩高情重嗎？不，否則後勢

我是看空未來的，至少儒商CEO們不會的！何況兩岸的文化經貿的統合全靠台商，長官們，請相信我的分析，黃女士與陳董就瞭解我對她的尊敬是源自於此。

　　放雞島的陳明哲董事長也會領悟出陌生的台師大的博士為何對他那麼客氣，好好的善待他們別信：台商難搞找韓商來，連大陸民企只能在大型與砸錢多的企業可以壓過台商，人和地利贏過，但天時的研判及中小企業上連外國人都自嘆不如台商，只要再五年必可見到「台商的無形影響」之宏效。　　敬祝

　　鈞安

醒吾技術學院

麥瑞台　敬上

◈ 附 錄 ◈

附錄一

緒論之附件──訪談名單內容摘要

甲----2003 年 9 月 27 日於台中市科博館

一）謝泓隆　宏全國際股份有限公司 總管理處協理兼發言人

產品：飲料食品包裝（瓶蓋、PET瓶、標籤與飲料充填）工業包材與IT科技包材

認知：兩岸在經營管理上有文化落差‧水平分工追隨龍頭企業‧配合於台商集
群中

策略：掌握競爭優勢‧目標市場抉擇‧全方位服務‧跨區域‧跨領域；及台灣
情‧中國心‧世界觀

二）許立忠　捷安特巨大公司 總管理處特別助理兼發言人

　　OEM與ODM易被取代故需創新，挑戰巔峰而進軍荷蘭來避免被課「反傾
銷」與鳳凰合資創巨凰品牌 在台灣研發新材料產制高新產品 年銷大陸2500萬
輛自行車。

　西進動機：大陸改革開放對台灣經濟的衝擊（危機預識與處理）

　世界財富重分配 競爭大洗牌（企業家智慧經驗與眼光膽識）

　全世界最大消費與生產市場（兼顧行銷布局與經營管理‧拓展型企業文化）

　策略：內外銷並重精耕中國‧國際分工擴大產品質與量‧有效運用大陸資源
（布局）

　產品定位中高檔設廠定址昆山‧自建通路–三本主義‧人才品牌在地化（經
營）

以台灣為跨國營運及創新高附加價值產品 • 以大陸為量產產品及內銷市場的兩岸分工體系。

三）王該在 建大工業股份有限公司 協理

產　　品：汽、機、自行車與沙灘車高爾夫球車等各類輪胎 • 防水膠布
廠　　址：上海（內銷）深圳（外銷）越南三廠是台灣兩廠的延伸與擴大
營銷策略：產銷垂直分工 產品水平分工及以外銷為主內銷為輔
台灣經驗：由作業替代→監督替代→管理替代漸進轉移至經營替代
跨國經營：台灣運籌 全球布局 各地深耕 優勢整合 管制銷在地化
接近市場：追隨龍頭企業與產業群聚效應 確立全球化供應鏈策略
　　　　　以大陸為最具競爭力生產據點及最大新興市場

交 談 人：
陳定國（臺北淡江大學管理學院院長）
　　　　　此次交談之後曾於2003與2004年的12月，兩度於台灣管理學
　　　　　會年會中交換過台商企業管理模式的相關問題，他仍一貫秉持
　　　　　台商中1/3敗歸台灣者多因為經營者不專業所致。
應望江（上海財經大學管理學院副院長）
田也壯（哈爾濱工業大學工商管理系主任）
顧建平（蘇州大學商學院經濟學系主任）
李曉玲（安徽大學工商管理學院會計系主任）
<<訪談日期2003年9月27日於台中市科博館>>

乙----2004 年 7 月 6~8 日於廣東肇慶市
　　「2004 年粵台經濟技術貿易交流會」

壹、各地台商會長之報告主旨

一）東莞台協郭山輝會長：是亞洲最大木製傢具廠商「台升傢具」的負責人，
　　與經營「徐福記」（其主產品的糖果食品已是全國第一大）同赴東莞創業；
　　自1989年國務院頒行對台商的優惠辦法以來，就積極布署分銷與物流系統
　　的全國布局，目前於大陸的市場占有率已逾五成，一路走來迄今已致力於
　　外銷；特別感謝各級政府「服務台商第一」的政策。
二）肇慶台協何芳文會長與黃月美副會長：感謝與會的全中國各地台商，尤其

是為台商服務的省委書記張德江、黃華華省長與蒞臨的全體貴賓，我自1993年把握機會因地理區位來端州考察，發現肇慶有化工與刺繡優勢，更是有2200年的歷史名城有人文素質的秀異，故首選之作為投資生產合金高級飡具與手術醫學用合金器材生產廠址。如今全縣已逾400多家計20多行業的台商進駐，相信在廣州新白雲機場僅30分鐘車程優勢下，將提升肇慶台商的質與量，目前投資金總額逾五十億美元，今年已有18家台資企業現已有明顯的擴張投資趨勢，而新進遷入70多家台商的大旺肇慶高科技工業園區，大多即因其交通便捷的優勢而定址。

　　【專訪】黃副會長系昆慶（毯紡）集團董事長，出身桃園縣家庭式針織工廠的女性企業家，隻身於1990年來肇慶創辦毯紡廠曆十餘年經營其資本額增值數十倍，內外銷皆稱霸全國更西進設廠並購國營廠於茂名市，自建全國行銷體系與經濟規模之擴廠計劃尚有餘裕執行本次台商大會任務。黃副會長兼具台灣企業家成功典範特質與台灣女性「廳堂、曆內兩全」的韌性，呈現於她堅持「打假---反仿冒」奮鬥十多年，雖因大陸各地山頭埰地方保護主義而小挫卻始終不悔；除她於十年前的眼光與魄力排除親友股東的全員反對而西進之外，其經營管理更是於我隨茂名市委書記宋壽金與領導班子參訪肇慶總廠時充分領悟到，她的經營理念基調是「高（技術、設計、理想）、快（改良與成長）、大（全球市場布局兼顧『東、西、南、北』）、長（垂直分工的產業一條龍）」，正可以代表全體成功台商文化之優越長處以及台資的企業文化，身為女性她比男性更多的上進心與終身學習的企圖心，當局似乎可藉其清新幹練以糾正兩岸對台商「杯觥交錯」之刻板成見。

　　<<專訪日期：2004年7月9日於廣東肇慶市端州一路>>

三）深圳台協鄭榮文會長：1989年在親友反對下放棄人人稱羨的美商投資公司工作，西進後15年的努力借著廣東下列因素的協助才能有今之成就，分享心得如下：

　　首先，低成本（土地、工資、水電）及在珠三角投入大量的公共設施，加上交通便捷的優勢，幫我完成多元化跨行業的事業也有利台商集群之形成。

　　其次，政府的積極扶持政策是軟體的協助，如單一窗口對台商的充分溝通也兼顧企業服務而解生活之憂等。

　　再者，在地政府的配合與優化條件使珠三角以製造業見長而崛起，此即政策之優勢。

　　第四，珠三角各行業產業煉配套已完整使企業更具競爭力，與下一條件

組成台商產業集群之構成基礎。

　　末者，廣東有全國最多台商協會與逾1/3的台商企業，省府台辦最瞭解台商需求最能溝通合作與創新求變。

四）惠州台協楊平和會長：1987年從國外買本護照進入大陸考察後，便看准也看好大陸，尤其廣東省的各項建設、扶持、服務等優勢與政策頒行均佳，如惠州潮州是東南亞最大的僑鄉更具備海港空運皆便捷之利，在入世後更具走入全球布局的商機更需掌握廣東優勢，以利台商的生存發展。

五）全國工商聯合會執委、台灣中陸有限公司董事長郭雅濤：1988年首次參與「廣交會」從廣州到東莞車程花了四小時，現因建設完善而大大不同了，十餘年經驗知南進不如西進的獲利，如今全球一體化加上新近的「9+2泛珠三角」、CEPA與「東協加三」，兩岸差距將縮小而華人經貿體系是台商的新商機，進入並鞏固廣東或大陸這經濟區域是台商企業家迫切的抉擇。

六）訪談茂名台協駱肇泰會長與江漢君副會長：兩位均從事於第一產業之台商分為漁業養殖與植果造林，江系幼年隨軍轉赴台灣之茂名子弟，以回饋故里的胸懷而返鄉建設，歷十年無利也不悔於粵西經營大片故鄉的山林，熱衷於服務台商臺胞如接待筆者返鄉參訪多次，最令人動容的是他「成功不必在我」而介紹黃月美董事長並購茂名國紡廠，第一年便為茂名創造億元之產值是愛鄉愛台的極致表現。

《《以上訪談日期皆為2004年7月6~8日於台商大會安排之星岩大會堂》》

貳、特別訪談三亞台協會長陳明哲董事長與黃振福（原知名餐廳大廚）特助兼副總經理：

　　陳明哲台灣嘉義人，1980年代先後經營餐飲與汽車旅館等行業頗有成就，1992年西進新近建省的海南島從事熱點的建築業，所建房屋滯銷資金大損之餘北進東北從事電腦與網吧事業，獲利後決心重返前次覆轍之地的海南省，1999年以「八海里」公司為名與三亞市簽下西玳瑁島（又稱西島），共同開發他於92年初次潛泳便難忘懷的西島，經營五年耗資數億終使之成為聞名國際的度假勝地，筆者親赴位於國家級珊瑚礁自然保護區中心的西島採訪他的團隊，一探「大陸第一島主」的台商其經營成功之訣竅。訪問時西島剛被設定為「國家潛水運動基地」，現在已是2008年北京奧運水上項目選手的訓練基地，2004年12月粵西油城茂名市批准其轄下電白縣的放雞島予陳之「藍鳳凰」旅業公司；此一50的合約首度允許沿海無人島完全交企業民營，將投資三億人民幣分三期仿

西島開發成集旅遊觀光、休閒岸釣船釣、潛水滑水、購物度假與海鮮餐飲之勝地。如今改革開放逾25年旅遊熱潮正方興未艾，咸信陳將鎖定珠海深圳為其旅遊版圖的下一西進區域，他也積極鼓勵友人再西進；同時廣州軍區對戰備海島的開明決定正代表著改革開放已是現代化的全民共識或前提。

　　<<訪談日期為2004年7月11日於西島碼頭，其他成員有西島經理方先生與大陸籍幹部曾其通（外部與公關經理）、陳其六（接待游客的碼頭經理）>>
（陽江台協張郭揚會長與江門台協潘邦昌會長也簡要發言因內容相同不贅述）

　　與會貴賓：陳盛沺台灣聲寶董事長交棒予弟而西進大陸，將會採取長三角與珠三角兼顧的策略來發展大陸事業，已分述於三、四兩章。

參、訪談台商之摘要（未註明年齡者皆逾55歲）

一）東莞台商程□平：台商群聚以資訊互助來創造商機利潤，台商特點為眼光精准找優勢，以及手腳快抓利潤皆賴台商的社會網絡與訊息互助交流，否則空有技術優勢，若無通路布建與同文同種易接近市場的優勢也難獲利，再西進或區域推移是延長專利生命周期與優勢多獲利的模式，目前以持續台商技術等優勢及三通不通為最急之務。（約40多歲從事主業為各類烤漆於手機珠光漆有其隱性知識）

二）宜昌台協陳□中前會長：為降低成本從珠三角原廠西遷，優惠與獲利率大增然仍須慎防三角債，銀行貸款已較便利而人的素養只有靠廠方提升，再西進是大勢所驅台商宜把握商機進行內銷布局與擴建版圖，不去想兩岸政局全力克服當地法律與人文的障礙，要拉高對政策的清晰度以利信息成本與制度成本的下降，大陸正以「跳躍式」速度現代化致令台商的競爭壓力與產品創新壓力均不小，所以他也「跳躍式」西進投資宜昌。

三）九江台協劉□遠副會長：來自花蓮的房地產投資集團與開發公司董事長，台灣或台商的機會絕對不超過五年須及時紮根深耕，台商文化的特點是眼光與勇氣的優越系其競爭最大優勢，參與大會是為了建人脈網絡與尋覓各地訊息及商機，很樂意西進發展休閒農業與生科中藥業，早期台商失敗者較多今已因對大陸的瞭解而降低很多，雖因宏觀調控而困窘仍參會覓商機建立人脈即台商文化的特色：拼搏才會贏。

四）新加坡台商陳□文：從台灣因南進政策設廠於馬來亞的新山資訊工業走廊（公司設於新加坡），以OEM方式生產手機MP3與相機，憑恃台商拼搏勇氣與眼光獨到而來粵覓商機，即台商充分顯現企業家特質且優於新加坡華商

之處，因魄力與充分授權的作為不易在殖民統治下出現或培養成功，台商獨優於東南亞華商者應系儒家文化，也是日本殖民者所敬服之文化，在甲午馬關條約之後的台灣仍以儒家文化為主流文化，以之為凝聚全民意志堅強抵抗而成功的主力（因為在英法殖民政策下東南亞各國無法接受儒家文化的「夷狄華夏」的思想）。

五）廈門台商吳□隆：來自嘉義以海產營銷切入福建龍海市，回歸原鄉多年皆以產品外銷歐美與回銷台灣為主，打算由兒子推展海產的大陸內銷市場，目前已以石材經營進入廣西主打大理石藝品，曾到越南因獲利差而全力於西進打通行銷網絡，故參與大會為覓商機而仍視海產內銷將與當地民企的競爭而風險偏高，故擬轉型為石材與雕刻而西進廣西，席間來自河內的台商會長亦支持其「以西進延長企業生命」論點。

六）蘇州台商李□郎：在新竹從早期的聖誕燈飾創業，經轉型為今之金屬（IC）刻液與工業廢水處理，追隨龍頭企業到蘇州高新工業園區，因系新近加入故競爭頗感艱難，以及壓力大而有利潤微之嘆，尤其行業健康風險大而宜由年青子弟再西進去轉型創商機，以大型傳統產業投資中西部較佳，但台商學校要辦好辦多與其他配套政策的成功，產品之良率35%僅台灣廠的一半又有政治與經濟的風險致其制度、交易成本均偏高，參與此次大會是為覓商機求轉型與布局兩廣而視為信息成本之投入。

七）大陸「海歸派」張□偉：年約三十歲美國加州大學資訊碩士系海外留學歸國者受雇於台商，是為了自身能吸取台商成功經驗與累積資本而與會，認為成功的台商多因能擁有獨門技能而賺取眼光與經驗的利潤，其實以市場區隔為特徵的差異化產品是大陸製造業未來的驅勢，目前台商的眼光與勇氣已經推進到此境界；另外在信息管理方面也優異於其他華商者頗大，但卻自信再加五年大陸民企經營管理可以超越台商，目前他暫不投資設廠生產，乃因海外歸國學人在深圳投資生產者頗眾然失敗率亦逾三成。

《《以上訪談日期皆為2004年7月6~7日於台商大會安排之星湖旅館》》

八）蘇州台商呂□義：安佑科技公司總經理，已八年原任職台灣本土企業後來辭職西進受雇於安佑，現今為擴展版圖西進赴雲南覓商機多次，擬規劃其再西進於中藥生物科技之產業。認為大陸高新科技人才與水準已逐漸趕上國際標準，現在已是台灣該強化教育與全力提升科技的關鍵期，深深看好西南地區的生物科技產業前途。

九）茂名台商梁□森：1998年自軍職退伍返家鄉實現父親回饋故里辦教育之心

願，然卻昧於當地法規制度，複因無法掌握經營管理之實權以及社會主義制度的教育非營利事業之緣故，也因他原非任職於教育界故於「本金、本業、本人」之原則不合，經營不善而中斷其回饋家鄉的心願返台，他雖因欠缺台商經營文化而致遭挫敗，仍常滯茂名熱心關注中華文化教育。

十）大理台商曾憲龍：台灣屏東人服畢兵役赴大陸旅行，1990年愛上大理古城而以精准之眼光與文化創意經營餐飲旅館，經營約十年才創造出聞名中外之「四季客棧」大理首選」的口碑與品牌，已安身立命於雲南，現齡未及四十卻因工作辛勞身體多小恙卻始終不悔。以傳統民宿與飯店綜合形式經營突顯民族文化為其特色而成功，近年加入旅店連鎖系列Yungth Hotel與擁有90多間客房，新建大樓後成為大陸86家之前沿代表，全年住店旅客中40%以上為外國籍者，另有10%左右為台灣旅客其餘約有半數為大陸各地之旅客；近有台商於南京的 孫中山臨時大總統府舊址創辦餐飲旅店---「南京1912年」，生意鼎盛的主要因素即深厚文化創意之古舊與真實擺設皆暗合歷史典故，即與曾先生於大理古城結合歷史文化來創業是台商成功運用文化優勢之代表。

十一）漳州台商蔡□德：年約五十五台灣嘉義人1980年代因熱愛原鄉閩南與人親土親之意念，返漳州建皮件加工廠採「三來一補」模式，當時條件簡陋其中尤以員工素質低最有害於企業經營，携妻子赴漳州共同創業一直到轉進東莞皆兩人同心，系事業有成家庭和樂的典範，西進珠三角系因其欲擴大規模與東莞交通便捷的區位優勢，他是理智的投資者因獲利較高而遷廠，所從事的系勞力密集型產業經常雇工七八百人，故再西進耗神過大依其體力與經歷來判斷，乃毅然於2004年結束營業而退休返台。

十二）上海台商邱□群：台灣桃園人1990年代因看好大陸市場，經家庭全員決議轉讓生意正旺的婚紗攝影行業，系全桃園縣第一品牌有四家聯鎖店，因過早投資大陸中部旅館與游樂園產業，因市場未臻成熟致血本無歸而愧對桃園集資親友；使桃園婚紗業重新洗牌而後取代其地位新崛起的「巴黎婚紗廣場」的陳姓業者，蓄積數年實力於「本金、本業、本人」之原則下，2001年「入世」後進入大陸選定無競爭者的西安創「臺北紗羅婚紗攝影」，風靡迄今仍然成為陝西高消費族群之時尚，故再回臺北市創設「原型」之「臺北紗羅婚紗攝影」。丘先生近十年複出於上海白手重返婚紗業，迄今已小有所成更驗證了台商的「三本主義」是經營文化的基本守則。

　　<<以上訪談日期皆為2003年~2004年於台灣個別進行 >>

十三）電白台商臺屬迎春座談會（2006.01.18）

　　　受訪人：陳明守——放雞島旅遊開發公司副董事長

　　　　　　　黃俊溢——億順食品有限公司總經理

　　　　　　　吳茂盛——達億橡膠製品有限公司總經理

　　　　　　　王志仁——大眾食品有限公司總經理（三年）

　　　　　　　王銀泉——全一不銹鋼水塔有限公司總經理（十年）

　　　　　　　王興木——興木農場經理（民76年十大傑出農業青年）

　　　　　　　丘堯堂——堂麗塑膠科技有限公司總經理

　　　　　　　蔡明璋——億順食品有限公司生產廠長

　　　說明：<1> 除前兩位台商企業可歸類中型企業之外，其餘皆為小型企業。

　　　　　　<2> 除註明者外皆為1990初期西進投資有十多年經驗，其中不乏經過

　　　　　　　　自家企業失敗而替人經營者，至於未訪談而未列入名單者亦是。

　　　歸納：<1> 台商薄利時代早已開始，但總能生存故優於返台失業，政府缺

　　　　　　　　乏照顧需自求多福，大陸的經營競爭複雜難想像，很辛苦迄今

　　　　　　　　只會賺辛苦錢，偶而有些先行者的智慧的錢可賺現已很難了。

　　　　　　<2> 內銷大陸是必然的趨勢與「兩頭向外」的台商不同處，在於必須

　　　　　　　　做好人脈關係與社會網絡之建立，當中多人後悔當初未投入房地

　　　　　　　　產等服務業賺風險與眼光的錢，亦即因其欠缺相關的知識之故。

十四）湛江台協鄧偉民會長：臺北人幼年隨長輩自梅縣東渡，1960年代進入軍

　　　中服務於台灣南部，退伍後與友人合作養殖斑節蝦龍蝦於高雄縣，數年後

　　　1995年來湛江複製台灣經驗致富，現已轉型升級擴及周邊企業形成產業

　　　「一條龍」雛形。（2006.01.18 於湛江市）

十五）台中廖□貴前台商：1993~1999年成立新橋機械於台中市，以油壓式推高

　　　機自產自銷於大陸台商，人脈與口碑相傳業績頗佳而經常往來兩岸，卻因

　　　交際應酬非其個性能承受者，且顧及健康與台灣的事業而急流勇退，對於

　　　是否再西進大陸經商持保留態度。與他結識於赴澳門班機上相談甚深故予

　　　局部保留，他進珠海探望孫與兒，謹此祝福他合家幸福。

丙----輔證性訪談

　　陝西旅遊局規劃發展處趙明處長與金網旅行社駐廣州任波代表：

　　趙處長映證臺北婚紗是陝西的「熱點」，以及台商再西進宜以文化同語言同

之優勢進入服務業已是時機，他於2004年10月18日於臺北縣醒吾技術學院的「觀光與文化的對話學術研討會」發表演說「陝西的文化資產與規劃」。2004年7月11日筆者與任波（陝西旅遊局駐粵代表）簽約赴陝西旅遊因欲專訪台商而定特別條款，更於回程以火車赴合肥參加安徽科大主辦之「第七屆兩岸中華文化與經營管理學術研討會」，於7月17日發表「台商企業文化與區域推移西南地區」論文且考察中部之市況，火車沿江西省境貫穿後進入廣東經惠州返抵穗市，趙處長和任波所述與筆者沿途（歷經洛陽、鄭州、合肥、九江、南昌）觀察所見一致。

統一食品派駐大陸之業務專員陳□富：台灣台中人十年前被派往新加坡做行銷分析時結識從天津留學之臧彤小姐，婚後公司派赴大陸進行市場分析與業務推廣，指出兩岸隔閡四十年至少文化上差距不小，宜多做教育推廣才可縮小之，儒商文化或華夏文化的復興也是大陸中高年齡層所企盼也憂心之處，台商有先行者與文化領先之優勢是對兩岸願景的契機，應善加發揚與利用以成就台商成為大陸的「猶太人」（2005年2月27日受訪於中壢市桃園縣南區少年活動中心）。

記者麥立心於2004《Cheers》雜誌6月號的〈中國信託商業銀行──美日混血台商〉：提出「美日台混血企業」兼容個人主義與團隊主義。係一報導性文章中，筆者曾於8月12日面訪澄清與「本土企業」的區隔，並確認其「本土企業」系指企業資金無外資FDI者非指文化因素。也同意台灣企業的經營管理的方式或企業文化皆已相當程度的呈現「美日台混血」，台商西進即本此經神而奮進。

丁────與大陸政學界交談有關台商政策與兩岸發展

一）2005年10.19《金融產業及兩岸經貿國際學術研討會》臺北縣林口

交談人：福建社會科學研究院院長　嚴　正　教授
　　　　上海國際問題研究所世界經濟研究室主任　周忠菲教授

<1> 福建社會科學研究院院長　嚴　正　教授

台商目前長期生活於大陸至少一百萬人，其中在上海周邊者有五十萬人，廣州附近約二十萬，福建大約十多萬人，兩岸將持續正向的發展；近年台灣的對外貿易已經「出美入亞」，2004年對美國的外貿僅占總額的16.0%，對歐洲則為14.14%，對亞洲地區是62.32%，其中對大陸是24.54%。2005對越南有逾七千萬人民幣的台資多因地理區位因素而進入者。

<2> 上海國際問題研究所世界經濟研究室主任　周忠菲　教授

世界級的的「大經濟區域」已將呈鼎足而三之勢，亞洲經濟體因東盟加三

已將成形，印度、紐西蘭、澳洲也興趣盎然，「利多」與擔心被邊緣化是加入的動機，台灣應多思慮此一困境，CEPA的A是Arrangement不同於以主權為焦點的WTA的A是Agreement，是為台灣預留加入的空間；文明的衝突需謹慎以對，亞洲國家常期受制於殖民政策的迫害，已因經濟的崛起而覺醒是一個可喜與藉以自保的機會。

二）2006.01.15~19 於粵西茂名湛江訪談兩地級市與周邊縣級台辦主任

<1> 2006.01.16：上午走訪茂名市台商協會（迎賓路永達大樓12F）與台商億兆毛絨廠；下午1440訪唔茂南區台辦主任馮壽強於其辦公室，1630拜會高州市委統戰部鐘聲副部長兼台辦主任於其辦公室。

<2> 2006.01.17：上午走訪茂名市委台辦副主任朱劍鋒於0930，轉赴吳川市委統戰部副部長梁康於1105；下午1510訪電白縣台辦主任崔美蓉，1700方良波副縣長以晚晏邀談。

<3> 2006.01.18：上午走訪湛江市委台辦主任陳副於1205，以午晏邀談鄧偉民台商協會會長；下午1500轉赴電白縣台商迎春座談會，與前述台商及陳振毅縣委副書記以晚晏邀談。

歸納重點：積極的扶助台商與全面引商，以陝西電視臺主辦於1月15~16日在西安市舉行的「走進西部投資論壇」為例，說明市（縣）委的立場為：如何營銷自己的市與縣來引資；需先建立開放的有效率的政府。期望未來能如國家發展局王力副局長與聞海校長的共識：開放不只是開放（引資金進入），而要有以當地的優勢與資源來吸引全球的眼光。

結論：入世迄今深刻感受到優惠引商不如產業（集群）引商，產業引商必須發揮資源與優勢，以及妥善運用機遇的分辨及掌控；也就歸結到知識經濟中的知識管理與社會資本等所融鑄成的核心競爭力，所以近幾年長三角的發揮資源與優勢，以及妥善運用機遇及掌控能力與人才較優等方面，就讓它的產業（集群）引商能夠勝出於珠三角了；如今珠三角的產業引商就必須調整舊方法，來發揮自己的資源與人才的優勢。

三）電白台商臺屬迎春座談會（2006.01.18）

受訪人：陳明哲等

說明：<1> 除前兩位台商企業可歸類中型企業之外，其餘皆為小型企業。

<2> 除註明者外皆為1990初期西進投資有十多年經驗，其中不乏經過自家企業失敗而替人經營者，至於未訪談而未列入名單者亦是。

歸納：<1> 薄利時代早已開始，但總能生存故優於返台失業，政府缺乏照顧需
　　　　　自求多福，大陸的經營競爭複雜難想像，很辛苦迄今只會賺辛苦
　　　　　錢，偶而有些先行者的智慧的錢可賺現已很難了。

　　　<2> 內銷大陸是必然的趨勢與「兩頭向外」的台商不同處，在於必須做好
　　　　　人脈關係與社會網絡之建立，當中多人後悔當初未投入房地產等服務
　　　　　業賺風險與眼光的錢，亦即因其欠缺相關的知識之故。

四）2008.07.09 茂名學院學術座談會

2008參訪團：高雷旅台鄉親聯合返鄉團暫定受贈者及其字畫一覽表

2008年回贈紀念品單位預排名單銘曰：「鄉誼永固」、「海峽橋樑」各八座

廣東省僑辦　珠海特區鄧維龍書記　陳明哲（放雞島董事長、台商會長）

茂名市台辦、台商協會　茂名學院　祖成學校董事會

湛江市台辦、肇慶台商協會台商會長黃月美　湛江海洋大學

信宜市、吳川、海康、電白、高州市等八縣市人民政府

個人：柯勝熙、柯萬水（請江漢君副會長酌增若干人）

老師大名	捐贈作品、暫定受贈者	備註
歐豪年	茂葉繁陰敬恭桑梓　名山勝水仰止高涼（茂名市人民政府）	對聯一副
歐豪年	親筆簽名畫冊（茂名、湛江兩市委書記）	三本
孔昭順	國父頌 、 心曠神怡 、龍之傳人	書法三帖
梁　灼	6 月 19 日會送來會館（吳川、雷州、湛江）如下	書法三帖
甘美華	6 月 22 日行前會議親自送來（信宜、高州、茂名台辦）	國畫三幅

五）2009.7.19 與謝氏昆仲訪談中草藥生物科技於內壢龍和飯店

　　兄長是管理碩士、沉穩的CEO，長期漸進的精準投資來壯大其家族企業，
迄去（2008）年底動工來「拼經濟」，建築規劃多年的高質量的中小學回饋鄉
梓，因察覺時機已到先於台灣辦出心得，再赴大陸武漢區已購買之土地來複製
台灣經驗，認為人才培育是根本，來利己善群的興辦家族企業。

　　二弟是美國生技博士，以美籍身分於20年前進入大陸考察，再返台設立生
技公司研發生物IC晶片與中藥相關的養生健療產品，因時機稍早與沉沒成本過
大而失敗；再組賀亞Hopia生技公司，近十年與「雲南白藥」合作開發新產品，

每年得到其研發經費近千萬人民幣；在印尼、泰馬已佔有其產品之市場，並獲官方邀約洽談合作。他更大聲疾呼兩岸官方宜盡快合作解決中草藥六大問題，以利民營企業生技公司提早能自「綠色生技」進入「白色生技」之領域，實現真正的中醫藥科學化與西方齊驅來保護我國之文化智財。

戊----五度返鄉採訪之心想與後記

奉台灣高雷會館之命撰編「會館成立三十周年特刊」，特返鄉茂名與湛江走訪各地台辦與台商協會，情況與三年前台商們的心情和辛勤已有些差異，在比較中可以充分覺察到其不同了，所以寫篇報告附呈曾面晤之台辦長官們，以表對他們服務臺胞之感謝，也借機為台商代言一二內心之甘苦，謹以此函為之後記。

謹此向各位辛勞為臺胞服務的長官們深致謝忱。

2006/1/18再見到茂名台商的面，訪談後深感台商的辛勞與苦累皆寫在他臉上隱增的風霜，雖他仍如三十個月前依舊開朗笑聲如宏鍾，更不言苦，但從直覺以及他人的不平之聲約略聽聞，但何足掛齒否則怎稱「愛拼才會贏」的台商文化？謹此建議：台商是兩岸的「臍帶」，多照顧些也沒啥不該的，切記《論語》說：「子路欲去告朔之餼羊。子曰：賜也，爾愛其羊，我愛其禮。」大陸應更支持台商才可完成「兩個大局」的「國土規劃」，因只有台商具備能力與意願，以「工業輪耕」進入中西部與偏遠地區來幫另一部分的中國人富起來，至少會以深情經營這塊土地，「阿抖子」是「以鄰為壑」的外國人。

不只有像黃女士與陳董等人，近年事業因入世後大環境的改變而更勞累，更認真更付出反而利潤越薄是因競爭趨厲，但智慧的決策者可曾憶及當年功臣的勛勞？可曾效法孔子的「我愛其禮」的精神？儒商精神興起於東南沿海，今「禮失求諸野」的由台商隔海帶回而振興於華夏，連江澤民於1995年也趁勢高倡「發揚傳統文化」，「吃果子拜樹頭」的閩諺想必聽過的，至少他人借你千元助你創興事業，獲利百萬後你會只還萬元就自以為恩高情重嗎？不，否則後勢我是看空未來的，至少儒商CEO們不會的！何況兩岸的文化、經貿與政治的統合全靠台商，長官們，請相信我的分析，黃女士與陳董就瞭解我對她的尊敬是源自於此。

辛苦經營放雞島的陳明哲董事長，也會領悟出陌生的台師大的博士為何對他那麼客氣，請台辦長官好好的善待他們別信：台商難搞找韓商來。連大陸民

企只能在大型與砸錢多的企業可以壓過台商，人和地利贏過，但天時的研判及中小企業上連外國人都自嘆不如台商，只要再五年必可見到「台商的無形影響」之宏效。

完成整理於2006.7.10

◇ 參考文獻 ◇

壹、外文部分參考文獻

(一)期刊

1. Amin A and Thrift N 1992, "Neo-Marshallian nodes in global networks". International journal of Urban and Regional Research 16:571-587.

2. Dunning J.H. and A. Rugman. the influence of Hymer's dissertation on Theories of FDI/ American Economic Review, May 1985.

3. Freeman L.C.1979, "Centrality in social network, I. Conceptual clarification.", Social Networks vol.1:215-239.

4. Krugman P. Increasing returns and economic geography, Journal of Political Economy,1991,(99)1.

5. McGraw-hill Howell, J.(1996), Tacit Knowledge, Innovation and Technology Transfer, Technology Analysis & Strategic Management, 8, 2, 91-106.

6. Paul Krugman. 1989. Persistent trade effects of large exchange rate shocks. Quarterly Journal of Economics, 104(4).

7. Peter Knorriga，Jorg Meyer Stamer． New Dimensions Enterprise Cooperation and Development：From Clusters to Industrial Districts． 1998, (10)．

8. Samuelson P. A. 1948, International trade and equalization of factor prices Economic Journal 58:165-184.

(二)專書

9. Alan M.Rugman .1985, The Influence of Hymers' dissertation on theories of foreign direct investment. American Economic Review ,May.

10. Dunning, J. H.: Multinational Enterprises and the Global Economy, Addison Wesley Publishing Co., 1993.

11. Dunning, J. H. 1993. Internationalizing Porter's Diamond. Management International Review, (33)7-15.

12. Hymer, S., 1960. The international operations of national firms: a study of direct investment Ph.D. thesis, Massachusetts Institute of Technology(published by MIT Press under the same title in 1976).

13. Fujita, Masahisa, Krugman, Paul and Venables, Anthony J. The Special Economy. Cambridge, MA:MIT Press, 1999.

14. Fujita, Masahisa, Thisse. Economics of Agglomeration. Cambridge University Press, 2002.

15. Krugman P. Rethinking International Trade. Massachusetts Institute of Technology, 1991.

16. Lundberg(1984), Strategies for Organizational Transitioning, in Kimberly and Quinn(1984), Managing Organizational Transitions, ed., Homewood, Illinois: Richard D. Irwin, p.71.

17. Porter, Michael E.:Cluster and New Economics Competition .Harvard Business 1998.

18. Porter, Michael E.: Competitive Strategy: Techniques for Analyzing industries and competitors. The Free Press, New York, 1980.

19. Porter, Michael E.: Competitive Strategy: Competitive Advantage: Creating and Sustaining Superior Performance. The free-press, New York, 1985.

20. Samuel Huntington, 2003. "Who Are We?", National Economic and Politics Quarterly.

21. Saxenian, Annalee. regional Advantage. Cambridge, MA: Harvard University Press 1994.

22. Scott Morton: The Corporation of the 1980s, Oxford University Press,1991.

23. Scott,W.R.& Meyer, J.W.(1994),Institutional Environments and Management Journal vol.7.

24. Srinivas Tallur, Ram Narasimhan(Department of Marketing and Supply Chain Management, Eil Broad College of Business, Michigan State University, USA): A methodology for strategic sourcing, European Journal of Operational Research 154(2004), 236-250.

25. Swamidass,P.M. and M. Kotabe.(1993). "Component Sourcing Strategies of Multinationals: An Empirical Study of European and Japanese Multinationals." Journal of International Business Studies 24(1),81-99.

26. Uzzi, brian(1997), "Social Structure and Competition in interfirm Networks: The Paradox of Embeddness," Administrative Science Quarterly.

27. Vernon R.1966.International Investment and International Trade in the Product Cycle. Quarterly Journal of Economics 80:190-207.

28. Vernon R. 1974. The location of economic activity. In Economic Analysis and Multinational Enterprise, Dunning J.H.(ed). George Allen & Unwin; 89-114.

29. Williamson O. E., 1975, Markets and Hierarchies, New York:Free Press,20-56.

30. Williamson O. E., 1985, "The Economical institutions of capitalism", New York: Free Press, 29-32.

31. Yli-Renko H., E. Autio & H. J. Sapienza(2001), "Social Capital' Knowledge Social Acquisition' and Knowledge Exploitation Jn Young Technology-Base Firms", Strategic Management Journal, vol.:587-613.

貳、中文部分參考文獻

1. 中央大學ERP中心，企業資源規劃導論，旗標出版社，2003。

2. 中共中央黨校，西部大開發戰略幹部讀本，人民出版社，2000。

3. 中國法制出版社編，法律法規彙編，中國法制出版社，2005。

4. 中華經濟研究院，兩岸出口連動關係之研究，經濟部國際貿易局，1999。

5. 尹保雲，什麼是現代化，人民出版社，2001初版。

6. 公然，當論語遇上企業，海鴿文化（台北），2004。

7. 卞顯紅、王蘇潔，長三角城市旅遊空間一體化分析及其聯合發展戰略，經濟科學出版社，2006。

8. 天下編輯群，新經濟 新機會 新領袖，天下文化（台北），1999。

9. 天下雜誌，活用波特的競爭策略，天下出版公司，1999。

10. 天下雜誌，晉商，天下雜誌出版社，2005.11.。

11. 天下雜誌，縣長招商排行，天下雜誌出版社，2004.1.1~1.7。

12. 天下雜誌譯，杜拉克原著，杜拉克看亞州，天下亞州出版社，1998。

13. 天下雜誌譯，梭羅原著，勇者致富，天下雜誌出版社，2003。

14. 文崇一，社會及行為科學研究法 訪問調查法，1989，東華書局。

15. 文淑惠，中國產業政策及發展績效，台灣經濟月刊（台北），2005.8，P.85~92。

16. 方軍，世上最成功的五十個經營智慧，中國華僑出版社，2002。

17. 毛蘊詩，跨國公司戰略競爭與國際直接投資，中山大學出版社，2001。

18. 王少愚主編，物流與市場營銷學，對外經貿大學出版社，2005。

19. 王文科，質的研究方法，中正大學出版，2000。

20. 王仕民，《德育功能論》，中山大學出版社，2005。

21. 王先慶，產業擴張，廣東經濟出版社，1998。

22. 王俊雄，日本與台灣因應自由化調整農業推廣策略之比較分析，農業推廣文彙 2003。

23. 王俊豪，農業多功能性分析架構與政策評估，農業推廣文彙，2003。

24. 王柏鴻，全球化反思，書林出版公司（台北），2002。

25. 王振中主編，產權理論與經濟發展，社會科學文獻出版社，2005。

26. 王桂海、洪彬、龐劭群、楊俊偉，知識產權法手冊，暨南大學出版社，1999。

27. 王起靜主編，旅遊產業經濟學，北京大學出版社，2006。

28. 王紹光、胡鞍鋼、周建明編，國家制度建設，清華大學出版社，2003。

29. 王逸舟主編，全球化與新經濟，中國發展出版社，2002。

30. 王雲五等，我怎樣認識孫中山，傳記文學出版社，1967。

31. 王塗發，台灣與中國經貿交流問題探討台灣危機與轉機，前衛出版社，2001。

32. 王瑞璞、張占斌，中國民營經濟發展與企業家的社會責任，人民出版社，2006。

33. 王毅、陳勁、許慶瑞，企業核心能力：理論溯源與邏輯結構剖析，《管理科學學報》，2000年第9期。

34. 王緝慈等著：《創新的空間----產業集群與區域發展》，北京大學出版社，2001。

35. 王橋、馱田井正，東亞社會經濟發展比較，社會科學文獻出版社，2004，P.53~54。

36. 王關義，中國五大經濟特區可持續發展戰略研究，經濟管理出版社，2004。

37. 王鐵生、葛立成譯，迪屈奇著，交易成本經濟學，經濟科學出版社，1999。

38. 丘如美譯，波特原著，國家競爭優勢，天下出版公司（台北），1999。

39. 付曉東、文餘源，投資環境優化與管理，中國人民大學，2005。

40. 司馬雲傑，文化社會學，山西人民出版社，2007。

41. 司馬遷，史記，廣文書店（台北），1965。

42. 史忠良，產業興衰與轉化規律，經濟管理出版社，2004。

43. 史耀疆，制度變遷中的中國私營企業家成長研究，中國財政經濟出版社，2005。

44. 左小德、薛聲家，管理運籌學，暨南大學出版社，2003。

45. 甘朝有、王連義，旅遊業公共關係，南開大學出版社，2004。

46. 石偉，組織文化，復旦大學出版社，2004。

47. 伍海華、樸明根，外資與經濟發展，經濟科學出版社，2004。

48. 伍愛，質量管理學，暨南大學出版社，2002。

49. 向多耐，開國先進傳，環球資料社，1971。

50. 吉姆·泰勒，劉乃金譯，區域經濟學與區域政策，上海人民出版社，2007。

51. 成思危著，中國經濟改革與發展研究，中國人民大學出版社，2001。

52. 朱延智，危機處理的理論與實務，幼獅出版公司（台北），2000初版。

53. 朱春國，核心競爭力與企業家文化，中國物資出版社，2003，P.4。

54. 江曼琦、郭鴻懋、陸軍、孫鈺、王晶，城市空間經濟學，經濟科學出版社，2002。

55. 牟宗三、唐君毅等，寂寞的新儒家，鵝湖出版社，1992，P.156。

56. 米建國，中國宏觀經濟政策大思路，新華出版社，2000.7，P.186

57. 羊城晚報，風雨愛多，羊城晚報出版，1999特刊。

58. 何平主編，解讀「十五」中國高層權威訪談錄，新華出版社，2001。

59. 何春林，湛江特色農業發展研究，中國農業出版社，2006。

60. 何美玥，第11屆中小企業創新研究獎致詞，經濟日報，2004.10.25，A7版。

61. 何瓊芳，國際貿易理論與實務，三民書局，2005初版。

62. 余國揚，專業鎮發展導論，中國經濟出版社，2007。

63. 余齊昭，孫中山文史考釋，廣東省出版社，1999。

64. 吳成豐，企業倫理的實踐，前程文化公司，2002。

65. 吳行健，創造企業新價值，管理雜誌第319期，2000.9。

66. 吳定，政策管理，聯經圖書公司，2003。

67. 吳秉恩，組織行為學，華泰書局，1986。

68. 吳迎春譯，托佛勒著，大未來，時報文化出版公司，1991。

69. 吳南珊譯，三菱綜合研究所編，21世紀知識經濟時代的技術與產業，牧村出版社，2000。

70. 吳敬璉，大陸私營企業應師法台企業，中國時報，2003 .4.9特刊。

71. 吳新興，整合理論與兩岸關係之研究，五南出版公司，1998。

72. 吳德進，產業集群論論，社會科學出版社，2006，P.50。

73. 吳瓊恩，信息科技與治理互賴，第四屆政治與信息科技研討會論文集，2002，P.15。

74. 呂偉雄，香港社會科學出版社，初版，2007。

75. 呂巍、吳韻華譯，知識優勢，機械工業出版社，2002。

76. 宋春，中國國民黨黨史，吉林文史出版社，1990。

77. 宋鎮照，東協國家之政經發展，台北五南出版社，1996。

78. 李世聰，水平分工抬頭垂直分工式微，投資中國月刊。117期，2004。

79. 李永銘，桂系三雄－－李宗仁、黃紹竑、白崇禧，湖北長江出版集團，2007。

80. 李田樹譯，邁可‧雷諾著，創新者的解答，遠流出版社，2004。

81. 李京文，中國經濟發展戰略，中國城市出版社，2002。

82. 李周，中國農村可持續發展，社會科學文獻出版社，2000。

83. 李周譯，蔡昉校，速水右次郎著，發展經濟學，社會科學文獻出版社，2003。

84. 李明輝，儒家視野下的政治思想，北京大學出版社，2005.11.1。

85. 李昕，旅遊管理學，旅遊出版社，2006。

86. 李昌，36計與孫子兵法，南京大學出版，2007。

87. 李品媛，企業核心競爭力，經濟科學出版社，2003。

88. 李剛劍、陳志人、張英保，A.韋伯，工業區位論，商務印書館，1997。

89. 李師慧，大陸入世後中小企業生產經營面臨的挑戰及對策，兩岸產業發展與經

營管理比較研究，中國財政經濟出版社，2003。

90. 李振明、劉社建、齊柳明譯，傑克.J.弗羅門，經濟演化，經濟科學出版社，2003。

91. 李栗蛟，搞活國有大中型企業的幾點法律思考，社會科學情報資料（廣東社科院），2000-2。

92. 李偉成，國際政治，華視教學部，1986。

93. 李堅明，提升我環保產業國際競爭力，主要國家產經政策動態季刊（台北），2000.6。

94. 李培祥，城市與區域相互作用的理論與實驗，經濟管理出版社，2006。

95. 李清、李文軍、郭金龍，區域創新視角下的產業發展，商務印書館，2004。

96. 李喬琚，拓荒──12位頂尖創業家的成功傳奇，天下文化，2002。

97. 李惠斌主編，全球化與公民社會，廣西師範大學出版社，2003。

98. 李熏楓、劉鴻喜，經濟地理，台北大中國出版社，2003。

99. 李賢沛、戴伯勛、呂政，工業經濟學，經濟管理出版社，1994。

100. 李學勇譯，布農著，中國農業史，商務出版公司，1994。

101. 李曉玲，台商大陸投資對台灣經濟的影響，產學合作與中小企業發展研討會，2003.9.28。

102. 李顏，論瓊台農業合作與發展的制度創新，兩岸產業發展與經營管理比較研究，中國財政經濟出版社，2003。

103. 李寶元，人力資本與經濟發展，北京師範大學出版社，2000。

104. 杜奇華、盧進勇，國際經濟合作，對外貿易經濟大學出版社，2000。

105. 杜瑩芬，知識經濟與企業管理，廣東經濟管理出版社，1999。

106. 汪大海、唐德龍、王生衛，變革管理，中國人民大學出版社，2004。

107. 邵宗海，兩岸共識與兩岸歧見，五南出公司（台北），2001。

108. 周天勇，新發展經濟學，經濟科學出版社，2001。

109. 周志龍，兩岸三通、全球化與台灣經濟圈的再結構想像，《理論與政策》第十四卷第四期，P.57。

110. 周飛躍，產業競爭力提升戰略，經濟科學出版社，2006。

111. 周健，國際政治與組織，中國文化大學，1980。

112. 周琪、王圓等譯，文明衝突與世界秩序的重建，新華出版社，2002。

113. 周維等譯，朱利安.L.西蒙，人口增長經濟學，北京大學出版社，1987。

114. 周維穎等，新產業經濟區演進的經濟分析，復旦大學出版社，2004。

115. 周銀珍，區域人力資源管理，中國電力出版社，2007。

116. 周筴、彭正龍、孫遇春，在華跨國公司人力資源管理，華夏出版社，2005。

117. 易雪顏，西部大開發的戰略選擇及政策取向，廣東社科院出版，2001-1，P.29。

118. 易雪顏譯，村山裕三，21世紀日本的IT革命與技術開發模式，廣東社會科學情

報，2001-2。

119. 林平凡，企業聚群競爭力，廣州中山大學出版社，2003。

120. 林安梧，現代儒學論衡，業強出版社，1987。

121. 林江，提升珠三角國際競爭力研究，中山大學出版社，2003。

122. 林佑民，從金融全球化看外資投入台灣資本市場，台灣經濟月刊（台北），2001.5。

123. 林雨鑫，陳茂榜白手創建家電王國，聯報八十年七月一日，六版。

124. 林家有，看清世界與正視中國，天津古籍出版社，2005。

125. 林堅，農產品供應鏈管理與農業產業化經營，中國農業出版社，2007。

126. 林揚，對進一步吸引台商投資的探討，社會科學情報資料（廣東社科院），2001年第五期雙月刊。

127. 林新奇主編，國際人力資源管理，復旦大學出版社，2004。

128. 武永春，綠色營銷促成機制研究，經濟管理出版社，2006。

129. 邵建華等，烹飪實務教戰守策，生活家出版社，2003。

130. 邱玉婷 郭乃文，休閒農業之政策環境影響評估，《休閒文化與綠色資源論壇》，台灣大學農業推廣系，2005.4.14。

131. 金碧譯，克雷格‧艾迪生（Craig Addison）著，矽屏障：臺灣最堅實的國防，商智文化，2001。

132. 金耀基，中國現代化的歷程，中時出版社，1980。

133. 信宜僑聯，信宜僑聯五十年，天馬圖書出版社，2001。

134. 侯家駒，亞洲四條龍的文化基礎，聯經出版，1985。

135. 俞可平，全球化與政治發展，社會科學出版社，2003。

136. 姜奇平，新資本主義，北京大學出版社，2004。

137. 姚志勇編，環境經濟學，中國發展出版社，2003。

138. 姚柏林，關鍵在人：鄧小平的發展理論，廣州日報，2004.7.4.，A11版。

139. 姚梅鎮主編，國際經濟法概要，武漢大學出版社，2001。

140. 姚賢濤，中國家族企業，北京企業管理出版社，2002。

141. 查培軒，西部大開發與全面提高勞動者素質，東北財大出版社，2003。

142. 段昌國等著，現代化與近代中國之變遷，空中大學出版，1997。

143. 段毅才等譯，德姆塞茲著，所有權、控制與企業，經濟科學出版社，1999。

144. 段毅才譯，[美]奧利佛.威廉史東著，資本主義經濟制度，商務印書館，2002。

145. 洪維強，大陸區域經濟發展概論，鼎茂圖書公司，2004。

146. 洪銀興、劉建平，公共經濟學導論，經濟科學出版社，2003。

147. 洪銀興、鄭江淮譯，費景漢、古斯塔夫.拉尼斯著，增長和發展：演進觀點，商務印書館，2004。

148. 秋風譯，阿蘭.艾伯斯坦，哈耶克傳，中國社會科學出版社，2003。

149. 胡軍，跨文化管理，暨南大學出版社，1995。

150. 胡振洲，經濟地理，東大圖書公司，1998，P.270。

151. 胡漢民，傳記文學叢刊之三＜胡漢民自傳＞，傳記文學出版社，1965.11.12，P.162。

152. 胡興榮，SARS對中國及台商投資大陸的影響，大陸經貿環境變遷與發展研討會，2003.12.16，台北 醒吾學院。

153. 范大路，生態農業投資項目外部效益評估研究，西南財經大學出版社，2001。

154. 香港時報，華僑與中國革命運動，香港時報出版社，1981。

155. 唐晉，大國崛起，人民出版社，2007。

156. 夏樂生，產業政策與產業發展的關聯-以大陸汽車產業為例，東亞月刊（台北），2005.1，P.174~225。

157. 孫中山，民族主義第二講，孫中山全集，台北國民黨黨史會，1973。

158. 徐中琦，全球經營策略，華泰文化公司，2004。

159. 徐向藝等，產業經濟學，經濟科學出版社，2002。

160. 徐作聖、丘奕嘉、鄭志強，產業經營與創新政策，全華圖書公司，2003。

161. 徐作聖、陳仁帥，產業分析，全華圖書公司，2004。

162. 徐海，新形勢下我國引進和利用外資戰略調整的對策建議，社會科學情報資料（廣東社科院），2000-4。

163. 徐聯恩，企業變革系列研究，台北華泰書局，1996初版。

164. 徐麗芳等，當代經濟問題探索，經濟科學出版社，2003。

165. 殷鳳，卓爾不群的創新者-J.A.熊彼特，河北大學，2001。

166. 袁中金，中國小城鎮發展戰略，東南大學出版社，2007。

167. 耿文國，互生與共生，百善書房，2005，P.260。

168. 財政部考試委員會主編，經濟法，中國財政經濟出版社，2000。

169. 馬勇、李璽，旅遊管理學，旅遊出版社，2002， P.11。

170. 馬洪、王夢奎，中國發展研究（國務院），中國發展出版社，2003。

171. 馬崇明，中國現代化進程，經濟科學出版社（北京），2003。

172. 高孔廉，現階段台灣面對的國內外經濟情勢與應有的戰略思維，國家政策論壇，國家政策研究基金會，2003.10。

173. 高汝熹，論大上海都市圈，上海社會科學院出版社，2004。

174. 高汝熹、張建華，論上海都市圈：長江三角洲區域經濟發展，上海社會科學院出版社，2005。

175. 高希均，反冷漠的知識人，天下文化公司，2003。

176. 高英秋、林玥秀，餐飲管理-理論與實務，揚智文化出版社，2004。

177. 高書國、楊曉明，中國人口素質報告，社會科學文獻出版社，2004。

178. 高進田，繁榮的警示：中國東部九省，廣東經濟出版公司，2004。

179. 高照順，中小企業資訊化競爭力研究，富春文化出版公司，2003初版。

180. 商周編輯群，台商傳奇——14位深入大中國賺錢的企業家，商周出版，2001。

181. 商周編輯群，閱讀李琨耀，商周出版，2002。

182. 崔京京，台灣入世之路，社會科學情報資料（廣東社科院），2001-2。

183. 崔華前，論儒商的內質及其現代歸依，第七屆中華文化與經營管理學術研討會，2004.7.16，P.59。

184. 康凱、張金鎖，區域經濟學，天津大學出版社，1998初版。

185. 張可雲，區域經濟政策，商務印書館，2005。

186. 張可雲、陳秀山，區域經濟理論，商務印書館，2004。

187. 張玉法，中國近代現代史，台北東華書店，1989。

188. 張玉綱譯，[澳]楊小凱、黃有光著，專業化與經濟組織，經濟科學出版社，1999。

189. 張立平譯，塞穆爾.杭庭頓，文明衝突與世界秩序的重建，新華出版社，2002。

190. 張吉誠、周談輝，知識管理與創新，全華圖書公司，2004。

191. 張旭成，鞏固台灣主體創造兩岸繁榮，投資中國 121期，P.9。

192. 張金昌，國際競爭力評價的理論和方法，經濟科學出版社，2002。

193. 張軍審，李振明譯，弗羅門著，經濟演化：新制度經濟學的理論基礎，經濟科學出版社，2003初版。

194. 張富春，傳統企業走向知識型企業，中國財政經濟出版社，2004.6。

195. 張群群、黃濤譯，威廉姆森著，反托辣斯經濟學，經濟科學出版社，1999。

196. 張維迎，企業理論與中國企業改革，北京大學出版社，1999。

197. 張德主編，人力資源開發管理，清華大學出版社，2001。

198. 張慧、程莉，當代經濟問題探索，經濟科學出版社，2003。

199. 張慧東、姚莉譯，Partha Dasgupta著，社會資本，中國人民大學出版社，2005。

200. 張磊譯，林南著，社會資本，上海人民出版社，2005。

201. 張學謙，關於社會主義再認識的幾個理論問題，科學社會第七期，科學社會出版社，1989，P.71。

202. 張鴻，區域經濟一體化與東亞經濟合作，人民出版社，2006。

203. 張耀輝，科技創新與組織演變，經濟管理出版社，2004。

204. 張覺明，90分鐘掌握危機管理，勝景文化公司，2003。

205. 張躍進，中國農民工問題解讀，光明日報出版社，2007。

206. 強以華，企業：文化與價值，中國社會科學出版社，2004。

207. 惜秋撰，戰國風雲人物，三民書局，1990。

208. 曹月紅譯，堺憲一著，戰後日本經濟，北京對外經貿大學出版社，2004。

209. 曹逢譯，薩克孫寧著，波士頓128公路，上海人民出版社，2000。

210. 梁冷譯，國富論，華立文化，2003。

211. 梁紹川，企業文化與管理方式，暨大出版社，2002。

212. 梁智，旅行社運行與管理，東北財經大學出版，2006。

213. 梁琦，產業集聚概論，商務印書館，2004。

214. 梁雙陸，中國西部經濟周期研究，中國社會科學出版社，2004。

215. 莫偉光，香港與珠三角的經濟融合，《CEPA與「泛珠三角」發展戰略》，經濟科學出版社，2005。

216. 莊國土，華僑華人與中國的關係，廣西高等教育出版社，2001。

217. 許順旺，宴會管理-理論與實務，揚智文化出版社，2004。

218. 許曉平譯，大前研一，中國 出租中，天下雜誌，2002。

219. 許蘇明，知識經濟與知識社會，1999，P.10~14。

220. 郭秀君，入世與中國利用外資新戰略，經濟日報出版社，2002。

221. 郭偉山，探討大陸中間階層發展變化對社會關係的影響，《兩岸經貿學術研討會》，2005.10.19。

222. 郭齊勇，《熊十力與中國傳統文化》，遠流出版公司，1990，P.64。

223. 郭燕青，技術轉移與區域經濟發展，經濟管理出版社，2004。

224. 陳小悅，波特的競爭策略，華夏出版社，1997。

225. 陳文源，藉台灣的產業力拼經濟，工業雜誌，工業總會發行，2003.12。

226. 陳文輝、楊天翔，中國行業結構，中國物價出版社，2003。

227. 陳立，中國國家戰略問題報告，中國社會科學出版社，2002。

228. 陳宏易譯，Dennis R. Appleyard原著，國際貿易理論與政策，東華書店，2001，P.146~166。

229. 陳定國，台商大陸投資對台灣經濟的影響（主持人講辭），產學合作與中小企業發展研討會，2003.9.28。

230. 陳芳雄，校園危機處理，幼獅出版公司，2000。

231. 陳勁，社會資本與技術創新，浙江大學出版社，2002，P.11。

232. 陳述，現代化區域進程論，廣東人民出版社，2003，P.207。

233. 陳恩，新世紀粵台產業合作的結構分析與策略探討，兩岸經貿學術研討會，2005.10.19，P.68。

234. 陳祝平，服務營銷管理，立信會計出版社，2007。

235. 陳高超，頂尖CEO經營智慧，時報出版，2003。

236. 陳添枝，台灣產業外移與產業空洞化之檢驗，台灣經濟金融月刊（1999.8.20），台灣銀行經濟研究室。

237. 陳淑妮，企業社會責任與人力資源管理研究，人民出版社，2007。

238. 陳章喜，CEPA與「泛珠三角」發展戰略，《泛珠三角區域合作》，經濟科學出版社，2005年8月初版。2005，P.76~78。

239. 陳雲，超越台灣，中山大學出版社，2003。

240. 陳曉菁，蘇州經濟大放異彩，投資中國 121期。

241. 陳鴻瑜，東南亞國家協會之發展，暨南大學國際關係所出版（南投），1997。

242. 陳鴻瑜，國際關係，五南出版公司，1997。

243. 陸玉麒，區域發展中的空間結構研究，南京師範大學出版社，1998。

244. 陸立軍，東部企業西進的模式與行為，中國經濟出版社，2004。

245. 陸炳文，公關與危機處理，南海圖書公司，1992。

246. 麥立心，本土企業的個人主義與集體主義，cheers雜誌6月號，2004.6。

247. 麥可‧尤辛著，百善生譯，超越顛峰，百善書房，2005。

248. 麥瑞台，中山思想與兩岸現代化，台灣書店，1996。

249. 麥瑞台，台商文化與產業集群的區域推移，合肥中國科技大學：第七屆中華文化兩岸學術研討會，2004.7.17。

250. 麥瑞台，台商產業集群的區域推移與兩岸未來，成都大學：第八屆中華文化兩岸學術研討會 2005.8.7。

251. 麥瑞台，西部大開發與綠色矽島，廣西財校學報，2003-4。

252. 麥瑞台，儒商文化與台商產業集群之發展，暨南大學：經濟全球化下的兩岸產業合作學術研討會 2005.12.8。

253. 傅玉能，台商在大陸投資的區域研究，廣西台資研究，2002。

254. 傅屏華，海峽兩岸觀光行政體系之建構與發展，醒吾學報，2001。

255. 傅啟學，國父 孫中山傳，國父誕辰委員會，1965。

256. 喬木，定位與決策，中國商業出版社，2003年初版。

257. 喬木、韓強，綠色城市，廣東人民出版社，1998年初版。

258. 彭正龍等，在華跨國公司人力資源管理，華夏出版社，2005。

259. 彭志華譯，Peter. Truck著，企業家與創新精神，海南出版社，1999。

260. 裴長洪，14FDI：與中國開放型經濟研究，中國青年出版社，1996，P.103~104。

261. 曾增勛，聲寶擴大進軍大陸，聯合報，1992.11.14，11版。

262. 童星，社會管理學概論，南京大學出版社，1991。

263. 童振源，全球化下的兩岸經濟關係，生智出版社，2003，P.95。

264. 辜輝趁，知識管理策略，知行出版社，2001，P.156~160。

265. 鈕先鍾譯，Carlos F.Diaz，世界經濟中的富國與窮國，商務印書館（台北），1981，P130。

266. 隋廣軍，《廣東農民工緊缺問題研究報告》，廣州暨南大學企業發展研究所，2004。

267. 隋廣軍、申明浩《產業集聚生命周期演進的動態分析》，廣東省普通高校人文社會科學重點研究基地，2004年獎助。

268. 隋廣軍、萬俊毅、蘇啟林，區域產業生成的動力因素，廣東社會科學，2004年第一期。
269. 隆武華，中國經濟呼喚創業板市場，中國財經信息資料，2002-10。
270. 馮之浚，循環經濟與上海發展，人民出版社，2006。
271. 馮雅春，孫中山與中國國民黨，吉林文史出版社，1991。
272. 黃平、崔之元，中國與全球化：華盛頓共識還是北京共識，社會科學文獻出版社，2005。
273. 黃秀媛譯，W.Chan.Kim & Renee Mauborgne，藍海戰略，天下遠見出版社，2005。
274. 黃珏、王寶恒，飯店前廳與客房部管理，廈門大學出版社，2004。
275. 黃范章譯，羅伊.哈羅德，動態經濟學，商務印書館，2003。
276. 黃欽勇，西進與長征??兩岸的數碼競爭，商周出版社，2003。
277. 黃賢金，循環經濟：產業模式與政策體系，南京大學出版社，2004。
278. 黃魯成、羅亞非，R&D國際化研究，清華大學出版社，2006。
279. 黃霓，美國「新經濟」及其對世界經濟的影響，社會科學情報資料（廣東社科院），2000-4。
280. 黃繼忠，區域內經濟不平衡增長論，經濟管理出版社，2001。
281. 楊允中主編，人力資源開發與政策保障，澳門大學澳門研究中心，2005。
282. 楊永華，路徑轉換，西南財經大學，2000。
283. 楊宗勘，中國時報，2003.5.24，15版。
284. 楊茂雲，區域經濟的近憂與遠慮，經濟科學出版社，2003。
285. 楊國泓，中國時報，2004.9.27.，A13版。
286. 楊榮清，經濟全球化下的儒家倫理，中國社會科學出版社，2004。
287. 楊德才主編，高新科學技術與世界格局，湖北人民出版社，1998。
288. 楊龍，中國區域經濟發展的政治分析，黑龍江人民出版社，2004。
289. 楊灌園，現代生活與科技產業，醒吾學院，2003。
290. 溫鐵軍，三農問題與世紀反思，三聯書局，2005。
291. 萬君寶、袁紅林，管理倫理，上海財經大學出版社，2005。
292. 經濟人編輯委員會，財經決策強人，經濟人雜誌社，1984。
293. 葉匡政，孫中山在說，東方出版社，2007，北京。
294. 葉匡政，孫中山在說，北京東方出版社，2004。
295. 葉向東，現代海洋經濟理論，冶金工業出版社，2006。
296. 葉怡矜等譯，Geoffrey Godbey，休閒遊憩概論，品度出版公司，2006。
297. 葉保強，建構企業的社會契約，鵝湖出版社，2002。
298. 葉飛文，要素投入與中國經濟增長，北京大學出版社，2004。

299. 葉啟績，《全球化背景下中國特色社會主義價值研究》，中山大學出版，2005。

300. 葉勝年、葉雋譯，R.L.基尼，創新性思維，新華出版社，2001。

301. 詹孝俊，論台灣加工出口區法律制度，轉型期的台灣，台灣研究會編，河南人民出版社，1990，P.245。

302. 賈根良、劉輝鋒、崔學鋒，演化經濟學，高等教育出版社，2004。

303. 對外貿易經濟合作部編委會，中國對外經貿白皮書，中國社會科學出版社，2002。

304. 廖小健，東南亞國協與馬來西亞，廣州暨南大學出版社，2003。

305. 廖春文，成功的EQ藝術，幼獅出版公司，1999。

306. 廖盈琪，國家競爭力概念與指標分析，科技發展標竿（台北），2003.9。

307. 廖風德、台灣歷史與文化，空中大學出版部，2002。

308. 廖蓋隆、莊浦明，中華人民共合國編年史，河南人民出版社，2001。

309. 臧旭恒，產業經濟學，經濟科學出版社，2002。

310. 趙文廣，企業集團產融結合理論與實踐，經濟管理出版社，2004。

311. 趙文衡，大陸加入WTO後之法規修訂對台商投資的影響，《理論與政策》第十四卷第四期，P.27。

312. 趙蘇成，中國大路西南省區對外經貿發展模式，刻印出版社，2002。

313. 齊良書，發展經濟學，中國發展出版社，2002。

314. 齊建珍，資源城市轉型學，人民出版社，2004。

315. 齊曉梅，兩岸產業發展與經營管理比較研究，中國財政經濟出版社，2003。

316. 劉玉、馮健，區域公共政策，中國人民大學出版社，2005。

317. 劉成瑞主編，解剖中國經濟，中國經濟出版社，2002。

318. 劉東勛、宋丙濤、耿明齋，新區域經濟學論綱，社會科學文獻出版社，2002。

319. 劉剛、馮健等譯，科斯、諾思、威廉姆森等著，制度、契約與組織，經濟科學出版社，2003。

320. 劉益、李垣、汪應洛，柔性戰略的理論、分析方法及其應用，中國人民大學，2005。

321. 劉真如譯，彼得杜拉克，下一個社會，商周出版社，2003。

322. 劉國光主編，中國經濟前景分析＜2003春季報告＞，中國社會科學出版社，2003。

323. 劉德光主編，旅遊市場營銷學，旅遊教育出版社，2006。

324. 劉興民，台商投資大陸集群現象分析，第七屆兩岸中華文化與經營管理學術研討會，2004.7.17，P.41。

325. 劉燁，殺出紅海，大都會出版社，2006，P.4。

326. 樊勇明編著，公共經濟學，復旦大學出版社，2004。

327. 潘小平，正說明清第一商幫：徽商，中國廣播電視出版社，2005.12.1，P.18~21。

328. 潘東傑譯，Joan.Magretta主編，新經濟時代管理大師觀點，天下文化公司，2001。

329. 潘萬層，兩岸文教交流政策與作法，北區大專院校兩岸文教交流業務研習會，2003.10.29。

330. 蔣三庚，現代服務業研究，中國經濟出版社，2007。

331. 蔣永穆，以人為本的績效管理，新聞書社，2001。

332. 蔣緯國，柔性攻勢，遠流出版公司（台北），1991。

333. 蔡明華譯，Gray D.Rawnsley，危機與安全，幼獅文化公司，2003。

334. 蔡昉、林毅夫，中國經濟，美商麥格羅希爾出版，2003。

335. 蔡英文，後SARS時代兩岸經貿新情勢，政府大陸政策重要文件，2003。

336. 蔡寧、楊旭、桂昭君：協作與競爭行為和產業集群競爭力的關聯機理，《經濟管理》，2002年第18期。

337. 蔡學儀，兩岸經貿之經濟分析，新文京出版公司，2003。

338. 蔡澤華，先秦諸子經濟思想評述，台灣商務印書館，1999。

339. 談崢等譯，羅伯特‧庫恩著，江澤民傳，上海譯文出版社，2005。

340. 鄭玉歆，環境影響的經濟分析，社會科學文獻出版社，2003。

341. 鄭伯薰，義利之辨與企業間交易歷程：台灣組織間網絡個案之分析，《本土心理學研究》，1995。

342. 鄭道文，人力資本國際流動與經濟發展，中國財政經濟出版社，2004。

343. 鄭綮元譯，John Tomlinson，全球化與文化，韋伯文化，2001。

344. 鄧小平文選第三卷，中共中央文獻出版社，1998。

345. 鄧盈嘉，服務業管理，國立空中進修學院出版，2005。

346. 鄧偉根，產業經濟學研究，經濟管理出版社，2001。

347. 鄧偉根、王貴明，產業生態理論與實踐，經濟管理出版社，2005。

348. 鄧嘉玲譯 杜拉克著 杜拉克看亞洲 天下文化出版公司 1998。

349. 餘明勤，區域經濟利益分析，經濟管理出版社，2004。

350. 黎堅，從住宅配售到生態旅遊，投資中國月刊122期，2004 .4.，P.77。

351. 燕繼榮，投資社會資本，北京大學出版社，2006。

352. 盧現祥，新制度經濟學，武漢大學出版社，2004。

353. 蕭灼基，經濟分析與展望2003，經濟科學出版社，2003。

354. 蕭峰雄，產業經濟學，國立空中大學出版，2001。

355. 賴士葆，台灣避免被邊緣化有良方，投資中國月刊，2004.4 P.14。

356. 賴文鳳，泛珠三角區域合作的困境與前景，CEPA與「泛珠三角」發展戰略，經濟科學出版社，2005.8初版。

357. 錢慧康，東北行情起漲否，投資中國月刊，2003.11。

358. 戴國良，國際企業管理理論與實務，普林斯頓出版公司，2003。

359. 聯合早報，《西方何以排斥亞洲價值觀》，1999.6.29.，新加坡。

360. 謝永亮、姚蓮瑞，生存危機新地緣資源，四川人民出版社，2001。

361. 謝立新，區域產業競爭力：溫州、泉州、蘇州實證研究，社會科學文獻出版社，2004。

362. 謝國興，台南幫：一個台灣本土企業集團的興起，遠流出版社，1999。

363. 謝康，知識經濟思想的由來與發展，中國人民大學出版社，1998。

364. 謝寬裕，台灣產業空洞化的評丁析，台灣經濟月刊，1999.8，P.42。

365. 鞠頌東、戴小兵、葛新權、李靜文，知識經濟與產業結構，社會科學文獻出版社，2001。

366. 韓強，綠色城市，廣東人民出版社，1998。

367. 韓朝華譯，柯武剛、史漫飛，新制度經濟學，商務印書館，2000。

368. 藍采風，壓力與適應，幼獅出版公司，2000。

369. 顏建軍，海爾中國造，時報出版公司，2002。

370. 魏江，產業集群－技術學習與創新系統，科學出版社，2003。

371. 魏艾，從洛桑學院對中國大陸的排名說起，投資中國月刊116期，2003，P.60。

372. 魏鶴欽，大陸台商的管理實務，全威圖書出版公司，2002。

373. 羅志勇，知識共享機制研究，北京圖書館出版社，2003。

374. 羅明義，旅遊經濟學，南開大學出版社，2005(1)。

375. 羅長海，企業文化學，中國人民大學出版社，2003。

376. 羅勇，經濟全球化知識經濟與中國工業化，河北大學出版社，2004。

377. 羅榮渠，論一元多線歷史發展，理論縱橫，河北人民出版社，1988。

378. 譚地州，引爆人生成功的活力-比爾蓋茲如是說，漢湘文化公司，2004。

379. 譚地州，贏在影響力-傑克威爾許如是說，漢湘文化公司，2004。

380. 邊裕淵，評析中國大陸的國際競爭力，遠景季刊第一卷第二期（台北），2000.6，P.83~103。

381. 難波恆雄著，王慧真編譯，中藥處方入門，綜合出版社，1986

382. 嚴長壽，總裁獅子心，平安文化（台北），1997。

383. 蘇育琪譯，梭羅著，勇者致富，遠流出版公司，2003。

384. 顧長永，台灣與東南亞的政治經濟關係，風雲論壇出版公司，2000。

385. 顧建平，大陸經濟走勢與台商戰略轉型，產學合作與中小企業發展研討會，2003.9.28。

386. 顧強主編，中國產業集群（第一輯），機械工業出版社，2004。

387. 鹽野七生著，楊征美譯，馬基維利語錄，三民書局，1998。

參、特別介紹　認識台商 CEO 參考用書

1. 今周刊編輯群，速描林百里（廣達電腦集團），今周刊（2003全集），今周刊雜誌社，台北。

2. 天下編輯群，曹興誠與聯電霸業傳奇（聯合電子），天下文化，1999，台北。

3. 周正賢，施振榮的電腦傳奇（宏碁企業集團），聯經出版，1996，台北。

4. 張戍誼等，郭台銘的鴻海帝國（鴻海精機集團），天下文化，2002，台北。

5. 張榮發，張榮發回憶錄（長榮旅運集團），遠流出版（1997），台北。

6. 莊素玉，許文龍與奇美的利潤管理（奇美集團），天下文化，2000，台北。

7. 莊素玉等，張忠謀與台積電的知識管理（晶圓教父），天下文化，2003，台北。

8. 許龍君，領袖風範，台灣智庫，2004，台北。

9. 郭泰，王永慶的奮鬥史（台塑企業集團），遠流出版，2001，台北。

10. 陳高超，頂尖CEO經營智慧，時報出版社，2003，台北。

11. 趙虹記錄，高清願聊人生經驗與經營管理（統一企業集團），商訊出版，1999，台北。

12. 齊若蘭譯，Jim.Collins，從A到A+，遠流出版社，2003。

13. 盧世祥記錄，高騰蛟：做餅的人生明天有夢（意義美食品集團），遠流出版，2001，台北。

14. 蕭裔芬，與CEO對談，遠流出版社，2005。

15. 嚴長壽口述，禦風而上：談視野與溝通（亞都麗致旅館集團），寶瓶文化，2002，台北。

16. 林靜宜，捷安特傳奇，天下文化圖書公司，2008.11。

附表 1　東亞洲主要中草藥生態產地分布概表

地　區		藥　名
中　國	黑龍江	人參、黃芪、細辛、五味子
	吉林	人參、黃芪、細辛、柴胡、鹿茸
	遼寧	人參、甘草、平貝、龍膽、黃柏
	河北	知母、柴胡、遠志、酸棗仁、蒼朮
	山東	金銀花、蟾酥、阿膠
	山西	遠志、黃芪、秦艽、地骨皮、龍骨
	江蘇	蒼朮、薄荷、蟾酥、三陵、半夏
	安徽	芍藥、牡丹皮、菊花、白朮、柴胡
	河南	地黃、懷牛膝、茯苓、連翹、山藥
	浙江	延胡索、浙貝、芍藥、菊花、白芷、烏藥
	江西	荊芥、茵陳蒿、山梔子、車前子
	湖南	厚朴、黃精、土茯苓、烏藥、吳茱萸
	湖北	茯苓、獨活、白朮、大黃、杜仲
	陝西	附子、威靈仙、杜仲、酸棗仁、山茱萸
	內蒙古	甘草、麻黃、銀柴胡、肉蓯蓉、鹿茸、防風、升麻
	甘肅	枸杞子、甘草、大黃
	青海	大黃、秦艽、肉蓯蓉、甘草、麝香
	新疆	紅花、紫草、肉蓯蓉、麻黃、貝母、甘草
	四川	川芎、黃蓮、附子、川貝、川牛膝、澤瀉、羌活、冬蟲夏草、大黃、白芷
	西藏	冬蟲夏草、麝香、大黃、羚羊角、肉蓯蓉、羌活、麻黃
	貴州	半夏、天門冬、吳茱萸
	雲南	貝母、當歸、猪苓、大黃、麝香
	福建	澤瀉、使君子、鬱金
	廣東	高良姜、土茯苓、廣防己、藿香、沈香
	廣西	石斛、桂皮、何首烏、栝蔞、蛤蚧
台　灣		菊花、　　、鬱金、檳榔、杜仲
日　本		陳　　　　　參、川芎、當歸、黃蓮、芍藥、貝母、藏紅花
朝　鮮		澤瀉、蒼朮、白朮、人參、升麻、延胡索
菲律賓		
印　尼		
馬		
越		

資料來源

INK PUBLISHING

經商社匯 20

台商FDI集群中CEO能力與《鬼谷子》之區域整合
——從「桂高雷ECFA區」與「海峽西岸」迎向「東協FTA」

編　　著	麥瑞台
總 編 輯	初安民
責任編輯	吳　文

發 行 人	張書銘
出　　版	**INK**印刻文學生活雜誌出版有限公司
	台北縣中和市中正路800號13樓之3
	電話：02-22281626
	傳真：02-22281598
	E-mail：ink.book@msa.hinet.net
	網址：舒讀網 http://www.sudu.cc

法律顧問	漢廷法律事務所
	劉大正律師
總 代 理	成陽出版股份有限公司
	電話：03-2717085（代表號）
	傳真：03-3556521
郵政劃撥	19000691　成陽出版股份有限公司
印　　刷	海王印刷事業股份有限公司

出版日期	2009年9月　初版

ISBN 978-986-6873-75-1

定價　500元

Copyright © 2009 by Mai Jui Tai
Published by **INK** Publishing Co., Ltd.
All Rights Reserved
Printed in Taiwan

國家圖書館出版品預行編目資料

台商FDI集群中CEO能力與《鬼谷子》之區域整
　合：從「桂高雷ECFA區」與「海峽西岸」迎向
　「東協FTA」/ 麥瑞台編著. --初版 – 台北縣中和
　市：INK印刻, 2009.09

　544 面：17x23 公分, -- (經商社匯：20)

　參考書目

　ISBN 978-986-6873-75-1　（平裝）

　1. 兩岸經貿　2. 投資　3. 企業家　4. 企業經營
　558.52　　　　　　　　　　　　98015691